Gallica

***

# Les Enfants de la Veuve

Henri Lœvenbruck

Gallica

***

# Les Enfants de la Veuve

ÉDITIONS FRANCE LOISIRS

Collection dirigée par Stéphane Marsan et Alain Névant

Édition du Club France Loisirs,
avec l'autorisation des Éditions Bragelonne

Éditions France Loisirs,
123, boulevard de Grenelle, Paris.
www.franceloisirs.com


ISBN : 2-7441-8731-3

*À ton père, notre frère,*
*Jacques Marsan.*

*Dans les trois tomes de* Gallica,
*les rituels compagnonniques ont été inspirés*
*de ceux, authentiques, livrés par*
*Jean-Pierre Bayard dans son ouvrage*
Le Compagnonnage en France.
*Hommage lui soit ici rendu.*

GALLICA
N
Providence
Royaume de Gaelia
Royaume de Brittia
Lundain
Gent
Cté de Flandrie
Veromand
Dché de Lothringen
Ratu
Duroc
Dché de Northia
Jutès
Cté de Vasteplaine
Dché de Breizh
Karnag
Roazhon
Cté d'Andesie
Carnute
Aurelian
Trecae
Andes
Tur
Blele
Dché de Burgon
Cté de Turan
Cté de Riven
Riven
Divio
Cté de Francomte
Pierre-Levée
Cté de Pierevain
Cerfy
Nemossos
Dché de Quienne
Cté d'Arvert
Sarlac
Burdigale
Cté de Tolsanne
Viterola
Tolsanne
Villiers-Passant
Nabomar
Domaine de la couronne
Fiefs de la couronne
Fiefs du roi de Brittia
Royaume de Chastel

# Avant-propos

Quand, en 1998, j'ai commencé à travailler sur la trilogie de *La Moïra,* à me documenter sur les loups, à les regarder vivre dans le parc de Sainte-Lucie, j'étais loin de m'imaginer que, quelques années plus tard, mon propre pays allait de nouveau sombrer dans les erreurs d'un passé que je voulais dénoncer. Pourtant, voilà : depuis la parution de *La Voix des Brumes,* livre deuxième de la trilogie *Gallica,* l'État français a à nouveau autorisé que l'on abatte des loups sur notre territoire. Et ils sont passés à l'acte. *Bang, bang!* Le temps des louvetiers est revenu et la république se donne des allures médiévales.

Tous mes romans sont une ode au progrès, une invitation à aller de l'avant, à construire sur les ruines du passé les fondations d'un lendemain meilleur. Je croyais que c'était une valeur propre à mon pays.

J'étais fier de vivre dans une nation qui a aboli la peine de mort il y a plus de vingt ans, pendant que d'autres donneurs de leçons de *démocratie* continuent de faire chauffer leurs chambres à gaz de l'autre côté de l'Atlantique. J'étais fier d'appartenir à un peuple qui avait fait un grand pas, celui qui consiste à comprendre qu'il y a d'autres chemins pour résoudre un conflit que celui des armes, celui de la mise à mort. J'avais tort. La peur du loup a eu raison de ces beaux idéaux.

Aujourd'hui, il semble qu'une trentaine de loups en liberté, en France, pose de réels problèmes à nos bergers. Le métier d'écrivain est plus aisé que celui d'éleveur et je me garderai bien de tomber dans un parisianisme accusateur en vilipendant les bergers qui savent mieux que moi l'étymologie du mot travail. Toutefois, je veux croire qu'il existe d'autres solutions que la mise à mort d'une espèce aussi rare et aussi belle. Et je me battrai pour le dire.

Henri Lœvenbruck, décembre 2004

# Prologue

## LA DAME À LA FORÊT

*Lettre de Philippe Demas, dit le Peintre borgne, à Estienne Baudel, son apprenti. Palais des ducs, cour d'Hélène de Quienne, Pierre-Levée, comté de Pierevain, trentième jour d'octobre.*

« Mon cher Estienne,

J'ai vu hier ces sots de médecins et j'ai compris dans leurs regards que je vais bientôt mourir. Ce soir peut-être, ou demain, qui sait ?

Le mal qui me ronge ne me quittera plus, et ni Dieu ni les misérables soins que me prodiguent les enfants d'Hippocrate ne pourront me sauver à présent. Ces charlatans n'y connaissent guère plus à la médecine que les herbiers, ces épiciers sans scrupule qui se jouent du petit peuple. Hier encore, me croiras-tu

Estienne, ces grands idiots m'ont donné à manger de la chair de lion, de l'huile de scorpion et des œufs de fourmi en jurant qu'ainsi je guérirai. Mais notre bonne duchesse de Quienne pourrait dépêcher à mon chevet les plus grands savants de la faculté de Lutès, cela n'y changerait rien. Je vais mourir, et c'est bien ainsi. Je suis vieux, fatigué, et je n'attends plus rien de la vie. De la mort, peut-être...

Mais avant de partir – et je ne sais où – je veux te livrer, à toi qui fus mon meilleur apprenti et à qui la vie tend encore les bras, mon plus grand secret.

Car je sais que tu es digne de l'entendre. J'ai vu tes derniers travaux, tes peintures sur bois que tu ne signes pas mais que je reconnais toujours à l'atelier ; car de tous mes élèves, tu es le seul dont j'admire le talent. J'ai vu les gravures d'ivoire pour les valves de boîtes à miroir que tu as finies, et tu n'as plus rien à envier aux Compagnons eux-mêmes. J'ai reconnu dans la fresque de Saint-Hilaire les pièces qui sont de ta main, et j'ai à côté de moi les enluminures que tu as faites pour le recueil que nous a commandé Hélène de Quienne. Elles sont éblouissantes. Tes œuvres sont aujourd'hui si belles que je n'ai pas hésité hier à te recommander auprès de la duchesse, et tu prendras peut-être un jour ma place à sa cour, tu habiteras peut-être cette chambre depuis laquelle je t'écris, en haut du palais des Ducs. Tu es encore jeune, mais j'admire ton travail, Estienne, car je sais que ton talent est sincère. Que tes dons sont profonds. Que tu ne dois rien à personne. Et que moi, mon cher apprenti, je ne peux en dire autant.

Ce que je suis sur le point de te révéler, je ne l'ai jamais dit à quiconque; pas même à Hélène de Quienne, à qui, pourtant, je me suis si souvent ouvert. Mais je ressens aujourd'hui le besoin de me livrer enfin, de me confesser. Car ce secret fut pour moi à la fois la plus belle et la pire des choses que la vie m'ait offertes.

Alors si tu le veux bien, comme je serai mort sans doute quand tu trouveras cette lettre, laisse-moi te la conter.

Quand tu m'as connu, quand tu es entré dans mon atelier alors que tu n'avais pas seize ans, j'étais déjà à la cour d'Hélène où, comme tu le sais, je fus le premier et suis encore aujourd'hui le seul peintre à avoir l'immense privilège de pouvoir signer ses œuvres. Je ris encore de la jalousie de tous les prétendus artistes qui faisaient la queue à l'entrée du palais en n'espérant qu'un simple regard d'Hélène. J'ai vu passer ici une multitude de troubadours et de poètes qui ne restaient guère, que l'on oubliait vite. Mais de peintre, il n'y en eut qu'un seul et ce fut moi, le Peintre borgne. La duchesse me commandait chaque année de nouvelles pièces et jamais elle ne se lassait de mon art.

J'ai peint l'Ascension sur les murs de la grande salle du baptistère Saint-Jean, j'ai décoré le tombeau de Radegonde à Sainte-Marie, j'ai travaillé auprès des

Compagnons pour les plans de la cathédrale Saint-Pierre et j'ai signé à l'atelier du maître verrier le vitrail de la Crucifixion dont, paraît-il, on parle aux quatre coins de Gallica. Les appartements d'Hélène regorgent de mes peintures. On vient visiter mon atelier depuis tous les continents. Jamais avant moi un peintre n'avait reçu tant de faveurs.

Et tout cela, Estienne, tout cela grâce à un seul tableau. Un tableau que tu n'as jamais vu. Que nul n'a jamais vu qu'Hélène de Quienne, quand je vins me présenter à sa cour. Et qu'elle-même ne vit qu'une seule fois, ce jour-là. C'est en voyant ce tableau que la duchesse m'invita au palais, et c'est en espérant le revoir un jour qu'elle me garda si longtemps auprès d'elle.

Pourtant, avant cela – le savais-tu ? – j'étais un moine. Ne ris pas. Un moine de Cistel, à l'époque où Courage de Blanval était encore en vie et que par lui, et par sa place auprès du roi, notre ordre resplendissait dans le pays tout entier.

J'étais le deuxième enfant d'une famille des faubourgs de Pierre-Levée, et mon père avait choisi pour moi – et malgré moi – la carrière religieuse.

Depuis que j'étais enfant on me destinait donc à épouser l'Église, néanmoins – je peux l'avouer, aujourd'hui que nul châtiment ne me fait plus peur – cela ne m'intéressait guère. Nullement. Moi, je rêvais d'autre chose.

À l'âge de neuf ans, j'avais découvert en cachette les enluminures des beaux livres du scriptorium à l'abbaye de Montneuf. Depuis ce jour-là, une seule chose m'attirait : la peinture. Je me souviens des heures que j'ai passées au milieu de ces livres. Dès le premier jour, je fus frappé par la beauté des lettrines, des encadrements, et surtout des peintures qui occupaient de pleines pages et où s'exprimait tout entier le talent de leur auteur. Je sus ce jour-là que je voulais devenir peintre et rien d'autre.

Mais je ne pouvais échapper au destin que mon père me préparait. Par chance toutefois, je parvins à concilier les deux. Car à Cistel je trouvai mon bonheur, parmi les copistes. Mon père aurait voulu que je fusse un grand séculier, évêque peut-être ; je devins moine. Un simple moine, sans nom. Mais je peignais, et j'aimais cela. C'est aussi là que je commençai à comprendre que la plupart des moines valent bien mieux, mon cher enfant, que les plus grands ecclésiastiques du royaume... Au cœur de l'Église comme ailleurs, l'argent abîme tout, tu le verras.

Mon bonheur, toutefois, ne dura pas longtemps. Je découvris bien vite – et avec un désespoir immense – que j'étais un piètre peintre, Estienne. Si, crois-moi, un piètre peintre, sans réel talent. Oh, bien sûr, suffisamment bon pour rester parmi les moines à décorer ces ouvrages dans l'anonymat. Mais je n'avais rien qui me différenciât des autres, rien qui fît de moi l'un de ces moines dont on murmure le nom et dont on reconnaît l'âme dans ses peintures. J'étais un copiste ordinaire, voilà tout. Et pourtant... Pourtant j'aspirais à bien autre chose !

Tu ne sauras jamais, toi qui as reçu le don de la peinture, ce que c'est que de connaître le Beau sans jamais pouvoir l'approcher. Ce que c'est que de chercher une flamme qui ne cesse de s'éteindre quand on tend la main vers elle. Ce que c'est de savoir qu'on n'a aucun génie quand on ne désire rien d'autre. Chaque fois que je finissais une nouvelle peinture et que mes frères acquiesçaient pour me féliciter, je savais, moi, qu'il n'y avait rien de Beau dans ce que j'avais dessiné, qu'il manquait ce seing lumineux que seuls les grands artistes savent poser sur la toile, cette empreinte que toi, tu donnes à tes œuvres. Cet éclat qui différencie l'art de l'artisanat, Estienne. La grâce.

Je la cherchais à chaque trait de plume d'oie, à chaque coup de couteau, dans les ébauches que je grattais au style sur la cire, dans mes couleurs, dans mes dessins, dans les formes des êtres et des paysages auxquels je tentais de donner vie. Mais mes œuvres n'étaient rien. Rien que des enluminures anonymes dans un scriptorium silencieux.

Au début, ce n'était qu'un regret. Qu'une envie. Puis cela devint une obsession. Un cauchemar. Chaque fois que je finissais une pièce, je devenais de plus en plus fou. De plus en plus enragé. À moi, qui avais tant le goût des belles choses, pourquoi Dieu n'avait-Il donné aucun talent ? Que ne guidait-Il point ma main ? Les frères me virent me renfermer et l'on commença à se méfier de moi. Je devenais de plus en plus fanatique, la rancœur s'emparait de moi chaque jour davantage. J'en vins plusieurs fois à me battre avec ceux qui partageaient ma chambre au monastère.

Et la grâce, la grâce toujours se refusait à mes doigts.

Alors un jour, au bord de la folie, je partis. Je quittai la prison qui me confrontait chaque jour à ma médiocrité.

C'était un matin du printemps mille cent trente huit. Cela fait donc vingt ans. La duchesse de Quienne venait d'épouser le roi de Gallica. La plus belle femme du royaume, et la plus mystérieuse ! Comment cet imbécile de Livain avait-il pu la répudier ? Et combien il a dû le regretter, quand elle en a épousé un autre – et son pire ennemi de surcroît ! Mais je m'égare...

Ce matin-là, donc, je quittai le monastère sans vraiment réfléchir. Je crois bien que j'étais décidé à mourir. Puisque seule la grâce comptait à mes yeux et puisqu'elle se refusait à moi, je n'avais plus de raison de vivre. Contrairement à toi – j'ai vu la façon dont tu regardes la nièce de notre logeur – à cet âge je n'avais pas encore connu l'amour d'une femme. Les moines de Cistel, à cette époque, étaient sans doute les derniers pour qui le vœu de chasteté n'était pas devenu parole d'ivrogne ! Quant à ma famille, elle m'importait peu. En somme, je n'avais aucune attache sur cette terre et je n'étais pas vraiment triste de pouvoir la quitter. La mort me rapprocherait peut-être de Celui qui refusait de me tendre la main.

Je partis vers l'ouest, aveuglément, sans bagage, vêtu seulement de mes pauvres habits de moine. Je marchai le jour tout entier, sans m'arrêter, sans manger, sans même voir la nature autour de moi. Je coupai à travers champs, me glissai le long des petits bois, comme happé par le vent d'ouest ou appelé par la mer, peut-être, quittant mes frères sans un au revoir, abandonnant Dieu sur terre. Ne m'y avait-il pas Lui-même abandonné ?

Quand je n'en pus plus, je m'arrêtai et tombai de fatigue. Le lendemain – je n'avais toujours pas mangé – je repartis sans y songer. Mais avant la fin de la journée, j'arrivai au sommet d'une colline, devant un ravin que je ne pouvais franchir. C'était la plus haute colline alentour, et de là l'on pouvait admirer la merveilleuse vallée des Deux Grèves. Tu la connais, je crois.

La vue était fort belle, bien sûr, mais je ne me serais pas arrêté plus longtemps s'il n'y avait eu là quelque chose qui attira mon attention.

Assis sur un tronc d'arbre, un homme étrange, vêtu de peaux de bête, scrutait la vallée et semblait ne pas m'avoir entendu approcher. Je ne l'avais pas vu tout de suite, car son costume étonnant se fondait avec les couleurs de la nature.

Je dois avouer que je fus d'abord un peu effrayé par

ce curieux personnage. Était-ce un brigand, un vagabond prêt à me sauter dessus s'il découvrait ma présence ? Ou bien était-ce un vieillard fatigué qui ne trouvait même plus la force de se tourner vers moi ? Je ne pouvais voir son visage. En m'approchant un peu j'eus plus peur encore, car je vis sur son crâne deux oreilles pointues et poilues, et je crus un instant que ce n'était pas un homme mais peut-être une bête dangereuse, une Brume, comme on les appelait alors. Je restai figé, de plus en plus inquiet, mais poussé par la curiosité je me penchai finalement pour tenter de le voir mieux.

Et je le vis alors. C'était bien un homme, m'assurai-je. Simplement, il portait sur le dos la fourrure d'une Brume. La fourrure d'un loup, pour être bien précis. Et cette fourrure se terminait au-dessus de sa tête par la gueule ouverte de l'animal.

La raison me dictait de fuir, mais en quittant le monastère j'avais choisi de mourir, après tout, et je décidai qu'il était donc ridicule de céder à la peur. Je m'approchai encore. Je vis alors de plus près son visage ténébreux. Sa fine barbe noire, ses yeux d'aigle et ses pommettes saillantes. Il ne me regardait pas, mais, j'en fus certain, il savait que j'étais là. Je compris même qu'il m'avait entendu approcher, mais qu'il n'avait sans doute pas jugé utile de se retourner. Non. Il regardait la vallée, comme captivé tout entier par cette simple vue, et il resta totalement immobile.

Je restai un moment à le dévisager puis à scruter, comme lui, la vallée des Deux Grèves.

Je ne cherchais pas la compagnie, mais le personnage m'intriguait tellement que je ne pus m'empêcher d'engager la conversation.

— Bonjour... C'est une belle vue, n'est-ce pas ?

Je ne sais plus si c'étaient ces mots-là exactement, mais quelque chose d'aussi stupide, c'est certain. Le vieil homme ne répondit pas. Sans me regarder, il porta un doigt devant ses lèvres pour me demander le silence. Pendant tout ce temps, il ne quitta pas la vallée des yeux.

Intrigué, je m'assis délicatement à côté de lui, sur le bord du tronc d'arbre. J'essayai de suivre la direction de son regard. Quel spectacle, quel animal étrange pouvait le captiver ainsi ? J'inspectai la vallée, de haut en bas, pendant de longues minutes silencieuses, mais je ne vis rien, rien de particulier en tout cas. Juste cette vallée verte où naissait la forêt de Baronde.

Le vieil homme ne bougeait pas. Mais je vis soudain un sourire se dessiner sur son visage. J'avais envie de lui demander ce qu'il regardait ou ce qu'il faisait là, tout simplement ; mais je n'osais plus parler. Après tout, de quel droit étais-je venu le déranger ?

Toutefois, je n'avais pas envie de partir. Tout cela m'intriguait trop.

Enfin, le vieil homme, tourna son visage vers moi. Je lui souris. Il me regarda pendant un moment qui me sembla éternel, comme s'il me jugeait, puis il se décida à me parler.

— Vous la voyez ? demanda-t-il d'une voix caverneuse.

Il y avait comme de la complicité dans sa question. Comme s'il était certain que je savais de quoi il voulait parler. Je fronçai les sourcils.

— Si je vois quoi ?

Il parut surpris. Il jeta un coup d'œil vers la vallée puis se tourna à nouveau vers moi.

— La Dame, dit-il simplement.

— Quelle dame ?

— Là. Regardez. Devant la forêt.

Et il reprit la position dans laquelle je l'avais trouvé. Ensorcelé par un spectacle que je ne voyais pas.

Je fouillai du regard le bas de la vallée, les abords de la forêt, mais je ne discernai toujours rien. J'insistai. Mais il n'y avait que des arbres, des prairies et quelques oiseaux. Je jouissais encore de mes deux yeux, à l'époque, mon cher Estienne, et cependant le vieil homme semblait voir quelque chose que moi je ne voyais pas.

— Je ne vois pas de dame, avouai-je, quelque peu embarrassé.

Mon voisin soupira, comme s'il était déçu, puis il se leva lentement. Quand il fut debout, il s'avéra beaucoup moins faible et, surtout, beaucoup moins vieux que je ne l'avais cru. Il était même fort grand, large, et semblait solide comme un roc. Soudain, il parut jeune à mes yeux. Sans doute ces peaux de Brume et son calme l'avaient-ils fait paraître plus âgé.

Il me salua.

— Revenez demain, vous l'apercevrez peut-être, dit-il en souriant.

Puis il se mit en route, comme si tout cela avait été très naturel.

— Attendez ! appelai-je.

Il s'arrêta, se tourna vers moi.

— Nous ne nous sommes même pas présentés, repris-je. Je suis...

J'hésitai. Il haussa les sourcils.

— Je suis Philippe Demas, annonçai-je finalement. Je suis moine, mais je m'appelle Philippe Demas, même si cela fait bien des années qu'on ne m'a pas appelé comme ça...

— Enchanté.

Il s'apprêtait à repartir.

— Et vous êtes ? l'interpellai-je.

Il fit une grimace. Il me regarda. Puis d'un hochement de tête, comme s'il était contraint, il me confia :

— Eh bien, nous avons une chose en commun : moi aussi, cela fait des années que l'on ne m'a pas appelé par mon nom...

Il s'arrêta de parler, songeur et amusé à la fois. C'était décidément un curieux personnage. Il leva les yeux vers moi et il ajouta :

— Je m'appelle Lailoken.

Puis il s'en alla, sans rien ajouter.

Revenir le lendemain ? L'idée ne me plaisait pas vraiment, mon cher apprenti. Cet homme étrange, dont le nom sonnait déjà comme une menace, ne m'inspirait guère confiance. Mais, comme je te l'ai expliqué, je n'avais pas grand-chose à perdre... Après tout, l'affaire m'avait suffisamment intrigué et mon rendez-vous avec la mort pouvait bien attendre ! Après mûre réflexion, je décidai de revenir le lendemain. Mon éducation religieuse avait beau m'avoir prévenu des méfaits de la curiosité, j'y succombai cette fois et sans trop de regrets.

Quand le soir arriva, je n'avais toujours pas mangé et je commençais à me sentir mal. Je me décidai à rejoindre une auberge que j'avais aperçue le matin en amont, et qui n'était qu'à une heure de marche tout au plus. Je n'avais pas un sou mais j'étais encore vêtu de mon habit de Cistel et l'on me servit à souper de bonne grâce. L'aubergiste m'offrit même un lit pour la nuit et ne me demanda en guise de paiement qu'une prière, le lendemain matin, quand je quittai son établissement. J'attendis d'être loin pour rire en songeant au brave homme. Dans l'espoir d'une bonne place au ciel, Estienne, bien des Galliciens seraient prêts à baiser les pieds d'un serviteur du Seigneur ! Après tout, il en est qui vont jusqu'à quitter tous leurs biens, femme et enfants pour suivre notre roi en croisade contre une place au paradis...

Mais moi, je n'attendais plus rien du ciel et tout cela me faisait rire. D'un rire triste, bien sûr. Dieu m'avait refusé le talent de la peinture, Dieu m'avait refusé la grâce, alors je voulais bien brûler en enfer !

Tu dois te demander où je veux en venir avec cette longue lettre, et je ne devrais pas me disperser ainsi, cher apprenti. Pardonne-moi. Mais, patience, tu vas bientôt comprendre. Et tu verras alors que mon secret méritait bien une si longue missive.

Avant midi, j'étais déjà assis au-dessus de la vallée des Deux Grèves, quand mon mystérieux personnage réapparut. Il vit que j'avais déjà pris place sur le tronc où je l'avais trouvé la veille et cela sembla l'amuser.

— Bonjour Philippe, dit-il en s'installant à côté de moi. Vous l'avez vue ?

À présent je savais de quoi il parlait. Enfin, plus ou moins. Je fis non de la tête.

— Vous ne cherchez pas bien, soupira-t-il.

Je haussai les épaules. Dès lors, il ne prononça plus un mot. Il plongea son regard dans la vallée et commença sa longue observation. Je le dévisageai un moment. Je me demandais pourquoi j'étais revenu. Cet homme devait être fou, tout simplement. Ces habits, cette tenue et cette obsession ! il ne pouvait s'agir que d'un dément, rien d'autre. Toutefois, je n'arrivais pas à me résigner à partir. C'était comme s'il me transmettait sa préoccupation et que plus rien d'autre n'eût d'importance.

Je regardai la vallée à nouveau. Je n'y vis rien, bien sûr, rien que forêt, chemins et prés, rien qu'une belle vallée. Et, petit à petit, je me mis à trouver la vue reposante, tout simplement. Soit. Je ne trouvais pas ce que ce vieux fou prétendait admirer, mais au moins je pouvais méditer. Méditer encore sur mon sort, une dernière fois, sur la grâce ou sur Dieu. Sur Cistel, que je ne pourrai plus jamais rejoindre, et sur la mort, enfin, la mort. Elle me semblait être la seule issue pour échapper à la douleur qui déchirait ma vie. Car oui, finalement, la beauté de cette vallée réveillait au fond de moi la douleur de n'avoir pas au bout de mes doigts le don du Beau.

Soudain, alors que j'avais presque fermé les yeux, l'homme qui s'appelait Lailoken se mit à bouger à côté de moi. Je sursautai. Il avait les yeux écarquillés. Son visage resplendissait, comme inondé d'une lumière dont je ne voyais pourtant pas la source. Il semblait être en transe, ou en plein rêve. Lentement, je le vis lever le bras droit et tendre la main devant lui, index dressé. Il avança le doigt dans le vide, comme pour toucher un voile invisible. Ses gestes étaient d'une lenteur excessive. Puis soudain, il retira sa main, comme s'il s'était brûlé. Brûlé sur quoi ? Je n'aurais su le dire, car il n'y avait rien devant lui. Rien que l'air, le silence et le vent...

— Vous ne la voyez toujours pas ? demanda-t-il en passant sa main sur son front.

— Non. Où est-elle, cette dame ? À quel endroit ? Je suis désolé, mais êtes-vous sûr, monsieur, que vous ne rêvez pas ?

Il esquissa un sourire.

— Bien au contraire ! Je suis certain de rêver !

Je haussai les sourcils. Il n'y avait plus de doute, cet homme n'avait pas toute sa raison. Malgré tout, quelque chose me disait qu'il y avait plus dans tout cela que simple folie. Car son regard ne semblait pas mentir. Il se montrait tellement certain, hautain, presque – lui qui voyait ce qui m'échappait.

— Demain, vous la verrez peut-être, répéta-t-il en se levant.

Et il s'en alla comme la veille, sans que je puisse le retenir.

Je restai un moment assis sur le tronc, hébété, à me demander ce que j'allais faire. Pourquoi étais-je tellement intrigué par cet illuminé ? Pourquoi étais-je revenu ? Je ne parvenais pas à répondre à ces questions. Mais le lendemain, je vins m'asseoir à nouveau sur le tronc.

Et le surlendemain. Puis les jours suivants. Les heures et les jours passèrent. Chaque matin je venais m'asseoir en haut de la colline. Et chaque matin, mon étrange compagnon voyait le même spectacle invisible qui se refusait encore à moi. Cependant, je commençais à me satisfaire de ces heures de quiétude face à la vallée des Deux Grèves. Lailoken avait sur moi un pouvoir d'apaisement. C'était comme si, à ses côtés, je ne sentais plus passer le temps. Je me contentais de m'asseoir, de le regarder, d'écouter les bruits de la vallée, et le soir, je retournais à l'auberge d'où l'on n'osait pas me déloger. Là aussi, on devait me prendre pour un fou. Ne l'étais-je pas devenu ?

Jours après jour, les mêmes gestes, la même attente. Mes yeux pleuraient à force de scruter l'horizon. Je ne croyais plus à la vision de l'homme vêtu de peaux de Brume, et pourtant je regardais toujours. Comme une excuse pour ne pas partir. Ne pas aller où je m'étais promis d'aller. Au-devant de la fin.

Puis un matin, un matin comme les autres, Estienne, je la vis.

Tu dois croire que j'ai perdu la raison. Tu dois penser, comme je l'ai pensé un moment, qu'à force de vouloir la voir, j'ai fini par l'imaginer... Mais crois-moi, Estienne, crois-moi, je l'ai bien vue, et tu vas comprendre que je ne te mens pas.

Ce matin-là, j'étais à côté de Lailoken, cet homme étrange qui semblait tantôt jeune et tantôt vieux. Comme chaque matin, nous avions tous deux le regard perdu dans la vallée quand, soudain, dans le silence de cette douce journée, je distinguai un voile liquide se dessinant devant moi. Comme un grand drap transparent, une fine capsule d'eau qui s'était dressée entre la vallée et moi et qui tremblait, brouillant le paysage. Je me frottai les yeux, certain de n'être que la sotte victime d'une hallucination, mais le voile était toujours là, secoué de petites vaguelettes. Je tournai la tête vers Lailoken, et je remarquai qu'il me souriait.

— Ça y est ? Vous la voyez ?

Je haussai les épaules, incrédule. Non. Juste ce voile liquide devant mes yeux. Mais je ne pus le lui dire. Je n'arrivais pas à parler.

Je secouai la tête et regardai à nouveau devant moi. Lentement, le voile s'éclaircit. Les ondes qui le traversaient l'instant d'avant s'écartèrent, puis s'estompèrent les unes après les autres. Et je vis à nouveau la vallée. La vallée des Deux Grèves. C'était bien elle, mais différente.

Ce n'était pas la même lumière. Elle était plus brillante, et plus floue à la fois. Et surtout, plusieurs détails différaient. Depuis le temps que je la regardais, cette vallée, je la connaissais par cœur, et toutes ces petites différences ne m'échappèrent pas. Il y avait là des arbres qui d'habitude n'y étaient pas. Ici, une petite cabane de bois avait disparu. Ce chemin était moins large. Ce pré n'avait plus de clôture...

Je crus que j'allais m'évanouir. Quel délire m'envahissait ? Étais-je en plein rêve ? Étais-je devenu aussi fou que mon compagnon ? Je refusais de croire ce que mes yeux voyaient, et pourtant, chaque fois que je les ouvrais, c'était le même spectacle. Ma vallée, la même petite vallée, mais avec un autre aspect. C'était comme si je regardais une autre époque, me dis-je soudain. Oui. Ce devait être ça. C'était sans doute l'aspect de la vallée quelques années plus tôt. Ou, qui sait, l'aspect qu'elle aurait quelques années plus tard ? Non. Ce n'était pas possible. Quelle magie aurait permis cela ?

Me rappelant le geste de Lailoken et comprenant ce

qu'il avait voulu faire, je tendis la main pour toucher le voile transparent qui s'était dressé devant moi. L'air se troubla autour de mon doigt, comme si j'avais trempé celui-ci dans un lac. Je retirai ma main aussitôt, terrorisé. Je frottai mon doigt. Il était sec.

Puis soudain, je sentis la panique me gagner à nouveau. Je ne pouvais céder devant cette folie. Je tombai à la renverse, me relevai de l'autre côté du tronc et, sans me retourner, je partis en courant, le plus loin possible de ce spectacle impossible. Je ne m'arrêtai qu'une fois réfugié dans ma chambre à l'auberge, où je me blottis jusqu'au lendemain, dans le silence et la peur.

Tu dois me trouver bien lâche, Estienne, mais je ne saurais te dire par écrit combien cette vision fut impressionnante. Je suis peintre, pas conteur, et je ne trouve aucun mot pour expliquer la peur qui me saisit ce jour-là, ce jour où je crus perdre la raison.

Toutefois au petit matin, tu t'en doutes, je ne pus m'empêcher de retourner là-bas. J'arrivai plus tôt que d'habitude. Lailoken n'était pas là. Je ne m'étonnai pas. Je m'assis sur le tronc d'arbre, face à la vallée, et j'attendis.

Comme le temps me parut long ! Je finis par me demander si je pourrais revoir ce qui m'était apparu la veille. Quel imbécile je faisais ! Pourquoi donc m'étais-je enfui ? Et si je ne pouvais plus jamais être le témoin de ce phénomène fabuleux ? La peur de la veille se transformait à présent en angoisse. Il fallait que je sois à nouveau le témoin de cette apparition. Absolument. Je voulais comprendre ! Je ne pouvais pas m'arrêter là. Il me fallait une réponse. Une explication.

Quand arriva le milieu de la journée, je remarquai que Lailoken n'était toujours pas là. C'était peut-être mieux ainsi. J'avais un peu honte de mon comportement de la veille, et nulle envie de parler. Mais avais-je toutefois une chance de revoir cette chose si lui n'était pas là ? Je me posais encore cette question quand enfin le voile se dessina devant moi.

Cette fois-ci je n'en perdis pas une miette. Et ce fut exactement comme le jour précédent. Les mêmes tremblements, le même flou, puis la même vallée défigurée qui prenait forme, comme derrière la surface d'un étang surgi devant moi. Je ne bougeai pas. Je restai assis, bouche bée. Et soudain, oui soudain, comme par enchantement, elle apparut.

C'était une jeune femme magnifique, vêtue d'un grand voile blanc. Ses longs cheveux noirs lui tombaient dans le dos et se noyaient dans le tissu. Elle courait les bras serrés sur sa poitrine. Elle était si belle ! Mais c'était comme un rêve. Sans un bruit. Ses mouvements étaient d'une lenteur troublante. Elle semblait flotter dans le paysage, se fondre avec la lumière.

Je compris alors qu'elle courait vers la forêt. Non. Elle ne courait pas : elle fuyait. Il devait y avoir quelque chose derrière elle. Quelqu'un qui la faisait fuir. Elle se retournait tout le temps, lançait des regards emplis de terreur vers le fond de la vallée.

J'étais le témoin muet d'un spectacle onirique. C'était comme une tapisserie qui prenait vie sous mes yeux. Je regardais la jeune femme sans savoir si elle était vraiment là. Et pourtant c'était si réel ! Je la voyais courir de plus en plus vite. La forêt n'était plus très loin. Bientôt elle pourrait se cacher dans l'ombre des arbres. Puis soudain, je la vis tomber, lentement, et s'étendre sur le sol.

Je me levai d'un bond. Le voile se brouilla. La vallée s'effaça sous mes yeux. La vision tout entière disparut. Je fis un pas en avant, les poings serrés. Mais non. Elle n'était plus là. Il n'y avait plus devant moi que ma simple vallée. Calme. Vide à nouveau. Le voile s'était levé. La fenêtre s'était refermée.

Je sus qu'il me faudrait revenir.

Et c'est ce que je fis, Estienne. Ce que je fis pendant des jours, des jours et des semaines. Plus jamais je ne revis Lailoken : c'était comme s'il m'avait transmis sa vision et qu'il ne jugeait plus utile de revenir, et je finis d'ailleurs par l'oublier. Mais je continuai, moi, de m'asseoir face à la vallée, et chaque jour je fus le témoin de cette même scène. Merveilleuse et horrible à la fois. J'en comprenais chaque jour davantage, je remarquais de nouveaux détails, saisissais mieux chaque élément. C'est ainsi que je sus qu'elle n'avait pas les bras serrés sur sa poitrine. Non. Elle tenait un enfant contre elle, un tout petit enfant, enveloppé dans un linge du même blanc que son voile. Et, si elle tombait avant de pouvoir atteindre la forêt, c'était qu'une flèche lui transperçait le cœur. Je vis aussi ceux qui la faisaient fuir, Estienne. Des guerriers barbares, trois, peut-être quatre, vêtus de cuir noir, qui semblaient venir tout droit de l'enfer. Leurs visages – qu'on distinguait mal – étaient maquillés de peinture marron, et de fines tiges de bois traversaient leur nez et leurs lèvres. Ils étaient armés de sabres et l'un d'eux portait un arc massif... Ils étaient terrifiants. Ils ne ressemblaient à aucun guerrier qu'il m'avait été donné de voir à l'époque, et plus jamais je n'en ai vu d'aussi monstrueux. Ils étaient si larges et si forts qu'ils ne ressemblaient presque plus à des hommes. Mais en était-ce vraiment ?

Quoi qu'il en fût, l'apparition était de plus en plus précise, de plus en plus claire, et de plus en plus longue aussi. Je ne sais si c'était moi qui parvenais à la retenir plus longtemps, mais chaque jour j'apercevais la jeune femme quelques instants de plus. Je la voyais sombrer dans l'agonie, son bébé dans les bras. Et ce spectacle devenait insupportable. Comme une torture qui ne cesse jamais. Jusqu'au jour où je la vis lever les yeux vers moi.

Si tu avais vu ce visage, Estienne ! Je t'ai déjà dit mille fois sans doute que la duchesse de Quienne est la plus belle femme du royaume. Mais je t'ai menti, Estienne. Non. La plus belle femme qu'il m'ait été donné d'admirer, Estienne, ce fut elle. Cette jeune femme aux cheveux noirs, avec ses yeux bridés d'un bleu profond, sa peau comme une plage de sable brun, son corps à peine voilé par ce tissu blanc, maculé de son sang. La simple beauté de ses gestes, son enfant tout contre elle.

Et là, allongée par terre, devinant sa fin proche, elle me regardait, moi. Si près, et si lointain pourtant. Il y avait dans ses yeux toute la sagesse du monde, et toute la détresse aussi. Elle bougeait à peine, et je savais, las, qu'elle allait mourir.

Je l'avais vue mourir tant de fois, à présent.

Comme chaque fois, les larmes envahirent mes yeux. Mais je ne détournai pas le regard. Je la dévisageai. Puis, hésitant, je fis un premier pas. Le voile devant moi se mit à trembler. Je retins ma respiration. Il fallait que je passe de l'autre côté. Il devait y avoir un moyen. Fermer les yeux ? Non. Du courage, peut-être. Ou un tout petit peu de foi. Essayer. Je fis un deuxième pas. Puis un autre. Lentement, je sentis la caresse subtile du tissu que je traversais, son souffle discret sur ma peau. Puis les couleurs reprirent leur éclat. Le monde se remit à parler. Les secondes cessèrent de s'étendre. Et je compris que j'étais passé de l'autre côté.

Sans réfléchir, je me précipitai vers la jeune femme. Je m'agenouillai près d'elle et pris sa main dans la mienne. Mon cœur battait à tout rompre. Je ne pouvais pas la sauver. Je ne pouvais pas !

Soudain, j'entendis un craquement, de l'autre côté du pré où elle était tombée. Les guerriers n'étaient plus loin. Elle leva la tête vers moi.

— Vite ! balbutia-t-elle. Emmenez-le !

Et elle me tendit le bébé qui était encore contre sa poitrine. J'eus un geste de recul. Non. Je ne pouvais pas. Je n'étais pas vraiment là. Tout cela n'était qu'un rêve. Je devenais fou.

— Vite ! insista-t-elle.

Je ne pouvais continuer de la regarder sans rien dire. Si tu avais vu la souffrance dans ses yeux !

— Je... Je ne peux pas ! murmurai-je.

Ainsi, je pouvais parler ? Je baissai les yeux. Je sentais la pression de ses doigts sur ma main. Oui, j'étais donc bien là, auprès d'elle. Tout cela était bien réel. Je n'arrivais pas à comprendre, j'étais terrorisé.

— Emmenez-le dans la forêt !

Dans un dernier effort elle posa l'enfant dans mes bras. Il ne pleurait pas. Il me regardait. Il ne devait avoir que quelques semaines. Cependant il me regardait fixement. Comme s'il comprenait. Comme s'il me suppliait lui aussi.

Je passai mon bras sous sa tête et le serrai contre moi. J'essayai de ne plus trembler.

— Ne le gardez pas avec vous. Ne le confiez à personne. Laissez-le au cœur de la forêt !

— Il va mourir !

— Non. Promettez-moi ! Laissez-le à la forêt !

Je serrai les dents. Les bruits de pas derrière nous étaient de plus en plus forts.

— Comment... Comment vous appelez-vous ? me demanda-t-elle.

J'hésitai un instant.

— Philippe.

— Promettez-moi, Philippe. Promettez-moi, et n'attendez plus ! Laissez-le à la forêt ! Maintenant, fuyez !

Je soupirai, puis j'acquiesçai lentement. Je la regardai une dernière fois. Si belle. Puis je me levai. Mes joues étaient trempées de larmes.

Je l'entendis alors murmurer quelques mots étranges :

— Que la Moïra réponde à ton désir !

Elle ferma les yeux. Je vis alors les guerriers, qui n'étaient plus qu'à quelques pas, et je me mis à courir. Sans réfléchir. Je ne sais si je fuyais les guerriers ou si je fuyais plutôt l'image de cette jeune femme ensanglantée. Serrant l'enfant contre moi, je courus vers la forêt. Je courus longtemps, sans jamais me retourner. J'entendais battre mes tempes, mon cœur, mon pouls. Mes jambes tremblaient à chaque pas. Mais je courus, Estienne. Je courus aussi loin que je le pus. Et je devais être au cœur même de la forêt quand enfin je tombai de fatigue.

Je jetai un dernier coup d'œil derrière moi. Ils n'étaient plus là. Par miracle, je les avais semés, ou distancés tout au moins. Je m'étendis par terre, sur le dos, cherchant mon souffle. Je voyais le bébé monter et descendre sur ma poitrine tant je respirais fort. Et, derrière lui, la cime des arbres. Une voûte verte, si dense qu'on ne voyait plus le ciel.

Quand j'eus retrouvé mes esprits, je me mis à genoux. J'écoutai. Pas un bruit. Alors je me remémorai les mots de la jeune femme. "Ne le gardez pas, ne le confiez à personne." Je voyais encore son visage implorant. Et si sûr. "Laissez-le au cœur de la forêt!"

Comment aurais-je pu désobéir, Estienne? Comment aurais-je pu aller contre la dernière volonté de cette pauvre femme? Je devais honorer ma promesse, déposer l'enfant parmi les arbres. Mais comment pouvais-je abandonner un bébé ici, seul, au milieu d'une forêt? Il n'avait aucune chance de survivre!

Je ne savais que faire. La raison me dictait de ramener le bébé dans le village le plus proche, de le donner à une église, sans doute. Pourtant je ne pouvais m'y résoudre. J'avais promis. J'avais promis à cette jeune femme de donner son enfant à la forêt. Et, de toute façon, aurais-je pu le ramener avec moi? Pourrait-il franchir ce voile que j'avais franchi, lui qui ne venait pas du même monde que moi? Je ne savais même pas si je pourrais moi-même revenir.

Finalement – je ne saurai jamais si j'ai bien fait – je décidai de faire confiance à la jeune femme. Après tout, elle était sa mère, et elle semblait certaine qu'il serait sauvé si je le laissais là, aussi improbable que cela pût paraître. Mais qui mieux que la mère de cet enfant pouvait savoir ce qui était bon pour lui ?

Aussi délicatement que je le pus, je déposai l'enfant au pied d'un arbre. Je rapportai quelques feuilles et quelques touffes de hautes herbes pour lui faire un lit et pour les amonceler contre lui. Je restai un instant à le regarder, immobile, me demandant encore une fois si je n'étais pas devenu fou. Je pris sa main entre mes paumes, et je lui souris, comme si cela avait pu le rassurer. Puis je partis, le cœur déchiré.

Je me remis à courir. Je voulais m'éloigner de l'enfant. Sortir de la forêt. Peut-être pouvais-je le sauver en attirant loin d'ici ceux qui avaient tué sa mère et qui étaient peut-être sur mes traces. Je suivis mon instinct, essayant de repartir vers l'endroit où j'avais franchi le voile. Je devais retrouver la colline qui surplombait la vallée, le point culminant où j'étais tant de fois revenu.

Je courus aussi longtemps que me le permettaient mon état de fatigue et mon désarroi. Bientôt, je vis les arbres s'écarter et j'aperçus l'orée du bois. La vallée. La colline. J'accélérai encore le rythme, cherchant dans ma peur un dernier lambeau de force.

Je venais de sortir complètement de la forêt quand je fus saisi par une immense douleur. Une flèche venait de siffler juste devant moi. Je ne sais si ce fut la chance ou bien les prières de la jeune femme, mais la flèche passa si près de moi que seul l'empennage avait effleuré mon œil. La douleur fut terrible, certes, mais au moins j'échappai – de peu – à la mort. Je tombai toutefois en arrière, presque inconscient, tant la douleur était insupportable. Puis tout s'embrouilla.

Tu me pardonneras d'être aussi vague, Estienne, mais je ne me souviens plus exactement de ce qui s'est passé dans les instants qui ont suivi ma chute. D'une façon ou d'une autre – à cause de la souffrance peut-être, ou bien parce que je suis tombé précisément là où j'avais franchi le voile – je suis repassé de l'autre côté. De notre côté. Je ne sais plus si cela fut instantané, peut-être ai-je rampé, ou peut-être m'a-t-on amené là. Toujours est-il que quand je repris mes esprits, j'étais devant le tronc d'arbre qui surplombe la vallée et du sang coulait abondamment de mon œil. Derrière moi, tout avait disparu. La jeune femme, les guerriers et le rideau qui séparait nos deux mondes.

Tu commences peut-être à comprendre un peu mieux mon histoire, Estienne, et j'espère seulement que tu veux bien me croire, aussi folle qu'elle puisse paraître.

Je suis resté quelques jours dans l'auberge dont je t'ai déjà parlé. On m'a soigné, on m'a sans doute sauvé, même, mais on n'a rien pu faire pour mon œil et c'est depuis ce temps-là, Estienne, que l'on m'appelle le Borgne. Le Peintre borgne.

Je n'ai jamais raconté cette histoire à quiconque, tu sais, et d'ailleurs nul ne pourrait imaginer comment j'ai perdu la moitié de ma vue... On ne me croirait pas.

Quand je fus totalement rétabli, je me forçai d'oublier cette histoire. Et rapidement, je retournai à mes anciens démons. L'obsession qui m'avait chassé du monastère me reprit. La frustration de ne pas être l'artiste que j'aurais tant voulu devenir... Mais cette fois-ci, c'était différent. Je n'étais plus tout à fait le même homme. Je décidai de me donner une nouvelle chance. Je voulais peindre à nouveau.

Après ce que j'avais vécu, je me refusais à baisser les bras. Je fis toute une histoire dans l'auberge pour qu'on m'apporte de quoi peindre, puis je m'enfermai dans ma chambre et je me mis à dessiner. Et tu t'en doutes, Estienne, une seule image hantait mon esprit. Un seul tableau me suppliait d'être peint.

Je me mis au travail. Dès les premières ébauches, je sentis que quelque chose, en effet, avait changé. Les traits me venaient plus facilement, comme si l'on eût guidé ma main ! L'image que j'avais dans la tête commençait à prendre forme sur le bois avec plus de beauté encore que je n'aurais pu l'espérer. Puis vinrent les couleurs. Plus lumineuses que jamais je ne les avais rêvées ! Petit à petit, le tableau prit vie sous mes doigts, et je vis apparaître les traits parfaits de la jeune femme, étendue devant la forêt, son enfant serré contre elle, et son regard transperçant, qui me dévisageait, moi. Un tableau magnifique. Unique. L'œuvre de ma vie, Estienne. La grâce, enfin, s'était posée sur moi.

Tu connais la suite. Quelques semaines plus tard,

avec mon tableau pour seul bagage, je suis arrivé à la cour d'Hélène de Quienne. Elle fut la seule personne à qui je montrai ma peinture. Et cela suffit. Je devins l'homme que je suis aujourd'hui, par la seule force de cette image, si sublime, si parfaite, si pure. Enfin.

Mais sais-tu, Estienne, pourquoi je te raconte tout cela ? Sais-tu pourquoi j'ai tant besoin de me livrer, à présent que je vais mourir ?

Car je pense que je me suis trompé.

J'entends encore la voix de la jeune femme. Je l'entends encore murmurer : "Que la Moïra réponde à ton désir !" La Moïra ? Sais-tu ce que c'est, Estienne, que cette Moïra ? Non, bien sûr. Ce n'est pas dans notre culture. Ici, Dieu a pris sa place. Mais j'ai découvert quelques années plus tard ce que signifie ce mot, Estienne, en fouillant parmi les innombrables volumes de la bibliothèque du palais des Ducs, et en parlant avec les nombreux voyageurs qui, toujours, s'arrêtent à la cour de la duchesse...

Je sais ce que c'est, à présent. La Moïra. Tu le découvriras peut-être un jour. Car oui, comme me l'a souhaité cette jeune femme, la Moïra m'a apporté ce que je désirais le plus. Ce que je souhaitais de tout mon cœur, n'est-ce pas ? La grâce. Le don de peindre. La gloire et le succès... Pourtant, je l'ai compris à présent, la Moïra n'est pas une force magique, Estienne. Elle n'est pas un miracle, non, ni même un sort. La Moïra, cher apprenti, c'est le fil qui relie au futur chacun de nos choix. Chacune de nos décisions ne peut avoir qu'une conséquence. Une seule. Chaque fois que nous choisissons, nous écrivons nous-mêmes notre propre devenir. Il n'y a pas de magie, pas de fatalité, seulement des choix. *Ce sont les hommes qui font l'Histoire.*

Voilà ce que j'ai compris, et voilà le sens de la Moïra.

Mais alors, Estienne, était-ce vraiment ce que j'aurais dû désirer le plus, quand cette jeune femme mourait devant moi ? Était-ce vraiment le choix que j'aurais dû faire ?

Non. Comme je te l'ai dit, je crois que je me suis trompé, mon cher apprenti. Tout au long de ma vie, je me suis trompé. Je comprends, mais bien trop tard, que j'ai fait fausse route. Que mon envie m'a aveuglé. Et j'espère, Estienne, que tu ne feras pas la même erreur. J'espère que tu sauras faire le bon choix.

Car, ce jour-là, Estienne, ce que mon cœur aurait dû désirer le plus n'était pas le don de peindre. Évidemment.

J'espère simplement aujourd'hui que là où je vais, je pourrai retrouver la Dame à la forêt.

Philippe Demas, Pierre-Levée »

# Chapitre 1

## SAUVAGE VOYAGEUR

*La mémoire de la terre est étrangère à celle des hommes. On croit tout connaître de l'histoire et du monde, mais il est des âges anciens où vivaient encore mille merveilles aujourd'hui disparues. Seuls les arbres se souviennent, et le ciel et le vent... Ainsi peut-on lire encore aujourd'hui, gravée dans la pierre, l'histoire de Bohem le louvetier, que les Compagnons du Devoir nommaient Liberté Outre-mer.*

L'hiver de l'an 1154 s'était abattu sur les terres de Gallica avec la force et la violence d'un raz de marée. Jamais le pays n'avait connu de saison aussi rude que celle-là. Le ciel, un matin, avait refusé de s'éclaircir et depuis lors il continuait de plonger le pays dans de tristes ténèbres. Les hommes sortaient peu, réfugiés devant leurs cheminées, et les bêtes, elles, enduraient au-dehors la morsure du froid. Il n'y avait guère que le voile pâle de la neige pour éclairer encore timidement le paysage, alors que les flocons qui tombaient jour et nuit étouffaient l'horizon. Les arbres dénudés étaient des statues noires, entortillées, au milieu des longues plaines. Les plus fragiles pliaient sous le poids de la glace et leurs branches s'enfonçaient dans la neige telles de grandes arches blanches. C'était comme si la nature tout entière essayait de se cacher sous cette fourrure capitonnée pour fuir le froid pénétrant du vent et attendre, immobile, le retour de matins plus cléments. Même les nuages, déchirés, semblaient figés au milieu du ciel comme des cristaux de givre.

Il n'y avait plus de forêt sur la plaine de Northsuter. Bien plus qu'ailleurs, la nature ici avait cédé devant la cruauté de l'hiver. Quelques souches, quelques branches mortes seulement dépassaient péniblement du parterre monochrome, derniers témoins d'un paysage oublié, derniers survivants dans une désolation de glace. C'étaient de toutes petites taches noires sur un long drap plissé.

Et, seul au milieu de cet océan de coton, plus sombre encore qu'une montagne de charbon, se dressait l'Armensul, le doyen de tous les arbres, le frêne immense qui avait été la demeure du Sauvage. Il était si unique, si grand, si disloqué qu'il ne ressemblait même plus à un frêne, mais plutôt à un épouvantable géant de bois, tordu par la douleur et pétrifié par le froid, menaçant comme la mort mais aussi beau qu'un drame. Ses branches, couvertes de neige, s'élevaient tout autour du tronc magistral, bras noueux aux mains grandes ouvertes, squelette aux doigts suppliants, agrippés dans le vide.

Par moments, la brume hivernale s'écartait devant lui et laissait apparaître son grand secret. Son cœur indicible. Au milieu, noyé dans l'écorce noire, enchevêtré dans un labyrinthe de ramures torses, un corps blafard était suspendu, nu, tête en bas, abandonné les bras en croix, chevilles et poignets retenus par des nœuds de branchages. C'était le corps d'une jeune femme, froid et statique comme une statue de cristal aux formes merveilleuses. Ses cheveux étaient des fils d'argent, son visage un masque de verre où la terreur s'était soudain crispée. Piégée par le gel et par les longs tentacules de bois, comme morte, elle semblait pourtant attendre sa renaissance, sa résurrection. L'éclair de soleil qui saurait lui redonner vie. Le corps pendu au-dessus du sol, comme soumise au poids du gel, elle attendait.

Mais elle ne pourrait plus attendre longtemps. Une seule goutte de sang la séparait encore de la mort, comme la goutte de sève qui faisait vivre l'Armensul. Une seule goutte. Si peu d'espoir.

Son nom était déjà une légende. Inscrit dans la terre comme dans le cœur des hommes. Elle était cette jeune femme étrange qui avait su allumer le regard de Bohem, cette aventurière trop jeune qui voulait devenir troubadour. Elle était celle qui avait fait apparaître la Licorne, elle était une sœur, une amie, une amante, une nièce. Elle était une femme.

Elle était Vivienne, et l'Armensul était sa prison.

⁂

Loeva aperçut enfin la silhouette de Bohem à travers les arbres. Elle s'approcha lentement pour le regarder. Ses cheveux d'un noir de jais cachaient à peine son profil élégant et retombaient sur sa nuque, parsemés de cristaux de givre. On devinait sous les ombres de son front la cicatrice qui barrait son visage. Pensif, il était adossé à un grand rocher couvert de neige.

C'était une image d'une grande tristesse, pensa la jeune fille. Bohem avait l'air si seul, si préoccupé. Et elle savait pourquoi. La voix des Brumes avait disparu. On pouvait le deviner en regardant son visage nostalgique. C'était comme si la forêt l'avait abandonné. Pourtant, ils n'avaient pas eu le choix. Il avait fallu s'y résoudre. Les Brumes devaient partir.

Loeva poussa toutefois un soupir de soulagement. Malgré la faible lumière diffusée par la lune grise de l'hiver, elle l'avait tout de même retrouvé. Enfin ! Cela faisait déjà un bon moment qu'elle était partie dans le froid à sa recherche, contre l'avis de Mjolln et de Fidélité, et elle commençait à ne plus y croire.

Les disparitions de Bohem l'inquiétaient de plus en

plus, comme elles inquiétaient sans doute tous les autres, bien qu'ils ne pussent l'avouer. Ils marchaient tous les jours depuis presque une semaine et, le soir venu, Bohem s'en allait sans rien dire, avant même d'avoir mangé. C'était devenu un rituel silencieux, que tout le monde – à part elle – faisait semblant d'accepter.

Loeva ne le supportait plus. Et elle finissait même par trouver son ami impoli. Nul ne savait vraiment où Bohem les guidait, pas même le nain ou le Compagnon, ses deux meilleurs amis, et tous les louvetiers le suivaient sans rien dire, aussi dociles qu'un troupeau derrière son berger.

— Te voilà enfin ! s'exclama-t-elle en s'approchant encore.

Comme elle arrivait par derrière, elle s'était attendue à le voir sursauter ; mais il l'avait sans doute entendue venir car il ne parut pas surpris. Il tourna lentement la tête et lui sourit. Ses joues étaient rougies par le vent glacial.

— Bon ! reprit Loeva en fronçant les sourcils, tu ne crois pas que tu pourrais au moins nous dire où nous allons ? Et puis ce n'est pas très courtois de partir comme ça tous les soirs sans rien nous expliquer !

Bohem s'étonna. Il n'avait plus l'habitude qu'on lui parle ainsi. Même Mjolln et Fidélité, qui ne s'étaient pas privés par le passé, le ménageaient à présent. Depuis sa blessure et le départ des Brumes... Il sourit à nouveau.

— Allons, petite sœur, assieds-toi à côté de moi et arrête de me sermonner, répliqua-t-il en tapotant le sol à côté de lui.

— M'asseoir ici, dans la neige ? Certainement pas !

— Assieds-toi, enfin ! Regarde, c'est sec ici, près du rocher. Allez, viens ! Je vais t'expliquer.

La jeune fille grimaça, puis elle s'exécuta nonchalamment. Bohem reprit sa position méditative, respira profondément, puis il murmura :

— Tu veux savoir où nous allons ?

— Oui, et je pense que je ne suis pas la seule !

— Nous allons... Nous allons à Mont-des-Marais, Loeva.

— Mont-des-Marais ? C'est où ?

— Dans le Sud, dans le duché de Quienne.

— D'accord. Et qu'est-ce qu'on va faire là-bas ?

— Retrouver Hélène de Quienne.

— Elle est là-bas ? s'étonna Loeva.

— Oui. C'est là qu'elle est allée se réfugier après sa dispute avec Emmer. Elle va se joindre à nous pour nous aider à retrouver Vivienne, et elle ne sera sans doute pas de trop.

— Pourquoi tu ne nous l'as pas dit plus tôt ? Pourquoi tu ne dis rien aux louvetiers ? Ils sont bien gentils d'accepter de te suivre comme ça, sans avoir d'informations !

Bohem acquiesça, mais il ne répondit pas vraiment. Il avait l'air absent : sa préoccupation était ailleurs.

— Et pourquoi tu te retires comme ça tous les soirs ? insista la jeune fille.

Le louvetier la regarda un long moment. Il trouva que son visage avait changé. Ses épais cheveux bruns étaient un peu plus longs, et elle avait perdu son air de garçon malicieux. Bohem lui prit la main tendrement. Il la serra dans la sienne, avec insistance, espérant sans doute que ce geste fraternel vaudrait mille pardons, et que Loeva, celle qui était devenue sa petite sœur, pourrait le comprendre mieux que personne.

Il se sentait tellement responsable d'elle ! Elle était la seule fille, au milieu de tous ces garçons bien plus âgés qu'elle, mais jamais elle ne se plaignait. Elle se comportait comme une adulte, et son courage était même un exemple pour la plupart d'entre eux.

— Tu sais... J'ai juste besoin d'être un peu seul, expliqua le louvetier.

La jeune fille hocha lentement la tête.

— Je vois.

— Mais tu as raison, reprit-il, je te dois, à toi au moins, quelques explications.

— Je t'écoute.

Bohem tourna la tête et plongea à nouveau son regard dans les ténèbres de la forêt.

— Le soir, j'ai besoin de me retrouver seul pour deux raisons, Loeva. D'abord, cela me permet de méditer et de trouver en moi les réponses que je cherche. C'est comme ça notamment que j'ai... *compris* où est Hélène de Quienne.

— Vraiment ? Rien qu'en méditant dans la forêt ? se moqua l'ancienne petite voleuse.

— Oui. Je la vois dans le monde de Djar, Loeva, et je vois aussi Vivienne. Mais pour cela, j'ai besoin d'être seul, en retrait.

— Bon. D'accord. Et la deuxième raison ?

— La deuxième raison... La deuxième raison, petite sœur, tu vas la voir bientôt, si nous ne faisons pas trop de bruit.

La jeune voleuse inclina la tête d'un air surpris. Bohem porta l'index à sa bouche, fit un clin d'œil à Loeva, puis lui fit signe de regarder devant eux, vers le sud.

Les bruits de la nuit étaient étouffés par l'hiver. Tout était calme, immobile, silencieux. La neige avait cessé de tomber au milieu de l'après-midi et l'on entendait seulement par moments des bruissements dans les arbres, là où les branches finissaient par céder sous le poids des congères.

Ils restèrent un long moment côte à côte, main dans la main, emmitouflés dans leurs manteaux de laine comme deux enfants devant le foyer d'une ferme. De petits nuages de buée s'échappaient de leurs bouches et s'évanouissaient dans la nuit tels des fantômes en fuite.

Loeva se laissa emporter par ses pensées. Au fond, elle était heureuse, fière presque, de pouvoir partager cet instant avec Bohem. Son grand frère. Elle repensa à la vie qu'elle avait quittée, dans les ruelles de Lutès, aux longs silences qui pesaient à l'époque sur ses soirées, sur ses longues nuits, et à l'angoisse sourde, chaque jour renouvelée, l'incertitude, la faim... Elle aurait refusé, à l'époque, d'imaginer une autre vie, d'envisager même qu'une amitié comme celle-ci pût la saisir encore dans sa chute solitaire. Et pourtant... Pourtant elle ne s'était jamais sentie aussi bien, au milieu de tous ses nouveaux compagnons, tellement différents des badauds et des chalands pressés qui la bousculaient dans les rues de Lutès et à qui elle faisait les poches, pour vivre, certes, mais pour se venger aussi. Pour exister, en somme. Elle n'avait plus besoin de tout cela. Ici, elle avait l'impression d'exister, vraiment. De ne plus être une ombre gênante au coin d'une ruelle. Elle se sentait utile, elle se sentait aimée, elle se sentait vivre. La vérité, c'était que, comme ces dizaines de louvetiers, elle était prête à suivre Bohem n'importe où.

Puis elle pensa à Vivienne. La femme dont Bohem semblait si amoureux. Elle se demandait, jalousement peut-être, comment elle était. Douce, ou bien sévère ? Était-elle belle ? Était-elle aussi étrange que le louvetier ? Qu'avait-elle de plus que les autres pour avoir ainsi conquis Bohem ? S'entendrait-elle bien avec elle ?

Et surtout... Surtout, était-elle toujours vivante ?

Soudain, une ombre glissa au milieu des arbres. Loeva redressa la tête, le regard inquiet. Un frisson lui parcourut l'échine. Elle sentit la main de Bohem serrer plus fortement la sienne. Elle respira profondément. Puis, comme elle l'avait espéré, elle vit apparaître deux loups juste devant eux, à quelques pas seulement, comme deux songes au cœur de la nuit.

La jeune fille les reconnut instantanément. De toute façon, elle n'avait pas besoin de les reconnaître : ils étaient les deux dernières Brumes de Gallica, les deux seules que Bohem avait pu sauver. Il y avait le grand mâle gris, à la fourrure magnifique – que le louvetier appelait Zao – et sa compagne, plus fine, plus petite, mais qui avait la même assurance à chacun de ses pas et ce même regard, fier et droit, qui brillait dans la nuit comme un couple de lucioles insolite.

Les deux loups s'approchèrent lentement, pas à pas, avec la méfiance des Brumes, puis ils s'arrêtèrent au pied d'un arbre, la queue basse. La femelle s'avança davantage, comme pour défier sa peur. La gueule baissée, elle regardait Bohem.

— Comme ils sont beaux ! J'ai envie de les caresser, murmura Loeva.

— Je sais. Oui. Mais laissons-les tranquilles, répondit Bohem.

— Tu crois qu'ils n'aiment pas les caresses ? demanda la jeune fille.

— S'ils en veulent, ils viendront les chercher.

La jeune fille acquiesça. Elle pencha la tête pour essayer de mieux les voir. C'était donc eux que Bohem venait retrouver tous les soirs ? Elle s'en était doutée, et les autres – Mjolln et Fidélité – le supposaient aussi. Mais les voir ! Les voir, là, devant elle, c'était tout autre chose !

— Disons-leur plutôt adieu, Loeva. Disons-leur adieu pour toujours...

La petite voleuse fronça les sourcils. Leur dire adieu ? Déjà ? Alors qu'elle ne les avait vus que de si courts instants ? Et leur dire adieu pour de bon, de surcroît ? Oui. Bien sûr. Demain, Bohem et les siens allaient descendre davantage vers le sud. Mais les loups, eux, devaient rester dans la forêt de Roazhon. Il fallait qu'ils s'y cachent, longtemps, loin du regard des hommes. Le louvetier avait raison : il était temps de leur dire adieu. Mais comme c'était triste !

Loeva envoya un baiser en direction des Brumes, puis Bohem tapa dans ses mains d'un coup sec et bruyant. Les loups sursautèrent et s'éloignèrent à toute vitesse.

— Allez ! leur lança Bohem en se levant. Allez-vous-en !

Puis, le visage triste, il aida Loeva à se lever. On devinait dans son regard sa peine. Cette certitude qu'il ne reverrait plus les loups...

— Retournons au campement, petite sœur.

La jeune fille le suivit, attendrie.

— Demain, nous devons nous lever tôt, reprit-il d'une voix autoritaire comme pour chasser son affliction, et nous mettre rapidement en route pour gagner du temps. Je suis pressé de te présenter à Hélène de Quienne.

— À la duchesse ! s'exclama la jeune fille en imitant la voix d'une noble dame.

— Oui. Mais tu verras, elle te plaira. J'en suis certain.

— Et Vivienne ? demanda Loeva d'un air malicieux.

Le louvetier sourit.

— Oui. Vivienne aussi, bien sûr. Je pense que vous vous entendrez bien.

— Comment est-elle ? insista la jeune fille.

— Tu verras... Allons, dépêchons-nous !

*
**

— Le prêtre. Allez me chercher le prêtre !

Livain VII, roi de Gallica, était allongé sur un lit de fortune, à l'abri d'une tente en toile déchirée, à quelques lieues de la ville de Bleiz. Sa blessure le faisait souffrir atrocement et il avait perdu beaucoup de sang. Aboulcassim, le médecin arabe qui suivait le roi depuis plus de quinze ans – l'un des meilleurs praticiens d'Orient et d'Occident, disciple du célèbre Abou Ali Ibn Abdillah – était mort devant les remparts de Pierre-Levée pendant la bataille, le cœur transpercé par une flèche ennemie. C'était l'un de ses apprentis qui soignait le roi à présent, tant bien que mal, mais il était loin d'avoir l'expérience de son maître et il ne disposait en outre que de très rares plantes médicinales. En plein hiver, il était difficile de trouver quoi que ce fût alentour pour tenter de guérir le roi.

L'état de Livain s'aggravait de jour en jour et il ne lui était plus possible de continuer sa fuite vers Lutès. Des messagers étaient partis chercher les meilleurs chirurgiens de la capitale, mais il faudrait encore du temps avant que ceux-ci ne parviennent au chevet du souverain, et il se murmurait ici et là que le roi serait mort bien avant.

Le froid n'arrangeait rien, pas plus que le secret dans lequel devait rester cette armée en déroute. Sa position ne devait en aucun cas être divulguée, de peur qu'Emmer ne fût à la poursuite de Livain. Elle était donc contrainte de se cacher au milieu d'une forêt dévastée, loin de la chaleur des villes.

Le père Lefrançois, le seul prêtre qui avait survécu à l'hécatombe de Pierre-Levée, entra enfin dans la tente du roi. Il traversa l'espace désolé de cet abri fragile, qui n'était pas digne d'un roi, songea-t-il.

— Majesté...

— Approchez, murmura Livain sans se tourner vers son visiteur, approchez, mon père.

Allongé sur le dos, blafard, il avait le regard fixé sur le plafond de la tente et le visage crispé.

Le prêtre attrapa un tabouret et alla s'asseoir à côté du lit.

— Comment vous sentez-vous, Majesté ?

Le roi poussa un soupir, mais le fantôme d'un sourire glissa sur sa figure. Il était aussi blanc que les draps qui couvraient son pauvre corps. Ses lèvres étaient sèches, comme parcheminées, et ses yeux malades ne s'ouvraient presque plus.

— Je n'ai même plus la force de prier, mon père...

Le prêtre posa ses mains sur l'épaule du monarque. Un geste de familiarité qu'il ne se serait jamais permis s'il n'avait passé de longues heures au chevet du roi depuis leur fuite de Pierre-Levée. Deux jours plus tôt, le père Lefrançois avait même dû administrer l'extrême-onction à Livain, croyant qu'il était sur le point de mourir, et cela avait inévitablement rapproché les deux hommes d'une manière profonde et embarrassante à la fois. Les mots résonnaient encore dans sa tête. « Que le Seigneur, en vertu de son onction sainte et par sa grande miséricorde, te pardonne tous les péchés que tu as commis par tes yeux. Crois au Seigneur Jésus, et tu seras sauvé. »

— Vous priez pour moi, n'est-ce pas, Lefrançois ?

— Bien sûr, Majesté, je prie chaque heure pour vous.

Le roi acquiesça lentement.

— J'ai... J'ai tellement péché...

— Livain, vous êtes en paix avec le Seigneur. Vous avez donné votre vie au Christ, vos péchés seront pardonnés. Vous avez reçu l'extrême...

Livain lui coupa la parole d'un geste fébrile de la main.

— Combien... Mon père, combien sont morts ? Ou plutôt... Combien... Combien ont survécu ?

Le prêtre pinça les lèvres. Ils étaient arrêtés depuis deux jours à présent, ils avaient eu le temps de compter. De compter les vivants, les blessés, de rassembler ceux qui s'étaient laissé distancer. Et les chiffres étaient pires encore qu'ils ne l'avaient imaginé...

— Nous ne sommes pas nombreux, Majesté...

— Combien ? insista le roi.

— À peine plus de mille deux cents, avoua le prêtre en détournant le regard.

Livain serra les paupières, mais il ne put retenir quelques larmes. Était-ce possible ? Il était arrivé avec plus de cent mille hommes. Combien étaient morts, combien avaient fui ? Combien en avait-il abandonné là-bas, dans les faubourgs de Pierre-Levée ?

— Maudit Goetta ! Ce traître, ce...

— Majesté, coupa le prêtre, ne pensez plus à tout ça... Il faut vous reposer, maintenant. Les chirurgiens de Lutès devraient arriver demain, ou après-demain, sans doute. Ils prendront soin de vous.

Mais non, le roi ne pouvait penser à autre chose. Toutes ces morts, cette défaite ! Et la trahison du général Goetta, qui avait fui au milieu de la bataille... S'il s'était battu jusqu'au bout, les choses auraient peut-être été différentes. Comment l'officier avait-il pu l'abandonner ainsi ? Livain n'inspirait-il plus suffisamment le respect ?

— Je n'aurais jamais dû attaquer Emmer, mon père. Je me suis trompé, une nouvelle fois. Et Pieter qui n'est pas là... Pieter le Vénérable, mon bon abbé de Cerly ! Il sait, lui. Je me suis trompé...

— Majesté, oui, nous nous sommes *tous* trompés, sur une chose : la certitude de notre victoire. Mais pour le reste, nous avons fait, *vous* avez fait ce qui vous semblait juste...

Le roi bougea lentement la tête sur son oreiller. Sa voix, ses yeux, l'ouverture amorphe de ses lèvres, tout en lui trahissait une profonde tristesse.

Le prêtre, voyant que son souverain était épuisé, se leva sans faire de bruit, fit un signe de croix et se retira.

Livain se tourna péniblement sur le côté, pour ne plus voir la lumière du jour qui perçait à travers ses paupières. Il sentit les larmes froides glisser sur ses tempes ridées.

À nouveau, Dieu l'avait abandonné. Tout était devenu si compliqué ! N'avait-il pas pourtant agi avec la bénédiction du pape et celle de l'abbé de Cerly ? N'avait-il pas cherché à redonner à Gallica l'unité qui lui faisait tant défaut ? Et ce, en ne perdant jamais de vue sa foi chrétienne ? Il n'avait jamais rien voulu d'autre que faire de Gallica le plus grand royaume chrétien. Chasser les hérétiques du comté de Tolsanne, bouter le roi de Brittia hors du pays et offrir enfin au pape un allié fidèle, cohérent, et tout entier dévoué au message du Christ. N'avait-ce pas été son seul dessein ?

Mais il se sentait si seul, aujourd'hui, seul devant

les portes de la mort. Il n'entendait même plus la douce voix de Dieu, profonde et calme, qui le visitait chaque fois qu'il était en proie au doute. Et Camille, sa belle et jeune femme, avait disparu. L'avait-elle abandonné, elle aussi ? Elle qui lui avait tant promis ! Elle qui devait lui apporter cette alliance décisive avec le royaume de Chastel, où était-elle à présent ? Se cachait-elle ? Avait-elle été enlevée ? Ou bien complotait-elle à Lutès contre lui ?

Il n'avait plus la force de se poser ces questions. Plus le courage d'envisager les réponses. Tout s'était écroulé autour de lui, avec la défaite de Pierre-Levée, et jamais il n'aurait l'énergie de reconstruire ce qu'il avait lui-même détruit. Mais comment faire ? Il n'avait pas de fils sur lequel se reposer. Pas de descendance pour assurer à nouveau l'unité du royaume après sa mort. Gallica allait sombrer dans le chaos, et, dans la mémoire des gens, il resterait à jamais le roi qui avait détruit ce que son père avait bâti au cours d'une longue vie. Le roi qui avait réduit en cendre le royaume de Gallica.

Livain serra les poings et pleura de plus belle. Comme la mort tardait à venir le prendre enfin !

⁂

Le grand loup gris avançait, la queue basse, le long des arbres dégarnis. À la lisière de la forêt, les traces de ses pas se confondaient dans la neige avec les brindilles et les buttes de terre. Il trottait, léger comme une ombre, et, la langue pendante, jetait des coups d'œil rapides vers la grande plaine blanche où il avait aperçu la longue file des verticaux. Quelques pas derrière lui, la louve le suivait au même rythme. Leur beau pelage d'hiver, épais et dense, leur donnait fière allure – ils étaient comme deux poupées de fourrure dans les bras de dame nature. Ils se ressemblaient de plus en plus, et leurs pas se mariaient si bien qu'ils ne semblaient faire qu'un.

La neige était encore tombée abondamment, cette nuit-là, et avait balayé l'horizon bosselé de la région tout entière. Les deux loups paraissaient flotter au bout d'un lac immaculé, comme deux embarcations indistinctes glissant l'une derrière l'autre. Ils arrivèrent bientôt au pied d'une petite colline. Sans ralentir, ils grimpèrent la pente, trottinant droit devant eux, la gueule tout près du sol, puis ils s'arrêtèrent au sommet. La louve s'assit dans la neige, calme, sereine, et son compagnon resta sur ses quatre pattes, face à la plaine qu'ils surplombaient. Ferme et droit, le grand loup gris ressemblait à une statue de pierre dressée contre le temps sur cette crête rocheuse.

Ils regardaient tous deux dans la même direction. En bas, dans la vallée, le groupe des verticaux avançait lentement vers le sud, laissant sur le sol une longue traînée sinueuse. Et, à la tête de cette grande meute, ils devinaient la silhouette de celui qui venait les voir chaque soir. Le vertical aux gestes doux, aux yeux clairs et au regard pénétrant. Celui qui voyait comme eux. Il n'était pas comme les autres, celui-là. Il ne leur inspirait aucune crainte. Il était presque des leurs. Il les avait sauvés, un jour. Et la veille, ils avaient compris qu'il allait partir.

Les deux loups regardèrent s'éloigner en silence la colonne des marcheurs. Ils poussèrent quelques jappements plaintifs. Ils comprenaient peut-être que c'était la dernière fois qu'ils le voyaient, que les verticaux quittaient ce territoire pour toujours. La forêt allait retrouver sa quiétude et son silence. Vaste, protectrice, encore giboyeuse malgré le froid, elle serait un asile généreux contre la violence de l'hiver. Mais cela suffirait-il ? Zao et sa femelle pourraient-ils accomplir leur destin ? Leurs chances de survie étaient-elles suffisamment élevées ? Les réponses ne leur appartenaient pas.

Au cœur de la forêt de Roazhon, l'heure était venue pour les Brumes de commencer une nouvelle vie. Une nouvelle meute. Il n'y aurait pas d'autre occasion.

Quand les verticaux eurent enfin disparu, le couple de loups gris se remit en route vers le nord.

⁂

La couche épaisse de neige rendait la marche difficile pour les hommes comme pour les quelques chevaux qui transportaient les plus lourds bagages. Mais Bohem ne leur permettait pas de ralentir. Vivienne était toujours loin d'ici, prisonnière de l'Armensul, comme endormie dans un sommeil éternel, il n'y avait pas de temps à perdre. Plus vite ils auraient rejoint Hélène de Quienne, plus vite ils pourraient aller sauver la jeune fille de sa prison de bois. En espérant qu'ils n'arriveraient pas trop tard.

Le louvetier avait vu plusieurs fois l'image de Vivienne dans le monde de Djar. Son corps nu, d'un blanc glacial, ses bras en croix, son visage baissé au milieu des branches noires. Cette image le terrifiait. Mais il lui semblait qu'elle était en vie. Inconsciente, certes, mais vivante. Il pouvait le sentir, comme s'il entendait battre son cœur à travers les vapeurs fantasmatiques du monde des rêves.

Il préférait ne pas trop y penser et se contentait de presser ses compagnons. Malgré la blessure à son côté qui le faisait encore souffrir, il marchait en tête du convoi et ne ralentissait pas, le regard loin devant lui, le pas sûr et le dos droit.

Au milieu de la matinée, Fidélité vint marcher à ses côtés. Le froid colorait de rose son visage joufflu et son crâne chauve. Son écharpe bariolée de Compagnon était gelée, dure comme l'écorce d'un arbre, et le bleu de ses vêtements avait presque complètement disparu sous le givre. Sa grande canne s'enfonçait à chaque pas avec bruit et projetait quelques flocons derrière lui.

— Tu les as vus ? demanda simplement le forgeron, le souffle court.

Bohem acquiesça. Bien sûr. Il les avait même

entendus, ses loups, au fond de lui. Il avait entendu leur voix. Elle était la seule à présent, qui habitait la forêt de Roazhon. La dernière voix des Brumes.

— Ils nous regardent quitter la vallée, expliqua le louvetier.

— Ils ne vont pas nous suivre, cette fois ? demanda La Rochelle en jetant des coups d'œil vers le sommet de la colline, où il avait aperçu les deux loups.

— Non.

— Pourquoi ?

— Leur place est ici, dans la forêt. Loin des hommes.

Le Compagnon hocha la tête. Puis ils gardèrent le silence un moment, bercés par le craquement de leurs pas dans la neige.

Soudain, Bohem se tourna vers le Compagnon et lui dit d'un ton paternaliste :

— Fidélité, j'ai réfléchi, et je ne veux pas que tu viennes avec nous.

— Pardon ? s'étonna La Rochelle.

— À Mont-des-Marais. Je ne veux pas que tu viennes.

— Mais qu'est-ce que tu racontes ?

Bohem tendit la main vers le cou de son ami.

— Il manque une couleur à ton écharpe, Compagnon.

Fidélité haussa les sourcils.

— Tu as suffisamment retardé la date pour passer Compagnon Fini, continua le louvetier, et tout ça à cause de moi. Ton Tour de Gallica devrait être fini depuis longtemps, mais en me suivant partout comme tu l'as fait si généreusement, tu n'as pas pu aller jusqu'au bout de ton parcours. Et cela me gêne beaucoup. Tu mérites d'achever ton compagnonnage, La Rochelle. Il faut que tu ailles dans une ville du Devoir te faire recevoir comme Compagnon Fini.

— Tu plaisantes ? s'exclama le forgeron. Cela peut bien attendre, nous avons des choses beaucoup plus urgentes à faire ! Tu auras besoin de moi pour aller chercher Vivienne.

— Non, non. Nous serons assez nombreux avec les louvetiers et les soldats d'Hélène de Quienne ! Nous n'avons pas besoin...

— Assez nombreux ? coupa le forgeron. Nous ne le serons jamais ! Tu ne sais pas ce qui nous attend, devant l'Armensul. Qui sait si Lailoken ne sera pas là pour t'affronter à nouveau ?

— Lailoken est prisonnier du monde de Djar, Fidélité. Nous n'avons plus rien à craindre de lui. Pas pour le moment, en tout cas.

Le Compagnon haussa les épaules.

— De toute façon, je n'ai pas le moindre empressement à devenir Compagnon Fini, c'est le cadet de mes soucis !

— Pas le mien, monsieur La Rochelle. Par ma faute, Vivienne n'est pas devenue troubadour, alors que c'était son rêve le plus profond. Et toi, tu n'as pas achevé ton Tour de Gallica. Je ne supporte plus d'être ainsi au centre de vos vies, d'être l'objet de vos sacrifices. Tu dois t'accomplir toi-même, mon ami, cela compte autant à mes yeux que les missions que je me suis fixées...

— Allons ! Ne sois pas si narcissique, Bohem ! Ces « missions » ne te concernent pas exclusivement, c'est notre pays tout entier qui est en danger, et nous sommes tous impliqués, autant que toi. Nous ne faisons pas cela pour toi, nous le faisons parce que cela nous semble juste...

— Oui, oui, tu m'as déjà dit tout cela, mais il n'empêche que tu n'es toujours pas Compagnon Fini, et que c'est ridicule ! Je n'ai pas besoin de ton aide pour aller chercher Vivienne, tu pourras tout à fait nous rejoindre plus tard, quand tu seras devenu maître et que tu auras sur ton écharpe toutes les couleurs d'un véritable Compagnon. Vivienne dirait la même chose si elle était ici, c'est même elle qui m'a rappelé, plusieurs fois, que tu avais interrompu ton apprentissage uniquement pour me porter secours.

— J'ai envie, tout autant que toi, de revoir Vivienne vivante, et je ne te laisserai pas y aller sans moi.

Fidélité, qui semblait quelque peu agacé, avait prononcé ces dernières paroles avec fermeté, et le ton de sa voix indiquait clairement qu'il ne reviendrait pas sur sa décision, que la conversation était finie. Bohem ne put s'empêcher de sourire.

— C'est donc ça, tu es encore amoureux d'elle ! se moqua le louvetier en s'approchant de son ami.

— Imbécile ! répliqua le forgeron. Vivienne est avec toi, et si ce n'était pour l'amitié profonde que je lui voue, ce serait au moins en l'honneur de celle que j'ai pour toi que j'irais sauver cette femme, coûte que coûte !

Bohem hocha lentement la tête et posa une main sur l'épaule du Compagnon.

— Tu as déjà fait beaucoup pour nous deux, mon ami. Allons, n'en parlons plus, nous avons encore du chemin à parcourir.

Ils marchèrent ainsi, l'un à côté de l'autre, jusqu'à la fin de l'après-midi. Au fond d'eux brûlaient la même angoisse, la même impatience. Revoir Vivienne. La trouver avant que la mort ne l'emporte. Et plus le temps passait, plus leurs chances étaient minces.

***

La ville était envahie par la neige et les nombreux habitants de la région qui avaient accouru pour participer à la reconstruction de Pierre-Levée devaient lutter chaque jour un peu plus contre les éléments. Paysans, commerçants, artisans, bourgeois, femmes, adolescents, tout le monde participait. Il y avait eu au cœur du comté de Pierevain un élan de solidarité sans précédent, que seul venait gâcher l'absence d'Hélène de

Quienne, dont on n'avait toujours aucune nouvelle. Les sentiments à son égard étaient mitigés, et les rumeurs allaient bon train. Avait-elle abandonné les siens ? Ou bien avait-elle eu raison de signifier son désaccord avec Emmer en quittant Pierre-Levée ? Mais surtout, où était-elle aujourd'hui, et pourquoi ne revenait-elle pas ici, où l'on avait tant besoin d'elle ?

Les uns et les autres essayaient de ne point trop y penser, de reporter ces questions à plus tard et se réfugiaient dans les travaux qu'ils avaient à faire. Il avait déjà fallu plusieurs jours pour rassembler et inhumer tous les cadavres à l'extérieur des faubourgs. La fumée noire et nauséabonde avait longtemps plané dans le ciel hivernal. Puis on avait dégagé les principaux gravats qui bloquaient les grands axes de la ville. Enfin, on avait commencé à rebâtir. En priorité, on s'était attelé à l'enceinte, aux toits des habitations et, bien sûr, au palais des Ducs. Mais il faudrait des mois, plus d'un an peut-être, pour tout réparer. Et une génération complète, sans doute, pour oublier.

Plusieurs églises avaient brûlé et leurs clochers s'étaient abattus sur la ville comme de grands arbres morts. Le baptistère Saint-Jean, heureusement, avait été épargné, mais le quartier du marché, lui, avait beaucoup souffert. De façon générale, les principaux dégâts étaient recensés aux deux endroits où la bataille avait été la plus féroce : sur les remparts de la ville et sur le palais de la duchesse lui-même.

Mais pour reconstruire le palais – qui était une véritable œuvre d'art – il faudrait demander l'aide des Compagnons et, pour le moment, Emmer n'en avait pas la moindre envie. Tant qu'il n'aurait pas réglé l'affaire de cet étrange Bohem, tant qu'il n'aurait pas compris ses liens avec les Compagnons, le roi de Brittia se refusait à faire appel à ces artisans insolites, aussi réputés fussent-ils.

Assis dans le bureau de son épouse où il avait essayé toute la matinée – en vain – de trouver des informations sur Bohem, Emmer II Capigesne était plongé dans ses pensées. Il avait le regard perdu dans un tableau de Philippe Demas, le célèbre Peintre borgne, accroché près de la fenêtre, quand on frappa soudain à la porte.

Le roi sursauta.

— Entrez ! dit-il en refermant les tiroirs qu'il avait ouverts autour de lui.

Le général Chroce apparut alors dans l'ouverture de la porte, les vêtements et les cheveux trempés.

— Vous m'avez fait chercher, sire ?

Le roi acquiesça et fit signe à l'officier de venir s'asseoir en face de lui.

— Prenez place, mon bon général, prenez place. A-t-on des nouvelles de la reine ? demanda Emmer d'un air inquiet.

— Malheureusement, nous n'en avons toujours aucune, Majesté. Votre épouse semble vouloir rester dans...

— ... dans sa cachette ! finit le roi d'un air cynique.

Mais que fait-elle ? Pierre-Levée aurait bien besoin d'elle aujourd'hui ! Les habitants ne lui pardonneront jamais !

— Majesté, sauf votre respect, j'ai bien peur qu'ils ne nous pardonnent jamais à nous non plus... Ils nous tiennent pour responsables de la destruction de leur ville.

Le roi fut surpris par l'impertinence du général Chroce. Mais cela faisait partie du personnage, franc et direct, et, finalement, c'était ce qu'il appréciait chez lui.

— Nous ne l'avons pas détruite, général, nous avons empêché qu'elle le fût. Nous l'avons défendue.

— Certes, mais on nous accuse ici et là d'avoir amené la guerre jusqu'ici, d'avoir attiré Livain dans la ville... Et il est vrai que nous avons fait le choix de mener la bataille en ce lieu.

Le roi secoua la tête. Pour le moment, il se moquait de ce que pouvaient penser les sujets d'Hélène.

— Bah, ne nous inquiétons pas de tout cela, reprit-il en posant les deux mains sur le bureau. L'important, c'est que nous l'ayons emporté sur ce maudit Livain. Et nous avons plus urgent à faire...

— Voulez-vous que nous nous mettions plus activement à la recherche de votre épouse, Majesté ? Je pourrais envoyer des troupes...

Emmer poussa un discret soupir. Il se posait en effet la question depuis la veille. Quelle devait être sa priorité, aujourd'hui : retrouver Hélène, ou bien pourchasser

Livain pour mettre un terme à cette guerre une bonne fois pour toutes ? Devait-il être époux avant d'être roi ? La question n'était pas des plus simples.

— Chercher Hélène... Nous ne saurions pas par où commencer, général. Le seul homme qui aurait pu la retrouver était sans doute Valérien, son maître d'artillerie, et il est mort aujourd'hui. Je me demande si nous ne devrions pas plutôt en finir avec Livain. Hélène reviendra sans doute d'elle-même. Elle ne peut pas abandonner Pierre-Levée ainsi. Qu'en pensez-vous ?

— Nous pourrions avoir besoin de la duchesse, Majesté, de son autorité sur son peuple. Alors que nous sommes en quête de légitimité sur le territoire de Gallica, elle pourrait nous être d'un grand secours. Peut-être devriez-vous plutôt renouer des liens avec votre épouse. Je crains que votre désaccord puisse avoir de fâcheuses conséquences. En l'épousant, vous avez agrandi votre emprise sur ce pays, mais la partie est loin d'être gagnée, et vous ne pouvez vous permettre de perdre l'appui d'Hélène. Nous sommes nombreux, ici, à penser qu'elle est la femme la plus importante du pays. Peut-être même la personnalité la plus influente, après Livain.

— Certes, mais si nous laissons filer Livain et qu'il retourne à Lutès, il sera plus difficile de le renverser. Le trône de Gallica ne sera jamais aussi affaibli qu'il l'est aujourd'hui, c'est sans doute le moment de nous en emparer.

— Sans l'accord de la duchesse, votre épouse ?

Vous risqueriez de perdre d'un côté ce que vous gagneriez de l'autre. Légalement, elle reste souveraine des comtés de Pierevain et d'Arvert, mais surtout du duché de Quienne, qui à lui seul est plus grand que les trois domaines que vous dirigez en Gallica. Renoncer à Hélène, c'est renoncer à plus de la moitié de vos terres.

— Avec ou sans elle, je reste roi de Brittia, et en prenant Lutès, je deviendrai roi de Gallica. Quoi qu'il advienne, elle restera ma vassale. Certes, je préférerais que les choses se passent sans heurts, général, mais après tout, c'est elle qui a choisi de quitter le palais. Je n'y suis pour rien. Et si elle souhaite revenir à mes côtés, elle sera la bienvenue.

Le général acquiesça. Il avait dit ce qu'il avait à dire, il savait à présent qu'il était inutile d'insister.

— Je vais vous dire le fond de ma pensée, Chroce. À cette heure, Hélène doit regretter d'avoir abandonné Pierre-Levée. Nous avons gagné la bataille sans elle, et son absence inexpliquée ne peut qu'avoir blessé ses sujets. Elle aura besoin de moi pour retrouver son aura sur ses propres terres, croyez-moi. Hélène ne nous causera aucun problème. En outre, je l'aime toujours, et je sais que son affection pour moi est intacte, malgré notre différend. Nous saurons retrouver la paix. Ce qui me préoccupe, à présent, c'est Livain. Sait-on où il se trouve aujourd'hui ?

— Selon mes informations, Majesté, le roi de

Gallica est encore en fuite. Il n'est toujours pas arrivé à Lutès...

— Tant mieux. Vous pensez qu'il prépare une riposte ?

— Non. Il est blessé, et peut-être même mort ! À partir des informations dont nous disposons, mon analyse est la suivante : soit il se cache quelque part, soit son entourage prépare sa succession avant d'annoncer son décès.

Emmer se recula sur son fauteuil, l'air confiant.

— Livain n'a pas de descendance. Qui pourrait lui succéder ? C'est moi qui l'ai battu, son royaume me revient de droit.

— Ce ne sera pas aussi simple, j'en ai peur...

Le roi de Brittia ne put masquer son sourire narquois. Au fond, la perspective d'imposer sa souveraineté sur Gallica par la force l'excitait.

— Alors il faut que nous le retrouvions, mort ou vivant ! Comme je vous le disais : nous n'avons pas le choix, nous devons partir pour Lutès. Si nous ne le trouvons pas en chemin, nous marcherons sur la capitale et nous prendrons de fait le pouvoir en Gallica.

— Majesté, répliqua le général d'un air embarrassé, nous avons certes repoussé son assaut à Pierre-Levée, mais nous n'avons pas écrasé son armée tout entière, loin de là, sans compter les nombreux vassaux qui lui sont encore fidèles.

— Ils viennent de subir une terrible défaite en l'accompagnant dans le comté de Pierevain. Certains seraient peut-être heureux de changer de souverain et de passer sous ma protection...

— Peut-être, concéda l'officier.

— Sans compter que les nôtres, de vassaux, sont impatients de me voir monter sur le trône de Gallica. Et les guerriers tuathanns que Gaelia a envoyés à notre secours lors de l'attaque de Pierre-Levée sont toujours parmi nous.

— Rien n'indique qu'ils accepteront de se battre à Lutès, sire.

— Je me charge de les convaincre. Vous, occupez-vous de préparer nos troupes. Il va nous falloir de nouvelles armes, de nouvelles machines. Général, nous repartons en guerre.

⁂

Bohem entendit soudain un cri derrière lui. Un hurlement terrible qui résonna un court instant au milieu de la vallée puis s'éteignit brusquement, étouffé. Il se retourna et vit l'agitation parmi les louvetiers, à l'autre bout du cortège. Le jeune homme fronça les sourcils et partit en courant voir ce qu'il se passait.

Ils avaient marché toute la journée, comme la veille et l'avant-veille, et tous les hommes que Bohem croisaient avaient l'air non seulement épuisé, mais inquiet. Le soir commençait à tomber, il faisait sombre et froid, et les torches allumées dessinaient des halos de lumière orange tout au long du convoi.

Bohem se faufila au milieu des hommes qui, comme lui, avançaient vers l'endroit d'où avait surgi le cri. Il arriva enfin devant l'attroupement qui s'était formé et aperçut la plume d'oie blanche du chapeau de Mjolln. Il se hissa sur la pointe des pieds et vit que le Cornemuseur lui faisait signe d'avancer.

— Ahum, lança le nain au milieu des murmures, regarde, ce jeune homme s'est écroulé par terre, d'un seul coup, oui.

Le louvetier s'approcha du corps immobile étendu dans la neige et s'agenouilla avec précaution.

— Ça, il est mort, chuchota le nain. Oui.

Bohem prit la main gelée du jeune louvetier dans la sienne, puis se pencha sur sa poitrine pour essayer d'entendre son cœur. Rien. Plus un battement, plus un souffle. Mjolln ne s'était pas trompé. Malheureusement. Il retourna le corps pour voir s'il y avait du sang qui coulait dans son dos ou quoi que ce fût qui pût expliquer cette mort, mais non. Il n'y avait rien.

— Que s'est-il passé ? demanda Bohem en levant les yeux vers les autres louvetiers.

Ils étaient presque tous là, à présent, agglutinés autour du cadavre, perplexes.

— On ne sait pas, expliqua l'un d'eux. Il marchait, normalement. Tout allait bien et, soudain, il est tombé, raide, sans vie.

— Il est peut-être mort de froid ? suggéra quelqu'un.

— Non ! Enfin, c'est ridicule ! rétorqua un autre.

Bohem se releva lentement, la mine grave. Il enleva la neige de ses vêtements, puis il se tourna vers les louvetiers.

— Enterrez-le dignement, dit-il simplement, nous allons rester ici ce soir.

Puis il s'éloigna sans rien ajouter. Mjolln se précipita derrière lui.

— Mais, ahum, qu'est-ce que c'est que cette histoire ? demanda le nain, le regard tourmenté.

— Je ne sais pas, Mjolln. Je n'en suis pas sûr. Nous verrons. S'il te plaît, va avec Fidélité et assurez-vous que les louvetiers ne paniquent pas. Joue-leur de la cornemuse, change-leur les idées. Et peux-tu dire à Loeva de venir avec moi ? Nous allons partir en reconnaissance pour trouver un endroit où camper ce soir.

— Entendu, dit le nain, et il s'exécuta.

Bohem regarda son ami s'éloigner puis il poussa un long soupir. Il enfonça sa tête dans ses épaules pour se réchauffer un peu. Les oreilles bouchées par sa lourde écharpe, il entendait battre son cœur.

Il sentit monter en lui une vague d'angoisse familière.

*Ça a commencé.*

⁂

*Il marchait dans le monde de Djar depuis si longtemps qu'il se demandait s'il y avait eu un commencement. Et si un jour il pourrait y mettre fin. S'arrêter.*

*Mais non, il ne pouvait pas. Marcher, marcher, c'était tout ce qu'il savait faire, ici, trouver le bout du monde, la fin de toutes les routes, traverser les frontières, repousser l'horizon, s'éloigner du cœur de Djar, et, qui sait, découvrir une issue ? Un petit coin oublié ?*

*Une liberté factice.*

*Ses pieds avançaient tout seuls, comme ceux d'un survivant, traînés dans le sable blanc du désert. Ses pas refusaient de s'interrompre. Il fallait cheminer, toujours, c'était devenu sa vie, son essence. Il* était *la marche. Il* était *le mouvement, l'évasion, le déplacement perpétuel.*

*Il errait depuis si longtemps qu'il se demandait s'il avait un jour eu un nom. Oui, bien sûr. Lailoken. Cela était son nom. Ou bien n'était-ce qu'un rêve ? Qu'un souvenir mensonger ?*

*Il n'était plus Lailoken. Il n'était plus rien ici, ni le Sauvage ni l'Alchimiste. Ni Suileone-gelt ni Merlin. Il n'était qu'une ombre, qu'un fantôme, un esprit sans corps, un spectre. Il n'était que doute, que questionnement. À vrai dire, il ne savait plus vraiment ce qu'il faisait là. Il savait seulement qu'un jour il avait été autre chose, et qu'aujourd'hui il fuyait. Qu'aujourd'hui, il marchait sur les rives changeantes du monde de Djar, dans le décor animé du pays des rêves. Les songes défilaient à ses côtés comme défile la route sous les sabots d'un bayard, mais sans bruit, muets. Ils l'effleuraient, l'ignoraient, passaient à travers lui. Ils semblaient n'être là que pour marquer le temps qui s'enfuit. Et le temps semblait long. Si long. Dans quelque direction que son regard se tourne, vers le passé ou vers l'avenir, le temps semblait ne jamais vouloir lui accorder le moindre répit.*

*Il se voyait maintenant. Son image inquiétante traversait Djar, lente, noire, imprécise. Il était vêtu de fourrures obscures, vieilles et décomposées, et sur son front on devinait encore le crâne aplati d'un loup, la gueule ouverte d'une Brume. C'étaient les habits d'une vie passée qu'il avait complètement oubliée.*

*Il était le Marcheur de Djar, et son cœur était vide.*

*Il ne cherchait pas de réponse.*

*Il cherchait encore la question.*

# Chapitre 2

## LES SŒURS NOIRES

Quatre jours s'étaient écoulés depuis la mort inexpliquée du jeune louvetier et deux autres avaient perdu la vie dans les mêmes conditions étranges. Le premier s'était écroulé, en pleine marche, et le second ne s'était simplement pas réveillé un matin. On commençait ici et là à parler d'une épidémie, mais Bohem se refusait à donner son avis sur la question. Il avait l'air grave et passait le plus clair de son temps silencieux, la tête baissée et le regard distant, perdu dans ses pensées secrètes, ce qui n'arrangeait rien à l'humeur générale de l'expédition.

Loeva essayait tant bien que mal de faire parler Bohem. Contrairement à Mjolln et Fidélité, qui s'étaient depuis longtemps habitués au caractère mystérieux du jeune homme, elle ne pouvait s'empêcher – aussi curieuse que tous les enfants de son âge – de lui demander à quoi il pensait. Mais il ne répondait jamais vraiment. Gentiment, en essayant de ne pas vexer la jeune fille, il changeait de sujet, faisait croire qu'il ne savait plus...

— Les louvetiers commencent à être réellement inquiets, tu sais. Tu devrais leur dire quelque chose... Trois morts inexpliquées en si peu de jours ! Ils vont finir par croire que nous sommes maudits. Et que tu ne t'en soucies guère !

Bohem hocha la tête. Bien sûr, il sentait la tension monter dans les rangs des louvetiers. Il ne pouvait l'ignorer. Elle était palpable tout au long de la journée, pendant la marche, autant que le soir quand ils se rassemblaient autour du feu. Un silence pesant avait envahi ces veillées de plus en plus courtes.

Les louvetiers chuchotaient quelques paroles, lançaient des regards anxieux vers Bohem ou vers Mjolln. Ils se demandaient, sans oser le formuler à haute voix, ce qui pouvait causer ces morts soudaines. Et surtout, la question la plus angoissante pour la plupart d'entre eux, celle qui menaçait petit à petit l'équilibre du groupe, consistait à savoir qui serait le prochain. Qui serait la prochaine victime de cette mort inattendue.

En vérité, Bohem lui-même n'était pas épargné par cette appréhension. Le matin, quand il se réveillait, il jetait un coup d'œil autour de lui, il cherchait du regard Loeva, Fidélité, Mjolln, puis les autres. Il se demandait s'il allait trouver un nouveau défunt. Ce sentiment d'impuissance et de fatalité le rendait absolument furieux.

Et malgré tout, étonnamment, le nombre des jeunes hommes qui suivaient Bohem ne cessait de grandir. De village en village, de marchés en campagnes, ils étaient de plus en plus nombreux à tout abandonner pour suivre ce personnage de légende, sans qu'on leur ait rien demandé, et sans qu'ils sachent vraiment où ils allaient, ni ce qu'ils pourraient faire au sein de cette communauté singulière. Certains étaient d'anciens louvetiers qui rejoignaient les leurs, d'autres étaient de simples fermiers, des commerçants. Il y avait quelques femmes aussi, qui suivaient leurs époux, ou même des veuves et des jeunes femmes qui venaient seules. Bohem n'était pas sûr de comprendre leur engouement. De comprendre pourquoi ils se lançaient ainsi aveuglément dans son aventure. Mais ils suivaient un rêve, un espoir, un besoin de liberté. Et Liberté, justement, était son nom.

Il ne savait pas vraiment s'il devait se réjouir de cette troupe grandissante. Il ignorait où tout cela allait les mener. Mais il en tirait au moins une satisfaction : Loeva n'était plus la seule fille dans le cortège. Non pas qu'elle s'en fût plainte ; au contraire, elle s'entendait fort bien avec les louvetiers et n'avait nullement besoin d'un entourage spécifiquement féminin, d'une mère ou d'une sœur, mais au moins sa présence parmi la foule des suivants semblait moins extraordinaire, et cela ôtait une certaine pression des épaules de la jeune fille.

— Loeva, répondit finalement Bohem, je ne saurais pas quoi leur dire... Je ne suis pas sûr de comprendre moi-même ce qu'il se passe.

— Allons ! Tu as bien une petite idée ! Je le vois dans tes yeux, Bohem. Certains de ceux qui nous ont rejoints disent qu'il y a aussi des morts semblables dans leur village. Ce n'est pas seulement nous... Pas seulement ici...

Bohem ne parut pas surpris. Il savait. En vérité, oui, il savait parfaitement ce qu'il se passait, mais il n'avait pas le courage de le dire, de l'admettre. Surtout devant la jeune fille. Pourtant un jour il faudrait affronter la vérité en face...

Il se souvenait encore des paroles échangées avec la Licorne le jour où il avait compris ce qu'il se passait. Elles prenaient tout leur sens à présent que les hommes commençaient à mourir autour de lui :

« Les hommes sont des Brumes. N'est-ce pas ? » avait-il dit à la plus belle des Brumes, le soir où s'étaient ouvertes les portes du Sid.

« Oui. Et vous mourrez, Bohem. Vous mourrez comme nous. Tu n'as donc pas fini ton travail, louvetier. »

Il n'arrivait pas à oublier ces quelques mots. « Tu n'as donc pas fini ton travail, louvetier. » Ils résonnaient dans sa tête comme un écho infini au milieu des montagnes.

Oui, les hommes étaient des Brumes, tout comme les loups, les chimères, les bayards ou la Licorne. Et c'était leur tour, à présent. Ils étaient en train de mourir, de s'éteindre peu à peu. Et cela continuerait jusqu'à ce qu'ils aient entièrement disparu. Cela avait commencé avec les grossesses. Aucune femme n'était tombée enceinte depuis fort longtemps, comme l'avait remarqué Hélène de Quienne. Et puis maintenant, les morts. Soudaines, inexpliquées.

C'était aussi simple que cela. Aussi simple, et aussi terrible.

Bohem sentit un frisson glacé lui transpercer la nuque. Il ne pouvait pas le leur dire. Pas si crûment. Et surtout, il devait y avoir une solution, un moyen d'arrêter cela. Car c'était bien son rôle, à lui, le louvetier. Il avait juré de sauver les Brumes, n'est-ce pas ? « Tu n'as donc pas fini ton travail, louvetier. »

Bohem poussa un long soupir.

— Vraiment... Je ne saurais pas quoi leur dire, Loeva. Pas pour le moment. Pour le moment, nous ne devons penser qu'à deux choses : aller chercher Hélène et retrouver Vivienne.

— Je sais, je sais, répondit la jeune fille sans la moindre conviction. Mais tu pourrais au moins leur parler, sans nécessairement parler des morts, mais juste pour leur redonner un peu de courage, un peu de confiance... Et puis pour accueillir tout ceux qui nous rejoignent.

— Je ne sais pas si je suis très bon pour faire ça...

Hélène le fera bien mieux que moi, c'est une duchesse, après tout ! Et nous ne sommes plus très loin...

Loeva secoua la tête. Bohem était tellement têtu ! Il semblait ne pas se rendre compte de l'impact qu'il avait sur les gens. Elle se souvenait combien son nom était déjà devenu une légende de nombreuses semaines plus tôt, longtemps même avant qu'elle le rencontre à Lutès. Et sa renommée devait probablement s'amplifier de jour en jour. La rumeur selon laquelle il avait affronté le Sauvage devait certainement déjà circuler dans le pays tout entier... On le voyait chaque fois qu'ils traversaient un village. Le regard des habitants ne mentait pas. Ils étaient aussi impressionnés que s'ils voyaient passer un roi. Peut-être même plus encore.

Elle essaya toutefois de se plier à la demande de Bohem. Ne plus penser à tout ça et se concentrer sur l'avenir.

*
**

De l'autre côté du cortège, Mjolln et Fidélité étaient eux aussi plongés dans une conversation visiblement très prenante. Sans vraiment se disputer, ils parlaient fort et l'on devinait qu'ils essayaient mutuellement de se convaincre de quelque chose. Nul n'osait aller les déranger et, de toute façon, chacun avait suffisamment à faire avec le froid et l'angoisse pour ne pas s'occuper des affaires des autres...

— Bohem, ça, oui, aura bientôt, plus que jamais, besoin des Compagnons, tahin !

— Et alors ? Ils lui sont déjà acquis. Ils l'ont suffisamment prouvé, non ?

Mjolln avait le souffle court. Sa petite taille l'obligeait à marcher plus vite, et la profondeur de la neige le ralentissait. Mais il était trop fier pour se plaindre et faisait tout son possible pour suivre le rythme de Fidélité.

— Oui, ahum, je ne dis pas le contraire. Bien sûr, ça. Ahum. Toutefois, ce ne sera pas forcément toujours comme ça, non. Tahin, taha, il y aura sûrement des désaccords, oui. Alors, voilà. Ahum. Si tu deviens maître Compagnon, ta parole comptera plus...

— Écoute, Mjolln, je ne suis pas pressé de devenir Compagnon Fini, et je suis beaucoup plus utile ici que dans une cayenne !

— Non. Taha, non. Ça, je ne le crois pas.

Les mains de Mjolln, emmitouflées dans de gros gants de laine, étaient crispées sur les cornes de sa cornemuse. L'instrument émettait par moments des petits sons primitifs.

— Ahum. Nous arriverons ce soir à l'intersection qui mène vers Burdigale, oui. C'est une ville du Devoir. Tu pourrais y aller et...

— Non ! coupa le Compagnon en s'arrêtant de marcher. Je n'ai pas envie ! Mais, dis-moi, c'est Bohem qui t'a demandé de me dire tout ça ?

Le nain, qui lui ne s'était pas arrêté, poussa un rire cynique et forcé.

— Non ! Ça, non, La Rochelle. Pas Bohem. Non. Bohem ne sait pas encore vraiment ce qui nous attend. Il ne sait pas, non, que nous aurons tant besoin des Compagnons...

Fidélité se remit en route et rattrapa sans peine son ami.

— Mais toi, dit-il d'un ton ironique, toi, Mjolln, tu le sais, bien sûr ?

— Hmmm, je peux le deviner mieux que lui, oui. Ahum. Je sais une chose qu'il ne sait pas.

Fidélité fronça les sourcils et jeta un coup d'œil surpris au vieux Cornemuseur.

— Ah oui, vraiment ? Et quoi ?

Le nain haussa les épaules.

— Fais-moi confiance, Fidélité.

— Vous nous cachez quelque chose, monsieur Abbac ? lança le forgeron en feignant d'être choqué.

Un sourire malicieux se dessina sous la barbe du vieux nain.

— Disons qu'il y a des choses, oui, que Bohem devra découvrir tout seul. Mais tu peux me faire confiance, ça, tu peux me croire, oui, les louvetiers ne suffiront pas. Ahum. Nous avons besoin des Compagnons.

— Si nous avons besoin d'eux, ils nous aideront.

— Non. Leur simple soutien, ahum, ne suffira pas. Ça, oui, ils nous ont déjà aidés, plusieurs fois. Mais à présent, ils vont devoir participer, tu comprends ? S'engager, réellement. Et pour cela, oui, tu dois, toi, les convaincre. Tada. Car Bohem ne le fera jamais. Il ne sait pas faire ça, non.

Fidélité fit une grimace contrariée.

— Eh bien, oui, le moment venu, je saurai les convaincre de s'engager à nos côtés, si c'est ce que tu veux. Mais je n'ai pas besoin pour cela d'aller dès maintenant à Burdigale. Je préfère aller chercher Vivienne...

— Ahum. Non. Tu dois devenir maître Compagnon, tahin. C'est le meilleur moyen, oui, d'aller chercher, dans cette ville du Devoir, le soutien dont nous allons avoir besoin, ça. Si tu ne le fais pas pour toi, fais-le pour Bohem.

— Je n'ai pas besoin de passer Compagnon Fini pour trouver du soutien à Bohem ! répliqua Fidélité d'un ton de plus en plus agacé. Tout cela n'a rien à voir ! Tu confonds mon apprentissage du métier de forgeron et mon devoir d'aider Bohem...

— Non. Ahum. Non, ça, je ne les confonds pas, La Rochelle. Ces deux éléments ne font qu'un, n'est-ce pas ? Allons, tu le sais. Le chef-d'œuvre est la rencontre de la main et de l'esprit, c'est vous qui l'enseignez. « La main est esprit. » Tada, tu ne peux pas, non, dissocier les deux. Bohem a besoin d'un maître Compagnon à ses côtés, oui. Ahum. À toi de le devenir.

⁂

La crypte de l'Athnuachan était enfouie sous la végétation dense et verte des montagnes de l'Ours, au nord du royaume de Chastel. Ici, l'hiver n'avait pas eu raison de ces arbres immenses, serrés les uns contre les autres, et ni le froid ni la neige n'étaient parvenus à pénétrer le bouclier touffu de la forêt. Les monts ciselés étaient entièrement recouverts d'un épais feuillage, ils s'élevaient à l'horizon comme un gisement d'émeraudes, lézardés par les éclats lumineux des torrents gelés.

Enterrée jusqu'à mi-hauteur dans le sol rocailleux, aussi vaste qu'un temple, la longue crypte de pierre grise semblait avoir été abandonnée depuis des siècles. Ses parois fissurées étaient envahies par les plantes. Par endroits, des racines avaient même déchiré le roc.

Tout était calme, immobile, silencieux. Les animaux avaient déserté depuis longtemps la clairière qui abritait la crypte de l'Athnuachan. Il n'y avait pas un seul bruit. Seul montait du sol un grondement sourd et profond.

Des monticules de terre grimpaient le long des murs, comme des vagues figées, et aucune entrée, aucune ouverture n'apparaissait dans ce fouillis obscur. Pourtant, au cœur de cette sépulture oubliée, loin du regard du monde, se tenait à cette heure une insolite réunion.

Les épais murs de pierre protégeaient une grande salle, dont la disposition rappelait la nef d'une église inversée. Sur le sol, des pavés noirs et blancs dessinaient une grande mosaïque : on y devinait, dans l'ombre, les formes d'une louve à queue de serpent. Des torches vacillantes coloriaient l'espace d'une lueur orangée. La faible lumière semblait danser au son d'une incantation ténébreuse. Il régnait dans la pièce une atmosphère étrange, calme mais tendue, si froide qu'elle en était presque brûlante. Quelques bâtons d'encens se consumaient lentement ici et là, élevant des spirales de fumée capiteuse jusque dans les noirceurs infinies du plafond.

Au centre de l'immense croisée, huit mystérieuses silhouettes étaient assemblées autour d'une grande table de granit, éclairée par sept bougeoirs disposés harmonieusement autour d'elles.

D'un côté de la table, sept femmes au visage voilé se tenaient côte à côte, en demi-cercle. L'une d'entre elles, au milieu, était assise sur un fauteuil plus élevé ; quelque chose dans son maintien laissait penser qu'elle dirigeait sans doute la scène. Entièrement vêtues de noir, toutes les sept portaient à la poitrine une broche d'argent, sur laquelle était gravé le même symbole que celui qui décorait le sol : la louve à queue de serpent. On n'aurait su dire leur âge, car même leurs mains étaient cachées ; on devinait simplement leurs formes féminines sous leurs robes noires, quelques traits de visage inquiétants sous les tissus diaphanes.

Isolée de l'autre côté de la table, une jeune femme richement vêtue leur faisait face. Ses yeux verts brillaient au milieu de son beau visage et ses cheveux châtains cachaient à peine deux immenses boucles d'oreille dorées du pays de Chastel. Malgré son jeune âge et ses vêtements si différents, elle semblait parfaitement à l'aise au milieu de cette assemblée singulière et, à sa façon de se tenir à cette table, on pouvait deviner qu'elle n'était pas ici pour la première fois.

Ce n'était pas, en outre, n'importe quelle jeune femme. Elle était réputée de par le monde pour son tempérament comme pour son ambition. Fille du roi de Chastel, épouse du roi de Gallica, Camille rompit le silence d'une voix résolue :

— Mes sœurs, Bohem a refusé de s'unir à moi. Je n'ai pas su le convaincre.

La femme qui était assise à l'autre bout de la table, et dont le fauteuil était plus richement décoré que tous les autres, hocha doucement la tête.

— Camille-sœur, chuchota-t-elle d'une voix sifflante et pénétrante, nulle ici, dans les ombres de l'Athnuachan, ne s'attendait à ce que vous réussissiez dès la première fois. Pour réussir vous tenterez par trois fois.

La phrase résonna longtemps entre les quatre murs

de la crypte, comme un torrent qui aurait survolé la pièce.

— Mais, reprit la femme, ma sœur, pourriez-vous dire à cet ordre vénérable si le jeune homme Samildanach a vu la bague ?

Camille de Chastel lança un rapide regard vers sa main gauche.

— Oui, Lamastu-sœur. Il l'a vue, répondit la jeune reine en souriant.

Un murmure de satisfaction indistinct circula parmi les sept prêtresses. Certaines échangèrent des regards.

— Il est bien ainsi, Camille-sœur, vous avez fait dûment votre premier office. Ainsi, la prochaine fois que le Samildanach vous verra, il cherchera... des réponses.

« Des réponses », reprit l'écho de la pièce, comme si la crypte elle-même avait une âme et participait aux débats. Les flammes des bougies s'animaient au rythme des rumeurs discordantes.

— Le premier pilier est la force, Camille-sœur. Et vous êtes, à présent, en position de force. Cela convient à l'ordre. Car vous aurez besoin de toutes ces forces nouvelles, maintenant que l'Athnuachan ne peut plus compter sur celles de jadis.

Un souffle invisible effleura les robes des sept sœurs.

— L'Arhiman a presque entièrement disparu.

— Nous le ferons renaître, Lamastu-sœur. J'en ai fait ici serment.

Camille de Chastel se leva, salua les sept prêtresses puis elle sortit et disparut dans les ombres profondes de la crypte de l'Athnuachan.

*
**

Ils arrivèrent un peu avant le soir devant une grande intersection. La route, qui s'était élargie, se séparait ici en deux bras perpendiculaires. D'un côté, elle s'engouffrait dans la plaine enneigée de l'ouest, vers la mer, et de l'autre, elle descendait vers les landes et la ville où ils voulaient se rendre, Mont-des-Marais.

Bohem proposa que l'on installe le campement en retrait de la route, et tout le monde s'y attela aussitôt avec soulagement, tant ils étaient fatigués.

Ils étaient près de deux cents, à présent, dont la moitié de louvetiers. Il fallait trouver chaque soir un espace assez grand et adapté pour que tout le monde ait de la place, mais une fois l'endroit choisi, cela allait assez vite car chacun savait ce qu'il avait à faire. On dégageait le terrain, on essayait de trouver du bois aussi sec que possible pour qu'il ne fume pas trop, on préparait un grand feu et on construisait quelques abris. Parfois, les louvetiers partaient chasser, et l'on se débrouillait ainsi pour nourrir tous les membres de cette assemblée grandissante. Cela faisait beaucoup de bruit dans le soir étouffé de l'hiver, et de la lumière, des couleurs. L'air s'emplissait rapidement des odeurs de bois brûlé et de viande grillée. On entendait par moments le rire des quelques enfants qui avaient suivi leurs parents dans cette expédition bariolée.

C'était souvent dans ces moments de repos que de nouveaux arrivants se joignaient à la troupe. Ils approchaient, humblement, venus des villages voisins, attirés par la rumeur, guidés par les flammes au loin. Ils se présentaient, seuls ou en groupe, n'osaient pas toujours demander leur admission dans cette étrange compagnie, mais on les accueillait avec chaleur, et rapidement ils s'intégraient. Bohem, gêné, essayait toutefois de sourire à tous ceux qui venaient et qui lui lançaient des regards emplis d'admiration et de crainte mélangées. Mais il ne leur parlait pas. Il restait quelque temps avec Loeva, Fidélité ou Mjolln, puis comme chaque soir il disparaissait pour aller méditer en paix. Mais pas ce soir-là.

Car ce soir-là, si Bohem se retira à l'écart de la foule, ce fut pour une autre raison.

La nuit était tombée depuis longtemps quand tout le monde s'installa enfin autour du feu pour manger. Bohem, assis près de Fidélité, posa un regard circulaire sur l'assemblée. Il se rendit compte qu'il y avait de plus en plus de visages qui lui étaient inconnus, et il se demanda même combien de ces personnes il aurait pu appeler par leur nom. Cela le mettait de plus en plus mal à l'aise, mais paradoxalement, cela le rassurait en même temps. Il pouvait sentir le soutien, la fraternité de tous ces compagnons de route qui ne posaient pas de questions, qui se joignaient à lui, confiants, dans un élan étrange et émouvant. Et qui partageaient avec lui la peur tout autant que l'espoir.

Il ne parvint pas à voir Loeva et Mjolln. Ils devaient être dissimulés dans un groupe, de l'autre côté du grand feu. Souvent, le soir, la jeune fille et le nain mangeaient de leur côté. Ils avaient l'air de s'entendre à merveille, et cela emplissait Bohem de joie. Mjolln avait un jour confié à Bohem que la jeune fille lui rappelait Aléa, sa mère, et qu'il aimait parler avec elle. Et leur façon de se retrouver ainsi à l'écart pendant le dîner était peut-être en sus un moyen de narguer amicalement Bohem, lui qui continuait de s'éclipser discrètement chaque soir...

Soudain, alors que le repas venait à peine de commencer, un cri strident s'éleva au milieu d'un groupe de convives. Bohem serra les dents. Il savait pertinemment ce qui venait de se passer. Quelqu'un était mort. Encore.

Mais qui ?

Comme la plupart des gens autour de lui, il se leva brusquement pour voir qui avait été emporté cette fois. Son cœur battait à tout rompre. Loeva ? Mjolln ? Il ne les voyait pas. Non.

Il lâcha le bout de viande qu'il tenait dans sa main droite et se précipita de l'autre côté du feu, où un attroupement se formait déjà. Il eut l'impression que le temps s'était arrêté. Des sons étouffés, confus, lui parvenaient et sa vue se troublait sur les côtés, comme si elle ne pouvait se focaliser que sur un seul point, celui du drame. Ses pieds lui semblaient lourds, empêtrés dans la neige, comme dans un mauvais rêve. Ses jambes tremblaient. Il imagina le pire. Loeva.

Il arriva en courant au milieu de la foule, et il aperçut Mjolln en face de lui, le regard horrifié. À ses pieds était étendu le corps menu d'une jeune personne. Bohem sentit soudain s'arrêter les battements de son cœur. Il fit un pas de plus. Et il vit son visage.

C'était celui d'un jeune garçon, de treize ou quatorze ans à peine. Sa mère, comme glacée par l'hiver, se tenait à genoux à côté de Mjolln, tétanisée, incrédule.

Bohem, reprenant lentement ses esprits, s'avança et posa une main sur les épaules de cette femme qu'il ne connaissait même pas. Il la serra contre lui, ferma les yeux et sentit aussitôt les larmes couler sous ses paupières.

— Je... Je suis désolé, balbutia-t-il en serrant plus fort encore la jeune mère contre lui.

Quelques louvetiers s'accroupirent à leur tour auprès d'elle pour la soutenir, et Bohem se releva lentement. Il fit signe à deux hommes d'emporter sous un abri le corps sans vie du jeune garçon, puis il s'écarta, à reculons, les yeux écarquillés, mouillés de larmes.

À cet instant, il vit Loeva, qui était juste à côté de Mjolln. Debout, vivante. Elle aussi pleurait. Aussitôt, il fit volte-face et s'éloigna du cercle qui s'était rassemblé. Sans se retourner il sortit du campement, accélérant le pas au fur et à mesure que les larmes inondaient son visage. Il courut, maladroitement, trébucha plusieurs fois, puis, quand il fut certain d'être hors de vue du campement, il s'assit sur un vieux tronc d'arbre mort, prit sa tête dans ses mains et pleura sans retenue.

Il ne savait plus que penser. En voyant Loeva, il avait éprouvé un grand soulagement, mais ce soulagement lui faisait honte, à présent, car il ne pouvait s'empêcher de penser à cette pauvre mère, à ce qu'elle devait ressentir en cet instant précis, elle qui n'avait pas été épargnée par le hasard. Il se sentait écrasé par l'impuissance, l'injustice, la douleur. Si seulement il avait pu ramener cet enfant à la vie ! Mais il savait bien que c'était impossible, et que cela continuerait. Demain, un ou deux autres partiraient, peut-être plus. Et un jour, sûrement, viendrait leur tour. Le sien, celui de Loeva, de Fidélité, de Mjolln... Comment arrêter cela ? Cette spirale insupportable ?

Et toujours la voix de la Licorne résonnait dans sa tête.

« Tu n'as donc pas fini ton travail, louvetier. »

Mais comment pourrait-il supporter seul cette charge ? Au fond de lui, il savait que la solution était entre les mains de Lailoken, entre les mains de cet homme qu'il avait affronté et qu'il avait banni dans le monde de Djar. Il était presque certain que seul le Sauvage pouvait y faire quelque chose. Mais quoi ? Et comment l'en convaincre ?

Bohem entendit des bruits de pas, dans la neige, qui approchaient derrière lui. Il sut aussitôt que c'était La Rochelle.

— Allons, Outremer, il faut que tu reviennes au campement. Les autres ont besoin de toi...

Bohem fut heureux d'entendre la voix du Compagnon. Cette voix amicale et sûre, sincère. Fidélité. Il portait si bien son nom...

— Je ne sais plus quoi faire, avoua Bohem en essuyant ses larmes du revers de sa manche gelée.

La Rochelle s'assit à côté de lui et posa une main sur son épaule.

— Mais si, tu sais ce que tu dois faire. Tu me l'as dit toi-même. Tu dois aller chercher Hélène et Vivienne. Et moi, je dois aller à Burdigale.

Bohem releva la tête.

— Tu as finalement décidé d'y aller ? demanda-t-il d'un air étonné.

— Bah, répondit le Compagnon en haussant une épaule. Ton ami le nain s'est montré convaincant... Et les choses ont l'air de se compliquer. Il serait bon en effet que je m'entretienne avec les Compagnons.

Le louvetier acquiesça.

Ils restèrent un moment silencieux, assis l'un à côté de l'autre, le regard plongé dans le parterre soyeux. Puis Bohem se redressa le premier.

— Tu comprends ce qu'il se passe, mon frère ?

— Je crois, répondit le forgeron. En partie.

— Nous sommes des Brumes, Fidélité. Nous allons disparaître.

Le Compagnon hocha la tête, d'un air à la fois horrifié et résigné.

— Si l'on doit disparaître, Bohem, au moins, disparaissons réunis. Va chercher Hélène et sa nièce, moi, j'irai chercher les Compagnons de Burdigale, et tous ceux qui voudront se joindre à nous. Retrouvons-nous quelque part.

— À Pierre-Levée, répliqua le louvetier. Bernard de Laroche doit nous y rejoindre avec les Bons Hommes, tu te souviens ?

— Oui. Alors à Pierre-Levée. Nous devons tous nous réunir, maintenant.

— Comme les Brumes, chuchota Bohem.

Les deux amis s'étreignirent, silencieux. Quelques flocons de neige commençaient à tomber.

— Allons dormir, à présent, proposa Fidélité. Je partirai demain matin pour ma dernière ville du Devoir.

— D'accord, dit Bohem en se levant. Merci, merci, mon frère, et bonne chance...

Ils regagnèrent le campement.

***

*Je suis dans l'abri silencieux du monde de Djar. Ici, personne ne meurt. Ici disparaît la peur qui au-dehors me tord le cœur. Je suis seul, et cela me convient, car je n'ai à craindre pour personne. J'aimerais tant ne plus savoir. Découvrir que tout n'était qu'un mauvais rêve. Mais le rêve, il est ici, devant moi, et je dois l'écouter, me laisser porter par les élans capricieux du monde de Djar.*

*Car Djar est mon esprit.*

*L'hiver a disparu. Aucune neige, aucun arbre mort. La nature est vivante. Mais il fait sombre. C'est le printemps, peut-être. Ou ces instants calmes et lourds qui précèdent les orages d'été.*

*Soudain le vent se lève, violent, et met en mouvement le monde sous mes yeux. Quelle vue splendide ! Quel décor étrange ! Le ciel se couvre de nuages gris, qui s'assombrissent au loin, vers l'est. Au centre, un lac. Comme un miroir vert, bleu et blanc reflétant le firmament. Il semble avoir dessiné la terre autour de lui, ordonné le décor à son image. Tout part de cette rondeur calme et plate. Les collines s'élèvent de part et d'autre et l'horizon fait un grand V dont la base est au cœur même de l'étendue d'eau brillante.*

*Par moments, des éclairs blancs déchirent le ciel obscur, comme de longs et fins torrents de glace. Ils éclairent les parois des pâles bâtisses aux toits de tuiles roses qui se superposent sur les côtes. Des bourrasques de vent décoiffent les arbres. Les feuilles et les branches se portent vers l'est et résistent péniblement à la force des éléments déchaînés.*

*Au bord du lac, entre terre et eau, un petit mausolée de pierre attire le regard. Entouré de quelques buissons verts, il ressemble à un étrange bateau, amarré sur la berge. Ses pierres saumon se reflètent à la surface de l'eau. Elles ont la couleur de la terre qu'on voit ici et là, entre les arbres et les carrés de fougères.*

*Plus loin, dans un rayon de lumière blafarde, on devine une chaîne de montagnes grise, vers laquelle s'enfuient les colonnes de nuages. Au fond, un sommet culmine sur la ligne d'horizon. C'est peut-être un château que l'on aperçoit tout en haut. Ou bien est-ce seulement la forme des rochers ?*

*Je baisse à nouveau les yeux. Il y a un homme au bord du lac, assis sur un banc de pierre, qui me tourne le dos. Je n'ai pas besoin de m'approcher pour savoir qui il est. C'est moi qui l'ai amené là, qui l'ai chassé du monde. Lailoken. Son corps recroquevillé sous sa fourrure de Brumes. Djar est sa prison. Un jour, il faudra que je lui demande quel choix il fait. Il est le Sauvage ; je sais qu'il détient le secret qui pourra arrêter le cycle fatal de ce dernier hiver. Mais il est encore trop tôt. Je le sens. Je dois le laisser seul.*

*Son regard est fixé sur la surface du lac. Que regarde-t-il ? Que voit-il ? J'imagine son visage sous la tête de loup. Ses yeux rouges, sa peau dure et craquelée comme du cuir.*

*Je me retourne. Je veux m'écarter de lui. Le laisser tranquille. Le temps presse, mais l'heure n'est pas encore venue. Il faudra attendre le dernier instant.*

*Je ferme les yeux. Je laisse passer le temps. Le lac disparaît dans mon dos.*

*Et maintenant ? Où puis-je aller ?*

*Djar est mon esprit. Je voyage à l'intérieur de moi-même. Dans ces recoins de mon âme que je ne connais pas.*

*J'ouvre les yeux. Je vois approcher la ville. Pierre-Levée. Ses rues meurtries par la guerre. Puis le palais des Ducs. Les portes s'ouvrent devant moi. Je traverse comme un souffle de vent ces jardins où je marchais naguère aux côtés de la duchesse. Des pierres et des débris jonchent le sol. Les voix des morts me parviennent par milliers. Valérien, le maître d'artillerie d'Hélène, est tombé ici, sous la lame de Dumont Desbardes. Et celui-ci aussi a péri. J'entends son dernier cri, comme il s'écroule sous le regard enflammé d'Emmer Capigesne.*

*L'écho des défunts est un concert morbide qui hante la cour et les murs du palais. Combien encore souffriront par la folie des rois ? Combien de vies volées au nom d'un pays, d'une terre ? Combien de temps encore les hommes accepteront-ils de donner leur vie au nom d'un Dieu ou d'une nation ?*

*Combien de vies cet hiver devra-t-il emporter pour que changent les priorités ? Quel sera le nombre qui nous fera baisser les armes et lever la main ?*

*Quelle menace la nature devra-t-elle faire peser sur nous pour que nous n'ayons plus l'instinct de nous tuer nous-mêmes ?*

*Quelle est cette limite étrange où notre peur de*

*mourir l'emportera sur notre besoin de donner la mort ?*

*Ici. Maintenant. Ne plus attendre.*

*Chaque être que l'hiver emporte est un tribut de trop.*

*Du calme. Attendre. Patience.*

*J'entends des voix. On parlemente, de l'autre côté de cette porte. C'est le bureau d'Hélène. J'entends les phrases mais je ne les comprends pas. Je pousse la porte.*

*Ils sont là, assis autour d'une grande table ronde. En face de moi, je reconnais Emmer Capigesne. Ce n'est pas son vrai visage, mais je sais que c'est lui. Ce ne sont pas ses yeux, mais c'est son regard. Ce n'est pas sa voix, mais ce sont ses paroles. Je ne saurais le décrire. Dire ses cheveux, ses traits. C'est comme si je ne le voyais pas vraiment. Pas plus que les dix convives qui l'écoutent. Ce sont des têtes sans visage, anonymes.*

*Et il est encore question de guerre, de combats. Je le comprends. Je le devine dans l'intonation de leurs voix.*

*J'ai envie de partir, de les oublier. Mais l'un d'eux se retourne lentement vers moi, et il me regarde. Personne ne semble le remarquer. Ils parlent, ils parlent encore, et ils ne me voient pas, enfermés dans leur monde.*

*Mais lui, il me regarde, et je ne sais pas qui il est.*

*Comme un Aïshan, il a le torse nu, et ses jambes*

*sont couvertes de fourrure. Pourtant, ce n'est pas l'un des guerriers d'Addham. Non, il y a quelque chose de plus noble dans son allure. Il semble venir d'une terre lointaine, d'un âge oublié. Sa peau claire est enduite par endroits de peinture bleue. Ses cheveux lui font sur le crâne une crête de cette même couleur d'azur et retombent dans son dos, entremêlés de fines lanières de cuir.*

*Il me regarde, intrigué. Il y a tant de choses qui passent dans ses yeux. De la surprise, peut-être, mais de la compréhension aussi. De la curiosité. Il pourrait se retourner et dénoncer ma présence. Mais non, il me dévisage, comme s'il essayait de lire mes pensées.*

*Soudain, l'idée me fait peur. Je recule. Je tombe en arrière.*

*Et Djar, lentement, s'éteint.*

***

Bohem adressa un dernier geste de la main au Compagnon forgeron comme celui-ci s'éloignait, seul, sur la route qui menait à Burdigale. Il avait fière allure, sur la toile blanche de l'hiver, avec son écharpe de rubans colorés aux franges d'or, la boule d'ivoire sur son long bâton de bois et ses beaux habits bleus.

Le louvetier posa une main sur l'épaule de Loeva, à côté de lui. Mjolln, devant eux, semblait ému lui aussi. Ensemble, ils regardèrent disparaître dans le brouillard la silhouette singulière de leur ami, puis ils se mirent en route, bientôt suivis par la foule qui les accompagnait.

Depuis le lever du jour, l'inquiétude des hommes et des femmes était trahie par leur silence, par leurs regards, leur empressement à reprendre la route. L'angoisse continuait de gagner du terrain et seule la présence de Bohem leur faisait garder espoir. Un groupe s'était formé autour de la jeune mère qui avait perdu son fils la veille. Ils étaient quatre ou cinq, qui l'accompagnaient en silence, la réconfortaient comme ils pouvaient. On lui avait proposé de retourner dans son village, mais elle avait refusé. Elle voulait continuer de marcher derrière Bohem, certaine que plus rien ne l'attendait dans sa vie d'autrefois. Comme tous ces gens, elle voulait aller de l'avant. Quoi qu'il advienne.

Bohem, à force d'être rappelé à l'ordre par Mjolln et Loeva, essayait d'être de moins en moins solitaire et silencieux. Plus les jours passaient, plus il se mêlait à la foule. Chaque jour, il marchait auprès de gens différents, louvetiers ou non, et il les écoutait, découvrait leur histoire. Il espérait que cela changerait le regard des gens sur lui, et qu'on finirait par le considérer comme n'importe lequel des voyageurs. C'était bien sûr impossible, il était et resterait Bohem le louvetier, dit Liberté Outremer – une légende vivante pour la plupart d'entre eux – mais au moins cela le rapprochait d'eux.

Ce matin-là, toutefois, il resta seul auprès de

Mjolln, car il voulait lui raconter ce qu'il avait vu dans le monde de Djar. Le nain l'écouta attentivement et, quand le louvetier eut fini son histoire, il hocha lentement la tête.

— À ton avis, qu'est-ce que cela veut dire ? demanda Bohem en regardant son vieil ami.

— Ça, Bohem, je n'en ai pas la moindre idée. Ahum. Mais je peux, oui, te dire qui était l'homme qui te regardait, ça, dans le bureau d'Hélène.

— Vraiment ?

— Oui.

— Tu le connais ?

— Non, répondit le Cornemuseur en riant. Mais, ça, c'était un Tuathann. Tahin. Il n'y a aucun doute, non.

— Un Tuathann ?

— Oui. C'est un peuple de Gaelia, Bohem, et ta mère, Aléa, y était rattachée par sa propre mère, ça. Tada, ta grand-mère, oui, était tuathanne, tu sais.

Le louvetier fronça les sourcils. Non, il ne savait pas.

— Mais cette façon étrange de s'habiller, cette peinture sur sa peau...

— Ahum, ça, les Tuathanns ont des coutumes étranges, oui. Ce sont des clans de guerriers. Ils ont longtemps vécu dans le Sid, ahum, rejetés du monde, réfugiés sous terre. Comme les Brumes, oui. On dit que certains y vivent encore, ahum. Mais la plupart sont revenus en Gaelia, et ils ont aidé ta mère... Il y avait... Oui. Il y avait beaucoup de Tuathanns autour de ta mère, ça.

Bohem resta silencieux quelques instants. Il n'était pas près de tout savoir au sujet de sa mère, Aléa, et il se doutait que Mjolln ne lui avait pas encore tout dit.

— Et pourquoi crois-tu qu'il y avait ce Tuathann à la table d'Emmer ? demanda finalement le louvetier.

Mjolln haussa les épaules.

— Tu l'as vu, oui, dans le monde de Djar. Ce n'est peut-être pas la réalité.

— Cela veut forcément dire quelque chose, insista le louvetier.

— Je ne sais pas. Ahum. À moins que les Tuathanns soient venus de Gaelia et aient aidé Emmer à se défendre, ça, contre Livain. Oui, c'est possible, tu sais. Emmer est roi de Brittia, les liens entre Brittia et Gaelia sont assez singuliers. Compliqués, oui. Mais Gaelia a peut-être accepté d'envoyer des guerriers tuathanns pour porter secours à Emmer. Oui. Quelque chose comme ça, Bohem.

— En tout cas, il était assis à la table d'Emmer, et il me regardait. Comme s'il était surpris de me voir. Ou comme s'il essayait de me reconnaître...

Le Cornemuseur garda le silence, et Bohem fut certain qu'il lui cachait quelque chose. Mais avant qu'il ne puisse essayer de lui en faire dire davantage, il y eut des cris dans la foule derrière eux, et le jeune homme comprit aussitôt que quelqu'un venait encore de s'éteindre...

⁂

Quand Pieter le Vénérable entra dans la salle capitulaire de la Commanderie de Lutès, les nombreux dignitaires présents, une trentaine, se levèrent avec respect pour l'accueillir parmi eux. L'abbé de Cerly était de plus en plus handicapé par le mal qui lui bloquait le dos. Il marchait péniblement, courbé, et son visage était traversé de grimaces de douleur. Il avança lentement vers l'autre bout de la pièce dans sa dalmatique brodée d'or et d'argent et s'assit à côté de Pierre de Pierreville, le Sénéchal de la Milice du Christ.

Il régnait dans la salle capitulaire – et dans la Commanderie tout entière – une ambiance lourde et pesante, comme un écho aux troubles qui déchiraient le pays. Les mines étaient graves, les regards sombres, fuyants. Chacun avait revêtu ses habits de cérémonie. Les officiers portaient leur manteaux noirs, le Sénéchal son habit blanc, croix pattée à l'épaule, et Pieter le Vénérable arborait fièrement ses *pontificalia.*

— *Non nobis domine sed nomini tuo da gloriam,* déclama Pierre de Pierreville en saluant l'abbé de Cerly. An du Seigneur mil cent cinquante quatre, treizième jour de décembre, Pieter le Vénérable, par la providence divine abbé de Cerly, est accueilli par le vénérable et très religieux chapitre de la Milice du Christ, défendeur de l'Église catholique, apostolique et johannique, présidé par moi-même, Pierre de Pierreville, Sénéchal de la Milice du Christ en Occident, dans la chambre capitulaire de la Commanderie mère de Lutès. Mes frères, prenez place.

Les officiers s'assirent à leur tour après avoir humblement salué leur invité.

— La crise que traverse Gallica, cher abbé, appelait cette réunion exceptionnelle, en l'absence de ceux qui auraient dû la présider. Nous vous remercions d'avoir répondu à notre invitation.

Pieter le Vénérable hocha doucement la tête, sans rien dire. Pour le moment, il préférait laisser parler son interlocuteur.

*Il faudra qu'il soit dit que c'est Pierre de Pierreville qui a appelé cette réunion, et non pas moi. Je dois le laisser assumer son rôle, et ne pas lui donner l'occasion de me faire porter la responsabilité et l'initiative de ce qui se trame ici.*

— Andreas Dumont Desbardes est mort, reprit le Sénéchal en s'adressant cette fois à toute la salle.

*C'est plutôt une bonne nouvelle,* pensa l'abbé de Cerly en essayant de cacher son amusement, *et pour tout le monde, y compris pour vous, de Pierreville, n'est-ce pas ? La place de Grand-Maître de l'ordre est à présent disponible... Est-ce pour assister à votre élection que vous m'avez invité ici ?*

— Et nous sommes sans nouvelles de notre bon roi Livain.

*Tiens ! Je ne pensais pas qu'il serait question de Livain. Il ne s'agit peut-être donc pas seulement de l'élection du Grand-Maître...*

Les regards se tournèrent vers l'abbé. Il était le seul à cette table à pouvoir donner des nouvelles récentes du souverain.

— Livain est vivant, annonça Pieter le Vénérable de sa voix éraillée. Trois chirurgiens viennent de quitter Lutès pour aller soigner le roi, qui est réfugié dans la campagne du comté de Bleizis.

— Et comment se porte-t-il ?

*C'est étrange. On dirait qu'il espère de mauvaises nouvelles.*

— Mal, répondit l'abbé de Cerly en soupirant, il se porte mal, mais il est vivant, Sénéchal.

— Bien. La question de l'intérim au palais, en attendant son retour, devra donc être posée.

L'abbé de Cerly fronça les sourcils.

— Je pense que le roi s'en chargera lui-même, répliqua-t-il, en manifestant son indignation.

*Serait-ce donc ça ? De Pierreville envisagerait-il d'assurer l'intérim de Livain ? Je n'ose y croire...*

— Certes. Quoi qu'il en soit, reprit le Sénéchal, nous devons nous occuper de notre propre exécutif, et c'est pour cela que nous sommes ici, mes frères. Nous devons nommer un nouveau Grand-Maître.

*Il a rapidement changé de sujet. La question de Livain l'embarrasse. Ce qui m'étonne le plus, c'est que quand il parle d'un nouveau Grand-Maître, j'ai soudain l'impression qu'il ne pense pas à lui-même, qu'il ne veut pas ce poste... J'ai toujours cru le contraire. Pierre de Pierreville voudrait-il rester*

*Sénéchal ? Cela confirmerait mes craintes. Il aimerait assurer l'intérim de Livain, et il ne peut donc pas occuper en même temps la fonction de Grand-Maître...*

— Pieter, nous vous remercions pour votre présence, vous serez le garant, auprès de sa Sainteté le pape, de la conformité de cette élection.

*Ce n'est pas la véritable raison de ma présence. De Pierreville n'a pas besoin de moi pour valider le vote du chapitre. Non, il m'a fait venir dans un but plus complexe.*

— Mes frères, toutefois, avant de procéder au vote, adressons une dernière prière au défunt Grand-Maître, notre frère Andreas Dumont Desbardes, qui a dignement servi l'ordre, et qui est passé de vie à trépas. Lequel n'est épargné à personne. Conformément à notre règle, nous avons passé la nuit tout entière en oraison pour son salut, et les frères servants s'acquitteront de cent oraisons durant sept jours encore. Mais nous dirons à nouveau ici, maintenant, une prière solennelle pour le repos de son âme. Aussi prions-nous, au nom de la miséricordieuse et divine charité, et demandons-nous par notre autorité pastorale que, chaque jour, soit dépensé ce qui devait être donné au frère disparu, et ce jusqu'au quarantième jour, pour nourrir un pauvre tant en viande qu'en boisson.

— Il sera ainsi fait, déclara un frère sergent en se signant.

Ils baissèrent alors tous la tête et se plongèrent dans

une prière silencieuse. Pieter le Vénérable se prêta à la cérémonie sans un mot, mais en son for intérieur il ne pouvait s'empêcher de sourire.

*Quelle mascarade ! Il n'y en a pas un seul ici qui ne se réjouisse de la mort de Dumont Desbardes ! Il y a quelques jours à peine ils étaient prêts à voter sa destitution. Desbardes était un dangereux forcené, et sa vanité les empêchait tous d'évoluer au sein de l'ordre comme ils l'auraient souhaité...*

— Mes frères, reprit finalement le Sénéchal en redressant la tête, il revient donc à ce chapitre d'élire le nouveau Grand-Maître de la Milice du Christ, conformément à la règle de saint Courage. Le résultat du vote sera annoncé demain en présence des trois cents chevaliers du couvent. Pieter, vous ne pouvez prendre part au vote, mais nous vous invitons à assister à cette élection, si vous le voulez bien, afin de pouvoir rendre compte de sa conformité.

— Avec plaisir, répondit l'abbé avec un sourire cynique.

— Selon nos statuts, le Maréchal a donc convoqué les dignitaires de l'ordre et m'a désigné grand commandeur pour veiller à la réunion du chapitre.

*Comme c'est étonnant... C'est donc lui qui connaîtra le résultat du vote et l'annoncera demain au couvent.*

— Conformément à notre règle, je vais donc à mon tour désigner un commandeur de l'élection, lequel choisira un compagnon, car les Miliciens du Christ doivent toujours aller par deux. Ces deux frères devront élire deux autres frères, et ils seront quatre. Et ces quatre devront élire deux autres frères, et ainsi jusqu'à douze, en l'honneur des douze apôtres. Et les douze frères doivent élire ensemble le frère chapelain qui tiendra la place de Jésus-Christ, lequel doit beaucoup s'efforcer à tenir les frères en paix, en amour et en accord : et ils seront treize frères. Et parmi ces treize il doit y avoir huit frères chevaliers, quatre sergents et le frère chapelain. Ils se retireront alors pour élire en secret le Grand-Maître. Le commandeur de l'élection me transmettra le résultat du vote, et je proclamerai élu le nouveau Grand-Maître demain, devant notre communauté. Je rappelle aux frères électeurs qu'ils doivent désigner un chevalier qui a une longue expérience de l'ordre et qui a exercé des fonctions importantes en Occident comme en Orient.

Tous les frères acquiescèrent, et il fut procédé comme convenu. Pierre de Pierreville désigna un commandeur de l'élection, lequel désigna un autre frère, et ainsi de suite jusqu'à ce qu'ils fussent treize. Ils se retirèrent alors dans l'antichambre de la salle capitulaire, et on ne les revit pas avant le milieu de la nuit.

Pieter le Vénérable n'était pas certain de comprendre réellement pourquoi on l'avait invité à cette cérémonie. Mais il était sûr qu'il allait bientôt le découvrir.

⁂

*Je n'ai pas besoin d'ouvrir les yeux pour savoir où je suis. Je reconnais l'odeur des jardins de Pierre-Levée. J'y ai dormi tant de fois. Ce sont les parfums du printemps. Il fait bon, ici. Je suis assis sur un banc. Le contact froid de la pierre sous mes cuisses, sous mes mains, est tellement agréable ! Le silence et le vent sont les compagnons discrets de ma solitude et de mon enfermement.*

*Je profite de cet instant gracieux pour songer à Vivienne. Je sais qu'elle m'attend. Je veux revoir ses yeux couleur de bois, sa chevelure d'or bouclée, son grand corps enchanteur. Entendre sa voix, sa douce voix qui dit si bien le trobar. Embrasser ses lèvres, la serrer contre moi.*

*Elle me manque tant ! Vivienne. Elle est tout ce qui me reste. Je voudrais la voir, maintenant. Me porter auprès d'elle.*

*Mais je ne suis pas seul. J'ai entendu des pas. Derrière moi. J'ouvre les yeux.*

*Serait-ce Lailoken ? A-t-il fini de méditer ? Vient-il m'annoncer qu'il est prêt à m'aider ? Non. Ce n'est pas possible. Il est beaucoup trop tôt.*

*Je me retourne.*

*Et je le vois. Son regard de glace, sa chevelure de guerrier, la peinture bleue sur son torse. Le Tuathann. Celui qui était à la table d'Emmer Capigesne.*

*Je me lève. Il est immobile. Je le salue d'un geste de la main. Il ne répond pas.*

*— Je suis Bohem, et l'on me nomme aussi Liberté Outremer.*

*Cela ne semble pas l'intéresser. Ce sont mes yeux qu'il regarde. Le bleu de mes yeux. Il me dévisage. Il cherche une confirmation dans mon regard.*

*Je fais un pas vers lui.*

*— Qui êtes-vous ? Que me voulez-vous ?*

*Il reste impassible. Je n'ose pas avancer davantage. J'ai peur qu'il ne s'éloigne, qu'il prenne peur. Il a quelque chose à me dire. Mais il n'est pas sûr de pouvoir le faire. Je dois le mettre en confiance. Je fais un pas en arrière. Je m'assieds à nouveau sur le banc, mais face à lui cette fois. J'attends.*

*Je vois son buste se gonfler ; il pousse un soupir.*

*Je dois trouver un moyen de le convaincre de me parler.*

*Je me souviens des mots de Mjolln. Il disait que ma grand-mère était tuathanne. Le sang de son peuple coule dans mes veines. Je dois le lui faire savoir. Mais comment ?*

*Il attend un signe, un geste de ma part. Quelque chose qui confirmerait ce qu'il croit deviner dans mes yeux. Oui, c'est cela. Une preuve que je suis des siens.*

*— Je suis le fils d'Aléa, dite Kailiana. Je suis le fils de la Terre.*

*Son regard s'agrandit. Ses sourcils se sont levés*

*quand j'ai prononcé le deuxième nom de ma mère. Mais il ne bouge toujours pas. Il attend encore.*

*Que puis-je dire de plus ? Que puis-je faire pour lui montrer que je suis un descendant de son peuple ? Un Tuathann.*

*J'hésite. Je le regarde encore. Puis l'idée me prend. Je me lève. J'ôte ma chemise et je la jette sur le sol. Je me mets à genoux. Les gestes me reviennent. Je plonge mes mains dans la terre, et je baisse la tête.*

*Je ferme les yeux. J'attends. Longtemps. Si longtemps que j'ai l'impression qu'il n'est plus là. Que je vais me réveiller, loin du monde de Djar.*

*Mais soudain, il avance vers moi. Puis je sens sa main qui se pose sur mon crâne.*

*— Je suis Artosach, chef du clan tuathann des Baintreach Clanns. Que la Terre te reconnaisse, Bohem Liberté, ainsi que tous les tiens.*

⁂

On avait accordé à Pieter le Vénérable une place d'honneur sous la rotonde de l'église de la Commanderie. Face à la grande nef, il était assis sur une haute chaise de bois à côté de Pierre de Pierreville, Sénéchal de la Milice du Christ, entre deux des six immenses piliers qui soutenaient la coupole. L'édifice magnifique, œuvre des Compagnons du Devoir, était plongé dans la lumière chaude des bougies, qui faisaient un spectacle d'ombres et de lueurs dans les hauteurs de pierre, sur les statues et les fresques. Au-dessus des arcades du mur est, on devinait la sculpture du temple d'Ariel dans une grande alcôve. Pieter ne put s'empêcher de penser à Bohem, qui était venu dans cette même église, et qui leur avait échappé une fois de plus...

Tout le couvent avait été réuni pour l'annonce de l'élection du nouveau Grand-Maître. On avait sorti les décors de cérémonie, les drapeaux et les gonfanons de l'ordre. En dépit des nombreux frères qui avaient péri lors du siège de Pierre-Levée, plus de trois cents chevaliers de la Milice du Christ étaient présents ce jour-là.

L'abbé de Cerly se pencha vers son voisin de gauche.

— Je suis étonné de vous voir si nombreux, chuchota-t-il avec malice. Aucun Milicien n'est resté auprès du roi après Pierre-Levée ?

Le Sénéchal fit mine de ne point s'offusquer.

— Non, aucun. Comme vous, nous avons rapidement rejoint Lutès. Le roi s'est enfui avant la fin de la bataille, Pieter, et comme vous, nous l'avons... perdu de vue.

L'abbé acquiesça en souriant.

*Il se moque de moi. Mais une fois encore, je crois déceler l'aversion soudaine de Pierreville pour le roi... Je ne sais quel sentiment l'emporte chez le Sénéchal : le reproche que le roi n'ait point mené la bataille jusqu'au bout, ou l'espoir de pouvoir le rem-*

*placer ? Je n'arrive pas à croire que cet impétueux se voie sur le trône de Gallica. Et pourtant...*

Les treize frères électeurs, habillés de leurs manteaux blancs – le noir, réservé aux dignitaires, n'était toutefois jamais porté à l'intérieur des églises – étaient assis en demi-cercle au centre de la coupole. Celui qui avait été nommé commandeur de l'élection se leva et s'avança vers Pierre de Pierreville.

Le Sénéchal, voyant arriver le Milicien, se pencha à son tour vers son voisin.

— Excusez-moi, cher abbé, mais cela va être mon tour..., lui chuchota-t-il à l'oreille juste avant de se lever.

*Vraiment ? Je crois, moi, que votre tour n'est pas encore venu, mon cher !*

Pierre de Pierreville lissa son grand manteau de cérémonie et se laissa guider vers le pupitre. Il fit un signe de tête vers l'assemblée et les trois cents chevaliers se levèrent d'un seul élan. Le bruit des chaises résonna sous la voûte éclatante de l'église.

Le Sénéchal posa un regard circulaire sur ses nombreux frères.

*Il prend son temps, certainement pour insuffler de la solennité à l'événement. Il est manifestement satisfait du résultat du vote. Nul doute que tout avait été prévu d'avance.*

— Nous avons élu, par vos commandements, le Grand-Maître de la Milice, annonça Pierre de Pierreville d'une voix sentencieuse. Accepterez-vous celui que nous avons choisi, et promettez-vous de lui obéir tous les jours de sa vie ?

La foule répondit en chœur :

— Oui, si à Dieu plaît.

*Je crois, malheureusement, que Dieu n'a plus grand-chose à voir avec toute cette mascarade...*

Symboliquement, le Sénéchal demanda à trois chevaliers de s'approcher. C'était trois des frères les plus réputés de la Milice, qui s'étaient illustrés au combat comme dans la vie ordinaire de l'ordre. L'un d'eux était l'élu, mais il ne le savait pas encore. Officiellement, en tout cas.

— Mes frères, reprit de Pierreville en s'adressant à eux, si vous êtes l'élu, promettez-vous d'obéir au couvent et de garder les bonnes coutumes de l'ordre ?

— Oui, si à Dieu plaît, répondirent les trois chevaliers en baissant la tête.

*Je n'en connais pas un seul. Le chapitre a donc choisi un parfait inconnu. Quelqu'un qui ne dérangera pas de Pierreville, certainement.*

— En ce quatorzième jour de décembre de l'an du seigneur mil cent cinquante quatre, par la providence divine et conformément au choix de nos frères électeurs, justement choisis par le très vénérable chapitre de la Milice du Christ, je proclame élu au rang de Grand-Maître le frère Grégoire de Berva, seigneur des terres de Berva au comté de Vasteplaine. Mes frères, prosternez-vous.

Tous les membres de l'assemblée posèrent un genou à terre.

— Frère Grégoire, levez-vous et venez devant l'autel.

L'un des trois chevaliers qui s'étaient approchés se redressa. C'était un homme plutôt jeune, large et fort, qui portait un bouc et dont les longs cheveux bruns étaient noués sur une nuque épaisse. Ses yeux verts brillaient de reconnaissance ; ils semblaient refléter toute la lumière des grands vitraux colorés.

*Grégoire de Berva. Son nom ne me dit rien, pas plus que son visage. Et c'est sans doute pour cela qu'il a été élu. Un jeune Milicien qui n'a certainement pas encore de réelle conscience politique et que le Sénéchal pourra manipuler à sa guise.*

— À genoux, mon frère.

Le Milicien s'exécuta. Pierre de Pierreville se saisit alors d'une magnifique épée, large et lourde. Il la posa à plat sur ses deux mains.

— Exauce, nous t'en prions, Seigneur, nos prières. Que la dextre de ta Majesté daigne bénir cette épée dont ton serviteur ici présent désire être ceint ; que dans la mesure de ta bénédiction il puisse être le défenseur des églises, des veuves, des orphelins et de tous les serviteurs de Dieu contre la cruauté des païens ; qu'il épouvante et terrifie ceux qui lui tendraient des pièges ; accorde-lui de les poursuivre dans l'équité et de nous défendre dans la justice. Amen.

La salle répondit en écho. Puis le Sénéchal souleva

son épée au-dessus des épaules de l'impétrant et répéta avec lenteur les gestes de l'adoubement.

— Par le pouvoir dont j'ai hérité de mes frères et conformément au vote des électeurs qui vous en ont jugé digne, je vous nomme, Grégoire de Berva, Grand-Maître de la Milice du Christ. Puissiez-vous ne jamais oublier la mesure de votre fonction. Laissez-moi vous en rappeler le fondamental : l'autorité du Grand-Maître est limitée par le pouvoir constitutionnel du couvent ici présent, par l'ensemble des dignitaires et le corps des chevaliers de la Milice. Comme chaque frère a son compagnon, de rang, selon la parole de l'évangile qui dit « vous irez deux par deux pour vous garder du mal », le Grand-Maître lui-même a deux compagnons. Ce sont les deux chevaliers qui vous ont accompagné jusqu'à l'autel. Vous serez tenu de les consulter, car ils feront partie de votre conseil restreint. Selon les statuts, le Grand-Maître de la Milice ne possède pas les clés du Trésor et n'a point le droit de décréter des trêves ni d'ouvrir les hostilités sans l'accord du chapitre. Mis à part ces restrictions, votre pouvoir, mon frère, n'est limité que par la règle de saint Courage et les statuts de l'ordre, dont il vous sera donné une nouvelle lecture ce soir.

Le Sénéchal reposa son épée sur la petite table qui était à côté de lui, puis s'approcha du chevalier de Berva.

— Grégoire de Berva, promettez-vous de servir la sainte Église et la Milice du Christ et d'honorer en son sein la charge de Grand-Maître, selon le souhait de vos frères ?

— Si à Dieu plaît, je le promets.

Pierre de Pierreville reprit l'épée et la tendit au tout nouveau Grand-Maître.

— Chevalier de Berva, recevez ce glaive, au nom du Père, du Fils et du Saint-Esprit, puissiez-vous vous en servir pour votre propre défense, pour celle de la sainte Église de Dieu et de son humble Milice, pour la confusion des ennemis de la Croix du Christ et de la foi chrétienne ainsi que de la couronne du royaume de Gallica. Autant que l'humaine fragilité vous le permettra, ne blessez personne injustement avec lui. Qu'il daigne vous accorder cela, Celui qui vit et règne avec le Père et le Saint-Esprit dans les siècles des siècles.

— Amen.

Grégoire de Berva se releva lentement et enfila l'épée à sa ceinture. Deux Miliciens s'approchèrent alors et lui remirent l'un l'*abacus* – bâton de commandement spirituel de l'ordre – et l'autre la bague de Grand-Maître, où était gravée l'*Abraxas Panthée.*

*Voici donc les reliques d'Andreas Dumont Desbardes,* songea Pieter le Vénérable, non sans ironie.

Au même instant, les cloches de l'église se mirent à sonner, et la cérémonie prit fin sous les acclamations des chevaliers de la Milice. Les sourires sur les visages des Miliciens semblaient indiquer que le nouveau Grand-Maître faisait l'unanimité. Pieter le

Vénérable pensa qu'il était impatient de découvrir sa véritable personnalité.

Les chevaliers s'écartèrent au passage de Grégoire de Berva et des dignitaires, puis ils sortirent lentement, sous le regard désabusé de l'abbé de Cerly.

Celui-ci se leva péniblement et alla rejoindre le Sénéchal sur le parvis de l'église. Arrivé près de lui, le dos courbé, il posa une main sur l'avant-bras du Milicien.

— Je suppose, mon cher de Pierreville, que nous allons pouvoir parler de Livain et de la couronne de Gallica, à présent.

Le Sénéchal lança un regard entendu au vieil homme.

— Bientôt, abbé, bientôt. Chaque chose en son temps.

— Si à Dieu plaît, répliqua Pieter le Vénérable en hochant la tête.

— Oui, si à Dieu plaît. Mais il y a plus urgent, vous en conviendrez. Nous devons comprendre la raison de ces morts soudaines qui ravagent le pays. Vous n'ignorez pas, sans doute, que ce mal va grandissant.

— Il me semble, Sénéchal, qu'il n'y ait plus grand-chose en ce pays qui n'aille de travers.

⁂

Emmer Capigesne, roi de Brittia, se présenta seul à la tombée du soir devant le camp des guerriers tuathanns, en retrait de Pierre-Levée. Les hautes tentes de toile brune formaient un grand arc de cercle, comme une demi-lune tracée dans la neige. Quelques feux brûlaient çà et là, à l'intérieur d'une longue barrière qui délimitait le campement, et semblaient souffler dans le ciel des bulles de lumière.

Le général Chroce avait insisté pour escorter Emmer, mais le roi avait refusé. Il voulait parler seul à seul avec Artosach et il espérait que sa venue sans escorte serait appréciée par les Tuathanns comme un geste humble et respectueux. Toutefois, il était inquiet.

Le roi fut accueilli à l'entrée du campement, devant la barrière, par deux guerriers qui, malgré le froid, avaient le torse nu. Emmer ne s'était toujours pas habitué à ces soldats étranges, vêtus et armés comme des barbares, et qui parlaient d'une façon énigmatique. Il ne savait presque rien d'eux, sinon qu'ils avaient été envoyés par le roi O'Connor de Galatie, souverain de l'île de Gaelia, et que c'était sans doute grâce à eux que le siège de Pierre-Levée avait été remporté. Quand Emmer avait envoyé Leuthaire chercher du renfort en Gaelia, il avait espéré que celui-ci reviendrait avec des mercenaires ou des soldats de l'armée d'O'Connor, mais il ne s'était certainement pas attendu à voir venir des Tuathanns. Il pensait que ces hommes – qui étaient sortis du Sid quelques années auparavant – gardaient pour Brittia une haine ancestrale. Leur peuple et le sien étaient des ennemis de jadis. Pourtant, ils avaient traversé les mers et étaient venus jusqu'ici pour combattre à ses côtés, contre le roi de Gallica. Ces rivaux d'antan étaient devenus sans explication des alliés inattendus. Et maintenant que la bataille avait été gagnée, ils ne demandaient rien en retour et avaient même proposé de rester encore quelque temps pour protéger Pierre-Levée, dans l'éventualité d'un nouvel assaut. Emmer se demandait s'il réussirait à les convaincre d'aller encore plus loin et de venir avec lui à la recherche de Livain... Il devinait que les convaincre ne serait guère aisé, mais leur soutien serait capital. Il devait tout tenter.

— Que la Terre te reconnaisse, Emmer Capigesne, ainsi que tous les tiens.

Le roi s'inclina légèrement pour remercier le guerrier tuathann qui venait de parler. Il ne connaissait pas les coutumes de ces hommes, mais il essaya de se montrer à son tour plein de considération.

— Merci, et que Dieu vous bénisse, vous qui nous avez porté secours si loin de vos terres...

— Nous n'avons pas de terres, roi, c'est la Terre qui nous possède.

Emmer hocha la tête, embarrassé.

— Oui. Bien sûr. Je... Je souhaite m'entretenir avec Artosach, s'il le veut bien.

— Le chef du clan t'attend, roi.

Capigesne essaya de ne pas se formaliser du tutoiement à son égard. Il aurait exigé de n'importe quel autre homme qu'il respectât le protocole, mais il se devait de faire une exception pour les Tuathanns. Il était prêt à accepter leurs manières étranges.

— Il m'attend ?

— La Terre t'a annoncé, fils de Brittia. Entre dans le croissant et, si tu cherches sa tente, tu la trouveras.

Les deux guerriers s'écartèrent et lui firent signe d'avancer. Emmer, perplexe, les remercia d'un signe de tête et passa de l'autre côté de la barrière. Il n'avait aucune idée de l'endroit où pouvait se trouver la tente d'Artosach et se demandait pourquoi les guerriers ne l'y accompagnaient pas. Ce devait aussi être une coutume tuathanne, une sorte de rituel.

Le roi fit quelques pas en avant. Il vit des Tuathanns lui adresser un regard ici et là, mais on ne fit bientôt plus attention à lui. Il se demanda un instant s'il n'était pas fou d'être venu ainsi tout seul. Mais il devait aller jusqu'au bout. Il s'avança vers un grand feu, comme attiré par les flammes, espérant qu'il pourrait alors voir la tente du chef. De l'intérieur, le camp offrait un spectacle étonnant. Les armes étaient plantées dans la neige et dessinaient de longues allées rectilignes entre les habitations de fortune. On retrouvait en de nombreux endroits le bleu des peintures de guerre : dans les tissus étendus sur des séchoirs, dans les décors des tentes brunes, au bout des lances ou sur les poteries posées près des foyers...

Emmer continua d'avancer dans la nuit hivernale et passa près du grand feu. Il marcha lentement au milieu des Tuathanns. Il les saluait discrètement, en essayant de masquer sa peur. Il y avait beaucoup d'agitation dans le campement. Les guerriers préparaient le repas du soir ; ici, ils s'affairaient autour d'un fumoir à poisson, là ils attisaient les flammes... Chaque fois qu'il dévisageait l'un d'eux, il recevait en retour un regard froid, indéchiffrable.

Le roi commençait à se sentir mal. La fumée lui piquait les yeux. L'odeur du poisson fumé se mélangeait à un autre parfum dont il ignorait l'origine. Un relent épicé et âcre à la fois. La tête lui tournait. Il se frotta le front et essuya les gouttes de sueur qui coulaient vers ses sourcils. La chaleur des hautes flammes lui brûlait la peau. Il toussa un peu, s'écarta d'une vague de fumée. Plus loin, sur la gauche, il aperçut des petits monticules de pierres, dressés en pyramides. Les Tuathanns avaient ramené leurs morts de Pierre-Levée et les avaient enterrés dans l'enceinte même de leur camp. Emmer avala sa salive et tourna la tête. Il vit alors une tente qui attira son attention. Il n'aurait su dire pourquoi, mais elle n'était pas comme les autres. Peut-être était-elle plus grande, plus haute, plus décorée... Il semblait y avoir davantage d'objets tout autour. Et surtout, un guerrier tuathann se tenait debout devant l'entrée.

Emmer se dit qu'il devait s'agir de la tente d'Artosach et accéléra le pas, heureux de s'écarter de l'atmosphère enfumée du centre du campement. Quand il arriva devant la tente, il fit un signe au guerrier pour demander s'il pouvait entrer.

— Non, répondit le Tuathann d'une voix grave et profonde.

— Je viens m'entretenir avec Artosach, expliqua Emmer, offusqué.

Le guerrier sourit. Emmer jura qu'il se moquait de lui.

— Artosach n'est pas dans cette tente, roi.

— Comment puis-je le savoir ? s'emporta Capigesne, qui estimait que la façon dont était reçu un homme de son rang était indigne. On ne m'a pas dit dans quelle tente il est, cela commence à bien faire ! Dites-moi où il se trouve, bon sang !

— Roi, ce que l'on cherche sans patience, on l'a souvent passé. Il suffit parfois de regarder derrière soi.

Emmer se retourna, furieux. Il vit alors juste derrière lui une tente, beaucoup plus petite, d'où émanait une faible lumière. Sans aucune décoration, c'était sans doute la plus humble habitation du campement. Emmer la rejoignit en secouant la tête. Il s'arrêta devant l'entrée, hésita un instant. La tente était à demi ouverte. Emmer poussa un soupir, se baissa et entra à l'intérieur.

Artosach, le chef du clan, était assis par terre, sur une fourrure épaisse. Les yeux fermés, il semblait méditer. Une petite bougie posée sur le sol vacilla quand Emmer referma la porte en toile derrière lui.

— Que la Terre te reconnaisse, roi Emmer Capigesne, ainsi que tous les tiens.

— Vous avez de bien étranges coutumes, Artosach...

— Et je te remercie, roi, de les respecter, comme j'ai respecté les tiennes quand je suis entré au palais.

— Oui, soit, répondit Emmer sans conviction.

— Que me vaut ta visite ?

Le roi de Brittia n'arrivait pas à se faire à ce tutoiement, mais il essaya de ne pas le montrer. Son agacement pourrait être pris comme un signe de faiblesse.

— Nous partons demain pour achever cette guerre contre Livain, le roi de Gallica.

— Hmmm.

Emmer fronça les sourcils. Il n'était pas sûr de comprendre ce que signifiait cette réponse évasive.

— Nous aimerions que vous veniez vous battre à nos côtés, comme vous l'avez fait ici pour défendre Pierre-Levée.

— Nous étions venus aider la duchesse de Quienne, et nous l'avons fait, roi, à la demande d'O'Connor de Galatie. Mais nous ne sommes pas venus faire la guerre à Livain VII, roi de Gallica.

— Cela revient au même, Artosach ! Si nous n'éliminons pas Livain, il reviendra nous attaquer et nous aurons encore besoin de votre soutien. Peut-être pas tout de suite. Pas cette année, ni la suivante. Mais un jour il reviendra. Nous devons en finir une bonne fois pour toutes, et profiter de votre présence. Votre soutien nous a été très précieux...

— Je sais. Mais je suis ici sur ordre du roi

O'Connor, et ses ordres se limitaient à défendre Pierre-Levée.

— Attaquer Livain, *c'est* défendre Pierre-Levée, à long terme !

— Parfois, il faut savoir oublier le long terme. Je ne serais pas ici, si je n'avais accepté d'oublier ce que ton peuple a fait subir au mien lors du Premier Âge.

— Votre peuple, Artosach, a eu sa revanche. Les Tuathanns ont quitté le Sid et retrouvé la terre de leurs ancêtres. Vous vivez en paix sur l'île de Gaelia.

Artosach hocha lentement la tête, mais Emmer voyait qu'il n'était pas tout à fait du même avis.

— Écoutez, je ne vais pas vous supplier. Je vous suis déjà infiniment reconnaissant pour l'aide que vous nous avez apportée ici, et si vous décidez d'en rester là, nul ne saurait vous en tenir rigueur. Nous vous sommes déjà redevables. Toutefois, si nous ne parvenons pas à l'emporter sur Livain, tous nos efforts auront été en vain... Et nous avons plus de chances de gagner avec vous que sans vous.

— Je ne peux te répondre, roi. Pas maintenant. C'est la Terre qui donnera ma réponse. Partez sans nous. De toute façon, nous ne ferions pas la route ensemble. Quand vous attaquerez Livain, si la Terre le veut, nous serons à vos côtés. Sinon, vous combattrez seuls. Quoi qu'il advienne, je souhaite, roi, que la Terre te reconnaisse.

Le Tuathann ferma les yeux et Emmer comprit, perplexe, que la conversation était finie. Il n'avait pas obtenu sa réponse, mais il savait qu'il était inutile d'insister. Il se leva lentement, salua Artosach et sortit de la tente sans faire de bruit.

Il traversa rapidement le campement et retourna aux portes de la ville où l'attendait sa garde. Une chose était sûre, avec ou sans les Tuathanns, demain, il partirait avec son armée à la recherche de Livain.

⁂

Il y eut encore beaucoup de morts parmi les hommes qui marchaient derrière Bohem avant qu'ils n'arrivent en vue de Mont-des-Marais. Chaque jour ils étaient plus nombreux à tomber sans qu'on puisse rien faire, et chaque nouvel arrivant qui les rejoignait apportait des nouvelles terribles des villages voisins. Les hommes, les femmes, les enfants mouraient par dizaines, disait-on, et toujours sans raison. Le pays tout entier souffrait du même mal, une contamination sans visage. Les anciens racontaient que Gallica avait connu bien pis, lors des grandes épidémies de peste, mais au moins on connaissait à l'époque l'origine de ces morts si nombreuses. Aujourd'hui, il n'en était pas de même. Personne n'osait mettre un nom sur la plaie qui ravageait le pays, et la peur grandissait.

La nature avait changé de visage, depuis quelques jours, au-delà du fleuve Karauna. Ils étaient entrés dans le pays du Gabardan, avec ses forêts de pins à perte de vue, ses vallées encaissées, ses champs de vigne à eau-de-vie et de céréales figés par l'hiver, ses étangs gelés et ses marécages asséchés, ses moulins, ses fermes à colombages et leurs cours fermées... L'air était purifié par le vent de l'océan, qui soufflait non loin de là. C'était le chemin des pèlerins de Chamdetoile, bordé d'auberges qui d'ordinaire accueillaient de nombreux visiteurs. Mais pas ces jours-ci. Plus maintenant.

Un soir, la ville de Mont-des-Marais apparut enfin au sommet d'une petite colline, entourée de grands arbres couverts de neige. Dressée au confluent de deux rivières, c'était une petite place forte, protégée par de solides remparts. Quelques légers flocons blancs flottaient dans le ciel et ralentissaient le temps.

— Veux-tu que nous entrions dès ce soir dans la ville ? demanda Loeva en s'approchant du louvetier qui admirait la vue, pensif.

Bohem hésita un moment. Il était impatient de retrouver la duchesse de Quienne. Et surtout, de partir avec elle chercher Vivienne. Comme la jeune femme lui manquait ! Comme il aurait aimé entendre sa voix, oublier dans ses poèmes la misère de ce monde... Mais il commençait à faire nuit et tout le monde était épuisé. De plus, il sentait l'angoisse de plus en plus lourde peser sur le groupe tout entier. Non. Ils avaient assez marché pour aujourd'hui. Ils avaient besoin du réconfort d'un grand feu.

Le jeune homme chassa de son esprit l'image de Vivienne.

— Nous allons nous installer ici, Loeva, et je vais... Je vais parler.

— Tu vas parler ? s'étonna la jeune fille, qui n'était pas sûre de comprendre.

— Oui. À tout le monde. Je vais essayer de leur parler, ce soir. Ils en ont besoin. Et moi aussi. J'ai besoin de... de faire le point.

— Je comprends. Bien. Alors je vais leur dire d'installer le camp.

La jeune fille fit demi-tour, un sourire aux lèvres. Cela faisait longtemps qu'elle attendait de Bohem un geste comme celui-là. Elle savait, elle aussi, que tous ces hommes et toutes ces femmes qui les accompagnaient commençaient à douter. Qu'ils avaient peur, en tout cas, et qu'ils n'avaient plus de repères, plus de ciment pour les unir. Il fallait que Bohem leur redonne un peu de lumière, un peu d'espoir.

Le camp fut rapidement monté ; on alluma un grand feu, on installa quelques tentes, on soigna ceux que ces longues marches avaient blessés, on réchauffa ceux qui avaient froid et on prépara le dîner... Mais avant de manger, comme il l'avait promis, Bohem se leva pour s'adresser à la foule. Ils étaient près de deux cents, maintenant, et jamais Bohem ne s'était adressé à eux tous ensemble.

Un à un, les gens rassemblés autour du feu se turent, même les enfants, devinant dans le regard du louvetier qu'il allait prendre la parole, et que c'était important. Le silence se fit rapidement et l'on sentait dans celui-ci une véritable impatience. Loeva ne s'était pas trompée : tout le monde attendait depuis longtemps que Bohem fasse enfin un discours.

Mjolln et la jeune fille vinrent près de leur ami. En retrait, ils lui adressèrent un regard pour l'encourager. Il était visiblement mal à l'aise, s'appuyant sur un pied, puis sur l'autre. Mais il n'avait rien perdu de son charisme. Ses yeux bleus profonds pénétraient la foule, graves et délicats à la fois. Ses longs cheveux noirs flottaient au vent. Sa boucle d'oreille, qui étincelait par moments, lui donnait un air noble et sauvage. Il parla d'une voix faible au début, puis de plus en plus forte, de plus en plus assurée.

— Mes amis, avant tout, je veux vous remercier de votre présence, de votre patience. Je sais que j'aurais dû vous parler, comme je le fais, depuis longtemps, mais je ne suis pas fait pour cela. Je... Je ne suis pas fait pour les discours. Alors pardonnez-moi. Pardonnez-moi de ne l'avoir pas fait plus tôt, et pardonnez-moi de ne savoir comment m'y prendre, maintenant que j'ai décidé de parler.

Bohem marqua une pause. Il regarda tous ces gens qui l'écoutaient, les yeux levés vers lui. Il n'était vraiment pas à son aise. Il hésita, puis, soudain, il se décida à se rasseoir.

— Je... Je vais rester assis, pour vous parler, si vous le voulez bien.

Il y eut des sourires sur de nombreux visages. Et des rires, même, quand Mjolln réalisa qu'il était seul debout et qu'il se baissa d'un geste rapide en grognant.

Bohem montra un visage plus détendu. Il se sentait mieux ainsi, parmi eux, le regard à la même hauteur que les leurs.

— Je... Je sais que vous avez peur. Et pour être honnête, je dois vous dire : j'ai peur moi aussi. Mais vous êtes courageux. Vous, les louvetiers, qui avez abandonné votre métier, abandonné vos maisons pour m'aider à guider les Brumes jusqu'au bout du duché de Breizh. Vous, villageois, paysans, qui avez quitté vos vies, vos terres, vos fermes, vos ateliers. Aussi courageux que mes frères Compagnons qui nous ont souvent aidés, et dont je sais qu'ils nous aideront encore. Je sais le prix du départ, le prix de l'abandon. Je sais ce qu'il vous en a coûté. Alors merci ; votre courage nourrit le mien, c'est grâce à vous que j'avance. Ne croyez pas que mon silence soit du mépris. C'est... C'est plutôt de la gêne. Je suis terriblement embarrassé, par votre bonté. Mais Mjolln a raison. Fidélité avait raison. Je ne devrais pas l'être. C'est même de l'orgueil que de croire que vous faites cela pour moi. Nous le faisons ensemble, pour nous tous et pour les autres. Car je suis ici pour les mêmes raisons que vous, et je suis fier d'être à vos côtés. Nous devons avoir confiance. Confiance en nous. Malgré...

Il soupira et baissa la tête.

— Malgré les morts. Il y en aura encore, vous le

savez. Demain, moi peut-être. Ou Loeva, ma petite sœur. Mais il y aura aussi de nouveaux arrivants. Vous êtes plus nombreux tous les jours. Et c'est... Comment dire ? Cela a un sens, n'est-ce pas ? Nous sommes sur le même chemin. Un chemin dont nous ne savons pas vraiment où il nous mènera, mais que nous sommes décidés à parcourir, ensemble. Vous savez, je dois vous l'avouer, le nombre me fait peur. Plus nous sommes nombreux, moins je me sens à l'aise. Je dois avoir appris cela des loups : je suis un peu sauvage. Et pourtant, c'est... C'est ce dont nous aurons besoin. Du nombre.

Il leva les yeux et leur adressa un regard plus assuré.

— Demain, si vous le voulez bien, nous entrerons à Mont-des-Marais. Si je vous ai menés ici, c'est que nous sommes venus pour y retrouver, je l'espère, Hélène, duchesse de Quienne.

Un murmure parcourut l'assemblée. Le nom de la duchesse avait quelque chose de magique. La rencontrer était sans doute un rêve pour beaucoup d'entre eux. Ce n'était plus un secret pour personne, Bohem l'avait déjà évoquée dans des conversations, mais cette rencontre devenait soudain bien plus concrète.

— C'est une femme et une reine digne. Elle est... Elle est une exception dans ce que j'ai pu voir des dirigeants de notre monde, et je crois qu'elle ne sera pas de trop à nos côtés. Oui, j'en suis sûr, elle sera des nôtres pour la longue route qui nous attend. Et vous apprendrez à l'aimer comme je l'aime, si ce n'est déjà le cas. J'en suis certain. Hélène est une femme unique.

Bohem hocha lentement la tête. Il savait qu'il devait maintenant entrer dans le vif du sujet. Aborder ce dont ils avaient tous le plus besoin. Du sens. Donner du sens à leur élan naturel, à leur présence. Il aurait aimé pouvoir leur dire exactement ce qui les attendait, mais il ne possédait pas encore toutes les pièces du puzzle. Tout ce qu'il pouvait faire, c'était se fonder sur ses suppositions, sur ce qu'il avait pu comprendre de ses conversations avec Mjolln ou avec la Licorne, mais aussi avec Lailoken...

— La plupart d'entre vous ne savent pas vraiment ce que nous faisons ici. C'est étonnant, mais c'est ainsi, j'ai fini par le comprendre. L'accepter. Certains sont venus pour me suivre, moi, tout simplement, sans autre raison formulée. Suivre une image, une idée qu'ils se sont faite de moi, que *vous* vous faites de moi, et que je ne suis pas sûr de réellement maîtriser. Je... Je dois vous avouer que cela me trouble beaucoup, mais aussi, cela me touche. Car c'est le signe d'une confiance aveugle dont je ne suis pas sûr d'être digne. Alors, je veux d'abord vous dire ma gratitude, à vous qui avez choisi de nous suivre sur la simple foi en la pertinence de notre cause, même si cette cause n'est pas bien définie, n'est-ce pas ?

— Nous voulons vivre ! s'exclama simplement l'une des femmes dans la foule.

— Libres ! ajouta un homme à côté d'elle.

Bohem hocha la tête.

— Libres.

À présent, il ne regardait plus personne. Ses yeux étaient perdus dans le vague, dans la danse des flammes. Et il parlait d'une voix monotone, comme à lui-même :

— Oui. Vous avez raison. Libre de ne pas marcher dans les pas de son père. Libre de devenir troubadour même quand on est femme. Libre de ne pas embrasser la même religion que celle de son roi, lorsqu'on est juif ou Bon Homme de Tolsanne. Libre, même, de n'en embrasser aucune. Libre de refuser de mourir au nom d'une guerre dont on ne comprend même pas le sens. Libre de n'appartenir à personne. Libre de vivre en harmonie avec la terre, avec les Brumes quand elles étaient encore là. Libre de s'associer à d'autres hommes pour partager son savoir, ses richesses, ses rêves. Libre de vivre, en somme.

— Oui, c'est de bien jolis rêves, tout ça. Mais toutes ces morts ! intervint un autre homme. Vous parlez de liberté, mais nous ne sommes mêmes plus sûrs que nous serons tous vivants dans quelques jours, quelques semaines ! Et si... Si...

— Si nous mourions tous ? continua Bohem à sa place.

Il dévisagea l'homme qui avait parlé. Il le regardait droit dans les yeux, comme s'il refusait de fuir cette question. Cette éventualité.

— C'est possible, reprit-il. Oui. C'est fort possible. Mais pas sans résister.

— Mais expliquez-nous au moins pourquoi ! répliqua l'autre. Pourquoi nous mourons !

— Je ne sais pas pourquoi, répondit trop rapidement Bohem, comme pour se défendre.

Mjolln se racla la gorge à côté de lui et, sans relever la tête, il dit de sa voix grave et rauque.

— Ahum, ça, tu as bien, oui, une petite idée ?

Bohem serra les lèvres. Oui, bien sûr. Il avait une petite idée. Il était même certain de comprendre assez bien le sens général de ce qui se passait. Mais c'était si difficile à expliquer. Pourtant, Mjolln avait raison. Il devait dire ce qu'il pensait. Ce qu'il craignait. Il n'avait pas le droit de garder ses peurs pour lui-même, et, surtout, les gens avaient besoin de savoir.

— Oui, lâcha Bohem dans un soupir. Peut-être.

— Alors, dites-nous !

— Ce ne sont que des suppositions... D'ailleurs, beaucoup d'entre vous ne voudront pas me croire et, moi-même, je suis surpris de pouvoir penser cela. Pourtant, aujourd'hui, c'est ce que je crois. Et ce que je redoute. Car, voyez-vous, je crois que le mal qui nous ronge, qui ronge le pays tout entier, est précisément celui qui faisait mourir les Brumes.

Il y eut des chuchotements étonnés tout autour du feu.

— Je crois que nous mourons pour les mêmes raisons qu'elles.

— Mais alors, il n'y a pas d'issue ! intervint un louvetier. La seule issue, pour les Brumes, c'était les portes du Sid. Or, elles se sont refermées, je les ai vues de mes propres yeux ! Nous serons tous morts avant qu'elles ne s'ouvrent à nouveau !

— Auriez-vous vraiment voulu abandonner cette terre ? répliqua Bohem. Auriez-vous quitté ces forêts, ces plaines, ce ciel, pour entrer dans le Sid ? Je crois, moi, que notre vie est ici et que nous devons nous défendre. Je ne sais pas encore comment, mais il y a sûrement un moyen.

— Tout ça est très flou, et peu rassurant ! reprit l'homme qui avait parlé le premier. Nous ne savons même pas quelle est l'origine de ce mal, que ce soit celui des Brumes ou non...

— Si. Je connais peut-être son origine. Peut-être.

Bohem marqua à nouveau une pause. Il n'était pas sûr d'être capable de leur dire ce qu'il ressentait. D'abord parce que ce n'était que des soupçons, des suppositions, mais surtout, il avait peur qu'ils le prennent pour un fou. Toutefois, il ne pouvait plus reculer, maintenant. Et Mjolln, derrière lui, lui adressait de nouveaux regards pour le pousser à parler.

— Je dois, pour cela, vous en dire plus sur moi. Car je crois, malheureusement, que je suis lié à tout cela. Ce n'est pas un hasard si tout a commencé par l'incendie de mon village. Ce n'est pas un hasard si c'est moi qui ai mené – grâce à nombre d'entre vous, d'ailleurs – les Brumes vers les portes du Sid. Et ce n'est pas un hasard non plus si ma tête est mise à prix dans le pays tout entier. Croyez-moi, j'aimerais qu'il en soit autrement. J'aimerais être encore dans mon petit village de Villiers-Passant, tout près d'ici, avec ma sœur et mon père, et ignorer tout de cette histoire... Mais je dois maintenant assumer ce que je suis.

Bohem jeta un regard vers le Cornemuseur. Celui-ci souriait.

— Vous me connaissez tous sous le simple nom de Bohem. Mais je porte aussi le nom de ma mère : Cathfad. Je suis le fils d'Aléa Kailiana Cathfad, qui fut un jour reine, loin d'ici, au pays de Gaelia. C'est une grande île, de l'autre côté des mers, où la magie à cette époque était en toutes choses. Il n'y avait pas seulement des Brumes, des créatures merveilleuses, mais la magie était aussi parmi les hommes. Mjolln Abbac, notre ami, a connu ce pays. Il a connu ma mère, et il a connu ce temps. Il y avait sur cette île des prêtres, que l'on nommait les druides, et qui avaient le pouvoir de contrôler des forces qui dépassent l'entendement. Or, ma mère hérita elle aussi de ce pouvoir étrange. Je crois que, comme moi, elle aurait préféré ne pas vivre ce qu'elle a vécu. Je le devine en tout cas. Mais c'est ainsi. On ne choisit pas qui on est. Mais on choisit ce que l'on fait. Et elle fit ce qu'elle crut bon de faire. Plutôt que de se servir de ce pouvoir comme les druides, elle décida de le détruire. À jamais.

Bohem remarqua à cet instant le regard d'un enfant. Il avait les yeux écarquillés, le visage émerveillé.

— Je sais... Je sais que ce que je vous raconte ressemble à une vieille légende. Un conte merveilleux. Mais il n'en est rien, et vous devez me croire. Non seulement nous devons croire à ce passé, mais nous devons le comprendre, car je pense qu'il explique ce que nous vivons aujourd'hui. Cela vous semble extraordinaire ? Impensable ? Mais souvenez-vous des Brumes. Et vous, les louvetiers qui étiez là quand elle ont quitté notre terre, souvenez-vous des portes du Sid. Pensez à ce qui se passe maintenant. Tout cela est lié, j'en suis sûr... Ma mère croyait profondément que la magie, et le pouvoir politique et religieux qui en résultait, était la source des plus grands maux chez les hommes, des plus grandes inégalités. Je pense qu'elle avait raison. Le pouvoir des druides était démesuré, et certains l'utilisaient à des fins terribles. Nous souffrons, vous et moi, des inégalités de notre monde. Mais celles dont souffrait la génération de ma mère, sur cette île lointaine, étaient bien pires encore. Or, il était en son pouvoir de mettre fin au règne de la magie, et elle le fit. Elle détruisit, je ne saurais vous dire comment, les forces magiques qui habitaient le monde. Et c'était une bonne chose.

— Ça, oui, intervint Mjolln. Un passage obligé, ahum. Nous débarrasser de ces mystères anciens, bah. Ces forces qui échappaient aux petites gens, oui. Nous ne devrions pas avoir besoin d'elles, non. En tout cas, pas comme ça. Ahum. Aléa voulait que nous comprenions les forces de la nature. Les forces naturelles, oui, mais pas la magie...

Il y eut quelques regards perplexes dans l'assemblée. Nombreux étaient ceux qui ne comprenaient pas vraiment les paroles du nain.

— Toujours est-il que, par les actes de ma mère, notre monde a perdu – il me semble – une force invisible qui le régissait.

— Le Saîman, intervint Mjolln.

— La disparition de la magie, j'en suis persuadé, est un grand progrès pour les hommes. Mais elle est aussi responsable, je le crains, de ce qui se passe aujourd'hui.

Bohem vit que les gens commençaient à comprendre. Leur regard avait changé d'intensité. Ils avaient perdu leur trouble, leur confusion, mais pas leur inquiétude.

— Les Brumes appartenaient à ce monde de jadis. Ce monde où la magie était en toutes choses. C'est pour cela, je crois, qu'elles ont disparu, qu'elles se sont éteintes au fur et à mesure que cette force se retirait du monde...

— Mais vous avez dit que nous, les hommes, nous souffrions du même mal...

Bohem soupira.

— Oui, dit-il d'une voix sinistre. Parce que... Parce que nous sommes des Brumes, nous aussi.

Des exclamations de surprise, ou d'indignation peut-être, traversèrent les rangs. Il y eut même quelques rires, mais des rires où l'on devinait une peur profonde. Bohem sut qu'il devait les convaincre et les rassurer à la fois.

— Et comment expliquez-vous que nous mourons, si nous ne sommes pas des Brumes ? Comment expliquez-vous qu'aucune femme ne soit tombée enceinte depuis plusieurs semaines, des mois peut-être ? Je crois, moi, que nous subissons le même sort que ces créatures que nous chassions encore il n'y a pas si longtemps. Nous mourons. Comme elles, un à un, nous nous éteignons. Et il n'y a qu'une seule explication : nous sommes nous aussi des créatures du monde de jadis. Nous dépendons de cette force qui disparaît, qui se retire du monde. Nous devons l'accepter. Accepter de perdre cette force, mais refuser de mourir, et refuser de partir. Nous devons trouver une solution. Je crois que nous devons quitter le monde de jadis mais trouver le monde de demain. Ou le créer. Il y a sûrement un moyen.

— Mais comment ? s'emporta une femme, près de lui.

— Encore une fois, je ne le sais pas. Et pourtant, je crois que nous pouvons survivre. Je le crois, parce que ma mère le croyait, et parce que je ne vois pas d'autre issue, de toute façon. Nous devons trouver la force, l'énergie, la raison qui remplacera la magie de jadis. Notre essence, en somme. Ou quelque chose comme ça.

Bohem posa un regard circulaire sur tous ceux qui

l'entouraient. Les hommes, les femmes, les enfants. Ils avaient l'air incertain ou terrifié, comme s'il leur faisait peur. Pourtant, ils étaient là. Ils l'avaient suivi. Ça ne pouvait pas être un simple hasard. Ils étaient venus ici pour chercher quelque chose, comme lui. Et à présent qu'il leur donnait quelques réponses, ils devaient accepter la vérité. C'était le prix de leur liberté.

— Au fond de vous, reprit-il d'une voix soudain plus douce, vous savez que vous êtes là pour ça. C'est ce que vous êtes venus chercher ici. Toutes ces choses, je les ressens au fond de moi, et je suis sûr que vous les sentez aussi. Ce n'est peut-être pas très clair, mais elles sont tapies dans nos esprits. Dans votre peur, votre angoisse, mais dans votre espoir aussi. Vous ne seriez pas là aujourd'hui, s'il n'y avait pas cette voix discrète, mais profonde, qui vous souffle un peu de désir, qui vous dit que nous devons trouver le chemin du monde de demain. Un monde sans Brumes et sans magie, certes, mais un monde où nous voulons vivre à nouveau. Le monde des hommes.

En voyant leurs visages, Bohem vit qu'il avait raison. Il était sûr, pour la première fois depuis longtemps, de ne pas se tromper.

— Voilà. Vous savez ce que je sais. À présent, j'écoute mon instinct. Et mon instinct me dit que tout commence là où est Vivienne de Châtellerault, la femme que j'aime. Là où elle est retenue prisonnière. Car elle non plus n'a pas été enlevée par hasard. Elle fait partie de tout cela. Et pour cette raison, nous irons la chercher. Où qu'elle soit. Si vous croyez comme moi, si vous sentez cette petite flamme d'espoir au fond de vous, alors suivez-moi, car j'aurai besoin de vous. Mais si vous n'y croyez pas, retournez dans vos villages, dans vos louveteries, retournez auprès des vôtres. Car nul ne doit me suivre contre son gré. Je n'ai ni le droit de vous mentir sur ce que je crois, ni celui de vous tromper pour vous garder près de moi. Nous avons peu de chances de survivre, car nous ne savons rien, mais je veux croire en cet élan inexpliqué qui vous a menés ici. Cet élan inexpliqué qui m'a fait quitter mon village, moi. Les Brumes ne sont plus, la magie n'est plus, je veux croire en l'homme, à présent. Et c'est à nous de nous fabriquer.

Bohem se tut à nouveau, quelques instants. L'ambiance était lourde et grave, mais il se sentait libéré. Au fond, il avait l'impression d'avoir réussi à dire ce qu'il voulait dire, maladroitement peut-être, mais il avait tout dit, et c'était tout ce qui comptait. Il adressa un sourire à Loeva sur sa gauche, puis il s'approcha du feu.

— Allons, mes amis ! Vous avez toute la nuit pour réfléchir, mais il est temps de manger, maintenant !

Les gens hésitèrent, encore sous le choc de tout ce qu'ils venaient d'entendre. Puis progressivement, un par un, ils allèrent se servir à manger. Ce fut la soirée la plus silencieuse de leur long voyage, mais Bohem savait que ce silence-là était bon.

***

À perte de vue, la cape blanche et cotonneuse de la neige arrondissait les terres du comté de Pierevain. Au loin, par-delà les collines, elle se coloriait de rose et de violet à mesure que s'élevait l'astre du jour dans ce matin clair. Des bandes de satin s'allongeaient dans le ciel diaphane. La plaine s'éclairait lentement et dessinait un passage, comme si elle avait attendu, patiente, ceux qui bientôt la fouleraient. Le soleil, en se levant, créait des accidents de lumières et d'ombres qui s'étendaient vers l'ouest. Des gerbes de feu déchiraient l'horizon des arbres. Le sol était couvert d'une poudre vierge, immaculée. Nul n'avait traversé cette route depuis plusieurs jours sans doute, des semaines peut-être. Tout était tranquille, silencieux. Aucune trace d'animaux, aucun souffle de vent.

C'était la douce mélancolie d'un matin d'hiver, quand soudain apparut dans les distances floues une myriade d'éclats scintillants. Telle une nuée d'étoiles, une armée de chevaliers s'engouffra dans la plaine, piques dressées vers le ciel. Lancés au galop, les chevaux foulaient la terre enneigée et avançaient vers le nord, aussi rapides que la vague d'une mer démontée. On distinguait petit à petit les fanions de commandement, les bannières, les couleurs sur les surcots, toute une cohorte furieuse de métal étincelant.

En tête se trouvait Emmer Capigesne en personne, roi de Brittia, jeune époux belliqueux d'Hélène de

Quienne. Il portait son armure de guerre en fer poli et, sur son heaume à bassinet, un magnifique cimier qui le distinguait de tous les autres chevaliers. Entouré de sa garde, il ouvrait la route, déterminé, prêt à se battre lui-même avec la fougue de sa jeunesse et l'espoir d'annexer enfin le royaume de Gallica, qui avait naguère été celui de sa femme.

Décidé à retrouver Livain au plus vite pour le surprendre et le terrasser avant qu'il ne gagne Lutès, Emmer n'avait emmené avec lui que des chevaliers. Les fantassins suivraient plus tard, en renfort. Pour le moment, seule comptait la rapidité.

Emmer espérait seulement que les Tuathanns aussi viendraient les rejoindre. Leur soutien serait sans doute décisif. Mais il n'avait aucun moyen de savoir. Il ne pouvait que prier. Et c'était ce qu'il faisait, enivré par le bruit des armures et du galop, alors que l'impressionnante armée dévorait la plaine. Au loin, il aperçut la grande route qui menait vers le comté de Bleizis, où Livain avait été vu pour la dernière fois. Il pressa plus fort encore les flancs de son cheval.

# Chapitre 3

## LES HONNEURS

Je ne m’attendais pas à vous voir ici, Votre Excellence, et si l’on m’avait prévenu de votre visite, j’aurais exigé que l’on vous accueille ici avec les honneurs qui vous sont dus, malgré l’absence de notre roi Livain.

Quand un serviteur était venu l’informer que le légat du pape était au palais de l’île de la Cité et qu’il demandait à le voir, Pieter le Vénérable avait été tellement surpris qu’il était resté un long moment silencieux.

Jamais il ne se serait imaginé que le représentant de Sa Sainteté Nicolas IV était à Lutès et, comme il n’avait eu aucun échange avec le pape depuis l’échec du siège à Pierre-Levée, il redoutait cette nouvelle confrontation. Le légat n’était pas un homme commode, et il apportait souvent de mauvaises nouvelles, quand ce n'était pas des menaces...

— Je ne suis pas venu chercher des honneurs, cher abbé, mais l'assurance que la volonté du pape est bien respectée par ceux qui ont fait serment de défendre l'Église.

*Il sous-entend que le pape ne fait pas confiance à mon jugement. Comme toujours, le légat ne m'épargne pas sa désapprobation. Il ne m'a jamais apprécié, et je le soupçonne même d'être plus dur avec moi que ne le serait Sa Sainteté elle-même.*

— Alors nous sommes deux. Votre Excellence, je cherche la même assurance.

— Pieter, mon cher Pieter... Non, nous ne sommes pas deux. Vous êtes vieux. Les informations essentielles vous échappent, et votre présence ici ne suffit pas à défendre les intérêts du pape au royaume de Gallica.

L'abbé de Cerly accusa le coup sans montrer le moindre signe de faiblesse. Il ne savait pas à quelles informations le légat faisait allusion, mais il n'appréciait certainement pas la remarque désobligeante sur son âge.

— Sauf votre respect, il ne faut pas confondre vieillesse et expérience, Votre Excellence. Les années m'ont appris la prudence, et si vous semblez croire que des informations m'échappent, c'est peut-être que je prends le temps de les analyser avec circonspection, plutôt que de réagir dans la précipitation...

— Vraiment ? Vous n'ignorez donc pas le différend qui oppose Pierre de Pierreville au nouveau Grand-Maître de la Milice ?

Pieter fronça les sourcils.

*Un différend ? Déjà ? Se pourrait-il que le légat sache vraiment quelque chose que je ne sais pas ? Cela m'étonne. J'étais là ! Je sais que Pierre de Pierreville a fait nommer un Grand-Maître dont il s'est assuré la bienveillance. Ils ne peuvent pas avoir déjà un différend !*

— Je vois à votre trouble, cher abbé, que je ne me suis pas trompé.

Une lueur de sarcasme traversa le regard du légat.

— Je pense qu'on vous aura mal informé... Le nouveau Grand-Maître ne peut pas s'être opposé au Sénéchal.

— C'est bien ce que je dis : vous ignorez complètement ce qui se trame vraiment à la Commanderie de Lutès, et c'est pourtant de la plus haute importance pour le pape.

*Non. Je sais très bien ce qui se trame à la Milice : le Sénéchal espère prendre la place de Livain.*

— Votre Excellence, les prétentions de Pierre de Pierreville, si c'est ce à quoi vous pensez, ne m'ont pas échappé, et je comptais bien en apprendre davantage avant de...

— Je ne vous parle pas de cela, Pieter. Je vous parle de Grégoire de Berva, le nouveau Grand-Maître.

— Mais, Votre Excellence, ce n'est qu'un pion

placé là par de Pierreville qui a usé de son influence auprès des électeurs et...

Le légat éclata de rire.

— Comme vous êtes naïf, Pieter ! Vous croyez vraiment que le pape laisserait un inconnu, un simple pion du Sénéchal, arriver au sommet de la Milice du Christ ? Allons, réfléchissez ! Si Grégoire de Berva a été nommé, c'est que Sa Sainteté l'a bien voulu, et c'est au contraire pour faire barrage aux manœuvres de Pierre de Pierreville. Le chevalier de Berva est un honnête serviteur du Christ et, contrairement au Sénéchal, il n'est pas motivé par la soif de pouvoir politique, mais bien par la volonté de défendre l'Église !

*Ce serait le pape qui a placé de Berva ? Mais Pierre de Pierreville semblait avoir tout manigancé. Aurait-il été berné ?*

— Je ne comprends pas, avoua Pieter le Vénérable, perplexe.

— C'est bien ce que je vous reproche, abbé. Mais ce qui compte, à présent, ce n'est pas que vous compreniez. C'est que vous vous pliiez à la volonté de Sa Sainteté.

*Il me parle vraiment comme à un imbécile. Me plier à la volonté de Sa Sainteté ! Je ne suis pas, moi, un pion, et j'ai chèrement payé ma place à Cerly. Toutefois, je dois reconnaître que je n'avais pas imaginé un seul instant que le pape était derrière cette histoire. Je me demande si le légat n'a pas fait exprès de ne pas m'en tenir informé. Je ne connais même pas ce*

*Grégoire de Berva... Quoi qu'il en soit, il vaut mieux que je montre patte blanche. Je saurai bien retourner cette situation à mon avantage.*

— Que puis-je faire, Votre Excellence ?

— Conformément à ce que nous attendions de lui, Grégoire de Berva a décidé d'envoyer la Milice du Christ au secours de Livain, dans le comté de Bleizis, mais Pierre de Pierreville s'y oppose et usera de tous les moyens pour empêcher qu'on sauve le roi de Gallica.

*Je ne m'étais donc pas trompé sur une chose au moins : les ambitions du Sénéchal. Ce fou brigue la place de Livain !*

— Pieter, reprit le légat, vous devez soutenir Grégoire de Berva. Vous irez ce soir même à la Commanderie et demanderez la réunion du chapitre. Ce n'est pas conforme aux habitudes de la Milice, mais la situation est exceptionnelle, et le Grand-Maître est prévenu, il facilitera la tenue de cette réunion. Vous défendrez la décision de Grégoire de Berva, en tant qu'abbé de Cerly, et assurerez le chapitre de la confiance que le pape place en vous.

*En tant qu'abbé de Cerly ? Le pape croit donc encore à mon influence. Il ne me sous-estime certainement pas autant que son insupportable légat...*

— Je ferai avec honneur et plaisir ce que le pape attend de moi, comme je l'ai toujours fait. Mais, Votre Excellence, je ne comprends pas pourquoi le pape ne vous envoie pas, vous en personne, soutenir le chevalier de Berva. Votre voix ne serait-elle pas encore plus décisive que la mienne ?

Le légat sourit à cette provocation.

— Disons que Sa Sainteté préfère ne pas s'immiscer directement dans cette affaire.

*Nicolas IV est peut-être encore plus fin politicien que je ne l'imaginais...*

— Entendu. Je suis votre serviteur.

— Parfait, Pieter. Ne me décevez pas une nouvelle fois.

L'abbé salua le légat respectueusement et sortit de la chapelle sans ajouter un mot. Il était temps pour lui de reprendre les choses en main.

⁂

L'arrivée de Bohem et de ses nombreux compagnons ne passa pas inaperçue dans la petite ville de Mont-des-Marais. Les gens, devant les maisons, dans les rues, s'arrêtaient pour regarder passer cette procession hétérogène, faite de louvetiers et de paysans, sales, fatigués, mais qui ne manquaient pas d'un certain charisme, parce qu'ils semblaient unis. Bohem fut rapidement reconnu, et on commença à murmurer son nom de-ci, de-là. Mais ce n'était pas avec l'enthousiasme des villages qu'ils avaient traversés au tout début de leur voyage ; c'était une joie contenue, mesurée, qui trahissait une détresse profonde. Bohem n'eut aucun mal à deviner pourquoi. Ici aussi, les morts devenaient de plus en plus nombreuses. On voyait même des corps étendus sur des brancards devant les portes des maisons ; des hommes ou des femmes, morts pendant la nuit, à qui leurs proches adressaient un dernier adieu.

Bohem ne savait pas exactement où se trouvait Hélène de Quienne. Il l'avait vue en songe, dans le monde de Djar. Elle l'avait guidé jusqu'ici, dans cette ville qu'il ne connaissait pas. Et il avait vu le bâtiment dans lequel elle l'attendait. Une longue bâtisse, au milieu de grands champs cultivés. Ce devait être légèrement à l'écart de la ville, certainement, mais Bohem ne pouvait deviner où. Il avait donc décidé d'aller jusqu'au centre de Mont-des-Marais, dans l'espoir d'y trouver quelque information. Il se demandait si les habitants étaient au courant de la présence de leur reine. Il en avait l'impression. Cela expliquait peut-être que les gens fussent moins surpris de le voir que dans les autres villes.

Ils arrivèrent bientôt en vue de ce qui semblait être la place centrale de Mont-des-Marais, et Bohem aperçut immédiatement le petit groupe de personnes rassemblées là qui, visiblement, les attendait. Parmi eux, le louvetier distingua un homme en particulier qui, à en juger par ses vêtements, devait être un noble. Il ne put s'empêcher de penser à Maugard de Villiers, le seigneur de Villiers-Passant, cet homme un peu distant qu'il avait vu de loin pendant toute son enfance. Il chassa le souvenir des flammes, des Aïshans. De Martial, l'homme qui l'avait adopté, et de Catriona.

Bohem fit signe à ses compagnons derrière lui de s'arrêter. On se passa le message dans la foule et le cortège s'immobilisa au milieu de la grande rue. Bohem, Mjolln et Loeva partirent devant à la rencontre de leur comité d'accueil.

L'homme que Bohem avait remarqué s'avança à son tour vers eux. C'était un homme âgé, qui semblait fatigué, richement vêtu mais sans extravagance. La noblesse n'était pas seulement dans ses habits, elle était surtout dans son regard. Un vieux regard de sage, un peu triste, mais qui ne trompait pas. Un regard généreux. Le crâne presque chauve, la peau ridée, il marchait avec peine, s'appuyant sur une canne. Pourtant, il se dégageait de sa démarche une vigueur certaine, comme le souvenir d'une force que son corps avait perdue, mais pas oubliée.

Bohem fit les derniers pas et lui tendit la main. Le vieil homme sourit. Ce n'était sans doute pas la manière dont on saluait un seigneur de son rang, mais cela semblait l'amuser plutôt que l'offusquer, et il serra chaleureusement la main du jeune homme.

— Vous êtes Bohem, n'est-ce pas ?

— Oui, je suis Bohem, Liberté Outremer, et voici mes amis, Mjolln Abbac, le Cornemuseur, et Loeva.

— Alors soyez les bienvenus. Je suis Jacob Filhole de Mont-des-Marais, et c'est une joie de vous recevoir ici. Je parle au nom de toute la ville, Bohem. Nous sommes sincèrement heureux de vous voir enfin. Vous êtes... Vous êtes une petite lueur d'espoir dans ces jours bien trop sombres.

— Merci. Vous connaissez la raison de ma venue ?

— Je sais qui vous attend. Nous le savons tous. Mais nous n'avons jamais prononcé son nom ni révélé sa présence. Les gens de ce pays savent tenir leur langue, Bohem. Ce sont de simples gens, mais des gens de cœur.

— Je vous crois, monsieur. Chaque jour je découvre de nouvelles gens qui me font voir ce que la terre a d'enfants nobles.

Le vieil homme sourit à nouveau. Il appréciait le choix des mots de Bohem, une amicale provocation. Une intelligence qui étonnait sans doute dans la bouche d'un jeune homme de dix-sept ans.

— Vous avez raison, Bohem. La noblesse n'est jamais là où on l'annonce, n'est-ce pas ? Mais on ne choisit pas toujours son rang. On dit que vous êtes né louvetier...

— Au sens où je l'entends, je crois l'être toujours.

— Comme certains nobles, Bohem, essaient de l'être encore...

Cette fois, ce fut à Bohem de sourire.

— Votre arrivée est une bonne nouvelle, reprit le vieil homme en venant à côté du louvetier.

Il releva sa canne et s'appuya sur son épaule.

— Vous êtes important, Bohem.

— Pas plus que tous ces gens, se défendit le Compagnon, embarrassé.

— Si, vous l'êtes. Mais n'en tirez aucune fierté. Vous l'êtes seulement parce que vous êtes un symbole. Vous êtes le symbole de la révolution qui se prépare. Mais vous *n'êtes pas* la révolution, et en cela vous avez raison de rester humble. La révolution, elle est derrière vous, ce sont ces gens qui vous suivent, et elle est partout dans le pays, j'en suis certain. Comme ici, d'ailleurs. Je connais les hommes, ils sont meilleurs qu'ils ne le laissent souvent croire. Vous en trouverez beaucoup pour vous aider, Bohem, justement parce que vous êtes un symbole. Et cela est bien. S'il n'y avait que moi, je ne me soucierais guère de ce mal étrange, je serais même pressé qu'il m'emporte, car je suis bien fatigué ; ma vie est derrière moi. Mais il y a tous ces gens, si braves, si forts, et qui travaillent tant. La vie leur tendait encore les bras, ils ne méritent pas de partir.

— Personne ne mérite de partir, monsieur...

— Ah ! Vous savez, il arrive un moment, dans une vie, où partir ne fait plus peur. Quand on a vécu ce que j'ai vécu, qu'on a perdu ses illusions derrière son roi sur les terres d'Orient, mais qu'on a vu là-bas des choses plus belles que tout ce qui nous attend ensuite, un jour, on se sent prêt. J'estime avoir eu beaucoup de chance. Vous savez ce que signifie mon prénom : Jacob ? « Celui que Dieu protège. » Je crois, moi, qu'il m'a trop protégé. J'aurais aimé partir plus tôt, Bohem, et en tout cas, aujourd'hui, je suis prêt. Je vous souhaite un jour de trouver cette paix, mon jeune ami. Mais vous n'en êtes pas là, pas plus que les enfants de mon pays, et je ne devrais pas vous embêter avec ces paroles de vieillard. Pour le moment, une seule chose compte : vous devez trouver une issue, une guérison.

— Nous ferons de notre mieux...

— Et vous y arriverez. J'ai confiance en votre génération, Bohem. C'est dans les crises que se révèlent le pire et le meilleur des hommes. Gallica a connu des crises plus graves que celle-ci, que je n'ai pas connues moi-même, mais c'est le propre des hommes de ne jamais renoncer.

— Je le crois aussi, affirma le louvetier.

— Alors vous y arriverez. Mais assez parlé. Celle qui vous attend est sans doute impatiente de vous voir. Je suis trop fatigué pour vous mener auprès d'elle, mais mon fils, Istvan, va vous conduire. Il est comme vous. Un peu plus discret peut-être, mais c'est sans doute que je prends trop de place et qu'il n'a pas encore montré tout son visage. Quand je partirai..., ce sera mieux pour lui.

Bohem pensa qu'au contraire, il aurait bien aimé avoir un père comme cet homme-là, qu'il ne devait pas prendre autant de place qu'il le prétendait, car il semblait à l'écoute, généreux, et surtout, il semblait croire aux hommes qui viendraient après lui. C'était, pour Bohem, la plus belle des qualités. Faire confiance à ceux qui vous succèdent, et pas seulement vos fils, mais à leur génération tout entière. Il espérait, quand son tour serait venu, qu'il en serait capable, lui aussi.

Un jeune homme s'approcha d'eux et le seigneur de Mont-des-Marais le présenta :

— Voici Istvan, mon fils. Il va vous emmener au monastère et personne ne vous suivra. Nous vous laisserons tranquille, Bohem. Mais, quand vous repartirez, veuillez passer par le cœur de la ville. Nombreux sont ceux, ici, qui veulent se joindre à vous, et je leur ai donné mon accord – s'ils en avaient besoin.

Bohem acquiesça et salua le vieil homme avec respect, puis ils se mirent en route derrière son fils. Toute la compagnie se remit en marche, comme une armée sans soldats, et ils furent bientôt sortis de la ville, adressant des sourires aimables aux habitants qui les regardaient partir en silence. Ils s'engouffrèrent dans la forêt de pins parfumés, marchèrent sur le sol sec épargné par la neige. Bohem allait près du jeune Istvan, à la chevelure bouclée et touffue, au visage rond et au regard fin.

— Y a-t-il autant de morts à travers tout le pays ? demanda le jeune homme alors qu'ils traversaient une clairière blanche.

— Oui, répondit Bohem. Dans toutes les villes, tous les villages. Personne n'est épargné.

— Ici, c'est terrible. Mais les gens ont du courage, chez nous.

— Votre père doit beaucoup les inspirer.

— Peut-être. C'est vrai qu'il n'est pas ordinaire.

Mais ce n'est pas uniquement grâce à lui, les gens de la région sont d'un naturel valeureux. Nous sommes loin de tout, ici, vous savez. Loin des grandes villes, loin des grands hommes. Il n'y a que la terre et nos mains. Nous avons appris à nous débrouiller seuls.

— Je sais, Istvan. Je viens d'un village de Tolsanne, pas très loin d'ici. Nous n'étions pas si différents. Mais le seigneur, chez nous, n'était pas aussi près des hommes que semble l'être votre père.

— Mon père aime les gens et il aime ce pays. Il a longtemps été éloigné de cette terre qui l'a vu naître, éloigné de moi et de ma mère, aussi, lorsqu'il a suivi le roi en croisade. Il est resté longtemps là-bas, il y a découvert la culture étrange des gens d'Orient, et quand il est revenu, il n'était plus le même homme. Avant de partir, il n'avait pas souvent l'occasion – l'envie peut-être – de connaître vraiment les gens du peuple. Mais là-bas, il a appris à les aimer sincèrement, car il a vu qu'il y avait bien plus d'honneur dans les mains d'un paysan que dans l'épée d'un croisé. Plus d'authenticité dans son regard que dans la révérence d'un vassal. Et il n'a jamais oublié. Il a vu tellement de choses, là-bas, belles ou horribles, que chaque soir il avait une nouvelle histoire à nous raconter. Il était heureux de nous retrouver, ma mère et moi, et puis son pays, mais il a gardé une grande nostalgie que nul, je pense, ne peut comprendre qui n'a voyagé comme lui dans des terres lointaines. Et puis ma mère est morte. Mon père était déchiré, brisé. Il n'a survécu, je crois, que pour assumer ses devoirs envers les gens de Mont-des-Marais, et envers moi... C'est pour cela qu'il est tel que vous l'avez vu, à la fois confiant en la vie, mais peu attaché à elle.

— Je comprends.

Bohem était ému par les paroles du jeune homme. Ils devaient avoir le même âge. Leur vie, leur destin étaient bien différents, et pourtant, il se sentait proche de lui.

À cet instant, ils arrivèrent devant de grands champs couverts de neige et Bohem reconnut aussitôt la longue bâtisse de pierre grise qu'il avait vue en songe, dans le monde de Djar.

— Voici le monastère, expliqua Istvan.

Quand la porte en bois s'ouvrit au milieu de la façade, Bohem sut aussitôt que c'était Hélène de Quienne qui venait à leur rencontre.

⁂

Derrière les eaux du Karauna, Fidélité La Rochelle découvrit la grande cité de Burdigale dans la lumière bleutée du crépuscule, comme flottant à la surface du fleuve. À mesure qu'il s'approchait de ce port de légende, il se laissait submerger par sa splendeur et son envergure, comme par un joyau au milieu des vignes, des montagnes et de l'océan. C'était sans aucun doute la plus grande ville de Quienne. Le mariage de la duchesse avec Emmer, roi de Brittia, avait soudain développé ses activités portuaires et l'exportation du vin, si bien que c'était à présent une ville en pleine ébullition. Tout autour du castrum, de nouveaux quartiers étaient en train de se construire, au sud principalement, et l'on voyait se dresser des remparts modernes de pierre blanche.

Fidélité marcha jusqu'à un large pont qui trempait ses nombreuses jambes dans le Karauna et qui menait directement au port. La tête levée, le visage ébloui, il ne pouvait s'empêcher de sourire devant la beauté de la ville, hérissée de flèches et de clochers enneigés. Malgré le froid, rien ne semblait pouvoir arrêter la foule grouillante de ses habitants. Il traversa le pont d'une démarche maladroite, sans regarder où il posait les pieds tant ses yeux étaient accaparés par le spectacle, les longs et magnifiques bateaux qui avançaient dans la rade, le ballet des marchandises vers les échoppes et les chais et, plus loin, comme des gardiennes immobiles, les portes fortifiées qui entouraient la cité... Il se laissa bousculer plusieurs fois, sans vraiment s'en rendre compte. Les gens passaient rapidement, affairés, à côté de ce spectateur distrait.

Il arriva enfin au pied de la muraille et suivit le flot des passants qui entraient dans la ville. Il découvrit alors les ruelles de Burdigale, les hautes façades serrées les unes contre les autres, les petites maisons en torchis avec des colombages, ou celles en pierre, bien plus grandes, les églises, les boutiques, les ateliers... Les femmes qui allaient chercher de l'eau, les marchands qui remballaient leurs affaires, ceux qui poussaient une barrique au milieu de la rue, les tonneliers, les chaudronniers et, courant ici et là, des enfants, leurs mères...

Soudain il vit arriver une charrette au beau milieu de la chaussée. Tiré par un cheval, son chargement était caché sous une grosse couverture noire. Mais Fidélité devina rapidement ce qui s'entassait en dessous. Les morts. Ceux et celles que la journée avait emportés sans raison, ici comme partout en Gallica. La camarde ne s'arrêtait pas au pied des remparts.

Le Compagnon frissonna. Cette vision morbide l'avait ramené à la réalité. Et soudain, Burdigale était moins belle. Elle n'était plus qu'une étape dans son chemin obscur. Une épreuve dans l'urgence de sa nouvelle vie. Il se dit qu'il n'avait plus de temps à perdre et qu'il devait trouver la cayenne de cette grande ville du Devoir.

Il se dirigea vers l'atelier d'un artisan menuisier qui était en train de fermer laborieusement ses portes. L'homme, assez âgé, le vit arriver et s'arrêta aussitôt. Il fronça les sourcils en regardant la boucle d'oreille de Fidélité.

— Eh bien ! dit-il en posant ses mains sur son dos fatigué. Un forgeron ! Faut-il qu'il y ait si peu de travail en ville pour que tu viennes me voir, moi ?

La Rochelle sourit.

— Non, maître, le rassura-t-il. Je ne viens pas chercher un chantier. J'arrive tout juste en ville et je ne sais pas où se trouve ma cayenne.

Le vieil homme hocha la tête, l'air soulagé.

— Eh bien, dis-moi, es-tu avec les Compagnons du Devoir, ou du Devoir de Liberté ? Je ne vois pas bien tes couleurs.

— Je suis au Devoir, maître.

— Vraiment ? Qui es-tu ?

— Un honnête Compagnon, enfant de maître Jacques...

— Ça va, ça va... Bon. Je vais t'y emmener, si tu m'aides à fermer l'atelier.

Fidélité acquiesça et prêta main-forte au vieux menuisier. Les volets abîmés grinçaient et les crochets étaient rouillés. Ce devait être difficile pour l'artisan de les fermer chaque soir, et Fidélité trouva qu'il était bien âgé pour travailler seul ainsi. Peut-être avait-il un apprenti qui était parti plus tôt aujourd'hui...

Quand ils eurent fini, ils se mirent en route vers le nord, remontant les venelles du vieux bourg. Le vieil homme marchait lentement et s'appuyait sur l'épaule du Compagnon.

— Je vois qu'il te manque une couleur, mon garçon, dit le menuisier en prenant l'écharpe de Fidélité dans sa main. Tu n'as donc pas fini ton Tour ?

— Pas tout à fait.

— Et un chef-d'œuvre ?

— Non. Je n'ai... Je n'ai pas eu le temps, maître.

J'ai été très occupé. Il se passe beaucoup de choses dans le pays.

— Bah ! La belle affaire ! Ces choses ne nous regardent pas, jeune homme ! Comment t'appelles-tu ?

— Mes frères me nomment Fidélité La Rochelle.

— Eh bien, Fidélité, tu veux que je te dise : je trouve que le Devoir n'est plus ce qu'il était de mon temps ! Qu'est-ce que j'apprends ? On se mêle de politique maintenant ? On dit même que des Compagnons, dans le Nord, auraient pris les armes... Et que cet étranger, Bohem, aurait été reçu alors qu'il n'est pas artisan...

La Rochelle ne répondit pas. Le vieil homme ne pouvait pas se douter qu'il s'adressait justement au meilleur ami de Bohem... En outre, il trouvait la situation plutôt amusante et voulait en écouter davantage.

— C'est de pis en pis. Nous perdons la tradition. Bientôt, le Devoir n'aura plus de sens. Quand je me suis installé à Burdigale, il y a trente ans, les Compagnons, crois-moi, avaient bien meilleur jugement ! Bah !

Il parlait avec une voix rauque et très maniérée, un accent entendu, comme si c'était une petite saynète mille fois répétée.

— De mon temps, il ne nous serait jamais venu à l'idée de faire de la politique, et nous consacrions bien plus de soin au travail. Aujourd'hui, les jeunes aspirants veulent aller trop vite. Ha ! Ils ont perdu les valeurs des anciens...

Fidélité ne put s'empêcher de sourire. Ce n'était pas la première fois qu'il entendait un maître se plaindre ainsi du changement et de la jeune génération, mais celui-ci était d'une belle espèce !

— J'en ai vu qui maîtrisaient à peine le trait et qui préféraient faire confiance à ces outils modernes plutôt qu'à leur simple entendement. Un jour, les Compagnons ne sauront même plus tracer, j'en fais le pari. Tu me crois ?

Fidélité tourna la tête vers le vieil homme.

— Maître, veux-tu que je te réponde sincèrement ou comme un bon élève ?

Le menuisier haussa les sourcils, perplexe.

— Eh bien ? Quelle différence ? Un bon élève n'est-il pas sincère ?

— Alors dans ce cas, je te dirai, maître, que je ne pense pas comme toi.

Le vieil homme poussa un rire sarcastique.

— Forcément ! Tu es jeune !

Fidélité aurait voulu lui répondre : « Et forcément, toi, tu es vieux ! », mais il se garda bien de le faire, car il avait beau ne pas être d'accord avec lui, il n'en était pas moins respectueux à l'égard du maître.

— Je crois, maître, que le monde évolue, fort heureusement, car c'est le sens de la vie. S'il fallait qu'il se fige, à quoi bon continuer ? Le monde évolue, et les hommes comme les outils doivent évoluer avec lui. On ne fait plus les mêmes choses aujourd'hui, ce qui ne signifie pas que celles que l'on faisait hier sont pires ou meilleures. C'est simplement que les choses doivent changer, parce que la vie est un chemin et qu'un décor qui ne bouge pas est un décor factice.

Le vieux menuisier s'arrêta de marcher et lança un regard perplexe au Compagnon. Il n'en croyait pas ses oreilles.

— Quant à la politique, reprit Fidélité sans se laisser intimider, je crois que si les Compagnons ne s'en occupent pas, c'est elle qui s'occupera d'eux. Les rois et les chefs religieux ont horreur des corporations, car quand ils s'unissent, les peuples sont plus difficiles à manipuler. Si nous ne nous défendons pas, ils détruiront le Devoir pour diviser les artisans.

Le vieil homme resta bouche bée un instant, puis un sourire éclaira son visage.

— Eh bien ! Quel discours ! Si tu ne m'avais pas dit que tu t'appelles Fidélité, j'aurais juré que tu étais ce Bohem !

— Non, ce n'est pas moi, mais j'aurais bien aimé l'être. Pour de multiples raisons, d'ailleurs !

Le menuisier secoua la tête en riant, puis il se remit en marche, entraînant Fidélité avec lui.

— Ah ! Les jeunes ! Vous êtes bien tous les mêmes ! J'étais peut-être comme toi, quand je tournais...

La Rochelle sourit à son tour.

— Tu pourrais encore l'être, maître. Il n'y a pas d'âge pour croire au progrès. Les anciens qui critiquent le monde d'aujourd'hui oublient souvent que les jeunes en ont hérité d'eux...

— Croire au progrès ! Bah ! Décidément, tu ne manques pas d'arrogance, forgeron ! Et on dirait que tu n'es pas au courant de toutes ces morts... Le futur a mauvaise mine, tu sais... Allons, viens, n'en parlons plus, nous ne sommes plus qu'à quelques pas.

⁂

La duchesse de Quienne était toujours aussi resplendissante. Elle était belle comme une jeune mère, souriante, solide et délicate à la fois. Ses yeux, sous la frange bouclée de sa chevelure rousse, étaient un accueil complice et chaleureux, sa bouche un tendre pardon. Elle sut masquer, en ouvrant, l'inquiétude qui devait l'envahir elle aussi. Vêtue simplement, elle semblait ici chez elle, comme si ce monastère l'avait vue naître. Bohem supposa qu'elle y venait souvent. Ce devait être une retraite tranquille, un havre où elle venait chercher un peu de paix quand le monde l'étouffait trop.

— Comme je suis heureuse de vous voir, Bohem !

Hélène serra longuement le louvetier dans ses bras, avec la tendresse d'une sœur. Il y avait tant d'émotions dans cette étreinte ! Et Bohem les devinait toutes. La joie, la peur, le regret peut-être ; l'inquiétude de ne pas voir Vivienne ; les remords de n'avoir pas été présente pour défendre Pierre-Levée ; la confiance, enfin, et l'envie de prendre part aux enjeux de ce nouveau monde.

— Je suis heureux aussi, murmura le jeune homme à son oreille, ému.

Il avait l'impression de retrouver un peu de Vivienne en serrant ainsi la duchesse dans ses bras. Et autre chose encore. Car il avait pour cette femme plus que du respect. Un amour indicible, qui n'était certes pas le même que celui qu'il éprouvait pour Vivienne, mais qui était bien plus que de l'amitié toutefois.

Ils s'écartèrent pour se regarder un peu, face à face. Bohem fit un sourire gêné, puis il se retourna vers ses amis.

— Duchesse, vous connaissez Mjolln Abbac, le Cornemuseur, et laissez-moi vous présenter Loeva, qui est comme une sœur pour moi. Elle nous a beaucoup aidés, à Lutès comme au duché de Breizh.

— Bonjour, mademoiselle, dit la duchesse en tendant la main vers la jeune fille.

Loeva, rouge écarlate, saisit maladroitement la main d'Hélène de Quienne et fit une révérence très approximative en baissant les yeux. La duchesse sourit et passa délicatement une main dans les courts cheveux bruns de la petite voleuse.

— Tu es très belle, Loeva.

Puis elle se tourna vers Mjolln.

— Monsieur le barde, quelle joie de vous revoir ! La musique me manque ici, et votre cornemuse sera la bienvenue !

Mjolln, le visage rayonnant, la salua avec respect, à la manière des gens de Gaelia. La duchesse lui retourna la politesse, puis elle se tourna vers la foule amassée derrière eux. Ils étaient plus de deux cents, à présent. Elle croisa le regard de la plupart d'entre eux, lentement, et inclina la tête en souriant comme pour les saluer tous.

C'était un moment unique, où le silence disait beaucoup. Il disait l'amour de ces gens pour leur duchesse, et la foi de celle-ci en leur volonté, son admiration pour leur courage. Bohem enviait presque la facilité avec laquelle elle les regardait tous. Jamais il n'aurait pu se sentir aussi à l'aise qu'elle, ainsi épié. C'était la force d'une vraie reine, d'une femme qui régnait par amour et non par intérêt.

— Bohem, je suis surprise de vous voir avec tant de gens. On m'avait dit qu'un groupe s'était formé autour de vous, mais je ne pensais pas que vous étiez si nombreux.

— Cela me surprend moi-même, Hélène. Mais les temps sont très durs, vous le savez sans doute, et ces gens sont désespérés.

— S'ils sont avec vous, c'est qu'ils ne sont pas désespérés, Bohem. Au contraire, c'est sans doute qu'ils ont retrouvé de l'espoir.

— J'espère que nous ne les décevrons pas.

Hélène glissa sa main sous le bras du jeune homme.

— Allons, venez, nous allons trouver une place à

table pour tout le monde dans le grand réfectoire. Les moines vont nous préparer à manger.

— Avec plaisir, duchesse.

Ils partirent vers le grand monastère bras dessus, bras dessous, suivis de près par Mjolln et Loeva, un peu jaloux mais empressés.

Le bâtiment s'allongeait dans la prairie blanche comme un vieux et grand vaisseau. Sur un seul niveau, il était tout en pierre et son toit en tuiles rouges disparaissait par endroit sous la neige. Il y avait de nombreuses dépendances tout autour. Une chapelle, des écuries, une grange, un atelier, et d'autres petites bâtisses encore, plus ou moins éloignées.

Hélène les guida à l'intérieur, et chacun en effet trouva sa place dans la longue pièce centrale du monastère. Il n'y avait nul décor ici, nul ornement, seulement la surface naturellement belle des pierres anciennes et quelques austères meubles de bois. Le réfectoire était immense et trahissait les espoirs ambitieux des fondateurs de l'abbaye, mais elle n'avait certainement pas atteint ses objectifs, à ce jour, tant elle semblait vide et silencieuse. Par moments, des moines apparaissaient derrière les portes, puis disparaissaient aussitôt, s'affairaient pour installer tout le monde, passaient rapidement, le dos courbé. Ils ne parlaient pas – sans doute avaient-ils fait vœu de silence – mais leurs regards étaient pleins d'amitié. Il y avait là également la garde de la duchesse, une trentaine d'hommes d'armes qui ne la quittaient jamais.

Le repas que leur servirent les moines était simple, mais pour ceux qui avaient pris l'habitude de manger chichement dans le froid de l'hiver, ce fut un véritable festin. La bonne humeur gagna rapidement la grande tablée. Bohem ne les avait jamais vus comme cela. Prenant confiance petit à petit, oubliant un moment les horreurs du monde, ils se mirent à parler fort, à rire, à chanter même, quand Mjolln se décida enfin à jouer de sa cornemuse. Les gardes de la duchesse eux-mêmes prenaient part sans réserve à cette allégresse. Eux aussi, sans doute, avaient besoin d'évacuer une angoisse accumulée depuis trop longtemps.

— Alors, jeune fille, dites-moi ce que vous faites ici, demanda Hélène de Quienne en se penchant vers Loeva, qui était assise à sa gauche.

La jeune fille avait surmonté sa timidité et parlait à présent sans manières. Jamais elle n'aurait imaginé parler un jour avec une duchesse, mais elle avait pris l'habitude de vivre des choses nouvelles et étonnantes, depuis qu'elle avait rencontré Mjolln et Bohem, et elle n'avait plus envie de se laisser intimider.

— Eh bien, j'ai rencontré Bohem et Mjolln à Lutès, et je les ai aidés à entrer dans la Commanderie, parce que je connaissais un moyen. Ensuite, je suis restée avec eux, parce que ça me plaisait.

— Mais tu n'as personne qui t'attend à Lutès ?

— Non. Je vivais seule là-bas. Et puis ensuite, Bohem a perdu sa sœur, alors je lui ai dit que je resterais avec lui. Voilà.

— C'est très généreux de ta part, Loeva. Bohem a bien de la chance.

— Oh, vous savez, je m'amuse plus avec lui qu'en restant à Lutès. J'estime avoir beaucoup de chance, moi aussi. Mais vous, madame, pourquoi êtes-vous cachée ici ?

Hélène sourit, amusée par la question.

— Je ne me cache pas vraiment... Disons que j'ai refusé une guerre que voulait mener mon mari et que j'ai pensé que je serais plus utile ailleurs. Auprès de Bohem notamment.

Elle marqua une pause et son visage prit un air plus grave.

— Je me demande, au fond, si je n'ai pas fait une erreur, car en quittant Pierre-Levée, j'ai abandonné les miens. Ils doivent penser que je suis lâche...

— L'êtes-vous ? demanda Loeva très simplement.

— Eh bien, non, je ne crois pas. Mais quand on est reine et duchesse, la façon dont les gens vous perçoivent est aussi très importante.

— Vraiment ? Je vous plains. Dans la rue, ce qui compte, c'est qui vous êtes.

— Cela devrait être partout ainsi.

— De toute façon, ne vous en faites pas, duchesse. Si vous venez avec nous, vos gens ne penseront pas longtemps que vous êtes lâche...

— Tu crois ?

— J'en suis sûre. Il se passe toujours beaucoup de choses quand on marche près de Bohem. Et si j'ai bien compris, Vivienne est votre nièce. Ils ne pourront pas vous en vouloir d'être venue la chercher avec nous.

— Peut-être. De toute façon, je ne voulais vraiment pas prendre part à cette guerre, et mon mari m'a poussée dans mes derniers retranchements. J'avais un dernier espoir que mon départ soudain le ramènerait à la raison... Mais il faut croire que je ne connais pas encore assez les hommes. Je me demande ce qui peut les arrêter, quand ils ont décidé de se battre.

Loeva acquiesça, mais elle n'écoutait plus vraiment. Il y avait une question qu'elle voulait poser à la duchesse, et dès que celle-ci eut fini, elle lui demanda :

— Parlez-moi de Vivienne.

La duchesse, qui avait compris que ses histoires avec son mari n'intéressaient pas vraiment la jeune fille, répondit en souriant :

— Tu sais, je ne la connais pas si bien que ça. Pas autant que je le voudrais, en tout cas. Ses parents l'ont longtemps retenue loin de moi, car ils avaient peur que ma cour de troubadours ait une mauvaise influence sur elle. Pourtant, cela ne l'a pas empêchée de vouloir devenir poète. Et elle a eu le courage de venir seule jusqu'à Pierre-Levée, pour réaliser son rêve... C'est courageux, n'est-ce pas ?

— Bohem dit que les femmes n'ont pas le droit de devenir troubadours et que c'est très injuste...

— Oui. Il n'a pas tout à fait tort. Tu ne connais pas

cela, toi, sans doute, ce ne sont pas les questions que l'on se pose quand on vit dans la rue.

— Non, c'est sûr, il y a des questions plus urgentes. Mais vous croyez que moi, par exemple, je pourrais devenir troubadour ?

— Je crois que cela serait très dur, Loeva, mais que ce devrait être à nous, les femmes, d'en décider. Nous devons imposer notre liberté, Loeva, car elle ne nous sera jamais offerte sur un plateau d'argent. Jamais. Chacune à sa façon, à son niveau, nous devons imposer nos choix. Tu vois, même moi qui suis reine, je dois m'opposer à mon mari, et ma seule voix ne suffit pas à l'empêcher de partir en guerre. Pourtant, c'est sur mes propres terres qu'ont eu lieu les combats, pas sur les siennes.

— Bohem a raison, c'est très injuste.

— Tu sais, Loeva, le vrai danger, ce n'est pas que les hommes nous empêchent de faire ce que nous voulons faire. Le vrai danger, c'est que les femmes cessent de se battre pour y parvenir. Il y a des femmes qui se complaisent dans cette soumission, car c'est un moyen de fuir leurs responsabilités. Il y a même des femmes qui sont plus dures envers elles-mêmes que ne le sont les hommes...

— C'est grotesque, répondit Loeva. Je ne me suis jamais posé ce genre de questions, moi. Là d'où je viens, fille ou garçon, nous avons tous les mêmes peines.

— C'est sans doute pour cela que tu as plu à

Bohem. Vous vous ressemblez beaucoup, j'ai l'impression. Mais toi, tu ne m'as pas dit ce que tu voulais faire. Tu veux vraiment être troubadour comme Vivienne ?

— Non. Non, je disais ça pour l'exemple... Non, moi, vous savez, je n'en suis pas à me demander ce que je vais faire, et je ne réfléchis pas comme vous à toutes ces questions politiques. Je suis heureuse, comme ça, sur les routes, à vivre au jour le jour, avec ces gens. Cette nouvelle vie me convient très bien, madame.

La duchesse acquiesça et prit la main de Loeva dans la sienne.

— En tout cas, tu es très belle, Loeva, et tu parles avec le cœur. Je suis heureuse que Bohem t'ait rencontrée.

— Merci, madame.

La jeune fille, enchantée, se remit à manger. Au fond d'elle-même, elle se demanda si ce qu'elle avait dit était tout à fait vrai. Ne savait-elle vraiment pas ce qu'elle voulait devenir ? Et ne se posait-elle vraiment aucune question politique ? Loeva y réfléchissait certainement plus que la plupart des filles de son âge. Mais peut-être se sentait-elle trop jeune pour assumer ces questions. Les rendre publiques, en quelque sorte. Loeva savait qu'un jour toutes ces choses seraient au centre de sa vie, et elle ne voulait pas précipiter les événements. Elle voulait rester encore un peu une jeune fille, à qui l'on dit qu'elle est belle en lui tenant la main.

Hélène, de son côté, reprit la conversation avec Bohem.

— Votre jeune amie est charmante, louvetier.

— Je suis content qu'elle vous plaise. J'ai l'impression de me voir, moi, il y a quelques années...

La duchesse soupira.

— Ah, Bohem, je suis tellement inquiète ! Je me demande quel monde nous allons laisser à ces jeunes gens...

— Qui sait ? Le monde dans lequel ils vivront sera peut-être bien meilleur que celui qui nous a vus naître, nous. Les bouleversements que nous subissons nous feront peut-être faire un grand progrès...

— Vous parlez comme si nous avions le même âge, Bohem ! Comme vous avez mûri, en si peu de temps ! Mais vous avez raison. Je le souhaite, Bohem, je le souhaite. Que toutes ces morts n'aient pas été en vain...

— Vous avez perdu beaucoup d'hommes ici ? demanda Bohem.

— Oui. Parmi ma garde, il y en a eu quatre. Et les moines... Je ne sais pas le nombre exact, car ils ne parlent pas. Mais il y en a eu plusieurs.

— Aucune ville, aucune campagne n'est épargnée, Hélène.

— Je le sais. Quelques informations me parviennent, de temps en temps. Souvenez-vous, je vous avais dit que je sentais un trouble profond. Quelque chose de bien plus vaste que ce que nous pouvions imaginer alors. Ce n'était pas seulement la guerre, ni même les Brumes. C'est le monde qui meurt, Bohem.

— Ne dites pas cela. Nous n'avons pas encore baissé les bras, duchesse.

— Ce qui me terrifie le plus, Bohem, c'est que malgré ce mal, les hommes ne deviennent pas meilleurs. J'ai appris que mon époux avait décidé de continuer à se battre contre Livain... Comme si toutes ces morts ne suffisaient pas ! Et moi, ici, qui ne puis même pas empêcher cette guerre ! Je me sens tellement inutile.

— Nous avons besoin de vous, duchesse. Vous n'êtes pas inutile. Nous devons nous unir, former un nouveau front. Les populations, je crois, sont avec nous. Nous finirons par avoir raison d'Emmer et de Livain, des comtes et des ducs, des rois des autres pays, et du pape, même, s'il le faut. Nous aurons raison de leurs guerres, si nous refusons tous de les faire.

— Dire que j'ai épousé ces deux hommes et qu'ils sont aujourd'hui la source de mes pires cauchemars ! Ces rois auraient pu être les pères de mes enfants. Les voir se déchirer ainsi, et entraîner avec eux le déchirement de mon propre pays, cela me brise le cœur !

— Hélène, j'en suis sûr à présent : ensemble nous pouvons unir les hommes à nouveau. Le seigneur de Mont-des-Marais me disait ce matin que dans les crises se révèlent le pire et le meilleur des hommes.

Nous devons, nous, réunir le meilleur, souder les hommes et les femmes, les souder ensemble contre la crise, et nous en sortirons.

— J'espère que vous avez raison, Bohem.

Le louvetier acquiesça d'un air confiant. Il prit quelques bouchées de viande, puis il se tourna à nouveau vers la duchesse.

— Mais avant tout, Hélène, nous devons trouver votre nièce. Et pas seulement parce que je l'aime et qu'elle me manque. Oh, oui, elle me manque ! Vous vous en doutez ! Mais il n'y a pas que cela. Je crois que le lieu où Lailoken l'a emmenée est d'une grande importance...

— Vous... Vous savez où elle se trouve, précisément ?

— En quelque sorte, oui, répondit Bohem. Elle est prisonnière de l'Armensul. Je ne saurais vous dire où il se trouve exactement, mais je le vois, je le sens, et je sais comment l'approcher. Je n'ai qu'à me laisser guider par le murmure qui m'appelle, comme je me suis laissé guider jusqu'à vous.

— Alors nous partirons demain dès l'aube, louvetier ! Il n'y a pas un seul instant à perdre. Chaque journée qui passe, je me demande si elle est encore en vie...

— Elle est en vie, duchesse. Pour le moment, elle est en vie. Mais vous avez raison, le temps presse. Vous serez donc des nôtres ?

— Je vous suivrai, Bohem, où que vous alliez. Et ma garde vous appartient.

Le louvetier hocha la tête, reconnaissant.

— Vous voyez, dit-il en souriant, notre front commence à s'unir.

⁂

— Grégoire, si vous partez pour le comté de Bleizis, Lutès n'aura plus la moindre défense. Emmer en profitera certainement pour attaquer la capitale et la prendre sans aucune difficulté. Non. Vous ne pouvez pas partir. La Milice doit rester ici pour défendre le siège du royaume.

Pierre de Pierreville ne pouvait masquer sa colère. Il parlait rapidement et la fureur l'emportait dans sa voix.

Pieter le Vénérable, comme l'avait prévu le légat du pape, était parvenu à provoquer une réunion exceptionnelle du chapitre de la Milice du Christ, réunion à laquelle il prenait part avec un certain plaisir.

*Le Sénéchal est encore plus surpris que moi. Il croyait, comme je le croyais aussi, que Grégoire de Berva lui serait favorable. Il n'a pas vu la main manipulatrice du pape derrière cette élection qu'il présumait contrôler lui-même. Je ne peux m'empêcher de trouver la situation cocasse. De Pierreville est tombé dans son propre piège. Quel spectacle ! Je n'ai pas plus d'amitié pour le légat que pour de Pierreville, et je me délecte de les voir se déchirer ainsi par l'intermédiaire de ce jeune Grand-Maître.*

— La vie du roi de Gallica compte bien plus que la défense de sa capitale, répliqua Grégoire de Berva qui faisait preuve, depuis son élection, d'une détermination que nul n'avait soupçonnée. Je dois aller sauver Livain à tout prix, même si je dois pour cela abandonner Lutès.

— La Milice n'a pas pour fonction de défendre le roi, mais la chrétienté tout entière ! s'emporta de Pierreville, qui ne masquait même plus son aversion pour Livain.

— La survie de la chrétienté en Gallica passe par celle de son roi. S'il meurt sans descendance, le pays sombrera dans le chaos.

*S'il meurt, en vérité, Pierre de Pierreville s'empressera de prendre sa place ! Et il n'attend que ça ! Le pape espère-t-il encore que Livain aura un fils ? Camille de Chastel a disparu... Peut-être veut-il gagner du temps et trouver quelqu'un qui lui conviendra mieux que de Pierreville.*

Le Sénéchal poussa un soupir exaspéré et se tourna vers l'abbé de Cerly.

— Pieter ! Mon cher Pieter. Je vous en supplie ! Dites à notre Grand-Maître qu'il fait fausse route. Qu'il ne doit pas se laisser emporter par la fougue de sa jeunesse ! Vous savez comme moi que Lutès a besoin de la protection de la Milice, n'est-ce pas ? Dites-nous, abbé de Cerly, ce que Dieu vous inspire ?

Pieter le Vénérable prit tout son temps pour répondre. Il savourait chaque instant de cette véritable pièce de théâtre. Mais il était aussi impatient de voir la tête du Sénéchal quand il lui dirait qu'il soutenait de Berva.

— Je crois, messieurs, que les choses ne sont pas si simples, répondit Pieter avec malice. Les temps sont particulièrement étranges et durs. On ne peut prendre de décisions trop hâtives. En chaque chose, il faut peser le pour et le contre et ne pas se laisser abuser pas ses passions.

De Pierreville hochait la tête, persuadé que l'abbé allait abonder dans son sens.

— Le royaume traverse une crise sans précédent. Au-delà du roi, c'est le pays tout entier qui est menacé. Et pas seulement par cette épidémie étrange qui frappe les populations, mais aussi par la guerre, contre Emmer ou contre tous les ennemis de la chrétienté. Et pour toutes ces raisons, mes chers Miliciens, pour toutes ces raisons...

Il marqua délibérément une pause, admirant l'effet de sa rhétorique sur le visage impatient du Sénéchal.

— ... je donnerai ma confiance... au chevalier de Berva.

Pierre de Pierreville écarquilla les yeux, perplexe.

— Oui, à mes yeux, pour rétablir l'équilibre au sein du royaume, la vie de Livain importe plus que tout. Nous ne pouvons abandonner notre guide, il est le seul qui pourra ramener l'ordre et l'unité en Gallica. Nous ne devons pas risquer qu'il soit tué par Emmer Capigesne.

Un long silence suivit l'intervention de l'abbé de Cerly. Puis, quand il eut recouvré la force de parler, Pierre de Pierreville essaya de reprendre l'avantage.

— Rien ne prouve qu'Emmer va attaquer Livain. Le roi de Brittia est peut-être déjà en route pour Lutès. Il sait que la ville est plus vulnérable que jamais et que le trône lui-même est inoccupé. Et alors, si la Milice part pour le comté de Bleiz, qui sera là pour défendre Lutès ? À quoi bon sauver Livain s'il n'a plus de trône ?

— Sénéchal, intervint Grégoire de Berva, sauf votre respect, vous avez déjà fait entendre cet argument, et nous l'avons bien écouté. Oui, la capitale est en danger, et c'est en toute connaissance de ce danger que toutefois, j'ai pris la décision de partir pour Bleizis.

*Eh bien ! Il ne manque pas de contenance ! Si tôt ! Il a déjà le charisme d'un Grand-Maître chevronné et il n'hésite pas à remettre en place le Sénéchal, qui est malgré tout son aîné.*

Pierre de Pierreville posa ses deux poings sur la table, le regard furieux.

— Bien, alors si le Grand-Maître estime que tout a été dit, déclara-t-il sur un ton désabusé, nous n'avons qu'à procéder au vote.

— Ma décision n'appelle aucun vote, Sénéchal. Je suis libre d'ordonner une telle action militaire sans devoir me soumettre au vote du chapitre, vous le savez aussi bien que moi. Mais pour éviter que vous ne me la reprochiez plus tard, je veux bien faire une exception, et soumettre ma décision aux voix des officiers de la Milice.

Grégoire de Berva se leva lentement.

— Mes frères, nous voterons ce soir à bulletin secret. Pieter, je suis désolé, mais vous ne pourrez prendre part à ce vote, bien entendu.

— Cela va de soi, répondit l'abbé en fermant les yeux. Toutefois, Grand-Maître, je veux vous assurer de mon total soutien, ainsi que de celui de l'ordre de Cerly tout entier, et enfin, je veux vous dire que le pape, lui-même, abonderait certainement dans votre sens.

— Si le pape avait voulu intervenir dans cette dispute, abbé, il aurait envoyé son légat ! intervint de Pierreville, furieux.

Pieter hocha la tête, mais il savait que son travail était fait : indirectement, il signifiait aux officiers que s'ils votaient contre le Grand-Maître, ils risquaient de s'attirer les foudres de Sa Sainteté Nicolas IV.

Les officiers se retirèrent un à un de la salle capitulaire, Pierre de Pierreville en tête, et Pieter le Vénérable resta seul, face au nouveau Grand-Maître.

— Grégoire, je dois vous adresser mes félicitations. Le chapitre votera en votre sens, affirma l'abbé en souriant.

Le chevalier de Berva ne réagit pas. Il avait le

visage dur. Ses yeux, au milieu de ses traits tranchants, ne montraient aucune émotion. Il tourna lentement la tête vers l'abbé, et celui-ci crut déceler alors dans son regard un soupçon de mépris.

— Je sais que c'est le légat qui vous a envoyé, Pieter, et je n'avais nul besoin de vous, pas plus que de l'appui du pape.

Pieter le Vénérable haussa les sourcils.

— Je suis déçu, Pieter, continua le Grand-Maître. Après de Pierreville, c'est au tour du légat de me prendre pour une marionnette ? Je ne suis pas ici pour défendre l'intérêt politique de l'un ou de l'autre, cher abbé. Mes frères m'ont nommé Grand-Maître de la Milice, et j'ai juré devant Dieu de défendre la chrétienté. C'est le seul dessein qui m'anime, et je n'ai aucune intention de céder aux pressions politiques, quelles qu'elles soient.

L'abbé de Cerly ne put s'empêcher de sourire. Il n'était pas au bout de ses surprises. Et ce Grégoire de Berva était bien plus étonnant qu'il ne l'avait imaginé.

— Votre indépendance vous honore, Grégoire.

— Je ne suis pas indépendant, Pieter, je suis un Milicien, tout entier au service du Christ. La Milice n'a pas pour vocation de servir son propre Sénéchal ou même les intérêts personnels du pape. Elle a pour vocation de pourfendre les ennemis de la chrétienté, et c'est ce que je ferai. Aujourd'hui, notre principal ennemi est Emmer, car il met en péril l'équilibre de ce royaume, berceau de la chrétienté. Ensuite viendra le tour de Bohem et des Bons Hommes de Tolsanne, car je les tiens pour responsables du mal qui ravage le pays.

— L'épidémie ? s'étonna Pieter.

— Appelez-la comme vous voulez, abbé. C'est l'œuvre du Malin, rien de moins. Bohem et les Bons Hommes l'ont convoquée sur nos terres pour y faire régner le chaos. Nous les décimerons, et nous ramènerons l'ordre sur Gallica.

*Eh bien ! Le légat va tomber de haut quand il découvrira la véritable personnalité du nouveau Grand-Maître. Il espérait trouver un complice docile, voici un guerrier fou qui n'obéit qu'à Dieu...*

— Bonne chance, Grégoire. Je suis impatient de vous voir triompher.

Et sur ce point, Pieter ne mentait guère.

***

*Je visite l'intérieur de mon âme.*

*Je retrouve avec délice la caresse voluptueuse d'un soleil d'été. Je marche dans un désert de sable, mes pieds nus s'enfoncent dans le parterre brûlant. Je flotte dans un bain de chaleur, mais je ne transpire pas ; je ne fais qu'un avec l'air.*

*La voix d'Hélène s'est éteinte. Elle a quitté le monde de Djar, car elle est près de moi, maintenant. Subsiste l'écho lointain de la voix de Vivienne, qui m'appelle vers l'est. Mais pas tout de suite. J'ai une dernière chose à faire, ici. Mais je ne sais comment me repérer. J'ai besoin de mes guides. Mes Brumes. Mes loups.*

*Je les appelle, yeux mi-clos. Je les invoque, de toute mon âme. Je forme leur image devant moi. Leurs yeux, leur fourrure, leur grâce et leur fierté. Les voilà, silencieux, comme deux ombres devant moi.*

*Ils me regardent, m'interrogent de leurs yeux jaunes. Je dois leur faire comprendre, leur faire sentir ce que je cherche. Celui que je cherche. Je projette mes souvenirs devant moi. Son torse nu, la peinture bleue sur son corps, les peaux de bête sur ses jambes. Le Tuathann.*

*Les loups s'agitent. Ils m'ont compris. Ils m'invitent à les suivre.*

*Nous traversons Djar comme des oiseaux migrateurs. Survolant les terres colorées, les mers, les forêts. Puis à nouveau le désert. Blanc. Une étendue aride, sèche, arrondie comme un sein. Le sein de la Terre.*

*Les loups s'écartent devant moi. Ils m'ont ouvert le passage. Au loin, je vois sa silhouette. Assis sur le sol, les mains plongées dans le sable, je connais son nom. Il me vient à l'esprit, soudain. Artosach. Il est celui qui me relie à mes ancêtres. Comme lui, je suis un enfant de la Terre. Mon sang coule dans les entrailles du monde.*

*Je m'approche, je laisse les loups derrière moi. Il faut que je lui parle, cette fois-ci.*

*Il lève les yeux vers moi.*

*— Que la Terre te reconnaisse, Bohem Liberté, ainsi que tous les tiens.*

*Je lui réponds. Il m'entend.*

*— Que la Terre te reconnaisse, Artosach. J'ai suivi la voix des Brumes jusqu'à toi. Nous devons parler.*

*— Alors tu entends parler les loups ? Si tu es celui que je crois, oui, nous aurons beaucoup à nous dire.*

*— Je suis Bohem Liberté, fils d'Aléa Cathfad.*

*— Tais-toi. Je devrai te reconnaître comme tel, Bohem, tu ne peux te réclamer de Kailiana par la parole. Seuls les actes recommandent les hommes.*

*Je comprends le sens de ses paroles. Elles symbolisent tout à la fois la fierté et l'humilité de ce peuple.*

*— Je veux bien être jugé sur mes actes, Artosach. Mais nous devons d'abord parler du roi Emmer Capigesne. Je t'ai vu à sa table, dans le monde de Djar.*

*— Le roi O'Connor de Galatie m'a envoyé pour empêcher que Livain ne prenne Pierre-Levée. Le clan des Baintreach Clanns a jugé que cela était bon. Nous avons croisé le fer aux côtés d'Emmer.*

*— Je comprends. Mais vous devez arrêter, Artosach. Cette guerre doit s'arrêter.*

*— Il n'est pas en mon pouvoir de l'arrêter.*

*— Il est en ton pouvoir de ne pas y prendre part.*

*— Est-ce que tu me le demandes, Bohem ?*

*— Je crois que la Terre nous le demande, Artosach. La Terre est engorgée du sang des hommes. Il faut que cela cesse.*

*— Comment peux-tu connaître les vœux de la Terre ?*

*— J'entends couler ses larmes.*

*Le Tuathann se relève.*

*— Celui qui dit entendre la voix des Brumes et celle de la Terre est le plus grand des hommes ou le plus grand des menteurs. Je ferai ce que décidera le clan.*

*— La Terre pleure si fort, Artosach, qu'il faut être sourd pour ne pas l'entendre.*

*Je sais qu'il est inutile d'insister. Le Tuathann n'en écoutera pas davantage. Je dois respecter son choix, et attendre. Espérer.*

*— Que la Terre nous protège, Artosach.*

*Je me lève, je le salue et je m'en vais. Je devine ses yeux qui me regardent partir.*

*Je ne pourrai connaître sa réponse. Elle ne m'appartient pas. J'ai fait ce que je pouvais faire, ici.*

***

Le soir du troisième jour, l'armée d'Emmer arriva au sommet de la colline des Cendres, en plein cœur du comté de Bleizis, où l'attendaient deux éclaireurs. Il était encore tôt mais la nuit commençait déjà à tomber. Elle s'annonçait glaciale, cédant sous quelques flocons de neige menaçants. La lune apparaissait, blafarde, au-delà des feuillus.

Plus bas, enfouies dans la vallée, on devinait à la

lueur de flammes lointaines les troupes immobiles de Livain VII, le souverain blessé de Gallica. Elles avaient établi un campement au bord d'une rivière, et installé plusieurs postes de défense alentour. Depuis ces hauteurs, le spectacle était étonnant. Les derniers hommes de Livain faisaient peine à voir, traqués jusque dans cette triste retraite, abandonnés, prêts à livrer le dernier combat. On les voyait déambuler lentement au milieu des torches plantées dans le sol, comme des fourmis désorganisées.

— Ils sont à découvert, mais ils s'attendent à être attaqués, affirma le général Chroce en approchant son cheval de celui d'Emmer.

— Oui. Cela prouve que Livain est au plus mal... Ils sont bloqués ici depuis plusieurs jours. Livain ne doit plus pouvoir marcher. Ils ont eu le temps d'installer ces postes de défense et sans doute quelques pièges. Mais ils ne se cachent même pas. Les principaux généraux sont morts, mon ami. Il n'y a sans doute plus de grands stratèges aux côtés de Livain.

— Méfions-nous quand même. Les vassaux ont peut-être envoyé du renfort. Livain a eu tout le temps de dépêcher des messagers chercher du secours. Et pas seulement les médecins dont il a sans doute grand besoin.

— Alors, il ne faut pas perdre de temps, répliqua le roi de Brittia. Il faut attaquer tout de suite. Combien sont-ils, à votre avis ?

Le général hésita et posa un regard circulaire sur la vallée.

— J'en compte un petit millier, Majesté. Il faut ajouter à cela ceux qui ne sont pas visibles, et ceux qui peuvent arriver à tout moment. Je dirais qu'il faut s'attendre au minimum à mille trois cents hommes.

— C'est beaucoup plus que nous, dit Emmer en fronçant les sourcils.

— Certes, mais ils ont sans doute beaucoup de blessés et peu de chevaux. Nous avons l'avantage de la surprise, et nos soldats sont en bien meilleure forme.

— Pour la surprise, rien n'est moins sûr. Ils ont peut-être des vigiles qui nous ont vus arriver.

— Je crois, Majesté, que nous devrions attendre le milieu de la nuit pour attaquer. Ils sont fatigués, la plupart vont s'endormir, et nos chevaux nous conduiront au milieu de leur campement pour les écraser en plusieurs vagues.

Le roi réfléchit.

— La rivière nous enlève un flanc pour les prendre à revers. Mais nous devons tout de même attaquer de deux endroits différents. Au moins. Nous devons mettre le feu aux postes de défense et attaquer rapidement avant qu'ils n'aient le temps de s'organiser. Chroce, prenez une heure avec vos capitaines pour bien préparer l'attaque. Ensuite, nous irons nous mettre en place. Il y a encore une chance que les Tuathanns nous rejoignent. Ils sont peut-être déjà là, cachés dans la forêt. Envoyez des éclaireurs fouiller les environs pour voir si les guerriers de Gaelia ont finalement décidé de nous prêter main-forte.

— Vous croyez qu'ils nous auraient suivis ?

— Je ne sais pas. Leur chef m'a dit que s'ils venaient, ce serait de leur côté. Il y a encore une chance, je l'espère. Allons, Chroce, ne perdons plus un instant. Plus nous frapperons vite, plus grandes seront nos chances de défaire Livain.

— À vos ordres, Majesté.

***

Le vieil homme passa le premier la porte de la cayenne, puis ce fut au tour de Fidélité de répondre aux questions rituelles du Rouleur.

— Que faites-vous ?

— Le Tour de Gallica.

— Qui êtes-vous ?

— Un Enfant de la Veuve.

— Que cherchez-vous ?

— Hiram.

— Où le trouverez-vous ?

— Sous les gravats, recouvert d'une branche d'acacia.

Le Rouleur tapa sur l'épaule de Fidélité et le laissa entrer en ouvrant un large sourire. La Rochelle comprit qu'il avait été reconnu. L'histoire de Bohem avait visiblement fait le tour de toutes les cayennes et, visiblement, on connaissait même Fidélité La Rochelle, le Compagnon qui le suivait partout.

La première question que lui posa le Rouleur une fois à l'intérieur confirma ses doutes :

— Nous sommes heureux de te recevoir, Fidélité. Vous n'êtes que tous les deux ?

— Oui, frère Rouleur. Je suis venu seul, et ce maître menuisier a bien voulu me guider jusqu'ici.

Le vieil homme acquiesça.

— Ce jeune Compagnon a besoin d'être guidé, railla-t-il en se dirigeant vers la porte. Mais moi, je dois rentrer chez moi, maintenant. Salue la Mère de ma part, frère Rouleur. Quant à toi, Fidélité, je te souhaite bonne chance...

La Rochelle salua le menuisier et le regarda quitter la cayenne en secouant la tête. Puis il se tourna vers le Rouleur et lui confia son carré, comme le voulait la coutume.

— Merci, Compagnon, je présume que tu as la marque de bien des villes sur ce carré pourtant jeune. As-tu les six autres villes du Devoir ?

— Oui, il ne me manquait plus que Burdigale, confirma La Rochelle.

— Je vois. Eh bien, félicitations. Nous sommes heureux de t'accueillir dans notre cayenne, par maître Jacques !

— Merci. Et moi, je suis heureux d'être parmi vous. Crois-tu que je pourrais voir le Premier en

Ville ? demanda-t-il ensuite en enlevant son lourd manteau.

— Je ne peux te le garantir, il est très occupé. Mais tu peux toujours aller frapper à la porte de son bureau et voir s'il veut bien te recevoir. Regarde, c'est là-bas, juste après l'escalier.

— Merci, maître. J'y vais de ce pas, si tu le permets.

— Entendu, répondit le Rouleur, un peu déçu.

Il aurait sans doute aimé parler davantage avec La Rochelle.

— Je préviens la Mère que tu es là. Elle voudra sûrement te voir tout de suite après.

Fidélité acquiesça et se dirigea sans plus attendre vers le bureau du Premier en Ville. Il avait encore en mémoire l'image de cette charrette remplie de cadavres, défilant dans les rues de Burdigale. Le temps pressait. Il frappa trois fois à la porte, puis une voix grave l'invita à entrer. Il ouvrit et salua le Premier en Ville, qui était debout devant une planche à tracer, une loupe à la main.

— Bonjour, Compagnon, honneur à maître Jacques.

— Bonjour, maître, répondit Fidélité en s'inclinant, honneur à maître Jacques et respect à tous les Jolis Compagnons.

L'homme, d'une quarantaine d'années, était bien en chair, il avait les épaules basses et le ventre dodu. Les cheveux grisonnants, il avait un visage souriant et des yeux qui brillaient de sympathie.

— Tu es nouveau ici, je n'ai jamais vu ton visage, forgeron. Qui es-tu ?

— Mes frères me nomment Fidélité La Rochelle, et je suis venu pour finir mon Tour de Gallica.

Le Premier en Ville fronça les sourcils.

— Je ne connais pas ton visage, mais je connais ton nom, Compagnon ! Es-tu celui dont tout le monde parle et qui fait route avec le fameux Bohem ?

— Oui, c'est moi, mais nos routes se sont séparées, pour le moment.

— Tiens donc ! Et pourquoi ?

Fidélité hésita. Il était assez embarrassé d'avouer pourquoi il avait accepté de venir à Burdigale, n'étant pas lui-même à l'origine de cette décision.

— Eh bien, Bohem m'a conseillé de finir mon Tour... Il voulait absolument que je vienne ici. Je pense, moi, que cela peut attendre et que je le finirai quand il le faudra. Mais il a beaucoup insisté...

— Et il a su te convaincre ?

— Oui, avoua Fidélité. Quoique maintenant, je le regrette un peu. Je n'aime pas le savoir seul là où il est. Mon frère Bohem a besoin de moi.

Le Premier en Ville sourit.

— Allons, à ce que j'ai entendu dire, il n'est pas vraiment seul ! Tu n'as rien à regretter ! Et puis, Bohem n'a peut-être pas tort : si ce que l'on dit de toi est vrai, il y a déjà longtemps que tu as fait tes preuves comme Compagnon Reçu, il est temps sans doute que tu passes Compagnon Fini.

— Je n'ai même pas commencé mon chef-d'œuvre, répliqua humblement La Rochelle.

— Vraiment ? Eh ! Sans parler de l'évasion de Sarlac – qui relevait déjà d'un certain art de la fuite – ne crois-tu pas que ce que Bohem et toi avez fait pour sauver les Brumes était un chef-d'œuvre inégalé ?

Fidélité sourit.

— Un chef d'œuvre dans l'art de l'évasion, peut-être, mais c'est maître forgeron que je veux devenir...

Le Premier en Ville posa la loupe sur sa planche et alla s'asseoir à son bureau. Il fit signe à Fidélité de prendre place sur une chaise en face de lui.

— Ah ! Mon jeune frère, la main-d'œuvre compagnonnique doit aller là où il y a de la demande et, en ce moment, ce dont le Devoir a le plus besoin, ce n'est pas de tes talents de forgeron, malheureusement. Allons, ce n'est pas à toi de juger si tu as fini ou non ton apprentissage. Les maîtres en décideront. Et s'ils t'en jugent digne – ce qui n'est pas tout à fait certain, tout le monde ne pense pas comme moi, ici – tu seras Remercié, tu recevras les Honneurs et seras nommé Compagnon Fini.

— Maître, je me plierai au choix de la cayenne.

— Mais je l'espère bien, Fidélité, je l'espère bien ! Bon. Voilà pour ce qui est des paroles officielles, jeune homme. Maintenant, parlons de frère à frère. J'ai plusieurs questions à te poser...

— Je t'écoute, maître.

— Je m'appelle Loïc l'Africain, tu peux m'appeler par mon prénom.

Fidélité hocha la tête. Il avait rarement vu un Premier en Ville aussi avenant. C'était aussi sans doute l'un des plus jeunes qu'il avait vus. Et son surnom, l'Africain, laissait supposer qu'il avait beaucoup voyagé.

— Pourquoi penses-tu que Bohem veut que tu deviennes Compagnon Fini ?

La Rochelle hésita. Il se demanda si sa réponse pouvait influencer le choix du Premier en Ville quant à son Remerciement. Et si c'était le cas, que devait-il répondre ? Mais devait-il penser ainsi ? Un Compagnon pouvait-il formuler ses réponses en fonction de ce qu'il attendait de son interlocuteur ? Non. Il avait juré de ne jamais mentir, pas même par omission. Il décida de répondre avec sincérité :

— Bohem va avoir besoin d'aide. Il veut réunir derrière lui le plus de monde possible. Des hommes et des femmes désireux de se battre pour la liberté. Il veut sans doute que je me charge de convaincre les Compagnons de se joindre à son mouvement ; et il pense que cela me sera plus facile si je suis Compagnon Fini.

Le Premier en Ville hocha rapidement la tête, comme si c'était précisément la réponse qu'il avait imaginée.

— Soit. Tu parles d'un *mouvement*... mais cela ressemble plus à une armée.

— Au sens où il y a un combat à mener, oui. Mais ce sera une armée sans armes, et qui ne fera pas la guerre.

— Pourtant, de nombreux Compagnons ont pris les armes et sont morts pour défendre Bohem...

La Rochelle acquiesça. Il ne s'en souvenait que trop bien.

— Oui. Et j'espère sincèrement que cela n'arrivera plus. Bohem dit qu'à présent nous devons trouver une troisième voie. Un autre moyen que les armes et la mort pour résoudre les conflits. Je crois que nous pouvons y arriver. Si nous nous y mettons tous.

Le Premier en Ville parut sceptique. Fidélité reprit la parole, comme pour le convaincre :

— Plutôt que de tuer Lailoken, qui était son plus grand ennemi, Bohem lui a laissé la vie sauve, et l'a invité à chercher avec lui cette troisième voie... Je crois que c'était un premier pas important.

— C'est généreux de sa part, mais un peu optimiste, tu ne crois pas ?

La Rochelle haussa les épaules.

— Il faut bien que quelqu'un, un jour, essaie une autre voie. Même les plus grands pacifistes disent qu'il y a un stade à partir duquel le droit de se défendre justifie qu'on prenne les armes, et du coup, personne n'envisage autrement la résolution des conflits. Le « dernier recours » est toujours l'excuse de la violence. Bohem juge que ce n'est pas acceptable. Et je commence à penser comme lui. Ce n'est optimiste que parce que nous ne sommes pas encore assez nombreux à le croire...

Le Premier en Ville soupira. Il ne paraissait pas entièrement convaincu.

— Et cette épidémie, qui tue tant d'hommes ? Savez-vous ce que c'est, et comment l'arrêter ?

Fidélité avala sa salive. Les gens attendaient tant de Bohem ! Ils attendaient plus de lui, même, que de leur Dieu. Lui qui avait créé les hommes et l'Univers, n'était-Il pas mieux placé que Bohem pour sauver Sa propre création ?

— Non. Bohem pense que tout est lié.

— Je vois. Je suis désolé, Fidélité, mais tu n'es pas très convaincant. On dirait que vous ne savez pas vraiment où vous allez.

— Nous n'en savions pas plus, Loïc, quand nous avons guidé les Brumes vers les portes du Sid. Mais il fallait bien que quelqu'un le fasse, et elles nous ont suivis.

— Aveuglément ? C'est cela que tu conseilles aux Compagnons ? Suivre aveuglément Bohem, sans se poser de questions ?

— Est-il aveugle celui qui reconnaît les hommes de bonne volonté ?

— Mais la bonne volonté de Bohem suffira-t-elle à sauver les hommes ? répliqua le Premier en Ville.

— Celle de Bohem tout seul, probablement pas.

Mais il est un Enfant de la Veuve, à présent. Il n'est plus seul.

— Alors souhaitons qu'il ne nous entraîne pas tous dans sa chute. Ne te méprends pas, Fidélité, je ne suis pas hostile à ton ami. Loin de là. Je suis peut-être même, ici, celui qui croit le plus en lui. Mais un Compagnon a pour devoir de ne jamais rien accepter sans raisonner. Tout est dans le trait, La Rochelle. Celui que dessine Bohem doit être juste et parfait.

— Y a-t-il toujours une planche sur laquelle on dessine ses plans ? Peut-on toujours tracer sa vie à l'avance, maître ? Je crois, moi, qu'il faut parfois se lancer dans l'inconnu et faire confiance à son entendement. N'est-ce pas dans ces moments que la main devient esprit ?

— Peut-être, reconnut l'Africain en souriant. C'est peut-être même l'achèvement de la maîtrise... Cette fameuse perfection vers laquelle nous courons tous. Nul ne serait maître parfait qui ne saurait créer parfaitement sans tracer, c'est cela ?

— La perfection n'existe pas, maître.

Le Premier en Ville acquiesça. Le pragmatisme de Fidélité le rassurait un peu.

— Alors comptons sur la chance.

— Ou sur la force de nos additions, proposa La Rochelle.

— Nous verrons. Je souhaite sincèrement que les Enfants de la Veuve vous suivent, Bohem et toi. Mais je n'en serai pas le seul juge. Je te remercie de m'avoir parlé si ouvertement, Fidélité. Et maintenant, va te présenter à notre Mère et installe-toi avec les autres Compagnons. Je suis prêt à parier qu'ils ont eux aussi une foule de questions à te poser. C'est le moment de les convaincre. C'est ce que Bohem t'a envoyé faire. Fais-le bien. En outre, ton arrivée leur changera les idées. L'épidémie qui frappe le pays a emporté trois des nôtres, dans les dernières semaines. Va, demain, tu sauras ce que nous avons décidé.

— Merci de ton accueil, maître. Et merci de tes questions. À présent, je sais mieux pourquoi je suis ici.

*
**

La nuit était tombée depuis plusieurs heures sur la colline des Cendres quand le général Chroce fit savoir au roi de Brittia que l'attaque était prête. Emmer Capigesne jeta un dernier coup d'œil vers le sud, puis, l'air inquiet, ordonna qu'on donne l'assaut. Il avait attendu aussi longtemps que possible dans l'espoir de voir arriver les Tuathanns, mais il avait fini par se résoudre. Les guerriers de Gaelia ne viendraient pas. Artosach en avait décidé autrement. Il était seul contre Livain.

La neige continuait de tomber doucement, elle se glissait dans les armures et trempait les lames des épées. La lune était cachée par les nuages, il faisait froid. Mais bientôt, tout cela n'aurait plus d'importance.

Quelques hommes vêtus d'armures de cuir partirent à pied vers la vallée et se séparèrent à l'orée du bois. On les vit disparaître au milieu des arbres, comme happés par les ténèbres. La nuit s'immobilisa dans un silence pesant. Quelques instants d'une quiétude menaçante. Le mutisme des cieux avant le grand orage.

Puis, presque simultanément, des flammes s'allumèrent tout autour du campement et, un à un, les hauts postes de défense se mirent à brûler. C'était le signal de l'attaque. Les chevaliers d'Emmer, ceux qui étaient placés au sud, n'attendirent pas un instant de plus. Le cœur gonflé, l'âme battante, ils partirent aussitôt au galop, dégainant leurs lourdes épées et se protégeant derrière leurs boucliers pointus.

Contrairement à ce qu'avait craint le roi de Brittia, les Galliciens ne s'étaient pas attendus à être attaqués en pleine nuit. Les vigiles n'avaient rien vu. La première vague de l'assaut fut une véritable surprise, et donc un grand massacre.

Éclairé par les flammes de plus en plus hautes qui dévoraient les structures de bois, le campement sombra soudain dans le chaos et la fureur. Les soldats de Livain, alertés par les cris et le bruit de l'incendie, sortaient par dizaines des tentes et des cabanes, souvent sans armes, et se faisaient écraser par les rangées de chevaliers impitoyables qui balayaient le campement. C'était comme une grande lame de fond qui rasait la vallée. Membres tranchés, corps empalés, renversés, piétinés.

Après les hurlements de terreur et d'effroi vinrent ceux de la colère. Dans la panique, l'armée de Gallica tenta de s'organiser dès que les chevaliers d'Emmer eurent fini leur premier assaut. Prenant leurs épées, leurs lances, leurs arcs, les hommes rallièrent tant bien que mal les étendards de leur commandement dans la pénombre, se mirent en formation quand cela leur était possible et se préparèrent pour la deuxième attaque. Mais, alors qu'ils s'attendaient à voir les chevaux de guerre revenir par le nord, là où ils avaient disparu, une seconde vague soudaine les prit à revers, par l'ouest. Une nouvelle colonne de chevaliers surgit de l'ombre comme une armée de fantômes et leur fondit dessus à la vitesse d'un aigle qui tombe sur sa proie. Et il y eut encore bien plus de morts dans le camp de Livain. Le sang se répandit dans la neige comme des torrents venus des montagnes.

Au nord, Emmer Capigesne regardait ce spectacle du haut de son cheval, le front plissé et la mine grave. Ne craignant pas les combats, il avait pris part au premier assaut. Pour le moment, tout se passait comme il l'avait prévu. Mais il savait que ce n'était pas fini. Les soldats de Livain étaient toujours plus nombreux que ses chevaliers, et bientôt, ils pourraient s'organiser. L'avantage de la surprise ne durerait pas longtemps.

Le roi regarda la lame de son épée. Le sang d'un Gallicien coulait sur le métal brillant. C'était le sang qui lui donnerait la couronne de Gallica.

Il abaissa son épée et donna l'ordre d'un nouvel assaut.

*
**

Ils se remirent en route dans le froid de l'hiver comme une grande famille, un village tout entier traversant le monde pour fuir le passé et embrasser l'avenir. Ils ne faisaient qu'un, riches de leurs différences. Ils étaient pure intention, volonté, un groupe d'hommes et de femmes, avec pour seule route l'espoir, l'envie de partager pour seule certitude. Ils n'avaient pas encore de nom, mais ils marchaient ensemble. Et cela était bien plus qu'un nom.

Bohem demanda une seule faveur à la duchesse de Quienne : que ses soldats ne se mettent pas en formation mais se dispersent parmi la foule de ceux qui allaient avec eux.

— Je ne veux pas que nous ayons l'air d'une armée, Hélène. Nous ne sommes pas une armée.

La duchesse avait souri. Bohem n'avait pas changé. C'était toujours ce jeune homme étrange qui avait refusé le luxe de son palais de Pierre-Levée, qui avait dormi dehors pour rester dans les bras de la terre. Elle accepta sans hésiter, et ses soldats – quelque peu surpris – se plièrent à la volonté du louvetier. Ils se mélangèrent aux autres voyageurs, rangeant leurs armes et oubliant la marche militaire. Et finalement, ils trouvèrent rapidement leurs marques dans l'ambiance fraternelle qui régnait autour d'eux. C'était ce même sentiment qui les unissait au cœur de la guerre, quand la raison a disparu et qu'il ne reste plus que l'amour d'un homme-frère pour ne pas sombrer dans la folie et la peur. Cette main tendue entre deux ennemis, quand plus rien ne sert de se battre et que l'on voit son reflet, stupide, fébrile, dans le regard de l'autre.

Ainsi, c'était une procession étrange qui avançait maintenant vers l'est, traversant villes et villages sous le regard tantôt inquiet, tantôt admiratif des habitants du royaume. Le spectacle du cortège était à peine croyable. À sa tête, d'abord, deux personnages insolites qui marchaient côte à côte : la duchesse de Quienne, épouse du jeune roi de Brittia, et le fameux Bohem, l'homme qui avait sauvé les Brumes et que les Compagnons nommaient Liberté. Puis, après eux, un nain barde, venu de l'île lointaine de Gaelia, et une jeune voleuse de Lutès. Derrière, enfin, des louvetiers convertis, des soldats de Quienne, et de simples habitants des régions qu'ils avaient traversées. Paysans, commerçants, artisans, hommes, femmes, enfants, ils formaient une colonne vivante et colorée dans les plaines enneigées. On aurait dit des Roms, ces gens du voyage que l'on voyait de temps en temps dans le Sud du royaume, qui traversaient le pays dans leurs costumes brillants et bariolés, et dont on avait si peur, parce qu'ils étaient différents. C'était une troupe tout aussi inhabituelle, mais qui n'inspirait pas la même crainte. Au contraire. Pour beaucoup, la compagnie de Bohem était un espoir.

Ils avaient quitté le duché de Quienne et rejoint le tumultueux comté de Tolsanne, le pays des Bons Hommes, que l'Église pourchassait encore. Mais surtout, le pays de Bohem.

Le jeune homme reconnaissait à peine les terres de son enfance. Jamais il n'avait vu tant de neige sur ces plaines d'ordinaire baignées de soleil. À peine voyait-on ici et là surgir quelques roches rouges, échappées de l'océan de coton. Les arbres même avaient cédé, les oliviers, les figuiers, la plupart n'étaient plus qu'un tronc désolé, et plus on avançait vers l'est, plus le paysage s'enfonçait dans la ruine. La neige devenait plus dure, le ciel plus sombre. C'était comme si la source de cet hiver fulgurant était là-bas, au bout de leur chemin.

Plusieurs fois, ils passèrent devant des villages en feu, abandonnés. Le pape, sans doute, avait demandé qu'on les brûle. Qu'on écrase les nids des hérétiques. Les colonnes de fumée s'envolaient et se perdaient dans le ciel obscur. Les cendres s'éparpillaient, comme le souvenir des hommes qui avaient travaillé la terre.

Chaque jour, le spectacle de la Tolsanne devenait plus dur. Et la mort, toujours, s'invitait parmi eux. Mais ils marchaient encore, droit devant eux, inébranlables. Et leurs rangs continuaient de grossir.

Ils n'étaient qu'un, et ils n'avaient pas de nom.

⁂

Après la disparition inexpliquée du général Goetta aux portes de Pierre-Levée, c'était le capitaine Balard qui avait pris le commandement des troupes de Livain et des quelques soldats laissés par ses vassaux. Après avoir pris le temps d'enfiler son armure de plates, le jeune officier se fit hisser sur son cheval, puis, galopant d'un bout à l'autre de la clairière, il ordonna aux troupes de se rassembler au centre du campement.

— Les lances devant ! hurlait-il en faisant de grands gestes pour diriger ses hommes. Formez deux demi-cercles, vers le nord, et vers l'ouest ! Les fantassins derrière et les archers au centre !

Fouettant les flancs de sa monture, il partit au galop vers un jeune lieutenant.

— Vous ! Prenez le commandement du flanc ouest, dit-il en parlant vite et fort. Attendez le dernier moment pour faire tirer les archers. Et dites aux fantassins de blesser les chevaux. Ils n'ont pas d'armures lourdes. Visez les chevaux ! Il faut mettre l'ennemi à terre !

Le capitaine Balard n'attendit pas la réponse. Il fit aussitôt demi-tour et partit vers le nord. Sur le chemin, il interpella un autre officier.

— Vous ! Organisez la garde de Livain. Prenez cinquante hommes, et séparez-les en deux groupes pour faire diversion. Déplacez le roi sans vous faire voir. On ne doit pas savoir où il est. Dépêchez-vous !

Puis il continua son galop vers le nord pour passer devant la ligne de front. Il entendit aussitôt le vacarme des chevaux ennemis qui avançaient sur eux.

— Lances dressées ! hurla-t-il en levant son épée vers le ciel obscur.

Le capitaine Balard passa derrière la première rangée de ses hommes. Son cheval trépignait, puis juste avant le choc, il poussa un cri de guerre pour donner du courage aux soldats.

— Archers ! Tirez !

Une nuée de flèches s'éleva dans la nuit de l'hiver, puis emporta en retombant quelques cavaliers. Mais il en restait tellement ! La collision fut violente, d'un bout à l'autre de la colonne. Les lances s'enfoncèrent dans le flanc des premiers chevaux. Les animaux s'écrasèrent sur les fantassins dans des gerbes de neige rouge. Les soldats se jetèrent sur les hommes désarçonnés pour les frapper à terre. D'autres furent emportés par la charge encore soutenue des chevaliers d'Emmer. Les épées et les masses d'armes s'abaissaient avec force pour trancher les gorges et écraser les crânes. On ne voyait pas toujours venir les coups dans la confusion et la nuit. Les guerriers tombaient par dizaines d'un côté comme de l'autre.

Balard s'était jeté sur l'ennemi aussitôt après la salve des archers. Tenant son épée d'une main, il frappait de droite et de gauche avec hargne, engageait le fer avec les cavaliers dont les chevaux n'étaient pas passés de l'autre côté du front. Soudain, il sentit un grand choc dans son dos. Il fut projeté contre l'encolure de son cheval, mais parvint à garder l'équilibre. Tirant les brides vers la gauche, il fit faire un demi-tour à sa monture et se trouva face au chevalier qui venait de lui assener un coup d'épée. Fort heureusement, la lame avait ricoché sur son armure.

Le capitaine se mit en garde et chargea vers son ennemi sans hésiter. Le cheval bondit par-dessus le corps d'un soldat étendu dans la neige et fonça droit sur son adversaire. Balard abattit son épée au dernier instant, mais le cavalier para le coup. Les deux chevaux s'arrêtèrent flanc contre flanc. Le capitaine de l'armée de Livain souleva à nouveau son arme, puis frappa, plus bas cette fois, et plus fort. Son adversaire n'eut pas le temps de se protéger. La lame s'enfonça dans sa hanche. L'homme, torturé par la douleur, se laissa tomber sur le côté. Balard releva sa lame et lui trancha la tête d'un seul coup. Puis il remit son cheval au galop pour retourner parmi les fantassins qui se faisaient déborder et leur porter secours.

En arrivant au milieu des siens, Balard poussa un cri de rage. Les chevaliers d'Emmer avaient soigneusement préparé leur attaque. Ils restaient en formation, et faisaient des passages successifs, rapides, à travers les rangs défaits et désorganisés de la défense. Profitant de l'obscurité, ils s'éloignaient, disparaissaient, puis revenaient par un autre endroit, comme surgis de nulle part. Et, visiblement, leur stratégie fonctionnait parfaitement. Le capitaine était terrifié par le nombre de cadavres qui jonchaient déjà le sol.

Il releva le bassinet de son heaume, jeta un coup d'œil vers la tente où il devinait qu'on avait emmené le roi. Il y avait des soldats tout autour, qui ne bougeaient pas, et que l'ennemi n'avait pas encore pu atteindre. Pour le moment, Livain était encore sauf. Il ne fallait pas abandonner. *Pour le roi.*

Rabaissant la plaque de métal sur ses yeux, il leva son épée en signe de ralliement et cria pour que les soldats autour de lui se remettent en formation et se préparent à subir un nouvel assaut. Ce ne serait pas le dernier.

***

*Depuis combien de jours n'ai-je pas vu Lailoken ? Sur quelle rive de Djar a-t-il trouvé refuge ? Et que pense-t-il ? Que sait-il ? A-t-il trouvé, lui, la troisième voie ? Le moyen de sortir de ce conflit sans que nous devions nous tuer, lui et moi ?*

*Je ne sais si c'est bon signe de ne plus le voir, de ne plus l'entendre. Est-ce qu'il médite comme je le lui ai demandé ? Est-ce lui qui me guide vers l'Armensul ? Est-ce sa voix ou bien celle de Vivienne ?*

*Vivienne. Elle est déjà une part de moi-même. Ma part douce. Ma part forte. Elle est la volonté. Oui. C'est forcément sa voix que j'entends.*

*J'écoute. Je connais ces notes, ce murmure.*

*Je souris.*

*— J'entends ta voix, Vivienne. Quelques mots confus. Un chuchotement dans les vagues de l'air. Je t'écoute, Vivienne. Où es-tu ?*

*— Je suis là, Bohem.*

*Je me retourne. Là. Est-ce bien sa voix ? Elle est si proche ! Mon cœur bat, mon corps tremble. C'est donc vrai. Vivienne.*

*— Je t'entends.*

*— Comme tu m'as manqué, Bohem !*

*— Toi aussi. Et tu me manques encore.*

*Je crois voir son visage. Mais elle est encore trop loin. Tout est flou.*

*— J'ai quitté l'Armensul, Bohem. Tu m'entends ? J'ai quitté l'Armensul ! J'ai entendu ta voix ! Je viens vers toi.*

*Est-ce possible ? Enfin ! Revoir Vivienne ! Je parviens à peine à y croire. J'aimerais tellement être déjà auprès d'elle.*

*— Vivienne, nous sommes sur les routes de Tolsanne. Nous marchons vers l'est, vers l'Armensul.*

*— Alors nous nous retrouverons avant, Bohem. Car je viens.*

*Je fais des pas en avant, mais son visage ne s'approche pas. Non, pas dans le monde de Djar. Il faut encore attendre. Demain peut-être.*

*— Dépêche-toi, Bohem ! Dépêche-toi.*

# Chapitre 4

## LA SIXIÈME COULEUR

Bohem était déjà réveillé depuis longtemps quand les premiers rayons d'un timide soleil tirèrent ses compagnons de leur courte nuit de sommeil. Dès qu'il vit Hélène de Quienne, il se leva et se précipita à sa rencontre, le visage radieux :

— Hélène ! Votre nièce s'est échappée de l'Armensul ! Elle se dirige vers nous. Nous devons nous dépêcher de la rejoindre ! Elle doit être épuisée !

La duchesse écarquilla les yeux. Bohem parlait si vite qu'elle n'était pas sûre de bien comprendre.

— Mais... Comment le savez-vous, Bohem ? Et comment sait-elle où nous sommes ?

— Je l'ai vue dans le monde de Djar, duchesse. C'est lui qui nous guide l'un vers l'autre. Vous devez me croire ! C'est comme avec vous... C'est le monde de Djar qui m'a mené à vous.

Hélène hocha lentement la tête, encore perplexe.

— Vivienne a quitté l'Armensul ! répéta Bohem, d'une voix plus forte, comme s'il voulait que le camp tout entier l'entende.

— Bien, bien, répondit la duchesse en souriant. Alors, ne perdons pas de temps.

Hélène se retourna pour voir où en étaient les hommes et les femmes du campement. Mais la plupart n'étaient pas là. Sur la pointe des pieds, elle les chercha en inspectant l'étendue de la prairie où ils s'étaient installés. Elle vit alors un attroupement de l'autre côté. Là où ils avaient allumé leur feu la veille.

La duchesse jeta un coup d'œil à Bohem. Comme elle, il avait compris ce qui se passait. Quelqu'un était mort pendant la nuit. À nouveau. Ils se dépêchèrent tous deux d'aller voir par eux-mêmes. Ils se faufilèrent parmi les spectateurs effarés et découvrirent le corps immobile, étendu dans la neige. C'était un louvetier. Un de plus. Et l'un des plus âgés, cette fois.

Bohem soupira. Il ne put s'empêcher de penser à Martial, son père adoptif. Les louvetiers payaient un lourd tribut dans ces temps abominables. Jamais il ne pourrait s'habituer, bien sûr. Mais au fond, il préférait voir mourir un louvetier qu'un enfant. Car parfois, c'étaient les plus jeunes que la nuit emportait, impitoyable.

— Il n'y a rien à faire, lâcha-t-il d'une voix résignée. Enterrez-le ici. Nous devons nous mettre en route rapidement. Vivienne s'est échappée. Nous devons aller à sa rencontre.

La nouvelle fit rapidement le tour de la compagnie, et il fallut peu de temps à tout le monde pour être prêt. On enterra le louvetier au pied d'un arbre, ses confrères dirent quelques courtes paroles à sa mémoire, trop courtes bien sûr, mais ils n'avaient pas le choix. Le cortège, alors, se remit en route vers l'est, parce que depuis longtemps ils ne marchaient plus que pour cela : rejoindre Vivienne de Châtellerault. Bohem l'avait dit, tout commencerait là-bas, quand il l'aurait retrouvée.

Les nuages filtraient la lumière du soleil. L'astre dérobé parvenait à projeter par endroits quelques rais jaunes en éventail. Mais tout le reste du ciel était sombre. Les enfants se plaignaient de plus en plus souvent du froid. Le sol était glissant, gelé. Et pourtant, Bohem avançait d'un pas encore plus rapide qu'à l'accoutumée. Loeva, à côté de lui, avait peine à garder le rythme. Elle manqua plusieurs fois de tomber, se rattrapant au bras de son ami.

— Alors nous allons enfin voir Vivienne ? dit la jeune fille, le souffle court.

— Oui, enfin, répondit seulement Bohem.

Il ne souriait pas, mais on devinait la joie qui l'envahissait dans son regard comme dans le ton de sa voix. Une joie presque insolente, sous la noirceur du temps.

— Et après ? demanda la jeune fille.

— Après? Eh bien, nous retournerons à Pierre-Levée, Loeva. Nous avons rendez-vous là-bas avec Fidélité, ainsi qu'avec les Compagnons du Devoir et les Bons Hommes. Bernard de Laroche a promis de nous y retrouver. Tous ensemble, nous chercherons une solution à tout cela, avec l'aide de la duchesse de Quienne...

— Si nous tenons jusque-là.

Bohem fronça les sourcils. Loeva n'avait pas l'habitude de se montrer aussi pessimiste.

— Eh bien? Tu perds courage, petite sœur?

— Non. Mais le temps passe, et je ne sais pas comment nous allons y arriver. Nous passons les étapes une à une, d'abord Hélène de Quienne, bientôt Vivienne... Mais rien ne change vraiment.

— Tu trouves? Moi, j'ai l'impression que les choses changent, au contraire. Regarde les gens, derrière nous. Il y a quelques semaines, crois-tu que ces gens auraient marché ensemble, à travers le pays?

— Ce n'est pas cette marche qui les sauvera... Les morts sont de plus en plus nombreuses.

Bohem soupira. D'ordinaire, c'était lui le pessimiste, et Loeva qui le réconfortait. Mais les circonstances, pour une fois, avaient inversé les rôles! Il se demanda si la jeune fille était consciente de l'ironie...

— Je n'ai rien de mieux à te proposer, Loeva. Tout ce que nous pouvons faire, c'est chercher, avancer...

— Et Lailoken? demanda la jeune fille. C'est lui,

notre véritable ennemi, n'est-ce pas ? C'est lui qui a emprisonné Vivienne dans l'Armensul. Tout est sa faute. Pourquoi ne le combattons-nous pas une bonne fois pour toutes ?

— Parce que je ne crois pas que cela arrangerait les choses, Loeva, et parce que nous ne devons plus réfléchir comme ça...

— C'est peut-être le seul moyen de mettre un terme à cette épidémie.

— Je ne crois pas que Lailoken soit réellement responsable de ce que tu appelles « cette épidémie ». Je crois même que nous aurons besoin de lui pour en venir à bout... Tu dis que tout est sa faute ? N'est-ce pas un peu trop simple, Loeva ? Lailoken voulait m'attaquer justement pour arrêter la disparition progressive de cette force qui faisait vivre les Brumes, et qui nous faisait vivre nous. Alors, non, je ne crois pas que tout soit sa faute.

— Alors tu en sais plus que tu ne veux nous le dire !

— Je ne sais rien, Loeva. J'espère. Je vous l'ai déjà dit : je crois que ce qui arrive est la conséquence de ce que ma mère a fait par le passé. Elle a entraîné la destruction d'une force qui dépassait les hommes. En disparaissant, cette force laisse le monde orphelin. Il faut simplement que nous trouvions un moyen de survivre à cette disparition. Je ne sais pas comment, mais je sais que nous devons le faire ensemble.

La jeune fille secoua la tête. Les réponses de

Bohem ne parvenaient pas à apaiser son angoisse grandissante.

— Écoute, petite sœur. Toi, Mjolln, et moi, à nous trois, nous avons réussi à pénétrer un jour dans l'un des bâtiments les mieux gardés du royaume. Tu t'en souviens ? Nous avons réussi à trouver le temple d'Ariel dans la Commanderie de Lutès.

— Bien sûr que je m'en souviens !

— Et tout cela sans la force... Juste nous trois, avec beaucoup de foi et beaucoup de courage. Ce jour-là, nous avons remporté une victoire sur un ennemi bien plus fort que nous, dont nous ne pouvions même pas deviner la puissance réelle. Tous les trois, ensemble. Et c'était grâce à toi, Loeva. Quand je t'ai demandé de nous laisser, quand j'ai dit que cela devenait trop dangereux pour toi, tu as insisté pour rester. Et au fond, je crois que tu t'es montrée la plus courageuse de nous trois. Il fallait un peu de folie, ce jour-là, pour s'imaginer capables d'accomplir une telle prouesse, n'est-ce pas ? Eh bien aujourd'hui, c'est pareil. Aussi difficile que soit le défi qui nous attend, aussi invisible que soit l'issue de notre quête, nous devons croire en nos chances de victoire. Nous avons besoin de cette petite folie. Et nous y arriverons, encore une fois, parce que nous sommes ensemble. Tu ne vas pas abandonner maintenant, Loeva ?

La petite voleuse haussa les épaules.

— Non, bien sûr.

— J'ai besoin de toi.

— Il y a des serrures à crocheter ? demanda Loeva, ironique.

— Il y en aura plein, petite sœur. Et plein de portes à ouvrir !

— Bon, d'accord !

Bohem prit la jeune fille par le bras et ils continuèrent la route serrés l'un contre l'autre, impatients. Ils ne mesuraient sans doute pas ce qui les attendaient, mais ils avaient confiance, et l'un pour l'autre, ils étaient prêts à tout.

*
**

Au matin, on avait annoncé à Fidélité La Rochelle qu'il allait recevoir les Honneurs, car les maîtres de Burdigale l'avaient jugé digne d'être reconnu Compagnon Fini.

Fidélité savait qu'il aurait dû être empli de joie, que c'était une distinction importante qu'espéraient tous les Compagnons à la fin de leur Tour de Gallica. Mais au fond, il se moquait à présent de quelque distinction que ce fût. Il se rendait compte, non sans ironie, que Bohem lui avait sans doute transmis son désintéressement de la reconnaissance publique... Il savait, à présent, que ce n'était pas les titres qui comptaient, mais ce que l'on faisait chaque jour ; le sens que l'on donnait à chacun de ses actes. Surtout en ces temps difficiles. Mais il était venu pour ça. Il avait promis à Bohem d'achever son itinéraire, car en devenant

Compagnon Fini, il pourrait sans doute faire entendre sa voix auprès d'un plus grand nombre de ses frères. Et c'était bien le nombre, aujourd'hui, qui comptait.

Il avait donc eu la journée entière pour se préparer à la cérémonie du Remerciement. Il avait appris les phrases qu'il allait devoir dire, et réfléchi à ce qu'elles signifiaient. Il ne voulait pas les réciter sans y croire, par cœur, sans adhérer à leur sens profond. Et plus la journée avança, plus il se laissa gagner, finalement, par une certaine émotion. À force de réfléchir au sens de cette dernière étape, il avait fini par prendre la mesure de son importance. Il ne s'agissait pas seulement d'un honneur, mais d'un nouveau départ. On remerciait le Compagnon du travail qu'il avait effectué au sein du Devoir, et on l'invitait à voler de ses propres ailes, dehors. À partir, seul cette fois, travailler dans le grand monde, en son nom, avec sa conscience propre.

C'est donc bien moins décontracté qu'il ne l'avait imaginé qu'il se présenta, le soir venu, devant ses frères. Troublé, il se tenait à l'entrée de la grande salle des cérémonies de la cayenne de Burdigale, où avaient lieu les tenues du Devoir. Vêtu des habits qu'on lui avait offerts pour l'occasion, il ne se sentait pas tout à fait à son aise, mais il était impatient. Longue et ample culotte bleue, veste de la même couleur sombre, chapeau monté, grande canne dans la main droite, il attendait immobile devant la porte ouverte de la Chambre.

Autour du cou, il portait son écharpe, à laquelle on avait ajouté un nouveau ruban. Le dernier.

— Qui demande l'entrée de la Chambre ?

La voix de Loïc l'Africain, le Premier en Ville, résonna dans la haute pièce. Fidélité ne put s'empêcher de repenser au jour de sa Réception. Comme il lui semblait loin ! Quel chemin il avait parcouru depuis lors !

— Fidélité La Rochelle, répondit-il d'une voix forte et claire.

— Qui êtes-vous ?

— Un Enfant de la Veuve.

— Que cherchez-vous ?

— Hiram.

— Où le trouverez-vous ?

— Sous les gravats, recouvert d'un branche d'acacia.

— Entrez, frère La Rochelle.

Deux Compagnons guidèrent Fidélité vers la grande planche à tracer, en haut de la Chambre, où on lui demanda de déposer son écharpe. Il s'exécuta. On posa ensuite sur le morceau de tissu une équerre et une bisaiguë.

— Comment avez-vous été reçu Compagnon ?

Fidélité attendit avant de répondre. Il inspira profondément. Chercha au fond de lui-même son authenticité. Et il parla enfin, en donnant à chaque mot son sens le plus profond :

— Sur la pierre carrée.

— Que signifie-t-elle ? demanda le Premier en Ville.

— C'est la première pierre qui fonda le Temple de Salomon.

— Quel est l'âge d'un Compagnon Fini ?

— Sept ans et plus.

— Pourquoi ?

— Parce que Salomon employa sept ans et plus à construire le Temple.

Construire le temple. Construire son chef-d'œuvre. Malgré ce qu'avait dit le Premier en Ville, malgré l'histoire des Brumes, il estimait ne pas l'avoir encore achevé. Et au fond, il espérait ne jamais le faire. Avoir toujours ce but à poursuivre...

— Apprends par le rassemblement de tout et de tous autour de ton œuvre, que jamais tu ne travailles seul, mais que ton travail est une œuvre commune et que le moindre de tes gestes comme le moindre des actes de ta vie concourt à l'avènement de la cité spirituelle parmi les hommes ou, au contraire, s'il est gâché ou mauvais, qu'il s'oppose au bien commun de tous les Compagnons et de tous les hommes, tes frères. Que veut dire « Enfant de la Veuve » ?

— C'est le mot de passe, qui signifie qu'à la mort d'Hiram, maître Jacques et d'autres Compagnons eurent soin de la veuve, dont ils étaient tous les enfants, comme le sont tous les Jolis Compagnons.

— Que signifient les initiales APLV ?

— « Alliance pour la vie. »

— Et les suivantes, VPLHMHC ?

— « Vivre pour l'humanité, mourir honnête Compagnon. »

— Avez-vous voyagé ?

— Oui, j'ai visité les cinq villes du Devoir.

— À quoi reconnaît-on le Compagnon ?

— À son cœur et à son talent.

— Combien y a-t-il de couleurs, Fidélité ?

La Rochelle regarda son écharpe, posée devant lui.

— Cinq et une de cachée.

— Nommez les cinq.

— La blanche, la rouge, la bleue, la jaune et la verte.

— Que signifie la blanche ?

— Elle représente les larmes de maître Jacques, répondit Fidélité.

— Que signifie la rouge ?

— Le sang de maître Jacques.

— Que signifie la bleue ?

— Les coups qu'il a reçus.

— Que signifie la jaune ?

— La persévérance.

— Que signifie la verte ?

La Rochelle sourit.

— L'espérance.

— Fidélité, vos frères vous ont jugé digne de connaître la sixième couleur et son sens caché.

Le Premier en Ville s'approcha de lui, posa une

main sur son épaule et lui livra à l'oreille ce secret connu seulement des Compagnons.

— Mes frères, reprit le maître Loïc en se redressant, Fidélité La Rochelle connaît la sixième couleur, reconnaissons-le Compagnon Fini !

Il y eut une clameur de joie dans la salle. Fidélité regarda tous ces hommes autour de lui, jeunes ou âgés. Ils lui rappelaient ceux qui marchaient avec Bohem. Il semblait régner ici le même espoir, le même partage...

— La Rochelle, voici le frère Rouleur qui vient d'apporter sept bouteilles de vin, c'est la quantité que le Devoir paie au compagnon qu'il Remercie. Donnez-moi votre carré.

Fidélité tendit le bout de papier qui l'avait accompagné pendant tout son Tour de Gallica. Il était abîmé, quelque peu déchiré, mais à ses yeux il n'en avait que plus de valeur. Le Premier en Ville prit délicatement le carré, le coupa en trois morceaux, le brûla, puis fit glisser les cendres dans une grande coupe, où il versa ensuite du vin.

— À la santé de maître Jacques, à la santé de Fidélité La Rochelle !

Le Premier en Ville but une gorgée, puis passa la coupe à Fidélité qui en fit de même, et l'on se passa ainsi le breuvage dans toute la Chambre. Puis le Rouleur remplit les verres de chacun, et l'on but à nouveau à la santé de Fidélité. Les frères se mirent à chanter, à rire et à féliciter celui qui allait bientôt les quitter. Ils se rassemblèrent tous au milieu de la grande salle, et acclamèrent la Mère qui venait embrasser le Compagnon Fini.

La Rochelle les remercia tous. Il se sentait libéré, mais triste aussi. Un nouveau départ était toujours un adieu... Et il savait que le travail qu'il lui restait à accomplir serait sans doute beaucoup plus dur que tout ce qu'il avait fait jusqu'à ce jour.

La soirée continua ainsi, festive et nostalgique à la fois. Un peu plus tard, le Premier en Ville remit à Fidélité son congé. C'était un diplôme qui indiquait que toutes ses obligations avaient été remplies loyalement envers le Devoir et qu'il était à présent libre. Remercié.

Soudain, Fidélité sentit une main serrer son épaule. Il se retourna et vit un très grand jeune homme, au visage fin et aux yeux brillants, qui lui souriait. Le Compagnon se pencha vers lui, l'embrassa et lui murmura à l'oreille :

— Mon nom est Trinité Rivenois. Tu embrasseras Bohem de ma part.

⁂

Livain, depuis quelques jours, avait perdu la jouissance de ses yeux. Tout au plus, il voyait par moment des ombres, des mouvements de lumière. Mais son ouïe, elle, était intacte. Elle s'était peut-être même développée, avec la perte de la vue. Et il entendait tout.

Il avait entendu les flammes, avant tout le monde, puis les premiers cris, les sabots des chevaux dans la neige, la toile déchirée des tentes qu'on éventrait, le choc des fers, la douleur, le bruit sourd des corps morts. Il avait entendu ses hommes, perdus, désemparés. Et, immobile, impuissant, il avait attendu la mort, allongé sur son lit.

La main serrée sur celle du père Lefrançois, le roi parlait avec peine.

— Tout s'en va, murmura Livain alors que le jeune prêtre lui passait un linge mouillé sur le front. La lumière est partie. Je crois bien que je vais mourir, cette fois.

Le père Lefrançois ne savait plus que dire. Il avait l'impression de flotter dans un rêve. Ou plutôt un cauchemar. Le combat faisait rage au-dehors. C'était un vacarme assourdissant. Fer contre fer, fer contre chair, douleur, agonie. C'était le bruit de la guerre. Et le spectacle de ce roi mourant, qui semblait bien plus vieux qu'il ne l'était en réalité, était bouleversant. La guerre semblait si stupide, si vaine, alors que le roi se mourait ici, à quelques pas à peine de ceux qui perdaient la vie pour ou contre lui.

— Comment vous appelez-vous, mon père ? murmura le roi.

Il avait déjà dû le lui demander mille fois. Son esprit semblait de plus en plus embrouillé. Il avait l'air si malade ! Ses yeux, vides, tremblaient sans regarder.

Ses longs et fins cheveux bruns se collaient à la sueur de son visage.

— Lefrançois... Je m'appelle Lefrançois, Majesté.

Livain toussa et faillit s'étouffer. Il reprit son souffle et parla tout bas :

— Ah oui. Lefrançois. Vous voyez, tout s'en va. Ma mémoire, la lumière... Si je meurs, il ne restera plus rien. Rien. Le même rien que celui qui précède la naissance. Vous vous souvenez, vous, d'avant votre naissance ?

Au même instant, à quelques pas de la tente, un homme s'écroula dans la neige. Le prêtre entendit le bruit de sa chute, juste derrière eux. Les combats se rapprochaient de plus en plus. Il serra plus fort encore la main du souverain.

— Ils vont bientôt l'emporter, soupira le roi. Et qui se souviendra ?

— Se souvenir de quoi ? demanda le prêtre, qui n'était pas sûr de comprendre.

— Mais de tout ! De nos noms. Des vallées de fleurs mauves. Des arbres. Et puis... des Brumes. Des mers de vin et des soleils de miel. Des routes d'Orient. De la Licorne. Tiens, toi, mon garçon, dis-moi comment s'appelle la plante qui rampe sur mon corps...

Le père Lefrançois fronça les sourcils. Les paroles du roi avaient de moins en moins de sens.

— Quelle plante ? Seigneur, je ne vois pas de plante...

— Alors cela a déjà commencé... Je ne puis plus

rien pour vous tous, souffla le roi en fermant les yeux. Je suis désolé, mon garçon, je vais mourir.

Le jeune prêtre caressa la tête de son roi comme celle d'un enfant pris par la fièvre.

— Je n'ai plus la force. Et aucun d'entre vous ne voudra me remplacer, n'est-ce pas ? Aucun de vous n'a la foi qu'il m'a fallu pour croire en notre combat. Pis encore : aucun de vous ne se souvient de la raison de cette guerre. Qui pourrait se souvenir à ma place ? Toi, petit ?

— Je... Non, je... Je ne comprends pas... Que voulez-vous dire, Majesté ?

— Tu ne comprends rien. Bien sûr ! Sais-tu au moins pourquoi nous nous battons ?

— Je ne suis pas un combattant, Majesté. Je suis prêtre. Mais ces hommes, dehors, ils se battent pour vous. Parce que vous le leur avez demandé et que vous êtes leur roi...

— C'est tout ce dont tu te souviens ?

Le prêtre ne répondit pas. Il se demandait si cela servait vraiment à quelque chose. Si le roi l'entendait.

— Tu ne crois donc en rien ? s'emporta le mourant. Mais c'est pour cela que nous nous battons, soldat : le pouvoir de croire !

Le jeune homme porta un verre d'eau fraîche à la bouche du roi. Cette fois, il se dit que Livain avait bien perdu la raison. Il croyait parler à l'un de ses soldats, à présent...

— Est-ce que tu crois aux Brumes ? demanda le roi après avoir bu une gorgée.

— Les Brumes ont disparu, mon roi.

— Et les Aïshans ? Les druides ?

— Ils ont disparu, eux aussi.

— C'est bien ce que je craignais. Comment t'appelles-tu, déjà ?

— Lefrançois.

— Vraiment ? Il y avait un prêtre, ici, tout à l'heure, qui s'appelait comme toi...

— C'est moi, Majesté.

— Crois-tu à la magie ?

— Non, Livain. Je ne crois pas à la magie. Je crois en Dieu, comme vous, et nous devons le prier, pour qu'il nous sauve. La bataille n'est pas perdue.

— La bataille ? Quelle bataille ? Celle-ci ? Dehors ? Mais elle n'a aucune importance, mon père. La bataille, nous l'avons déjà perdue. Depuis longtemps. C'est... comment s'appelle-t-il ?

— Qui, Majesté ?

— Le jeune homme. Celui qui marche dans les flammes.

— Bohem ?

— Oui. C'est cela. Bohem. C'est lui qui a gagné, mon garçon. C'est lui qui a gagné. Bohem. Je me souviens maintenant. Nous aurions dû le suivre.

Les bruits du combat s'éloignèrent quelque peu, et le roi poussa un long soupir. Son visage s'apaisa un peu. Il semblait presque dormir. Le prêtre lâcha les mains de Livain, se recula sur sa chaise, et il aperçut alors les larmes qui coulaient sur les joues du souverain.

⁂

Ils marchèrent sans répit pendant deux longues journées, à une cadence épuisante, affrontant le froid et la neige, et Bohem ne les laissa pas ralentir. Il entendait la voix de Vivienne, si forte qu'elle semblait même sortie du monde de Djar. Elle était là, dans sa tête, de plus en plus proche. Elle l'appelait, elle le guidait, et il n'entendait plus que cela. Il ne parlait plus à personne, pas même à la duchesse de Quienne. Le dos courbé, la tête rentrée dans les épaules, il ne pensait plus qu'à une seule chose, avancer, avancer plus vite, et personne n'aurait osé le contrarier.

Il y eut des morts, encore, dans les rangs des marcheurs, mais ils continuèrent de le suivre, sans se plaindre, sans espérer la moindre halte. La mort ne devait pas les arrêter.

Plus ils avançaient, plus le froid devenait glacial, plus le sol craquait sous leurs pas. C'était comme s'ils approchaient de la source même du froid, de la naissance de cet hiver furieux. Le paysage était d'une désolation grandissante.

Au soir du deuxième jour, enfin, ils arrivèrent devant une forêt d'arbres morts, et Bohem fut certain que Vivienne n'était plus loin. À quelques pas seulement, peut-être. Il se retourna, adressa un regard à la duchesse, comme pour s'excuser, puis il se mit à courir, sans un mot, cherchant partout du regard la trace du passage de la jeune femme. Il s'enfonça dans le cœur de la forêt. Il tournait sans cesse, croyant l'avoir vue là, derrière un tronc, ici, près d'un chemin. Il voyait des ombres bouger dans la neige, il imaginait des silhouettes, il entendait des bruits de pas... Mais nulle part il ne pouvait la trouver. Il grogna, frappa l'écorce d'un arbre et se mit à courir de plus belle. La voix de Vivienne grandissait dans sa tête, tournait comme une complainte désespérée. Il avait l'impression de devenir fou. Et pourtant, pourtant elle était là. Il n'y avait pas de doute.

Soudain, il se rendit compte qu'il courait depuis longtemps. Il n'y avait plus rien autour de lui que ces armées d'arbres dénudés et difformes. Il ne savait plus où était le sud ou le nord, et il ne voyait même plus le chemin par lequel il était venu. Perdu. La tête lui tournait. Les cimes noires s'élevaient au-dessus de lui, de plus en plus hautes, semblant toucher le ciel obscur, comme s'il était en train de s'enfoncer dans le sol. Il cria :

— Vivienne !

Mais personne ne répondit. Il se ressaisit, courut encore un peu. S'arrêta. Tourna sur lui-même, fouilla encore parmi les arbres. Mais il n'y avait que lui. Lui et le grand hiver. Il se laissa tomber par terre, à genoux. Ses mains s'enfoncèrent dans la neige, en écho à ce geste ancestral. Il ferma les yeux. Et il comprit.

Il avait rêvé. Vivienne n'était pas là. Tout cela n'était qu'un songe. Elle devait être encore dans l'Armensul. Prisonnière de l'arbre de Lailoken. Morte peut-être. Il sentit sa gorge se nouer et des larmes couler sur ses joues. Comment avait-il pu se laisser ainsi tromper par ses sens ?

La voix de la forêt ne parvenait même plus à ses oreilles. Elle était morte, ici, comme la plaine immense tout autour. Morte, gelée. La terre n'avait plus le moindre souffle de vie. Elle s'était éteinte, comme les Brumes. Comme tous ceux qui étaient tombés ces derniers jours. Et comme lui, bientôt.

Comme Vivienne, sûrement. Alors à quoi bon ?

Et puis, soudain, il entendit sa voix. Indistincte, d'abord. Puis claire, enfin. Comme un chant de cristal.

— Bohem !

Le jeune homme ouvrit les yeux, incrédule. Il se leva d'un bond, les mains rougies par la neige. Il chercha, le cœur battant à tout rompre. Il se retourna. Et il la vit, devant lui, à quelques pas, si belle.

Vivienne. De chair et de sang. Ses cheveux blonds, trempés, qui paraissaient presque bruns, collés contre son visage, jusque sous ses yeux couleur de bois. Elle souriait, incrédule elle aussi. Elle semblait tellement fatiguée ! Ses mains, son visage étaient si blancs !

Bohem n'attendit pas un instant de plus. Sans respirer, il courut vers elle, comme volant au milieu des arbres, au-dessus du tapis blanc de la forêt. Il franchit les derniers pas, et enfin, il fut contre elle. Avec elle. Il la prit dans ses bras, la serra sur son cœur, et il ferma les yeux. C'était bien elle. Bien réelle. Là, tout contre lui.

Les flocons de neige se mêlaient aux larmes sur leurs joues réunies. Ils ne dirent rien, ils respirèrent, ensemble, front contre front, puis ils s'embrassèrent avec la passion des amants trop longtemps séparés qui ont cru ne jamais se revoir.

— Je t'aime, Vivienne, dit le jeune homme en prenant la tête de la jeune femme entre ses mains, ses yeux plongés dans les siens.

Elle sourit, et son visage retrouva un peu de couleur.

— J'ai cru que je ne te reverrais jamais, chuchota-t-elle.

Il la serra à nouveau contre lui. Ils restèrent un long moment ainsi, profitant de ces quelques instants uniques, loin des regards, loin du chaos où sombrait le monde. Ils s'embrassèrent encore, puis Bohem murmura enfin :

— Viens. Nous devons rejoindre les autres. Nous avons tant à te raconter. Et tu as besoin qu'on te soigne, Vivienne. Tu es blanche. Mais tu es si belle !

⁂

Il y eut un court répit dans la fureur des combats. Les corps étaient de plus en plus nombreux, enfoncés dans la neige rouge, et on entendait le râle plaintif et vain des blessés, abandonnés à la nuit. Puis, à nouveau, la formation des cavaliers menés par Emmer fondit sur le campement comme une vague de chair et de fer.

Le capitaine Balard, malgré son épuisement, était parvenu à réunir huit chevaliers avec lui. C'était peu, mais c'était déjà cela. L'armée de Livain n'avait presque plus de chevaux, et il lui avait fallu faire tout le tour du campement pour trouver les derniers hommes encore sur leur monture.

— Suivez-moi !

*Nous sommes si peu nombreux!* pensa-t-il. *Mais nous n'avons pas le choix. Ils sont en train de nous massacrer. Nous devons rompre l'unité de leur cavalerie! Les éparpiller et les empêcher de se reformer.*

L'officier partit au galop, droit sur l'adversaire. Les huit chevaliers le suivirent aussitôt, l'épée dressée. Face à eux, l'ennemi était au moins quatre fois plus nombreux. Ils savaient tous, sans doute, que c'était un héroïsme déraisonnable, mais c'était le seul moyen de laisser une chance aux fantassins...

Ils arrivèrent au contact juste avant que l'ennemi ne passe une nouvelle fois au milieu des troupes à terre. Et l'affrontement fut d'une violence effroyable. Les cavaliers d'Emmer étaient sans doute parmi les meilleurs de Brittia.

Le capitaine Balard, enragé, échangea quelques passes avec plusieurs ennemis, puis il parvint à toucher un combattant d'un grand coup de taille. Touché en plein torse, l'homme tomba à terre, et l'officier laissa les fantassins s'occuper de lui. Au sol, il n'avait aucune chance.

Tout autour, les autres chevaliers se battaient avec autant de frénésie que lui. Deux, déjà, étaient tombés, mais son plan semblait fonctionner : les chevaliers d'Emmer se dispersaient, et ne parvenaient pas à reformer un bloc. Il précipita son cheval vers un nouvel adversaire. Para du tranchant un coup d'épée donné en martel, se dressa sur ses étriers pour prendre de la hauteur et riposta d'un revers, portant sa lame vers la figure de son rival. Celui-ci esquiva, et répliqua à son tour. Balard repoussa encore l'assaut, fit avancer son cheval d'un simple mouvement des jambes et donna simultanément un coup d'estoc. Le cavalier d'Emmer n'eut pas le temps de se protéger, la lame glissa sous son armure et s'enfonça dans la chair. Il s'écroula sur son cheval, agonisant.

Mais alors que le capitaine dégageait sa lame pour chercher un nouvel ennemi, il aperçut du coin de l'œil l'éclat d'une épée qui tombait sur lui. Il eut tout juste le temps de lever le bras pour protéger son visage, et la lame s'enfonça dans son épaule. Le coup fut si fort qu'il fut projeté au sol.

Sa chute fut amortie par la neige. Balard, allongé sur le dos, serra les dents pour retenir un hurlement de douleur. Son épaule était probablement déboîtée. Il leva les yeux et reconnut aussitôt l'homme qui l'avait frappé. Emmer en personne. Emmer Capigesne, roi de Brittia, qui portait un heaume conique et une splendide armure de guerre. Sur son surcot, on reconnaissait le blason du duché de Northia, trois léopards dorés sur champ de gueules. Le capitaine vit le roi lui jeter un coup d'œil, puis tirer sur les brides pour faire demi-tour et trouver un autre chevalier à désarçonner. Le jeune homme n'hésita pas un seul instant. Il ne pouvait laisser partir Emmer. Cet homme était un des siens.

*L'heure est venue pour moi de faire la différence. Nul ici n'est mieux placé que moi pour défaire Capigesne. Je le dois à mes hommes, je le dois à mon roi.*

Le jeune officier s'appuya sur son épée pour se relever et courut en boitant vers le cheval d'Emmer. Il arriva juste à temps pour se jeter contre le flanc de l'animal, et d'une force brute, il poussa le pied du cavalier pour tenter de le faire tomber. Le roi, déséquilibré, se rattrapa à sa selle. Puis, pivotant, il envoya un coup d'épée vers son assaillant. Mais Balard esquiva l'attaque trop haute et trop approximative. La tête baissée, il aperçut alors un point faible dans l'armure du cheval. Alors qu'Emmer se préparait à donner un nouveau coup, le capitaine se jeta au sol, prit un poignard à sa ceinture et d'un coup net et habile, il frappa la jambe antérieure gauche du cheval, qui était à découvert. L'animal blessé fit une violente ruade. Balard roula sur le côté pour ne pas se faire piétiner et, quand il se redressa, il vit que le roi était tombé de son cheval. Il était à genoux, visiblement sonné.

*Nous voici face à face, Emmer, à armes égales. Que Dieu me donne la force d'occire un homme de si noble rang !*

Le capitaine Balard se mit debout, en garde basse, et avança lentement vers son ennemi. Le roi se releva à son tour. Il jeta un coup d'œil à son pur-sang, tombé un peu plus loin. D'un geste furieux il amena son épée sur son épaule droite, le bras gauche contre la poitrine, et il fonça sur son adversaire.

Aussitôt, Balard s'écarta sur le côté pour attirer le roi hors du cœur de la bataille, et éviter une attaque surprise d'un autre chevalier. Il enjamba deux hommes étendus à terre, morts sans doute, puis il s'immobilisa enfin, le regard droit, les muscles tendus. Il vit arriver le puissant coup de taille. Il releva sa garde, sans reculer, et para en fermant la ligne de quarte, sa lame parfaitement perpendiculaire à celle d'Emmer. Le choc produisit une vive étincelle. Il fendit sur sa gauche et tenta de saisir le bras de son adversaire. Mais le roi se dégagea, et frappa à nouveau. Le capitaine esquiva en rompant à sénestre, puis donna un coup d'estoc, sans succès. Les coups s'enchaînaient de part et d'autre avec une violence grandissante. Balard tentait de casser le rythme de ses coups. Lents, rapides, puis lents à nouveau. Tantôt il avançait, tantôt il effectuait une agile passe arrière, pour empêcher le roi de le cadrer. Mais il ne parvenait pas à toucher.

Son épaule le faisait souffrir et, petit à petit, il se fatiguait, alors que son adversaire, lui, semblait ne pas peiner. Il se rendit bientôt compte qu'Emmer prenait l'avantage, par la force comme par la vitesse. Et soudain, il manqua une parade et reçut un coup de taille à la hanche. Il ne ressentit pas tout de suite la douleur, mais il vit le sang sur la lame de son opposant. Il se déroba deux pas en arrière et se laissa gagner par la peur. Il n'osait imaginer la profondeur de sa blessure à son côté.

*Non. Pour Livain. Je dois résister. Si je ne tue pas Emmer, qu'au moins je le retienne, aussi longtemps que possible.*

Mais aussitôt, Emmer réduisit la distance qui les séparait d'une double fente et porta un nouveau coup horizontal. Balard bloqua l'attaque du tranchant de sa lame. Puis une seconde, une troisième.

*Il voit que je suis fatigué. Il essaie de m'user. Qu'importe ! Je sais maintenant que je ne pourrai pas gagner. Je dois combattre le plus longtemps possible. Pendant ce temps-là, Emmer ne peut soutenir ses chevaliers.*

Le capitaine ne portait plus aucun coup. Il ne faisait qu'esquiver, mais en reculant il entraînait le roi de plus en plus loin de la bataille. Soudain, alors qu'il rompait encore pour éviter une attaque, il buta contre un arbre derrière lui. Au même instant, l'épée d'Emmer arriva en hauteur. Balard se baissa. La lame s'enfonça dans l'écorce de l'arbre. Le jeune officier, par pur réflexe, en profita pour porter un coup au roi. La pointe de son arme heurta le heaume d'Emmer, mais elle glissa sur le métal poli.

Balard se remit en garde. Son adversaire avait dégagé son épée du tronc, et préparait déjà un nouvel assaut.

*Il est en train de s'emporter. Il voit que je l'éloigne de la bataille. Il veut retourner là-bas au plus vite. Trop vite.*

Le roi effectua un moulinet vertical du contre-tranchant. Mais Balard esquiva à nouveau. Il avait repris confiance, et c'était Emmer, à présent, qui s'essoufflait. Le jeune homme fit une volte, pivota d'un quart de tour sur son pied gauche et visa le cou du roi d'un puissant avers. Sa lame manqua de peu sa cible. Emporté par la force de son coup, Balard offrit son flanc gauche à l'adversaire. Emmer n'hésita pas un seul instant. D'un geste bref, il enfonça sa lame dans la poitrine du capitaine.

Le jeune homme poussa un hurlement de surprise et de douleur. Il essaya de rompre, mais ses jambes cédèrent sous lui. Il tomba au sol en se tordant la jambe droite. Sa vue se brouilla. Il sentit une grande vague de froid parcourir tout son corps. Il secoua la tête et ouvrit grands les yeux. Mais trop tard. L'épée d'Emmer s'abattit sur sa tête. Le capitaine Balard mourut aussitôt, le crâne défoncé.

Emmer poussa un grognement de satisfaction, il repoussa le corps sans vie de son adversaire, puis il se retourna pour voir où en était la bataille. Il découvrit alors avec stupéfaction le tournant inattendu qu'avaient pris les combats. Le roi de Brittia poussa un cri de rage : la Milice des Chevaliers du Christ venait d'arriver sur le champ de bataille.

⁂

Il était tard et, un à un, les Compagnons saluèrent Fidélité et se retirèrent, souvent ivres, pour aller dormir d'un sommeil mérité. Ils ne furent bientôt plus qu'une demi-douzaine, assis sur les chaises de la Chambre, à finir leur vin en échangeant quelques dernières paroles, l'humeur joyeuse.

La Rochelle se sentait bien. Il se sentait chez lui, si cela pouvait encore signifier quelque chose pour un Compagnon. Il pensait avec nostalgie à ces années passées sur les routes de Gallica, à toutes ces cayennes où il avait partagé le savoir, les espoirs et les découvertes des Compagnons du Devoir. Il pensa à ses parents, aussi, se demandant s'il les reverrait un jour. S'ils étaient encore vivants...

Soudain, il vit se lever le Compagnon qui, plus tôt, lui avait parlé de Bohem. Il était sur le point de quitter la salle lui aussi.

— Attends ! J'aimerais parler avec toi...

Le grand gaillard se retourna. Il avait l'air épuisé et passablement éméché, mais il acquiesça et, traînant les pieds, il vint s'asseoir à côté de Fidélité.

Les autres Compagnons, devinant peut-être que La Rochelle avait besoin d'intimité, se retirèrent en silence, et seul resta Loïc l'Africain, le Premier en Ville, qui vint s'asseoir avec eux.

— Je me souviens, maintenant. Bohem m'avait parlé de toi, expliqua Fidélité en regardant Trinité Rivenois avec un sourire amical. Mais il y avait un autre frère, avec vous, n'est-ce pas ?

Le grand Compagnon hocha la tête, d'un air triste.

— Oui. Gautier Burgonnais. Par maître Jacques ! Il est mort quand nous nous sommes battus contre les Aïshans pour permettre à Bohem de s'enfuir... Cela n'aura pas été en vain.

Fidélité grimaça.

— Bohem sera désolé de l'apprendre. Je pense que vous comptez beaucoup pour lui. C'est vous qui lui avez fait découvrir le Devoir...

— Oui. On l'a emmené avec nous dans les cayennes, on lui a parlé du métier. J'étais là quand il a reçu sa boucle d'oreille. Tu sais, il nous avait beaucoup étonnés, le jour où il a essayé de tailler une pierre pour la première fois. Il est très doué. Je veux dire : sa main est esprit. Je m'étais dit à l'époque qu'il allait devenir un grand maître tailleur de pierre... Mais il est devenu bien plus que ça... À vrai dire, je ne suis pas bien sûr de comprendre ce qu'il est devenu.

À côté d'eux, le Premier en Ville les écoutait en silence.

— C'est un honnête Compagnon, répondit Fidélité

en haussant les épaules. Il fait ce qu'il pense devoir faire, conformément à nos valeurs. Ne pas asservir, ne pas se servir, mais servir.

— Je vois. Et toi, pourquoi es-tu venu ici ? demanda Trinité, le regard brillant. Je me doute que ce n'est pas seulement pour finir ton Tour. Tu dois avoir plus urgent à faire, n'est-ce pas ?

Fidélité sourit. Les Compagnons n'étaient pas dupes. Aucun d'entre eux.

— Nous allons devoir nous rassembler autour de Bohem, expliqua Fidélité en se tournant vers le Premier en Ville. L'heure est venue pour les Compagnons du Devoir de quitter les cayennes.

— Eh bien ! répliqua Rivenois en riant. Au moins, tu ne manques pas de franchise !

— C'est notre devoir, mes frères. C'est écrit dans notre charte, souvenez-vous. « Par la conscience du métier, le compagnonnage mène à celle de l'homme, par la conscience de l'homme, à celle de la cité. » Quand la cité est en danger, les Compagnons se doivent d'y descendre. Le monde est en train de s'éteindre, Trinité. Les hommes sont face à un unique choix. Soit ils luttent pour sauver ce qui peut l'être, soit ils attendent la mort en silence.

— N'exagères-tu pas un peu ?

— Combien sont morts, ici ?

Trinité lança un regard au Premier en Ville. Celui-ci se décida à répondre :

— Beaucoup trop. Tu as raison, Fidélité. Nous ne

pouvons pas attendre les bras croisés. Mais qui peut nous assurer que Bohem nous mènera à la survie ?

— Personne, avoua La Rochelle. Bohem n'a rien d'autre à nous proposer que de nous unir. Il ne connaît pas le remède au mal qui détruit le monde, mais il pense que nous aurons plus de chances de le trouver ensemble. « Tous ensemble », pas seulement nous, les Compagnons... mais aussi tous ceux qui voudront se joindre à nous. Les louvetiers nous ont rejoints, et les Bons Hommes, bientôt, viendront à Pierre-Levée.

— Les Bons Hommes ? s'étonna Trinité. Je reviens du sud de la Tolsanne, et les Bons Hommes m'ont paru dans une difficulté profonde ! Je ne vois pas comment ces pauvres gens pourront se joindre à nous... Tant bien que mal, ils tentent de reconstruire Nabomar, mais le pape continue de leur envoyer son armée. Et ils refusent de se défendre. Ils refusent de se battre.

— Alors nous devons aller les chercher.

Loïc l'Africain haussa les sourcils.

— Tu es sérieux ?

— Plus que jamais, maître. Nous devons les conduire, sains et saufs, jusqu'à Pierre-Levée. C'est là que Bohem a prévu un grand rassemblement.

— Mais Pierre-Levée est en pleine crise... Hélène de Quienne a disparu, et Emmer s'entête dans sa guerre contre Livain.

— Non. Hélène n'a pas disparu. À l'heure qu'il est, elle doit être avec Bohem. Et bientôt, ils retourneront à Pierre-Levée, avec ou sans l'accord d'Emmer. La capitale du comté de Pierevain appartient à la reine, pas au roi.

Trinité et le Premier en Ville restèrent silencieux, confus sans doute. Les nouvelles du monde leur parvenaient certainement de façon bien déformée, ici.

— Êtes-vous prêts, mes frères, à m'aider dans ma tâche ?

— Je n'ai jamais refusé d'aider un Compagnon, répondit Trinité avec malice.

Le Premier en Ville fit une moue hésitante.

— Je ne sais pas. Il n'a jamais été dans les fonctions du Devoir de participer aux combats politiques... Mais il est certain que les temps appellent des mesures exceptionnelles. Sans parler du fait que le Devoir, lui-même, est directement menacé, tout autant que les Bons Hommes...

— Que voulez-vous dire ? demanda Fidélité.

— Nous avons appris que le pape prépare pour le prochain concile des décrets concernant l'excommunication des membres de nos confréries.

Fidélité ne put s'empêcher de sourire.

— Il faut croire que nous sommes aussi dérangeants que les Bons Hommes de Nabomar. Mais à vrai dire, tout cela n'a pas grande importance, aujourd'hui. Ce qui compte, ce n'est pas de résister aux assauts de l'Église, c'est de trouver la solution à l'épidémie qui décime les populations.

— Tu as sans doute raison, concéda Loïc l'Africain. Nous ne pouvons pas nous laisser mourir, les uns après les autres, et je ne connais pour l'instant aucune meilleure alternative que de rejoindre Bohem.

Fidélité acquiesça, d'un air reconnaissant.

— Si je parviens à convaincre les maîtres de Burdigale, nous serons des vôtres, promit le Premier en Ville en se levant. Les Compagnons du Devoir de cette cité sortiront des cayennes et marcheront avec vous. D'autres villes suivront certainement, au nom de maître Jacques !

— Alors ne perdons pas de temps.

*
**

Bohem serra contre lui le corps de Vivienne. Allongés dans une petite cabane de bois, protégés par une grande couverture, ils se réchauffaient l'un l'autre en se frottant le dos.

La soirée avait été fort gaie, tellement réconfortante ! Hélène et Mjolln avaient pleuré de joie. Et même si Vivienne, épuisée, n'avait passé que de très brefs moments parmi les gens assemblés, ils avaient continué de célébrer son retour au-dehors, en chantant au son de la cornemuse jusque tard dans la nuit. L'espace d'une soirée, on avait oublié les peurs et les doutes. On avait oublié demain pour ne vivre que l'instant. L'angoisse s'était envolée dans les volutes sombres de leur grand feu de joie.

On entendait encore quelques hommes qui continuaient de parler, au centre du campement. Bohem était certain de reconnaître la voix grave du nain. La lumière des hautes flammes passait à travers les branches de la petite cabane et éclairait la chevelure blonde de Vivienne.

Bohem se sentait bien, à présent, apaisé. Les voix, enfin, s'étaient tues dans sa tête. Les yeux fermés, il écoutait le souffle discret de son amante à côté de lui. Ses mains retrouvaient le paysage familier du corps de Vivienne. Son dos, son ventre, sa poitrine, sa fragile nuque. Il se pressa contre elle. Lentement, elle s'animait entre ses bras et son souffle devenait plus profond.

Il se souleva sur un coude pour l'embrasser, mais alors que leurs lèvres se touchèrent, il crut entendre une voix à nouveau au tréfonds de son âme. Il s'immobilisa.

— Qu'y a-t-il ? murmura Vivienne en passant une main sur son front.

Bohem hésita. Le silence régnait à nouveau dans sa tête.

— Rien.

Il se pencha à nouveau vers elle et l'embrassa. Mais à nouveau, la voix résonna à l'intérieur de lui-même. Plus claire, plus forte cette fois.

— *Non.*

Bohem recula la tête. Il ne comprenait pas. Il souffla, comme pour chasser ce murmure qui l'habitait. Il aurait voulu garder pour lui ces moments de quiétude. Être tout entier plongé dans l'intimité de leurs retrouvailles. Mais Djar l'appelait, comme pour briser son rêve.

— *Non. Bohem!*

Le louvetier serra les poings derrière le dos de Vivienne.

— Que se passe-t-il, Bohem?

Il fit un petit signe de tête, comme pour la rassurer.

— Embrasse-moi, murmura la jeune femme.

Mais il ne pouvait pas. Il n'y arrivait pas. La voix était trop présente. Comme une troisième personne qui se glissait entre eux.

— *Non.*

Il lui semblait reconnaître cette voix. Oui. Ce timbre familier. Il en était presque sûr, à présent. Mais ce n'était pas possible.

— *Bohem, non!*

Un frisson lui parcourut l'échine. Il se redressa complètement et s'assit, en se prenant la tête dans les mains.

— Ça ne va pas?

Bohem regarda la jeune femme dans la lumière tamisée de la cabane. Comment était-ce possible? La voix qu'il entendait...

— *Non, Bohem, mon amour...*

La voix dans sa tête... C'était celle... C'était celle de Vivienne elle-même!

Bohem se mit à genoux et saisit la jeune femme par les épaules.

— Qui êtes-vous? lâcha-t-il en la secouant.

— Mais ! C'est moi, enfin...

— *Non. Bohem. Je suis toujours dans l'Armensul.*

Un instant, le jeune homme se demanda s'il devenait fou. Pourtant, cette voix ne mentait pas. Il le sentait au fond de son cœur.

Ce n'était pas Vivienne, là, devant lui.

Et soudain, il vit les traits de la jeune femme se transformer sous ses yeux. Il se leva, le regard incrédule. Horrifié.

— Camille ! balbutia-t-il. Vous êtes...

La jeune femme se leva lentement, couvrant son corps dénudé avec la grande couverture. Son visage apparut enfin tel qu'il était. Plus rond, plus fier. Ses cheveux, devenus châtains, semblèrent s'allonger soudain et ses yeux ne mentirent plus. Oui. C'était bien elle. Là, devant lui. Camille de Chastel, épouse de Livain, héritière du royaume de Chastel !

— Camille ! répéta Bohem avec dégoût.

La jeune femme eut un sourire malicieux.

— Vivienne est morte, Bohem. Tu es avec moi, maintenant.

— Non !

Le jeune homme, pris d'un élan de fureur, gifla la reine brutalement. Le visage de Camille fut projeté sur le côté, mais elle redressa aussitôt la tête, et le dévisagea en souriant.

— Bohem, tu n'as pas le choix. Nous devons nous unir, toi et moi.

Le louvetier chercha une arme autour de lui.

— Tu me tuerais, Bohem ?

Il la regarda à nouveau.

Non. Il ne devait pas céder à cet instinct si vif. Il ne pouvait pas tuer cette femme. Mais il voulait qu'elle disparaisse.

— Madame, partez avant que je ne demande aux gardes d'Hélène de vous emmener de force.

— Qu'espères-tu ? Me repousser ainsi alors que tu n'as pas d'autre issue ? Je suis reine de Gallica, Bohem. Tu ne peux rien me refuser.

Elle tendit une main vers lui, les yeux brillants. Il vit sur son doigt la bague du Samildanach. La couronne, les deux mains et le cœur. La bague qu'il portait lui-même autour du cou.

— Allons, Bohem, des milliers d'hommes rêveraient d'être à ta place. Je suis à toi.

Le jeune homme, furibond, se jeta sur la reine. Il la saisit par le cou, passa derrière elle et serra sa gorge sous son bras, de plus en plus fort.

— Et moi, je ne suis à personne, Camille !

Il augmenta encore la pression sur le cou de la jeune femme. Il sentit ses muscles se tendre. Elle commençait à manquer d'air. Sans réfléchir, il serrait encore, cédant à sa pure colère. La reine se débattait. Il risquait de la tuer, s'il continuait. Mais il n'arrivait pas à se raisonner. Il voulait effacer l'image de Camille. La faire disparaître. Comme si cela avait pu lui rendre Vivienne.

Puis soudain, la reine attrapa le bras de Bohem et se

dégagea d'un geste brusque. Pour une femme de sa taille, elle avait une force prodigieuse ! Sans lâcher la main du louvetier, elle pivota sur elle-même et lui tordit le bras. Bohem poussa un cri de douleur et perdit l'équilibre. Il parvint à dégager son bras, mais il tomba la tête la première contre la paroi de la petite cabane. La structure s'écroula tout autour de lui.

Bohem, étourdi, se retourna au milieu des bouts de bois, écarta les branches qui recouvraient son visage et se redressa sur ses coudes. Il regarda, perplexe, tout autour de lui.

Camille de Chastel avait déjà disparu.

***

Grégoire de Berva, Grand-Maître de la Milice du Christ, comprit rapidement la stratégie de l'ennemi et en guerrier avisé il fut prompt à réagir. Il ordonna à ses soixante hommes de se séparer en trois groupes. Deux pour affronter les formations d'Emmer, et le troisième pour aller assurer la protection de Livain, s'il était encore temps. Il prit le commandement de l'un des deux groupes de chevaliers et les mena aussitôt vers le nord, où un bataillon d'Emmer était en train de massacrer les fantassins du roi.

Vêtus de leurs grands manteaux blancs, croix pattée sur l'épaule, les Miliciens de Berva s'engouffrèrent au cœur du combat en formation serrée, protégés par leurs grands écus ornés du blason de l'ordre. Leur assaut provoqua une surprise générale et un retournement soudain de la situation. Très peu de gens, d'un côté comme de l'autre de la bataille, les avaient vus arriver, et il régna une grande confusion dans les premiers instants du combat.

Grégoire de Berva en profita pour attaquer les cavaliers qui lui semblaient les plus désorientés. Un premier, qu'il parvint à renverser en quelques coups d'épée, puis un second, plus loin, qui se défendait à peine tant il semblait surpris d'être attaqué par des soldats du Christ ! Mais, petit à petit, les hommes d'Emmer se réorganisèrent, et ils reprirent leur formation pour affronter ce nouvel ennemi d'un seul bloc.

Le Grand-Maître se débarrassa de son ennemi, puis donna une seconde fois l'ordre de charger. Les Miliciens obéirent aussitôt, fonçant droit sur l'adversaire. La sauvagerie des combats s'intensifia encore. Les épées se heurtaient de part et d'autre dans un fracas assourdissant, les fléaux faisaient tournoyer leurs boules aux pointes acérées dans les airs et s'abattaient sur les crânes, s'enfonçaient dans les hauberts. Il y eut de nombreux morts dans ces instants barbares, d'un côté comme de l'autre. On les voyait tomber, ensanglantés, éventrés, décapités, au milieu des ruades affolées des chevaux. Les fantassins de Livain reprenaient courage, ils se jetaient à corps perdu dans la mêlée, et s'acharnaient sur les cavaliers qui tombaient à terre avec une férocité inouïe.

Grégoire de Berva aperçut soudain Emmer, seul,

qui arrivait au galop depuis le sud. Le Grand-Maître fit faire une volte à son cheval et sans hésiter, il partit affronter le roi de Brittia.

Les deux chevaux filaient l'un vers l'autre, se frayant une longue ligne droite au milieu des combats. C'était comme si une grande route avait été tracée entre ces deux guerriers. Les soldats semblaient s'écarter un à un du duel qui se préparait.

Le Grand-Maître se pencha légèrement pour mieux se protéger derrière son grand bouclier et amena son épée à hauteur d'épaule, se préparant à l'abattre sur le roi au dernier moment. Il savait combien tout était une question de rythme. Un instant trop tôt, un instant trop tard, la réussite tenait à si peu, et le galop ne facilitait pas la précision. Il fallait se fier à son instinct, et ne pas quitter l'ennemi des yeux un seul moment. Toujours chercher son regard, le deviner à travers la fine ouverture de son heaume.

Les deux chevaux s'approchaient à une vitesse vertigineuse. Grégoire serra ses doigts sur le manche de son arme. Il chercha le point d'équilibre parfait entre la garde et le pommeau. Et enfin, il vit le roi à sa portée. Du coin de l'œil, il aperçut l'attaque d'Emmer, et il frappa aussitôt, de toutes ses forces. Les deux épées se heurtèrent à mi-course. Le Grand-Maître tira sur les rênes de son cheval, pour l'empêcher d'aller trop loin. Il fit aussitôt demi-tour et se précipita vers le roi. Il voulait se battre à courte distance, à un allongement de bras. C'est là qu'il était le meilleur, grâce à sa force et à son poids.

Emmer ne refusa pas le combat et amena son cheval contre celui du Grand-Maître. Celui-ci frappa le premier, de taille. Le roi écarta le coup en levant son bouclier, et envoya une attaque d'estoc. À côté.

Grégoire de Berva tenta une offensive de revers. La doubla. Mais Emmer bloqua les deux coups du tranchant de son arme et rendit la pareille.

Les deux hommes échangèrent encore plusieurs coups. Leurs chevaux piétinaient, se tournaient autour. Mais aucune attaque ne passait. Grégoire décida alors de changer d'angle. Il amena ses brides vers la gauche et fit pivoter sa monture pour attaquer de l'autre flanc. Mais là encore, le roi parvenait à esquiver chaque nouvel assaut. Rarement Grégoire avait rencontré escrimeur si habile à cheval. Ni en Gallica ni même en Orient. Les parades du roi étaient impeccables. Précises, toujours parfaitement anticipées. Mais il y avait sûrement un moyen de le battre. Il fallait frapper plus vite.

Grégoire de Berva laissa soudain tomber son bouclier à terre et saisit son épée à deux mains. Du même élan, il envoya un moulinet horizontal vers le torse de son adversaire, avec autant de force que de rapidité. Le roi eut toutefois le temps d'amener son bouclier dans la trajectoire de la lame. Mais le choc fut si violent qu'il perdit son écu.

Les deux hommes, côte à côte, se retrouvaient à

présent sans protection. Le Grand-Maître se pencha sur le côté et, avançant, porta deux attaques successives. Un coup au fer pour écarter la lame du roi, et un fort coup de pommeau sur le torse royal.

Emmer ne put esquiver et perdit l'équilibre. Il tomba violemment à terre.

Grégoire de Berva, qui combattait selon la règle de la Milice du Christ, descendit de cheval pour aller affronter le roi à armes égales. Il attendit que celui-ci se fût relevé, puis il se mit en garde.

Autour d'eux, les combats n'avaient rien perdu de leur intensité, et les flammes des postes de défense qui brûlaient toujours éclairaient à présent le campement tout entier.

Emmer enleva son heaume, puis il se mit en garde, lui aussi, en secouant la tête pour reprendre ses esprits.

Le Grand-Maître ôta son casque en retour. Les deux hommes s'approchèrent, amenant leurs deux épées au contact.

— Ainsi, c'est vous qui remplacez Dumont Desbardes ? lança le roi de Brittia d'une voix assez forte pour couvrir le bruit de la bataille.

Le Grand-Maître hocha la tête.

— Oui, Majesté. Je suis Grégoire de Berva, Grand-Maître de la Milice du Christ. Et au nom de l'Église, je vous somme de cesser les combats.

Emmer sourit.

— Vous savez bien que je ne ferai jamais ça. Pas tant que Livain sera encore en vie.

— Alors je devrai vous tuer, Capigesne.

— Sachez, monsieur, que c'est moi qui ai tué Andreas, votre prédécesseur, et qu'il était bien plus aguerri que vous.

— Andreas n'avait plus le Christ à son côté.

— Car vous l'avez, peut-être ?

— Je suis son serviteur, répondit Grégoire en lançant une attaque.

Sa lame percuta le tranchant de l'épée d'Emmer.

— Alors Dieu me pardonne de devoir tuer un bon chrétien ! répliqua le roi de Brittia en attaquant à son tour.

Grégoire de Berva rompit pour esquiver, releva sa garde et frappa à son tour. Peu à peu, il prenait la mesure de son adversaire. Il commençait à comprendre sa façon de se battre. Bientôt, il pourrait anticiper ses attaques et peut-être déjouer ses défenses.

Ils échangèrent encore quelques coups, et le Grand-Maître prit petit à petit l'ascendant sur son ennemi. Ses coups étaient plus rapides, plus précis et, après avoir fait reculer le roi, il ne lui laissa même plus le temps d'attaquer, mais seulement celui de se défendre.

Le roi, essoufflé, effectua une habile retraite de trois pas pour se mettre hors de portée et se donner un peu de répit.

— Je vous ai sous-estimé, Berva. Vous valez mieux que Desbardes.

Le Grand-Maître ne se laissa pas prendre au piège des échanges verbaux. Il porta aussitôt de nouvelles attaques, refusant de laisser son opposant reprendre son souffle.

Le roi para, à droite, à gauche, repoussa plusieurs fois la lame adverse, mais alors qu'il s'apprêtait lui-même à porter un coup, il reçut une flèche en pleine jambe.

La pointe s'enfonça dans sa chair. Emmer poussa un grognement de douleur et posa un genou à terre.

Grégoire baissa aussitôt sa garde. Il hésita. Il ne pouvait frapper le roi au sol, alors qu'il n'était pas lui-même la cause de sa chute.

Emmer leva les yeux vers lui. Les deux hommes se dévisagèrent un instant. C'était le regard de deux guerriers héroïques, qui s'étaient préparés à mourir ou à tuer en duel. Mais pas ainsi. Pas à cause d'une flèche perdue. Immobiles, ils se comprirent dans ce simple silence.

Un répit.

L'un et l'autre acceptaient un répit.

Emmer Capigesne se releva péniblement, adressa un dernier regard au Milicien, où se mêlait un sentiment de reconnaissance et la promesse de reprendre bientôt le combat. Il se tourna vers la bataille, et hurla à l'intention de ses hommes :

— Repliez-vous ! Repliez-vous !

Grégoire de Berva le regarda rejoindre un autre chevalier qui lui céda son cheval. Le roi de Brittia donna l'exemple de la retraite et partit au galop vers l'ouest.

Un officier de l'armée de Livain s'écria aussitôt :

— Ne les laissez pas partir ! Poursuivez-les !

Mais Grégoire coupa :

— Non ! Restez dans le campement !

Les fantassins du roi de Gallica hésitèrent.

— C'est un ordre ! cria le Grand-Maître en rejoignant son cheval.

Il monta dessus et partit demander à ses hommes de cesser le combat eux aussi.

Lentement, le vacarme de la bataille s'évanouit, et l'on vit disparaître dans la nuit les derniers cavaliers d'Emmer Capigesne.

Quand il fut certain que personne n'allait poursuivre vainement l'ennemi, Grégoire de Berva se précipita vers la tente de Livain.

***

Bohem resta un moment assis au milieu des décombres, abasourdi. Il se demandait si ce qu'il venait de vivre était bien la réalité. Était-il dans le monde de Djar ? Ou bien en plein cauchemar ? Pourtant, non, il le savait : tout était bien réel. C'était bien Camille de Chastel qui s'était tenue là, devant lui. Et qui avait disparu. Soudain, les voix inquiètes d'un groupe d'hommes qui avaient dû entendre l'altercation et l'écroulement de la cabane s'élevèrent derrière lui et le tirèrent de sa torpeur.

Reprenant ses esprits, il se leva d'un bond, enfila ses vêtements et se précipita vers le sud. Il n'y avait pas un instant à perdre. Camille s'était forcément enfuie de ce côté-là, à l'opposé du campement. Il courut de toutes ses forces, se faufilant entre les arbres dans la nuit. Il se tordit plusieurs fois la cheville sur des obstacles qui jonchaient sa route, mais il ne ralentit pas. La jeune femme ne pouvait pas être loin. Elle était sûrement encore dans la forêt, peut-être même était-elle retournée là où il l'avait trouvée tout à l'heure. Mais il savait que ses chances de la rattraper étaient faibles. Comment retrouver sa piste dans le noir ? Il voyait à peine les arbres autour de lui. Bientôt, le souffle commença à lui manquer. Sa tête lui tournait. Il sentait un énorme poids sur tout le côté gauche de son crâne. Mais il devait continuer. Il ne pouvait pas abandonner si vite !

Sans cesser de courir, il commençait à prendre la mesure de ce qui venait de se passer. Et il avait peine à s'y résoudre. Par quelle magie Camille de Chastel avait-elle pu prendre les traits de Vivienne ? Le tromper, lui, tout comme Hélène de Quienne, la propre tante de la jeune femme ? Comment avait-elle pu l'attirer jusqu'à elle, par le monde de Djar, en imitant si justement la voix de Vivienne ? Et pourquoi portait-elle la même bague que lui ? Ce prodige le confondait complètement. Mais surtout, cela le rendait furieux !

Il l'avait embrassée ! Il l'avait tenue dans ses bras, serrée nue contre lui ! Et s'il n'avait entendu dans sa tête la voix distante de la véritable Vivienne, peut-être même auraient-ils fait l'amour !

Bohem se sentait trahi, abusé ! Mais par-dessus tout, la crainte de ne jamais revoir Vivienne l'envahissait à nouveau.

Soudain, son pied se prit dans un tronc d'arbre mort. Il s'étala de tout son long dans la neige glacée en s'écorchant les mains et les bras. Il glissa sur le sol, puis s'immobilisa contre une souche éclatée.

Il resta un moment allongé sur le ventre, sonné. Le contact glacé du sol devint rapidement insupportable et il se releva laborieusement. Désespéré, il s'assit sur le bord de la souche et posa sa tête contre ses avant-bras calés sur ses genoux.

Il ferma les yeux et essaya de ne pas pleurer. Non. Pas à cause de Camille de Chastel. Il ne voulait pas. Il avait trop de haine dans le cœur pour céder à son accablement.

Il chercha dans sa tête la voix de Vivienne. Le murmure qu'il avait entendu tout à l'heure, quand il avait embrassé Camille de Chastel. Mais il n'entendait rien. Seulement les bruits étouffés de la forêt.

Pourtant, il l'avait bien entendue ! « Je suis toujours dans l'Armensul. » Cela devait signifier qu'elle était encore en vie ! Oui, il devait y croire.

Il aurait tant aimé l'entendre dire un poème, ce soir. L'entendre réciter ces vers anciens auxquels elle donnait tant de vie ! Se laisser bercer par le son chaleureux de sa voix, les moments de silence, la mélodie de la langue de Quienne...

Soudain, Bohem entendit un craquement devant lui,

à quelques pas à peine. Il redressa la tête, méfiant, et reconnut aussitôt ses deux amis. Mjolln et Loeva. Comme toujours, ils avaient retrouvé sa trace. Comme toujours, ils étaient là au moment où il avait le plus besoin d'eux. Debout au milieu des arbres, ils le regardaient, perplexes. Le nain avait dégainé sa courte épée et lançait des regards alentour, sur ses gardes.

— Que s'est-il passé ? demanda la jeune fille en se précipitant à ses côtés.

Et Bohem leur raconta, confusément. Son histoire lui paraissait tellement invraisemblable ! Mjolln et Loeva parurent aussi troublés que lui. Non seulement la chose était incroyable, mais en plus elle cachait un mystère inattendu. Comment Camille de Chastel avait-elle pu ainsi tromper tout le monde ? Quel pouvoir possédait-elle ? Qui était-elle vraiment ?

Aucun d'eux n'osait poser ces questions à voix haute, mais ils savaient tous trois qu'ils étaient habités par le même désarroi. Et ils n'osaient imaginer la réaction d'Hélène, quand elle allait l'apprendre.

Mjolln inspecta les parages, puis ils décidèrent rapidement qu'il était inutile de continuer à chercher Camille de Chastel et que le plus sage était de rentrer au campement pour expliquer la situation à tout le monde.

Loeva aida le louvetier à se relever, et ils se mirent en route dans le silence de la nuit.

Sur le chemin du retour, comme s'il avait deviné les

pensées de Bohem, Mjolln récita un poème qu'il avait appris de Vivienne, dans la langue de Quienne.

*Can vei la lauzeta mover*
*De joi sas alas contral rai,*
*Que s'oblid'es laissa chazer*
*Per la doussor c'al cor li vai,*
*Ai! Tan grans enveya m'en ve*
*De cui qu'eu veya jauzion,*
*Meravilhas ai, car desse*
*Lo cor de dezirer nom fon.*

*Ai, las! Tan cuidava saber*
*D'amor, e tan petit en sai,*
*Car eu d'amar nom posc tener*
*Celeis don ja pro non aurai.*
*Tout m'a mo cor, e tout m'a me,*
*E se mezeis e tot lo mon;*
*E can sem tolc, nom laisset re*
*Mas dezirer e cor volon.*

Bohem posa une main sur l'épaule de son ami. Si Vivienne n'était pas parmi eux, son esprit, au moins, les accompagnait.

— Ahum, nous allons la retrouver, Bohem, ça, oui, murmura le nain d'un ton rassurant.

— Elle est encore dans l'Armensul.

— Où qu'elle soit, ça, nous la retrouverons.

Ils arrivèrent en vue du campement, où tout le

monde les attendait avec angoisse. Quand Bohem croisa le regard d'Hélène, il sut qu'elle avait déjà compris.

⁂

*J'appelle l'astre du jour, son feu et sa chaleur. Il fait tressaillir le paysage. La neige fond peu à peu sous mes yeux, se transforme en herbe fraîche. Les brins souples se dressent, un à un, et colorent l'horizon du vert de l'été. Les feuilles, gracieusement, poussent aux arbres alors que les branches s'étirent au soleil comme les bras d'un enfant qui s'éveille. Et le ciel n'a plus de fin. C'est juin, la porte de l'été.*

*Je souffle, j'inspire, je me nourris de mon rêve. Je ferme les yeux. Je me laisse pénétrer par la chaleur de Djar, et je m'ouvre aux milliers de liens que le monde tend vers moi. Je ne suis qu'un maillon de cette immensité. Je m'enchaîne à la terre, au ciel, aux étoiles. Mes cheveux sont l'herbe, mes bras sont les arbres, et mon cœur le soleil. Nous sommes un.*

*Je tiens Djar dans le creux de ma main. Et ma main est esprit. Elle est tendue vers la route du Devoir. Et j'accepte le long chemin qui me sépare de l'œuvre. Je sais que le travail sera long. Je suis patient. Il y aura des erreurs. Il y aura des efforts. Des renoncements. Mais j'y viendrai. Je serai la somme de tout ce que j'ai accompli. Mes fautes et mes erreurs. Mes joies et mes succès. J'essaierai toutes les routes. J'essuierai les refus. Je me débarrasserai du superflu. Et quand je deviendrai moi-même, quand mes yeux pourront se retourner et regarder, rassasiés, le chemin parcouru, alors j'aurai fini. Et nous partirons, Vivienne. Nous partirons ensemble.*

*Je le sais.*

*Et maintenant, la paix, lentement, m'envahit.*

*Il suffit que je te trouve, Vivienne.*

*J'ouvre à nouveau les yeux. Je cherche le chemin de l'Armensul, dans le labyrinthe de Djar. Mais il se cache. Il est seul, le grand frêne. Il a perdu son maître, Lailoken. Alors il se terre, se dissimule, dans les replis de Djar. Sans la voix de Vivienne qui me guide, saurais-je le trouver ? Seul ?*

*Et Lailoken ? Il pourrait me guider, lui. Il connaît le chemin de l'Armensul. Mais à quoi bon ? Je sais qu'il refusera. Et je sais qu'il n'a pas fini son errance dans le monde de Djar. J'entends encore ses pas lointains et lourds qui foulent la terre. J'entends sa mélancolie et sa peur. C'est mieux ainsi.*

*Continue, Sauvage, continue ton voyage. Je ne viendrai pas te chercher tant que tu n'auras pas fini.*

*Mais alors qui ? Qui pourra me mettre sur la voie de l'Armensul ? Qui pourra m'aider à retrouver Vivienne ? Je sais que je ne peux pas y arriver seul. Pas assez vite, en tout cas. Et Vivienne ne peut plus attendre.*

*Je dois trouver le chemin. Demain, nous devrons partir pour l'Armensul.*

*Les loups. Oui, bien sûr ! Les Brumes. Les dernières Brumes. Elles ont toujours été mes guides. Et elles savent, sûrement, où se cache le cœur de l'hiver. Dans quelle terre gelée plongent les racines du frêne géant. Elles n'ont qu'à flairer sa piste et m'ouvrir le chemin.*

*Je dois les appeler. Ici, dans le monde de Djar. Mais pas dehors. Non. Je ne veux pas que les deux derniers loups quittent le duché de Breizh. Là-bas, loin du regard du monde, ils ont une chance d'échapper à la folie des hommes. Une infime chance, que rien ne doit gâcher, pas même l'espoir de retrouver Vivienne.*

*Non, si les loups doivent me guider, que cela soit par le monde de Djar. Ici, où ils ne craignent rien.*

*Je suis le louvetier de Djar. Je les protégerai.*

*Zao, mon loup, mon grand loup gris, viens, j'ai besoin de savoir. J'ai besoin de retrouver Vivienne. La vraie Vivienne, la troubadour aux yeux de chêne. Je ne peux pas la laisser plus longtemps prisonnière de l'Armensul.*

*Je m'assieds dans l'herbe verte et je ferme les yeux. J'attends. Toute mon âme les appelle. Je laisse le ciel et le vent porter mon message jusqu'aux plus lointaines rives de Djar.*

*Mais ni le ciel ni le vent ne ramènent le bruit de leur pas. Je n'entends pas les loups. Je n'entends que l'écho de mon appel. Djar est si vide à présent ! Et je me sens si seul, sans les Brumes.*

*Si seul.*

*Soudain, j'entends un bruit devant moi. J'ouvre les yeux. La lumière m'inonde. Il y a un homme devant moi. Assis par terre. Et je reconnais son visage. Je souris. Ce n'est pas lui que j'attendais. Mais sa présence m'est douce.*

*Je me souviens de la formule. Elle est inscrite en moi comme un souvenir d'enfance.*

*— Que la Terre te reconnaisse, Artosach, ainsi que tous les tiens.*

*Le Tuathann sourit à son tour. Ses yeux ont changé. La méfiance a quitté son regard. On dirait qu'il me connaît depuis la nuit des temps.*

*— Que la Terre te reconnaisse, Bohem.*

*— Quelles nouvelles m'apportes-tu, Tuathann ?*

*Il fait un signe respectueux de la tête.*

*— Nous avons accepté de te reconnaître, Bohem, Liberté Outremer. Le clan des Baintreach Clanns te nomme fils de Kailiana, fils de la Terre.*

*Voilà pourquoi ses yeux ont changé. Il me reconnaît comme l'un des siens. Je ne sais ce qui me vaut cet honneur. Sans doute m'ont-ils observé ? Ici, dans le monde de Djar ? Ou bien nous suivent-ils au-dehors ?*

*— Oui, je suis le fils d'Aléa, Artosach. Le sang de ton peuple coule dans mes veines. Quelles nouvelles m'apportes-tu de la guerre ?*

*— Nous avons fait selon ton souhait, Liberté. Nous n'avons pas accompagné Emmer. La guerre s'est faite, mais sans nous.*

*— Merci, Artosach. Merci.*

*— Ne me remercie pas. Ton souhait était juste. Et nous l'avons d'abord fait pour la Terre. Tu avais raison, Bohem. La Terre pleure si fort ! Mais, à présent, c'est notre tour de te demander une faveur, fils de Kailiana.*

*— Je t'écoute.*

*Le Tuathann se lève, il s'approche de moi et s'assied à mes côtés. Il a le regard grave, il me prend la main.*

*— Tu dois venir en Gaelia avec moi.*

*— En Gaelia ? Mais c'est à l'autre bout du monde, Artosach ! De l'autre côté des mers ! J'ai tant à faire ici...*

*— Bohem, tu dois rencontrer le conseil du clan des Baintreach Clanns.*

*— Je dois les rencontrer ? Mais je ne sais même pas qui ils sont ?*

*— Eux savent qui tu es. C'est pour cela que tu dois venir.*

*— Mais Vivienne ? Et Gallica ? Je ne peux pas tout laisser.*

*— Non. Vivienne, tu dois la retrouver. Continue ta route vers l'est, fils de la Terre. Bientôt, les loups te guideront. Mais ensuite, tu devras venir avec moi, sur l'île de Gaelia. Je n'attends pas de réponse aujourd'hui, Bohem. Je reviendrai. Tu choisiras. Tu trouveras.*

*Je ne sais que répondre. Chacune de ses phrases est un mystère. Je ne suis pas sûr de comprendre.*

*Il se lève à nouveau, il me salue et il s'en va. Ses pieds nus s'enfoncent dans l'herbe de Djar. Lentement, il disparaît, et me voilà seul à nouveau.*

*Désemparé. Le Tuathann semble en savoir plus que moi sur mon propre avenir. Ne suis-je pas maître de mon destin ? Et comment choisir ? Quel choix, vraiment, me laisse-t-il ? Je ne sais rien des choses dont il parle. Je ne sais même pas qui se cache derrière ce nom étrange. Baintreach Clanns. Comment faire confiance à des inconnus ? Que représentent-ils de si important pour que je traverse les mers ?*

« Tu choisiras. Tu trouveras. »

*Je n'aime pas ces énigmes, ces mystères. Mais Artosach, lui, m'a fait confiance. S'il ne ment pas, il a écouté ma demande : il n'a pas pris part à la guerre d'Emmer. Puis-je pour autant lui faire confiance à mon tour ?*

*Dehors. Le monde m'appelle. J'entends la voix de Loeva. Je vais me réveiller.*

*Marcher vers l'est. Trouver l'Armensul.*

# Chapitre 5

## L'ANGE DE LUMIÈRE

Il était fort tard quand l'armée d'Emmer Capigesne rejoignit son point de ralliement, en amont de la colline des Cendres. Au loin, on apercevait encore les flammes du camp ennemi, mais elles s'éteignaient une à une. Et il ne faisait aucun doute que les hommes de Livain allaient rapidement construire de nouvelles défenses. On entendait déjà le bruit des réparations qui résonnait dans la vallée obscure.

Jamais le général Chroce n'avait vu ce regard sur le visage d'Emmer. La colère n'était certes pas un sentiment étranger au roi de Brittia, mais l'humiliation ! Et Chroce sut en cet instant que la nuit allait être longue.

Il estima qu'il était préférable, pour le moment, de laisser le roi tranquille et il s'occupa de l'organisation interne du campement. Le combat avait été particulièrement dur et il était tard ; il y avait beaucoup à faire. Il vérifia que l'on soignait les chevaux, que l'on s'occupait des blessés et que l'on préparait le coucher pour tout le monde. Il demanda qu'on allume un feu au plus vite et qu'on prépare une soupe pour réchauffer les hommes. Et il commença à compter ses troupes. Il s'y reprit à deux fois. Il trouva à peine soixante hommes, blessés compris ! C'était si peu, face à l'armée de fantassins dont disposait encore Livain, assistée à présent d'une cinquantaine de Miliciens du Christ ! Sans renforts, ils n'avaient aucune chance. Emmer s'était précipité, il avait surestimé ses forces et sous-estimé celles de l'ennemi.

Le général Chroce enleva une à une les plaques de sa lourde armure. Quelque chose lui disait qu'elle n'allait pas lui servir avant un bon moment. Il y avait peu de chances que Livain donne l'assaut cette nuit. Les deux camps avaient besoin d'une trêve, autant l'un que l'autre. Mais un jour, inévitablement, la bataille allait reprendre. Toute la question était de savoir qui prendrait l'initiative de l'assaut.

Le général Chroce poussa un long soupir. Comme les événements s'étaient précipités, depuis l'été ! Comme le monde avait changé ! Quelle que fût l'issue des combats, il savait que plus rien ne serait comme avant. Il se demandait où était la reine, Hélène de Quienne. Au fond, elle lui manquait. Malgré sa haine de la chose militaire, la reine avait sur lui un effet prodigieux. Elle qui avait été l'épouse de ces deux hommes, et qui avait tenu tête à chacun d'eux ! Quel caractère ! Quelle beauté ! Il se demandait si elle n'était pas ce qui manquait aujourd'hui le plus à Emmer Capigesne. Bien plus que des renforts. La voix raisonnée de cette grande politicienne.

Il chassa cette idée de sa tête et se détendit un moment. Quand il eut retrouvé la force de se lever, il alla chercher un grand bol de soupe pour le porter au roi.

Il se dirigea vers la tente d'Emmer et s'arrêta juste devant la toile tendue en guise de porte.

— Majesté ?

Il y eut un court silence, puis le roi l'invita à entrer.

Emmer était assis sur un petit coffre où il gardait ses effets personnels. La tête dans les mains, il n'adressa même pas un regard au général qui entrait.

La chemise trempée, les cheveux collés par la sueur, il respirait péniblement. Ses chausses étaient couvertes de sang.

— Vous êtes blessé, Majesté.

— Ce n'est rien. Une flèche.

— Je vais demander qu'on vous soigne !

— Non ! Plus tard. J'ai besoin de réfléchir, général.

Chroce déposa le bol de soupe près de son roi et s'apprêta à quitter la tente pour le laisser en paix.

— Non, restez, général. Asseyez-vous.

L'officier hésita, embarrassé, puis il prit place sur un petit tabouret, face au roi.

Emmer resta silencieux un long moment encore,

figé dans la même position. De temps en temps, il levait la tête et fermait les yeux d'un air dépité.

Il avait serré un tissu autour de sa jambe, à l'endroit de sa blessure. Le sang avait beaucoup coulé. Il était pâle et semblait à bout de forces, mais petit à petit, sa respiration redevenait plus normale.

Finalement, il leva la tête vers l'officier, et, d'un air grave, il parla enfin.

— Maudite Milice ! grogna-t-il. Le pape, encore, s'est mis sur notre route. Nous allons avoir besoin de renforts, général.

Chroce se racla la gorge.

— Je le crois aussi, Majesté. Mais Livain sera-t-il encore là quand ils arriveront ? Ou bien ne risque-t-il pas d'attaquer le premier ?

Le roi leva les mains dans un geste d'impuissance.

— De toute façon, nous n'avons pas le choix, général.

Chroce haussa les sourcils.

— La retraite ?

— Vous n'y pensez pas ? s'offusqua Emmer.

Non, bien sûr. Il n'avait pas imaginé un seul instant que le roi de Brittia pourrait abandonner.

— J'ai peur, Majesté, que les renforts que nous attendons de Pierre-Levée et qui ne seront pas là avant au moins deux jours, soient insuffisants. Il s'agit de quatre cents fantassins, tout au plus. Il en reste davantage dans le camp de Livain.

— Je sais, général, je sais. J'y ai réfléchi. Mais je

suis comte de Turan et d'Andesie. Ces fiefs sont très proches. Nous pourrions y trouver d'autres soldats.

— Vous n'avez pas beaucoup d'hommes, là-bas, et ils sont utiles là où ils sont. Ils gardent vos cités. Par ces temps, il serait dangereux de laisser vos domaines sans protection.

— Ce qui se passe ici est plus important que la protection de ces deux comtés, général. Et je ne crois pas que Livain soit en état de préparer une attaque sur mes fiefs secondaires.

Le général hocha lentement la tête. Le roi avait sans doute raison, mais il n'aimait pas puiser dans les ressources défensives d'une armée pour renforcer les rangs d'une autre. Il savait combien c'était dangereux, car les seigneurs étaient nombreux, en Gallica, qui attendaient la moindre faille pour s'emparer d'un nouveau fief. Le roi de Brittia ne devait pas oublier qu'il était, finalement, en territoire ennemi, et que ses possessions terriennes, ici, étaient convoitées par de vieilles familles de Gallica.

— Je sais ce que vous pensez, coupa le roi. Mais c'est un risque à prendre, général. Si nous gagnons cette bataille, nous gagnons un royaume. L'un des plus puissants qui soit. Cela vaut bien plus que ces deux comtés. Aujourd'hui, plus rien ne compte que cette bataille contre Livain. Nous avons besoin d'hommes.

Le général eut un hochement de tête résigné.

— Alors il ne faut pas tarder.

— En effet. Et je veux que vous y alliez vous-même, Chroce, en personne. Vous êtes celui en qui j'ai la plus grande confiance. Je vous donne toute autorité pour revenir ici avec chevaliers et fantassins.

Le général acquiesça.

— Je pars dès maintenant, dit-il en se levant.

— Vous avez cinq jours. Pas un de plus.

Chroce fit une révérence et se dirigea vers la sortie de la tente.

Il partit chercher une armure légère, confia le commandement du campement à un jeune officier, puis il monta à cheval et s'engouffra à l'ouest vers le comté d'Andesie.

Il espérait que, cette fois, Emmer Capigesne avait fait le bon choix.

⁂

C'était quelques jours avant Noël, au petit matin. Les rues n'arboraient cette année aucune des décorations habituelles. Le temps n'était pas à la fête. Chaque nuit emportait avec elle de nouvelles victimes, et le froid était de plus en plus pénible.

Les habitants de Burdigale virent avec étonnement la longue colonne de Compagnons traverser la ville. Ils étaient près de trois cents, jeunes pour la plupart, vêtus des habits bleus du Devoir, portant canne et écharpe. Il y avait des tailleurs de pierre – qu'on surnommait les « loups » –, des menuisiers – qu'on appelait « gavots » –, des charpentiers – qui portaient quant à eux le nom de « Bons Drilles » –, et puis des forgerons, des serruriers, des tonneliers... Ils marchaient vers le sud, sans ordre apparent, en murmurant ensemble une chanson du métier.

*L'hiver vient de naître*
*Les Compagnons s'apprêtent.*
*Le Devoir nous unit,*
*Nous prenons les outils.*
*La cayenne à grands pas*
*Ne l'entendez-vous pas ?*
*Ne l'entendez-vous pas ?*

*Que diront les fillettes,*
*Là-haut dans leurs chambrettes ?*
*Diront tout en pleurant :*
*Où vont tous nos amants ?*
*Ils sont partis, tu vois*
*Là-bas dedans ces bois,*
*En plaine et jusqu'au soir,*
*Au service du Devoir,*
*Au service du Devoir.*

En tête de cortège se tenaient quelques maîtres, ainsi que le Premier en Ville et ce fameux Fidélité La Rochelle, ce Compagnon forgeron dont le nom n'était plus inconnu. On disait ici et là qu'il était un ami de Bohem, l'homme qui avait sauvé les Brumes.

Et sa présence à Burdigale causait autant de crainte qu'elle suscitait d'espoir. Plus personne n'ignorait qu'il existait un lien entre la compagnie de Bohem et les événements qui bouleversaient le monde. Mais nul n'aurait su dire la nature exacte de ce lien, et les gens, ici, se contentèrent de regarder passer les Compagnons en silence, inquiets et admiratifs à la fois.

C'était la première fois qu'on les voyait si nombreux dans les rues de Burdigale, et les habitants de la ville eurent tôt fait de comprendre que la cayenne avait décidé de prendre part aux mystérieux événements dont on savait si peu. Certains avaient entendu dire qu'ils partaient pour Nabomar, où, affirmait-on, ils allaient s'allier aux Bons Hommes de Tolsanne. Mais ce n'était qu'une rumeur au milieu de mille autres...

Ils traversèrent la ville jusqu'au port, drainant avec eux la foule des curieux. Puis, au lieu de traverser le fleuve, ils suivirent sa rive vers le sud. On les vit s'éloigner lentement, comme un bateau sans voile, puis disparaître dans l'horizon blafard.

Un à un, les badauds retournèrent vers le centre de la ville, où il fut question, tout au long du jour, de ce mystérieux départ.

⁂

Personne n'avait posé de questions. Mjolln, sans doute, avait tenu informée toute la compagnie et demandé qu'on ne dérange pas Bohem. Le louvetier était encore sous le choc, et il avait manifesté, dès le réveil, son impatience à trouver l'Armensul. À présent, ses amis l'avaient compris, plus rien ne pourrait l'apaiser que le regard de Vivienne.

Ils marchaient, silencieux, sur la route gelée. Le froid leur faisait courber le dos et baisser le regard, mais ils étaient unis, serrés comme une grande chaîne. Ils partageaient la peine de celui qui allait devant eux. Ils le portaient, presque, de leurs silences éloquents.

Combien étaient-ils à présent ? Trois cents, peut-être. Le flot des nouveaux arrivants diminuait chaque jour, à mesure qu'ils avançaient vers l'est. Mais il en venait toujours plus que ce que la mort emportait et, d'une certaine façon, cela atténuait la peine des endeuillés. On continuait à croire.

Bohem, à la mi-journée, vint marcher près du vieux nain. Il n'avait pas prononcé une seule parole depuis le matin. Ses cheveux et ses sourcils, couverts de givre, paraissaient blancs et lui donnaient l'allure d'un vieil homme.

— Mjolln, j'ai vu cette nuit le chef des Tuathanns, dans le monde de Djar.

Le nain hocha la tête.

— Ahum.

— Il me demande quelque chose, mais je ne sais pas si je dois lui faire confiance...

— Le peuple tuathann, oui, est un peuple honnête, Bohem. Voilà ce que je peux te dire, ahum.

Des flocons de neige apparurent lentement autour d'eux. Il faisait de plus en plus sombre. Un enfant se mit à pleurer derrière eux. Bohem se retourna. Il vit que Loeva et Hélène s'en occupaient. Il se remit en marche.

— Mjolln. Sais-tu ce qu'est le clan des Baintreach Clanns ?

Le nain parut étonné. De toute évidence, le nom évoquait quelque chose pour lui. Cela n'échappa pas à Bohem. Le Cornemuseur bafouilla un peu, se racla la gorge puis fit un geste évasif de la main.

— Ahum, ça, j'en ai peut-être entendu parler... Mais je ne peux pas te dire grand-chose, non, ça, non.

Bohem fronça les sourcils. Mjolln avait l'air embarrassé, il cachait quelque chose.

— Tu ne *veux* pas m'en parler ?

Le nain regardait droit devant lui, comme s'il voulait éviter de croiser le regard du jeune homme.

— Il y a des choses qu'on ne *veut* pas dire, Bohem, ahum, et d'autres qu'on ne *peut* pas dire. Le Tuathann, lui, pourra t'en dire plus que moi.

Le louvetier se demanda ce qui pouvait gêner ainsi son ami. Ses réponses étaient bien énigmatiques ! Quel mystère recelait le clan des Tuathanns ? Et quel rapport le nain avait-il avec eux ? Visiblement, il savait quelque chose. Mais Bohem devinait qu'il était inutile d'insister. Mjolln était encore plus têtu que lui. S'il refusait de parler, rien ne pourrait le faire changer d'avis.

— Je... Je suis un peu perdu, Mjolln. Il y a tant de choses qui brouillent mes pensées. J'ai peur de perdre confiance. Je ne sais plus vraiment ce que je dois faire...

— Ahum, mais si, ça, nous devons trouver l'Armensul, petit homme !

Bohem acquiesça. Oui, bien sûr. Trouver l'Armensul. Retrouver Vivienne. Et ensuite, retourner à Pierre-Levée. Mais après ? Que restait-il de toutes ces belles paroles qu'il avait dites l'autre jour aux gens qui le suivaient ? Que restait-il de son espoir ? Avait-il raison de croire qu'ils pourraient, tous ensemble, mettre fin à l'extinction lente du monde ? Quel orgueil !

Tout devenait si compliqué ! Ce n'était plus seulement les morts soudaines qui occupaient son esprit. Ce n'était plus seulement Lailoken, et le rôle qu'il pourrait jouer. Non. Il y avait aussi Camille de Chastel, à présent, et les Baintreach Clanns, qui l'appelaient sur l'île de Gaelia... Comment donner un sens à tout cela ? Et combien de choses encore lui échappaient ? Combien de nouveaux mystères allaient lui apparaître ?

Gaelia. Il ne pouvait s'empêcher de penser à sa mère. *Quel héritage m'as-tu laissé, Aléa ? Et combien de temps encore devrais-je errer dans les intrigues qui ont suivi ta mort ? Qui suis-je pour les assumer toutes ? Qui suis-je pour prétendre guider tous ces hommes ? Je n'ai aucune réponse à leur donner. Au fond, je suis comme Lailoken. Nous errons, tous les deux, chacun de son côté, à la recherche d'une réponse sans même saisir la question. À la recherche d'une issue que nous ne trouverons peut-être jamais.*

Bohem poussa un long soupir.

— J'en ai assez d'avancer dans l'inconnu, Mjolln.

— Ahum. Y a-t-il jamais eu quiconque, ça, pour avancer dans la certitude ? Ahum. Il reste toujours un mystère, Bohem. Toujours. Ça, oui. Tout au bout du chemin, il reste un grand mystère. Ahum. La vie plonge vers lui. C'est la seule chose qui unit tous les hommes, ça, Bohem, oui. C'est la seule chose à laquelle on peut croire, sans jamais l'avoir vécue.

Bohem ne put s'empêcher de sourire.

— Eh bien ! J'ai besoin qu'on me redonne du courage, et toi, tu me parles de la mort ?

Le nain haussa les épaules.

— Ça, connais-tu plus grand mystère ?

— Non, répondit Bohem.

— Et désires-tu pourtant mourir ?

— Non.

Mjolln sourit, la mine fière.

— Alors, ne dis pas que tu en as assez, Bohem, d'avancer dans l'inconnu. Ça, c'est le sens de la vie, mon garçon.

Bohem haussa les sourcils, perplexe. Puis il rit un peu. Il n'était pas bien sûr de comprendre la philosophie de son ami. Mais au moins il trouvait sa démonstration bien singulière, et elle l'avait sorti de son humeur angoissée...

Il secoua la tête, et se dit que le nain était décidément un bien étrange personnage, qui serait sans doute à jamais plein de surprises.

Soudain, le louvetier sentit un frisson glacial lui parcourir l'échine. Il sursauta, et s'immobilisa. Mjolln lui jeta un regard interrogateur. Mais, alors qu'il était sur le point de se remettre en route, Bohem tourna la tête vers son ami et lui fit un large sourire.

— Mjolln !

— Eh bien ?

— J'entends la voix de Vivienne, murmura-t-il. Je l'entends à nouveau ! Nous ne sommes plus très loin !

Le nain lui adressa un sourire à son tour. Aussitôt, les deux amis accélérèrent le pas.

Loeva et Hélène, qui se demandaient sans doute ce qui les faisait soudain marcher aussi vite, les rejoignirent rapidement.

— Que se passe-t-il ? demanda la jeune fille, en attrapant le bras du louvetier.

— Nous approchons de l'Armensul, petite sœur.

*
**

L'état de santé de Livain s'était légèrement amélioré le jour où on lui annonça que Pieter le Vénérable venait d'arriver au campement. Le roi de Gallica n'avait toujours pas recouvré la vue, mais ses crises de délire avaient disparu ; pour le moment en tout cas. Il était toutefois encore très faible, et semblait dormir la plupart du temps.

L'abbé de Cerly fut amené au chevet de Livain aussitôt après son arrivée. Fatigué par le voyage, le vieil homme demanda qu'on lui apporte un fauteuil. Il avait une mine terrible. Son dos le faisait grandement souffrir, et le long trajet n'avait rien arrangé.

— Majesté, chuchota-t-il en s'approchant de Livain.

Le roi bougea lentement la main pour faire signe qu'il était bien éveillé.

— Majesté, je suis venu accompagné du meilleur chirurgien de la faculté de Lutès. Nous allons vous remettre sur pied, et bientôt, vous pourrez rentrer à la capitale.

Livain chercha à tâtons la main de l'abbé, puis la serra dans la sienne.

— Pieter ! Mon bon Pieter ! Comme je suis heureux de vous entendre.

— Majesté, c'est moi qui suis heureux de vous voir.

Le roi esquissa un sourire. Les deux hommes se connaissaient depuis si longtemps ! Malgré leurs désaccords, dont la fréquence avait augmenté ces dernières années, ils avaient l'un pour l'autre une estime profonde. Livain VII avait grandi sous le regard bienveillant de Pieter le Vénérable et, à la mort de Courage de Blanval, l'abbé de Cerly était devenu son plus proche conseiller au sein de l'Église.

En entendant la voix de Pieter, Livain avait l'impression de reprendre un peu possession de lui-même. De se rapprocher de l'homme qu'il était autrefois. Avant tout cela...

— Pieter. Je veux vous dire... Ce jeune prêtre, ici, le père Lefrançois... Vous le recommanderez à Sa Sainteté Nicolas IV, n'est-ce pas ? Je lui suis tellement reconnaissant !

— Bien sûr, Livain, tout ce que vous voudrez.

— Ce jeune homme ne m'a pas quitté un seul instant, Pieter, même quand j'étais au plus mal.

— Tout cela est fini, à présent. Vous allez vite guérir, Majesté.

Un sourire désabusé apparut sur le visage du roi.

— Ah, Pieter, j'ai l'impression d'être si vieux... Je me rappelle ces heures passées auprès de mon père, ces longues heures à le regarder partir. Vous vous souvenez, Pieter ? Vous étiez là, avec moi. J'ai l'impression que c'est mon tour à présent.

— Allons, Livain ! Vous êtes encore jeune, et la médecine vous guérira de votre mal. Je serai mort bien avant vous ! Vous allez voir, ce chirurgien est le meilleur de tout le royaume. Il va vous soigner rapidement.

— À quoi bon ? Emmer Capigesne est sur le point de s'emparer du trône de Gallica, mon pauvre abbé. Alors pourquoi vivre ? Pour terminer mes jours au fond d'un cachot ? Non, je crois que je préfère mourir, mon ami.

— Ne dites pas cela !

L'abbé de Cerly approcha péniblement son fauteuil du lit et se pencha vers le roi.

— Livain, je ne suis pas seulement venu pour accompagner le chirurgien. Je suis venu parce que j'ai compris ce que nous devons faire, Majesté.

— Comment cela ?

Pieter le Vénérable marqua un silence. Il y avait dans sa voix une gravité que le roi ne lui connaissait guère. Il semblait particulièrement troublé.

— Nous avons tous fait fausse route, mon roi. Nous nous sommes écartés de la voie que nous aurions dû suivre dès le départ. Livain, la vérité n'est pas celle que nous croyions.

— Je ne comprends pas, Pieter.

— Nous devons faire la paix avec Capigesne.

— La paix ? Mais il est bien trop tard ! répliqua le roi, en serrant contre sa poitrine la main du vieil abbé.

— Je ne le crois pas, Majesté.

— Allons ! Même si je le voulais, Emmer refusera, lui !

— Pas si je parviens à le convaincre de... de ce que j'ai fini par comprendre !

— Vous êtes bien mystérieux, Pieter !

L'abbé poussa un soupir. Il paraissait bouleversé.

— Je crois que je peux convaincre Emmer que nous ne sommes pas son véritable ennemi.

Le roi secoua la tête.

— Vous vous méprenez. Emmer ne pense qu'à une seule chose : le trône de Gallica.

— Certes. Mais quand je lui aurai dit ce que je vais vous dire, il verra, comme moi, que nous devons faire la paix. Que nous n'avons pas d'autre possibilité.

— Et qu'allez-vous lui dire, alors ? le pressa le roi.

— Majesté, je crois... Je crois que j'ai compris qui est Bohem. Et je sais, maintenant, que c'est lui qui est à l'origine de tous nos maux.

— Eh bien, oui, il est indirectement à l'origine de cette guerre, puisque c'est en allant le chercher à Pierre-Levée que nous avons provoqué le courroux d'Emmer... Il n'y a rien de nouveau à cela, Pieter... Et...

— Non, coupa l'abbé sans délicatesse. Vous ne comprenez pas ! Il n'est pas seulement à l'origine de cette guerre. Il est aussi à l'origine des morts soudaines qui ravagent le pays tout entier, Majesté.

— N'est-ce pas une épidémie ? demanda le roi, d'un ton las.

— Non, Majesté, certes non.

— Et vous croyez que Bohem est mêlé à tout cela ?

— J'en ai la certitude ! Depuis le début, nous nous demandons qui est ce jeune homme. Souvenez-vous, Majesté, nous avons même eu la tentation de nous allier à lui ?

— Certes...

— Mais j'ai beaucoup réfléchi, Livain. J'ai essayé de comprendre qui il est vraiment. Ce qui se cache derrière ce personnage étrange. J'ai repensé à sa façon de marcher dans les flammes. J'ai repensé à son habileté pour soulever les hommes, leur insuffler un esprit de rébellion... Bohem n'est pas simplement le descendant d'une reine lointaine, au pays de Gaelia. Il n'est pas seulement un jeune homme qui marche dans les flammes. Il n'est pas seulement un jeune fou qui voulait sauver les Brumes. Il est bien plus que cela, Majesté. Pourquoi croyez-vous qu'il a voulu sauver ces créatures diaboliques ? Et avez-vous vu comme il est proche des Bons Hommes, qui prêchent un évangile différent du nôtre ? Au départ, cette affinité avec les hérétiques m'a beaucoup intrigué, Majesté. Mais maintenant, elle prend tout son sens. À présent, toutes ces morts, par tout le pays, je leur trouve une explication. Un sens terrible, Majesté. Une hypothèse qui me remplit d'effroi, mais qui se confirme de jour en jour.

— Je vous écoute...

— Majesté, je vois dans la venue de Bohem un sens caché, qu'avaient annoncé les Écritures.

Le roi fronça les sourcils.

— Allons... Vous ne pensez pas sérieusement que Bohem soit un démon, tout de même ?

— Non, Livain. Je crois qu'il est bien plus que cela. Je sais combien cela peut paraître incroyable, et j'ai moi-même eu du mal à m'y résoudre ; mais il n'y a pas d'autre explication. Et après tout, ce qui se passe aujourd'hui est annoncé partout dans la Bible.

Le roi savait pertinemment à quels épisodes des Saintes Écritures l'abbé faisait allusion.

— Êtes-vous certain que cela soit vraiment ce que

les textes annoncent, Pieter ? Ce serait... Ce serait une terrible nouvelle, abbé. La plus terrible de l'histoire de la chrétienté.

— Quoi d'autre ? Le peuple, naïf, ne prend-t-il pas Bohem pour un nouvel apôtre ? J'ai relu les Lettres aux Corinthiens, Majesté. L'écho qu'elles font à ce qui se passe ici est plus que troublant. « Car, si quelqu'un vient vous prêcher un autre Jésus que celui que nous avons prêché, ou si vous recevez un autre Esprit que celui que vous avez reçu, ou un autre évangile que celui que vous avez embrassé, vous le supportez fort bien. Ces hommes-là sont de faux apôtres, des ouvriers trompeurs, déguisés en apôtres de Christ. Et cela n'est pas étonnant, puisque Satan lui-même se déguise en ange de lumière. Il n'est donc pas étrange que ses ministres aussi se déguisent en ministres de justice. » Livain, je ne crois pas que Bohem soit un démon, je crois qu'il est l'incarnation de Satan lui-même. Je crois qu'il est...

L'abbé hésita. La vérité lui semblait pénible à dire.

— Je crois qu'il est l'Antéchrist.

Le roi se redressa quelque peu sur son oreiller.

— Vous n'êtes pas sérieux, Pieter ?

Pourtant, Pieter, cette fois, était tout à fait sincère.

— Je ne vous dirais pas cela si je n'en avais pas acquis la conviction, Majesté. Tous les éléments correspondent à ce que la Bible annonce. « L'apparition de cet impie se fera, par la puissance de Satan, avec toutes sortes de miracles, de signes et de prodiges mensongers, et avec toutes les séductions de l'iniquité pour ceux qui périssent parce qu'ils n'ont pas reçu l'amour de la vérité pour être sauvés. » Ne voyez-vous donc pas que c'est exactement ce qu'il se passe ?

— Peut-être, Pieter. Bohem est certainement un hérétique. Mais le diable en personne ?

— La Bible le dit, Livain, nous vivons un temps ultime, celui de la dernière Alliance. Et voyez : partout autour de nous, le monde se meurt. Les gens disparaissent par milliers, chaque jour, à travers le pays. L'hiver ne cesse d'empirer. Où sommes-nous, Livain, sinon aux portes de l'Apocalypse ? Et comme l'annonçait saint Jean, si nous ne combattons pas Satan, si nous ne le renvoyons pas aux enfers, il régnera sur la Terre à la place du Christ. Et alors viendra le royaume des Ténèbres.

Le roi avala sa salive. Il n'était pas convaincu par la démonstration de l'abbé, mais il devait reconnaître que les événements prenaient partout des allures apocalyptiques et que le personnage de Bohem semblait lié à tout cela depuis le début. Il ne parvint pas à masquer son trouble.

— Nous devons arrêter Bohem, reprit l'abbé de Cerly, voyant que le roi commençait à le croire. Nous sommes les soldats du Christ, Livain. Nous devons le combattre. Avec Emmer Capigesne. Avec tous les chrétiens.

Le roi tourna la tête vers l'abbé de Cerly. Il avait les

yeux grands ouverts, et il semblait deviner la silhouette de Pieter le Vénérable.

— Je... Je ne sais pas, Pieter... Et même si vous avez raison, la haine d'Emmer est bien trop grande aujourd'hui pour qu'il entende votre cause. Il refusera de cesser les combats et de s'unir à nous.

— Laissez-moi l'en convaincre ! répliqua Pieter, la voix pressante. Je veux aller le rencontrer.

— Non, Pieter. Ce serait du suicide ! Il vous ferait pendre avant même que vous ne puissiez lui parler.

— Mais je dois essayer, Majesté. C'est notre dernière chance. Nous ne pourrons lutter seuls contre Bohem. Si nous échouons, même cette guerre n'aura plus aucune importance. Car dans quelques jours, le monde tel que nous le connaissons aura tout entier disparu.

Le roi poussa un long soupir. Il parvenait à peine à croire qu'il adhérait à la thèse de l'abbé. Pourtant, il commençait à sentir au fond de lui le parfum de la vérité.

— Le pape est-il au courant de votre démarche, Pieter ? Pense-t-il, lui aussi, que Bohem est l'Antéchrist ?

Pieter hésita. Il aurait pu mentir. Le pape était si loin. Et la chose tellement urgente ! Mais pas cette fois. Non. Il voulait être parfaitement honnête avec le roi. Il ne s'agissait plus de manœuvres politiques.

— Je ne sais pas, Livain. Je n'ai pas eu le temps d'en parler avec lui ou avec son légat. Mais il tenait déjà Bohem pour un hérétique quand celui-ci n'avait fait que marcher dans les flammes... À présent, il est bien plus que cela.

Livain, lentement, tourna la tête de l'autre côté, comme s'il avait voulu détourner son regard. Ses mains tremblaient légèrement.

— Alors vous avez mon accord, Pieter.

L'abbé de Cerly ferma les yeux. Plus les heures passaient, plus il était convaincu d'avoir raison. Et plus la peur s'emparait de lui. Mais il ne pouvait plus reculer, maintenant.

— Allez dire à Emmer ce que vous venez de me dire, abbé. Et que Dieu vous protège !

⁂

*Je connais le chemin, et je sais qu'il m'attend.*

*Je le vois, assis dans l'herbe, patient, les yeux fermés. Les peintures bleues sur son torse ont changé, me semble-t-il. Ce ne sont pas les mêmes formes, les mêmes motifs. Peut-être signifient-elles autre chose.*

*Je m'avance. Je m'assieds face à lui. Je regarde mes bras. Je porte moi aussi des dessins de la même couleur. Je ne les comprends pas. Mais ils sont là. Ils sont la part de Tuathann qu'il y a en moi.*

*— Que la Terre te reconnaisse, Artosach.*

*— Tu es venu bien vite, Bohem.*

*Il pensait sans doute qu'il me faudrait réfléchir plus longtemps. Mais je veux faire vite. Régler ce que je dois régler avec lui. Parce que je ne veux plus penser à cela. Pas pour le moment. Je dois me consacrer tout entier à Vivienne, à l'Armensul.*

*— Je suis venu te dire, Artosach, que je ne peux décider aujourd'hui de vous suivre en Gaelia.*

*— La décision t'appartient, Liberté.*

*— Les choses m'échappent, cousin. Je ne vois plus clairement la route que je dois suivre, et je ne sais pas où je serai demain.*

*— C'est le propre des hommes qui agissent, Liberté.*

*Il parle comme Mjolln. C'est la même pensée, la même école. Il ne me juge pas, il respecte mes choix quand ils sont réfléchis.*

*— Toutefois, Artosach, dans quelques jours, des hommes viendront à Pierre-Levée dans l'espoir de m'y retrouver. Il y aura sans doute les Compagnons et les Bons Hommes de Tolsanne. J'aimerais, Tuathann, que tu y sois aussi. Que tu leur dises de m'attendre, car je ne suis pas sûr d'être là à temps. Mais je viendrai. Et je voudrais, j'aimerais que tu m'attendes aussi, toi. Car là-bas, Artosach, là-bas je pourrai prendre ma décision.*

*Il sourit. J'ai l'impression qu'il n'est pas surpris par ma décision.*

*— Nous t'y attendons déjà, Bohem. Quand tu viendras, nous serons là.*

*Lentement, son image s'efface. Et c'est comme un poids qui disparaît de mes épaules. Je me sens libéré.*

*Il n'y a plus rien entre Vivienne et moi. Rien que l'amour que je lui porte.*

*À cet instant, j'entends un bruit. Juste derrière moi. Puis un autre. Ce sont des pas qui approchent. Je ne me retourne pas. Je sais qui vient. Ce ne sont pas des hommes. Non. Ce sont les loups. Ils arrivent. Je n'ai pas besoin de les regarder pour les voir. Je sais leur allure, je sais leurs yeux jaunes, je sais leur fourrure grise et touffue de l'hiver. Nous sommes si proches à présent.*

*Ils sont venus me guider. Ils ont entendu mon appel.*

*Et je suivrai la voix des Brumes.*

⁂

— Vous avez échoué, Camille-sœur.

Debout sur la grande mosaïque de la louve à queue de serpent, dans la nef de la crypte de l'Athnuachan, la reine de Gallica tournait le dos aux sept femmes qui avaient attendu son retour. Les yeux fermés, elle se balançait lentement, de droite et de gauche, comme bercée par un psaume inaudible. Elle se rappelait les nombreuses heures qu'elle avait passées, ici, à peine adolescente, à écouter patiemment les enseignements de ses aînées, dans cette grande pièce dont elle avait mille fois craint l'effroyable obscurité. Elle s'était souvent sentie si seule ! Aussi seule qu'aujourd'hui, sans doute, confrontée à son échec.

Mais il en avait toujours été ainsi. Elle avait toujours été isolée, de son côté de la table de granit. Elle n'était pas l'une d'elles. Les sept sœurs étaient comme des jumelles, qui partageaient tout, les échecs et les succès, les remords et les espoirs. Comme elle aurait aimé avoir une jumelle ! Pouvoir se reposer, parfois, ne serait-ce que quelques instants, sur l'épaule d'une âme sœur qui aurait su comprendre. Mais son destin en avait voulu autrement. Même au palais de Raymond VII, empereur-roi de Chastel, son père, elle avait toujours été enfermée dans sa solitude, isolée dans la plus grande chambre d'enfant que devait compter le Royaume.

— Bohem est plus fort que je ne le pensais, Lamastu-sœur. Il reste en lui les dernières gouttes du Saîman.

— Nous savons. Ne cherchez pas à vous excuser, ma sœur. C'est ainsi.

La voix de la prêtresse de l'Athnuachan était comme un vent glacial qui soufflait sur les pavés et s'évanouissait dans les hauteurs ténébreuses de la crypte. Aiguë, pénétrante, elle semblait sortir tout droit de la gueule du serpent représenté sur le sol.

— Il est inutile de vous lamenter. Ce second échec était prévu, Camille. Je vous l'avais annoncé.

— Par trois fois, vous tenterez, énonça une autre sœur.

— La première fois, vous échouerez.

— La deuxième, vous comprendrez.

— Et la troisième fois sera couronnée de succès.

— À présent, donc, vous savez. Votre prochaine tentative sera la bonne, Camille-sœur. Car vous possédez maintenant le deuxième pilier : la Sagesse. Et que vous apprend-t-elle ?

Camille ouvrit les yeux et se retourna vers les sept femmes assises de l'autre côté de la grande table. Les bougies vacillaient et diffusaient dans la pièce une lumière douce, qui dessinait sur le tissu noir des vêtements des sœurs de longues ombres mouvantes.

— Que je ne pourrai réussir seule, Lamastu.

Un sourire se dessina derrière le voile diaphane qui couvrait le visage de la vieille femme.

— C'est ainsi.

— C'est ainsi, répétèrent les six autres.

— Alors nous viendrons avec vous. Cette fois-ci, Bohem vous reconnaîtra et il acceptera de s'unir à vous.

Camille poussa un soupir. Elle espérait que Lamastu ne se trompait pas. Cela faisait si longtemps, maintenant, qu'elle attendait ce moment. Si longtemps qu'elle cherchait celui qui portait la bague du Samildanach. Il ne fallait prendre aucun risque.

— Nous devons trouver Bohem avant que Merlin ne revienne du monde de Djar, souffla la jeune reine d'un air soucieux.

— Lailoken ne reviendra pas, Camille-sœur. Et s'il revient, Bohem ne saura pas le convaincre de mettre fin à jamais au Saîman. Il ne peut pas. Le peu de Saîman qui reste coule dans les veines de l'Armensul. S'il disparaît complètement, Lailoken mourra avec lui.

La jeune reine acquiesça. Elle aurait aimé avoir l'assurance de la vieille femme.

— Et Livain, mon époux ?

— Il est déjà mort. Oubliez-le.

Camille sourit. Pauvre Livain ! Il ne saurait jamais. Sa vie ne serait donc qu'une longue succession d'échecs et de trahisons. Elle le plaignait, au fond.

— À présent, reprit la vieille femme du haut de son fauteuil sculpté, nous devons écouter les rumeurs des hommes pour retrouver Bohem.

⁂

Deux jours avaient passé. Et comme chaque matin, ils marchaient contre la neige, la tête enfoncée dans les épaules et les mains cachées sous la laine. On voyait à peine à quelques pas devant soi, et Hélène de Quienne avait demandé que l'on fasse passer de grandes cordes entre les gens pour éviter qu'ils ne se perdent.

Plus personne ne parlait pendant les longues heures de marche, tout le monde luttait contre le froid et la fatigue. De toute façon, le bruit du vent était trop fort pour s'entendre. Mais Bohem, ce matin, l'avait promis : ils n'étaient plus très loin. La plupart se demandaient sans doute comment il parvenait à se diriger dans ce grand désert blanc, sans jamais hésiter. Et pourtant, il avançait droit devant lui, avec une assurance étonnante.

Mjolln et Loeva, eux, savaient : Bohem entendait la voix des Brumes.

Depuis le monde de Djar, les loups le guidaient, ils lui montraient le chemin. Il n'avait qu'à suivre l'appel continu des loups, comme il l'avait déjà fait en marchant vers les portes du Sid. Il aurait pu fermer les yeux et se fier seulement à ce chuchotement que nul autre n'entendait.

Quand arriva la mi-journée, il fallut que Loeva vienne lui taper sur l'épaule pour que Bohem pense à s'arrêter. Il était tellement accaparé par le murmure des loups, et tellement pressé, qu'il en oubliait la faim et la fatigue.

Le louvetier s'arrêta et prit Loeva par les épaules.

— Nous sommes tout près, petite sœur. Tout près !

Ils étaient obligés de crier pour couvrir le bruit de la tempête.

— Ce n'est pas une raison pour ne pas manger ! Nous devons reprendre des forces. Les gens sont épuisés !

Bohem acquiesça, mais on voyait dans ses yeux qu'il aurait préféré continuer. Seul, il aurait sans doute pu marcher jour et nuit sans jamais s'arrêter.

— Bien, allons-y.

Le vent était si fort et la neige si dense qu'il était devenu très difficile d'allumer un feu. Il fallait tout le savoir-faire et la patience des louvetiers pour y parvenir. Et quand enfin ils y arrivaient, tout le monde voulait s'en approcher pour s'y réchauffer. Mais ils étaient beaucoup trop nombreux, à présent, et chacun devait attendre son tour.

En outre, la nourriture commençait à manquer. Cela faisait plusieurs jours que les louvetiers ne pouvaient plus chasser et qu'on vivait sur le reste des réserves offertes par les moines de Mont-des-Marais.

Mais personne ne se plaignait, à part les enfants bien sûr – et encore, les adultes trouvaient toujours les mots pour les réconforter.

Ils mangèrent plus vite que les autres jours. Ils espéraient sans doute que Bohem ne s'était pas trompé. Qu'avant le soir ils auraient enfin trouvé l'Armensul, et que bientôt ils pourraient retourner sous des cieux plus cléments. Tout le monde savait que – une fois cette première mission achevée – leur prochaine destination serait Pierre-Levée. On en parlait beaucoup, comme l'on parlait aussi des Compagnons et des Bons Hommes qui, sans doute, les rejoindraient là-bas. Mais surtout, Hélène avait promis que les gens seraient logés à l'intérieur même du palais des Ducs. C'était une perspective qui les faisait tous rêver et qui les motivait.

Ainsi, impatients, ils se remirent en route sans même prendre le temps d'éteindre le grand feu. L'hiver s'en chargerait bien vite. Le long des grandes cordes, ils marchèrent en file, en restant les uns près des autres dans l'espoir futile de se tenir un peu chaud.

Au fur et à mesure que l'après-midi avançait, la tempête se faisait de plus en plus terrible. Il devenait impossible de marcher normalement. Le vent les repoussait et les pieds s'enfonçaient dans une neige sans cesse plus profonde.

— Bohem ! appela Hélène en remontant vers la tête du convoi.

Mais il ne l'entendait pas. La duchesse essaya de marcher plus vite encore. Elle faillit tomber plusieurs fois. Deux de ses gardes vinrent lui prêter main-forte.

— Bohem ! Attendez !

Elle aperçut enfin devant elle la silhouette obstinée du louvetier. À l'autre bout de la corde, tête baissée, il semblait traîner le convoi tout entier derrière lui.

— Bohem ! hurla-t-elle encore.

Le jeune homme se retourna et porta une main au-dessus de ses yeux pour se protéger de la neige.

— Bohem, on ne peut pas continuer comme ça. Regardez ! Les enfants ne vont jamais tenir le coup !

Le louvetier était essoufflé. Il dévisageait la reine, d'un air désemparé.

— Nous sommes si proches, Hélène ! balbutia-t-il en grimaçant.

Il avait peine à reprendre sa respiration.

— Bohem, c'est de la folie ! Ces gens vont mourir de froid. Les enfants, les femmes... Ils n'en peuvent plus, et cela va être de pis en pis.

Il acquiesça. Oui, bien sûr, elle avait raison. Cela

devenait de plus en plus dangereux. Et les morts inexpliquées étaient déjà bien assez nombreuses pour ne pas risquer en plus de laisser quelques personnes périr par le froid. Il ne se le pardonnerait jamais.

— Bien. Alors faites demi-tour, Hélène. Emmenez-les, et retournez à la forêt. Je continuerai seul.

La reine poussa un soupir. La solution ne lui plaisait guère, mais elle savait qu'il n'y en avait pas d'autre. Jamais Bohem n'abandonnerait. Elle-même ne souhaitait qu'une chose. Retrouver Vivienne.

— Je vais avec vous, Bohem.

— Non ! Les gens refuseront de faire demi-tour si vous ne les accompagnez pas. C'est le seul moyen de les convaincre.

Hélène sut aussitôt qu'il avait raison et qu'il était inutile d'insister.

— Alors prenez un de mes gardes avec vous.

— Non, vraiment, Hélène. Je préfère y aller seul. Marcher à mon rythme sans me sentir responsable de quelqu'un d'autre.

— Ah ça, c'est hors de question ! intervint Mjolln, qui les avait rejoints. Je viens avec toi, ahum !

Bohem leva les yeux au ciel. Il aurait dû se douter que le nain allait exiger de l'accompagner. Mais après tout, partir avec Mjolln n'était peut-être pas une mauvaise idée. Il avait quelques connaissances en matière de médecine qu'il avait apprises sur l'île de Gaelia. Cela pourrait être utile quand ils retrouveraient Vivienne.

— C'est entendu, Mjolln. Hélène, emmenez tous les autres à la forêt où nous étions hier. Nous vous y retrouverons. Mais surtout, prenez soin de Loeva. Elle voudra venir avec moi, mais vous devez l'en empêcher.

— Bien sûr ! cria la reine.

— Promettez-moi de vous occuper d'elle ! insista le louvetier.

— Je la garderai comme si c'était ma propre fille, promit la reine.

Bohem la remercia d'un signe de tête. L'appréhension se lisait dans ses yeux, mais une certaine impatience aussi. Il était pressé de se remettre en route. Il fit un signe au nain, et ils reprirent leur pénible marche.

Loeva arriva quelques instants plus tard, et elle vit les deux silhouettes disparaître dans le rideau épais de la neige. Elle écarquilla les yeux, consternée.

— Que font-ils, Hélène ?

Mais la jeune fille avait déjà deviné.

La reine la prit par les épaules et la serra contre elle.

***

Il fallut un peu plus d'une semaine aux Compagnons de Burdigale pour rejoindre la cité de Nabomar dans le froid d'un hiver sans pareil. Malgré la mort qui chaque jour emportait quelques-uns de leurs frères, il régnait dans la troupe une ambiance chaleureuse. On chantait beaucoup, pour se donner du courage sans doute, et l'on se plaisait à retrouver les routes du Tour de Gallica, que presque tout le monde, ici, avait commencé, ou même fini, pour certains. On discutait, on partageait son savoir, on expliquait ses travaux... Et puis on parlait de Bohem, surtout. Des changements profonds qu'occasionnait son arrivée, et de ceux qui, sans doute, risquaient de se produire dans les prochains jours. La plupart des Compagnons étaient enthousiastes, bien sûr, mais beaucoup étaient inquiets, aussi. Enfin, on évoquait parfois le conflit qui était en train de naître avec l'Église. Cela dérangeait de nombreux jeunes Compagnons qui désiraient rester de bons chrétiens et craignaient grandement les décrets envisagés par le pape. Qu'allaient-ils devenir, si l'on excommuniait les artisans du Devoir ? Et que diraient leurs parents ?

Fidélité, lui, profita du voyage pour raconter à Trinité tout ce qui s'était passé depuis sa rencontre avec Bohem.

— J'ai l'impression de t'avoir remplacé auprès de Bohem, avait-il expliqué. D'avoir repris le flambeau. Gautier et toi aviez décidé de lui porter secours. Je ne vous connaissais pas, mais j'ai décidé de faire confiance à votre jugement de Compagnons. Quand j'ai vu Bohem dans l'embarras, à Sarlac, j'ai essayé de le tirer de ce mauvais pas. Depuis... je le suis partout.

— Ce n'est pas uniquement pour lui, n'est-ce pas ? avait répondu Trinité.

— Que veux-tu dire ? Non, bien sûr, c'est surtout pour ses idées...

Le tailleur de pierre avait souri.

— Non. Je veux dire : il y a une fille là-dessous.

La Rochelle avait haussé les épaules.

— Pas vraiment. Elle est avec Bohem, maintenant.

Trinité avait hoché la tête, puis ils avaient changé de sujet. Les deux jeunes hommes nouèrent rapidement de solides liens d'amitié, ce qui contraria Fidélité, car chaque matin il se réveillait en sursaut et, paniqué, il cherchait Trinité du regard pour s'assurer que la nuit ne l'avait pas emporté. Souvent il se demandait si la mort, là-bas, n'avait pas frappé l'un de ses êtres chers. Mjolln ? Hélène ? La petite Loeva ? Ou pourquoi pas Bohem ? L'un d'eux était peut-être déjà mort, pensait-il. Et il ne l'apprendrait que bien plus tard. S'il survivait lui-même... Contrairement aux jeunes Compagnons qui, visiblement, parvenaient à oublier cette menace continue, il ne se passait pas une journée sans que Fidélité ne soit sujet à des crises d'angoisse, nourries par la certitude que la mort, inéluctablement, allait encore s'abattre sur eux.

C'est au milieu du huitième jour, donc, qu'ils arrivèrent en vue des remparts enneigés de Nabomar. Nombreux étaient ceux qui avaient déjà visité la célèbre cité des hérétiques, mais elle offrait à présent un visage bien triste et désolé, ruinée par les attaques successives des soldats du pape et du roi de Gallica.

Depuis la colline où ils s'étaient arrêtés, on apercevait les dégâts qu'avait subis la ville. De nombreux bâtiments étaient entièrement détruits, et partout on voyait les réparations hâtives auxquelles devaient se livrer les habitants eux-mêmes. En hauteur, on distinguait toutefois la silhouette majestueuse du palais des Archevêques, intact. Il semblait défier la cité de sa hauteur divine.

Il fut décidé qu'une délégation de cinq Compagnons, présidée par Fidélité, allait entrer dans la ville pour rencontrer les Bons Hommes, pendant qu'ici l'on installerait un campement. Le séjour risquait de durer quelques jours, peut-être même plus si l'on décidait de participer à la reconstruction de Nabomar.

Ainsi, un peu avant le soir, La Rochelle salua ses amis et partit avec quatre hommes vers la porte principale de la cité des hérétiques. Il espérait qu'il pourrait revoir Bernard de Laroche, l'homme avec lequel il avait longuement voyagé à la recherche de Vivienne, lorsque Bohem était parti pour Lutès. Ils s'étaient beaucoup rapprochés, pendant ces longues journées de marche. Fidélité avait parlé du Devoir et Bernard de la foi des Bons Hommes. Ils s'étaient écoutés mutuellement avec beaucoup de respect et d'intérêt, curieux de découvrir un univers qui leur était si étranger.

En entrant dans la cité fortifiée, La Rochelle se rappela l'accent si caractéristique de son ami. C'était un accent plus prononcé encore que celui de Bohem, tout en rondeur et en chanson.

Les cinq Compagnons passèrent sous la grande

porte et remontèrent vers le centre de la ville. Leur habit n'attira que quelques regards : on avait l'habitude, ici, de voir passer les Enfants de la Veuve, qui avaient construit les plus beaux bâtiments de Nabomar. Mais on sentait tout de même une tension qui régnait partout. On devinait les rancœurs et les amertumes, les divisions qui animaient les différentes communautés. La blessure était profonde, elle marquerait pour longtemps cette si belle région.

Fidélité poussa de nombreux soupirs en voyant toutes les maisons qui étaient tombées, certaines vieilles de plusieurs siècles ! Partout on voyait encore les traces de plusieurs incendies. Des familles entières s'activaient pour reconstruire leur logement et, sans doute, retrouver enfin un toit. La peine et la douleur se lisaient sur presque tous les visages, mais la volonté aussi. Cette volonté – il s'en souvenait bien – qu'il avait lue dans les yeux de Bernard de Laroche, quand celui-ci était venu rencontrer Bohem pour demander son secours.

Ils marchaient de plus en plus lentement, effarés par ce spectacle de désolation. Ils auraient voulu s'arrêter et prêter main-forte à ces pauvres gens. Ici, porter des pierres, là, donner un conseil sur la façon de les poser, préparer le torchis, porter les poutres... L'un des quatre Compagnons qui suivaient Fidélité lui tapa sur l'épaule.

— Nous allons aider ces gens, n'est-ce pas ?

— Oui, bien sûr, répondit La Rochelle en lui adressant un clin d'œil amical.

Ils arrivèrent bientôt devant la tour du Nord. Le quartier était particulièrement endommagé. Fidélité en déduisit qu'il avait probablement été au cœur de l'attaque. La tour elle-même était détruite. Des pierres et des décombres jonchaient encore le sol ici et là. Des hommes de tout âge participaient à sa reconstruction. Ce n'était pas de vrais ouvriers, mais de simples habitants de la ville sans doute, des commerçants, des artisans, qui se débrouillaient pour redonner vie à l'édifice.

Fidélité s'arrêta devant les ruines de la tour et regarda les gens qui y travaillaient. Il se dit qu'ils ne pouvaient être que des Bons Hommes. Ils n'avaient pas de vêtements particuliers, mais son instinct lui disait qu'ils étaient membres d'une même communauté. Quelque chose dans leur façon de se parler, de se regarder. Il se souvenait que Bernard avait évoqué cette tour, qu'il lui avait raconté comment elle avait brûlé sous ses yeux, le jour où sa fille et son épouse avaient été tuées par la Milice du Christ...

Le Compagnon se présenta au pied d'un échafaudage de fortune et s'adressa à un homme qui tirait sur une corde pour faire monter une pierre vers le haut de la construction.

— Bonjour, dit-il en inclinant la tête.

L'homme se retourna.

— Bonjour à vous, monsieur, répondit-il d'un ton aimable.

Fidélité hésita un instant. Était-il prudent de prononcer le nom de Bernard de Laroche, comme ça, en pleine rue ? Celui-ci était peut-être encore recherché par les autorités. Pourtant, il n'y avait pas la moindre trace de la Milice ou de la Garde royale dans la ville. L'une et l'autre avaient bien mieux à faire à l'autre bout du pays, sans doute. Il estima qu'il y avait peu de risques.

— Je cherche Bernard de Laroche...

L'homme fronça les sourcils.

— Et qui le demande ?

— Fidélité La Rochelle, honnête Compagnon.

Aussitôt, le visage de l'homme s'illumina.

— Vous êtes La Rochelle ? demanda-t-il en lâchant la corde derrière lui.

Fidélité rattrapa celle-ci rapidement avant que le poids qu'elle retenait plus haut ne s'écroule à terre.

— Oui, dit-il en souriant. C'est moi. Mais vous feriez mieux de tenir cette corde !

L'homme saisit le bout que le Compagnon lui tendait.

— Oui, bien sûr ! Oh ! Fidélité ! Le seigneur de Laroche va être si content de vous voir ! Il ne s'attend sûrement pas à votre visite !

— Et où est-il ?

— Eh bien, il est... à la prédication, répondit

l'homme à voix basse en vérifiant que personne n'entendait.

— Et où est-ce ? demanda Fidélité.

L'homme s'approcha de lui et lui chuchota à l'oreille. Il lui expliqua comment se rendre dans la cave d'une petite maison de Nabomar, l'un des multiples lieux où les Bons Hommes se retrouvaient en cachette pour leurs cérémonies religieuses.

— Merci, monsieur, j'y vais de ce pas.

— Eh bien, bonne chance, monsieur. Croyez que nous sommes honorés de votre présence.

Fidélité eut un sourire étonné, il salua l'homme et fit signe aux quatre Compagnons de le suivre. Derrière lui, il entendit l'homme expliquer fièrement à ses compères à qui il venait de parler.

Ils remontèrent quelques ruelles et se rendirent au lieu indiqué, en essayant de ne pas trop attirer l'attention. Ils entrèrent dans une petite cour cachée derrière une porte cochère, et descendirent un étroit escalier de pierre.

En bas, ils tombèrent sur une porte fermée. On entendait les voix de plusieurs hommes de l'autre côté. Fidélité frappa discrètement. Il y eut un moment de silence, puis des pas approchèrent.

— Qui va là ?

— Fidélité La Rochelle, annonça le forgeron. Je suis venu...

Il n'eut pas le temps de finir sa phrase. La porte

s'ouvrit brusquement, et il découvrit dans la pénombre le visage sidéré de Bernard de Laroche.

Le Bon Homme le saisit à l'épaule et l'embrassa chaleureusement.

— Fidélité ! Mais que fais-tu ici ?

— Bonjour Bernard ! Nous sommes venus vous prêter main-forte et vous conduire à Pierre-Levée, expliqua le Compagnon.

— *Nous ?* Tu veux dire que Bohem est ici ?

— Non. Mais je suis venu avec quelque trois cents Compagnons, Bernard.

— Trois cents ! s'exclama le Bon Homme, enchanté.

— Oui. J'ai entendu dire que vous aviez besoin d'aide. Et puis, Bohem nous attend à Pierre-Levée...

— C'est... C'est formidable, mon ami ! C'est formidable. Entrez ! Nous étions sur le point de finir, justement ! Vous serez mieux à l'intérieur.

Ils entrèrent tous les cinq dans la petite cave obscure, et Bernard referma la porte derrière eux.

Il y avait là une petite dizaine de personnes, des hommes exclusivement, et sur les murs des étagères remplies de livres.

Fidélité fit les présentations. Les Bons Hommes semblaient heureux de rencontrer le Compagnon, mais légèrement intimidés.

— Bernard, dit-il d'un air grave, je vois que votre ville et votre communauté ont été durement touchées. Plus durement encore que je ne l'avais imaginé...

— Oui, mon ami. Nombre de nos amis sont morts, les familles sont déchirées, nous parvenons à peine à subvenir aux besoins de tous les orphelins que les assauts répétés de la Milice ont laissés derrière eux. Je... Je sais que j'ai promis à Bohem de le rejoindre à Pierre-Levée, mais chaque matin, je n'arrive pas à me résoudre à quitter Nabomar. Il reste tant à faire !

— Je comprends, mon ami, je comprends. Et Bohem comprendrait aussi. Tu n'as pas à te justifier. Chacun se défend comme il peut. Toutefois, je crois que nous pouvons trouver une solution. Bohem, il me semble, a besoin de réunir le plus possible de communautés différentes à Pierre-Levée. Et il serait dommage que vous n'y soyez pas représentés. Comme je te l'ai dit, je suis venu avec trois cents Compagnons. Ce sont les meilleurs ouvriers de Gallica, tu peux me croire.

— Je n'en doute pas.

— Je te propose que pour chaque Bon Homme qui décidera de partir à Pierre-Levée, l'un des Compagnons ici présents le remplace, pour participer à la reconstruction de Nabomar.

— Tu ferais ça ? s'exclama Bernard enthousiaste.

— Bien sûr. Les Compagnons répareront la ville bien mieux et beaucoup plus vite que vous, mon ami.

Bernard jeta un coup d'œil ravi aux Bons Hommes qui étaient dans la cave avec lui, puis il réfléchit un instant.

— Ce serait formidable !

— De cette façon, tu pourras aller voir Bohem l'esprit tranquille.

— Soit. Alors, je mènerai un groupe de trente Bons Hommes à Pierre-Levée.

— Parfait, Bernard ! Trente Compagnons prendront leur place ici, pendant que nous irons ensemble dans la capitale du Pierevain.

— Merci, La Rochelle. Merci. Les habitants de Nabomar vous seront à jamais reconnaissants. Et qui plus est, je suis impatient de reprendre la route avec toi !

— Moi aussi, mon ami. Moi aussi.

Les deux hommes s'embrassèrent à nouveau. Ils discutèrent encore de longs moments à l'abri de cette petite cave, puis ils partirent, chacun de son côté. Il y avait encore beaucoup à faire avant de se remettre en route pour le palais des Ducs de Pierre-Levée.

⁂

Bohem et Mjolln marchaient l'un à côté de l'autre. Le vent soufflait si fort à présent qu'ils avaient l'impression d'avancer contre un mur. Emmitouflés dans d'épaisses couches de laine couvertes de neige, ils ressemblaient à deux monstres blancs bravant les éléments.

Le froid pénétrant leur brûlait les joues. Leurs oreilles, leurs mains et leurs pieds étaient gelés, leurs lèvres gercées.

Un pas après l'autre, cherchant continuellement l'équilibre, ils évoluaient avec une lenteur grandissante. L'hiver était un ennemi contre lequel ils livraient un véritable duel.

*Je n'abandonnerai pas, Lailoken ! Je n'abandonnerai pas.*

Soudain, Bohem vit que Mjolln n'arrivait plus à le suivre. Chaque fois que le louvetier faisait deux pas, le nain parvenait à peine à en faire un. Bohem attendit son ami et l'attrapa par le coude pour l'aider à avancer. Mais Mjolln souffrait de plus en plus. À chaque enjambée, il semblait sur le point de s'écrouler.

Et alors Bohem se dit qu'ils ne s'en sortiraient jamais. Ils arrivaient, à bout de forces, au cœur de la tempête, et il se demandait si cela se terminerait un jour. Il se vit, là, ne pouvant plus avancer, et tombant dans la neige. Il imagina leur deux corps allongés, immobiles, gelés, ensevelis. Il imagina son sang qui se transformait en glace, sa peau qui devenait une fine couche de verre.

*Si je dois mourir, que ce soit au pied de l'Armensul !*

Bohem serra les dents et reprit courage. Malgré le vacarme de la tempête, il entendait la voix des Brumes. De plus en plus forte. Il savait qu'ils n'étaient plus très loin. Il ne pouvait pas abandonner maintenant !

À cet instant, Mjolln perdit vraiment l'équilibre et

s'écroula par terre. Bohem le rattrapa aussitôt et l'aida à se relever.

— Courage, monsieur Abbac !

— Ahum. Je n'en peux plus, Bohem ! Mes jambes, ça, sont trop courtes pour marcher dans cette neige, oui ! Je... Je suis désolé.

Bohem regarda son ami. Il n'avait plus la moindre force. Il avait le souffle court, son torse était secoué de soubresauts comme celui d'un animal blessé.

*Je ne peux pas le laisser derrière moi.*

Bohem hésita, puis il attrapa Mjolln par les hanches et le souleva au-dessus de sa tête pour le poser sur ses épaules.

— Qu'est-ce que tu fais ! hurla le nain en attrapant la tête de Bohem pour ne pas tomber en arrière.

— Agrippe-toi, Mjolln ! Nous allons trouver l'Armensul. Ensemble !

Jamais il n'aurait imaginé que le nain pût être aussi lourd. La tempête rendait la chose encore plus difficile. Mais il avait fait un premier pas. Puis un deuxième. Et le louvetier se remit à marcher, portant son ami sur ses épaules, les deux mains agrippées sur les genoux du nain. Chaque effort lui tirait un grognement de rage et de douleur.

*Je dois penser à Vivienne !*

Il avait de plus en plus de mal à dégager ses pieds de la couche de neige. Il devait donner de grands coups de hanches pour se libérer du sol et enjamber cet océan de coton.

Bientôt, il ne sentit plus ses membres, et sa vue se brouilla. Il lui semblait être dans un rêve, ou dans le monde de Djar, peut-être. Tout tournait autour de lui.

Des tourbillons de cristaux scintillants enveloppaient son visage. Il n'était plus sûr de vraiment marcher. Était-il encore debout ? Mjolln était-il toujours sur ses épaules ? Il avait l'impression d'être porté par la tempête, peut-être même de voler.

*Je deviens fou. C'est le froid. Je dois me ressaisir.*

Bohem souffla plusieurs fois, secoua la tête, puis il essaya de faire un nouveau pas. Mais ses membres ne répondaient plus. Il était comme paralysé.

Le jeune homme poussa un cri de colère et de désespoir. Il ne pouvait plus avancer.

*Je dois me battre ! Me battre contre la tempête !*

Il se rendit compte alors que la voix des Brumes s'était tue dans sa tête. Il n'entendait plus rien. Même plus le bruit des énormes bourrasques de vent. Seulement les battements sourds de son cœur. Si violents ! Ils résonnaient comme de grands coups de tambour au cœur d'une vallée immense.

Et ils ralentissaient.

Il leva les mains vers ses épaules et attrapa les jambes de Mjolln. Il les serra entre ses doigts. Mais aucune réaction. Le nain, sans doute, avait perdu connaissance.

*Me battre contre la tempête.*

Alors, tout au fond de son âme, Bohem chercha le chemin du monde de Djar. La petite route étroite qui reliait son esprit à la contrée des rêves. Là où il faisait chaud. Il sonda, tendu, tous les recoins de sa conscience, à la recherche de la plus petite ouverture, du moindre rayon de soleil. Mais aucune réaction. Tout était mort, gelé.

*Je ne peux pas abandonner. Je veux revoir Vivienne.*

Survivre. Se battre, lutter contre la tornade. Oui, il devait y avoir un moyen : il était le fils de la Terre. Il devait pouvoir repousser la neige comme il avait écarté les arbres de la forêt de Roazhon. Mais il lui restait si peu de forces ! Il *devait* essayer.

Bohem se concentra à nouveau. Il tenta d'oublier la peur, le froid, le poids sur ses épaules, le vent glacial sur son visage. Il plongea à l'intérieur de lui-même. Ce n'était pas Djar qu'il devait trouver, c'était la Terre. Son lien secret avec la Terre. Remonter le fil qui le reliait aux éléments, et se battre.

Il sentit soudain les ténèbres l'envahir. Et, au cœur de l'immensité, il vit la lumière d'une faible flamme. Si lointaine, si fragile ! Il tenta de l'approcher, ou de la ramener, elle, vers lui. La flamme vacilla. *Doucement ! Ne pas l'éteindre !* Il essaya encore. Elle vibrait à chaque battement de son cœur, prête à s'étouffer et à disparaître à jamais. Il fallait qu'il arrête, qu'il fasse taire ces pulsations sourdes. Alors il se tourna vers elles, il se tourna vers son cœur pour lui ordonner de s'apaiser. Puis de mourir, complètement.

Son cœur, lentement, s'arrêta. Et son esprit se mit à

flotter dans l'océan des ombres. Il vola vers la flamme avec la douceur d'une rivière. Il tendit la main, ouvrit ses doigts suppliants. Et il posa sa paume, là, juste au-dessus.

Il y eut un grand choc. Une explosion de lumière.

Puis plus rien.

⁂

— Majesté ! Nous avons surpris cet homme qui tentait d'entrer dans notre campement.

La neige avait cessé de tomber. Tout était blanc. C'était un matin calme, baigné de quelques rares rayons de soleil. Emmer avait fait soigner la blessure à sa jambe. Il releva la tête pour voir le prisonnier qu'on lui amenait. Et quand il vit son visage, il n'en crut pas ses yeux.

C'était Pieter le Vénérable, abbé de Cerly. L'une des plus grandes personnalités de l'Église. Un protégé du pape, et l'une des éminences grises de Livain VII le Jeune.

— Lâchez-le ! ordonna-t-il d'un ton sec en se levant. Pieter, que faites-vous ici ?

Le vieil homme avait le visage tordu de douleur. Le dos courbé, il respirait fort.

— Je suis venu vous parler, Capigesne.

— Si vous êtes venu me demander de cesser cette guerre, c'est parfaitement inutile, abbé !

— Accordez-moi quelques instants, Emmer. Pouvons-nous parler tranquillement ?

Le roi de Brittia soupira. Et si c'était un piège ? Non. Ce n'était pas le genre d'un homme d'Église comme celui-ci, aussi corrompu qu'il fût. Une manipulation politique, tout au plus. De toute façon, Emmer avait du temps. Le général Chroce ne reviendrait pas avant quelques jours avec les renforts. Alors pourquoi ne pas écouter ce vieil abbé ? Il pourrait peut-être lui apprendre des choses sur la situation de Livain.

— Bien. Suivez-moi, Pieter.

Les deux hommes partirent s'installer face à face à la table qu'on avait construite dans la tente du roi. Celui-ci demanda à ses gardes qu'on ne le dérange pas.

— Je vous écoute, Pieter.

Le vieil homme inspira profondément. Son dos le faisait tant souffrir !

— Emmer, je ne suis pas venu pour juger vos motifs ni même la raison de cette guerre. Quelles que soient vos allégations, elles ne me regardent pas, et bien que je sois attristé par cette querelle, je suis un homme d'Église, pas un homme d'État.

— Je ne savais pas qu'il y avait une différence.

L'abbé ne releva pas l'ironie.

— Si je viens vous parler, ce n'est donc pas pour des raisons politiques, mais bien pour une cause qui concerne la chrétienté. Vous êtes chrétien, Emmer ?

— Quelle question ! s'offusqua le roi de Brittia.

— Alors, si vous l'êtes, vous ne serez pas insensible à ce que j'ai à vous dire.

Le roi haussa les sourcils. La conversation l'ennuyait déjà.

— Savez-vous qui est Bohem ? demanda Pieter d'une voix soudain plus grave.

Le roi écarquilla les yeux.

— Encore celui-là !

— Majesté, savez-vous qui il est *vraiment* ?

— Oui. Il est le fils d'Aléa Cathfad, qui fut naguère reine de Gaelia, pays voisin du mien. Mais sa lignée ne peut plus revendiquer le trône, si c'est ce qui vous inquiète. En Gaelia, les rois sont élus, à présent. Le véritable pouvoir est entre les mains de la Chambre des communes. Et c'est O'Connor qui...

— Non, Majesté, ce n'est pas ce qui m'inquiète. Je ne crois pas que Bohem soit intéressé par le trône de Gaelia. Je crois que ses desseins sont bien plus vastes que cela.

— Allons ! Ce n'est qu'un enfant prétentieux, abbé. Il a su s'attirer la sympathie de mon épouse, et il joue les trouble-fête en agitant le peuple de Quienne, principalement les Compagnons et les Bons Hommes...

— Il est bien plus qu'un enfant prétentieux, Majesté. Savez-vous que ce jeune homme s'est d'abord fait remarquer en marchant dans les flammes ?

— Oui, j'ai entendu dire cela.

— Savez-vous qu'il a ensuite fait preuve de

pouvoirs surnaturels qui lui permettaient notamment de communiquer avec les Brumes, ces créatures du démon ?

— Ces rumeurs aussi me sont parvenues, oui. Mais quelle importance ? Les Brumes ont complètement disparu, aujourd'hui...

— Elles pourraient revenir. Bohem les a conduites en lieu sûr. C'est peut-être pour les rappeler plus tard... le moment venu.

— Qu'essayez-vous de me dire, Pieter ?

— Vous n'êtes pas sans savoir que le pays tout entier est touché par une étrange série de morts inexpliquées ?

Le roi hocha la tête.

— Et vous ne vous demandez pas ce que signifient ces morts ?

— Une maladie, sans doute...

— Emmer ! Vous n'êtes pas sérieux ! Une maladie ? Qui toucherait le pays tout entier, et qui tuerait sans prévenir, sans symptômes ?

— Pourquoi pas ? C'est peut-être une nouvelle forme de peste...

— Allons, Emmer ! Vous le faites exprès ! Ne voyez-vous pas le rapport entre tout cela ? Ce jeune homme, surgi de nulle part, né – selon la légende – d'une druidesse, et dont la venue est accompagnée de phénomènes étranges, puis de la mort de milliers de personnes ?

Le roi pencha la tête, incrédule.

— Ne me dites pas que vous prenez Bohem pour le diable en personne ? s'exclama-t-il en souriant.

— Avez-vous une meilleure explication ?

Emmer resta bouche bée. Il n'arrivait pas à croire que l'abbé de Cerly puisse être sérieux.

— Pieter, malgré le respect que je dois à votre âge et à votre rang, vous vous égarez !

— Je suis parfaitement sérieux, Majesté. Et Livain pense comme moi.

— Le contraire m'eût étonné.

— Tout ce qui se passe depuis cet été était écrit dans la Bible. Bohem a accompli son premier méfait le jour de la Saint-Jean, au solstice d'été. Nous voici maintenant au solstice d'hiver, Emmer. Ne voyez-vous pas tous les signes ? Avez-vous déjà vu pareil hiver ? Avez-vous déjà entendu parler de tant de morts ? Ne voyez-vous pas ces gens qui, déjà, suivent Bohem dans tout le pays, prêts à mourir pour lui ?

— Ce que je vois, Pieter, c'est que vous êtes prêt à inventer n'importe quoi pour me convaincre de cesser les combats. C'est Livain qui a eu cette idée, n'est-ce pas ?

— Non, Majesté. Comme vous, il a d'abord refusé de me croire. Mais aujourd'hui, l'avenir de Livain n'a plus pour moi la moindre importance, car je suis convaincu que la venue de Bohem annonce la fin des temps. Vous me prenez pour un fou ? Alors expliquez-moi seulement d'où il tient ses pouvoirs...

— Sa mère avait reçu l'enseignement des druides

de Gaelia, Pieter. Ces illuminés pratiquaient tout un tas de rites magiques... Il aura hérité de ces étranges pouvoirs. Cela fait certainement de lui un hérétique, mais il n'a pas l'envergure d'un ange de l'enfer, mon pauvre Pieter...

— Ne me parlez pas ainsi, Emmer ! s'emporta le vieil homme. Vous oubliez que je suis abbé de Cerly, sous la protection directe de Sa Sainteté Nicolas IV !

— Je n'oublie rien du tout, Pieter ! Et je n'oublie particulièrement pas que le pape a envoyé contre moi la Milice du Christ, par deux fois. À Pierre-Levée, d'abord, et maintenant, ici ! Il semble plus intéressé par ma défaite que par le sort de votre démon. En revanche, vous oubliez, vous, peut-être, que vous vous adressez à un roi !

— Demain, il n'y aura plus de roi, plus de pape, plus rien du monde que nous connaissons, Emmer ! Si Bohem parvient à ses fins, viendra alors le royaume des Ténèbres.

— Ne soyez pas si dramatique ! se moqua Emmer.

— Les temps le sont.

— Vous divaguez, Pieter, et en outre, vous m'agacez.

Le roi se leva et se dirigea vers la porte de la tente.

— Capigesne ! Je vous en conjure ! Réfléchissez ! Il n'y a pas d'autre explication !

Emmer souleva le drap tendu devant lui et adressa un regard méprisant à l'abbé de Cerly.

— Bohem est l'Antéchrist, Majesté.

Le roi eut un ricanement désemparé.

— Gardes ! cria-t-il. Emmenez ce vieux fou ! Attachez-le et bâillonnez-le, je ne veux plus entendre sa voix !

⁂

Le néant l'avait aspiré totalement. Il n'était plus qu'esprit. Ce devait être la saveur insipide de la mort. Le grand rien. C'était presque agréable, réconfortant.

— Bohem ! Regarde !

La voix résonna dans le gouffre obscur où flottait la conscience de Bohem.

— Regarde !

Il essaya de s'accrocher à cette voix. C'était comme si là-haut, soudain, une petite porte s'était ouverte et avait laissé passer un rayon de lumière.

Lentement, Bohem remonta vers elle. Il s'éleva au-dessus du vide comme un corps remonte à la surface d'un océan.

— Bohem ! Regarde !

Le louvetier revint doucement à lui. Il ouvrit les yeux et fut ébloui par une intense lumière. Il les referma aussitôt. Il attendit, secoua la tête et inspira profondément.

Il sentit alors une main amicale se poser sur son épaule. Il essaya à nouveau d'ouvrir les yeux, le plus délicatement possible. La lumière était toujours aussi intense, mais il commençait à voir.

À genoux, tête baissée, il aperçut d'abord ses mains ensanglantées. Elles trempaient dans une neige fondue, rosie par son propre sang. Il tourna la tête et vit les pieds de Mjolln sur sa droite. Son ami était vivant. C'était sa voix, bien sûr, qui l'avait ramené.

Il laissa encore ses yeux s'accoutumer à la lumière, puis il se redressa lentement. Et alors il découvrit le spectacle incroyable qui s'offrait à eux.

C'était comme si la tempête avait ouvert une grande bulle, une grande réserve paisible en son sein. Il n'y avait plus une once de vent et le soleil, à nouveau, brillait haut dans le ciel. Ses rayons illuminaient la plaine enneigée. Les cristaux scintillaient sur la grande surface lisse. Et au centre, tout au centre, se dressait, imposant, le frêne solitaire. L'Armensul.

*Vivienne.*

Le tronc immense déployait ses branches dénudées comme autant de bras suppliants. Il était noir, noir comme du charbon. À sa base, il était éventré. On apercevait les petites marches d'un escalier qui grimpait à l'intérieur de l'arbre.

Mais surtout, surtout, Bohem vit, comme en rêve, le pauvre corps de Vivienne, suspendu au cœur de l'arbre par de longues lianes séchées. Les bras en croix, les pieds liés, la tête abandonnée dans le vide, elle semblait déjà morte, comme une proie suffoquée dans la toile géante d'une araignée. Son corps était presque aussi blanc que la neige. Ses cheveux blonds tombaient le long de son visage comme des larmes de glace, figés par le froid.

Bohem poussa un cri de rage et d'horreur.

Il se leva d'un bond et, oubliant la douleur, il se mit à courir, de toutes ses forces. Sans quitter des yeux le corps immobile de Vivienne, il traversa la longue plaine enneigée à la vitesse d'un fauve.

Quand il fut au pied de l'arbre, il sauta vers la plus basse branche, l'agrippa à pleines mains et se hissa au-dessus. Il grimpa, agile, jusqu'à la hauteur de Vivienne, puis il prit la tête de la jeune femme dans ses mains. Elle avait les paupières closes et son corps était gelé.

— Vivienne ! hurla-t-il.

Mais elle ne bougeait pas. Les larmes envahirent les yeux du louvetier. Il les essuya d'un revers de manche, puis détacha lentement les lianes qui emprisonnaient Vivienne. Il vit alors que certaines avaient pénétré sous sa peau. De fines petites branches s'étaient glissées dans ses poignets et ses chevilles, comme des veines de bois. Il les arracha une à une, comme on arrache les racines des mauvaises herbes qui infestent la terre. Il prit Vivienne par la taille, puis il ôta ses derniers liens. La jeune femme tomba dans ses bras comme un fruit mort. Elle était aussi légère qu'une enfant. Elle avait perdu tant de poids !

Il recula précautionneusement sur sa branche et amena le corps de Vivienne sur ses cuisses. Il passa délicatement sa paume sur les joues livides de la jeune femme, puis il aperçut Mjolln, en dessous de lui.

— Descends-la, Bohem, je vais t'aider.

Le nain tendait les bras vers lui. Le louvetier resta un instant assis sur sa branche, la poitrine soulevée de sanglots, puis il se laissa glisser jusqu'à ce que son pied s'appuie sur une saillie du tronc d'arbre. Lentement, il fit descendre le corps de Vivienne en la tenant par les poignets, et quand il fut certain que Mjolln pourrait la retenir, il la laissa tomber dans les bras de son ami.

Bohem sauta de l'arbre et vint s'agenouiller près du corps de celle qu'il aimait.

— Elle respire, murmura le nain juste à côté de lui, un sourire aux lèvres. Elle respire, Bohem. Laisse-moi m'occuper d'elle.

# Chapitre 6

## RENAISSANCES

*Le Marcheur de Djar errait encore, seul, sur les rives de ce monde infini. Il marchait depuis la nuit des temps, peut-être, prisonnier d'une question qu'il ne comprenait pas. Il avait tourné mille fois autour de ce lac immense, la tête baissée sous la gueule d'une Brume, les épaules résignées. Il était l'homme sans âge, le Sauvage, celui qui voit le passé et l'avenir, qui se tient, la tête double, à la porte des saisons.*

*Soudain, Lailoken sentit une douleur violente à ses poignets, comme des coups de couteau qui lui lacéraient la peau. Il poussa un cri de souffrance, se laissa tomber sur les genoux et leva les mains devant ses yeux.*

*Du sang coulait de ses veines et glissait sur ses bras comme des rivières de lave rouge. Il regarda longtemps ces gouttes écarlates, consterné. Que se passait-il ? Quel mal s'était emparé de lui ?*

*Il sentit l'affliction, le détachement d'une âme lointaine. Comme une sœur qu'on lui eût enlevée. Puis il comprit. L'image de l'Armensul lui revint comme un éclair à l'esprit. Il vit le frêne, ses lianes découpées, qui pendaient dans le vide, et la sève qui coulait, goutte à goutte, sur le voile blanc de la neige.*

Bohem a enlevé Vivienne. Il a versé le sang de l'Armensul.

*Le Sauvage ferma les yeux. Il marchait depuis si longtemps ! Il en avait presque oublié Bohem. Il en avait presque oublié qu'il y avait un monde en dehors de celui-là, en dehors de Djar. Et surtout, il avait oublié pourquoi il était là.*

*Il fut pris d'un élan de rage.*

Tuer Bohem. Je dois tuer Bohem, avant de mourir moi-même. Il a mis fin au règne du Saîman, il a coupé les veines de l'Armensul, et il m'a banni, moi, Suileone-gelt.

*Le Sauvage se retourna et posa sur Djar un regard nouveau. Le regard d'un prisonnier qui avait décidé, soudain, qu'il était temps de s'évader.*

*Non, il n'y avait pas d'issue. Non, il n'y avait pas de réponse, pas de vie après le Saîman, il en était sûr à présent. Il avait cru, d'abord, que Bohem avait peut-être raison. Qu'il pourrait trouver une nouvelle voie, ici, dans la quiétude et l'errance. Un moyen de sortir du cycle de jadis pour entrer dans un monde nouveau.*

*Mais non. Il le savait à présent. Il n'y avait pas de troisième voie. Il n'y avait que la mort, la fin, la délivrance du temps. La sienne et celle du Samildanach.*

*Bohem et lui étaient les derniers enfants du Saîman.*

*Mais s'il fallait mourir, qu'il puisse au moins punir celui qui avait tout gâché. Oui. Il se souvenait à présent. Il s'était écarté de son chemin, de son devoir. Il devait tuer Bohem.*

*Merlin retourna vers le grand lac qui hantait ses marches dans le monde de Djar. Il s'assit sur un petit banc de pierre. Et là, le regard perdu dans les reflets étincelants, il se souvint de cette scène étrange, ce seul moment de poésie qui avait su un jour l'émouvoir. Il se rappela cette jeune femme si belle qu'il avait vue courir, un bébé dans les bras, et qui était morte mille fois sous ses yeux. Pourquoi ne l'avait-il pas sauvée ? Pourquoi avait-il refusé cette main tendue du destin ?*

*C'était trop tard aujourd'hui. Tout était fini. Tout était perdu.*

*Et seule la mort de Bohem pourrait abréger cette longue souffrance.*

⁂

Ce fut Loeva qui les vit la première.

Depuis le matin elle attendait, perchée sur une des branches d'un vieux pin, à scruter l'horizon dans l'espoir de voir enfin celui qui était devenu son frère. Malgré l'insistance d'Hélène, elle n'était même pas descendue pour manger. « Je n'ai pas faim ! » avait-elle menti.

La neige avait cessé de tomber. Ils s'étaient installés à la lisière de la grande forêt morte, là où les arbres dénudés faisaient encore un abri et où l'on pouvait trouver tout le bois nécessaire pour faire des feux, des cabanes et tous les ustensiles dont on avait besoin pour vivre là quelques jours. Les enfants avaient pu se reposer et l'on avait soigné les nombreuses plaies dues à la tempête. Les louvetiers recommençaient à chasser et la reine, pour masquer son angoisse, organisait la vie du camp. Il n'y avait qu'à attendre. Attendre et espérer.

Mais au début de la soirée, alors que le soleil avait amorcé sa chute au bout de l'horizon, alors qu'elle commençait à sentir la douleur de l'ankylose dans ses petites jambes, Loeva avait enfin aperçu deux silhouettes, peut-être trois, sortir des brouillards opaques du lointain. Elle s'était aussitôt mise debout sur la branche, impatiente, et elle avait attendu d'être sûre. Quand elle vit se dessiner la forme si particulière d'une cornemuse sur le dos du plus petit des deux marcheurs, pleine de joie, elle s'écria :

— Les voilà !

Loeva descendit de l'arbre à toute vitesse et courut tout droit vers eux, les poings serrés. Ses pieds s'enfonçaient dans la poudreuse et soulevaient des nuages de neige. À mi-course, elle vit que Bohem portait une jeune femme dans ses bras. Vivienne. D'où elle était, Loeva ne put dire si elle était morte ou vivante. Elle courut de plus belle, le cœur battant. Quand elle arriva, essoufflée, devant ses deux amis, elle avait les yeux emplis de larmes.

— Vivienne ? demanda-t-elle, mais sa question avait un sens bien plus profond.

Bohem hocha la tête en souriant.

— Tout va bien, Loeva. Elle est vivante.

La jeune fille ne put retenir un rire franc et soulagé. Le rire d'une enfant troublée, entremêlé de petits sanglots discrets.

— Nous nous sommes tellement inquiétés ! s'écria-t-elle en sautant finalement dans les bras de Mjolln.

Le nain faillit tomber à la renverse. Il se mit à rire lui aussi.

— Ahum ! Oh la ! Petite voleuse ! Doucement ! Ça, je n'ai plus vingt ans, non, tu sais !

Loeva embrassa longuement le vieux barde, puis elle recula pour mieux regarder ses deux amis. La peau des deux hommes était brûlée, boursouflée. Leurs lèvres écorchées étaient striées de croûtes de sang. Leurs mains étaient couvertes de plaies multiples. Ils avaient le teint blanc et les yeux cernés. Mais ils souriaient tous les deux. Ils étaient vivants !

La jeune fille, impatiente, les guida vers le camp en jetant de rapides coups d'œil à Vivienne, immobile dans les bras de Bohem. Elle avait l'air si fragile ! Mais elle était aussi belle qu'elle l'avait imaginée. Peut-être même plus.

À mi-chemin, ils virent arriver Hélène de Quienne, les bras croisés sur sa poitrine, le visage pétri d'angoisse. La duchesse, en voyant Vivienne, accéléra le pas. Elle s'arrêta devant eux et, voyant le visage si blanc de sa nièce, elle porta les mains à sa bouche d'un air horrifié.

— Nous allons la soigner, duchesse, la rassura Mjolln en lui prenant la main.

La reine lui rendit son geste amical et lui adressa un regard plein de gratitude.

— Venez, dit-elle, nous avons fait une cabane où nous pourrons la coucher. Dépêchons-nous.

Ils marchèrent tous ensemble jusqu'au camp, à l'orée de la forêt. Tout le monde, louvetiers, gardes d'Hélène, habitants de Gallica – plus de trois cents voyageurs, déjà –, était rassemblé là. Ils étaient impatients de voir les rescapés de la tempête et, surtout, cette jeune femme dont on avait tant parlé. Vivienne de Châtellerault. Mais ils restèrent silencieux, devinant sans doute que les trois arrivants avaient besoin de calme et de repos. Ils s'écartèrent progressivement en murmurant des paroles amicales et en adressant à Mjolln et Bohem des sourires de bienvenue.

Le soir était tombé, on installa rapidement Vivienne dans la grande cabane que les louvetiers avaient construite pour elle. Bohem, à bout de forces, s'écroula peu après. Mais Mjolln, lui, malgré la fatigue, passa une grande partie de la soirée à soigner la jeune femme. Il demanda à Loeva et Hélène de lui préparer quelques décoctions avec des ingrédients qu'il sortait un à un de son sac. Il fit boire à Vivienne des breuvages étranges, la pansa, lui prodigua de nombreux soins jusqu'à ce que lui-même ne put plus rester debout, et alors il alla dormir près de Bohem, à quelques pas de là.

Hélène et Loeva, quant à elles, passèrent la nuit à veiller la jeune femme, l'une près de l'autre. Elles lui épongeaient le front de temps en temps, remettaient la couverture sur ses épaules quand celle-ci avait glissé.

— Votre nièce est très belle, Majesté, chuchota Loeva au beau milieu de la nuit.

La duchesse sourit et prit la main de la jeune fille.

— Elle est aussi d'un merveilleux tempérament, tu verras. Je suis sûre que vous allez très bien vous entendre, toutes les deux.

Loeva acquiesça.

— J'espère que nous aurons le temps de nous connaître. Avec tout ce qui nous reste à faire et si peu de temps...

— Vous aurez toute la vie, Loeva.

— Peut-être, répondit la jeune fille avec un air grave.

Hélène soupira. Les temps étaient tellement injustes de plonger ces enfants si tôt dans de si grands tourments !

— Tu ne veux pas dormir, maintenant ?

— Non. Je voudrais la voir se réveiller, chuchota Loeva en haussant les épaules.

— Moi aussi ! avoua la duchesse en lui adressant un clin d'œil.

Alors, elles restèrent ainsi, côte à côte, toute la nuit. Elles échangeaient parfois quelques paroles complices, du bout des lèvres, puis au petit matin leurs vœux furent exaucés : Vivienne ouvrit les yeux dans la lueur des premiers rayons de soleil.

⁂

Le général Chroce arriva au sommet de la colline des Cendres avec un jour d'avance. Il dirigeait une colonne de trois cents soldats, portant les bannières d'Andesie et de Turan.

Le jeune roi de Brittia les vit arriver de loin avec satisfaction. Ces nouveaux hommes venaient compléter les quatre cents fantassins arrivés deux jours plus tôt en renfort de Pierre-Levée. Cela faisait maintenant une armée importante. Une nouvelle chance de détrôner Livain.

Il s'approcha de l'entrée du camp, les mains croisées derrière le dos, et attendit la tête du convoi.

Quelques instants plus tard, le général arriva devant lui et immobilisa son cheval. Il salua Emmer Capigesne et fit signe aux hommes derrière lui de s'arrêter aussi.

— Majesté ! dit-il en inclinant respectueusement la tête.

— Je vous félicite, général ! l'accueillit le roi en

souriant. Je savais pouvoir compter sur vous. Grâce à vous, je pense que nous sommes plus nombreux à présent que dans le camp adverse !

— Je suis à votre service, Emmer. Mais cela ne nous assurera pas forcément la victoire. Les soldats de Livain ont sans doute mieux préparé leur défense, cette fois-ci. Et ils ont la Milice du Christ pour les conseiller.

— Certes. Et ce Grégoire de Berva semble être un sérieux adversaire.

— C'est un fin stratège, Majesté.

— Vous le connaissez ?

— De réputation. Il est certes plus jeune et moins expérimenté que ne l'était Dumont Desbardes, mais il est plus sage et plus prévoyant. Et surtout, on dit que sa foi est si profonde que cela le rend particulièrement redoutable...

— Je me battrai contre lui, général, et cette fois-ci, je ne me laisserai pas surprendre.

L'officier acquiesça. Il admirait le courage et la détermination de son roi, qui – contrairement à beaucoup de souverains – prenait toujours part aux combats parmi ses hommes et leur communiquait ainsi sa bravoure légendaire.

— Général, installez vos hommes et retrouvez-moi rapidement dans ma tente, nous devons préparer notre assaut au plus vite. Je veux que nous attaquions dès ce soir.

— Dès ce soir ? s'étonna l'officier. Mais les

hommes et les chevaux sont fatigués ! Nous avons fait un long voyage.

— Plus le temps passe, plus Livain peut préparer sa défense. En outre, l'obscurité donne l'avantage aux assaillants. Il reste quelques heures avant la nuit noire, dites à vos hommes de se reposer en attendant nos ordres.

Chroce acquiesça et fit avancer son cheval. La longue cohorte se remit en route et prit place dans le campement parmi les chevaliers et les fantassins de Pierre-Levée.

Chacun trouva rapidement sa place, les soldats se répartirent selon leur corps d'armée, et le général put rapidement rejoindre Emmer Capigesne, comme il l'avait promis.

En deux heures, les deux hommes établirent un plan d'attaque, en tenant compte de ce qu'ils avaient découvert lors du premier assaut. L'impatience se lisait dans le regard du roi. Et ce n'était plus seulement l'envie de vaincre Livain pour s'emparer du trône de Gallica ; mais c'était aussi un désir profond de se mesurer une seconde fois au nouveau Grand-Maître de la Milice.

Le général Chroce espérait seulement que ce désir de vengeance n'allait pas fausser le jugement de son roi. Un bon stratège ne doit pas se laisser influencer par la passion, mais par la raison seulement... Il se garda bien toutefois d'en faire part au souverain.

Ainsi, un peu avant minuit, les troupes d'Emmer

prirent position autour du campement de Livain, suivant la stratégie établie par les deux assaillants. Cette fois-ci le plan d'attaque, quoique reposant toujours sur deux fronts, était sensiblement différent.

Les fantassins de Pierre-Levée, à la demande du roi, avaient préparé une intrusion surprise à laquelle Livain et Grégoire de Berva ne s'attendaient sûrement pas. Ils avaient construit de longues passerelles de bois pour enjamber la rivière et attaquer par le flanc est du campement, qui n'était probablement pas défendu. L'ennemi n'avait sans doute pas envisagé qu'il puisse être attaqué par la voie fluviale, et ses défenses devaient être concentrées aux trois autres points cardinaux.

Emmer avait à nouveau pris le commandement du flanc ouest, où la bataille serait la plus rude, parce que frontale, et le général Chroce, lui, dirigerait le flanc est, donnant l'assaut quelques instants après le début des hostilités pour que l'effet de surprise soit plus efficace.

Le général avait emmené ses hommes vers le sud où ils avaient traversé la rivière, puis ils étaient remontés à la hauteur du campement par l'autre rive, sans faire de bruit.

Ils étaient tapis dans l'ombre, maintenant, attendant le moment opportun pour leur attaque surprise.

Le général Chroce se frotta les mains pour se réchauffer un peu. L'eau de la rivière était si froide ! Et la neige, partout, faisait un tapis glacial.

La nuit étoilée colorait le sol d'un bleu suave. Il frissonna. Son souffle projetait dans l'air des petits nuages de buée éphémères. Pour la première fois de sa vie, il éprouvait une certaine appréhension. Une hésitation, même. Il se demandait si cette bataille serait la dernière. Jamais il n'aurait osé l'avouer à son roi, mais il commençait à douter de la pertinence de ces combats. Neuf soldats étaient morts, durant leur voyage, foudroyés par ce mal étrange qui n'avait pas de nom. Si cela continuait, il n'en resterait bientôt plus un seul. Et alors, à quoi aurait servi cette guerre ? Ne se trompaient-ils pas d'ennemi ?

Le général Chroce ferma les yeux et poussa un soupir. Que lui arrivait-il ? Il ne devait pas penser à cela ! C'était indigne d'un homme de son rang ! Allons, il n'était pas là pour se poser ce genre de questions, mais pour assurer la victoire de son roi ! Emmer, sûrement, avait pensé à tout cela. Il s'en occuperait sans doute une fois la guerre finie.

Si elle finissait un jour...

À cet instant, une flèche enflammée fut tirée dans le ciel pour donner le signal de l'attaque, et le général oublia aussitôt ses scrupules. Il fit signe à ses hommes de patienter. De l'autre côté de la rivière, la bataille s'engagea rapidement, et elle fut plus violente encore, et bien plus meurtrière.

⁂

C'était le matin du jour de Noël.

Vivienne ne parvint pas à parler de toute la matinée. Elle était si faible et sa gorge était si sèche qu'elle n'en trouva pas la force. Mais elle adressa quelques sourires à ses amis qui venaient la voir et tint longuement la main de Bohem, avant de plonger à nouveau dans un sommeil profond.

Mjolln et Bohem, de leur côté, en profitèrent pour se reposer eux aussi. Leur expédition au cœur de la tempête leur avait enlevé beaucoup de force, et la joie d'avoir retrouvé Vivienne avait fait soudain chuter la tension qui les animait depuis plusieurs semaines.

Au milieu de l'après-midi, Vivienne se réveilla une seconde fois. Mjolln lui fit boire quelque infusion de son cru, et la jeune femme parvint à prononcer ses premières paroles. C'étaient des mots confus, perdus, de reconnaissance et d'inquiétude à la fois.

Hélène essaya de la rassurer et lui demanda de se ménager, mais Bohem décida de l'aider à comprendre ce qu'elle faisait là. Il voyait la peur dans ses yeux et se refusait à la laisser dans l'ignorance. Il lui raconta donc succinctement ce qui s'était passé, combien de temps elle avait passé prisonnière de l'Armensul, et comment il l'avait retrouvée.

— C'est grâce à toi, Vivienne, grâce à toi. Tu m'as appelé dans le monde de Djar. Je ne te quitterai plus, maintenant.

La jeune femme sourit.

— Je... Je ne me souviens de rien, balbutia Vivienne, le regard inquiet.

Bohem lui caressa délicatement le front.

— Tout se mélange dans ma tête. Je ne sais plus ce qui est souvenir et ce qui est rêve.

— C'est normal, Vivienne, tu es restée longtemps inconsciente. Mais c'est fini à présent...

— Il y a... Il y a tout de même une chose, je crois...

Bohem continua de caresser le front de Vivienne avec son pouce, pour l'apaiser, la rassurer.

— Il y a cette chose, Bohem. Cette chose dont je crois me souvenir. Oui...

— Ne te fatigue pas, Vivienne. Tu me raconteras plus tard...

— J'ai... Je ne saurais pas t'expliquer. C'est étrange. Mais je le vois clairement. Un poème. Oui, c'est ça, je me souviens. Je crois que j'ai inventé un poème, Bohem. Tous ces jours, dans l'Armensul. J'ai inventé ces vers, un à un. Ce sont eux qui m'ont maintenue vivante, je crois. Un long poème. C'est tellement étrange...

— Shhh... Repose-toi, Vivienne. Repose-toi.

La jeune femme acquiesça. Elle serra encore une fois la main de son amant, puis elle s'endormit à nouveau.

Bohem resta longtemps auprès d'elle, à regarder ses yeux clos, sa bouche entrouverte, son petit corps qui se soulevait au rythme d'une respiration paisible. Il avait tant attendu ces moments qu'il n'arrivait pas à croire qu'elle était enfin là ! Il se mit à genoux pour poser sa tête auprès d'elle et la regarder de plus près encore. Son visage avait repris des couleurs. Elle était plus belle encore que dans son souvenir !

Bohem frissonna. Son cœur battait si fort ! Ce n'était pas une image, pas une métaphore. Non ! Son cœur battait à tout rompre, comme après une longue course. Il avait l'impression d'être suspendu au-dessus d'un précipice, plongé dans un perpétuel vertige. Le vertige d'un amour si fort, si authentique.

Il soupira. Cet amour était trop fort pour qu'on le laisse s'éteindre dans l'agonie du monde. Il ne fallait pas que cela s'arrête. Jamais ! Il devait trouver la solution, le passage vers la vie, le renouveau. Il fallait offrir à leurs cœurs la paix d'un monde vivant. La mort n'était plus possible ! Gallica, les hommes, la terre, tout devait être sauvé ! Avec ou sans Lailoken, avec ou sans les Tuathanns, il devait trouver la troisième voie, celle de la guérison ou de la renaissance.

Bohem déposa un tendre baiser sur le front de Vivienne et se leva sans faire de bruit. Il sortit de la tente et partit chercher Hélène, Mjolln et Loeva. Il leur demanda de venir avec lui à l'écart. Il avait le visage sévère, et ses mains tremblaient légèrement.

— Mes amis, nous allons devoir décider de ce que nous faisons maintenant. Le temps presse, nous ne pouvons laisser mourir tous ces gens. De nombreuses personnes nous attendent à Pierre-Levée. Toutefois, je ne voudrais pas empêcher Vivienne de se rétablir en l'emmenant dès maintenant sur les routes de Gallica ! Mjolln, qu'en penses-tu ?

— Tada, ça, elle guérit vite, Bohem. Mais je crois qu'une journée, oui, une journée de plus sera encore nécessaire. Et puis, ahum, il faudra lui faire un brancard, ça, oui, pour la porter. Nous devrions y arriver, oui. Laissons-lui encore demain, ça, pour se reposer.

— Hélène ?

La duchesse hésita. Elle regardait Bohem qui ne parvenait pas à masquer son inquiétude, son impatience.

— Eh bien, le barde a raison. Peut-être y verrons-nous plus clair demain soir. Si vraiment elle va mieux, alors oui, nous pourrons nous mettre en route. Comme vous, Bohem, je sais que le temps presse, et, croyez-moi, je suis impatiente – peut-être plus que vous – de retourner à Pierre-Levée. Je n'ai plus de nouvelles de mon époux depuis plusieurs semaines, quant à mes sujets, ils doivent penser que je les ai abandonnés. Et ils n'auraient pas vraiment tort. Ma place est auprès d'eux. Mais la santé de ma nièce est plus importante que tout cela.

Bohem soupira.

— À nos yeux, oui. À mes yeux plus que tout. Mais pour le reste du monde ? Nous ne pouvons nous éterniser ici...

— Mjolln a raison, intervint Loeva. Attendons au moins une journée de plus.

Bohem sourit. Ses amis savaient qu'il ne souhaitait rien d'autre que laisser Vivienne se reposer. Et ils essayaient de lui faire croire que la décision venait d'eux, pour lui éviter d'en porter le poids.

— Bien, dit-il en se levant. Alors nous en reparlerons demain soir.

— Entendu, répondit la duchesse de Quienne. À présent, allons aider tous ces gens à préparer la fête de ce soir.

— La fête ? demanda Bohem en fronçant les sourcils.

— C'est Noël aujourd'hui, Bohem ! s'exclama Loeva le visage illuminé.

— Ah oui, c'est vrai. Noël...

— Ahum, c'est le solstice d'hiver, chez nous, intervint le barde. Je connais des chansons pour l'occasion, oui !

Bohem acquiesça.

— Je n'en doute pas ! Je ne sais pas si je resterai longtemps avec vous, car Vivienne aura besoin de moi, mais cela nous fera à tous du bien de nous détendre un peu. Allons-y, je vous suis...

⁂

Pieter le Vénérable avait essayé vainement d'enlever les liens qui retenaient ses mains attachées dans son dos. La corde lui déchirait la peau. Il était trop vieux, trop fatigué, et il comprit qu'il ne pourrait pas se libérer seul.

Le vieil homme enrageait. Dehors, dans la nuit, il avait entendu partir les soldats d'Emmer vers le campement de Livain. La guerre allait reprendre. Non seulement il avait échoué, mais en plus il avait été fait prisonnier comme un vulgaire espion. Jamais on ne lui avait autant manqué de respect !

Il aurait pu tuer Emmer, s'il l'avait eu devant lui ! Mais il fallait trouver le moyen de partir. C'était tout ce qui comptait, pour le moment. Partir, et rejoindre le pape pour le prévenir de sa découverte. Lui faire part de ce qu'il avait compris sur Bohem. Il n'y avait plus de temps à perdre ! L'Église devait réagir au plus vite, avant qu'il ne soit trop tard ! Avant que Bohem ne mette fin au règne de Dieu ! Car il en était sûr à présent. Tout concordait. Tout ce qui était annoncé dans les Écritures !

Oui. S'enfuir ! Maintenant ! Il fallait s'enfuir !

Pieter commença à s'agiter et à mugir sous son bâillon. Le soldat qui le gardait lui posa une main sur l'épaule.

— Allons, monsieur l'abbé, tenez-vous tranquille, s'il vous plaît.

Mais Pieter s'emporta de plus belle. Il se mit à crier d'inaudibles paroles, jusqu'à ce que le soldat n'en pût plus et se décidât à lui ôter l'étoffe qu'il avait sur la bouche.

L'abbé transpirait, et son visage était d'une blancheur inquiétante.

— Je vous l'enlève, mais, par pitié, tenez-vous bien, sinon je vous remets votre bâillon !

Pieter peina à reprendre son souffle. Son dos le faisait souffrir atrocement, et il se demanda s'il était encore capable de se lever. Quand il eut retrouvé sa respiration, il se tourna vers son gardien et lui adressa un regard plein d'une colère noire.

— Détachez-moi tout de suite, soldat !

— Allons, vous savez bien que je ne peux pas.

Le vieil homme poussa un grognement de fureur.

— Est-ce que vous savez qui je suis ? demanda-t-il d'une voix courroucée.

— Un abbé...

— Non, jeune homme. Je ne suis pas *un* abbé. Je suis l'abbé de Cerly ! Je suis abbé du plus grand ordre monacal de Gallica, vous m'entendez ?

Le soldat trépigna, mal à l'aise.

— Je vous en supplie, je sais qui vous êtes... Mais je vous ai demandé de vous tenir tranquille...

— Écoutez-moi bien, soldat ! Je suis l'un des principaux conseillers de Sa Sainteté Nicolas IV ! Vous comprenez ? Emmer a fait une grave erreur en me retenant prisonnier, et vous vous rendez coupable du même crime !

— Je ne fais qu'obéir aux ordres... Maintenant, taisez-vous, par pitié !

Pieter secoua la tête.

— Quand le pape apprendra qu'on m'a attaché les mains dans le dos, moi, son plus fidèle ami, il vous fera excommunier, vous tout autant qu'Emmer !

Le soldat fit mine de ne pas écouter, mais Pieter savait que la menace terrifiait le jeune homme.

— Excommunier, soldat, vous comprenez ? Vous ne pourrez plus jamais entrer dans une église et ne recevrez plus jamais l'hostie ! Vous savez ce que cela signifie ?

— Certes. Mais je ne fais que mon devoir, je... Je suis un bon chrétien.

— Alors, je vous conseille de me détacher tout de suite et de me laisser partir ! Sur l'instant !

— Vous n'y pensez pas ! répliqua le soldat, médusé. Le roi me fera abattre sur-le-champ !

Pieter soupira. Il savait qu'il y avait un moyen de convaincre le soldat de le laisser partir. L'homme semblait assez faible et impressionnable. Pour qu'Emmer le laisse là plutôt que l'emmener sur le champ de bataille, c'est qu'il ne devait pas être un soldat des plus durs. Mais il fallait trouver l'argument décisif.

— Allons ! Faites preuve de bon sens ! Votre roi est en guerre contre Livain, mais moi, je n'ai rien à voir avec tout ça ! Tout ce que je veux, c'est partir d'ici et rejoindre le pape pour le prévenir du mal qui ronge le pays. Vous êtes au courant, n'est-ce pas ?

Le soldat hocha la tête.

— C'est Bohem qui est responsable de tout cela.

Bohem, vous m'entendez ? Cela n'a rien à voir avec cette guerre. Tout ce que je veux, c'est aller dire au pape que nous devons arrêter Bohem avant qu'il ne soit trop tard. Je ne vous mens pas, soldat. Je le jure devant Dieu, moi, abbé de Cerly ! Je ne veux aucun mal à Emmer ! Je veux juste partir !

Le gardien se mordit les lèvres. Il aurait aimé ne pas entendre tout cela. Mais il avait tellement peur de commettre un péché ! Comment le roi avait-il pu lui demander de garder prisonnier un homme d'Église aussi important ? Peut-être Emmer avait-il été aveuglé par la guerre. Par l'urgence. Peut-être ne s'était-il pas rendu compte de la portée de son acte... Et si l'abbé disait vrai ? Sa théorie avait beaucoup fait parler d'elle, toute la journée, dans le campement. On avait murmuré ce mot terrifiant. Cette phrase abominable. « Et si Bohem était vraiment l'Antéchrist ? »

— Allons, soldat, laissez-moi partir. Quel risque y a-t-il à laisser un homme de mon âge s'en aller librement ? Vous ne croyez quand même pas qu'un vieillard comme moi puisse faire quoi que ce soit dans une affaire militaire comme celle-ci ! Je vous demande de me laisser partir. Ce n'est pas un acte de trahison, soldat, c'est un acte de chrétienté. Il *faut* que j'aille voir le pape. Il le faut absolument !

— Je comprends, abbé, mais encore une fois, je ne fais qu'obéir aux ordres.

— Et je vous donne l'ordre, moi, de me détacher ! s'emporta Pieter en frappant le sol du pied. Un ordre qui vient directement d'un représentant de Sa Sainteté le pape. Quelle autorité vous semble la plus grande ? Celle d'un jeune roi belliqueux, ou celle du chef suprême de toute la chrétienté ?

— Je... Je ne peux pas faire une chose pareille...

Pieter réfléchit. Il voyait bien dans les yeux du soldat qu'il avait vraiment peur, qu'il redoutait réellement d'être excommunié. Il fallait jouer sur cette peur.

— Si vous me détachez tout de suite, jeune homme, je ferai en sorte que le pape vous gracie, le jour où il découvrira cette affaire. Car, croyez-moi, que je sois libéré ou non, il la découvrira. Et alors il excommuniera tous ceux qui ont participé de près ou de loin à mon emprisonnement. Et toute leur famille, aussi. C'est votre dernière chance, jeune homme. Libérez-moi.

Pieter vit alors que le soldat hésitait.

— Au nom du Christ, soldat, libérez-moi !

N'y tenant plus, le soldat se leva en pestant et alla détacher l'abbé de Cerly à la hâte.

Le vieil homme se leva et frotta ses poignets endoloris.

— Je vous remercie, soldat. Donnez-moi votre nom, je ne l'oublierai pas.

Le jeune homme donna son nom à l'abbé et le regarda partir, perplexe. Mais avant qu'il n'ait eu le temps de se demander s'il ne venait pas de commettre une terrible erreur, l'abbé de Cerly était déjà loin.

Arrivé dehors, Pieter le Vénérable prit un bâton

pour s'en servir comme d'une canne et, le dos courbé, il s'éloigna lentement du camp désert pour rejoindre la vallée. Avant de partir, il lui restait une dernière chose à faire. Une dernière carte à jouer.

On entendait d'ici la rage des combats. Le vieil homme marcha aussi vite que son dos abîmé le lui permettait. Et tout en approchant de la grande bataille, il dit une prière, car pour la première fois, il avait vraiment peur.

⁂

— Je dirai à Bohem que tu es resté ici, Trinité, et que c'est toi qui dirigeras la reconstruction de Nabomar.

L'ambiance était lourde, ce matin-là, aux portes de la ville fortifiée. Plusieurs Compagnons étaient morts pendant la nuit, ainsi que des habitants de la ville, des Bons Hommes. L'hécatombe continuait, implacable, et on lisait dans tous les yeux une détresse résignée. Il n'y avait rien à faire contre cette mort certaine. Et les pleurs ne pourraient sauver personne.

Trinité Rivenois posa une main sur l'épaule de La Rochelle.

— Dis-lui aussi que, quand nous aurons fini, j'irai diriger d'autres travaux qui... qui lui tiendront à cœur.

— Vraiment ? Où ça ? demanda La Rochelle, intrigué.

Le tailleur de pierre ouvrit un large sourire et adressa un clin d'œil à Fidélité.

— Eh bien, à Villiers-Passant, bien sûr !

Le forgeron acquiesça. Oui ! Quelle merveilleuse idée ! Rien, sans doute, ne pourrait faire davantage plaisir à leur ami Bohem que la reconstruction de son ancien village, détruit par les Aïshans.

— Alors, bon courage, Trinité ! Que l'esprit de maître Jacques guide vos mains !

— Et bonne route à vous, mon frère ! Salue Bohem de ma part, et dis-lui d'espérer !

Les deux Compagnons s'embrassèrent, puis Fidélité se mit à genoux et posa son sac à terre. Derrière lui, la foule des Compagnons l'imita.

Rivenois sourit. La cérémonie des partants ne se faisait d'ordinaire qu'à la porte des cayennes. Mais Fidélité voulait sans doute rendre hommage à tous ces hommes qui prenaient la route avec lui et rendre cet instant plus solennel.

— Le travail de nos frères ici est terminé, commença Trinité d'une voix forte et claire, est-ce que quelqu'un ici a quelque chose à reprocher aux partants ?

Il se retourna vers les Compagnons qui allaient rester avec lui à Nabomar.

— Non, non, répondirent-ils en chœur.

Trinité ramassa le sac de Fidélité et le posa sur ses épaules. Puis il serra le bras de son ami.

— Honneur à maître Jacques, respect à tous les

braves Compagnons ! Soyez prudents, Enfants de la Veuve. Levez-vous, fuyez les grandes routes, empruntez les sentiers !

Fidélité se releva. Il se hissa sur la pointe des pieds pour embrasser ce grand gaillard de Rivenois, puis ils se séparèrent à regret.

Le forgeron fit signe à Bernard de Laroche, et ils se mirent en route vers le nord. Plus de deux cent cinquante Compagnons et trente Bons Hommes les suivaient, et ils s'éloignèrent lentement de la cité des hérétiques.

⁂

Le grand cortège se mit en route à l'aube, abandonnant la forêt blanche et, au loin, l'horizon de la tempête qui cachait l'Armensul. Le ciel était plein de nuages, mais il ne neigeait pas. C'était de bon augure pour tous ces voyageurs, car la route était encore longue.

Bohem resta toute la matinée à côté du brancard sur lequel on portait Vivienne, il lui tenait la main en marchant auprès d'elle.

La veille, comme la jeune fille avait recouvré quelques forces, il avait été décidé qu'on pourrait partir au petit matin pour Pierre-Levée. Tout le monde avait profité de cette dernière journée de repos, d'autant plus nécessaire que la plupart avait veillé très tard le soir de Noël...

Malgré les morts qui continuaient de frapper au hasard la grande compagnie, l'humeur était bien plus légère qu'à l'aller. D'abord, Vivienne était sauve. Ensuite, les gens se connaissaient de mieux en mieux, la fête de Noël et les épreuves partagées les avaient rapprochés. Et enfin, la perspective de rejoindre la capitale du Pierevain enchantait tout le monde. Chacun avait une bonne raison de s'en réjouir. Les uns parce qu'ils ne connaissaient pas le palais des Ducs et qu'ils avaient toute leur vie rêvé d'y séjourner un jour, les autres parce que la ville, tout simplement, leur manquait. Hélène, elle, était impatiente de retrouver ses troubadours, ses amis, ses sujets et, surtout, d'entendre des nouvelles d'Emmer Capigesne, son époux. Quant à Bohem, bien sûr, en plus des Bons Hommes et des Compagnons, il ne pouvait s'empêcher de penser à Artosach et aux Tuathanns, dont il sentait qu'ils détenaient une clé de l'avenir du pays tout entier. Il était presque sûr que la raison pour laquelle les Baintreach Clanns voulaient le voir avait un rapport avec sa quête pour la survie de ces dernières Brumes : les hommes.

— Veux-tu que je te dise mon poème, Bohem ? demanda Vivienne au milieu de la matinée.

Le louvetier lui serra la main.

— Non. Vivienne, tu le diras pour la première fois à la cour de Pierre-Levée. Que cela soit ton chef-d'œuvre, comme celui des Compagnons...

— Tu ne veux pas l'entendre avant ?

— Non. Garde-le comme un trésor précieux que tu nous délivreras devant les troubadours !

La jeune femme sourit. L'idée, bien sûr, l'enchantait.

— J'aimerais tellement que tu réalises ton rêve, Vivienne. Que tu puisses devenir troubadour !

— Il y a des choses bien plus urgentes, Bohem !

— Vraiment ? Je ne crois pas, non. Je refuse que tu sacrifies ton rêve, à présent. Tu l'as trop longtemps repoussé, par ma faute.

— Pourquoi faut-il que tu te sentes toujours responsable, Bohem ?

— Parce que je le suis. Je sais que ma cause est juste, je sais que vous me suivez tous pour de bonnes raisons, bien sûr, mais c'est toujours au prix de vos désirs à vous. Je refuse que vous soyez contraints de payer le prix de vos rêves. C'est pour cela que j'ai demandé à Fidélité de rejoindre Burdigale où, je l'espère, il est devenu Compagnon Fini, et c'est aussi pour cela que tu diras ton poème devant les troubadours de Pierre-Levée.

— Tu es fou, Bohem. Mais c'est une folie adorable !

Le jeune homme haussa les épaules.

Au même instant, Mjolln les rejoignit.

— Allons, ahum ! Bohem ! Ça, laisse Vivienne se reposer ! Tu vas la fatiguer, à la faire parler comme ça, oui !

Le louvetier acquiesça.

— C’est juste. Essaie de dormir, Vivienne. Le voyage te paraîtra moins long.

Mais alors que Bohem lâchait la main de la jeune fille, il vit que la tête du cortège s’était arrêtée. Intrigué, il accéléra le pas pour aller voir ce qu’il se passait.

⁂

Le général Chroce attendit d’être sûr que tous les soldats de Livain s’étaient jetés vers l’ouest contre l’assaut mené par Emmer. Quand il en fut certain, quand il constata que la diversion avait fonctionné, il ordonna à ses hommes de jeter les passerelles par-dessus le bras de la petite rivière.

Ils n’avaient allumé aucune torche et profitaient de l’obscurité pour ne point se faire voir. La longueur et la largeur des ponts de bois avaient été savamment calculées, et ils permirent aux soldats de traverser le fleuve rapidement, sans être repérés. Le dos courbé, sans bruit, ils s’infiltrèrent dans le campement de Livain comme des espions habiles.

Quand toute la troupe fut passée, le général donna l’ordre de mettre le feu à toutes les tentes alentour, puis de donner l’assaut à revers. Cette fois-ci, ils étaient en nombre assez grand pour profiter du désordre qu’ils allaient semer. Emmer avait bien fait les choses.

Une à une, les tentes prirent feu, puis rapidement,

les hommes du général Chroce se jetèrent dans la bataille en arrivant par l'est, là où ils n'étaient pas attendus. L'effet de surprise fut entier, et la défense de Livain s'en trouva complètement désorganisée. Les combats se livrèrent alors à l'intérieur même du campement dans la panique et le sang.

Il n'y avait plus beaucoup de chevaliers, d'un côté comme de l'autre, et l'essentiel des mêlées se fit en corps à corps, sur le tapis glissant de la neige.

Les épées s'entrechoquèrent, les haches se croisèrent, on donna du fléau ou de la masse d'armes, on égorgea, on empala, on piétina d'un côté comme de l'autre. Les hommes criaient pour impressionner l'ennemi et se donner du courage, « À la mort, Galliciens ! », puis leurs hurlements s'éteignaient soudain dans le néant. La mort, partout, encore. Le sang des hommes, dans la neige, se mêlait à celui des chevaux. Les cadavres s'amoncelaient, stupides figurines. La vallée devenait le plus grand des tombeaux.

La nuit et le brouillard rendaient les combats plus durs encore. On se battait à l'aveuglette, on était assailli soudain par d'invisibles adversaires. Tout à coup, on était seul, puis l'instant d'après, au milieu de dizaines de soldats. On encerclait, on désarçonnait, puis on tombait sur plus fort que soi. On livrait de longs duels, ou l'on tombait d'un coup. On avançait en rangs serrés, derrière des alignements de piques, ou bien seul, sournois, se jetant par-derrière, de victime en victime, en silence. On rampait sous les nappes de brume, son arme à la main, on essayait de survivre. On donnait la mort sans réfléchir, on la trouvait sans comprendre. On était lâche, on était brave. On se battait pour un roi ou pour l'autre. On oubliait sa dignité, ou on la retrouvait soudain, là, au pied d'un arbre, dans une dernière main tendue.

Plus de la moitié des hommes moururent dans les premiers instants du combat. Et nul ne pouvait dire quel camp allait l'emporter.

Quand le général Chroce eut tellement occis d'ennemis qu'il arriva de l'autre côté de la bataille, retrouvant les troupes de son roi, il se retourna, incrédule, et regarda, perplexe, le sang qui couvrait son armure.

Il sut, à cet instant, qu'il ne se pardonnerait jamais cette bataille de trop. Et il partit en courant chercher la mort, la sienne ou celle de son ennemi, dans le cœur des combats.

*
**

Bohem aperçut aussitôt le costume des soldats de Redhan V, comte de Tolsanne, et il vit que le ton entre ceux-ci et la garde d'Hélène était en train de monter. Une à une, les épées sortaient de leur fourreau.

Il se précipita à l'avant du cortège en s'écriant :

— Soldats de Quienne ! Rangez vos armes !

Mais la garde d'Hélène refusa d'obéir. Les soldats

des deux camps se défiaient, de plus en plus proches, déjà en garde.

Le louvetier vint se placer devant le capitaine d'Hélène et, d'une voix autoritaire, il s'écria :

— Officier, dites à vos hommes de baisser les armes tout de suite !

Le capitaine hésita, mais au même instant la duchesse arriva derrière Bohem.

— Obéissez, capitaine ! ordonna-t-elle, le regard furieux.

L'officier s'inclina, rengaina son épée et fit signe à ses hommes de faire de même.

Bohem se retourna aussitôt vers les soldats de Tolsanne. À vue d'œil, ils devaient n'être qu'une trentaine.

— Messieurs, commença le louvetier, nous n'avons aucune intention belliqueuse, veuillez pardonner ce geste impulsif de nos soldats ! Et rangez vos armes, vous n'en aurez pas besoin.

En face de lui, un homme à peine plus âgé que lui fit un pas en avant ; il n'avait pas rangé son arme. Il portait les insignes d'un capitaine.

— Vous êtes sur les terres du comte de Tolsanne, vassal du roi de Gallica ! Vous n'avez rien à faire ici, et surtout pas vous, madame la duchesse !

Bohem soupira. Il était étonné au fond du courage de cet homme, qui s'adressait à une troupe dix fois plus nombreuse que la sienne. Il reconnaissait bien là l'esprit des Tolsannais, fiers et intrépides.

— Nous ne faisons que passer, capitaine, nous retournons au duché de Quienne. Allons, ne soyez pas ridicule, vous n'êtes pas en position de nous arrêter, et un combat occasionnerait des morts inutiles d'un côté comme de l'autre...

— Nos deux pays sont en guerre, vous n'avez pas droit de passage sur ces terres.

— Nos deux pays ? s'étonna le louvetier. Mais, à quel pays pensez-vous que j'appartiens ?

— Si vous êtes avec la reine de Brittia, vos préférences ne font pas grand mystère, monsieur, d'où que vous soyez !

— Vous savez qui je suis ?

— Oui, Bohem. Et cela ne m'impressionne guère.

— Alors, si vous savez qui je suis, vous devez savoir aussi que je n'ai de préférence pour aucune terre, capitaine et que je les aime toutes. Je n'appartiens à aucune, et aucune ne nous appartient. Nous ne sommes pas en guerre contre votre roi, et encore moins contre le comte de Tolsanne. S'il est une seule guerre que nous voulons mener, c'est celle contre les morts soudaines qui terrassent la population du monde.

Le capitaine de Tolsanne se frotta le front du revers de sa manche.

— On dit, justement, que vous êtes responsable de ces morts !

— Si je l'étais, soldat, la mort ne terrasserait pas ces gens qui me suivent. J'ai perdu beaucoup d'amis.

Nous sommes aussi victimes que vous devez l'être. Et si vous aviez quelque bon sens, vous vous rangeriez à nos côtés.

— Nous ranger à vos côtés? Vous plaisantez? Nous sommes galliciens, jamais nous ne pourrions nous allier aux partisans du roi de Brittia!

— Qui parle de Brittia? Il y a des Galliciens parmi nous, capitaine. N'ai-je pas moi-même grandi dans le comté de Tolsanne? L'instinct de survie et le droit à la liberté n'ont pas de nationalité, soldat. Notre envie de vivre ne dépend d'aucun roi.

— Alors, que fait la reine de Brittia à vos côtés?

— Sans doute a-t-elle choisi le camp de la vie.

— Ce sont de bien belles paroles! se moqua le soldat.

— Si les paroles ne vous suffisent pas et que seuls les actes comptent à vos yeux, alors vous êtes le bienvenu parmi nous. Car nous pensons à l'identique.

Le capitaine baissa sa garde et jeta un coup d'œil embarrassé à ses soldats derrière lui. Il ne savait que faire. Il n'avait aucune chance si un combat s'engageait, mais la fuite n'était pas honorable.

— Capitaine, la crise que traverse le monde aujourd'hui dépasse les intérêts particuliers des rois et des seigneurs. Nous ne sommes plus les sujets de quiconque, mais seulement les enfants d'une terre malade. Nous n'avons d'autre choix que de nous unir pour trouver la voie de sa guérison.

— En ce qui me concerne, répliqua le capitaine, je

suis aux ordres du comte de Tolsanne. Et en tant que tel, je ne peux que m'opposer à vous.

— Et pourquoi n'iriez-vous pas plutôt porter à votre comte la nouvelle que les hommes de la Terre ont choisi de s'unir plutôt que de se diviser ?

— Les hommes de la Terre ? Vous n'êtes jamais que quelques centaines, objecta le soldat...

— Nous sommes bien plus que cela. Des milliers marchent en ce moment même vers Pierre-Levée, où nous allons nous unir contre ce mal qui fauche tous les hommes. Chaque jour, de nouveaux disciples rejoignent notre cause. Pourquoi pas vous ? Retournez à Tolsanne, allez dire au comte qu'il est attendu à Pierre-Levée, s'il cherche lui aussi une fin heureuse à tous ces événements. Je connais l'esprit de Redhan. Je suis sûr qu'il ne porte pas dans son cœur les raisons de la guerre que mène son roi Livain.

Le capitaine soupira. C'était sans doute pour lui la solution la plus noble. Porter ce message au comte de Tolsanne.

— Combien d'hommes avez-vous perdus ces dernières semaines, sans explication ? demanda Bohem d'une voix soudain plus douce.

— Des dizaines, avoua le capitaine.

— Alors nous sommes dans la même tourmente. Nous avons le même ennemi. Et ce n'est pas un roi, mais la mort elle-même.

Le capitaine acquiesça. On voyait dans son regard qu'il était, au fond, du même avis.

— C'est entendu, Bohem. J'irai voir le comte de Tolsanne, et je lui parlerai de Pierre-Levée. Mais je vous conseille de ne pas traîner sur les terres de Gallica. D'autres officiers seront peut-être moins cléments que moi.

Bohem sourit. La clémence du capitaine lui eût été dictée de toute façon par le nombre. Mais il ne releva pas l'ironie et adressa un regard reconnaissant au soldat.

— Merci, capitaine. Nous filons vers le nord. J'espère vous revoir un jour à nos côtés.

Le soldat hocha la tête, puis il fit signe à ses hommes de s'écarter. La compagnie de Bohem se remit en marche. Quelques regards furent échangés entre les soldats de Tolsanne et ces voyageurs insolites. Certains étaient emplis de méfiance et de doute, mais d'autres témoignaient une estime sensible.

***

Il y eut soudain une courte pause au milieu des combats, sur le flanc ouest de la vallée des Cendres. Les soldats d'Emmer s'étaient écartés pour aller se reformer en amont et préparer, sans doute, un nouvel assaut.

Grégoire de Berva en profita pour réunir ses hommes, et donner de nouveaux ordres aux soldats de Livain. La défense s'était éparpillée et, à présent que l'ennemi avait montré sa stratégie, il fallait prendre de nouvelles décisions.

Mais alors que le Grand-Maître s'apprêtait à retourner vers la ligne de front, il aperçut dans l'ombre la silhouette d'un vieil homme qui sortait du bois.

— Grégoire ! s'écria l'homme en avançant, appuyé sur un grand bâton.

Le chevalier de Berva n'en crut pas ses yeux ! Pieter le Vénérable ! Que faisait ici le vieil abbé ? Il s'approcha de lui et ôta son heaume, incrédule.

— Vous êtes fou, Pieter ! Allez tout de suite vous réfugier dans une tente ! Nous sommes en pleine bataille !

Le vieil homme s'arrêta, le souffle court. Il semblait bien mal en point. Mais il leva finalement la tête vers le Milicien.

— Grégoire, par la grâce de Dieu, quittez ce champ de morts inutiles ! Nous devons abandonner cette guerre stupide et rejoindre le Saint-Père !

— Vous perdez la raison, Pieter ! La vie de Livain est en danger. Nous sommes là pour le protéger !

— La vie de Livain n'a plus la moindre importance, Grégoire ! Cette guerre est insensée ! Et la Milice n'a rien à y faire. Si c'est la chrétienté que vous voulez défendre, alors vous vous trompez d'ennemi. Notre ennemi est Bohem, et nous devons prévenir le pape au plus vite !

Le Grand-Maître secoua la tête, stupéfait.

— Vous êtes fou, Pieter ! Maintenant, laissez-moi, vous allez me faire perdre la bataille !

— C'est celle contre Bohem que nous devons gagner !

— Pieter, ne restez pas ici. Allez vous mettre à l'abri. Nous parlerons de cela quand la guerre sera finie.

Grégoire de Berva enfila son heaume, jeta un dernier regard au vieil abbé et rejoignit ses hommes au galop.

Pieter le Vénérable, les bras ballants, fit quelques pas en arrière, désemparé. Il était donc seul. Seul contre Bohem. La raison avait définitivement abandonné les gens de Gallica.

Soudain, il se heurta à un homme derrière lui. L'abbé sursauta et se retourna. Un Milicien se tenait là, immobile, sous sa longue cape blanche.

— Que voulez-vous ? lança l'abbé, irascible. Laissez-moi passer, je ne veux pas retourner dans ce camp.

Le Milicien saisit le bras de Pieter.

— J'ai entendu ce que vous avez expliqué à Livain VII, abbé. J'ai entendu ce que vous pensez de Bohem. Et nous sommes plusieurs à penser que vous avez raison.

Pieter écarquilla les yeux.

— Vous... Vous me croyez ?

— Votre explication, aussi terrifiante soit-elle, est la plus rationnelle. Bohem est notre véritable ennemi. Nous devons faire quelque chose.

— Mais... et Berva ?

— Il ne voit pas comme nous. C'est son droit.

— C'est votre supérieur ! Il refuse que la Milice vienne avec moi.

— La crise est trop profonde pour se plier aux ordres d'un seul homme, Pieter. C'est à Dieu que nous devons notre lame. C'est pour la défense du monde chrétien que nous avons promis de nous battre.

— Alors vous acceptez de me suivre ?

— Oui. Nous ne sommes que cinq, abbé. Cinq braves Miliciens. C'est peu, mais cela suffira, je l'espère, pour vous escorter jusqu'au pape. Il doit être prévenu.

Le visage de l'abbé de Cerly s'illumina. Enfin ! Enfin, quelqu'un acceptait de le croire ! Il n'était donc pas fou !

— Alors, partons, dit-il. Partons tout de suite avant que la folie de ce combat ne reprenne !

Le Milicien acquiesça. Quelques instants plus tard, ils étaient en route vers le sud, abandonnant derrière eux la guerre des deux rois et les centaines de cadavres qui s'amoncelaient déjà dans la plaine enneigée.

⁂

*Je nage dans une rivière du monde de Djar. L'eau est chaude, lourde. C'est doux et apaisant. Mon âme, elle aussi, a besoin de repos. Il nous reste tant à faire !*

*Je traverse ce lac immense et je rejoins la berge. Mes pieds s'enfoncent dans l'herbe fraîche. Je m'allonge et laisse le soleil sécher ma peau. Je fais corps avec la terre. Je laisse mes pensées s'évader. Je reste là, longtemps, profitant de la quiétude. J'en avais oublié la saveur. L'ai-je un jour vraiment connue ? Jamais je n'aurais imaginé avoir autant besoin de calme. Moi qui cherche toujours l'action. Moi qui veux toujours avancer. Fuir, peut-être ? Au fond, quel est le sentiment qui m'anime vraiment ? Est-ce l'amour des hommes ou la peur d'être confronté à ma solitude ?*

*Un peu des deux, peut-être.*

*Je me sens bien, ici, seul. À présent, j'essaie de ne plus penser. De ne pas écouter le temps qui passe et de chercher le vide.*

*Je m'assoupis sans doute ; si vraiment l'on peut parler de sommeil dans le monde de Djar... Le temps n'a pas vraiment de sens, ici. Est-ce que je dors ? Longtemps ?*

*Lentement, je reviens à moi. Je me lève. Je regarde mes habits. J'ai le torse nu, les jambes couvertes, les bras peints de bleu. Je suis tuathann.*

*Je comprends ce que cela signifie. Artosach me cherche. Il ne doit pas être loin. Il a quelque chose à me dire, certainement. Cela me fait plaisir. J'aime le voir. J'ai l'impression qu'il est un fil intemporel qui me relie à la mère que je n'ai jamais connue.*

*Je marche. Je cherche ce cousin secret dans le*

*monde de Djar. La plaine s'étend à perte de vue. Elle est l'image de ma sérénité.*

*Je longe le grand lac. Puis je le vois, assis là, qui m'attend près de l'eau.*

*— Que la Terre te reconnaisse, Bohem, ainsi que tous les tiens.*

*Je lui réponds. Il apprécie le respect que je voue à sa culture, à ses manières. Je sens qu'il me fait confiance désormais. Peut-être plus que je ne me fais confiance moi-même.*

*— Bohem, j'ai parlé au conseil des Baintreach Clanns. Ils comprennent l'urgence à laquelle tu es confronté. Ils savent que le temps t'est compté. Les choses s'accélèrent.*

*— Elles m'échappent.*

*— Ce n'est pas dans les habitudes du conseil de quitter Gaelia. D'ordinaire ses membres reçoivent chez eux, car c'est la coutume. Mais, après une longue réflexion, ils ont accepté de venir vers toi, Bohem, car la situation est exceptionnelle.*

*— Je suis reconnaissant, Artosach. Ce geste me touche. Il dit le bon sens et la générosité de ton peuple.*

*— C'est aussi le tien, Liberté.*

*— Alors le conseil viendra à Pierre-Levée ?*

*Il sourit.*

*— Non, certainement pas chez les hommes ! Le conseil n'apparaît plus chez les hommes, Bohem.*

*— Alors où ? Ici, dans le monde de Djar ?*

*— Non. La Terre accueillera la rencontre. En un lieu connu seulement des Tuathanns, Bohem. Un lieu secret, aux portes des mondes, qui est dans le cœur de la Terre. Le conseil te rencontrera à la fontaine du bois de Melle, dans la grotte de Lucine.*

*— Où est-ce ?*

*— Je ne peux pas te le dire. Ce lieu ne se nomme pas, Bohem, il se visite. Mais je pourrai t'y emmener. Et tu ne perdras pas de temps inutilement : ce n'est pas loin de Pierre-Levée.*

*— Alors je te suivrai, Artosach. Je sais que j'ai beaucoup à apprendre de ton clan.*

*— Que la Terre nous protège, Bohem, qu'elle nous protège encore un peu !*

*Pour la première fois, il a l'air inquiet. Je n'aime pas ça. Lui qui semble savoir tant de choses, a-t-il conscience d'une urgence plus grande encore ? La crainte a-t-elle gagné les Baintreach Clanns ?*

*Il se lève, et il me quitte. Son image s'évanouit sur l'horizon de verdure.*

*Je suis seul à nouveau.*

*Non. Pas tout à fait seul. Le Marcheur de Djar erre encore dans les couloirs des rêves.*

*J'ai l'impression qu'il me cherche.*

# Chapitre 7

## BAINTREACH CLANNS

La longue marche vers Pierre-Levée dura plus d'une semaine. La compagnie de Bohem remonta le pays enneigé et ses rangs continuèrent de grossir au fur et à mesure qu'elle traversait les villes et les villages. Ils étaient de plus en plus nombreux à rejoindre cette armée d'espoir, prêts à tout quitter pour participer à ce rêve de liberté, si bien qu'à l'arrivée, Mjolln annonça au louvetier qu'ils étaient plus de mille. Il y avait de moins en moins de femmes et d'enfants. L'hiver était trop dur pour laisser les plus jeunes prendre la route.

Il sembla à Bohem que le nombre des morts aussi allait en s'accroissant. Dans la compagnie, mais aussi dans les villes et les campagnes. Il y avait de plus en plus de corps étendus sur leur route. On n'avait pas toujours le temps d'enterrer tous ces morts. L'hiver gelait les cadavres accumulés aux portes des villes. Les gens se terraient dans leurs maisons. La plupart arrêtaient de travailler. Ils attendaient, dans l'angoisse, le passage de la Grande Faucheuse. Figés dans l'instant, incapables de penser à demain. Ils se tournaient vers Dieu, s'agglutinaient dans les églises, ou bien ils prenaient leur bâton de marche et rejoignaient Bohem.

Depuis deux jours, Vivienne avait retrouvé assez de forces pour se tenir debout, et elle avait insisté pour le faire malgré les réserves de Mjolln. Elle ne supportait plus de rester allongée sur son brancard, et on la vit, vaillante et souriante, marcher près de Bohem.

Ils allaient, côte à côte, au milieu de la foule, se fondant parmi elle. Ils n'étaient que deux marcheurs de plus, inquiets et impatients, mais heureux d'être ensemble.

Quand cette grande procession arriva enfin en vue de Pierre-Levée, une grande tristesse se dessina sur le visage d'Hélène de Quienne. D'ici, on devinait l'ampleur des dégâts subis par la grande cité. Les remparts étaient ouverts de trous béants en de multiples points, et certains clochers étaient en ruine, écroulés à mi-hauteur. D'autres avaient tout simplement disparu. On apercevait le noir laissé aux murs par les nombreux incendies, et des forêts entières avaient été rasées, sans doute brûlées, ou coupées pour construire les machines de guerre.

Les yeux de la duchesse s'emplirent de larmes.

— Allons, ma tante, courage ! Les Compagnons,

j'en suis sûre, nous aideront à reconstruire Pierre-Levée.

La reine de Brittia acquiesça, mais ses yeux pleurèrent encore jusqu'à ce que la compagnie fût arrivée aux portes de la ville. Toutefois, quand ils se présentèrent au pied des hauts remparts, ils furent accueillis par une belle surprise.

La nouvelle de leur arrivée, depuis longtemps, s'était propagée dans toute la cité et à travers les faubourgs, si bien que la population entière de Pierre-Levée était amassée dans la rue principale qui menait au palais et attendait, impatiente, l'entrée de la duchesse. Et quand ces gens virent enfin le visage d'Hélène, ils poussèrent des cris de joie et des acclamations qui s'élevèrent de concert au-dessus de la ville. On jeta en l'air chapeaux, foulards, et des milliers de fleurs, on applaudit, on chanta le nom d'Hélène avec une fièvre déchaînée.

La ville était pleine de couleurs, comme un affront au ciel d'hiver. Elle rayonnait, malgré la ruine, autant qu'aux plus beaux jours de fête. On avait sorti les décorations, les lampions, on avait bravé la grisaille, et on criait fort, plus fort que toutes les tempêtes.

La duchesse de Quienne ne put s'empêcher de rire. Personne, pas même elle, ne s'était attendu à un tel accueil. Pierre-Levée, sans doute, avait besoin de sourire à nouveau.

— Ma belle ville ! s'exclama la reine en serrant la main de sa nièce auprès d'elle. Regarde ! Elle n'a finalement pas changé ! Les murs sont tombés, certes, mais l'essentiel, lui, est encore debout.

Vivienne acquiesça, bouleversée elle aussi. Elle donnait la main à Loeva, qui était si impressionnée qu'elle ne prononçait pas une seule parole !

Devant, Mjolln avait pris sa cornemuse et jouait de tout son cœur sur le mode de la joie. Les troubadours, qui étaient aussi dans la rue, coururent à ses côtés et plusieurs l'accompagnèrent, qui à la vièle ou à la gigue, qui au flûtiau.

La foule en liesse se bousculait de plus en plus, si bien que la garde d'Hélène dut se ranger des deux côtés pour escorter la reine et toute la compagnie de Bohem. Au nom de la duchesse se mêlèrent bientôt, dans les acclamations, ceux de Bohem et de Vivienne. Le public, exalté, était si nombreux qu'il remplissait toutes les rues, tous les passages qui longeaient l'avenue principale. Il fallut à Hélène et ses invités plus d'une heure pour traverser cette chaleureuse marée humaine et arriver enfin au palais. La procession s'arrêtait à chaque croisement de rues, ralentie par la multitude des spectateurs réjouis.

Quand ils pénétrèrent finalement dans la cour du palais des Ducs, Hélène monta aussitôt l'escalier qui menait aux remparts et resta un long moment en haut du mur à saluer la foule. Elle pleura à nouveau, mais de joie cette fois.

Bohem, Loeva et Vivienne la regardèrent depuis la cour, touchés. La duchesse avait attendu ce moment pendant si longtemps ! Il y avait entre la ville et sa famille une véritable histoire d'amour, qui durait depuis l'époque de son grand-père, ce duc poète dont la mémoire hantait les murs du palais. Quand Hélène redescendit enfin, le bruit des acclamations s'apaisa au-dehors, mais on faisait encore la fête dans toute la ville, et on la ferait jusqu'au soir. Pierre-Levée retrouvait dans ces célébrations sa dignité perdue.

Hélène rejoignit ses amis au centre de la grande cour, resplendissante. À cet instant, le chambellan arriva en courant.

— Madame la duchesse ! s'exclama-t-il, incrédule.

La reine l'accueillit à bras ouverts.

— Chambellan, comme je suis heureuse de vous voir !

— Oh, madame ! Il s'est passé tant de choses ! Tant de choses depuis votre départ... Et Valérien...

— Je sais, chambellan, je sais, répondit-elle le regard accablé. Cette stupide guerre lui aura coûté la vie. Mon bon maître d'artillerie ! Et à de nombreux autres, aussi, pour défendre ma ville ! Comme je regrette de n'avoir pas été ici...

— Oh, non ! Madame la duchesse ! Non ! Ce fut notre seule consolation ! Que vous n'assistiez pas à ce terrible spectacle !

— Vous êtes aimable, chambellan.

— Votre époux, heureusement, a su défendre la ville.

La duchesse acquiesça. Elle aurait préféré

qu'Emmer empêche cette guerre, mais oui, elle lui devait au moins d'avoir défendu Pierre-Levée, au péril de sa vie.

— Dites-moi, chambellan. J'ai vu de nombreux troubadours, dans les rues. Je vois qu'ils n'ont pas déserté la ville. Mais Ventadorn, lui, est-il revenu ?

L'homme fit non de la tête. Le favori de la duchesse, qui avait quitté Pierre-Levée longtemps avant la bataille, ne reviendrait sans doute jamais ici, effrayé par les sentiments qu'Hélène avait pour lui, et que lui-même avait pour elle.

— Merci, chambellan. Vous m'êtes si précieux ! Ce palais ne tiendrait pas sans vous...

L'homme fit une révérence. Il semblait sincèrement ému. Ses mains tremblaient, et son regard était aussi brillant que celui de la reine.

— Comme vous voyez, reprit la reine, nous sommes très nombreux ! Plus de mille, je crois. Nous avons fait un long et pénible voyage, et j'ai promis à tous ces gens de les loger ici. Vous y arriverez, n'est-ce pas ?

— Mais bien sûr, Majesté ! Bien sûr !

Le chambellan jeta un regard à la foule en bas de la grande cour. Quelle étrange assemblée ! Louvetiers, soldats, campagnards, citadins, il y avait des hommes et des femmes de toutes sortes. Il se garda bien de paraître inquiété par le nombre... Il trouverait bien un moyen de loger tout le monde dans les nombreuses dépendances du palais. Puis il adressa un regard à Bohem.

— Monsieur le louvetier préfère-t-il toujours dormir dehors ? demanda-t-il d'un air gentiment moqueur.

— Je ne sais pas, répondit la duchesse en souriant, elle aussi.

— Les hommes étranges que votre époux a fait venir de Gaelia ont préféré s'installer à l'extérieur, eux aussi... Cela nous a rappelé votre passage ! ajouta-t-il pour le louvetier.

Bohem haussa les sourcils.

— Les Tuathanns ?

— Oui, monsieur, ils ont monté un camp en dehors de la ville.

Bohem hocha la tête d'un air satisfait.

— Parfait. Mais cette fois, voyez-vous, je dormirai au palais avec Vivienne...

— Vraiment ? railla Hélène en feignant la surprise. Mais que nous vaut cet honneur ?

— Je ne saurais refuser une nouvelle fois l'hospitalité de la duchesse, qui a longtemps partagé notre sort, loin de son beau palais, répondit Bohem en plaisantant. Et j'ai promis à votre nièce de ne plus jamais la quitter.

— Mais ! Il faudrait l'épouser, avant de partager sa chambre ! répliqua la duchesse, malicieuse.

— Allons, Hélène, cela fait bien longtemps que votre nièce et moi avons transgressé les lois de la bienséance, et sans grands scrupules, je dois l'avouer...

— Alors, vous êtes ici chez vous, vous ne dépareillez pas avec la réputation du palais des Ducs ! s'exclama la duchesse, espiègle.

Le chambellan parut gêné. Il avait déjà perdu l'habitude des facéties de la reine, sans doute...

— Mais demain, reprit Bohem plus sérieusement, vous voudrez bien me conduire auprès des Tuathanns, je dois les rencontrer...

— Bien sûr, monsieur, bien sûr.

— A-t-on des nouvelles de mon époux ? demanda la duchesse.

— Majesté, il est parti avec ses chevaliers au comté de Bleizis, à la poursuite de Livain VII, et ses fantassins l'y ont rejoint quelques jours plus tard.

Hélène poussa un soupir. Bohem lui serra l'épaule.

— Et Fidélité La Rochelle ? demanda-t-il à son tour. N'est-il pas revenu au palais ?

— Pas encore, monsieur.

Bohem pencha la tête. Sans doute son ami avait-il été retenu plus longtemps à Burdigale. Quant à Bernard de Laroche et aux Bons Hommes de Tolsanne, il espérait qu'ils ne tarderaient pas, eux non plus...

— Bien, reprit la duchesse, chambellan, ne perdons plus de temps, nous avons beaucoup à faire.

Hélène se retourna vers la foule.

— Mes amis ! Soyez les bienvenus au palais des Ducs de Quienne ! Le chambellan va vous conduire au réfectoire, où l'on vous apportera à manger et où vous pourrez vous reposer en attendant qu'on trouve à vous loger.

Un murmure enthousiaste traversa la grande assemblée. Le chambellan fit signe aux gens de le suivre et ils partirent en groupe vers l'aile ouest du palais, admirant au passage la splendeur des lieux.

La duchesse conduisit alors Vivienne, Mjolln et Bohem vers ses appartements. Ils traversèrent les jardins enneigés du palais, heureux de retrouver cet endroit où tous avaient de délicieux souvenirs.

⁂

Grégoire de Berva partit au galop vers les chevaliers du roi Emmer Capigesne. À travers l'ouverture de son heaume, il voyait mal les formes plongées dans l'obscurité. Mais il reconnaissait au moins les hommes du roi de Brittia, qui portaient sur leurs surcots les couleurs de Northia. Il y avait encore plusieurs ennemis à cheval qui faisaient des dégâts parmi les fantassins de Livain.

Le Grand-Maître de la Milice porta son épée en garde haute et baissa la tête. Il avait du mal à chasser de son esprit l'image de Pieter le Vénérable. Il était persuadé que le vieil homme était devenu fou. Et pourtant, Livain lui-même portait crédit à ses affirmations farfelues. Et s'il avait raison ? Si Bohem était vraiment celui dont la venue annonçait la fin des temps ? Non ! C'était complètement insensé ! Il ne devait pas se laisser déconcentrer par cette idée absurde.

Grégoire resserra son poing sur le manche de son arme, et, comme pour se reprendre, il cria la devise de la Milice du Christ : « *Non nobis domine sed nomini tuo da gloriam!* »

Il arriva au cœur des combats et abattit son arme avec hargne sur son plus proche adversaire. La lame heurta le bouclier du chevalier. Celui-ci riposta. Grégoire esquiva le coup et frappa à nouveau, en contre-taille. Il toucha cette fois-ci son adversaire en pleine tête. L'homme tomba de selle et, le pied accroché à l'étrier, fut traîné dans la neige par son cheval.

Le Grand-Maître se jeta aussitôt vers un nouvel ennemi. Il enchaînait les coups avec frénésie, sans y penser. Sans doute était-il plus troublé qu'il ne l'avait imaginé. Les dernières phrases de Pieter résonnaient encore dans sa tête :

« Cette guerre est insensée ! Et la Milice n'a rien à y faire. Si c'est la chrétienté que vous voulez défendre, alors vous vous trompez d'ennemi... »

Il désarçonna un deuxième chevalier, puis un troisième. Il se rendit compte alors qu'il avait reçu un coup à l'épaule, sans l'avoir senti. Il était incapable de se souvenir à quel moment il avait été touché. Était-ce à l'instant, ou bien plus tôt, par son précédent adversaire ? Que lui arrivait-il ? Il n'arrivait pas à se concentrer !

Il poussa un grognement à l'intérieur de son heaume et, au même instant, il aperçut Emmer, qui livrait bataille un peu plus loin.

Le Grand-Maître hésita. Devait-il l'affronter immédiatement, ou bien continuer ici, où d'autres chevaliers se battaient encore ? Non. Emmer était le seul adversaire à sa taille, sur ce champ de bataille. Pourquoi repousser le moment de leur rencontre ? De toute façon, l'un des deux devait mourir. Il ne voulait plus attendre.

*À la gloire de Ton nom, Seigneur.*

Le Milicien donna des coups de talon à son cheval qui partit au galop vers le roi de Brittia.

— Emmer !

Le roi, dont le cheval venait de piétiner deux fantassins, se retourna aussitôt.

— Berva ! Vous voilà enfin !

Les deux hommes avancèrent lentement l'un vers l'autre, retenant leurs chevaux impatients.

*Cette fois-ci, Emmer, l'un de nous doit mourir. Il n'y aura pas de trêve, pas de pitié.*

Grégoire souleva lentement son arme, la fit tourner une fois dans les airs et assura sa prise. L'instant d'après, ils étaient face à face. Le Grand-Maître fut le premier à attaquer. Dès qu'il fut à distance, il envoya un agile moulinet horizontal vers la gorge d'Emmer. Le roi para du tranchant de l'épée, mais ne rendit pas le coup. Il continua de faire avancer son cheval, le faisant tourner autour de celui de Grégoire.

Le Grand-Maître se dressa sur ses étriers, attendit une ouverture dans la garde du roi et envoya un coup vertical, mais sa lame fut déviée au dernier moment par le bouclier de son adversaire.

Emmer se remit en garde et continua de tourner autour du Milicien.

*Qu'attend-il pour attaquer ? Il me provoque. Il essaie de m'agacer.*

Grégoire de Berva ne se laissa pas impressionner par l'impassibilité de son ennemi et frappa à nouveau, de taille, puis d'estoc. Encore, et encore. Mais le roi parvenait à parer chaque coup habilement, comme s'il lisait dans les pensées de son adversaire.

*Je vais m'épuiser. Je dois trouver une meilleure stratégie. Jouer le même jeu que lui, peut-être.*

Le Milicien se mit en garde à son tour. Les deux chevaux s'approchèrent, flanc contre flanc, en sens inverse. L'épée de Grégoire remonta lentement le long de celle d'Emmer, dans un sifflement métallique. Les deux hommes se trouvèrent si proches l'un de l'autre que leurs yeux se croisèrent. Grégoire plongea son regard dans celui du roi. Il y trouva une sérénité pleine de respect et de certitude.

*Il est persuadé qu'il va me tuer. Il n'a plus peur de moi.*

Un frisson parcourut l'échine du Grand-Maître. Il repoussa aussitôt Emmer du pommeau de son épée, puis lui assena un coup plongeant par la gauche. Le roi se recula brusquement, mais la lame le toucha tout de même à hauteur de poitrine. Elle ricocha sur le métal de l'armure. Emmer s'agrippa à l'encolure de son cheval pour ne pas tomber, et dès qu'il eut repris son équilibre, il se remit en garde, dans un geste plein d'élégance. Un geste de défi.

Le Grand-Maître commençait à perdre patience. Il savait que le roi faisait exprès de le narguer à distance pour le déstabiliser, et il était furieux de constater que cela marchait !

*Dieu, donnez-moi la force de reprendre le contrôle de moi-même. J'ai déjà battu cet homme, je peux le faire à nouveau. C'est pour Votre gloire que je me bats, pour la défense d'un royaume qui Vous est fidèle. Je suis Votre serviteur. Que l'Esprit Saint guide ma main !*

Grégoire inspira profondément puis, avec une célérité surprenante, il envoya un coup horizontal à hauteur de tête. Le roi, cette fois, n'eut pas le temps de parer. Il perdit l'équilibre en esquivant le coup au dernier instant. Il tomba à la renverse, mais, en se retenant à sa selle, il parvint miraculeusement à retomber sur ses pieds. Emmer, debout dans la neige, donna un coup sur la croupe de son cheval pour le faire partir et se campa sur ses deux jambes, la garde haute.

Aussitôt, le Grand-Maître de la Milice du Christ descendit de sa monture et prit position face au roi.

— J'espère que vous n'allez pas refuser le combat, à présent ! s'exclama-t-il en avançant lentement vers Emmer.

— Je ne vous frapperai qu'une fois, Grégoire, et ce sera la dernière.

Le Milicien partit d'un rire forcé.

— Vous présumez de vos forces, Majesté !

Le roi l'invita de la tête à venir l'attaquer. Grégoire ne se fit pas prier. L'arrogance du souverain l'agaçait. Il se jeta sur Emmer avec toute sa force et envoya un violent coup du tranchant de sa lame vers la gorge du souverain. Celui-ci fit un pas de côté et évita l'attaque. Berva enchaîna sans attendre, un coup de taille vers le buste, un coup en remontant, un coup en gagnant à dextre, un coup d'estoc... Il frappait avec puissance, mais le roi parvenait toujours à se tirer d'affaire.

Grégoire reprit son souffle. Il se remit en garde courte, lame vers le sol. Il fit mine de se stabiliser, mais soudain il remonta son épée à la verticale pour tenter de désarmer le roi. Capigesne au même instant, comme s'il avait deviné le coup, avait pivoté sur la droite, et d'un coup sec il repoussa le plat de la lame du Milicien.

Grégoire, surpris, sur le mauvais appui, fut entraîné par le poids de son arme et n'eut pas le temps de rabaisser sa garde. L'épée d'Emmer arriva à l'horizontale comme une longue faux et s'enfonça dans son épaule.

Le Grand-Maître de la Milice du Christ poussa un cri de douleur. Il fit quelques pas en arrière et changea son épée de main. Il était aussi habile de l'une que de l'autre, mais sa blessure allait grandement l'affaiblir.

Emmer souleva le bassinet de son heaume. Il souriait.

— Vous avez gagné, Grand-Maître, il me faudra plus d'un coup pour vous faire tomber. Peut-être plus de deux.

Grégoire ne réagit pas à l'ironie du roi. Il se remit en garde et avança. Il feinta à gauche, puis se risqua à porter un coup retourné. C'était une attaque dangereuse, mais puissante. Il pivota sur lui-même, le bras plié, puis, quand il fut presque face au roi, il tendit sa lame pour atteindre Emmer au visage. Il vit alors avec horreur que le roi avait eu le temps de se baisser, la lame frôla le dessus de sa tête et, en se relevant, Emmer enfonça son épée dans le ventre de son adversaire. La lame se glissa entre deux plaques de l'armure et pénétra dans l'abdomen du Milicien.

Grégoire, le visage figé dans une grimace paniquée, lâcha son arme. Il porta les mains à son ventre, incrédule, puis il s'écroula lourdement sur le sol, sur les genoux. Le sang coulait abondamment entre ses doigts et se répandait dans la neige.

Emmer Capigesne resta un instant immobile, à dévisager son adversaire.

— Adieu, Grégoire. Livain est à moi, maintenant.

Puis d'un geste parfait, il le décapita. Le corps sans tête bascula en arrière.

Emmer posa la pointe de son arme par terre et poussa un long soupir. C'était le deuxième Grand-

Maître de la Milice qu'il tuait en quelques semaines à peine. Un sourire se dessina sur ses lèvres.

⁂

— Que la Terre te reconnaisse, Artosach, ainsi que tous les tiens.

Au petit matin, Bohem avait demandé au chambellan de le conduire dans le campement des Tuathanns. Il l'avait suivi vers la plaine reculée où s'étaient installés les guerriers de Gaelia, puis il était entré, seul, dans le grand croissant des tentes.

Les Tuathanns avaient tiré profit de la neige pour faire des structures de glace, et même quelques petits abris étonnants. Habiles et courageux, ils s'étaient adaptés à la rigueur de l'hiver. Bohem avait salué en silence les hommes qui s'affairaient dans le campement et qui ne semblaient pas lui prêter la moindre attention. Il avait admiré leur beauté, leur sérénité, la douceur de leurs gestes, qui cachait une grande force. Puis, comme personne ne venait le guider, il avait cherché seul la tente d'Artosach. Il les regarda une à une, puis, sur l'une des plus petites, il reconnut des motifs à la peinture bleue. Dessinés sur la toile tendue devant l'entrée, ils étaient exactement semblables à ceux qu'Artosach portait sur le torse et les bras.

Bohem n'avait pas dormi de la nuit. Il avait passé la soirée dans les bras de Vivienne ; ils avaient fait l'amour tendrement, mais passionnément, comme deux corps qui se retrouvent enfin pour ne faire plus qu'un à nouveau, puis la jeune femme s'était endormie. Alors il était resté allongé près d'elle, les yeux rivés au plafond éclairé par la faible lumière de la lune. Et il avait attendu ce moment avec impatience. Rencontrer Artosach. L'homme qu'il n'avait jamais vu qu'en rêve. Celui qui, il l'espérait, allait lui montrer un chemin où emmener les hommes.

— Que la Terre te reconnaisse, Bohem Liberté.

— Je vous remercie, toi et les tiens, de m'avoir attendu.

— Mais c'est toi qui nous attends, Bohem. Et depuis longtemps !

Le louvetier fronça les sourcils. Il n'était pas sûr de comprendre ce que voulait dire le Tuathann...

— Comment ça ?

— Tu ne peux pas résoudre seul le drame qui meurtrit la Terre, Bohem. Nous te devons des explications, et tu les attends depuis longtemps.

— Vous savez comment mettre fin à tout cela ?

— Non. Nous pensons que c'est toi qui trouveras. Mais nous pouvons au moins t'expliquer ce qu'il se passe.

Bohem se mordit les lèvres. Oui ! Ils avaient donc des réponses ! Son espoir n'était pas vain. Depuis le début, il savait que les Tuathanns pourraient l'aider. Restait à savoir à quel point, et comment !

— Quand pourrons-nous voir le conseil des Baintreach Clanns ? demanda-t-il.

— Quand tu le voudras, Bohem. Je te guiderai à la fontaine du bois de Melle et tu rencontreras le conseil. Aujourd'hui, si tu veux.

Le louvetier grimaça.

— Non. Ce soir, Hélène a prévu une fête pour Vivienne. C'est important que j'y sois. Si tu le veux bien, nous partirons demain.

— Le choix t'appartient, Bohem.

— Artosach, parle-moi des Baintreach Clanns. Qui sont-ils ?

— Eh bien, je suis un Baintreach Clann, Bohem. Nous sommes plusieurs milliers. C'est le nom de notre clan, comme il en existe plusieurs chez nous. Les gens que tu vas rencontrer à Melle sont les représentants de notre tribu.

— Et que veut dire votre nom ?

Le Tuathann sourit.

— Cette question t'en inspirera beaucoup d'autres, louvetier. Est-ce que tu es prêt à l'entendre ?

— Que veux-tu dire ?

— Le nom de notre tribu n'est pas un hasard. Il va te faire réfléchir. Cela est bien, mais ne veux-tu pas attendre demain ?

— Non. Dis-moi.

— Tu es impatient, Bohem ?

— J'ai besoin de repères. Je suis perdu, Artosach.

— Alors, écoute. Mais ne me pose pas d'autres questions avant demain.

— Entendu.

— Dans notre langue, les *clanns,* ce sont les « enfants ».

Bohem fronça les sourcils. Devinait-il ce qu'Artosach allait lui révéler ? Était-ce possible ? Il avait peine à y croire. Son cœur se mit à battre plus fort. Il sentait que cet aveu était un élément fondamental de son histoire. Les liens invisibles dont il supposait depuis longtemps l'existence allaient sans doute apparaître, les uns après les autres. Il se souvenait des paroles d'Hélène, le jour où elle avait compris que les femmes avaient perdu la possibilité de tomber enceintes, « Toutes ces choses sont liées, Bohem. » Oui. Par des cordons secrets, serrés, dont la compréhension progressive serait peut-être salutaire. S'il était encore temps.

— Et *Baintreach ?* demanda Bohem, qui connaissait déjà la réponse.

— Tu le déduis, j'en suis sûr. *Baintreach,* c'est la « veuve », Bohem. Nous sommes les enfants de la veuve.

Le visage du jeune homme se figea. Il ne s'était donc pas trompé. Il secoua la tête.

— Les enfants de la veuve ? s'exclama-t-il. Mais c'est le nom que l'on donne aux Compagnons du Devoir !

Le Tuathann hocha la tête, l'air satisfait.

— Je t'ai dit, Liberté. Une seule question. Tu dois partir, maintenant.

Mais le louvetier resta immobile encore quelques

instants, bouche bée. Il ne comprenait pas. Comment le clan des Tuathanns, si ancien, pouvait-il porter le nom que l'on donnait aussi aux Compagnons ? Quel rapport pouvait-il y avoir ? Artosach avait raison. Cette réponse appelait tant de nouvelles questions ! Le jeune homme était complètement hébété.

— Bohem, tu dois partir, répéta Artosach. Demain, nous irons voir le conseil. Ils t'en diront bien plus. Patience.

Le louvetier se leva lentement, déboussolé. Il salua le chef des Tuathanns et se dirigea vers la sortie sans dire un mot. Il traversa le campement comme un fantôme, le regard perdu dans le vide, et rejoignit le palais, songeur.

*Les Enfants de la Veuve* ! C'était si mystérieux ! Un seul nom pour deux communautés tellement différentes ! Mais quel secret ancien pouvait ainsi les réunir ? Et n'était-il pas, lui-même, l'enfant d'Aléa, une veuve ?

Tout ce qu'il avait découvert jusqu'à ce jour se pressait dans sa mémoire. Les Aïshans, Mjolln, Aléa, la bague du Samildanach, le Saîman, Camille, Lailoken, et puis, maintenant, les Baintreach Clanns...

Il se souvint alors du jour où le Premier en Ville de la cayenne de Carnute lui avait raconté l'origine de l'expression « les Enfants de la Veuve ». Il se souvint de chaque mot, et il se demanda s'il pourrait y trouver des réponses.

Bohem entra dans le palais des Ducs, l'air absent. La légende d'Hiram le hanta jusqu'au soir.

⁂

« Le secret que je vous livre, Bohem, n'est connu que des seuls Compagnons du Devoir. Vous ne devriez pas l'entendre, aujourd'hui... Pas avant que nous ayons décidé de vous recevoir parmi nous, en tout cas. C'est une légende secrète, qui donne corps à notre communauté. Mais encore une fois, la situation est exceptionnelle, elle engendre donc des exceptions. Alors je veux bien vous en révéler les mystères, puisque vous me le demandez. Peut-être pourront-ils vous aider dans votre quête... Je vous le souhaite.

» Alors écoutez bien, Bohem, je vais vous raconter pourquoi on appelle les Compagnons les Enfants de la Veuve.

» La légende remonte au temps de l'Ancien Testament, au règne du roi David. Je suis sûr que vous avez déjà entendu parler de ce roi et de son fils Salomon à l'église, dans votre village. Mais vous ne connaissez sûrement pas toute l'histoire...

» Voici ce qu'il se passa, selon notre tradition.

» Désireux d'offrir un temple à son Dieu, David demanda au roi de Tyr de l'aider à construire un bâtiment digne de Yahvé. Mais, avant que ne commence la construction, le roi David mourut, et ce fut à son fils, Salomon, que revint la charge de mener à bien ce grand chantier. Il demanda donc au roi de Tyr de lui fournir le bois de cèdre nécessaire à l'édification et de lui prêter ses architectes afin de réaliser son projet. Le roi de Tyr accepta et les travaux commencèrent. Ainsi, on construisit à la gloire de Yahvé le plus beau temple jamais érigé sur la terre des hommes.

» C'est ce temple, Bohem, que la Milice du Christ cherchait à retrouver quand elle s'aventura sur les routes d'Orient. Ce temple de légende ! On raconte notamment que la porte était encadrée de deux grandes colonnes de bronze. Qu'à l'intérieur se trouvaient une immense cour, avec une vasque aux eaux purifiantes, et un autel. Ensuite se succédaient trois pièces : un vestibule carré, puis une longue salle rectangulaire où se dressait une console dorée, et enfin un sanctuaire, au bout du temple, où l'on gardait en secret l'Arche d'Alliance.

» Parmi les architectes que le roi de Tyr avait dépêchés auprès de Salomon, l'un possédait de grands talents pour la pierre et le bronze. Il s'appelait Hiram et était issu de la tribu de Nephtali.

» Hiram se chargea de nombreux travaux du chantier : les deux colonnes, les volutes des chapiteaux au sommet de celles-ci, les entrelacs et leurs grenades, les bassins... On dit que son œuvre était splendide et qu'elle suscitait l'envie de ses confrères...

» La légende raconte qu'il travaillait depuis sept ans au temple de Yahvé quand se produisit un drame.

» Les ouvriers, comme aujourd'hui dans notre

communauté, étaient répartis en deux classes distinctes : les compagnons et les maîtres. Chez nous, ce sont les Compagnons Reçus et les Compagnons Finis. Hiram, en tant qu'architecte, faisait partie de la seconde classe. Ainsi, les secrets de la construction n'étaient transmis qu'aux maîtres qui, pour se reconnaître, utilisaient un mot de passe qu'ils ne devaient révéler aux compagnons à aucun prix.

» En cette septième année, les travaux touchant à leur fin, trois compagnons sans scrupule élaborèrent un plan abject. Désireux de s'attribuer les privilèges des maîtres, ils se postèrent un soir chacun devant une porte du temple, et ils attendirent. Comme ils l'avaient prévu, Hiram fut le dernier à sortir.

» Le premier compagnon l'interpella et lui demanda de lui révéler le mot de passe. Hiram lui répondit qu'il n'était pas possible de l'obtenir ainsi et qu'il fallait avoir la patience d'attendre le moment opportun. Le compagnon frappa alors l'architecte au cou à l'aide d'une règle. Hiram recula, blessé, et se trouva plus loin nez à nez avec le deuxième compagnon. Celui-ci, comme Hiram ne voulait toujours pas parler, porta sur le sein gauche du maître un violent coup d'équerre. L'architecte s'éloigna ; chancelant, il tenta de s'enfuir et il tomba dans les bras du troisième compagnon. Ce dernier vit qu'Hiram refusait toujours de livrer le mot de passe et lui donna un coup de maillet. Le maître mourut dans l'instant.

» C'est ainsi, Bohem, que fut assassiné le meilleur architecte du temple de Salomon.

» Les trois meurtriers virent alors que leur plan avait échoué. Par la violence, ils n'avaient rien obtenu. Comprenant l'inanité de leur crime et pour ne pas se faire prendre, ils enterrèrent Hiram en un lieu secret. La légende raconte que, en signe de repentir, ils plantèrent, à l'endroit où ils l'avaient enseveli, un rameau d'acacia.

» C'est ainsi, Bohem, que tous les Compagnons du Devoir considèrent le maître Hiram, assassiné, comme leur père. Et c'est pourquoi ils disent être les enfants de sa veuve...

» Voilà pourquoi, mon ami, on nous nomme aujourd'hui les Enfants de la Veuve.

» Mais cette veuve, Bohem, est aussi un symbole. Celui de l'attente silencieuse et de l'espoir. Comme la veuve a perdu son époux, les Compagnons ont perdu leur maître et en attendent un nouveau. Car Hiram a emporté ses secrets avec lui dans la tombe. Et telle Isis, la grande veuve d'Osiris, recherchant les membres épars de son époux, les Compagnons recherchent à jamais le secret perdu, le corps de maître Hiram... Et s'ils le trouvent un jour, ils ne seront plus les enfants d'une veuve.

» Il existe une seconde légende, Bohem. Celle de maître Jacques et de maître Soubise, qui auraient été des élèves d'Hiram, et qui, quittant Jérusalem après la mort de l'architecte, auraient apporté en Gallica le souvenir du maître. Symboliquement, on raconte que ce sont eux qui ont fondé les Compagnons du Devoir et perpétué la lignée des Enfants de la Veuve. C'est pour cela, Bohem, que vous entendrez souvent les Compagnons se référer à l'un ou l'autre.

» Mais ce qui est important, mon jeune ami, c'est qu'à ce jour, le secret du maître n'a toujours pas été retrouvé, et que nous sommes tous orphelins. »

*
**

— Le jour va bientôt se lever, Camille-Sœur, nous devons rejoindre au plus vite le ventre de la terre.

Les huit femmes s'étaient arrêtées au cœur d'une forêt de pins, près d'une clairière rocailleuse. Vêtues de leurs longues robes noires, elles se mariaient aux ombres des grands arbres et semblaient flotter dans la brume. Les broches à leur poitrine scintillaient dans la nuit comme les yeux d'une louve.

Camille de Chastel jeta un regard vers le ciel. Les premières lueurs du jour se reflétaient déjà sous le plafond bas des nuages. Elle soupira. Les sept sœurs de l'Athnuachan ne pouvaient souffrir la lumière du soleil. Quelques jours plus tôt, elles avaient quitté la crypte pour marcher avec elle en direction de Pierre-Levée, où elles savaient à présent que Bohem était parti se réfugier. Mais elles ne pouvaient voyager que de nuit, ce qui ralentissait leur marche, et le jour elles trouvaient abri dans des grottes souterraines dont elles seules connaissaient l'existence : des galeries oubliées qui se croisaient sous le sol de Gallica, jadis royaume – entre autres – des Brumes nocturnes.

— Lamastu-sœur, nous devons nous presser si nous ne voulons pas arriver trop tard ! Bohem ne va sûrement pas rester longtemps en place... Sa quête ne se termine pas à la cour de la duchesse de Quienne.

— Tu sais que nous ne pouvons pas faire autrement, dit la vieille femme de sa voix stridente. Le soleil nous tuerait, petite.

La jeune femme hocha la tête en souriant.

— Des femmes si puissantes, et pourtant si fragiles !

— Ne raille pas, ma sœur. À chacune ses faiblesses... Nous avons vu les tiennes, n'est-ce pas ?

Camille haussa les épaules. Les choses avaient bien changé, depuis l'époque où, enfant, elle osait à peine parler aux sœurs de l'Athnuachan. Aujourd'hui, ces sept prêtresses au visage voilé ne lui faisaient plus vraiment peur, mais elle avait gardé à leur égard une réserve, plus ou moins consciente ; un respect instinctif qui l'empêchait de s'adresser à Lamastu comme elle aurait aimé le faire.

— Bien. Alors je vous suis, mon aînée.

Lamastu poussa un sifflement aigu, qui disait sa froideur, puis tendit les bras devant elle d'un geste solennel. Aussitôt, les sœurs se mirent en cercle et se donnèrent la main. Camille les observa en retrait, impassible. Elle s'était habituée à ce rituel étrange qui permettait aux sept femmes de trouver une entrée vers les entrailles de la terre.

Elles restèrent un moment immobiles, leurs corps se balançant lentement de droite et de gauche, puis soudain elles rompirent leur chaîne, et Lamastu se mit en route vers le nord sans attendre. Camille et les autres sœurs la suivirent aussitôt, et elles marchèrent en silence jusqu'aux rochers qui bordaient la clairière.

Là, la plus ancienne sœur désigna une excavation où elles s'engouffrèrent une à une, au moment même où, entre les troncs d'arbres morts, apparaissaient à l'horizon les premiers rayons du soleil d'hiver.

Elles disparurent dans l'ombre et restèrent terrées là, dans un état de demi-sommeil, jusqu'au retour de la nuit.

⁂

Au beau milieu de l'après-midi, alors que tout le monde au palais participait aux préparatifs de la grande fête qui allait avoir lieu le soir même, le chambellan vint chercher Bohem dans la salle de réception.

— Monsieur ! s'exclama-t-il les yeux écarquillés. Monsieur ! Votre ami Fidélité est arrivé avec les Bons Hommes et les Compagnons.

Bohem lâcha aussitôt le maillet dont il se servait pour accrocher des décorations et fit un large sourire.

— Ils sont près de cinq cents, reprit le chambellan

d'une voix paniquée, amassés dans la cour ! Je ne sais pas comment faire !

— Quelle bonne nouvelle ! Eh bien, accueillons-les, chambellan, accueillons-les !

— Mais, mais... Il n'y a plus de place, monsieur Bohem...

Le louvetier éclata de rire.

— Comment ça, plus de place ? On se serrera, mon vieux ! Il y a toujours de la place !

— C'est que... nous sommes déjà bien serrés !

— Vous êtes trop habitué à la vie de palais, chambellan ! Ne vous inquiétez pas, ces hommes seraient prêts à dormir dans les écuries, s'il le fallait ! Croyez-moi, quand vous verrez ce que les Compagnons sont capables de faire pour réparer un édifice, vous ne serez pas mécontent de les avoir accueillis ! Allons ! Laissez-moi passer, je veux voir mes amis !

Le louvetier partit vers la cour d'un pas alerte et, quand il aperçut le forgeron au loin, suivi de centaines de Compagnons, il cria son nom avec enthousiasme.

— La Rochelle !

Les deux amis coururent l'un vers l'autre et s'embrassèrent longuement, puis Bohem se recula pour mieux voir le Compagnon.

— Eh bien ! Quelle belle écharpe ! dit-il en voyant son nouvel habit. Alors, ça y est ? Monsieur est Compagnon Fini ?

Fidélité fit un geste de la main comme si cela n'avait aucune importance.

Bohem se tourna vers tous les Compagnons massés derrière son ami, et s'inclina légèrement.

— Bienvenue, mes frères ! s'exclama-t-il. Honneur à maître Jacques et respect à tous les Jolis Compagnons !

Ils répondirent à son accueil en sifflant à leur manière si particulière, ou en levant leur chapeau et leur canne.

— Et vous ? reprit La Rochelle. À voir ta bonne humeur, j'en déduis que vous avez retrouvé notre Vivienne !

Bohem acquiesça, réjoui.

— Oui, nous l'avons retrouvée, mon frère ! Elle était très faible, mais à présent, elle est sur pied, presque complètement rétablie ! Tiens ! La voilà, regarde !

La Rochelle tourna la tête et aperçut la jeune femme qui venait vers eux, un sourire aux lèvres. Son visage s'illumina.

— Vivienne ! s'écria-t-il en ouvrant les bras.

Elle s'élança vers lui et il la serra dans ses bras avec chaleur.

— Comme je suis content de te voir, Vivienne ! dit le forgeron, les yeux inondés de larmes.

— Moi aussi, Compagnon. Comment vas-tu ? demanda la jeune fille, aussi émue que lui.

— Je vais bien. Enfin... comme vous, je suppose ! Je ne cesse de me demander quand mon tour viendra. Nous avons perdu beaucoup de frères en route...

— Mais tu es là, Fidélité, tu es là. C'est le principal !

— Et Mjolln ? Et Loeva ? Et Hélène ? Où sont-ils ? demanda le forgeron en fronçant les sourcils.

— Ah ah ! Mystère ! répondit Bohem. Rassure-toi, ils ne sont pas loin. Mais ils nous préparent une cérémonie pour ce soir, en l'honneur de Vivienne. Ce sera, je crois, une grande et belle fête !

— Alors, nous tombons bien ! répliqua Fidélité. Nous avons bien besoin de nous détendre, nous aussi ! Et regardez, ajouta-t-il en se retournant. Bernard de Laroche est ici, lui aussi.

Le Bon Homme s'approcha et inclina timidement la tête pour saluer Bohem. Le louvetier lui attrapa le bras en lui adressant un sourire chaleureux.

— Allons, Bernard ! Serrez-moi la main ! Je vous suis reconnaissant d'être revenu jusqu'ici.

— Je vous l'avais promis, Bohem.

— Oui. Mais je suppose qu'on a aussi besoin de vous à Nabomar...

— Fidélité a eu l'amabilité d'y laisser trente Compagnons, Bohem ! Ils sont bien plus utiles que moi, là-bas !

— Parfait, tu as bien fait, La Rochelle. Tu n'es pas si bête que tu en as l'air, finalement ! plaisanta Bohem.

— Ce doit être à force de parler avec une lumière comme toi, répliqua le forgeron en haussant les sourcils.

Le louvetier l'attrapa par le bras.

— Les Compagnons seront aussi très utiles ici, tu sais...

— Oui. Nous avons vu les dégâts en traversant la ville. Il y a beaucoup de travail. Mais nous sommes nombreux. Trois cents frères sont partis avec moi de Burdigale, et beaucoup d'autres nous ont rejoints en route.

Bohem fit un signe de tête ravi.

— Je savais que je pouvais compter sur eux.

— Sur eux ? Sur *tes frères*, tu veux dire ! Tu es l'un des nôtres, Bohem ! Et de toute façon, les Compagnons ne peuvent pas rester les bras croisés devant tout ce qui se passe. Les Enfants de la Veuve ont leur place ici.

Bohem hocha la tête. Son ami n'imaginait sans doute pas à quel point cette phrase prenait un nouveau sens pour lui, à présent.

— Il y a autre chose, Bohem...

— Oui ?

— À Burdigale, j'ai vu Trinité Rivenois...

Le louvetier écarquilla les yeux, le visage éblouissant.

— Trinité ? Il est donc...

Soudain, il fronça les sourcils.

— Et Gautier ?

Le forgeron secoua la tête d'un air désolé.

— Il est mort le jour où tu t'es enfui, Bohem.

Bohem ferma les yeux, accablé.

— Trinité est resté à Nabomar, expliqua le forgeron. C'est lui qui va diriger les travaux.

— Alors ils seront réussis ! répliqua Bohem, comme pour se consoler.

— Et je pense que tu seras heureux d'apprendre que les Compagnons, ensuite, iront un peu plus au nord...

— C'est-à-dire ?

— Quand ils auront fini de reconstruire Nabomar, ils s'attaqueront à la restauration d'un petit village que tu connais bien...

— Villiers-Passant ? demanda Bohem, incrédule.

Le forgeron hocha la tête. Un sourire se dessina à nouveau sur le visage du louvetier.

Vivienne se faufila alors entre les deux amis.

— Allez ! Assez bavardé, messieurs ! Allons à l'intérieur où il fait bien moins froid ! Il y a de la place pour tout le monde dans le grand réfectoire.

Bohem se tourna vers la foule.

— Compagnons, Bons Hommes de Tolsanne, mes amis, suivez-nous !

Toute la troupe se mit en route avec satisfaction. Ils entrèrent dans le palais où l'on servit des boissons chaudes aux nouveaux arrivants pour les réchauffer, et l'on alluma un grand feu dans le foyer.

Le chambellan, paniqué, essaya d'organiser l'accueil de tous ces invités supplémentaires. Il courait dans tous les sens sous le regard amusé de Bohem et Vivienne. Mais chacun, à la tombée du soir, avait finalement trouvé sa place dans les chambres, la grange ou les grands dortoirs aménagés à la hâte par les serviteurs du palais. Et quand la nuit enroba complètement le ciel de Pierre-Levée, une trompette annonça que la fête allait commencer. Tout le monde se dirigea vers la grande salle de réception.

⁂

— Majesté, Grégoire de Berva est tombé, et vos troupes ne vont pas résister longtemps. Nous n'avons plus le choix. Il faut fuir !

Le jeune prêtre, le front ruisselant, s'était penché sur le lit de Livain et tenait celui-ci par les épaules. Sa voix tremblait. L'issue de la bataille ne faisait aucun doute, à présent, et les soldats d'Emmer étaient de plus en plus près de la tente où l'on avait allongé le roi de Gallica.

Livain, qui avait partiellement recouvré la vue, pouvait lire la frayeur sur le visage du prêtre. Mais il n'avait plus peur, lui. Il ne ressentait rien, pas même des remords. Il attendait, patiemment.

— Majesté ! insista le jeune homme. Nous devons nous enfuir !

— Nous enfuir ? répéta le roi d'une voix lasse. À quoi bon ? Je vous ai dit, père Lefrançois, que je veux mourir ! Je n'ai rien qui me retient sur cette terre. Ma seconde femme a disparu, je n'ai toujours pas de fils, mes amis meurent les uns après les autres... Non, vraiment, je n'ai plus envie de vivre. Partez, vous. Partez tant qu'il en est encore temps ! Vous ne méritez pas de mourir ici !

— Ne dites pas de bêtises, Livain ! C'est justement parce que vous n'avez pas de fils que vous devez, vous, vivre et retourner à Lutès ! Allons ! Nous avons besoin de vous !

— Emmer a gagné, mon père. Il ne sert à rien de résister... De toute façon, je n'en ai plus la force.

— Mais si, il faut résister, au contraire ! Majesté, vous ne pouvez pas nous abandonner. Il nous reste encore une chance ! J'ai demandé à deux Miliciens de nous prendre avec eux sur leurs chevaux. Ils nous escorteront jusqu'à Lutès ! Là-bas, vous avez encore de nombreux soutiens qui vous défendront contre le roi de Brittia.

Livain secoua la tête. Bien sûr, il avait encore beaucoup d'alliés dans la capitale, mais il n'avait plus le courage de se défendre, lui.

— Lefrançois, réfléchissez ! Je ne supporterai jamais le voyage !

Le prêtre s'impatienta. Oubliant le respect qu'il devait à son roi, il poussa un soupir irrité.

— En quoi cela vous importe-t-il, s'exclama le jeune homme en se redressant, puisque vous êtes prêt à mourir ! Livain, je vous en supplie ! Je ne suis pas resté si longtemps à votre chevet pour vous voir abandonner aujourd'hui !

Le roi, surpris, finit par sourire. Il s'était réellement

attaché à ce jeune prêtre, et son obstination, au fond, le touchait.

— Vous êtes plus têtu que mon ancienne épouse, mon père !

— Gallica a besoin de vous, Livain. Vous ne pouvez pas nous laisser sans roi.

Livain hésita.

— A-t-on des nouvelles de Pieter ?

Au moment où le roi posait cette question, il y eut dehors un énorme vacarme. Sans doute une tour de défense qui s'était effondrée, fragilisée par les flammes.

Le père Lefrançois frissonna. Il n'était vraiment pas fait pour vivre si près de la guerre !

— Oui, Majesté, dit-il le souffle court. Il s'est enfui. Nul ne sait où... Mais...

— Il est allé retrouver le pape, coupa Livain. Je prie, je prie pour qu'il se soit trompé... Car s'il avait raison, mon père, s'il avait raison...

Les bruits des combats étaient de plus en plus proches. Dans quelques instants, l'ennemi allait probablement entrer dans la tente.

— Nous n'avons plus le temps d'attendre, Livain ! s'écria le prêtre d'un ton sévère. Vous avez le choix : soit vous abandonnez votre pays, vos sujets, et vous vous laissez mourir ici, soit vous croyez encore en votre devoir, et vous venez avec moi !

Le roi écarquilla les yeux. L'arrogance du jeune prêtre était particulièrement déplacée. Mais peut-être avait-il raison, après tout ! Avait-il le droit, lui, fils de Livain VI, d'abandonner ainsi le royaume que son père avait eu tant de peine à souder ? Pouvait-il laisser la lignée de ses ancêtres s'éteindre ainsi, sans lutter ?

Livain grimaça. Ses chances étaient minces, et Emmer le poursuivrait sans doute jusqu'à Lutès. Mais, après tout, pourquoi ne pas essayer ? Il restait au fond de son cœur malade un soupçon d'orgueil, un reliquat de sa superbe passée qui le poussa finalement à se laisser convaincre.

— Soit. C'est entendu, Lefrançois. Nous n'avons aucune chance, mais en mémoire de mon père, je veux bien essayer... Allons-y !

Le prêtre poussa un soupir de soulagement. Sans tarder, il fit signe aux deux Miliciens qui attendaient à l'entrée de la tente de venir porter le roi. Dehors, les combats s'acharnaient. On entendait les cris des hommes, les hennissements des chevaux et le bruit de la mort, partout, qui approchait, inéluctable.

Les deux Miliciens sortirent de la tente, tête baissée, portant le souverain entre eux. Ils se dirigèrent vers le nord, à l'abri des regards, là où ils avaient attaché leurs deux grands chevaux blancs.

C'était un de ces moments fragiles, où l'Histoire ne tient plus qu'à un fil. Quelques instants inouïs, où tout peut basculer. La nuit enveloppait ce tableau incroyable, ces images uniques qui resteraient dans les chroniques comme le symbole de cette guerre absurde, l'apothéose de son inanité : un roi mourant, porté au milieu des combats par deux moines guerriers, et un jeune prêtre terrifié, qui prenaient ensemble la fuite pour Lutès, vers leur dernière chance.

Le roi, qui était encore très affaibli, poussait des gémissements de douleur. Ses compagnons l'installèrent sur la croupe d'un cheval, et l'un des Miliciens monta derrière lui en le tenant fermement. Le prêtre monta derrière le second, et ils partirent au galop vers la capitale, abandonnant à la vallée les derniers survivants, et des centaines de morts qui eux, bientôt, seraient oubliés de l'Histoire.

⁂

Bien qu'il n'y ait eu que fort peu de temps pour la préparer, la cérémonie en l'honneur de Vivienne fut grandiose et émouvante. C'était surtout la première fois qu'une femme était accueillie dans la grande famille des troubadours, au palais des Ducs.

La grande salle de réception avait été richement décorée. On avait disposé sur les murs des tentures, des bannières et même quelques tableaux de la collection d'Hélène de Quienne. Sur les meubles étaient alignés de nombreux candélabres aux bougies colorées. On avait installé suffisamment de tables pour accueillir les quelque mille six cents convives réunis pour l'occasion, et disposé des services raffinés, appartenant au palais ou prêtés par quelques seigneurs des environs.

Tous les troubadours, les jongleurs, les artistes de la cour d'Hélène étaient présents, ainsi que ses principaux sujets, et bien sûr les louvetiers, les Compagnons, les Bons Hommes, les Tuathanns, et tous ceux qui avaient suivi Bohem sur les routes de Gallica. Jamais le palais n'avait accueilli autant de visiteurs, même pour les plus grandes fêtes des ancêtres de la duchesse.

Le repas se déroula dans un brouhaha énorme, mais cela n'avait pas la moindre importance ; l'heure était à la fête, et tout le monde s'amusa. Quant à la nourriture, le chambellan avait fait venir tous les cuisiniers de Pierre-Levée et il avait trouvé tant bien que mal de quoi nourrir tout ce monde !

On dégusta d'abord des œufs rôtis à la broche et du brouet de viande de lapin. En entremets, on servit de l'angélique confite, puis on passa à un délicieux bourguignon aux épices, et en dessert, enfin, il y eut de nombreux fruits au vin de Burdigale.

Hélène et ses amis étaient installés à la dernière table, qui était légèrement surélevée. De là, la duchesse pouvait voir tous ses invités et leur adresser par moments des signes de tête amicaux. Bohem et Vivienne étaient à sa droite, Mjolln et Loeva à sa gauche. Face à elle se trouvaient Fidélité, Bernard de Laroche, mais également le bourgmestre de Pierre-Levée, Chrétien de Troyes, quelques troubadours ainsi que Philippe Demas, le célèbre Peintre borgne, qui s'était assis à côté de la petite voleuse de Lutès.

Au milieu du repas, la duchesse se leva et, d'un geste de la main, demanda le silence. Le calme se fit rapidement, et tout le monde se tourna vers l'hôtesse, attentif. Elle était resplendissante. Sa longue chevelure rousse et bouclée retombait sur ses épaules, qu'une robe de velours vert laissait partiellement dénudées. Un mantel brodé, noué au cou par une cordelette dorée, pendait dans son dos.

— Mes amis, mes chers amis ! Nous célébrons ce soir le retour de ma nièce, Vivienne de Châtellerault.

Des acclamations retentirent aussitôt à travers toute la salle.

— Je voudrais partager avec vous la joie de la revoir, mais surtout, le plaisir de l'entendre. Car, vous le savez, Vivienne a une voix merveilleuse, et je crois qu'elle souhaite nous chanter ce soir un poème écrit de sa main. Vivienne, nous sommes impatients d'entendre ces vers si mystérieux !

La jeune fille se mordit les lèvres, prise soudain par le trac. Mais Mjolln s'était levé, il avait pris sa cornemuse, et il lui tendait la main pour la conduire vers l'estrade où se produisaient toujours les troubadours. Vivienne adressa à Bohem un regard angoissé.

— Allons, Vivienne, la pressa Mjolln en attrapant sa main, j'ai prévu un accompagnement. Tu ne vas pas me laisser seul sur scène.

La jeune fille se laissa entraîner. Elle monta une à une les marches qui menaient à la grande estrade, sous les applaudissements, puis elle se tourna face au public. Jamais elle n'avait dit un poème devant autant de monde. D'ailleurs, personne ici, pas même les troubadours les plus renommés, n'avait eu un si grand auditoire.

Vivienne se retourna brièvement vers Mjolln. Le nain, qui s'était assis en retrait sur un haut tabouret, commença à jouer de sa cornemuse. La jeune femme laissa les notes envoûtantes du barde s'installer dans le grand silence de la salle. Puis elle ferma les yeux et commença à chanter le trobar. Son visage était d'une douceur céleste. Et sa voix était plus pure que celle d'une enfant. Elle s'accordait à merveille avec la mélodie jouée par le nain et remplissait tout l'espace. Vivienne chantait avec une splendide maîtrise, elle liait les mouvements de sa voix à l'élan même du texte. L'alchimie était parfaite, et le public l'écoutait, stupéfait.

*Ar em al freg temps vengut*
*que-l gels e-l neus e la fanha*
*e l'auzelet estan mut*
*qu'us de chantar non s'afranha*
*e son sec li ram pels plais*
*que flors ni folha no-i nais*
*ni rossinhols no-i crida*
*que am s'en mai me reissida.*

*Tant ai lo cor deceubut*
*per qu'eu soi a totz estranha*

*e sai que l'om a perdut*
*mout plus tost que non gazanha*
*e s'eu falh ah motz verais*
*de Villes'passa me moc l'esglais*
*per qu'eu m'estauc eshaida*
*e-n pert solatz en partida.*

*Domna met mout mal s'amor*
*que ab ric ome plaideia*
*ab plus aut de vavassor*
*e s'ilh o fai ilh foleia*
*car so ditz om en Quien*
*que ges per ricor non vai*
*e domna que n'es chauzida*
*en tenc per envilanida.*

*Amic ai de gran valor*
*que sobre totz senhoreia*
*e non a cor trichador*
*vas me que s'amor m'autreia*
*eu dic que m'amors l'eschai*
*e cel que dis que non fai*
*Deus li don mal'escarida*
*qu'eu m'en tenh fort per guerida.*

*Bels amics de bon talan*
*som ah vos totz jors en gatge*
*cortez'e de bel semblan*
*sol no-m demandetz outratge*

*tost en veirem a l'essai*
*qu'en vostre merce-m metrai*
*vos m'avetz la fe plevida.*

Quand la voix de Vivienne s'éteignit lentement dans le silence admiratif de la grande salle, Bohem sentit les larmes monter à ses yeux.

Le poème lui était directement dédié.

Tout ce temps, elle n'avait pensé qu'à lui. C'était son amour qui l'avait aidée à vivre, et ce poème était aussi beau qu'un battement de cœur qui craint d'être le dernier.

Il disait la solitude de celle qui aime, il disait la terreur de l'hiver, il disait tout ce que personne ne pourrait jamais comprendre et qu'elle seule avait pu vivre.

Il y eut un long silence ému dans la grande salle, puis, soudain, les troubadours se levèrent, les premiers, et ils se mirent à applaudir, émerveillés. Toute la salle suivit aussitôt, les gens se levèrent et acclamèrent Vivienne.

Un homme quitta alors la table d'Hélène de Quienne et monta les marches qui menaient à l'estrade. Vêtu d'une longue cape bordeaux, il était le plus ancien troubadour à la cour de Quienne. Il tenait dans ses mains une longue et magnifique boîte de bois qu'il tendit à Vivienne.

— Mademoiselle de Châtellerault, les troubadours de Quienne souhaitent vous offrir ce présent en signe de bienvenue. Nous sommes heureux et fiers de vous compter parmi nous. Vous êtes la première femme troubadour de tout le pays, la première trobairitz, et nous espérons que vous ne serez pas la dernière. Votre poème, madame, est digne des meilleurs d'entre nous, et nul ici ne chante le trobar mieux que vous.

Vivienne s'inclina, troublée, et ouvrit la boîte que lui tendait le troubadour. Son visage s'illumina. Délicatement, elle souleva un magnifique instrument de musique à deux cordes d'une facture visiblement fort ancienne.

Les gens dans la salle se levèrent pour mieux voir. Il y eut des murmures intrigués à toutes les tables.

Le corps de l'instrument était en bois creusé, magnifiquement orné de gravures et de marqueterie, et la table était en peau de mouton. Un petit archer recourbé dépassait de la boîte.

— Vivienne, reprit le troubadour, nous vous offrons ce rebāb, qui fut ramené d'Orient il y a plus de cent ans. Il a un jour appartenu à William de Pierevain, duc de Quienne, le grand-père de votre tante. On raconte que celui-ci savait en jouer à la perfection. Quelques jours avant sa mort, il l'avait offert aux troubadours de Pierre-Levée, en signe de reconnaissance, et nous pensons, aujourd'hui, qu'il vous revient de droit.

— Je... Je suis très touchée, répondit Vivienne en admirant l'instrument. Il ne vous restera plus, maître, qu'à m'apprendre à en jouer !

Le vieil homme sourit.

— Vous avez ici les meilleurs professeurs de Gallica.

La jeune fille adressa un signe de tête reconnaissant aux troubadours assemblés à la table d'Hélène, salua encore la foule et alla rejoindre Bohem, les yeux brillants et le visage réjoui.

Le louvetier la serra dans ses bras.

— Merci, Vivienne. Merci pour ce magnifique poème.

— Je ne saurais te dire comment je l'ai écrit, Bohem. Les mots me sont venus lentement, l'un après l'autre, comme en rêve, pendant que j'attendais au cœur de l'Armensul.

— Il est merveilleux, Vivienne. Ces mots sont le reflet de ton âme.

À l'autre bout de la table, Loeva applaudit la jeune fille chaleureusement, imitée bientôt par le vieux peintre qui se tenait à côté d'elle.

Depuis le début du repas, Philippe Demas et la jeune fille riaient tous deux de bon cœur. Ils se chuchotaient des plaisanteries à l'oreille et éclataient de rire comme deux espiègles galopins. Loeva avait rapidement sympathisé avec le vieil homme, parce qu'elle appréciait sa franchise et son humour. Il ne lui parlait pas comme à une enfant, mais plutôt comme à une vieille amie, et faisait preuve d'un sens aigu de l'ironie qui amusait beaucoup la petite voleuse.

Mais quand les applaudissements pour Vivienne se

turent enfin, le Peintre borgne parla beaucoup plus sérieusement à la jeune fille :

— Vous savez, ma jeune amie, votre Vivienne me fait penser au jeune homme que j'étais, moi, il y a quelques années. Elle ne le sait pas, et il ne faut pas le lui dire, mais ce poème est sans doute le plus beau qu'elle écrira jamais...

— Ce n'est pas très gentil...

— C'est pourtant vrai. Enfin... probablement. Elle me ressemble beaucoup, vous savez. Oh, rassurez-vous, elle écrira encore de très beaux poèmes ! Nettement plus beaux que la plupart de ceux qu'on entend ici et qui sont écrits par la horde de benêts que la duchesse entretient aimablement à sa cour sans oser leur dire qu'ils ont, certes, la technique, mais pas le moindre talent... Mais plus jamais elle ne retrouvera la fraîcheur authentique, la grâce pure de ce premier poème. Vous pouvez me faire confiance, ma petite. En tout cas, l'inspiration de ce texte est venue à Vivienne dans un moment fort étrange, très particulier, vous en conviendrez...

— Certes, reconnut la jeune fille.

— Eh bien, figurez-vous que j'ai vécu exactement la même chose que Vivienne ! C'est troublant, d'ailleurs. Mon plus beau tableau, à ce jour, reste le premier que je peignis vraiment, et qui, quand la duchesse le vit, me valut d'être accueilli à sa cour. Et voyez-vous, Loeva, il me fut inspiré dans un moment aussi étrange ! Croyez-moi, ma jeune amie, il était au moins aussi beau que ce poème. C'est étrange comme des événements comme ceux qu'elle et moi avons vécus peuvent inspirer de si belles œuvres... Comme si le sublime se nourrissait davantage de l'inconscient que de la raison.

— Et où est-il, ce fameux tableau ? demanda Loeva, intriguée.

Le vieil homme fit une grimace amusée.

— Ah ! Ça, vous ne le verrez jamais, mademoiselle ! Je l'ai caché, car il est bien trop personnel ! Il m'est bien trop précieux, en quelque sorte. Je ne l'ai montré qu'une fois, à la duchesse de Quienne, et depuis, je l'ai soigneusement dissimulé.

— Quelle idée ! S'il est si beau, vous devriez le montrer !

— Je ne pourrais vous expliquer, jeune fille, mais il a un sens trop intime, pour moi. Mais vous pouvez me croire, il ressemblait beaucoup, par sa grâce, à ce magnifique poème que vient de nous dire votre amie. Je dois vous sembler bien prétentieux...

— Un peu ! s'exclama la jeune fille en riant.

Le vieil homme hocha la tête.

— Vous avez raison. Assez parlé de moi. Parlons plutôt de... Laissez-moi réfléchir. Ah oui, parlons de ce gros sot de bourgmestre, là-bas. Ne trouvez-vous pas qu'il est affreusement laid ? Eh bien, figurez-vous qu'il est bien moins laid qu'il n'est stupide !

Loeva éclata de rire. Ce vieil homme, décidément, ne manquait pas de la surprendre ! Il continua de lui chuchoter mille bêtises jusqu'à la fin de la soirée. Leurs rires se mêlaient à la clameur joyeuse qui anima encore longtemps la salle tout entière.

On oublia, jusque tard dans la nuit, les guerres et les tourments. Ce ne fut qu'un court répit, certes, mais tellement bienvenu !

⁂

Le jour commençait déjà à se lever quand les derniers soldats de Livain se rendirent, comprenant, bien trop tard, que la bataille était définitivement perdue.

Le spectacle qu'offrait la fin des combats était pure désolation. Des hommes rampaient au sol, agonisant. Ici, on voyait un soldat, empalé sur une lance, dont le corps sans vie glissait par moments le long du manche ensanglanté. Là, une tête enfoncée dans la neige. Les charognards, déjà, tournoyaient dans le ciel.

Les premiers à se rendre furent assassinés aussitôt par les fantassins d'Emmer, jusqu'à ce que le roi, furieux, ordonne qu'on leur laisse la vie sauve.

— Allons ! Il serait ridicule de tuer ces hommes, ils seront bientôt à mon service ! Voyez ! Livain a perdu la guerre ! Je serai bientôt roi de Gallica. Débarrassez-les plutôt de leurs armes, et soignez les blessés.

Puis le roi rangea lui-même son épée, pour signifier la fin de la bataille. Au même instant, le général Chroce approcha sur son cheval. Du sang coulait de son épaule.

— Vous êtes blessé, général ? l'interpella Emmer.

— Rien de grave, Majesté.

— Alors, trouvez-moi ce lâche de Livain, qui a dû se terrer dans une tente !

Chroce acquiesça, descendit de cheval et envoya des hommes à travers le campement pour fouiller toutes les tentes. Il alla lui-même vers celles qui étaient les plus proches de la rivière.

Le soleil, lentement, chassait les ombres. La neige commençait à s'éclairer de scintillements d'argent. Et les corps étendus çà et là devenaient soudain plus réels. Emmer rejoignit le centre de la clairière et se dressa sur ses étriers pour avoir une vue globale du champ de bataille et tenter d'estimer le nombre des survivants. Il n'y en avait pas beaucoup, ni d'un côté ni de l'autre, et surtout, il ne voyait parmi les ennemis aucun Milicien. Étaient-ils tous morts, ou bien avaient-ils fui ? Il se demanda aussitôt s'ils n'avaient pas emmené Livain, avant la fin de la bataille... Pourtant, il avait tué Grégoire de Berva de ses propres mains, alors qui aurait pu donner un tel ordre ? Avant qu'il ne puisse répondre à cette question, il vit le général Chroce revenir vers lui, la mine grave, et il comprit aussitôt que Livain n'était plus dans le camp.

— Chroce, nous devons le rattraper avant qu'il ne rejoigne Lutès. Préparez les hommes, nous partons tout de suite.

— Majesté ! Ce n'est pas raisonnable ! protesta l'officier. Les hommes ont combattu toute la nuit !

— Dépêchez-vous, général ! C'est un ordre ! Livain ne doit pas nous échapper !

— Bien, répondit Chroce, résigné.

Il demanda aux soldats de reprendre leurs armes, de se mettre en formation, et quelques instants plus tard, ils partirent à la hâte, exténués, vers le nord, sur la route de Lutès.

*
**

— Bernard, dites-moi un peu comment se porte votre communauté.

La soirée touchait à sa fin. La salle de réception s'était déjà beaucoup vidée, et le brouhaha des discussions s'apaisait progressivement.

— Mal, Bohem. Elle se porte mal. Mais nous avons foi en l'avenir, et nous ne sommes pas de ceux qui se laissent décourager. Le pape et le roi de Gallica essaient de nous éliminer depuis si longtemps ! Nous avons la peau dure !

Le louvetier sourit.

— Je suis heureux que vous soyez venus ici. Votre présence compte beaucoup pour moi. Vous incarnez, comme les Compagnons ou les nouveaux louvetiers, le droit des hommes à choisir leur propre chemin, des chemins qui ne sont pas forcément ceux souhaités par le roi ou l'Église. Je vous l'ai déjà dit, Bernard, je n'adhère pas à votre religion – à aucune d'ailleurs –

mais je vous souhaite de pouvoir la pratiquer librement.

— Bohem, si je puis me permettre, vous ne connaissez pas grand-chose des Bons Hommes !

— Suffisamment pour savoir que je ne suis pas l'un des vôtres, mais bien assez aussi pour souhaiter qu'on vous laisse libres...

Vivienne posa sa main sur le bras de Bohem pour l'interrompre.

— Bernard, je ne connais pas, moi, votre religion... Dites-moi qui sont les Bons Hommes de Tolsanne.

— Nous sommes de bons chrétiens, madame.

— Mais alors pourquoi l'Église vous considère-t-elle comme hérétiques ?

— Parce que nous sommes différents.

— Mais en quoi ? insista la jeune femme.

— Eh bien, d'abord, nous nions l'autorité du pape...

— Ah, en effet, cela ne doit pas beaucoup plaire ! répliqua la jeune femme en souriant.

— Ensuite, nous ne sommes pas d'accord avec l'Église sur plusieurs points.

— Lesquels ?

— La liste serait trop longue, madame, mais par exemple, nous ne croyons pas en l'incarnation du Christ.

— C'est-à-dire ?

— Pour nous, le Christ est de nature divine, et il n'a pris forme humaine que l'instant de délivrer son message. Nous ne croyons pas à la réalité de sa chair et, par conséquent, nous ne croyons pas en la Passion. Pour nous, l'image du sacrifice rédempteur de Jésus est un mensonge. Dieu n'aurait pas permis que son fils fût torturé sur une croix...

— Je vois. Cela fait donc une vraie différence !

— Certes. Au fond, nous n'avons pas la même vision du monde, Vivienne, et surtout pas la même vision du Mal. Nous refusons de croire que Dieu soit à l'origine du Mal et qu'il laisse ses créatures choisir elles-mêmes. Nous pensons que le monde est constitué entièrement de ces deux forces, que le Bien est esprit et que le Mal est matière.

— Le Mal est matière ?

— Oui. Tout ce qui est matériel, y compris notre pauvre corps.

— Cela me semble assez triste... L'homme, en tant qu'être de chair, serait donc forcément mauvais ?

— En quelque sorte. Mais nous croyons en la réincarnation, Vivienne, et contrairement à l'Église qui promet l'enfer aux pécheurs, nous croyons, nous, que les hommes se purifient au fil de leurs vies successives.

— Je comprends. Mais, tout de même, quelle tristesse de se sentir enfermé dans une enveloppe que l'on considère forcément comme mauvaise. Cela laisse peu de place... au plaisir.

— Au plaisir charnel, en effet. Pour nous, le plaisir ne doit être que l'épanouissement de l'esprit. On le trouve notamment en méditant. Vous savez, Vivienne, nous sommes des gens très simples. Nous n'avons pas d'églises, pas de sacrements, à part celui de nos Parfaits, qui sont un peu comme des prêtres... Nous parlons la langue des gens simples, nous prêchons dans la rue. Contrairement à l'Église, nous n'avons aucune richesse, cela ne nous intéresse guère. L'argent, de tout ce qui est matériel, est le pire de tous les maux.

— Vous voyez, Bernard, intervint Bohem, cela confirme à la fois mon respect pour vous et mes nombreuses réserves. Je respecte votre simplicité, votre proximité avec les gens, je respecte aussi votre liberté d'esprit. Mais je dois vous avouer, Bernard, que votre rejet absolu du corps et de la matière me dérange particulièrement.

— Je peux le comprendre, mon ami. Mais il ne faut pas tout prendre au premier degré. Je vous rappelle que j'ai été marié et que j'ai eu un enfant. Je ne rejette pas complètement le corps. Pour l'instant, il est l'enveloppe incontournable de l'esprit.

— Mais l'idéal des vôtres serait tout de même de pouvoir s'en débarrasser. J'ai entendu certains de vos frères qui vont plus loin dans cette doctrine et qui considèrent les hommes comme des éternels damnés, allant jusqu'à dénoncer tout simplement la procréation pour que le corps disparaisse réellement au profit, disent-ils, de l'esprit... Ce serait la mort pure et simple de l'humanité ! Je crois, Bernard, que vos notions de Bien et de Mal sont beaucoup trop radicales, et qu'elles laissent trop peu de place à l'homme, à sa volonté, à sa magnifique complexité...

— Je ne vois pas les choses comme cela, Bohem. Pour moi, contrairement à ce que dit l'Église, la fin du monde ne sera pas apocalyptique, elle sera libératrice ! Elle sera un départ progressif de ces âmes qui se seront améliorées au fur et à mesure de leurs réincarnations, et il ne restera plus ici-bas que l'âme du diable... Satan sera seul sur cette Terre, seul du côté de la matière.

— Je comprends, mais je l'aime, moi, cette Terre ! répliqua Bohem en souriant.

— Votre présence, Bohem, la rend certes plus agréable !

— C'est très aimable, Bernard ! Allons, ce n'est sans doute pas l'endroit ni l'heure pour parler de ces choses – bien que cela soit passionnant – et je vois que les gens sont déjà presque tous partis...

En effet, il était bien tard et les derniers convives se retiraient de la grande salle de réception. La fête avait été splendide, et tout le monde semblait être reparti le cœur léger. Bohem serra la main de Vivienne à côté de lui. Il se souvenait de ces longues journées passées sans elle, à se demander si un jour il la reverrait et vivrait des instants comme celui-ci. Des instants si précieux !

— Mais où est ta tante, Vivienne ? demanda le louvetier en remarquant que la duchesse n'était plus à leur table.

— La voilà ! Elle est partie raccompagner ses invités jusqu'aux portes du palais.

En effet, Hélène de Quienne revint quelques instants plus tard dans la grande salle, et trouva Bohem et ses amis, assis à une longue table, silencieux. La duchesse traversa la pièce pour les rejoindre, se faufila entre les tables et les chaises en désordre, enjamba les détritus qui jonchaient le sol et alla s'asseoir à côté de Bohem. Ses pas résonnèrent dans le silence du grand dôme.

Elle poussa un long soupir et regarda ses amis, le visage paisible. C'était un tableau émouvant. Ils étaient sept, fatigués, unis par tant d'épreuves partagées, qui se lançaient, là, des regards tendres et réjouis. Bohem et Vivienne, se tenant la main, Mjolln et Loeva, en face d'eux, affalés sur la table, Fidélité, Bernard, et enfin elle, leur hôtesse, enchantée. Ils étaient tous conscients que ce moment était exceptionnel, inestimable.

— Eh bien ! La soirée était réussie, n'est-ce pas ?

— Ça, oui ! Bravo, duchesse ! Ahum.

— C'est un tel bonheur de vous voir tous ici ! répondit-elle en prenant la main du barde. J'aimerais que cet instant dure toujours !

— Pourtant, intervint Fidélité d'un air gêné, vous savez que c'est impossible... Je... Je suis désolé de briser ainsi la quiétude que j'accueille pourtant moimême avec délice. Mais nous devons regarder les choses en face. Nous ne devons plus prendre le moindre retard.

— Vous avez raison, forgeron.

— Bohem, qu'allons-nous faire, maintenant ? demanda Fidélité en se tournant vers le louvetier. Tout le monde est rassemblé à Pierre-Levée, comme tu le souhaitais. Il va falloir que nous décidions quoi faire, à présent !

Bohem soupira. Il était à bout de forces. Il se demandait si c'était vraiment le moment de parler de tout cela. Il était déjà bien tard ! Mais d'un autre côté, tous ses amis étaient là, réunis, et le calme de la pièce était une invitation à la discussion. En outre, il avait déjà retardé son départ d'une journée, pour ne pas gâcher la fête. La Rochelle avait raison. Il n'y avait plus de temps à perdre.

— C'est juste, mon frère. Le temps presse.

Bohem hésita un bref instant, puis se redressant sur sa chaise, il expliqua à ses amis les décisions qu'il avait prises.

— Demain, vous le savez sans doute, je dois partir avec les Tuathanns pour aller rencontrer des gens venus de Gaelia qui, je le crois, devraient pouvoir nous aider à comprendre le mal dont souffre le pays.

— Ça, tu vas donc rencontrer le conseil des Baintreach Clanns ?

— Oui, monsieur Abbac. Et quelque chose me dit que vous attendez ce moment avec autant d'impatience que moi.

Le nain haussa les épaules, faussement naïf.

— Et où dois-tu les rencontrer ? demanda Fidélité.

— Dans une ville qui n'est pas très loin d'ici.

— Tu tiens à y aller seul ?

— Non. Je pensais, s'ils acceptent, que Mjolln, Vivienne et Loeva pourraient venir avec moi. Hélène, vous avez beaucoup à faire ici. Quant à vous deux, Bernard et Fidélité, vous devriez pouvoir aider la duchesse. J'aimerais que les Compagnons, les louvetiers et les Bons Hommes, en attendant notre retour, participent à la reconstruction de Pierre-Levée.

— Cela me semble une bonne idée, répondit Fidélité à contrecœur.

Il aurait préféré ne pas quitter Bohem, et surtout Vivienne. Mais sans doute serait-il encore plus utile ici.

— Et quand je parle de reconstruire Pierre-Levée, reprit le louvetier, je ne parle pas seulement du palais, mais de la ville tout entière.

— Bien sûr, répliqua le forgeron. Fais-moi confiance, je me chargerai de répartir au mieux les tâches.

— Hélène, sans vouloir vous alarmer, je crois qu'il serait sage que vous prépariez votre armée et que vous recrutiez de nouveaux soldats. Nous avons toujours de nombreux ennemis, et notre présence ici va exposer la ville à de nouveaux dangers. Nous ne savons pas où en est la guerre entre Livain et votre époux.

La duchesse acquiesça.

— Combien de temps pensez-vous être partis, Bohem ?

— Je n'en ai pas la moindre idée. J'espère que nous ne serons pas trop longs.

— Et après ? demanda la duchesse.

— Après... Qui sait ? Ce que les Tuathanns ont à me dire nous indiquera peut-être une marche à suivre.

— Je le souhaite, répondit Hélène. Il faut que nous trouvions un moyen d'arrêter cette épidémie. Cela ne peut plus durer !

— Nous ferons ce que nous pourrons, Hélène.

Le silence s'installa lentement entre les sept compagnons. Ils restèrent un moment assis les uns en face des autres, songeurs, puis Hélène se leva la première.

— Allons dormir, mes amis. Je regrette que nous devions nous séparer tant ces moments sont doux, mais de longues journées nous attendent.

Ils se levèrent tous et se souhaitèrent chaleureusement une bonne nuit. Quand Bohem se retourna pour embrasser Loeva, il vit qu'elle avait disparu.

— Mais, où est passée notre jeune amie ? demanda-t-il à Mjolln en fronçant les sourcils.

— Ah, ça, je ne sais pas, non... Elle est partie par là, dit le nain en indiquant la sortie de la grande salle. Elle m'a dit qu'elle avait quelque chose à faire avant d'aller dormir, oui.

— C'est étrange ! s'exclama le louvetier. Qu'est-ce qu'elle mijote encore ?

— Eh bien ! intervint la duchesse. Laissez-la

tranquille ! Vous pouvez parler, mon ami, vous qui êtes toujours mystérieux ! Peut-être a-t-elle décidé d'aller dormir dehors, comme vous le fîtes la première fois que vous êtes venu ici !

— Par ce froid ? Ça m'étonnerait !

— Allons, ne t'inquiète pas, dit Vivienne en tirant Bohem par le bras. Elle est jeune, elle est sans doute allée s'amuser quelque part ; le palais ne manque pas de sources d'émerveillements pour une fille de son âge.

— Mais, à cette heure de la nuit ? insista Bohem.

— Justement ! Il est tard, allons nous coucher ! Et laisse donc ta petite sœur tranquille !

Bohem soupira et suivit Vivienne dans leur chambre, contrarié. Ils se couchèrent ensemble, s'embrassèrent, et, malgré tout ce qui trottait dans leurs têtes, ils s'endormirent rapidement.

⁂

Camille de Chastel était debout sur un rocher, seule, aussi droite et immobile qu'une statue de pierre. Les flocons de neige tombaient lentement sur sa robe et ses cheveux, fondaient sur son visage et coulaient le long de ses joues comme de grosses larmes.

À l'horizon se dessinait le profil défiguré de Pierre-Levée. La ville était si proche ! Et Bohem, enfin, était à portée de main ! Ce serait bientôt le moment de la grande renaissance. Le début d'un nouveau cycle du Saîman.

Mais Camille devait être patiente. Pour le moment, les sœurs de l'Athnuachan étaient encore réfugiées dans le ventre de la terre, à l'abri du soleil. Il lui faudrait attendre la nuit.

Au fond, pensa la jeune fille, ce n'était pas plus mal. Elles bénéficieraient ainsi de l'obscurité pour entrer par surprise dans le palais des Ducs. Camille espérait qu'elles pourraient enlever Bohem sans déclencher une bataille avec les gardes d'Hélène. Non pas qu'elle doutât de la capacité de ses sœurs à battre de simples soldats, mais, pour le moment, mieux valait éviter de révéler l'existence de l'Athnuachan. L'heure n'était pas encore venue.

Elle se doutait toutefois que cela ne se ferait pas sans heurts. Bohem, elle en était sûre à présent, refuserait de s'unir à elle. Mais il y avait un moyen de le contraindre. Il finirait par se résoudre à la suivre. Il n'aurait pas le choix. Et quand enfin elle aurait pratiqué le rituel, il pourrait mourir en paix.

Camille ne pouvait s'empêcher de le regretter, malgré tout. Bohem était beau garçon, et surtout, il avait un tempérament qui lui plaisait. Il allait lui manquer, sans nul doute. Mais cela ne changeait rien. Le plus important était de réaliser le rituel.

La reine resta un moment à observer la grande ville. Elle essaya de méditer pour apaiser son impatience, mais elle avait l'esprit bien trop occupé pour y parvenir et elle retourna dans l'ombre, auprès de ses sœurs aînées.

La fin était proche. Dans quelques jours à peine, le monde allait se découvrir un tout nouveau visage.

# Chapitre 8

## LA FONTAINE DE LUCINE

Il faisait nuit noire quand les incendies se déclarèrent un à un aux quatre coins du palais. Les flammes, soudain, déchirèrent l'obscurité. Les jardins s'illuminèrent lentement comme aux lueurs de l'aube. Camille ne perdit pas un seul instant.

*Les sœurs ont commencé leur ouvrage. Le feu va occuper les gardes et détourner leur attention. C'est le moment ! Je dois profiter des instants de panique qui vont suivre pour faire ce que j'ai à faire.*

Camille de Chastel savait précisément où elle devait se rendre. Elle connaissait par cœur le plan du palais des Ducs, qu'elle avait longuement étudié. Seule au milieu de la cour, elle avança tout droit vers l'aile nord du grand bâtiment.

*Bohem, cette fois-ci, tu n'auras pas le choix. Je suis la reine de Gallica, je suis fille de l'Athnuachan.*

*J'obtiendrai ce que je suis venue chercher. Ce que j'attends depuis tant d'années.*

Les sœurs, sans se faire voir, s'étaient éparpillées dans les nombreuses dépendances pour déclencher plusieurs incendies. Camille elle-même ignorait où elles se trouvaient à présent. Les sept femmes savaient se dissimuler dans l'ombre et, à peine les remparts franchis, elles avaient disparu chacune de son côté.

La jeune femme approchait de l'entrée du palais quand elle entendit des bruits de pas dans le hall. Elle se précipita sur le côté et se plaqua contre le mur extérieur. Les portes s'ouvrirent violemment et trois hommes sortirent du bâtiment en criant : « Au feu ! Au feu ! » Camille les regarda s'éloigner vers les écuries, puis elle entra dans le palais en silence.

Elle découvrit alors le hall immense et jeta un coup d'œil vers toutes les portes qui menaient dans les pièces attenantes. La salle correspondait exactement à ce qu'elle avait imaginé à partir des plans.

Elle leva les yeux vers l'escalier et aperçut aussitôt Hélène de Quienne qui arrivait en courant. Camille fit un pas en arrière et remonta la capuche de son long manteau noir. Comme un chat, elle se tapit dans l'ombre. Elle avait appris des sœurs de l'Athnuachan l'art de disparaître aux yeux du monde, la manière de se fondre dans l'obscurité et de détourner l'esprit des observateurs. C'était un jeu de manipulation mentale que l'Arhiman lui permettait de maîtriser parfaitement. C'est ainsi qu'elle avait disparu par deux fois sous les yeux de Bohem, mais aussi qu'elle avait pris l'apparence de Vivienne de Châtellerault. Le tout était de tromper, de convaincre l'esprit adverse.

À cet instant, la duchesse de Quienne s'immobilisa en haut des marches, posa un regard circulaire sur le hall, comme si elle avait entendu un bruit. Ses yeux se fixèrent un court instant en direction de Camille, puis elle commença à descendre les marches, avec une lenteur prudente. Camille pouvait lire la méfiance et la peur sur le visage de la duchesse.

*Passez, Hélène, passez, ce n'est pas vous que je suis venue chercher. Pas tout de suite.*

Mais Hélène, quand elle fut arrivée en bas de l'escalier, se mit à marcher droit vers elle, comme si elle l'avait vue. Camille ferma les yeux. *Je dois tromper sa raison.* Tapie dans l'ombre, la jeune femme se concentra pour attirer l'attention de la duchesse vers l'extérieur du palais. *Un pur jeu de l'esprit.* Soudain, Hélène s'arrêta et tourna la tête vers la cour du palais. Sans attendre, elle se précipita au-dehors.

Camille la regarda sortir en souriant. Quand la voie fut libre, la jeune femme se faufila vers l'escalier. Sans bruit, elle monta une à une les grandes marches de marbre blanc.

Petit à petit, les gens se réveillaient dans le grand bâtiment. On les entendait crier des paroles confuses, pousser des hurlements de surprise et de frayeur. La lumière des flammes pénétrait par les fenêtres et faisait danser les ombres sur le sol et les murs. La fumée, déjà, se glissait sous les portes.

*Je sais où tu es, Bohem. Dans les bras de Vivienne. Mais tu m'appartiens maintenant. Je viens vers vous.*

La reine de Gallica avança dans le long couloir du premier étage d'un pas rapide et léger. Longeant les murs, elle se dirigea sans hésiter vers la troisième porte du mur ouest. Elle savait ce qu'elle allait trouver derrière. La chambre des deux amants.

Elle jeta un coup d'œil des deux côtés du couloir, et inspira profondément. Elle leva lentement la main vers la poignée et vit alors que ses doigts tremblaient. Elle serra les poings. Elle était si près du but !

Camille inspira deux fois, puis, d'un geste sûr et bref, elle ouvrit la porte. Elle entra aussitôt dans la pièce obscure et referma derrière elle.

Puis elle se retourna vers le grand lit, prête à agir. *Vivienne.* Elle devait d'abord s'occuper de la nièce d'Hélène. Après, tout serait plus facile.

Elle posa sa main sur le couteau à sa ceinture et avança lentement dans les ténèbres.

Mais alors qu'elle s'apprêtait à accomplir son forfait, une vive flamme s'éleva dans les jardins et inonda la pièce de lumière. Elle vit alors clairement le lit devant elle et poussa un cri de colère.

Personne. Les draps n'étaient même pas défaits.

Camille comprit aussitôt que Bohem avait déjà quitté le palais. Furieuse, elle alla en courant vers les fenêtres pour voir ce qu'il se passait dans la cour.

Dehors, les soldats d'Hélène de Quienne venaient de découvrir l'une des sept sœurs. Ils l'encerclaient, leurs armes à la main.

⁂

— Bohem, tu sais, les Tuathanns me font un peu peur, chuchota Loeva en attrapant le bras de son ami.

Artosach n'avait pas dit un seul mot de la journée. Il marchait, devant eux, sans jamais se retourner. Douze guerriers de Gaelia encadraient Bohem et ses amis, six de chaque côté, comme une escorte militaire. Ils avançaient, les uns derrière les autres, et eux non plus n'avaient prononcé aucune parole depuis qu'ils avaient quitté Pierre-Levée.

— Ne dis pas de bêtises, Loeva. Ce sont nos amis.

— Ils n'ont pas l'air commode, tout de même !

Le louvetier acquiesça en souriant. Il devait reconnaître que les coutumes des Tuathanns n'étaient pas ordinaires, mais il savait, lui, combien elles étaient une marque de respect. Combien leur silence était un hommage.

Ils descendaient depuis le matin vers le sud-ouest du comté, suivant une ligne droite imaginaire qui coupait à travers champs. Le vent froid et la neige leur faisaient courber l'échine. La campagne, ici, était déserte, abandonnée. Aucun village, aucune ferme. Bohem se demandait comment Artosach pouvait se diriger au milieu de ces champs enneigés. Comment il pouvait connaître le chemin, lui qui venait d'un pays si lointain...

Plus ils avançaient, plus le louvetier était impatient. Il devinait que cette rencontre allait être importante, capitale. La première fois où il avait croisé le regard pénétrant d'Artosach, dans le monde de Djar, il avait compris que cet homme devait lui apporter des réponses. Sans doute pas *toutes* les réponses, mais suffisamment pour lui permettre de choisir une voie.

Alors que la silhouette du chef des Tuathanns se fondait dans la brume devant lui, il se demandait qui étaient les membres du conseil, et surtout, ce qu'ils pourraient lui révéler. Quelque chose lui disait que ces gens avaient connu sa mère. C'était sans doute pour cela que Mjolln refusait de parler d'eux. Une chose était certaine, il en savait bien plus à leur sujet qu'il ne voulait l'admettre.

Et si le conseil était en mesure d'expliquer à Bohem ce qu'Aléa avait voulu faire ? Ou mieux encore, peut-être ces membres avaient-ils un message de sa part à lui transmettre ! La parole perdue de sa mère défunte.

Bohem soupira. Il ne voulait plus penser à ça. De toute façon, les réponses finiraient par venir. Il devait être patient. Mais il avait tellement besoin qu'on le guide ! Tellement besoin de comprendre, et de trouver un chemin pour tous ces gens qui comptaient tant sur lui.

Vivienne, à côté de lui, dut sentir son impatience. Elle lui prit le bras et lui adressa un clin d'œil.

— Ne t'inquiète pas, Bohem. Je suis certaine que les Tuathanns te donneront les réponses que tu cherches.

— Peut-être, Vivienne. Mais sera-t-il encore temps ?

La jeune femme serra sa main.

— L'important, Bohem, c'est que nous soyons tous réunis, à présent. Au moins, nous affronterons toutes ces choses ensemble.

Le louvetier acquiesça. Vivienne n'avait pas tort. S'ils échouaient, au moins, ils échoueraient dignement, les uns à côté des autres. Ils auraient essayé !

***

Lamastu se tenait immobile, debout sur le toit de l'atelier du maître forgeron. Sa silhouette noire se découpait sur le bleu obscur du ciel nocturne et vacillait derrière les flocons de neige. Les longs pans de sa robe claquaient au rythme du vent. Elle avait l'allure d'une guerrière, comme surgie d'un lointain passé.

Elle posa un regard circulaire sur les bâtiments du palais des Ducs de Quienne. Les flammes continuaient de se propager tout autour. Elle émit un sifflement satisfait. L'ennemi était débordé. Tout fonctionnait comme prévu.

Mais soudain, alors qu'elle s'apprêtait à quitter l'enceinte du palais, elle entendit des cris et des bruits de pas dans la cour, juste en dessous d'elle. La prêtresse s'avança lentement vers le bord du toit et elle découvrit alors ce qu'il se passait au pied du bâtiment. Les soldats d'Hélène avaient encerclé l'une des leurs ; Dracosolia, l'une des plus anciennes sœurs de l'ordre. Acculée contre l'atelier du maître forgeron, elle ne pouvait plus fuir et allait devoir se battre contre ces hommes. Ils étaient déjà une vingtaine et seraient sans doute bientôt rejoints par d'autres soldats encore.

Lamastu, sur le toit, serra les poings. C'était la première fois depuis la naissance de l'Athnuachan qu'un homme pouvait voir une sœur en chair et en os. Leur existence allait donc être révélée au grand jour ! C'était inéluctable.

Pendant toutes ces années, les prêtresses de l'Athnuachan étaient restées dans l'ombre, terrées dans les abîmes, au fond de leur crypte cachée, et nul n'avait découvert – ni même soupçonné – leur présence. Mais, aujourd'hui, tout allait prendre fin. Le secret centenaire allait être brisé. Il ne restait plus qu'à espérer que Camille était parvenue à capturer Bohem. Dans ce cas – et dans ce cas seulement – cela n'aurait aucune importance.

Mais ce n'était pas une raison pour ne pas se défendre. Car les sœurs devaient vivre.

Lamastu s'avança vers le bord du toit et sauta dans la cour. Agile, elle se réceptionna en douceur au milieu des ombres, les jambes solidement ancrées au sol, en parfait équilibre. Au même instant, à quelques pas de là, un soldat s'élança pour attaquer Dracosolia.

La prêtresse isolée esquiva sans peine et envoya en retour un coup de couteau dans la gorge de son agresseur. Celui-ci s'écroula dans une gerbe de sang. Il y eut quelques murmures étonnés parmi les soldats qui l'encerclaient. On n'avait sans doute pas l'habitude en ces lieux de voir une femme maîtriser si bien l'art du combat. Ils n'étaient pas au bout de leurs surprises !

Dracosolia se remit en garde, sereine, le poignard dans une main, en retrait, et le front baissé. Les soldats autour d'elle resserrèrent le cercle.

Lamastu s'avança prudemment. Elle vit que sa sœur l'avait aperçue. Mais les soldats, eux, ignoraient encore sa présence. Elle allait devoir choisir le meilleur moment pour intervenir et porter secours à Dracosolia.

Deux autres soldats s'approchèrent, l'épée haute, plus méfiants que leur malheureux prédécesseur. Ils tournèrent autour de la prêtresse, comme on tourne autour d'un fauve avant de l'attraper, puis ils attaquèrent soudain, presque simultanément. Mais Dracosolia fut à nouveau la plus rapide.

Lamastu, qui était toujours dans l'ombre, admira les gestes de sa sœur. Celle-ci esquiva les deux attaques sans difficulté et se débarrassa des deux soldats avec une aisance insolente. Les deux corps, étendus à ses pieds, furent bientôt entourés d'une boue rougeâtre.

La prêtresse les enjamba et, d'un geste plein de mépris, fit signe aux autres soldats d'approcher. Stupéfaits, ils n'osaient plus avancer.

Aussitôt, un officier, dans la cour, s'écria, furieux :

— Mais attaquez-la, bon sang !

Il y eut un court moment de silence, puis une dizaine de soldats se décida à avancer vers elle.

Lamastu, voyant que sa sœur ne pourrait tenir tête à tant d'ennemis, se jeta dans la bataille et prit les gardes d'Hélène à revers. Surpris, ils furent coupés dans leur élan et disloquèrent leur formation. Les sœurs en profitèrent pour attaquer ensemble. Elles semblaient danser dans leurs grandes robes noires et, à chaque coup de couteau, touchaient un adversaire avec une force étonnante. Leurs gestes étaient si proches qu'on eut dit les deux ombres d'une même femme. Les lames de leurs poignards scintillaient dans les ténèbres, sifflaient dans l'air puis s'enfonçaient dans la chair à la vitesse d'une flèche.

Des renforts arrivèrent dans la cour et le combat redoubla d'intensité. Les prêtresses, qui étaient pourtant bien esseulées, paraissaient intouchables. Elles étaient si rapides et si agiles qu'aucun soldat n'avait le temps de porter la moindre attaque. Ils tombaient, les uns après les autres, comme de vulgaires poupées de chair.

Petit à petit, les sœurs parvenaient à se rapprocher des grandes portes du palais. Aussitôt, un officier envoya des renforts de ce côté-là pour leur barrer la route. Mais, au même moment, comme surgies de nulle part, une à une, les cinq autres sœurs de l'Athnuachan firent leur apparition.

Leurs corps gracieux, drapés de noir, sortirent des ombres de toutes parts. Là derrière un mur, ici par une porte, un toit... Sous la lumière chancelante des incendies, lentement, les cinq prêtresses rejoignirent leurs deux sœurs puis, toutes ensemble, comme en un ballet macabre, elles s'assemblèrent en cercle dans la cour du palais. Le visage voilé, en robe longue, elles étaient parfaitement identiques et évoluaient dans une chorégraphie parfaite. Elles tournèrent, prudentes, sous le regard incrédule des soldats d'Hélène, puis soudain elles se mirent en garde.

Elles attendirent, immobiles, un nouvel assaut.

Les gardes, bientôt, furent une bonne cinquantaine à les encercler. Il y eut un long moment de silence et d'attente, où l'on devinait l'angoisse et la stupéfaction. Les soldats de Pierre-Levée se demandaient sans doute à qui ils avaient affaire. Jamais on n'avait vu ces guerrières mystérieuses.

Lamastu abaissa légèrement sa garde, puis soudain, comme si cela eut été un signal, les sept sœurs passèrent à l'attaque, plongeant sur les soldats tels des prédateurs.

Commença alors dans le cœur de la nuit une bataille incroyable et d'une violence singulière. Les prêtresses se battaient avec autant d'art et d'agilité que les meilleurs guerriers tuathanns, et de nombreux soldats moururent sous leurs attaques avant que la première d'entre elles ne fût touchée.

*
**

Le père Lefrançois, apercevant le profil inimitable des toits de Lutès, fit signe au Milicien de s'arrêter.

La nuit était froide et silencieuse. Le souffle des chevaux résonnait devant eux et faisait des nuages de buée blanche. La neige était tombée sans interruption depuis le matin. Elle recouvrait le paysage tout entier, plaines, forêts et maisons.

Le prêtre regarda un instant les silhouettes échancrées de la capitale. On imaginait son immensité parmi les lueurs innombrables qui s'étendaient au cœur du grand bassin, au-delà du fleuve sinueux où se dressait la belle cathédrale.

— Majesté, nous arrivons à Lutès ! murmura le jeune homme en se penchant vers le roi.

Livain, à bout de forces, se tenait au Milicien devant lui. Ses vêtements étaient couverts de givre. Son visage blafard n'exprimait que douleur et froid.

— Emmenez-moi au Palais de l'île de la Cité, répondit le roi d'une voix faible et fluette. Je n'en peux plus !

Le prêtre acquiesça et fit signe aux deux Miliciens de se remettre en route. Les chevaux, aussitôt, partirent vers le nord au galop, face au vent.

Le père Lefrançois se recroquevilla derrière le chevalier. Il avait tellement froid qu'il ne sentait plus ses pieds ni ses mains. Mais surtout, il essayait de ne pas perdre connaissance. Il devait lutter contre la fatigue et la douleur, vaincre l'envie irrésistible de sombrer dans un sommeil dont il craignait qu'il ne devienne un coma. Pour focaliser son esprit, il récitait en boucle des prières et des extraits de la Bible qu'il avait appris par cœur.

« Il essuiera toute larme de leurs yeux, et la mort ne sera plus, et il n'y aura plus ni deuil, ni cri, ni douleur, car les premières choses auront disparu. »

Le prêtre lançait régulièrement des regards vers Livain. Plusieurs fois, il avait cru que le roi allait perdre l'équilibre et s'écrouler. Il était encore plus exténué que lui, bien sûr. Le trajet avait été une épreuve véritablement pénible, et c'était un miracle que Livain ait survécu.

Le père Lefrançois poussa un soupir résigné. Il aurait tant aimé que cette course s'arrête ! Mais ils n'avaient pas le choix. Emmer était déjà sûrement à leurs trousses, et seule la capitale pouvait encore leur offrir un asile sûr. Du moins, il l'espérait ! Tant de soldats étaient morts à Pierre-Levée et à Bleizis ! Combien en restait-il à Lutès ?

Le jeune homme essaya de ne plus y penser. Il ferma les yeux et rentra la tête dans ses épaules.

« Les rachetés de l'Éternel retourneront, ils iront à Sion avec chants de triomphe, et une joie éternelle couronnera leur tête ; l'allégresse et la joie s'approcheront, la douleur et les gémissements s'enfuiront. »

Quand il ouvrit à nouveau les yeux, le prêtre vit qu'ils étaient aux portes de l'abbaye Saint-Germain. Il pensa aux nombreuses heures qu'il avait passées en ce lieu, parmi les moines. Il se demanda si ceux qu'il avait connus étaient encore en vie. Combien avaient été emportés par les morts soudaines qui décimaient Gallica ? Reverrait-il un jour, sous un soleil d'été, ces murs de pierre et leurs plantes grimpantes, la chapelle, le lac de l'abbaye ?

Mais les chevaux ne lui laissèrent guère le temps de se réchauffer à la lumière de ces souvenirs heureux ; déjà, ils entraient dans les rues de Lutès.

En quelques jours, la capitale avait changé de visage. Vide, silencieuse et froide, elle respirait l'angoisse et la mort. Des cadavres s'amoncelaient aux coins des rues, partiellement ensevelis sous une neige sale. Des charrettes étaient abandonnées çà et là, comme au cœur d'une ville déserte, elles s'abîmaient dans l'indifférence. Certaines maisons avaient des portes ou des fenêtres ouvertes, que personne ne venait plus fermer. Des volets claquaient contre les murs de pierre, emportés par les tourbillons gelés.

Le père Lefrançois n'en croyait pas ses yeux. Il ne s'était pas attendu à une désolation si grande. Il n'y avait presque personne dans les rues de la grande ville, et nul ne semblait s'intéresser à ces deux chevaux ni à leurs quatre cavaliers qui remontaient au galop vers l'île de la Cité, dans le vacarme assourdissant des sabots.

Les maisons défilaient autour d'eux et rares étaient celles où l'on voyait brûler un feu. Ils passèrent le long de la grande rue qui traversait le bourg au sud de la ville, puis, enfin, ils arrivèrent devant le Petit Châtelet. Il y avait là quelques gardes, mais les Miliciens ne ralentirent pas. Ils foncèrent sur le grand pont pavé sous le regard perplexe des soldats du roi.

Les berges de l'Isicauna étaient enfouies sous une haute couche de neige immaculée. On voyait par endroits de fines plaques gelées à la surface de l'eau, sur lesquelles se reflétait en cercles successifs la lumière jaune de la lune.

Les chevaux traversèrent le pont à grande vitesse et, une fois arrivés sur l'île, obliquèrent vers l'ouest. L'hiver camouflait les odeurs pestilentielles de ce quartier marchand, mais le sol était toujours jonché de détritus, lesquels se noyaient dans l'eau et la neige. Ils remontèrent les venelles de Lutès, ralentissant à peine aux croisements étroits, et ils arrivèrent enfin devant les grands murs sombres du palais royal. Les hautes portes, bien sûr, étaient fermées. Les chevaux s'arrêtèrent au pied des remparts, trépignant sur la chaussée de pierre.

— Qui va là? demanda un garde depuis la tour adjacente.

— Ouvrez! s'écria le Milicien dont le cheval portait Livain. Ouvrez au roi de Gallica!

Le père Lefrançois releva la tête. Il tremblait de tout son corps. Il ne parvenait pas à empêcher ses mâchoires de claquer l'une contre l'autre. La tête lui tournait. Il regarda en direction du roi. Mais Livain, blotti contre le Milicien devant lui, était tourné dans l'autre sens. Le prêtre ne pouvait voir son visage.

Il y eut un long moment de silence, puis les portes s'ouvrirent dans un grincement sourd. Les deux Miliciens entrèrent aussitôt dans la cour.

Le père Lefrançois avait l'impression que le temps défilait au ralenti. Les flocons de neige tombaient autour d'eux avec une lenteur hypnotique. Les bruits de la cour semblaient venir, étouffés, d'un invisible au-delà. Le prêtre secoua la tête pour tenter de sortir de son étourdissement. Il vit alors confusément des soldats et quelques serviteurs qui arrivaient vers eux. Il les devinait, seulement. Ses paupières battaient mollement. Elles découpaient la scène comme les phases embrouillées d'un cauchemar. Il regarda sur sa gauche. Des hommes descendaient le corps du roi du grand cheval blanc. Ils bredouillaient d'inaudibles paroles.

Le prêtre sentit soudain une main se poser sur son bras. Il tourna la tête et croisa le regard amical d'un soldat. On l'aida à mettre pied à terre. Il s'appuya sur l'épaule de l'homme à côté de lui. Puis il regarda à nouveau vers le roi. Porté par trois de ses serviteurs, Livain avait les bras ballants et sa tête pendait en arrière, dans le vide. On s'apprêtait à l'emmener.

— Attendez ! s'exclama Lefrançois dans un dernier effort.

Le prêtre avança vers eux, péniblement, se tenant au bras du soldat. Il s'arrêta devant le corps immobile de

Livain. Il découvrit alors son visage figé, ses paupières closes et sa bouche entrouverte. Sa peau était d'une blancheur terrible.

— Majesté ! s'écria le prêtre, accablé.

Sa voix résonna entre les murs de la cour du palais. Des larmes coulèrent sur ses joues glacées.

— Allons, mon père, dit l'un des serviteurs en posant une main sur l'épaule du prêtre.

Lefrançois leva les yeux.

— Il est vivant, ajouta l'homme.

La phrase tourna dans la tête du prêtre comme un écho au milieu des montagnes. « Il est vivant. » Il mit un certain temps à le comprendre, à l'admettre.

— Il s'est juste évanoui.

Le jeune prêtre sentit alors un poids énorme quitter ses épaules. Il était tellement soulagé qu'il en perdit l'équilibre. Le soldat l'aida à se tenir debout.

— Emmenez-le tout de suite dans ses appartements, murmura Lefrançois.

— Ne vous inquiétez pas, mon père...

— Et allez chercher les médecins ! ajouta-t-il, les yeux mi-clos.

Les serviteurs se remirent en route. Le prêtre les regarda s'éloigner, puis, dans un soupir, il perdit connaissance.

***

— Duchesse ! Que se passe-t-il ?

Fidélité, réveillé par les cris et la lumière des flammes, avait rapidement enfilé ses habits et était descendu dans le hall du palais, son épée à la main. Hélène, le visage dégoulinant, venait de rentrer avec le chambellan, et ses yeux étaient pleins de panique.

— Le palais est attaqué ! expliqua-t-elle en prenant le bras du forgeron.

La Rochelle jeta un coup d'œil vers la cour et vit les combats qu'on y livrait.

— Attaqué ? Mais par qui ?

— Nous ne le savons pas.

— Que puis-je faire, Hélène ?

— Allez voir comment s'en sortent mes gardes dehors... Le chambellan et moi allons nous occuper de notre côté des incendies qui gagnent l'arrière du palais.

— Bien, répondit Fidélité, et, sans attendre un instant de plus, il se précipita au-dehors.

Il découvrit alors avec consternation la bataille meurtrière qui se jouait devant lui. Il vit cinq femmes – deux autres étaient tombées – tout de noir vêtues, le visage voilé, armées seulement de poignards effilés, et qui tenaient tête à des soldats six fois plus nombreux qu'elles. Pis. Elles commençaient à les faire reculer.

Fidélité se demanda qui étaient ces femmes. À quel camp appartenaient-elles ? Étaient-elles envoyées par Livain ? Étaient-elles, comme les Aïshans autrefois, au service de Lailoken ? Il n'avait jamais vu pareils personnages !

Après quelques instants de stupéfaction, le Compagnon se décida enfin à agir et fonça tout droit sur la femme la plus proche.

Arrivé à portée de lame, il envoya sans réfléchir un puissant coup de taille. La sœur de l'Athnuachan, qui semblait n'avoir pas vu venir le coup, se baissa pourtant au dernier moment et évita l'attaque. Avec une élégance étonnante, elle se redressa et se plaça face à son nouvel assaillant.

Fidélité essaya de voir ses yeux à travers le voile qui couvrait son visage. Mais on devinait à peine quelques formes obscures. Il poussa un soupir et tenta une nouvelle attaque de préparation, ses pieds effleurant à peine le sol glissant. Un coup d'estoc puis, approchant, un coup en dedans, donné avec le quillon de son arme. Mais les deux tentatives échouèrent. La femme avait rompu en rythme, avec des gestes exagérés, comme si c'était un jeu.

Quand La Rochelle se retourna pour se remettre en garde, il aperçut de justesse le poignard qui venait vers lui. Il recula la tête d'un geste instinctif et la lame lui frôla le nez. Aussitôt, pour se donner du large, il envoya un contre-taillant. La femme fit un pas en arrière, et se remit en position, le poignard à la hauteur du visage.

Le Compagnon relâcha quelques instants ses doigts autour de la poignée de son arme. Il ne devait pas se crisper. Il effectua quelques pas de côté, fit tourner son épée devant lui, puis se lança soudain dans une nouvelle attaque. Un revers, et un coup de pointe. Il essayait de se souvenir des trop rares leçons d'escrime qu'il avait reçues. Il effectua un dégagement habile, mais la lame ne parvenait pas à approcher sa cible. Toutefois, La Rochelle ne se découragea pas. Il enchaînait les coups, trouvant dans sa force musculaire un substitut à la technique. Il frappait fort, comme à la forge, s'imaginant qu'il était en train de battre le fer, et si ses attaques manquaient de finesse, elles étaient suffisamment puissantes pour, au moins, gêner son adversaire.

Mais à force d'essayer d'atteindre sa cible, Fidélité se fatiguait. Il se rendit bientôt compte que son rythme baissait. Plutôt que de se laisser surprendre, il fit un pas en arrière et se mit en garde basse, pour laisser ses bras se reposer. Son ennemie y trouva l'opportunité d'une attaque verticale. Mais le forgeron para l'assaut en remontant son épée d'un coup sec, et sa lame, sans qu'il ne l'ait vraiment cherché, entra en collision avec le poignet de son assaillante. Il lui trancha la main.

La prêtresse poussa un hurlement de douleur strident, presque inhumain, et fit deux pas en arrière, incrédule. La Rochelle n'hésita pas un seul instant, et d'un coup d'estoc il enfonça sa lame dans le cœur de son adversaire sans défense. La femme s'écroula dans la neige, les yeux écarquillés.

Fidélité se retourna. Il grimaça en voyant où en était la bataille. Les quatre autres prêtresses étaient toujours debout, et elles avaient tué de nombreux soldats.

Le jeune homme se demanda s'ils pourraient en venir à bout. Il avait peine à y croire. Comment quatre femmes pouvaient-elles tenir ainsi tête à un si grand nombre de soldats ? Par quelle magie ? Ses bras n'avaient plus de forces, et il était à bout de souffle. Il était sur le point de perdre espoir quand soudain il y eut de l'agitation près des portes du palais.

La Rochelle se demanda ce qu'il se passait à présent. Il fit quelques pas de côté pour voir qui arrivait et vit alors des soldats en armure qui entraient dans la cour. Ils portaient sur leurs surcots l'emblème du comté de Tolsanne.

⁂

— Bohem, c'est ici que nos routes se séparent. Voici le bois de Melle où tes amis et toi devrez trouver la fontaine de la grotte de Lucine.

La journée touchait déjà à sa fin et devant le groupe se dressaient les arbres d'une forêt haute et dense. Le crépuscule engloutissait le monde sous de belles nuances bleutées.

— Tu ne viens pas avec nous, Artosach ?

Le Tuathann inclina respectueusement la tête.

— Ce n'est pas dans nos coutumes, Bohem, tu le sais. Je t'ai mis sur le chemin, mais c'est seul que tu dois finir la route. Seul que tu devras trouver les Baintreach Clanns.

— Je comprends.

*Tout comme j'ai dû trouver seul le chemin de ta tente, Artosach, et comme je t'ai cherché dans le monde de Djar. Oui, je comprends vos coutumes. Elles entrent en résonance avec ce qui est inscrit au fond de moi. Cela doit être le sang que nous partageons, Tuathann. Il n'y a pas de réussite sans volonté. Ce sont les hommes qui font l'Histoire... Cesser de croire que l'on peut changer le monde, c'est offrir à d'autres le pouvoir de le faire. Toutes ces phrases hantent ma mémoire.*

— Bonne chance, Bohem. Que la Terre te reconnaisse !

— Merci, Artosach.

— J'espère que les Enfants de la Veuve t'apporteront les réponses que tu cherches.

Le louvetier acquiesça.

*Oui, je l'espère aussi. C'est sans doute notre dernière chance. Il y a tant de gens qui comptent sur nous. Chaque jour qui passe emporte avec lui des victimes de plus en plus nombreuses. Je n'ai pas seulement besoin de réponses, Artosach, j'ai besoin de réponses qui puissent m'aider à mettre fin à cette désolation.*

— Quoi qu'il advienne, Artosach, je te remercie de nous avoir attendus à Pierre-Levée et de nous avoir guidés jusqu'ici. Je te dois beaucoup.

— Tu dois aussi beaucoup à tes amis, répliqua le Tuathann en se tournant vers Vivienne, Mjolln et Loeva.

— Ils sont bien plus que des amis, dit Bohem en souriant. Ils sont mes compagnons.

— Je ne suis pas sûr de connaître la différence, répliqua le Tuathann.

C'est Vivienne qui donna la réponse :

— Les amis pleurent le jour de ta mort. Les compagnons meurent avec toi.

Artosach acquiesça.

— Alors tu es bien accompagné, Bohem. Allons, bonne route, Liberté. Je sais que tu sauras trouver la fontaine.

Artosach embrassa le creux de sa paume et la posa sur le front du louvetier, il salua les trois autres, puis il fit signe aux guerriers tuathanns de le rejoindre. Ils se regroupèrent derrière lui et ils se mirent en route vers Pierre-Levée.

Bohem les regarda s'éloigner. Son cœur battait à tout rompre.

*Trouver la fontaine. Oui, j'espère que j'en serai capable. Si seulement tu m'en avais dit un peu plus, Artosach ! Je n'ai qu'un nom. Lucine. C'est peu. Mais c'est peut-être aussi beaucoup.*

Il se tourna vers la grande forêt, puis il frissonna. L'obscurité était pleine de promesses.

— Bien. Alors tu sais où nous allons ? demanda Loeva en s'approchant du louvetier.

— Tu as entendu Artosach, répondit-il en haussant les épaules. Nous devons trouver une grotte... dans laquelle coule une fontaine.

— Ce n'est pas très précis ! répliqua la jeune fille.

Bohem sourit.

— Non, en effet. Mais voilà une raison de plus pour ne pas perdre de temps.

La jeune fille acquiesça et ils se mirent tous les quatre en route vers le cœur de la forêt, Bohem en tête, et Mjolln fermant la marche.

Quand ils furent parmi les grands arbres, Bohem ne put s'empêcher de penser à Roazhon et à la clairière où ils avaient retrouvé les Brumes. Malgré la neige, il se dégageait de cette forêt-ci la même impression d'une vie secrète et riche, d'un monde invisible et silencieux. Les arbres, si différents les uns des autres, étaient comme autant de visages distincts, une galerie de portraits énigmatiques. Ils ressemblaient à de grands géants dévêtus, amaigris par l'hiver, que seul le regard des hommes rendait immobiles, l'espace d'un instant. Les craquements du bois faisaient comme une incantation lointaine, un secret que se transmettaient les cimes pour prévenir de l'arrivée des marcheurs. Les branchages, sur le sol, s'emmitouflaient dans la poudre blanche comme pour se soustraire à la vue des hommes et les observer en silence. La forêt de Melle tout entière semblait attendre, méfiante et intriguée, curieuse peut-être de voir s'ils remporteraient l'épreuve.

Bohem marchait d'un pas lent. Ses yeux fouillaient la grande sphère des arbres. De temps en temps, il posait une main sur un tronc et on eût dit qu'il écoutait le murmure de la forêt.

*Je n'entends pas la voix des Brumes. Je crois qu'elle ne peut pas venir jusqu'ici. Les loups, cette fois, ne pourront m'être d'aucun secours. Cette forêt n'est pas comme les autres. C'est une demeure, un jardin secret, isolé du monde. Rien ne peut y entrer qui n'y soit invité, pas même la voix douce des Brumes. Le murmure que j'entends n'est pas le leur. C'est la voix d'une femme.*

Plus ils avançaient, plus les ténèbres grandissaient, et plus la forêt devenait inquiétante. Ses ombres prenaient vie et son silence n'avait plus le même sens. Il se faisait défiant, supérieur. Bohem, quelques pas en avant, pouvait sentir l'angoisse qui gagnait ses amis. Mais il essaya de ne pas y prêter attention. Il devait se concentrer sur cette voix lointaine, discrète, qui chantait dans les arbres.

*C'est comme si c'était la voix de la forêt elle-même. Elle sait que nous sommes ici. Elle nous appelle. J'ai même l'impression qu'elle rit ! Qu'elle se moque ? Non, pas vraiment.*

Bohem changea plusieurs fois de direction. Soudain, il accélérait, puis l'instant d'après il se mettait à marcher lentement. Le regard perdu dans le vague, il semblait en transe, exalté, presque, et ses amis n'osaient plus lui parler, de peur de troubler quelque chose qu'ils ne pouvaient comprendre, mais qu'ils devinaient.

*Sa voix est de plus en plus claire. C'est mon nom qu'elle appelle. Liberté. Par ici, de ce côté. Et si c'était un piège ? Si c'était à nouveau Camille de Chastel ?*

Le louvetier s'immobilisa soudain. Son visage, à peine éclairé par quelques rayons de lune, se figea dans une moue inquiète. La tête haute, il écoutait ce que ses amis ne pouvaient pas entendre.

*Non, ce n'est pas la voix de Camille de Chastel. Mais je sais maintenant qu'elle peut tricher. Elle a su prendre l'apparence de Vivienne, elle a su me tromper. Je dois rester sur mes gardes. Camille est prête à tout, et je sais qu'elle essaiera à nouveau de m'avoir.*

La voix était de plus en plus proche. Elle semblait venir des profondeurs de la terre, s'échapper d'un gouffre non loin de là.

*La voix vient-elle de la grotte dont parlait Artosach ? La grotte de Lucine. Mais qui est Lucine ? Est-ce le nom de cette femme qui me parle ? Et qui est-elle ? Pourquoi le conseil a-t-il choisi de me rencontrer là ? Ce n'est pas le moment de me poser ces questions. Je dois avancer, faire confiance à mon instinct. Et il me dit de marcher. De suivre cette voix.*

Bohem se remit en route vers l'ouest d'un pas plus assuré. Il jeta un coup d'œil à ses amis derrière lui. Tous trois le regardaient, perplexes. Ils se demandaient sans doute si Bohem allait trouver la grotte, mais quoi qu'il advienne, il était certain qu'ils étaient prêts à le suivre, où qu'il aille. Il le devinait sur leurs visages. Il le savait au fond de lui. Et cela lui donnait la force de continuer. Il leur adressa un regard qu'il espérait rassurant, puis il accéléra le pas.

Le murmure à présent était si près qu'il tournait presque autour de lui. Et, petit à petit, les paroles devinrent enfin claires. Bohem parvint à les comprendre.

— *Approche. Je suis la fille de la Lune, Liberté.*

La phrase se répéta plusieurs fois.

— *Je suis Lucine, la Dame de la Fontaine. Approche.*

Le jeune homme marchait de plus en plus lentement. Ils ne devaient plus être loin ! Mais cette voix ! Comment être sûr que c'était bien Lucine ? Comment être certain que ce n'était pas Camille ?

— *Ça ne sert plus à rien de marcher, Bohem.*

Le jeune homme s'arrêta.

— *Je n'arrive pas à vous trouver, madame.*

— *Ouvre-moi ton cœur, et tu me trouveras.*

Le louvetier sentit un frisson dans sa nuque, comme une douche gelée. La voix n'était plus autour de lui. Elle était *en* lui, maintenant. Elle fouillait à l'intérieur de son âme. Bohem résista. Il tenta de la rejeter.

— *Je ne laisse pas entrer n'importe qui dans ma grotte, Bohem.*

— *Je ne suis rien d'autre que Bohem, Liberté Outremer, le fils d'Aléa.*

— *Prouve-le.*

— *Comment prouver une chose pareille ?*

— *C'est l'ultime épreuve, Bohem. Si tu me laisses regarder dans ton cœur, si tu te mets à nu, alors je croirai en toi.*

Bohem repoussa la voix qui envahissait sa tête. Non. Il ne voulait pas se laisser faire. Il y avait trop de risques que cela fût un piège.

— *Aurais-tu quelque chose à cacher, Bohem, puisque tu te fermes ?*

— *Je ne sais pas, moi, qui vous êtes.*

Le louvetier avait fermé les yeux. Debout, au milieu de la forêt, il n'était plus vraiment là. Son esprit était à l'intérieur de lui-même. Le monde, lentement, avait disparu tout autour. Mais il tremblait. De peur, ou de froid. Peut-être un peu des deux.

— *Tu crois que je suis ton ennemie ?*

— *Je ne crois ni cela ni son contraire.*

— *Les hommes honnêtes, Bohem, ne cachent rien de leur être. Pas même à leurs ennemis.*

— *Je me protège, pour protéger les miens.*

— *Le choix t'appartient, Liberté. Mais les hommes libres doivent apprendre à ne faire qu'un avec eux-mêmes. S'il y a quelque chose de caché dans ton âme qui ne se lise pas sur ton visage, alors tu n'es pas un homme libre. Tu es prisonnier de ton apparence. On m'a annoncé la venue d'un homme libre. Si tu es celui-là, alors dépouille-toi de tes défenses, sois toi-même, et montre-moi !*

Le jeune homme hésita. Il savait ce que voulait la voix de Lucine. Il lui suffisait de baisser sa garde, d'ouvrir complètement les portes de son esprit et de la laisser voir tout au fond de lui, là où l'on n'ose pas regarder soi-même, à la source des cauchemars et des souvenirs oubliés. Mais il n'arrivait pas à se convaincre que ce n'était pas un piège. Pourtant, n'avait-elle pas raison ? Avait-il quelque chose à cacher, même à Camille ? La peur de s'ouvrir à ses ennemis n'était-elle pas justement sa faiblesse ? Ne devait-il pas apprendre à ne plus avoir peur de lui-même avant de pouvoir affronter les autres ?

La tête lui tournait. S'ouvrir. Tout montrer. Ne plus séparer le corps de l'esprit. Oui. Pourquoi pas ? De toute façon, ils étaient presque au bout du chemin. Il ne servait plus à rien de tricher. Et avait-il le choix ? Il n'avait d'autre piste que cette voix. La voix de Lucine.

Alors Bohem, soudain, se laissa pénétrer par le regard invisible de Lucine.

Et il vit qu'elle entrait dans les moindres recoins de son âme. D'un seul coup, presque instantanément, elle le connut tout à fait. Peut-être mieux encore qu'il ne se connaissait lui-même. Elle vit la bague du Samildanach, elle vit Aléa, elle vit même Vivienne, son amour, ses peurs, son espoir. Elle vit ses doutes, elle vit ses mensonges, ses oublis, elle vit les questions que Bohem se posait, sur lui-même, sur le sens des Enfants de la Veuve, et surtout, elle vit qu'il n'attendait plus qu'une seule chose : trouver la voie de la guérison pour cette Terre malade. Elle vit qu'il était pur, et qu'il était presque libre.

Tout à coup, la voix de Lucine revint autour de lui, et elle était devenue plus douce.

— *Tu portes bien ton nom, Liberté. Tu es digne de rejoindre ma demeure. Et je sais, maintenant, de qui tu as peur. C'est de celle qu'on appelle Camille de Chastel, n'est-ce pas ? Celle qui veut s'unir à toi. Tu as raison d'avoir peur. Elle est ton plus grand ennemi. Mais de moi, petit Bohem, de moi tu n'as rien à craindre. Je ne chercherai même pas à m'unir à toi, malgré la beauté de ton corps, la force de ton âme et la grandeur de ton destin.*

La voix de Lucine se transforma alors en un rire gracieux.

— *Tu es désirable, Bohem, mais je préfère, vois-tu, la compagnie des femmes...*

Bohem ouvrit lentement les yeux. Il regarda autour de lui. Ses amis, juste à côté, lui tenaient la main. Il comprit alors qu'il était tombé par terre. Ses genoux trempaient dans la neige froide.

— *Mais je te remercie de t'être ainsi ouvert à moi, Bohem. Jamais un homme ne s'était livré si entièrement. Comme ta volonté est forte ! Sois le bienvenu dans la forêt de Melle.*

Bohem se redressa doucement. La voix était si claire à présent qu'il avait l'impression que Lucine était à côté de lui.

— *Regarde, Liberté. Regarde là, derrière cette souche. C'est la bouche de la Terre. Tu es arrivé, petit Bohem. Tu y es arrivé. Vous pouvez entrer chez moi.*

⁂

— Ne la tuez pas !

Quand Hélène de Quienne arriva dans la cour du palais des Ducs, il était déjà trop tard. La dernière prêtresse venait de s'écrouler dans un cri d'agonie sous le coup d'épée d'un soldat de Tolsanne.

La duchesse se précipita vers elle et se pencha, dépitée, au-dessus du corps sans vie de l'étrange guerrière. Elle ôta lentement le voile qui cachait le visage du cadavre. Elle découvrit alors les traits usés d'une vieille femme. L'âge que laissaient deviner ses rides jurait avec l'agilité et la force dont elle avait fait preuve au combat.

— Vous n'auriez pas dû la tuer, murmura Hélène en remettant le voile sur le visage blafard de la prêtresse. J'aurais voulu l'interroger. Nous ne saurons peut-être jamais qui elles étaient ni qui les a envoyées.

Elle se releva doucement et aperçut Fidélité qui venait à sa rencontre. Son crâne chauve dégoulinait de sueur et de neige fondue.

— Tout va bien, Majesté ? demanda le Compagnon en regardant le visage de la duchesse, noirci par les flammes des incendies.

— Oui, répondit-elle en lui donnant la main. Tous les feux sont maîtrisés. Mais les dégâts sont nombreux ; comme si ma pauvre ville avait encore besoin de ça ! Et vous ?

— J'ai bien cru que cette sorcière allait avoir ma

peau, dit-il en désignant au loin le cadavre de l'une des sœurs de l'Athnuachan. Sans l'arrivée des soldats de Tolsanne, je crois bien que nous n'aurions pas pu les battre.

— J'aurais aimé qu'il en restât une de vivante, répliqua la duchesse, afin de comprendre l'origine de cette attaque. Malheureusement, vous les avez toutes tuées.

Fidélité fronça les sourcils. Il posa un regard circulaire sur la cour.

— Je... Je ne suis pas sûr, Hélène. Il me semble qu'elles étaient sept, et je n'en compte plus que six. Mais peut-être me suis-je trompé...

La duchesse se tourna vers le chef de sa garde.

— Faites ramasser les corps, enterrez nos soldats, et isolez les cadavres de ces femmes. Puis fouillez le palais de fond en comble.

— À vos ordres, Majesté.

Le soldat s'éloigna et commença à transmettre les ordres de la duchesse. Puis Hélène s'adressa à l'officier qui avait commandé les soldats de Tolsanne.

— Capitaine, je vous dois des remerciements. Comme l'a dit mon ami La Rochelle, sans vos hommes, nous ne serions sans doute pas venus à bout de ces femmes bien singulières... Mais vous me devez, vous, quelques explications. Il me semble vous reconnaître. Vous ai-je déjà vu quelque part, et que faites-vous ici, en terre ennemie ?

L'officier inclina respectueusement la tête.

— Madame la duchesse, nous nous sommes rencontrés sur les routes de Tolsanne, quand vous accompagniez Bohem.

Hélène hocha la tête. Elle reconnut alors l'officier avec lequel ses soldats avaient eu une altercation quand ils étaient revenus vers Pierre-Levée. Bohem leur avait demandé de les laisser passer et de transmettre au comte de Tolsanne un message de paix.

— Oui, je me souviens à présent !

— Nous sommes envoyés par Redhan V. Le comte de Tolsanne désire apporter son soutien à Bohem.

— Vraiment ? s'étonna la duchesse. Même s'il faut pour cela s'allier à un ennemi de la couronne de Gallica ?

— À n'importe quel prix, répondit l'officier en souriant. Nous ne serions pas là aujourd'hui...

— Vous avez donc su convaincre le comte, soldat. Au nom de Bohem et de tous ses compagnons, je vous remercie.

— C'est Bohem qui a su nous convaincre, Majesté. Nous croyons à votre cause, et à vrai dire, nous ne voyons plus d'autre alternative. Les morts sont de plus en plus nombreuses, en Tolsanne. Si le louvetier a une chance de mettre fin à cette malédiction, nous voulons lui prêter main-forte.

— Alors, dans ce cas, soyez les bienvenus. Le comte de Tolsanne m'étonnera toujours ! Mais, au fond, j'ai toujours su qu'il était un homme bon et raisonnable. Bohem n'est pas au palais pour le moment, mais il reviendra bientôt. Et je suis sûre qu'il sera enchanté de vous voir parmi nous. Le chambellan va vous accueillir, capitaine.

La duchesse salua l'officier, puis retourna vers le bâtiment principal avec Fidélité. Tous les serviteurs et tous les hôtes d'Hélène s'activaient pour remettre de l'ordre dans la cour et les bâtiments.

Mais on ne retrouva pas la septième sœur de l'Athnuachan.

*Elles venaient pour Bohem, pensa la duchesse de Quienne. C'est lui qu'elles sont venues chercher.*

⁂

Emmer Capigesne entra dans Lutès avec son armée deux jours après Livain.

En temps normal, le roi de Brittia aurait probablement déjà rencontré de la résistance mais, au contraire, ses hommes s'engouffrèrent avec aisance dans la ville, comme si elle lui appartenait déjà.

La capitale était plongée dans le chaos le plus total. Le sol était couvert d'un amas boueux de terre et de neige mélangées. Les rues étaient sombres et vides, à peine y croisait-on quelques passants pressés, la tête enfoncée dans les épaules, qui couraient contre le vent sans prêter attention à cette armée ennemie. La plupart des habitants se terraient chez eux, d'autres avaient fui et beaucoup étaient morts. On devinait les cadavres étendus çà et là, presque entièrement recouverts de blanc.

La nouvelle du retour de Livain n'avait sans doute pas encore fait le tour de la ville, mais nul n'ignorait que le roi avait perdu la bataille de Pierre-Levée. Les habitants de Lutès, en somme, ne se sentaient sûrement pas en sécurité et ne mettaient presque plus le nez dehors. La ville tout entière semblait attendre sa dernière heure, résignée.

L'armée de Capigesne traversa tout le sud de Lutès sans rencontrer un seul soldat. Mais quand ils arrivèrent en vue du pont du Petit Châtelet, ils comprirent que les troupes du roi de Gallica s'étaient assemblées sur l'île de la Cité.

Isolée entre les deux bras de l'Isicauna, la petite étendue de terre était aussi bien protégée qu'une forteresse, et Emmer comprit qu'elle serait difficile à prendre. Le pont était complètement barricadé, et l'on apercevait de l'autre côté des postes de défense.

Les soldats d'Emmer se regroupèrent devant le pont, autour du roi et du général Chroce. Les deux armées s'observèrent un moment, chacune de son côté du fleuve. La neige continuait de tomber. On voyait à travers le voile velouté des flocons les lances dressées, les silhouettes immobiles.

Emmer Capigesne amena son cheval près de celui du général.

— Livain s'est réfugié dans son palais.

— Toutes les entrées de l'île doivent être protégées,

au nord comme au sud. Nous ne pourrons jamais passer.

— Il est trop tard pour abandonner, général.

— Emmer, c'est de la folie ! Malgré tout le respect que je vous dois, je dois vous dire que nous n'avons aucune chance.

— Jamais Livain ne sera aussi affaibli qu'il l'est aujourd'hui, général. C'est au contraire notre meilleure chance de le renverser.

— Nous ne sommes pas nombreux, et nous ignorons combien ils sont sur l'île.

— Livain a déjà usé tous ses renforts. Ils ne doivent pas être tant que ça, général !

— Mais ils ont l'avantage de la position. La seule solution serait d'assiéger l'île et de les affamer.

— Nous n'avons pas le temps. Général, nous n'avons pas fait tout ce chemin pour rien. En venant attaquer Pierre-Levée, Livain a signé son arrêt de mort. Je n'abandonnerai pas tant que la tête du roi de Gallica ne sera pas tombée. Et je monterai alors sur le trône de ce pays enfin unifié.

L'officier resta muet. Il savait qu'il était inutile de discuter. Mais l'entêtement d'Emmer tournait au ridicule. Attaquer l'île de la Cité était pur suicide.

— Général, préparez vos hommes et élaborez une stratégie qui me surprenne moi-même. Nous passerons à l'attaque dès ce soir.

⁂

Bohem jeta un coup d'œil dans le couloir obscur. Les parois, creusées dans la terre, disparaissaient un peu plus loin dans l'ombre. Quelques racines pendaient dans le vide comme de grosses toiles d'araignée.

— Ahum ! Cela me rappelle, oui, de très mauvais souvenirs ! Je n'aime pas, non, entrer dans ce genre de souterrain !

Mjolln, les sourcils froncés, se tenait debout devant l'entrée de la grotte. Agité, il frottait ses paumes contre ses cuisses en grimaçant.

— Allons, monsieur Abbac, un nain courageux comme vous ! se moqua Loeva en lui tapant sur l'épaule, mais, au fond, la jeune fille ne paraissait pas tout à fait rassurée elle non plus.

— Tada ! La dernière fois, oui, que je suis entré dans un endroit pareil, mes cheveux ont changé de couleur, ahum.

La jeune fille pouffa.

— Ce n'est pas drôle, répliqua le nain. Tu en ferais une tête, si tes cheveux devenaient tout blancs !

Bohem, devant eux, n'attendit pas que ses amis se décident. Il était impatient de rencontrer Lucine, et surtout, le conseil des Baintreach Clanns. Cela faisait si longtemps qu'il attendait cet instant ! Et plus le temps passait, plus il se demandait ce que cette rencontre allait lui apprendre.

*Je sais qu'un grand mystère se cache au bout de ce chemin. J'espère seulement que je saurai le comprendre et que je pourrai m'en servir. Je crois que c'est la dernière chance de notre pauvre Terre. Une dernière main tendue à ceux qui voudront bien la sauver. Nous devons nous dépêcher.*

Le jeune homme prit une torche au fond de son sac, l'alluma, fit un signe de tête à ses amis et commença à descendre le tunnel qui plongeait sous la forêt de Melle. Il se sentait irrésistiblement attiré par cette noirceur impénétrable, car elle était le symbole même de son ignorance. Il voulait voir au-delà.

Vivienne et Loeva le suivirent bientôt. Puis Mjolln, après avoir grogné au-dehors, se dépêcha de les rattraper.

Après quelques pas, Bohem entendit à nouveau les échos familiers de la voix de Lucine. Il ne savait rien d'elle, mais sa voix, à présent, n'avait plus pour lui de secret. Il l'aurait reconnue entre mille, et jamais il ne l'oublierait.

*J'arrive, madame, vous qui connaissez tout de moi. J'arrive. J'ai accueilli votre voix jusqu'au fond de mon âme, alors à votre tour, accueillez-moi.*

Rapidement, il fallut allumer une deuxième torche tant l'obscurité du couloir s'épaississait. Les quatre compagnons avançaient, les uns derrière les autres, et leur silence trahissait leur émotion. Le bruit de leurs pas résonnait entre les parois étroites. Plus ils avançaient, plus l'air était plein d'une odeur de terre humide.

*Où vous cachez-vous, Lucine ? Pourquoi êtes-vous si loin du monde, si profond sous la terre ?*

Bohem, qui marchait en tête, sentit soudain une main qui prenait la sienne. Il se retourna et vit le visage tourmenté de Vivienne à la lumière de sa torche.

— J'ai froid, Bohem !

Le louvetier s'arrêta et l'enlaça pour lui frotter le dos. Il jeta un coup d'œil aux deux autres. Mjolln et Loeva se tenaient par la main eux aussi. Ils n'avaient guère l'air plus à l'aise que la troubadour.

— Nous ne sommes plus très loin, chuchota le louvetier pour les réconforter.

— Quel endroit étrange pour donner rendez-vous ! glissa Loeva.

— Certes. Mais ce n'est pas un rendez-vous ordinaire, répliqua Bohem. N'est-ce pas, Mjolln ?

Le nain haussa les épaules. Il avait du mal à masquer son émotion.

*Que me caches-tu, mon ami ? Tu connais les gens que nous allons voir, n'est-ce pas ? Mais on dirait que tu as peur de les voir. À moins que ce ne soit autre chose...*

— Allons, ne restons pas ici. Finissons-en !

Bohem se remit en route. Il entendait derrière lui les pas de ses compagnons. Il arrivait même à discerner chacun d'eux, comme si c'était ses propres pas. Soudain, il vit la flamme de sa torche qui commençait à faiblir. Il pesta. Il n'en avait pas d'autre. Puis elle se mit à crépiter, et enfin s'éteignit complètement. Ils n'étaient plus éclairés que par celle que Mjolln avait allumée.

— Quelqu'un a une autre torche ? demanda-t-il.

Mais il connaissait déjà la réponse. Personne ne parla. Il poussa un soupir et reprit la marche, plus prudent. Il ne voyait même plus où il posait les pieds.

— Ça, la mienne va bientôt s'éteindre elle aussi, ahum.

— Alors, essayons de marcher plus vite !

Le louvetier accéléra le pas, mais c'était difficile. À chaque instant il pouvait tomber dans un trou ou buter contre un obstacle. De temps en temps, il posait ses mains contre les parois, des deux côtés, pour contrôler la direction. Ses doigts s'enfonçaient dans la terre humide et se prenaient dans des brindilles molles.

*Mais qui êtes-vous, Lucine, pour vivre dans ce gouffre ? Vous disiez que je ne devais rien avoir à cacher... Mais vous ? Que cachez-vous ainsi au cœur du monde ?*

Mais Lucine ne répondait pas. Elle continuait de chanter, comme pour les attirer vers elle.

Bientôt, Bohem vit que la lumière derrière lui commençait à baisser, et quand la torche de Mjolln s'éteignit, il s'arrêta. L'obscurité était totale. Bien plus intense que la plus sombre des nuits.

— Pose ta main sur mon épaule, Vivienne.

La jeune femme obtempéra.

— Mjolln et Loeva, faites pareil. Nous ne devons

pas risquer de nous séparer, et nous devons nous guider les uns les autres.

— J'ai l'impression qu'on ne fait que ça depuis des semaines ! glissa Loeva d'une voix faussement légère.

— Ah ça ! Et bien sûr, c'est moi, oui, qui suis le dernier ! grogna le nain derrière elle.

— Allez, courage, Mjolln.

Bohem inspira profondément et recommença à marcher dans les ténèbres. Il sentait la main de Vivienne serrée sur son épaule. La jeune femme ne cherchait pas seulement l'équilibre. Elle lui transmettait aussi sa confiance.

Petit à petit, Bohem remarqua que les parois s'écartaient l'une de l'autre, et bientôt il ne put plus toucher les deux en même temps. Il décida de longer celle de gauche, et régulièrement il tendait la main de l'autre côté pour voir si le couloir redevenait étroit.

Ils marchaient depuis longtemps déjà quand enfin le tunnel obliqua et quand ils aperçurent une lumière en contrebas.

— Regardez ! s'exclama le louvetier.

Il accéléra aussitôt. Au fur et à mesure qu'ils avançaient, les formes se dessinaient autour d'eux. Les parois de terre réapparaissaient ; elles étaient de plus en plus claires, et de plus en plus écartées l'une de l'autre. Bohem recommença à voir le sol, et il put assurer à nouveau sa marche.

Soudain il poussa un soupir de soulagement : il

apercevait le bout du couloir. Le tunnel s'ouvrait sur une grotte immense, baignée d'une douce lumière.

Le louvetier attrapa à nouveau la main de Vivienne sur son épaule et la tira derrière lui.

— Nous y sommes ! murmura-t-il.

Ils avançaient si vite qu'ils couraient presque. Mjolln et Loeva se pressaient derrière eux, impatients eux aussi. Et quand ils arrivèrent enfin devant la grande caverne, ils s'immobilisèrent, subjugués par sa beauté.

Le couloir arrivait à mi-hauteur des grandes murailles, si bien qu'ils pouvaient admirer le spectacle d'une perspective élevée.

Aussi haute que profonde, la grotte était comme une gigantesque serre souterraine. Des plantes d'une vive couleur verte couvraient toutes les parois, des arbres se dressaient sous la voûte, aussi épanouis qu'aux portes de l'été. L'air était humide et on entendait des bruits d'eau résonner entre les parois. Toute la pièce était éclairée d'une lueur bleue vacillante.

— Mais d'où vient cette lumière ? demanda Vivienne, les yeux écarquillés.

— On dirait qu'elle vient de la fontaine, répondit Bohem. Regarde !

Il tendit la main en bas, vers la gauche, et tous virent alors cette magnifique source d'eau et de lumière. C'était un grand bassin de pierre, rempli d'une eau claire, et dont le fond brillait comme une étoile.

Et au même moment, tous les quatre, ils la virent.

Tout près de la fontaine, assise sur un petit banc de pierre, une femme les observait. Vêtue d'une robe fourreau blanche, elle avait de longs cheveux blonds qui lui tombaient dans le dos, presque argentés, et une peau aussi pâle qu'une pleine lune. Les deux mains croisées sur ses genoux, elle les dévisageait, immobile, et sa bouche dessinait un sourire délicat. Mais le plus étonnant était le bijou resplendissant qu'elle portait au milieu du front. C'était une pierre rouge, comme animée de reflets éclatants.

— *Je savais que tu me trouverais, Bohem.*

Le louvetier frissonna. Il inclina légèrement la tête.

— Allons-y, murmura-t-il.

Ils descendirent alors les marches étroites qui menaient vers le fond de la grotte. Quand ils furent presque arrivés, la femme se leva et vint à leur rencontre. Elle marchait avec la grâce d'une danseuse. Sa longue robe cachait ses pieds, si bien qu'elle semblait flotter au-dessus du sol.

— Soyez les bienvenus, dit-elle d'une voix cristalline. Je vous attendais.

Elle tendit d'abord la main vers Loeva.

— Bonjour, mademoiselle.

— Bonjour, madame, répondit la jeune fille, intimidée, en serrant la main qu'on lui tendait.

— On m'avait dit que tu étais très belle. On ne m'a pas menti.

Loeva rougit.

— Mais je suis impolie. Je ne me suis même pas présentée ! Je suis Lucine, et cette grotte est ma demeure. Ah, oui ! Certains m'appellent aussi Riwanon ou Morgane... D'autres me nomment la Dame de la Fontaine. Mais tu peux m'appeler comme tu le veux ! dit-elle en souriant. Tu es Loeva, toi, n'est-ce pas ?

La jeune fille acquiesça.

— C'est un joli prénom ! Sais-tu qu'il signifie « sève » ?

— Oui.

— Alors ce n'est sans doute pas un hasard...

Loeva s'étonna de la remarque de Lucine, mais avant qu'elle ait pu lui demander ce qu'elle voulait dire, celle-ci s'était déjà tournée vers Vivienne.

— Bonjour, mademoiselle. Vous devez être Vivienne de Châtellerault...

— Oui. Bonjour, madame. Enchantée.

Lucine hocha la tête, puis tendit la main au barde.

— Quant à vous, monsieur Abbac, je vous reconnais.

Le nain parut gêné. Il adressa un regard embarrassé à Bohem, puis il baisa la main que lui tendait leur hôtesse.

— Madame, c'est un honneur de... vous revoir.

— L'honneur est mien, cher barde. Je vous remercie d'avoir bien voulu descendre jusqu'au fond de mon antre ! J'ai cru comprendre qu'il vous en coûtait !

Lucine lui serra l'épaule, puis enfin, elle se tourna vers Bohem.

— Et te voici donc, Liberté Outremer !

Lucine lui parlait comme à un ami de longue date. Mais après tout, c'était presque le cas : elle avait visité l'âme et la mémoire de Bohem si profondément qu'il n'avait plus aucun secret pour elle !

— Bonjour, Lucine, répondit le jeune homme, mal à son aise lui aussi.

Il ne savait rien, lui, sur cette femme étrange, même si son regard, à présent, lui rappelait quelque chose. Et sa beauté avait quelque chose de surnaturel qui les impressionnait tous. Sa façon de marcher, sa voix, ses yeux, tout chez elle semblait enrobé de mystère. Sa robe était si claire et sa peau si blanche qu'on aurait dit une poupée de cristal. Et son corps tout entier, en vérité, était comme entouré d'un halo lumineux.

— Tu es très beau, Liberté. Mais je ne suis pas surprise. Tu ressembles à ta mère, qui était la beauté même !

Bohem fronça les sourcils.

— Vous l'avez connue ?

La femme rejeta la question d'un geste de la main.

— Patience, Bohem, patience. Nous te dirons bientôt tout ce que tu dois savoir. Avant tout, je veux vous recevoir comme il se doit. Vous devez être épuisés. Nous allons nous installer à la grande table de pierre où nous rejoindra bientôt le conseil des Baintreach Clanns.

Elle fit demi-tour et les conduisit près de la fontaine où ils prirent place autour d'un grand bloc de granit. Les quatre amis se jetaient des regards intrigués.

— Je vous ai préparé ces infusions... Ce sont des herbes qui apaisent l'esprit, mais qui n'endorment pas, rassurez-vous. Cela vous fera le plus grand bien.

Une odeur délicieuse se dégageait des petites coupes en terre qu'elle avait soigneusement disposées sur la table. Vivienne et Loeva jetèrent un regard méfiant à leur boisson, mais Mjolln n'hésita pas à boire, et il fut rapidement imité par les autres.

— Pourquoi le conseil a-t-il choisi ce lieu? demanda Bohem après avoir avalé une gorgée de son infusion.

— Décidément, tu es bien pressé, Bohem...

— C'est que, madame, sauf votre respect, je ne suis pas venu ici pour partager des boissons avec vous, aussi délicieuses soient-elles. Les gens meurent, là-haut, loin de votre caverne. Je ne suis venu que pour une seule chose : chercher des réponses.

Mjolln fronça les sourcils. L'impétuosité de son ami le mettait visiblement mal à l'aise. Mais Lucine ne sembla pas s'offusquer. Au contraire, elle sourit.

— Je comprends, Bohem. Le temps vous est compté. Je vais te répondre. Mais sache que, de toute façon, nous devons attendre les autres. La raison pour laquelle ce lieu a été choisi est simple : d'abord, c'est ma demeure et, tu l'ignores sans doute, je fais moi-même partie du conseil des Baintreach Clanns.

Bohem ne cacha pas son étonnement.

— Je suis, en quelque sorte, leur représentante en Gallica. Or, tu semblais vouloir nous rencontrer le moins loin possible de Pierre-Levée et...

— Vous faites partie du conseil ? coupa Bohem. Vous ne ressemblez pourtant pas à une Tuathanne...

— C'est que je n'en suis pas une ! Mais je ne suis pas vraiment une femme non plus...

— Ni femme ni Tuathanne ? Mais qui êtes-vous, alors ? s'impatienta le louvetier.

— Je suis certaine que tu vas rapidement le deviner, Bohem. Je suis une Enfant de la Veuve.

Le jeune homme poussa un soupir. Lucine l'impressionnait, certes, mais elle l'agaçait, aussi. Il avait attendu si longtemps ce moment qu'il ne supportait plus de se heurter chaque fois à de nouveaux mystères, d'interminables secrets !

— Nous sommes sept membres au conseil, reprit la femme en voyant, amusée, l'impatience de Bohem, et seuls quatre d'entre nous sont Tuathanns.

— C'est étrange...

— C'est unique ! C'est en tout cas la preuve que les Tuathanns sont bien plus ouverts qu'il n'y paraît. Et c'est aussi le résultat d'un étonnant concours de circonstances...

— Vous avez une formidable façon d'entretenir les mystères, madame, osa finalement Bohem en posant les mains sur la table.

Lucine se contenta de sourire. Elle semblait prendre cela pour un compliment.

— Ça, ahum, c'est la manière des gens de tous les conseils du monde, Bohem, oui !

Le louvetier remarqua qu'il y avait une pointe d'amertume dans la voix de son ami.

— Que veux-tu dire, Mjolln ?

— Tu verras. Ahum. Le conseil des druides de Gaelia avait la même manie, oui.

Lucine tourna son regard vers le nain.

— Vous avez raison, monsieur Abbac. C'est pour cela que vous avez refusé de nous rejoindre, n'est-ce pas?

Mjolln ne répondit pas. Il fit une grimace confuse.

*C'est donc cela ! Non seulement Mjolln les connaît, mais en plus il a failli faire partie de ce fameux conseil... Il a dû un jour refuser de s'associer à eux, et c'est pour cela qu'il est gêné depuis le début...*

Le silence s'installa parmi les convives. On entendait seulement le bruit délicat de la fontaine. Bohem dévisagea Lucine. Il était certain d'avoir déjà vu son regard quelque part, mais il ne pouvait se rappeler où. Une chose était sûre, cette femme était l'une des plus belles qu'il avait vues, et le bijou sur son front donnait à son visage une noblesse sans pareil.

Il tourna alors les yeux vers le bassin et admira les lueurs scintillantes qui illuminaient la surface de l'eau.

*On dirait qu'elle est vivante.*

Au même instant, Lucine ouvrit un large sourire. Elle avait entendu ses pensées.

— Oui, Bohem, répondit-elle à haute voix. Cette fontaine est vivante.

Puis elle regarda Loeva.

— L'eau qui y coule est comme une sève qui nourrit tous ces arbres... et qui me nourrit, moi.

Loeva, troublée, se leva et avança vers la fontaine pour regarder dans l'eau. On ne pouvait voir le fond du bassin, mais seulement cette vive lumière.

— *Cette fontaine est ma mère, Bohem.*

Le jeune homme sursauta. Lucine parlait à nouveau dans sa tête.

— *Et votre père ? Qui est votre père ?*

La femme parut surprise par la question du louvetier. Elle ferma les yeux. Et Bohem comprit aussitôt. Il ne s'était pas trompé.

Il se souvenait à présent de ce regard. C'était celui qu'il avait vu dans les yeux du Sauvage. Lucine était la fille de Lailoken ! C'était donc cela ! Mais alors ? Dans quel camp était-elle ? Pouvait-il lui faire confiance ?

— C'est magnifique ! murmura Loeva derrière eux.

Quand Lucine ouvrit à nouveau les yeux, Bohem aperçut une larme qui coulait sous ses paupières. Il hocha lentement la tête.

— Je suis heureux de vous rencontrer, Lucine.

— Merci, Liberté. Je ferai tout pour t'aider.

⁂

La nuit était tombée sur la capitale. Un océan de nuages noirs bouchait le ciel d'hiver. L'Isicauna était sombre comme le fond des mers ; elle coulait, glaciale, entre les rives blanchies par la neige. Des hauteurs gelées de la ville montait la clameur sourde des combats. On entendait crier les hommes et les armes dans l'obscurité complice pendant que partout ailleurs, en Gallica, d'autres mouraient encore et dans l'anonymat.

La bataille du pont du Petit Châtelet se poursuivit dans la nuit sans perdre de sa violence ni de sa férocité. Les cadavres s'entassaient sur les pavés mouillés, tombaient dans le fleuve, des nuées de flèches déchiraient l'air entre les deux rives et, par moments, des hommes se lançaient à l'assaut de l'île, pour se heurter enfin à un mur de chair et de fer impénétrable.

La stratégie du général Chroce avait échoué. Les soldats qu'il avait envoyés sous le pont pour aller prendre les postes de défense à revers s'étaient fait repérer, et ils n'étaient même pas parvenus jusqu'à l'autre rive. On les avait abattus, criblés de flèches, et quelques-uns de leurs corps gisaient encore sur des plaques d'eau gelée de l'Isicauna.

Rapidement, la bataille avait tourné à l'avantage des soldats de Livain. Même en force, l'armée d'Emmer ne parvenait pas à passer les barrages qui leur interdisaient l'accès de l'île. Les rares fois qu'un chevalier de Brittia parvenait à franchir le pont, il était aussitôt assailli de toutes parts et tombait comme une proie au fond d'un piège.

En voyant que ses hommes se faisaient tuer les uns après les autres, Emmer entra dans une rage folle.

— Vos soldats sont des incapables, général !

— Ils sont à bout de forces, Majesté. Et il n'y a aucune faille dans les défenses ennemies...

— Il y a *toujours* une faille ! s'exclama le roi en montant à cheval. Vous deux ! Suivez-moi.

Le roi partit au galop vers l'est, suivi des deux chevaliers qu'il avait apostrophés. Il s'engouffra dans les ruelles sombres de Lutès, longea les maisons endormies jusqu'à la rivière de Bièvre. Là, il descendit de cheval. Il inspecta les environs, le front soucieux. On entendait encore ici les bruits de la bataille. Mais le pont se perdait dans la brume et le rideau de la neige. Emmer marcha le long de la petite rivière d'un pas rapide et décidé. Il resta un moment à regarder l'île, puis il se retourna vers les deux chevaliers.

— Le bras de l'Isicauna est plus étroit ici. Trouvez-moi une embarcation ! Il doit bien y en avoir une quelque part sur la berge en descendant vers le sud.

— À vos ordres, Majesté.

Les deux chevaliers partirent vers le sud, longeant la petite rivière. Le roi, quant à lui, remonta prestement à cheval et retourna vers le Petit Châtelet. Il parcourut les ruelles en sens inverse, frôlant les façades plus vite encore qu'à l'aller. Quand il arriva devant le pont, il vit qu'on ramenait encore de nouveaux blessés.

Emmer partit à la rencontre du général. L'officier était en train de rassembler ses hommes. Le front dégoulinant de sueur, il avait sur le visage un air de panique que le roi ne lui avait jamais vu.

— Chroce, dit Emmer en attrapant le général par l'épaule. J'ai besoin de cinq autres hommes. Les meilleurs qui vous restent. Nous allons tenter de traverser le fleuve par la rivière de Bièvre. Laissez-nous quelques instants, puis attaquez avec tous les hommes que vous avez pour faire diversion de ce côté-ci.

— Majesté, nous ne sommes plus qu'une petite trentaine...

— Cela suffira !

— Si nous échouons, la bataille sera définitivement perdue.

— C'est bien pour cela que nous ne devons pas échouer, général. C'est notre dernière chance. Ne la gâchez pas !

— Pourquoi n'attendons-nous pas des renforts, Emmer ?

— Ne discutez plus mes ordres ! s'exclama Emmer, hors de lui. Prenez position ! Et quand vous estimerez que nous sommes arrivés à la rivière de Bièvre, attaquez sans réserve !

— Bien, Majesté. Il sera fait selon vos désirs.

Le général Chroce désigna cinq chevaliers pour

accompagner le roi, et il les regarda s'éloigner vers l'est, sous les bourrasques de la tempête.

⁂

Cela faisait déjà un long moment que Bohem et ses compagnons étaient assis à la table de la grotte de Lucine quand ils entendirent des voix s'élever plus haut, dans le long couloir qu'ils avaient emprunté pour venir.

Mjolln fut le premier à se lever, les yeux écarquillés.

— Ce sont eux ? s'exclama-t-il en jetant un coup d'œil à Lucine.

— Oui, monsieur Abbac. Ce sont eux.

La Dame de la Fontaine eut un sourire malicieux. Au même instant, la lumière de la grotte sembla vaciller et s'intensifier légèrement.

Le nain quitta la table et se précipita sans attendre vers les marches qui menaient au couloir. Bohem, Vivienne et Loeva se levèrent à leur tour, et attendirent en bas de l'escalier, impatients.

Le louvetier arrivait à peine à croire qu'il allait enfin voir les membres du conseil des Baintreach Clanns. Leur nom, pour lui, était déjà comme une fable impossible ! Les voir était devenu une obsession. Et un espoir immense.

Les voix se firent de plus en plus proches.

Bohem attrapa la main de la troubadour à côté de

lui. Il la serra fortement. Les yeux levés vers le haut des marches, il s'attendait à les voir à tout instant. Le mystère de leur identité – ce que Mjolln avait caché depuis le début – allait enfin être révélé.

Et soudain, comme des songes au milieu de la nuit, ils apparurent ensemble dans l'ouverture de la grande paroi. Six silhouettes se découpèrent dans la lumière bleutée de la fontaine, alignées comme des guerriers avant la bataille. Bohem inspira profondément. Un frisson lui parcourut l'échine.

Il vit alors Mjolln courir comme un enfant et se précipiter vers l'un des six arrivants. C'était une femme d'une trentaine d'années, peut-être plus, aux cheveux blonds et raides, plus courts que ceux de Lucine, mais au moins aussi clairs. Son corps était d'une grâce insolente. Elle portait des vêtements étranges, de toutes les couleurs, une tunique avec des franges au bout des manches, un pantalon bouffant et une ample chemise blanche.

Mjolln, alors, cria son nom. Et Bohem sut que c'était le nom d'une légende.

— Kaitlin !

Le nain sauta dans les bras de la femme aux cheveux d'argent. Celle-ci éclata de rire et l'embrassa avec une chaleur émouvante. Il sembla même à Bohem qu'elle avait les larmes aux yeux.

À côté d'elle, un homme, à peine plus âgé, se baissa à son tour pour embrasser le barde. Il avait le crâne rasé, comme Fidélité La Rochelle, et il portait un manteau blanc, fermé à la poitrine par une broche singulière.

— Bonjour, Mjolln...

— Finghin ! s'exclama le nain qui, lui aussi, pleurait. Ahum ! Comme je suis heureux de vous voir, oui ! Toutes ces années ! Ça ! J'ai l'impression que c'était il y a si longtemps, oui !

Bohem se demanda qui était ce couple étonnant. Quelque chose lui disait qu'ils étaient des acteurs essentiels de ce qu'avait vécu sa propre mère. Des héros, sans doute, des histoires que Mjolln racontait parfois au sujet de l'île lointaine de Gaelia. En tout cas, il ne s'était pas trompé : le Cornemuseur connaissait fort bien les membres du conseil ! Il semblait même les aimer comme sa propre famille ! Jamais Bohem ne l'avait vu comme ça. Il semblait avoir rajeuni. À tel point qu'il paraissait même plus jeune que les nouveaux arrivants.

Les quatre autres personnages étaient des Tuathanns, on les reconnaissait sans peine, avec leurs torses nus, la peinture bleue sur leurs bras, et leurs cheveux, de la même couleur, coiffés en crête. L'un d'eux, pourtant, se distinguait des autres. Bohem fut attiré par son regard. Le Tuathann le dévisageait. Bohem ne détourna pas les yeux.

Le Tuathann lui adressa un signe de tête, qui semblait presque complice, puis il se tourna vers le nain.

— Que la Terre te reconnaisse, Mjolln, ainsi que tous les tiens.

Le barde se pencha respectueusement, une main sur le cœur.

— Ça, bonjour, Tagor ! Quel bonheur, oui, quel bonheur de vous voir ici.

Le nain tremblait de joie.

— Regardez, Tagor. Regardez. Votre neveu est ici, dit le nain en tendant le doigt vers Bohem.

Le louvetier sentit son cœur s'arrêter. Il n'arrivait pas à croire ce qu'il venait d'entendre. Il se demandait s'il avait bien entendu. Son neveu ? Et pourtant... Pourtant, oui, cela ne pouvait être que ça. Il le sentait au fond de lui. Cet homme, ce Tuathann était sa famille. C'était sans doute ce qu'il avait ressenti dans ce regard.

— Oui, répondit le Tuathann. J'ai reconnu le fils de ma sœur Aléa. Il a les mêmes yeux qu'elle, n'est-ce pas ?

Mjolln acquiesça. Il avait le visage illuminé. Il invita les nouveaux arrivants à le suivre, et ils descendirent les marches pour rejoindre Lucine, Bohem, Vivienne et Loeva.

L'homme que Mjolln avait appelé Tagor salua d'abord la Dame de la Fontaine. Ils échangèrent des regards amicaux, puis le Tuathann dévisagea à nouveau Bohem. Une force incroyable se dégageait de son regard. Le louvetier remarqua alors que ses yeux n'étaient pas de couleur identique. L'un était bleu, et l'autre noir.

— Ainsi, c'est toi, le fils d'Aléa, dit le Tuathann d'une voix douce et grave.

Bohem fit un signe de tête réservé.

Alors, contre toute attente, l'homme s'approcha de lui et le serra dans ses bras. Bohem, perplexe, se laissa faire. Puis lentement, il se laissa aller, et il serra le Tuathann dans ses bras à son tour. Il était envahi par un sentiment étrange, inexplicable. L'impression de réparer un vieil objet cassé, qui avait attendu des années de redevenir lui-même. Le sentiment de rectifier une erreur, de ressouder un lien qui n'aurait jamais dû être rompu. Mais, surtout, il prenait lentement conscience que l'être qu'il serrait dans ses bras était toute sa famille, sa seule famille, sans doute, sa vraie famille, celle du sang, et il sentit les larmes monter à ses yeux. Il n'avait pas échangé une seule parole avec cet hommc ct, déjà, il se sentait prêt à l'appeler sien.

— Je suis Tagor, fils de Sarkan et de Morah, la femme qui mit au monde ta mère, Aléa. Cela fait près de vingt ans que ta mère a disparu, Bohem.

— Dix-sept, corrigea le jeune homme d'une voix tremblante.

Le Tuathann acquiesça.

— Je savais que ta mère avait été tuée, comme l'avait été ton père. Il devait en être ainsi. Mais de toi, Bohem, je n'avais jamais eu de nouvelles jusqu'à ce que Mjolln te retrouve. Je suis... Je suis tellement désolé !

Bohem se souvint du jour où Mjolln lui avait révélé sa véritable identité. Il se rappela sa colère d'alors, son refus d'assumer si soudainement un héritage tellement étrange. Mais, aujourd'hui, il n'éprouvait plus la moindre colère. Au contraire. Un sentiment nouveau l'habitait, qui ressemblait davantage à une certaine fierté. Il assumait en tout cas son héritage. Et il chérissait la force et le destin que sa mère lui avait laissés.

— Vous n'avez pas à l'être, mon oncle. Mais vous me devez, en revanche, beaucoup d'explications. Tout le monde, ici, me doit des explications, n'est-ce pas ?

— Oui, Bohem. Nous sommes venus pour cela. Et pour te voir, aussi. Si nous existons aujourd'hui, si les Enfants de la Veuve ont continué d'exister, pendant ces dix-sept années, c'est grâce à tes parents. Parce que c'étaient leurs vœux, et que nous les aimions plus que tout. Nous sommes heureux de te voir aujourd'hui, car dans tes yeux nous voyons ceux d'Aléa Cathfad et d'Erwan Al'Daman. Mais n'aie crainte. Nous allons parler. Kaitlin et Finghin, ici présents, étaient les plus proches amis de ta mère. Moi, j'étais son frère. Nous avons beaucoup à t'apprendre. Mais sache une chose, avant tout. Quelles que soient les explications que nous pourrons te donner, tu es seul maître de ton destin. Au bout du compte, quand tout aura été dit, Bohem, c'est toi qui choisiras.

Le louvetier acquiesça. Il se demandait toutefois s'il en aurait la force. La force de choisir seul la route qu'il devrait prendre. Choisir pour tous les autres. En avait-il le droit ? Le devoir ? Et surtout, il se demandait où les mènerait cette route.

⁂

Au milieu du bras étroit de l'Isicauna, recroquevillés dans l'ombre sur leur embarcation, Emmer et les sept soldats qui l'accompagnaient entendirent soudain au loin un vacarme immense. Le général Chroce, comme convenu, venait de lancer son ultime assaut.

Le roi de Brittia se redressa pour regarder l'endroit où ils allaient accoster. En face d'eux se dressait un mur de pierre. Il n'y avait pas de quai de ce côté de l'île. Ils allaient devoir franchir la haute muraille, avec les cordes qu'ils avaient prévues à cet effet. Ce ne serait sûrement pas simple, mais il était trop tard pour renoncer.

Emmer inspira profondément. Tant qu'ils n'auraient pas atteint le haut de ce rempart, ils ne pourraient savoir si leur plan avait fonctionné : il y avait peut-être des soldats de Livain de l'autre côté, qui les attendaient cachés dans l'ombre. Ou bien il était déjà trop tard. Tous les hommes de Chroce étaient peut-être morts. Le roi de Brittia essaya d'oublier ses craintes. Il ne devait penser qu'à une seule chose : le trône de Gallica. S'il parvenait à tuer Livain, l'instant serait historique. Réunies, Brittia et Gallica deviendraient la plus grande puissance du monde, et même le pape serait obligé de se soumettre à son autorité. Ce serait une belle vengeance, d'ailleurs. Ce pape, qui venait pourtant lui aussi de Brittia, n'avait jamais montré le moindre respect à Emmer !

Le vent glacial ralentissait la barque et la faisait dévier, mais après de nombreux efforts, les soldats parvinrent enfin à rejoindre la berge. Ils s'agrippèrent à des anneaux fixés dans le mur et jetèrent une corde vers le haut de la paroi. Ils s'y reprirent à plusieurs fois pour passer derrière l'un des créneaux.

Emmer voulut monter le premier. Il se leva, posa un pied sur le bord de la barque et enroula la corde autour de son poignet.

— Si vous voyez que je suis attaqué en haut du mur, retournez sur l'autre rive et allez prévenir le général Chroce. Dites-lui de retourner à Pierre-Levée.

Les soldats acquiescèrent, admiratifs. Jamais ils n'avaient entendu parler d'un roi qui passait devant ses hommes dans de si périlleuses opérations. Emmer était un jeune homme courageux. Il était orgueilleux, sans doute, mais au moins il n'hésitait pas à partager le sort de ses soldats.

Le roi commença à grimper le long du rempart, les pieds plaqués contre le mur. Il avait échangé son armure de plates contre une fine armure de cuir, mais il pesait tout de même très lourd et eut bien du mal à atteindre le sommet. Quand il y arriva enfin, il posa ses deux coudes sur l'enceinte et releva la tête pour regarder de l'autre côté.

Rien. Personne. La rue derrière le mur était déserte,

et la neige, au sol, immaculée. Il n'y avait aucun poste de défense dans cette partie de l'île. Sans doute les soldats de Livain n'avaient-ils pas imaginé que l'on puisse franchir les remparts. Emmer enjamba le parapet et se laissa glisser de l'autre côté.

Il fit un signe aux soldats dans la barque, et les sept hommes le rejoignirent rapidement, l'un après l'autre.

— Ne faites pas de bruit, ordonna-t-il, mais dépêchons-nous. Nous devons les attaquer par surprise.

Le roi passa en tête. Le dos courbé, l'épée en main, il remonta la rue en courant, longeant le mur sur sa gauche. Caché dans l'ombre, il regardait dans toutes les ruelles pour s'assurer qu'ils n'allaient pas tomber nez à nez avec un groupe ennemi.

Ils traversèrent les venelles obscures de la capitale, passèrent Notre-Dame sur leur droite, puis l'Hôtel-Dieu sur leur gauche. Emmer s'arrêta au bout du bâtiment. Il se plaqua contre le mur et jeta un coup d'œil de l'autre côté. Il aperçut les trois barricades depuis lesquelles les soldats de Livain défendaient l'île. Les combats faisaient encore rage. Le général Chroce tenait bon.

Il se retourna vers ses hommes et leur adressa un sourire rassurant.

— Nous sommes parfaitement placés pour attaquer par surprise. Nous allons nous séparer en trois groupes. Chacun son poste de défense.

Les soldats hochèrent la tête.

Emmer jeta un dernier coup d'œil vers le pont, puis il donna le signal de l'assaut.

Le roi fonça vers le poste de défense le plus proche, suivi de deux de ses hommes. Les Galliciens, abrités derrière les murets de fortune, tiraient des flèches vers les soldats du général Chroce et ne virent pas arriver sur leur gauche leurs nouveaux assaillants.

Emmer s'approcha le plus possible sans se faire voir, puis soudain il s'immisça dans le groupe de fantassins hébétés. Profitant de l'effet de surprise, le roi se mit à frapper les hommes autour de lui, de toutes ses forces. Il en égorgea un premier, en décapita un deuxième. Ses adversaires n'avaient même pas le temps de parer les coups. Emmer hurlait, s'acharnait de droite et de gauche. Sa lame tombait avec une lourdeur meurtrière. D'un coup il écartait les lances qu'on dressait vers lui, puis d'un autre il assommait son assaillant. Le sang giclait sur le sol et sur son armure. Mais cela ne l'arrêtait pas. Au contraire, cela aiguisait sa rage. Bientôt, il se rendit compte que lui et les deux autres soldats s'étaient débarrassés de tous les hommes qui bloquaient cette partie du pont. Il jeta un coup d'œil vers les deux autres barricades. Elles avaient été renversées elles aussi. Son plan avait marché, et la voie était enfin libre.

Emmer fit signe aux soldats du général Chroce de les rejoindre. Ceux-ci traversèrent aussitôt le pont. Le roi demanda à un cavalier de lui laisser son cheval, et il monta dessus prestement.

— Le quai ! hurla-t-il sans attendre. Suivez le quai !

Il pointa son épée vers l'ouest, pour guider ses hommes dans la direction du palais royal. Ils s'engouffrèrent sur la rive qui longeait l'Isicauna. Il restait une demi-douzaine de chevaliers et une quinzaine de fantassins. C'était peu, mais ils avaient encore une chance.

Emmer suivit le groupe de soldats, au trot. Ils passèrent un premier bâtiment, puis un second. Ils obliquèrent derrière une église, puis repartirent vers l'ouest, et soudain, comme des fauves surgissant d'une cage, un régiment entier de soldats de Livain apparut au bout d'une ruelle sur leur droite.

Emmer jura, mais il était trop tard. Le combat s'engagea aussitôt.

Le roi se précipita aux côtés de ses soldats. Il affronta un premier ennemi, du haut de sa monture. Un coup vertical, un second ; il toucha. Les chevaux avaient du mal à tenir sur le sol glissant. Ils dérapaient dans la neige, faisaient des soubresauts, ce qui rendait le combat plus difficile. Emmer faillit perdre l'équilibre, mais il se rattrapa de justesse et parvint à se débarrasser d'un second adversaire. Son cheval fit un écart en dehors du combat. Le roi lui fit faire demi-tour un peu plus loin. Il constata alors avec effroi que ses hommes étaient en train de se faire écraser par les soldats de Livain.

L'ennemi était bien trop nombreux. Emmer comprit aussitôt qu'il n'y avait aucune chance de l'emporter. Il poussa un hurlement de colère. Au même instant, il vit au milieu de la chaussée un chevalier gallicien qui fonçait droit sur lui, la lance en avant. Le roi, voyant qu'il était trop tard pour esquiver, se protégea derrière son bouclier et para le coup, mais le choc fut si violent que son cheval glissa sur le sol. Emmer fut éjecté de sa selle et s'étala de tout son long dans la neige noirâtre.

Quand il tenta de se relever, il sentit une grande douleur dans sa jambe droite. Une souffrance si vive, même, qu'elle ne laissait aucun doute : un os était brisé.

C'est alors qu'il les vit.

Deux soldats, vêtus aux couleurs du royaume de Gallica, qui l'avaient vu tomber et qui avançaient vers lui d'un pas décidé, leur arme à la main. Leurs regards ne trompaient pas. Ils l'avaient reconnu et ils venaient le tuer. Derrière eux, les combats continuaient, et les soldats d'Emmer se faisaient massacrer un à un. Submergés, ils ne résistaient pas à la charge de l'ennemi et on les achevait au sol comme des vieux chiens agonisants.

Le roi, étendu par terre, chercha son épée autour de lui. Il vit alors qu'elle était tombée un peu plus loin. Impossible de se relever. Il rampa péniblement. Ses mains glissaient dans la boue. Il grogna, furieux, et jeta un coup d'œil derrière lui. Les deux soldats approchaient. D'un coup de hanche il se retourna sur le ventre et se traîna en tirant le plus fort possible sur ses bras. Mais son épée était encore loin, de l'autre côté de la chaussée. Le bruit des pas, lui, était de plus en plus proche. Emmer, à bout de forces, comprit soudain qu'il n'aurait jamais le temps d'atteindre son arme, et qu'il allait finir ici, dans la fange des rues de Lutès. Il ferma les yeux. C'était tellement idiot ! Il aurait dû écouter le général Chroce, quand il était encore temps.

Lui qui avait tout gagné, lui qui par deux fois avait battu l'armée du roi de Gallica, il allait donc mourir là, comme un simple soldat ? Si près de la victoire ? Et tout cela à cause de son entêtement légendaire ? Par simple péché d'orgueil ?

Emmer pensa alors à Hélène de Quienne. Il ne la reverrait donc jamais. Elle qui lui avait si souvent reproché cet orgueil ! Il ne l'avait pas revue depuis leur dernière dispute. Il se rendait compte, à présent, combien tout était ridicule. Il aurait voulu la serrer dans ses bras. Lui demander pardon. Mais à cet instant il vit l'ombre des deux hommes s'allonger devant lui.

Le roi de Brittia se mit à nouveau sur le dos et ouvrit grands les yeux. Il préférait voir sa mort en face. Plonger son regard dans celui de ses assassins.

Il adressa à Dieu une dernière prière, pensa encore une fois au visage d'Hélène et attendit la mort.

## Chapitre 9

### PAROUSIE

Le monde, soudain, sembla se figer comme sur la toile d'un peintre. Emmer vit le visage mauvais de ses deux assassins, juste au-dessus de lui, immobiles comme deux statues de glace. Leur épée dressée vers le ciel noir de Lutès, prêts à lui trancher la tête, ils paraissaient attendre, pétrifiés, comme si le dernier battement de son cœur avait dû durer l'éternité.

Puis soudain tout se mit à vaciller. Les images se confondirent devant ses yeux et dans son esprit embrumé par la douleur. Hélène, Bohem, les deux assassins, le général Chroce, le jour de son couronnement à Chanteville, les plaines vertes de Brittia... Tout se mélangeait devant lui comme des flocons éphémères dans un tourbillon de neige. Le monde se mit à tourner, et un visage, enfin, apparut sous ses yeux, qui emplissait le ciel immense. Emmer hurla. C'était le visage de l'Antéchrist.

Le roi ferma les yeux. Son corps entier se cabra. Il entendit un grand coup et son visage fut couvert de sang. Tout devint rouge. Les gouttes épaisses coulaient entre ses paupières. Il se demanda si c'était la couleur de l'enfer. Le silence. L'odeur. La douleur.

Puis, étourdi par les battements sourds de son cœur, il sentit une main se poser sur son épaule.

*Ce sont les anges qui me prennent.*

On tira son corps sur le sol.

— Majesté !

Emmer fut sorti de sa torpeur par cette voix familière. Il se demanda s'il était mort et si cette parole était le dernier appel du monde des vivants. Un adieu, une oraison funèbre. Mais non. C'était la voix du général Chroce, juste à côté de lui. Il était bien vivant.

Le roi s'essuya les yeux. Il redressa lentement la tête. Il vit alors le visage de l'officier se dessiner dans l'obscurité.

— Majesté, nous devons nous replier.

Une fois de plus, le général lui avait sauvé la vie. Emmer essaya de s'asseoir, encore abasourdi. Il aperçut les corps de ses deux assassins, étendus dans la neige à ses pieds.

Chroce prit le roi par le buste et l'aida à se relever. Puis il le porta sur ses épaules et l'emmena de l'autre côté de la rue. Les combats avaient nettement baissé d'intensité, mais on entendait encore des bruits de lames et le râle misérable des agonisants, à quelques pas seulement, derrière le rideau des flocons. Un soldat de Brittia apparut au milieu de la brume, tirant derrière lui un cheval. L'un des derniers encore debout, sans doute.

Chroce monta sur l'animal, et, avec l'aide du soldat, il hissa Emmer derrière lui. Il donna un coup de talon, et le cheval partit au galop vers l'est.

Pendant tout le trajet qui les ramena de l'autre côté du fleuve, l'esprit du roi flotta dans une profonde confusion. Son cœur battait à tout rompre. La saveur de la mort était encore au bord de ses lèvres.

Petit à petit, il prenait conscience qu'il était bien vivant, mais qu'il s'en était fallu de peu. Tout aurait pu s'arrêter là, au milieu de cette ruelle glaciale. Il se rendit compte alors qu'il n'avait pas eu peur. Qu'il avait seulement eu des regrets. Et que jamais le visage d'Hélène ne l'avait quitté. Puis il se souvint de l'image qu'il avait vue, dans les derniers instants, cette image pleine de menaces : la figure immense de l'Antéchrist. Emmer se demanda si cela n'avait été qu'un rêve, inspiré par les propos délirants de Pieter le Vénérable, ou si le diable lui était vraiment apparu. Et surtout : était-ce le visage de Bohem ? Il n'en était pas vraiment sûr.

Quand le cheval s'arrêta enfin derrière le Petit Châtelet, la douleur à la jambe du roi se réveilla. Emmer poussa des grognements de douleur et lutta pour ne pas perdre connaissance.

— Général..., balbutia-t-il. Nous... Nous ne pouvons pas rester là. J'aurais dû vous écouter. Cette attaque était stupide.

Chroce prit la main du roi sur sa taille.

— Nous n'avons pas eu de chance, Majesté, mais ce que vous avez fait aujourd'hui était d'une bravoure qui restera longtemps dans la mémoire de vos hommes.

— Non, Chroce. J'ai échoué... On ne se souvient que des victoires, général, pas des défaites.

Emmer avait le souffle court. Il marqua une pause, inspira profondément, puis, d'une voix plus ferme, il ajouta :

— Rassemblez vos hommes, général, et allons chercher un abri en dehors de la ville.

L'officier se retourna vers le roi et fronça les sourcils.

— Mes hommes ? Mes hommes ? Mais ils sont tous devant vous, Majesté !

Le roi regarda les soldats autour de lui. Il n'en compta que cinq.

— Tous les autres sont morts, Emmer. Ils sont tous morts !

Le roi poussa un long soupir.

— Alors, allons-nous-en ! Mais pas trop loin, général. Je n'ai pas dit mon dernier mot.

⁂

— Ce livre, Bohem, est l'Encyclopédie d'Anali. Il nous a été confié par ta mère quelques jours avant sa mort.

Finghin posa devant le louvetier un énorme volume, de facture fort ancienne. Il y eut un moment de silence autour de la grande table de granit. Tout le monde avait les yeux rivés sur l'Encyclopédie, aussi bien les amis de Bohem que les Baintreach Clanns eux-mêmes. On entendait en retrait les clapotis de la fontaine de Lucine. Sa lumière bleutée se reflétait sur la couverture en cuir de l'étonnant ouvrage.

— Il te revient de droit, reprit Finghin. Il explique beaucoup de choses, Bohem.

— Je ne sais pas lire, répliqua le louvetier, sans quitter le livre des yeux.

Vivienne posa une main sur ses genoux, sous la table. Elle devinait l'émotion de Bohem et voulait lui signifier son soutien, son amour.

— Un jour, répondit Finghin, si tu le veux, tu apprendras, comme l'avait fait ta mère.

— Mais c'est aujourd'hui, aujourd'hui même que j'ai besoin de réponses !

Finghin hocha la tête.

— C'est pour cela que nous sommes ici. Nous sommes venus pour tout te raconter, Bohem.

— Dites-moi simplement ce que je peux faire pour arrêter cette malédiction, le reste, pour le moment, n'a aucune importance !

— Ce n'est pas si simple, Bohem.

Le louvetier redressa la tête. Un à un, il dévisagea les Enfants de la Veuve. Leur regard cachait tant de mystères ! Une ambiance lourde et gênée pesait sur cette assemblée silencieuse. Mais Bohem ne pouvait plus attendre. Il ne pouvait s'empêcher de penser au monde du dehors. À tous ceux qui l'attendaient à Pierre-Levée. À tous ceux dont la vie s'éteignait soudain, comme fondaient un à un les flocons de neige.

*Je dois les faire parler. Ils ont peur de ma réaction, peur de me dire la vérité, tout comme Mjolln n'osait pas me dire ce qu'il savait de ce conseil. Mais pourquoi ont-ils si peur ?*

— Vous avez traversé les mers pour venir me voir, Baintreach Clanns. Si vous êtes venus m'aider, alors parlez !

Il se tourna vers Finghin. Il avait les yeux fermés.

*Qu'attendent-ils ? Pourquoi n'assument-ils pas ce qu'ils sont venus faire ?*

— Je suis prêt à tout entendre, insista Bohem.

Tagor, en face de lui, posa les deux mains sur la table.

— Finghin ! Bohem a raison. Nous lui devons la vérité. La Terre l'a reconnu. Il est un Enfant de la Veuve. Vous êtes notre orateur, druide. Alors, finissons-en !

*Un druide ? Bien sûr. J'aurais dû reconnaître ce manteau, cette broche.*

— Vous êtes druide, Finghin ?

L'homme ouvrit les yeux. Il adressa à Bohem un regard étrange, où se mêlaient tendresse et nostalgie.

— Je l'étais.

— Ahum. Ton père, Bohem, était le Magistel de Finghin, oui. Il était son frère d'arme.

*Mon père ? Erwan ? Oui. J'aurais pu le deviner. C'était donc cela, ce lien étrange qui unissait mes parents à cet homme ! Et les autres ? Que me cache-t-on encore ?*

— Et vous, Kaitlin ? demanda Bohem d'un air effronté. Quel autre *grand secret* vous unissait à mes parents ?

La femme sourit. Elle semblait comprendre l'agacement de Bohem.

— Aucun secret, jeune homme. J'étais simplement leur amie. Et Finghin est mon époux.

— Vous n'étiez pas une vate ou je ne sais quel autre mystère ? demanda Bohem en montrant les habits étranges de Kaitlin.

— Non. J'étais actrice, Bohem. Ce sont les vêtements des cheminants, que vous voyez là. Je suis une enfant du peuple de la route. Allons, je comprends votre emportement, jeune homme. C'est un peu comme si le monde entier vous cachait quelque chose depuis le jour de votre naissance. Mais nous sommes justement venus pour réparer ce tort.

— Alors, parlez.

— Nous devons d'abord t'expliquer quelque chose, commença Finghin.

— Je vous écoute.

— Par où commencer ? hésita le druide.

— Par l'essentiel ! répliqua Bohem.

Le druide ne put retenir un léger sourire. L'agacement de Bohem avait quelque chose de touchant.

— Soit. Je vais essayer d'être clair, mais ce n'est pas aisé. Il y a encore de nombreuses choses qui nous échappent, Bohem, et nous ne sommes sûrs de rien. Nous connaissons trop bien le danger des certitudes. Voici toutefois ce que je peux te dire. Ta mère, tu le sais, était la première femme, en notre pays, à hériter du pouvoir du Samildanach. Elle avait trouvé sur un cadavre la bague que tu portes autour du cou, et, en touchant la main de ce cadavre, elle avait hérité d'un pouvoir qui, selon les druides de l'époque, ne lui était pas destiné.

— Je sais tout cela.

— Tu sais également qu'après avoir compris le sens de ce pouvoir, elle a décidé de le détruire, car elle estimait qu'il était à l'origine d'un trop grand nombre d'injustices.

— Oui.

— Après la mort de ta mère, le monde, en quelque sorte, s'est séparé en deux. D'un côté, les hommes qui étaient prêts à vivre une vie nouvelle, dans une société débarrassée de la magie. Un monde sans Saîman. Nous, les Enfants de la Veuve, faisons partie de ces gens-là. Et même moi, qui fus pourtant Grand Druide, j'ai accepté que meure le Saîman, comme tous les gens que tu vois autour de cette table. Mais d'autres en ont décidé autrement.

Bohem acquiesça.

*Tout cela n'est donc qu'une lutte de pouvoir! Une lutte entre ceux qui ne veulent pas quitter les âges anciens et ceux qui sont prêts à entrer dans un monde nouveau... C'est cette rivalité stupide qui fait mourir tant de gens ? Tant de gens pour qui, en outre, ces choses n'ont aucun sens ?*

— Les druides que nous avons combattus dans la forêt de Roazhon faisaient partie des gens qui refusent le changement, n'est-ce pas ? demanda-t-il.

— Oui, notamment. Ils se sont opposés à tes parents et aux druides qui, comme moi, avaient décidé de se soumettre à la volonté d'Aléa. Mais ils ne sont pas les seuls, malheureusement. En Gallica aussi, des hommes et des femmes refusent la disparition du Saîman. Lailoken, tu le sais, est l'un de ceux qui refusent que ce pouvoir disparaisse.

Le louvetier adressa un regard à Lucine.

*La situation doit être terrible pour elle. Son propre père se trouve dans le camp ennemi. Mais si, comme je le crois, Lailoken est un élément majeur de toute cette histoire, elle pourra peut-être nous être utile. Personne ne doit connaître le Sauvage aussi bien qu'elle. C'est peut-être pour cette raison que les Baintreach Clanns l'ont accueillie dans leur conseil. Mais comment peuvent-ils être sûrs qu'elle ne les trahira pas ? Qu'elle ne finira pas par rejoindre son père ?*

— Il y avait aussi les Aïshans, et d'autres gens encore, dans d'autres pays. Mais dans les rangs de nos ennemis, Bohem, à leur tête plus exactement, se cache un ordre secret dont l'importance est capitale.

— Un ordre *secret* ? répéta Bohem d'un air sceptique.

— Oui. Qui ne le sera sans doute plus très longtemps, car l'heure est venue pour ses membres de jouer leur dernière carte.

— Qui sont-ils ?

— *Qui sont-elles,* devrais-tu dire. L'ordre de l'Athnuachan existe depuis plusieurs centaines d'années. Je t'expliquerai plus tard pourquoi il a été créé. Mais pour l'instant, sache que c'est une communauté religieuse, très proche de ce qu'était le conseil des druides – à la différence que ce sont des femmes qui la composent, et non des hommes – dont on pense qu'elle se cache au sud de Gallica, dans les montagnes de l'Ours. Ces femmes, Bohem, sont au nombre de sept. On les appelle les sœurs de l'Athnuachan.

Bohem soupira. Il se demandait combien de temps encore il allait se découvrir de nouveaux ennemis dont il ne soupçonnait pas l'existence.

— Ces femmes maîtrisent-elles le Saîman, comme les druides ?

— Non. Comme nous, elles ont perdu leur pouvoir. Et ce n'était d'ailleurs pas le Saîman, mais son opposé. L'Arhiman.

Bohem haussa les sourcils.

— Saîman, Arhiman, druides, Athnuachan... En quoi toutes ces choses nous concernent-elles ? Vous parlez d'un autre monde. Le monde dans lequel je vis, moi, se moque de tout cela. Ce que les gens veulent, là-haut, est simple : ils veulent vivre.

— Allons, n'exagère pas, Bohem. Tu joues toi-même avec ces forces... Elles ne te sont pas si étrangères que cela ! Que fais-tu du monde de Djar ?

— Je me moque du monde de Djar ! s'emporta le louvetier. Il peut bien disparaître ! Ce que je veux, c'est que les hommes puissent vivre, tout simplement !

— Ça, on croirait entendre Aléa, oui ! intervint le nain en souriant.

— Ne me parle pas d'Aléa, Mjolln ! Je ne la connais pas, cette mère invisible, pas plus que les gens aujourd'hui ne connaissent et ne comprennent le sens de toutes vos histoires de Saîman et de druides ! Ce qu'il nous faut, aujourd'hui, ce sont des choses concrètes. Vivre. Nous n'avons que faire de toutes ces choses du passé !

— Tu as raison, reprit Finghin. Ces détails n'ont d'ailleurs pas beaucoup d'importance. Malheureusement, les morts qui déciment le monde ne sont rien d'autre que le résultat de ce conflit entre deux réalités. Deux mondes qui se chevauchent. Tu es obligé de les comprendre, Bohem, si tu veux t'en débarrasser. Alors fais-nous confiance. Accepte seulement d'écouter ce que nous avons à te dire.

— Je suis là pour ça, répondit Bohem d'une voix calme.

— Une seule chose est réellement importante. Une seule chose compte. Cette chose, Bohem, c'est ce que ta mère a découvert quelques jours avant de mourir, dans l'encyclopédie qui est devant toi.

— Je vous écoute.

— Ce qu'Aléa a compris, dans ces pages, a changé beaucoup de choses. Cela a remis en cause tout ce que nous avions cru pendant des siècles. Et cela explique aussi pourquoi ta mère s'est enfuie, et pourquoi elle t'a caché, loin de Gaelia, en te confiant aux loups dans une forêt de Gallica.

— Qu'a-t-elle découvert ?

— Contrairement à ce que nous avons longtemps cru, contrairement à ce que nous-mêmes, les druides, avons toujours imaginé, il n'y a jamais eu un seul et unique Samildanach sur la Terre. Il y en a toujours eu deux. Toujours. Un homme et une femme.

Il y eut un instant de silence autour de la table. Bohem avait les yeux rivés sur ceux du druide.

*Deux Samildanachs ? Un homme et une femme ? Je ne serais donc pas seul ? Oui. Bien sûr. Je comprends, maintenant... Et je sais. Je le savais. Je l'ai toujours su. Mais savoir et admettre sont deux choses bien différentes. On me demande aujourd'hui de faire les deux.*

*Savoir et admettre.*

— Ce qui est arrivé à ta mère, en quelque sorte,

était une anomalie. Elle était une femme, et pourtant, elle a pris la place du Samildanach masculin. Elle a succédé à une longue lignée d'hommes, soigneusement protégés depuis la nuit des temps par le conseil des druides. Or, les prophéties de l'Encyclopédie d'Anali disaient que c'était ainsi que disparaîtrait le Saîman. Le jour où une femme hériterait du pouvoir masculin. Mais nous savons maintenant que ce n'était pas tout à fait exact. Que ce n'était que le début, en tout cas, de ce grand bouleversement. Le début de l'extinction du Saîman. Car tu l'as compris, Bohem, le Saîman n'est pas tout à fait mort. Pour que sa destruction soit totale, vois-tu, il ne suffisait pas que la chaîne soit rompue, comme elle l'a été avec ta mère. Il faut aussi que *les deux* Samildanachs l'acceptent et que *les deux* détruisent leur bague...

Bohem porta la main à son cou et serra le petit sac où était caché le bijou que lui avait confié Mjolln.

— Ta mère croyait pouvoir détruire seule le Saîman, mais elle a découvert, trop tard, qu'elle ne pouvait le faire entièrement. Ainsi, aujourd'hui, le Saîman n'a pas complètement disparu. Il attend, dans l'ombre, de renaître, ou de mourir complètement. Tu es le Samildanach masculin, Bohem, car ta mère t'a légué son pouvoir, le jour où elle est morte. Tu as hérité de la lignée masculine du Samildanach, et tu en portes la bague, mais il reste quelque part une femme...

— Je sais qui est le deuxième Samildanach, coupa Bohem. Je l'ai vu.

Vivienne et Loeva tournèrent la tête vers le louvetier.

— C'est Camille de Chastel, n'est-ce pas ? murmura le jeune homme, le visage blême.

Le druide acquiesça, l'air grave.

— Oui. C'est elle.

Bohem se mordit la lèvre. Il sentit la sueur couler sur son front et au creux de ses mains.

— J'ai vu la bague du Samildanach qu'elle porte au doigt...

— Oui, oui, Bohem. C'est bien elle. Mais... Mais tu ne sais pas tout au sujet de Camille. Tu ne sais pas... l'essentiel. Cette jeune femme, Bohem...

Finghin arrêta de parler, il semblait très troublé. Bohem sentit son cœur battre. Sans vraiment comprendre pourquoi, il avait peur de ce que le druide était sur le point de lui révéler. Il serra la main de Vivienne sous la table.

Finghin se tourna vers Kaitlin, avec un regard désemparé. Celle-ci hocha la tête. Et elle annonça à Bohem ce que Finghin n'osait pas dire :

— Bohem... Camille est... Elle est le premier enfant qu'a eu Aléa.

Le louvetier écarquilla les yeux, stupéfait. Il sentit tout son corps se glacer. C'était comme si tout son être refusait de croire ce qu'il venait d'entendre. Et pourtant...

— Vous... Vous devez vous tromper ! balbutia-t-il, les lèvres tremblantes. Camille ne peut pas être ma sœur ! C'est complètement ridicule ! Camille est la fille du roi de Chastel ! Elle ne peut pas être ma sœur...

Les Baintreach Clanns se jetèrent des regards embarrassés. Kaitlin se pencha sur la table et posa une main sur le bras de Finghin.

— C'est pourtant vrai, Bohem. Tu dois nous croire.

— Non.

— Écoute-moi, Bohem.

— Non, vous vous trompez.

— Quand ta mère a accédé au trône de Gaelia, elle était enceinte, expliqua Kaitlin d'une voix désolée. Mais pas de toi. Tu es né quelques années plus tard, Bohem.

Bohem ferma les yeux. Il ne voulait plus les entendre. Il en avait trop entendu. Il avait l'impression de devenir fou. Il voyait le visage de Catriona, puis celui de Camille. Les deux se mélangeaient. Tout s'embrouillait dans sa tête.

— Bohem, tu dois nous croire, reprit Finghin. Tu dois nous écouter. C'est la vérité que tu es venu chercher, n'est-ce pas ?

*Non. Je ne veux plus l'entendre, votre vérité. Je veux que toutes ces voix se taisent dans ma tête. Que le silence se fasse. Et quand j'ouvrirai les yeux, je veux voir Villiers-Passant. Notre petite ferme. Je veux voir Catriona, petite, courant dans la lande. Je veux tout oublier. Voilà ce que je veux.*

À cet instant, Lucine se leva et marcha vers Bohem. Elle passa derrière lui et se pencha sur son épaule.

— Souviens-toi, murmura-t-elle. Souviens-toi de ce que je t'ai dit quand tu es venu vers moi. « Les hommes libres doivent apprendre à ne faire qu'un avec eux-mêmes. S'il y a quelque chose de caché dans ton âme qui ne se lise pas sur ton visage, alors tu n'es pas un homme libre. »

Bohem sentit le souffle chaud de la Dame de la Fontaine contre sa nuque. Puis il sentit une larme couler sur sa joue.

Il était prêt à entendre.

Il releva la tête, ouvrit ses yeux mouillés et demanda à Finghin :

— Continuez, je vous écoute.

Le druide inspira profondément. Il fit signe à Lucine de retourner s'asseoir, puis il continua :

— Camille a été enlevée deux semaines après sa naissance. Nous savons maintenant que ce sont les sœurs de l'Athnuachan qui l'ont enlevée. Comme la Samildanach féminine, qui était l'une d'entre elles, était sur le point de mourir, elles ont transmis cet héritage à Camille, pour des raisons qui nous échappent. Peut-être parce qu'elle était la fille d'Aléa. En tout cas, elles lui ont donné la deuxième bague du Samildanach, et elles ont réussi à faire passer ta sœur de sang pour la fille du roi de Chastel... Nous ne savons pas non plus comment. Soit la reine de Chastel, qui est morte aujourd'hui, était, elle aussi, l'une des sœurs de l'ordre secret, soit elles ont passé un pacte avec le roi, soit elles ont remplacé un enfant par un autre...

— Cette histoire est... Cette histoire est complètement folle ! s'exclama Bohem.

— C'est pourtant la réalité. Et je suis certain que tu le sais, Bohem, au fond de toi.

*Non ! Non, je ne le sais pas !*

— Ahum, je croyais, moi, que tu l'avais déjà deviné, Bohem, oui.

Le nain parlait à voix basse, désolé.

Bohem se prit la tête dans les mains. Vivienne se serra contre lui.

— Vous devez vous tromper, répéta le jeune homme, sans vraiment y croire, cette fois. Camille n'est pas ma sœur. Elle a...

Il tourna la tête vers Vivienne. Il n'avait jamais évoqué avec elle ce qui s'était passé avant qu'il ne la délivre de l'Armensul. Mais il ne pouvait garder cela secret. Plus maintenant.

— Elle a même essayé de coucher avec moi !

Finghin poussa un long soupir.

— Elle ne sait peut-être pas que tu es son frère. Les sœurs de l'Athnuachan ne lui ont peut-être jamais dit, à elle, la vérité. Et, de toute façon, elle... Elle n'a pas le choix.

Bohem redressa la tête.

— Que voulez-vous dire ?

Cette fois, ce fut Tagor qui prit la parole :

— À en croire ce qui est écrit dans l'Encyclopédie, comme nous te l'avons dit, le seul moyen de détruire définitivement le Saîman et l'Arhiman, c'est que les deux Samildanach renoncent tous les deux à leur pouvoir et détruisent leur bague. Mais, de la même manière, il y a un moyen pour qu'un nouveau cycle du Saîman démarre. C'est ce que cherchent à faire les sœurs de l'Athnuachan. Elles veulent accomplir le rituel qui permettra au Saîman de renaître.

— Quel rituel ?

— Les deux Samildanachs doivent avoir un enfant.

⁂

Emmer était allongé sur un vieux lit abîmé, dans une ferme abandonnée au sud-ouest de Lutès. Le jour venait à peine de se lever. Dehors, la neige continuait de tomber sur la plaine infinie. L'horizon se perdait dans la brume, on ne voyait plus au loin la limite entre ciel et terre.

Un soldat était en train de soigner la jambe du roi. Il avait fabriqué deux attelles, et les fixait maintenant à l'aide de bandes de tissu découpées dans de grands draps blancs.

Le roi se tourna vers le général Chroce, qui était assis près de lui. L'officier avait les traits tirés. Il n'avait toujours pas dormi. Du sang séché maculait son visage blafard.

— Général, commença Emmer d'une voix débonnaire, je vous dois des excuses. Vous aviez raison : nous ne pouvions entrer en force sur l'île de la Cité.

Chroce ne répondit pas. Il aurait voulu dire à

Emmer qu'un roi ne doit jamais d'excuses à ses généraux, mais il n'y parvint pas. Il ne pensait qu'à une chose. Tous ces hommes qui étaient morts en vain.

— J'aurais dû vous écouter, oui. Mais nous n'avons pas tout perdu, général. Tous ces hommes ne sont pas morts pour rien.

Chroce se demanda si le roi avait lu dans ses pensées.

— Car voyez-vous, reprit Emmer en regardant à nouveau au-dehors, malgré tout, cette bataille nous aura permis de voir qu'il est aisé de pénétrer en secret de l'autre côté des murailles.

Le général tourna la tête vers le roi, incrédule. Emmer songeait-il encore à entrer dans Lutès ? La leçon ne lui avait-elle donc pas suffi ?

— Majesté, vous devez vous reposer...

— Non, général. Non, l'heure n'est pas au repos. Pas encore. Vous le savez. Livain doit mourir. Je veux ma victoire, Chroce, le trône m'appartient. Ma décision est prise : vous allez envoyer un assassin à l'intérieur du palais.

— Emmer ! C'est de la folie !

— Non, répondit calmement le roi, les yeux toujours rivés sur l'étendue blanche et paisible qui entourait la ferme. Je refuse d'abandonner, général. Je veux revenir à Pierre-Levée avec la couronne de Gallica, fier, victorieux. Hélène verra alors que j'avais raison. Livain n'a pas de fils. Tout le pays sait que j'ai battu son armée à Pierre-Levée comme je l'ai battue à Bleizis. Le trône me revient de droit.

— Mais, Majesté, il ne suffit pas de tuer un roi pour prendre sa place...

— J'aurai l'appui de ses vassaux. Ils comprendront rapidement quel avantage je représente pour eux, et ils me reconnaîtront la légitimité du trône. Croyez-moi, ils seront heureux d'avoir un roi plus puissant, plus jeune que Livain et, surtout, de vivre dans un pays unifié.

Le général Chroce poussa un soupir.

— Emmer, nous nous connaissons depuis tant d'années ! Je vous ai toujours obéi, toujours défendu. Je donnerais ma vie pour vous, vous le savez. Vous êtes mon roi, mais je vous considère aussi, si vous m'en reconnaissez le droit, comme un ami. Et je ne peux pas vous laisser vous entêter ainsi. La colère vous aveugle.

Le roi de Brittia se redressa sur son lit et se tourna vers le général Chroce. Le soldat à ses pieds continuait de bander sa jambe.

— Mon ami, je crois en la sincérité de vos propos. Et je sais aujourd'hui que j'aurais dû vous écouter quand j'ai attaqué Lutès. Ce jour-là, oui, vous avez raison, j'étais aveuglé par la colère. Mais plus maintenant. J'ai bien réfléchi. J'ai étudié toutes les alternatives. Envoyer un assassin est la meilleure solution. Et après tout, quel risque encouré-je ? Au pire, notre assassin se fera tuer. J'en porterai seul la responsabilité.

Chroce secoua la tête.

— Votre amitié me touche, reprit le roi d'une voix condescendante, mais vous êtes un militaire. Un excellent militaire, certes, mais uniquement un militaire. Vous ne pouvez pas comprendre ce qui motive un roi. Vous ne pouvez pas comprendre ce pour quoi je vis. Je vis pour régner, Chroce, pour régner, et pour rien d'autre. Il est hors de question que je rentre à Pierre-Levée sans avoir pris le trône de Gallica. Ce n'est pas envisageable. Je suis allé trop loin. À ce stade, je préfère la mort que l'échec. Je suis désolé, mais vous ne pouvez pas comprendre, général. Vous ignorez ce que c'est que d'être le père d'un peuple tout entier. Je *sais* ce qui est bon pour ce pays. Je *sais* ce qu'il a à gagner en devenant uni derrière ma bannière. La division de Gallica est à la source de tous ses maux. Ce dont ce pays a besoin, c'est d'un roi unique, qui puisse faire régner la même loi d'un bout à l'autre des frontières. Livain n'en est pas capable. Mais moi, général, moi, je sais que je peux le faire. Et je veux qu'on se souvienne de moi comme de l'homme qui aura unifié ce royaume. C'est la seule raison pour laquelle j'ai épousé Hélène de Quienne, général. Et c'est la seule raison pour laquelle je suis resté si longtemps éloigné de mon royaume de Brittia. Je dois monter sur le trône de Gallica. Et pour cela, nous n'avons plus qu'une seule possibilité. Nous devons tuer Livain.

— Un homme seul n'y parviendra pas ! objecta le général.

Le roi fronça les sourcils. Mais alors qu'il s'apprêtait à parler, il fut interrompu par le jeune soldat qui était en train de soigner sa jambe.

— Moi, Majesté, je crois que je peux le faire, dit-il d'une voix tremblante, mais le regard décidé.

Le jeune homme avait relevé la tête. Il dévisageait son roi. Ses yeux brillaient d'envie.

— Taisez-vous ! s'exclama le général Chroce, furieux. Le roi ne vous a pas invité à parler !

Mais Emmer posa sa main sur le bras du général pour le faire taire. Il regarda le jeune soldat droit dans les yeux.

— Vous pensez pouvoir entrer dans le Palais de l'île de la Cité sans vous faire voir, et tuer de vos mains le roi de Gallica ? demanda-t-il, défiant.

Le soldat hocha la tête.

— Majesté, j'étais à vos côtés quand nous sommes passés par la rivière de Bièvre. Je sais comment entrer dans Lutès. Quant à Livain, je lui dois la mort de mes deux frères. Je me ferais un plaisir et un devoir de mettre fin à ses jours. Dussé-je en mourir.

— Mais le palais est bien gardé, jeune homme. Comment entrerez-vous ?

— Il y a beaucoup de morts sur l'île, parmi les soldats de Livain. Je n'aurai aucune peine à trouver des vêtements à ma taille.

Emmer sourit. Se faire passer pour un soldat gallicien. Oui, l'idée était excellente !

— Jeune homme, vous savez que vos chances de survie seraient quasi nulles.

— Si j'y parviens, je survivrai dans la mémoire des gens de Brittia.

Le roi haussa les sourcils. La ferveur du jeune soldat était touchante. Sa naïveté serait une force.

— Vous vous sentez réellement capable de le faire ?

— Absolument, Majesté.

— Dans ce cas, jeune homme, ma victoire est entre vos mains. Si vous parvenez à tuer Livain, je ferai de vous le maître d'artillerie de Lutès !

Le visage du jeune soldat s'illumina.

— Majesté, je n'ai besoin d'aucune récompense. Je tuerai Livain avec plaisir. C'est un honneur pour moi et l'occasion de venger mes frères.

— Comment vous appelez-vous ?

— Nicolas Châtel.

— Nicolas, ne perdez pas de temps, allez vous préparer. Vous devez profiter du chaos dans lequel Lutès est encore plongée.

— Mais votre jambe, Majesté...

— Laissez. Je me débrouillerai. Tenez, prenez mon poignard. Je vous l'offre. Que Livain soit tué par la lame d'un roi. Partez, Nicolas. Que Dieu vous garde !

Le jeune homme se leva, prit le poignard que lui tendait Emmer puis, sous le regard perplexe du général Chroce, il fit une révérence et quitta la pièce d'un pas décidé.

— C'est de la folie, Majesté, intervint Chroce quand le soldat fut sorti. Cet homme va se faire tuer.

— C'est notre seule chance, général. Et ne vous faites pas trop de soucis pour lui. Vous ignorez certaines choses, mon ami. J'ai mes petits secrets, vous savez...

Le roi eut un sourire malicieux.

— Nous avons un allié de poids dans les murs du palais, chuchota-t-il.

— Que voulez-vous dire ? Un traître ?

— Vous verrez, général. J'ai assuré nos arrières, mon cher. Les choses ne sont peut-être pas aussi simples que vous l'imaginez.

— Je ne les ai jamais trouvées simples, Majesté...

— Alors vous ne serez pas déçu. Mais ce n'est pas tout, général. Une fois que Livain sera mort, nous devrons tout de même assurer l'ordre au palais. Nous allons avoir besoin de renforts. Vous m'avez déjà prouvé, mon ami, que vous êtes doué pour cette tâche. Le duché de Northia, mon fief, est tout proche. Il y a à la frontière des garnisons entières dans les postes de garde. Partez tout de suite, vous aussi, et revenez avec autant d'hommes que vous le pourrez.

— Emmer, je n'en puis plus. Nous n'avons pas dormi depuis des jours. Nous...

— C'est un ordre, général. Un ordre. Je ne vous demande plus de vous battre, seulement d'aller chercher des hommes. Bientôt, vous aurez tout le temps de vous reposer. Mais pour l'instant, je vous demande de servir la couronne de Brittia.

— Bien, Majesté. Je m'en vais de ce pas.

Le général se leva et quitta la pièce sans saluer le roi.

Emmer se rallongea sur le lit. Sa jambe le faisait atrocement souffrir. Mais il avait repris espoir. Tout n'était pas encore perdu.

⁂

Pierre de Pierreville s'était dépêché d'aller au chevet du roi de Gallica. Livain était très pâle, et ses yeux, à nouveau, étaient tombés dans une obscurité nébuleuse.

— Je... Je dois vous dire, Sénéchal. Votre... Votre Grand-Maître est tombé. Il s'est battu dignement, mais il est tombé... Grégoire de Berva. Oui... Que Dieu l'accueille auprès de lui !

— Je sais, Majesté, je sais. Mais l'important, c'est que vous soyez en vie, vous.

*La mort de Berva est même une excellente nouvelle. Il ne risquera plus de se mettre en travers de ma route, et le temps d'incertitude dans lequel nous sommes à la Milice va servir mes desseins. Pour l'instant, je suis seul à la tête de l'ordre.*

Allongé dans son grand lit démesuré, le visage blême, Livain semblait vieilli de dix ou quinze ans. Il avait perdu toute sa superbe de naguère. Ses longs cheveux bruns étaient collés à son visage trempé de sueur. Et ses lèvres tremblaient comme celles d'un vieillard.

— Sénéchal... Savez-vous où est ma femme ? Où est Camille ?

— Nous ne l'avons pas revue depuis votre départ, Majesté.

— Vous pensez qu'elle m'a trahi ?

Le Sénéchal de la Milice du Christ ne répondit pas.

*Mais qui ne vous a pas trahi, Livain ? Qui ne trahirait pas un homme aussi inconsistant que vous ? Vous vivez dans le passé... Vous n'avez aucune ambition. Votre vie, Livain, s'est arrêtée le jour où vous avez répudié Hélène de Quienne. Depuis, vous n'êtes plus qu'un fantôme, un pantin inutile. Mon pauvre Livain ! Au fond, je vous plains. Vous avez complètement perdu le contact de la chose politique. Nous ne sommes plus dans le même monde. Le vôtre est triste et solitaire. Mon pauvre Livain !*

— Camille. Ma douce, douce Camille. Si belle, si jeune... Elle est avec ce... ce Bohem, n'est-ce pas ?

Pierre de Pierreville feignit un soupir accablé.

— Cela fait partie, malheureusement, des possibilités, Majesté.

Le roi ferma les yeux, comme s'il n'avait même plus envie de voir ces rares ombres difformes qui peuplaient maintenant son univers.

— Ce Bohem aura causé tous mes malheurs, chuchota-t-il comme à lui-même. Pieter avait raison. Il est le diable en personne ! C'est lui qui a déclenché cette guerre entre Emmer et moi, et voilà à présent qu'il me vole ma femme.

*Pourquoi dit-il que Pieter avait raison ? L'abbé de Cerly aurait-il soupçonné Bohem d'être le démon ? L'hypothèse semble avoir convaincu le roi... Inutile de le détromper. Livain est près de sombrer dans la folie. Pourquoi l'en empêcher ?*

— Le diable, Majesté, est le maître des mensonges. Votre femme se sera laissé abuser par quelque argument fallacieux.

— Il est plus que le diable, de Pierreville. Il est plus que ça. Bohem est l'Antéchrist. Regardez tous les signes. Voyez comme le monde s'écroule autour de nous... Toutes ces femmes qui ne tombent plus enceintes, ces gens qui meurent... Et le froid. Ce froid terrible !

Livain tremblait de tout son corps, comme si le froid de l'hiver eut soudain pénétré dans sa grande chambre.

*Il est terrifié ! C'est une peur stupide ! Celle d'un paysan ! Notre roi est tombé bien bas ! Il est grand temps que nous en changions. Plus la peur l'affaiblira, moins nous aurons de mal à nous débarrasser de lui. Je dois alimenter sa peur.*

— J'aimerais vous dire que vous vous trompez, Majesté. Que Pieter se trompe. Mais je crains que vous ne soyez dans le vrai. Tout ce qui était annoncé se produit peu à peu. L'heure est peut-être venue du jugement dernier. Diable et Dieu se livreront demain la dernière bataille. Et alors seront jugés les fidèles. Oui. Mais vous, Majesté, vous n'avez rien à vous reprocher...

Une larme coula sur la joue du souverain.

— Oh, si ! Si, Pierre. J'ai tellement, tellement de choses à me reprocher !

Pierre de Pierreville passa une main sur le front trempé du roi de Gallica.

— Majesté, ne pensez plus à tout cela. Vous devez vous reposer. N'ayez crainte, je veille près de vous.

Le roi poussa un long soupir et posa sa joue sur l'oreiller. Il ouvrit les yeux pour tenter de voir le Sénéchal de la Milice du Christ.

— Vous... Vous êtes bien bon, de Pierreville. Je regrette, à présent, de n'avoir pas été plus proche de vous. Et je regrette aussi mes disputes avec Pieter le Vénérable. J'espère qu'il est auprès du pape. Qu'il aura le temps de le prévenir...

— Allons, allons... Dormez, maintenant. N'ayez crainte. Nous ne vous abandonnerons pas. Je reste ici, près de vous. Dormez tranquillement.

Le roi esquissa un sourire sans conviction, puis il tourna la tête de l'autre côté et chercha le sommeil.

*
**

— Et dans l'hypothèse où je parviendrais, par je ne sais quel miracle, à convaincre Camille de renoncer au Saîman et de détruire son anneau de Samildanach, cela suffirait-il à arrêter le mal qui tue les hommes ?

Finghin secoua la tête d'un air désolé.

— Non, Bohem. Non, malheureusement. Cela empêchera seulement le Saîman de renaître. Ce qui est déjà beaucoup, mais en effet, nous ne pourrons nous arrêter là. Après la fin totale du Saîman, les hommes, eux, n'auront toujours aucune force de vie, aucun... principe pour remplacer la magie de jadis.

— Alors, demanda Bohem en quittant la grande table, que devrons-nous faire ?

Il alla s'asseoir près de la fontaine bleutée. L'eau tremblait trop pour qu'il pût voir clairement le reflet de son visage à la surface. Elle ne lui renvoyait qu'une image trouble, aussi trouble que l'était son esprit.

La tête baissée, le louvetier se sentait observé. Il imaginait derrière lui les regards de Vivienne et Loeva. Aucune des deux n'avait prononcé une seule parole depuis le début de cette longue conversation. Il devinait leur peur et leur compassion. Il aurait voulu leur épargner toutes ces révélations qui dépassaient l'entendement. Toutes leurs implications. Mais elles – pas plus que lui – ne pouvaient désormais échapper à la réalité, aussi angoissante fût-elle.

— Quand le Saîman aura totalement disparu, expliqua Finghin, il faudra le remplacer par autre chose, Bohem. Ta mère l'avait bien compris. Et tu l'as deviné, toi aussi. Ce sont les forces naturelles qui doivent remplacer la magie. Car la nature, Bohem... La nature, aujourd'hui, est une veuve triste.

Le louvetier se retourna et regarda Finghin.

— Que voulez-vous dire ?

— Il y a eu une rupture, Bohem. Il y a fort longtemps. Entre l'homme-nature et la nature elle-même.

— Lailoken ?

— Oui. Le Sauvage, jadis, a décidé de quitter la nature et d'embrasser le monde du Saîman. Il s'est laissé envoûter par les charmes de ce pouvoir plus attrayant, mais trompeur. Alors le lien avec la nature s'est détruit.

— Si je comprends bien, si nous détruisons notre lien avec le Saîman, nous devons en contrepartie reconstruire celui avec la nature ? demanda Bohem en retournant s'asseoir à côté de Finghin.

— Oui. Tout cela est très symbolique, Bohem, et pourtant... Pourtant, cela correspond à quelque chose de très concret.

— Les morts, là-haut, sont très concrètes, oui...

— Pour que les hommes retrouvent aujourd'hui un principe vital, il faudrait que Lailoken accepte de renouer le lien avec la nature. C'est par lui, et par lui seulement, que l'homme pourra se réinscrire dans le fonctionnement naturel du monde. Nous en avons perdu le sens depuis trop longtemps. Et les miens, les druides, en portent en partie la responsabilité. Nous n'aurions jamais dû rompre le lien avec la nature, Bohem...

— Le Sauvage doit redevenir celui qu'il était jadis, intervint Kaitlin de sa voix douce et triste. Il est le porteur des forces primitives. Celles que nous avons perdues. Il n'y a que lui qui puisse mettre fin au grand hiver et ouvrir les portes du printemps, Bohem.

— Et de quelle manière ?

— Nous ne le savons pas vraiment, avoua Finghin, l'air désolé. Nous espérons qu'il le sait, lui... et qu'il acceptera de le faire.

— Alors tout repose sur la bonne volonté de Lailoken ?

Finghin acquiesça.

— Il est le Sauvage, Bohem. Il est le médiateur entre l'homme et la nature. Tant qu'il refusera de retrouver le sens de son existence, la nature... sera veuve. Et elle s'éteindra petit à petit, délaissée, démunie.

— Mais comment convaincre Lailoken ? Il veut, lui, que le cycle du Saîman renaisse. Comment le convaincre d'abandonner cette idée ?

— Nous ne savons pas, Bohem. Ton choix de le cloîtrer dans le monde de Djar n'était pas forcément une mauvaise idée... Nous espérons qu'il y a médité. Mais cela ne suffira sûrement pas. Et nous comptons sur toi, Bohem, pour le convaincre, pour trouver les mots justes...

— Pourquoi moi ?

— Parce que tu es le Samildanach, et qu'il ne peut pas se passer de toi...

Bohem réfléchit. Il mesurait l'importance de cette dernière phrase. Et il en mesurait l'ironie.

— Et Lucine ? demanda-t-il alors en se tournant vers la Dame de la Fontaine. Pourquoi n'essayez-vous pas, vous, de lui parler ? Vous le connaissez sûrement mieux que quiconque...

Lucine fixa Bohem du regard.

— Tu penses donc que je n'ai jamais essayé ? Que pendant toutes ces années, je suis restée spectatrice de sa trahison ? Oh, non, non, Bohem ! Crois-moi, j'ai tout essayé. J'ai tenté de mille façons de retrouver en mon père un petit grain de raison. Oui, je l'ai supplié tant de fois ! Mais il refuse, Bohem, il refuse de m'écouter. Je crois que ma voix ne l'atteint même plus.

La gorge nouée, la Dame de la Fontaine parlait avec difficulté.

— Tu es notre dernière chance, louvetier, reprit-elle. J'ai... J'ai tellement confiance en toi ! J'ai vu ce que tu as fait avec les Brumes. J'ai vu dans ton cœur que tu as réellement compris ce que représentaient les Enfants de la Veuve. Et je t'ai vu, dans le monde de Djar, parler avec mon père. Tu as quelque chose, Bohem, quelque chose dans tes mots qui touche Lailoken comme nul n'était jamais parvenu à le toucher. Pas même moi. Tu es notre dernière chance, Bohem, notre seul espoir.

— Tu as le même don que ta mère, continua Finghin. Le don de réveiller les foules, de faire avancer les gens. Liberté. Ton nom, même, ferait marcher le monde. Nous misons sur ton pouvoir de persuasion. Tu as su rallier à ta cause tellement de gens !

— Vous... vous me demandez beaucoup ! Et c'est un *pouvoir* dont je ne suis pas particulièrement fier...

— Nous ne te demandons pas d'être fier, Bohem. Nous te demandons de faire ce en quoi tu crois... Et nous ne t'abandonnons pas... Nous sommes sur la même route que toi, et depuis des années.

Le jeune homme se prit la tête dans les mains. Comment avait-il pu en arriver là ? Comment pouvait-il représenter tant de choses pour tant de gens ? Et comment l'assumer, à présent ?

— Je... Je n'y arriverai jamais, balbutia-t-il.

Finghin se pencha vers lui et, d'une voix douce, il lui demanda :

— Crois-tu vraiment que cela soit plus dur que de sauver les Brumes ?

Bohem releva les yeux.

— Oui, Finghin. Oui. Car cette fois, cela n'engage pas ma seule volonté, ma seule conviction, mais cela nécessite l'adhésion d'un homme qui me hait, d'un homme qui ne rêve que d'une chose : me tuer.

— Peut-être, oui. Mais c'est tout le sens de ce que tu cherches, Bohem. C'est tout le sens de ce que ta mère cherchait, elle aussi. Le plus grand défi de l'humanité, sans doute. Transformer ses ennemis en alliés... Résoudre le conflit par la mutation des deux ennemis. C'est la fameuse troisième voie, Bohem, celle que tu as invité Lailoken à rechercher dans le monde de Djar...

— La troisième voie. Oui. Ce sont de belles paroles. Un idéal formidable, Finghin. La troisième voie. Celle de la paix. Mais arriverai-je à la trouver seul ?

— Tu n'es pas seul, Bohem. Tu as les Baintreach Clanns avec toi, les Compagnons du Devoir, les Bons Hommes, les anciens louvetiers, et Hélène, Vivienne, Loeva, Mjolln... Et tous ces gens qui vous ont rejoints. Vous êtes nombreux. Jamais un seul homme n'a réuni autant de communautés différentes autour de lui. Vous êtes, *nous sommes* les Enfants de la Veuve, Bohem. Nous devons retrouver ce qui a été perdu : le lien qui unit l'homme et la nature.

Bohem acquiesça.

— Tant de choses reposent sur mes épaules. Camille, Lailoken... Il suffit que l'un des deux éléments ne fonctionne pas comme il faut, et tout sera perdu.

— Nous t'aiderons, Bohem. Du mieux que nous pourrons.

Le jeune homme acquiesça. Lentement, il posa la main sur le petit sac qu'il avait au cou. Il serra entre ses doigts la bague du Samildanach. Il regarda Mjolln à côté de lui. Depuis tout ce temps, le nain savait donc tout cela ? Depuis tout ce temps, il l'avait suivi en sachant qu'un jour ils en arriveraient là ? Il se demandait s'il devait lui en vouloir de ne pas lui avoir tout dit, ou s'il devait le remercier de l'avoir guidé avec autant de discrétion. Car, après tout, jamais Mjolln ne l'avait forcé.

Au fond, il se sentait proche de lui. Le Cornemuseur avait refusé d'entrer dans le conseil des Baintreach Clanns, mais il avait tout de même poursuivi le même but qu'eux. À sa manière. Avec son indépendance. Et, dans son cœur, le souvenir vivant d'Aléa.

Bohem fit un clin d'œil amical au nain, puis il se tourna vers Finghin, le regard décidé.

— Viendrez-vous avec moi à Pierre-Levée ?

— Si tu nous le demandes, Bohem.

— Je vous le demande.

— Alors, nous irons avec toi.

*
**

Nicolas Châtel ajusta l'uniforme de soldat gallicien qu'il avait pris sur un cadavre, dans une ruelle de l'île de la Cité. Caché derrière un porche, le souffle court, il attendait à présent dans l'ombre pour retrouver son calme.

Il essaya de se concentrer sur ce qu'il devait faire. Tuer Livain. Tuer le roi de Gallica. Venger ses frères, et tous ceux qui étaient morts par sa faute. Il savait que sa tâche serait rude. Il savait même qu'il avait peu de chances d'en sortir vivant. Mais il refusait de céder à la peur. Il voulait être fier. Fier de s'inscrire dans un si grand dessein. Fier d'en être même l'une des pièces maîtresses. Emmer l'avait dit : « Ma victoire est entre vos mains. » Il ne devait pas faillir.

Nicolas Châtel inspira profondément. Il n'y avait pas un seul bruit autour de lui. Ni dans la cour ni dans la rue. C'était comme si l'île entière avait été désertée. Mais, à cet instant, il entendit des soldats qui passaient dans une rue à proximité.

Le jeune soldat se demanda quelle était la meilleure solution pour lui. Entrer seul dans le palais ou bien se fondre dans un groupe de soldats ? Les deux possibilités comportaient leurs propres pièges. S'il entrait seul, il risquait d'être personnellement interrogé par les gardes à l'entrée du palais. Mais s'il rejoignait un groupe, il risquait d'être identifié par les membres de celui-ci...

Il opta finalement pour la deuxième solution, et, sans plus tarder, il décida de sortir du porche pour regarder s'il pouvait rejoindre le groupe de soldats dont il entendait encore les pas. Mais au moment de sortir, il se prit les pieds dans un obstacle sur le sol. Il manqua de tomber, se rattrapa au mur et se retourna pour voir ce sur quoi il avait trébuché. Il découvrit alors avec dégoût un cadavre à ses pieds. Le corps d'un jeune soldat qui était venu mourir là et qu'il n'avait pas vu, dans l'ombre.

Il ouvrit la porte. La lumière éclaira la dépouille

mutilée, étendue sur le sol. Il grimaça, mais ce corps ensanglanté lui donna une idée.

Il sortit lentement dans la rue. Il regarda à droite, puis à gauche. Personne. Mais au cas où quelqu'un le surprendrait, il prit un air grave et marcha d'un pas décidé. Il remonta la rue prestement, emprunta une rue parallèle à celle où marchaient les soldats, et accéléra pour arriver avant eux à un croisement où il pourrait les rencontrer. Il prit alors le poignard à sa ceinture, celui qu'Emmer lui avait donné, et d'un geste sec il se fit une entaille peu profonde sur le ventre. Il rangea son poignard, puis pressa la blessure de ses deux mains pour faire sortir le sang. Il avança de quelques pas, se mit dans le champ de vision des soldats qui arrivaient et se laissa tomber sur les genoux en se tenant le ventre. Voyant que les soldats l'avaient aperçu, il se mit à geindre et prit un air affaibli.

Les soldats coururent vers lui.

— Tiens bon, camarade ! s'exclama l'un d'eux en l'attrapant par les épaules. Nous allons t'emmener à l'infirmerie !

— Ce... Ce n'est rien, balbutia-t-il d'une voix misérable. J'ai, j'ai pris un mauvais coup hier, je...

Un deuxième soldat vint le soutenir. Ils l'entourèrent, le portèrent dans la rue et l'escortèrent ainsi jusqu'aux portes du palais royal, ne se doutant nullement de sa véritable identité.

Son plan avait fonctionné à merveille. Par la ruse, il était entré sans peine dans le bâtiment où s'était réfugié

Livain, le roi de Gallica. Pour le moment, les choses se passaient encore mieux qu'il ne l'avait espéré. Et bientôt il pourrait accomplir son destin.

Il fut rapidement emmené à l'infirmerie, dans l'une des dépendances de l'immense bâtiment. Là, des dizaines d'autres soldats attendaient d'être soignés, certains au bord de l'agonie. Il se faufila parmi eux et resta muet. Il se fit le plus discret possible pour se faire oublier. Et en fin de matinée, alors qu'on amenait de nouveaux blessés, il profita d'un moment de confusion pour quitter l'infirmerie.

Tout en ajustant son uniforme gallicien, il sortit dans la cour et se dirigea vers l'aile principale du palais.

Il avait toujours à la ceinture le poignard de son roi.

***

Bohem et les Baintreach Clanns décidèrent d'attendre le lendemain matin pour quitter la grotte de Lucine et rejoindre Pierre-Levée, où un plan serait élaboré pour tenter de retrouver d'abord Camille de Chastel. Mais pour l'heure, ils avaient tous besoin de se reposer et de se détendre un peu autour d'un bon repas.

Tous ensemble, ils mangèrent à la grande table de granit. Ils évitèrent soigneusement de parler de ce qu'ils allaient devoir faire le lendemain, comme si, d'un commun accord, ils avaient décidé de s'offrir simplement quelques heures de répit, un dernier dîner en feignant l'insouciance.

Alors ils apprirent à se connaître, chacun parla de sa vie, de son histoire. Bohem raconta le Devoir, Vivienne le trobar, Loeva, elle, parla de Lutès, et Kaitlin expliqua la vie et la philosophie des cheminants. Finghin, qui avait perdu son air grave et impatient, évoqua son passé de druide, ce qu'il avait appris, ce qu'il avait perdu, tandis que Tagor et les Tuathanns parlèrent de leur clan, des coutumes de leur peuple. Mjolln, enfin, joua de la cornemuse à la fin du repas.

Seule Lucine resta silencieuse. Elle ne dit pas un seul mot pendant tout le repas et se contenta d'apporter les plats délicieux qu'elle avait préparés. C'étaient des mets à base de plantes exclusivement, des herbes, des baies et des fruits qui sans doute poussaient dans cette grotte immense et que, pour la plupart, personne n'avait jamais goûtés. Mais surtout, Lucine leur donna à boire quelques gouttes d'eau de la fontaine. Ces seules gouttes leur firent plus de bien que les plus grands repas ou les meilleures boissons. Elles recelaient des vertus réparatrices et apaisantes insoupçonnables, et tous les avalèrent avec un regard émerveillé.

À la fin de la soirée, quand tout le monde partit se coucher sur les paillasses que la Dame de la Fontaine avait confectionnées dans sa grotte, dans un coin d'ombre épargné par la lumière bleutée du bassin,

Bohem prit Lucine à part et lui demanda de marcher un peu au milieu des grands arbres souterrains.

— Je vois bien, Lucine, que vous êtes préoccupée, dit-il à voix basse quand ils furent loin des autres.

La femme repoussa une mèche blonde qui tombait sur son visage et adressa un sourire reconnaissant au louvetier.

— Tu es gentil, Bohem. Mais je ne suis sans doute pas plus préoccupée que vous tous. La fin approche, simplement. Je suis inquiète, comme toi...

— Non, répliqua Bohem. Il y a quelque chose d'autre, vous ne pouvez pas me mentir, Lucine, pas à moi. Dites-moi la vérité. Ne me suis-je pas ouvert, moi ?

Lucine s'arrêta de marcher. Elle regarda Bohem avec des yeux pleins de tendresse et alla s'asseoir sur un rocher. Le louvetier s'installa près d'elle.

— Tu as raison, Bohem. Je ne peux pas te mentir.

— Alors, dites-moi ce qui vous fait si peur.

— Je... Je ne sais pas si je vais survivre longtemps au-dehors, loin de ma grotte. Je te l'ai dit, Bohem : l'eau de cette fontaine est ma sève... Loin d'elle, je ne sais pas si je pourrai...

— Alors ne venez pas, Lucine ! coupa le jeune homme en posant sa main sur son bras.

— Vous aurez besoin de moi. Tu avais raison tout à l'heure, je connais mieux Lailoken que vous tous, je... Je n'ai sûrement pas tout essayé. Ma présence, malgré tout, sera certainement un atout pour le convaincre...

— Mais si vous mourez, Lucine, si vous mourez quand nous serons dehors, cela n'aura pas servi à grand-chose.

— Vraiment ?

Bohem ferma les yeux. Si, bien sûr. Ils devaient mettre toutes les chances de leur côté. Prendre tous les risques, même celui de mourir. Il en allait de la survie du monde. La Dame de la Fontaine était prête à se sacrifier, certes... Mais ils l'étaient tous, finalement.

— Depuis que mon père a embrassé le Saîman, je n'ai jamais quitté ma grotte, Bohem. C'est le seul endroit où j'ai pu survivre quand mon père a renié notre lien avec la nature. C'est pour cela que ma peau est si blanche, vois-tu. Je ne me souviens même plus de la lumière du soleil...

Bohem lui prit les mains et les serra entre ses paumes.

— Nous ferons vite, Lucine. Je ne vous laisserai pas mourir. Si vous mourez, c'est que nous mourrons aussi.

La Dame de la Fontaine sourit, mais Bohem vit dans ses yeux qu'elle n'avait pas grand espoir.

— Je ne suis pas si triste, Bohem, ma vie ici n'a plus grand intérêt, tu sais. J'ai juste un peu peur... Une peur enfantine. Il n'y a pas que les hommes, tu sais, qui ont peur de la mort...

— Je comprends. Mais nous sommes tous

ensemble, Lucine. Nous partageons tout, même votre peur.

Il amena les mains de la femme sur sa poitrine.

— Écoutez, murmura-t-il.

Son cœur battait si fort qu'elle put sentir les coups à travers la chemise de Bohem.

— J'ai peur, moi aussi. Mais la peur, ce n'est rien. C'est la solitude, Lucine, qui est terrible. La solitude. Mais, nous, nous ne serons plus jamais seuls.

***

Dehors, la neige, toujours, engloutissait le monde.

Dehors, les hommes pleuraient chaque heure de nouvelles morts inexpliquées. Inexplicables.

Le monde, lentement, marchait vers une fin. Nul ne savait encore laquelle. Le printemps reviendrait-il ? Ou bien l'hiver, toujours, jusqu'à la fin des temps ?

Livain VII, roi de Gallica, prisonnier de ce grand tourbillon, s'était endormi depuis quelques heures quand il fut réveillé en sursaut par un bruit de pas dans sa chambre.

— Qui va là ? lança-t-il dans l'obscurité, d'une voix pleine de panique.

Mais il n'y eut aucune réponse. Seulement le bruit de ces pas qui avançaient lentement vers lui.

Livain se redressa péniblement sur son oreiller. Les yeux dans la vague, il balbutia :

— De Pierreville ? C'est vous ?

Mais personne ne répondit.

— Qui... qui êtes-vous ?

Petit à petit le roi vit les ombres confuses de sa chambre se dessiner devant lui. Quelques contrastes, quelques formes indistinctes. Son cœur se mit à battre. Il aperçut alors une silhouette noire qui avançait doucement vers lui.

— Bohem..., murmura le roi d'une voix tremblante. Bohem, c'est vous, n'est-ce pas ?

Des larmes coulèrent sur ses joues blanches.

— Vous, vous êtes venu me prendre...

Livain se plaqua contre le mur, poussant sur ses mains comme s'il pouvait reculer plus loin encore. Tout son corps frémissait.

— Non... Bohem... Je... Ne prenez pas mon âme, Bohem ! Je... Je sais qui vous êtes...

La silhouette continuait d'approcher.

— Je sais qui tu es, démon ! hurla le roi, la voix emplie de terreur. N'approche pas, démon ! Dieu me garde !

Soudain, le roi aperçut l'éclat brillant d'une lame qui s'élevait devant lui.

Il cria de toutes ses forces :

— Gardes !

Mais ce fut sa dernière parole. Le poignard s'enfonça dans son cœur et il mourut sans voir le visage de son assassin. Son esprit se figea dans une dernière image, un dernier songe. La certitude douloureuse d'un terrible gâchis.

⁂

*Nous ne sommes plus que deux, dans le monde de Djar. Toi et moi. Lailoken. Nous seuls. Les deux derniers voyageurs du pays des rêves. L'heure est venue, Sauvage. Ton errance doit prendre fin. Je ne veux plus venir ici. Tu le sais, Lailoken : Djar doit disparaître, et à jamais.*

*Nous ne pouvons plus attendre. Nous devons, ensemble, ouvrir la troisième voie.*

*Je t'attends, Merlin. Viens. Rejoins-moi.*

*Nous avons tant à nous dire.*

⁂

Quand Pierre de Pierreville, caché derrière la porte du roi, fut certain que l'affaire était faite, il se mit à crier dans le couloir :

— Gardes ! Gardes ! On assassine le roi !

Des soldats accoururent quelques instants plus tard et entrèrent dans la chambre du roi l'arme à la main.

Nicolas Châtel, immobile devant le lit de Livain, n'opposa aucune résistance. Il laissa tomber par terre le poignard d'Emmer Capigesne et tendit les bras sur le côté, en signe de soumission.

— Cet homme a tué notre bon Livain ! s'écria le Sénéchal en entrant dans la chambre. Qu'il soit emmené dans la cour et exécuté sur-le-champ !

Les soldats se saisirent de l'assassin et l'emmenèrent vers le couloir. Nicolas Châtel, prenant soudain conscience qu'il allait mourir, commença à se débattre, mais il était trop tard.

Pierre de Pierreville les regarda s'éloigner, puis, lentement, approcha du lit de Livain. Le visage figé dans une grimace horrifiée, le roi reposait, blafard, parmi ses draps ensanglantés.

Le Sénéchal passa sa paume sur les paupières du souverain et lui ferma les yeux.

*Adieu, Livain. Et pardonnez-moi. Vous n'aviez plus votre place, ici. Vous appartenez à un autre monde, mon roi. Adieu.*

À cet instant, le chambellan arriva dans la chambre de Livain. Il se précipita à côté du Sénéchal et constata avec effroi la terrible réalité : Gallica n'avait plus de roi.

— Monsieur, dit calmement Pierre de Pierreville en remontant le drap sur le corps sans vie de Livain, nous avons perdu la guerre.

— Mais... Que... Qu'allons-nous devenir ? balbutia le chambellan, abasourdi.

— Nous n'avons plus le choix, chambellan. Nous devons nous rendre. Préparons-nous à nous soumettre à l'ennemi.

Le Sénéchal marcha vers la fenêtre et regarda la neige qui tombait dans la cour du palais royal. Il entendait derrière lui les sanglots incrédules du chambellan.

Puis, d'une voix froide et solennelle, il annonça :

— Emmer Capigesne est notre nouveau roi.

⁂

Pieter le Vénérable traversa lentement la grande cour qui menait au palais du Latran, derrière la cathédrale Saint-Jean. La neige tombait sur la cité papale et se mariait harmonieusement à la blancheur des grandes façades.

L'abbé de Cerly ne put s'empêcher de penser qu'il était à l'endroit même où le christianisme occidental avait commencé son expansion, sur les lieux où furent enterrés les apôtres du Christ, Pierre et Paul, après leur martyre, et où bientôt, peut-être, se terminerait le règne de l'Église catholique. Car cela ne faisait plus aucun doute, à présent. Bohem était bien l'Antéchrist, et il était peut-être sur le point de remporter la dernière bataille.

Pieter monta rapidement les marches qui menaient au palais. Les deux gardes s'écartèrent et le laissèrent entrer dans la grande salle de réception. L'abbé jeta un coup d'œil à la célèbre mosaïque qui ornait l'abside au-dessus de lui. On y voyait le Christ demandant aux apôtres de continuer leur mission d'évangélisation. Il frissonna. Puis, l'air grave, il se dirigea vers le bureau du légat.

Il se souvenait des heures nombreuses qu'il avait passées dans cette pièce. Les plans, les projets, les manipulations, au fond, qu'ils avaient élaborés dans ce lieu saint. Il se rendait compte aujourd'hui de leur inanité. De la futilité de ces combats face à la gravité de ce qui l'amenait aujourd'hui, pour la dernière fois sans doute. Comment, le légat et lui-même, avaient-ils pu gaspiller tout ce temps à vouloir chacun toujours un peu plus de pouvoir, alors que dans l'ombre le Malin préparait sa venue ?

Pieter s'arrêta devant la porte et frappa trois coups rapides. Quelques instants plus tard, un moine vint lui ouvrir. L'abbé jeta un coup d'œil à l'intérieur du bureau. Il était vide. Le légat, sans doute, était ailleurs.

— Que puis-je pour vous, très révérend père ?

— Je suis venu voir le légat...

Le visage du moine, aussitôt, se transforma.

— Mais..., Pieter, balbutia-t-il. Vous n'êtes pas au courant ?

— Quoi donc ?

— Pieter, Son Excellence est morte la semaine dernière. Emportée comme des dizaines d'autres... Que dis-je ? Des centaines !

L'abbé de Cerly poussa un soupir abattu.

— Non...

Le moine ouvrit grand la porte et invita Pieter à entrer. Il lui tendit une chaise, d'un air désolé.

— Ce... Ce n'est pas possible, murmura l'abbé en s'asseyant.

— Malheureusement, c'est ainsi ! Nous l'avons enterré avant-hier, ainsi qu'un cardinal et plusieurs prêtres...

— Jusqu'ici... Jusqu'ici ! se lamenta Pieter.

— Personne n'est épargné, mon père. Mais, dites-moi, quel était l'objet de votre visite ? Personne ne nous a prévenus de votre venue !

— Je... Je dois m'entretenir de toute urgence avec le Saint-Père.

Le moine haussa les sourcils.

— Sa Sainteté est très, très occupée ! Vous devez vous en douter, Pieter. Vous êtes fort nombreux à vouloir rencontrer Nicolas IV...

— J'ai à lui communiquer une information de la plus haute importance, répliqua Pieter le Vénérable en redressant la tête. Cela... Cela ne peut pas attendre !

— Mais enfin, Pieter ! Toutes les affaires du pape, ces jours-ci, sont de la plus haute importance ! Que croyez-vous ?

— Écoutez... C'est... C'est plus important que vous ne pouvez l'imaginer. Il en va de notre survie à tous, frère ! Mon message pour le Saint-Père est capital !

— Voulez-vous que je lui fasse porter un mot ?

— Non ! Je dois le voir en personne ! Débrouillez-vous comme vous le pouvez, mais je dois obtenir un rendez-vous avec le Saint-Père le plus rapidement possible !

— Ce ne sera pas facile, mon père ! Le pape a tellement de rendez-vous qu'il ne dort presque plus...

— Débrouillez-vous !

— Je ferai de mon mieux.

— Je compte sur vous ! Quand le pape saura ce que

j'ai à lui dire, il ne vous pardonnera pas de m'avoir fait attendre.

Le moine acquiesça, troublé sans doute par l'angoisse qui brillait dans les yeux de l'abbé.

— Soit. Je vous promets, mon père, que je ferai tout mon possible.

— Parfait. Alors j'attendrai dans le triclinium.

— Vous n'aurez peut-être pas de rendez-vous avant plusieurs jours, Pieter.

— J'attendrai.

Pieter se leva et quitta le bureau du légat, le visage sombre. Sur le chemin du triclinium, il pria pour qu'il ne fût pas déjà trop tard.

***

Le matin du premier jour de l'an 1155, Emmer Capigesne entra dans la cour du palais royal de l'île de la Cité avec le général Chroce et une garnison de deux cents soldats.

Il régnait dans toute la ville une ambiance étrange, un mélange d'angoisse, de curiosité et d'incompréhension. Les gens peinaient à croire que Livain était réellement mort. Personne n'avait pu assister à l'enterrement, et nul ne comprenait vraiment comment Emmer pouvait à présent entrer si facilement dans la ville. Hébétés, les rares habitants qui osaient encore mettre le nez dehors avaient regardé passer cette procession arrogante, qui marchait vers le palais, un rien conquérante.

Emmer, malgré sa blessure, avait revêtu son armure et il avait posé sur les Galliciens le regard suffisant de l'envahisseur victorieux. Cet homme qui avait toujours été leur ennemi allait-il vraiment devenir maintenant leur roi ? Plus rien ne semblait pouvoir l'arrêter. Et à vrai dire, l'avenir, pour les Galliciens, était tellement incertain qu'ils se résignèrent, abattus.

Quand les grandes portes des remparts se fermèrent derrière eux, le général Chroce fit signe à ses hommes de mener leurs chevaux vers les écuries. Comme il l'avait promis au roi, l'officier avait rapidement trouvé des renforts dans le duché de Northia et, à son retour, il avait déjà appris la nouvelle de la mort de Livain avant qu'Emmer ne pût la lui annoncer lui-même.

Le général descendit de cheval et alla aider Emmer, que sa blessure gênait grandement.

Le roi s'appuya sur les épaules de l'officier.

— Merci, général. Je ne sais pas ce que je ferais sans vous. Mais le temps de vous récompenser est venu. Et ici, vous allez enfin pouvoir trouver ce repos mérité.

Chroce ne répondit pas et se contenta d'incliner la tête. Depuis la décision qu'avait prise Emmer de faire assassiner Livain, quelque chose s'était brisé dans les sentiments que le général éprouvait pour son roi. L'admiration et l'estime avaient disparu. Il ne restait plus chez l'officier que la fidélité toute militaire envers son souverain, et le respect de la parole donnée.

Le roi se tourna vers l'assemblée qui l'attendait au milieu de la cour enneigée.

Les chevaliers de la Milice du Christ, obéissant aux ordres du Sénéchal Pierre de Pierreville, avaient attendu le roi de Brittia et se tenaient en tenue d'apparat, alignés devant l'entrée principale du grand bâtiment.

Le roi remonta le long de la haie d'honneur au bras du général, adressant aux Miliciens des signes de tête reconnaissants.

Chroce fut certain à cet instant précis que la plupart des Miliciens éprouvaient le même dégoût que lui envers ce roi bouffi d'orgueil. Il devina dans leurs regards le mépris résigné. Mais comme lui, sans doute, ils n'avaient pas le choix. Ils ne faisaient que tenir leur promesse d'obéir à leur supérieur, fussent-ils écœurés par les choix de celui-ci.

Après la mort de Livain, Pierre de Pierreville avait rapidement pris le contrôle de la situation sur l'île de la Cité. C'était comme si l'état-major de la Milice du Christ avait quitté la Commanderie de Lutès pour être transféré au palais royal.

Les Miliciens, à présent, maintenaient l'ordre dans les rues de Lutès tout autant qu'à l'intérieur du palais. Le Sénéchal, débarrassé de Grégoire de Berva, était parvenu à convaincre le chapitre de la Milice qu'il était dans l'intérêt de l'ordre d'accepter la victoire d'Emmer Capigesne. Cela ne s'était pas fait sans heurts, mais pour de Pierreville, l'essentiel était de pouvoir s'allier au roi de Brittia.

Ainsi, quand Emmer entra dans la salle du trône du Palais de l'île de la Cité, il fut accueilli par Pierre de Pierreville en personne.

— Majesté, soyez le bienvenu dans votre nouveau palais, déclara le Sénéchal, non sans une certaine ironie.

Le roi de Brittia ne put s'empêcher de sourire. Il regarda la grande pièce d'un œil satisfait. Bientôt, il dirigerait ses deux royaumes depuis ce trône, et il profiterait de la renommée dont Lutès jouissait dans toute la chrétienté.

— Merci, Sénéchal, mais n'allons pas trop vite. Nous n'en sommes pas encore là, et j'ai beaucoup à faire. En outre, je veux un couronnement en bonne et due forme. C'est le pape lui-même qui posera sur ma tête la couronne du royaume de Gallica.

Le Sénéchal s'avança et fit une révérence.

— Sa Sainteté ne pourra vous le refuser, Majesté. Vous êtes aujourd'hui le souverain légitime de ce pays, et il ne prendrait pas le risque de se mettre à dos Gallica et Brittia réunies. En outre, vous êtes tous deux enfants de la même nation ! Vous devriez pouvoir enfin vous entendre...

— Nous verrons, Sénéchal, nous verrons. Je suis venu vous remercier, et installer le général Chroce au palais pour assurer mon intérim pendant quelques semaines sans doute.

Le général Chroce, qui était resté en retrait, fronça les sourcils. Emmer ne lui avait encore rien dit de ses plans.

— On vient de m'apporter de Pierre-Levée des nouvelles qui exigent mon retour rapide à la cour de la duchesse, ma femme.

Le Sénéchal fit une moue inquiète.

— Que se passe-t-il, Majesté ?

— Bohem, les Compagnons du Devoir et les Bons Hommes ont pris possession du palais des Ducs. Et mon épouse semble cautionner leur présence. Je ne peux pas accepter cela. Je dois aller rétablir rapidement mon autorité dans ce lieu hautement stratégique.

— Ce satané Bohem ne cessera donc jamais de nous importuner ! s'exclama le Sénéchal.

— Pieter le Vénérable disait que ce jeune homme était l'incarnation de l'Antéchrist. Je commence à me demander s'il n'avait pas raison...

— Il a en tout cas la persévérance du démon !

— C'est le moins que l'on puisse dire. Pierre, je ne vous dirai jamais assez combien je vous suis redevable. Nous allons faire de grandes choses ensemble. Brittia et Gallica, grâce à nous, seront enfin réunies. En attendant mon retour, je vous charge, avec le général Chroce ici présent, de rétablir l'ordre dans cette capitale. Je veux que l'on sache partout que Livain est mort et que je vais lui succéder. Quand j'en aurai fini avec Bohem, je ferai savoir au pape que je l'attends à Lutès pour mon couronnement.

— Vous avez mon soutien entier, Majesté.

— Vous m'en voyez ravi. Mon royaume a trop longtemps souffert de son opposition à la Milice du Christ. Cette alliance mettra fin à ces conflits stupides qui ont causé bien trop de morts, dans vos rangs comme dans les miens.

— Je suis certain, Emmer, que le prochain Grand-Maître de la Milice saura honorer cette alliance, assura le Sénéchal avec un sourire entendu.

Le roi hocha la tête, puis il se tourna vers le général Chroce.

— Général, je vous confie, le temps de mon absence, le commandement de ce palais.

— Majesté, je suis à votre service, répondit Chroce, l'air grave.

Jamais il n'aurait imaginé détester son roi comme il le détestait à cet instant. Mais il était un homme d'honneur, et il ne trahirait pas sa parole. Il avait juré une indéfectible allégeance à Emmer, il remplirait sa tâche jusqu'au bout. Il serait un fidèle déçu et mortifié, certes, mais un fidèle tout de même.

— Et pour toutes ces morts qui continuent de décimer le pays ? osa-t-il toutefois demander d'une voix sinistre. Que devons-nous faire, Majesté, pour enrayer l'épidémie ?

Le roi hésita un instant en dévisageant son officier. Il n'était certainement pas dupe de l'amertume du général, mais il espérait sans doute que celle-ci disparaîtrait, avec le temps.

— Vous avez raison. Nous devons faire quelque chose. Sénéchal, vous avez une idée ?

— Nous pourrions réunir les plus grands savants de la faculté de Lutès, Majesté. Nommer une commission, et lui demander de trouver rapidement un remède.

Le général retint une grimace de dédain. Il se doutait, bien sûr, que le remède à toutes ces morts ne viendrait pas de la science des médecins. Le mal, il en était convaincu, était bien plus grave qu'une simple épidémie.

— Messieurs, faites du mieux que vous pourrez, répondit le roi avec désinvolture. Mais, à présent, je dois me préparer pour mon voyage. Je veux rejoindre Pierre-Levée au plus vite.

Le roi posa alors une main paternelle sur l'épaule du général Chroce.

— Ah ! Mon ami ! N'aurons-nous donc jamais de répit ?

Le général ne répondit pas. Il regarda le roi s'éloigner puis il ferma les yeux, comme si cela pouvait dissiper le cauchemar qu'il avait l'impression de vivre.

Le soir même, Emmer Capigesne quittait Lutès pour gagner Pierre-Levée à la tête d'une armée de cent cinquante soldats.

# Chapitre 10

## LA TROISIÈME VOIE

*Je marche le long d'un chemin de terre rouge, sur un plateau venteux. Le ciel est bleu comme un rêve d'enfant. Il fait bon. Le silence a quelque chose d'accueillant.*

*Je ne sais pas pourquoi je suis là, mais je sais où je vais. Je connais ce décor par cœur. Je connais ces monticules de pierres, alignés au bord des terre-pleins verts ; je connais les capitelles, ces cabanes de roc où s'abritent la nuit les travailleurs de la terre ; je connais ces moulins à eau le long des rivières, ces moulins à vent au sommet des collines ; je connais ces pigeonniers robustes, plantés fièrement sur les parcelles protégées des grands seigneurs du Sud ; je connais ces fours à chaux, à la sortie des villages, ces séchoirs à châtaignes, là-haut, dans les hauteurs où la vigne et l'olivier ne savent plus s'épanouir. Je te connais, ma belle région, ma chaumière. J'ai le goût de ta rouille au bord de mes lèvres, l'odeur de ta lavande, ton câprier au creux de mes narines, le bruit de tes rivières comme une comptine éternelle à mon oreille.*

*Il fallait donc que je revienne. Villiers-Passant.*

*Je te vois, belle comme aux portes de l'été dans ton collier de vignes, tes couleurs écarlates. Je vois tes murailles, sur leur timide colline, tes longues haies de pierres, tes chemins escarpés où rêvent les promeneurs. Je pourrais presque entendre les loups, là-bas, derrière tes rochers hérissés.*

*Il fallait donc que je revienne.*

*J'ai fait mon Tour de Gallica, j'ai connu d'autres terres, d'autres cieux. J'ai traîné mes chausses dans des poussières lointaines, mes yeux se sont posés sur des villes plus grandes que tes plus vastes champs de vigne, j'ai croisé des regards aussi profonds que le rouge de ton sol, mais c'est ici, Villiers-Passant, je le sais, c'est ici que se terminera ma route.*

*Je ne suis pourtant pas né dans tes bras. Mon cœur, pour la première fois, a battu loin de ton air si pur. Mes ancêtres, sans doute, n'ont jamais foulé tes chemins. Toutefois, je suis bien à toi, Villiers-Passant. Je t'appartiens. Parce que c'est à la terre qu'appartiennent les hommes, et non pas aux hommes qu'appartiendra la terre.*

*Il fallait donc que je revienne.*

*
**

La colonne des chevaliers d'Emmer s'arrêta au soir du cinquième jour sur une petite colline d'où l'on pouvait voir le profil altéré de Pierre-Levée. Ils n'avaient pas perdu de temps. Emmer brûlait d'impatience. Il regrettait presque déjà d'avoir quitté Lutès. Son avenir était là-bas. Mais il ne pouvait prendre le risque de perdre Pierre-Levée. Et surtout, il devait retrouver Hélène. Lui montrer qu'il avait eu raison. Il était certain qu'il parviendrait à la convaincre. Après tout, il lui offrait sur un plateau d'argent le royaume immense qu'elle avait perdu lorsque Livain l'avait répudiée. Quelle femme pouvait refuser ça?

Le roi laissa ses hommes installer un campement sommaire et décida d'aller visiter le village près duquel ils s'étaient arrêtés, pour voir s'il ne pouvait pas y glaner quelques informations. Avant d'entrer dans Pierre-Levée, il aurait aimé en savoir davantage sur ce qu'il se passait à la cour de la duchesse, sa femme. Et les gens de la région étaient sûrement les mieux renseignés.

Il remonta péniblement le petit chemin enneigé qui longeait la crête, sa jambe encore tenue par des attelles en bois. Sa hanche le faisait souffrir, à force de tirer dessus, et il grognait à chaque pas. Mais c'était un prix dérisoire pour ce qu'il avait remporté en échange.

Il arriva bientôt à l'entrée du village. C'était un petit bourg discret, niché au milieu d'arbres épars. Les maisons se ressemblaient toutes, serrées les unes contre les autres, comme si elles avaient dû se tenir chaud.

Le ciel se teintait déjà des couleurs chaudes qui précèdent la tombée de la nuit. Des chiens aboyaient, attachés près des habitations, d'autres traînaient au milieu du chemin qui traversait le village, le museau fouillant sous la neige. Mais il n'y avait personne dehors. Pas un seul villageois. Le temps, sans doute, était trop froid, et les journées trop rudes.

Emmer décida de marcher vers la petite église, dans l'espoir d'y croiser le prêtre. Il se dirigea vers le clocher et aperçut une petite maison, collée contre l'église, le presbytère sans doute. À en juger par la lumière orange qui brillait derrière ses deux fenêtres, un feu brûlait à l'intérieur. De la fumée s'échappait d'une cheminée penchée en haut du toit.

D'un pas lent, il s'engagea dans la ruelle qui menait à l'église et découvrit alors, amoncelés comme des sacs de grain lourds, les cadavres gelés de trois villageois. Un couple et son enfant, sans doute, leurs corps et leurs vêtements crispés par le givre. Emmer grimaça et détourna le regard. Les gens, ici, n'avaient-ils même plus le courage d'enterrer leurs morts ? Il passa rapidement devant ce spectacle désolant et approcha de l'église et de son presbytère.

La tête enfoncée dans les épaules, il entra dans le petit jardin clos et marcha jusqu'à l'une des fenêtres. Il jeta un coup d'œil à l'intérieur. Il ne vit personne. Juste les flammes timides qui brûlaient dans l'âtre.

Il longea le mur et s'arrêta devant l'entrée. Un crucifix était accroché au-dessus du seuil. Penché vers lui, le Christ semblait le regarder d'un air accablé. Emmer frappa à la porte. Personne ne répondit. Il frappa à nouveau, plus fort cette fois. Toujours rien. Il hésita un instant, puis il se décida à ouvrir la porte.

Il entra alors dans ce qui devait être la pièce principale du presbytère. Il ne fut guère étonné par la pauvreté des lieux. Une table, deux chaises, un grand coffre en bois et un fauteuil, près de la cheminée. Il s'avança un peu et vit les dernières braises du feu qui mourait lentement.

— Mon père ? appela-t-il, sans trop y croire.

Il fit quelques pas sur le côté, l'oreille tendue, et ses yeux tombèrent alors sur un corps étendu au pied du grand fauteuil. Le roi poussa un cri de surprise.

Une bouteille de vin brisée avait déversé sur le sol son liquide pourpre. Des bouts de verre parsemaient les pierres maculées.

Comme le feu s'éteignait à peine, Emmer en déduisit que le prêtre ne devait pas être mort depuis très longtemps. Quelques heures sans doute. Mais une odeur nauséabonde se dégageait déjà du cadavre. Le roi grogna.

Tout le monde était-il donc mort dans ce maudit village ? Sans attendre, il fit demi-tour et sortit du presbytère en boitant.

Il redescendit la petite allée aussi vite que le lui permettait sa blessure, et il se dirigea vers un autre groupe de maisons. Il appela au hasard en portant ses mains gelées au bord de sa bouche. Sa voix résonna au cœur du petit village, sans réponse.

Il pesta. Ce n'était pas possible ! Tout le monde ne pouvait pas être mort ! Pas un village tout entier ! Il tourna lentement sur lui-même scrutant le moindre recoin, les fenêtres, les jardins... Mais il ne vit que d'autres cadavres, encore. Et encore. Plus il regardait, plus il voyait des corps, figés dans la neige dure comme des statues morbides.

Il ne put s'empêcher de penser aux paroles alarmistes de Pieter le Vénérable. Était-ce donc vraiment la fin des temps ? Non. C'était ridicule ! Il était bien vivant, lui, ainsi que ses soldats.

Il pensa alors à Hélène de Quienne. Ses yeux se tournèrent vers le sud, au-delà des toits du village. Il regarda au loin la silhouette de Pierre-Levée. On y voyait briller quelques lumières. Cela signifiait-il pour autant qu'il y avait là-bas des survivants ? Mais oui ! Bien sûr ! Tout le monde ne pouvait pas avoir déjà succombé à cette... *épidémie.* Mais Hélène ?

Le roi frissonna. Il chassa de son esprit l'image macabre qui le hantait. Il refusait d'imaginer qu'Hélène pût être morte, elle aussi. Car au fond, bien sûr, il avait menti au général Chroce. Ce n'était pas uniquement par intérêt qu'il avait épousé la duchesse. Non. Il l'aimait sincèrement. Et malgré tous leurs différends, malgré toutes les disputes, il n'aurait pu se passer d'elle. Hélène le fascinait. Oui. Jamais aucune femme ne l'avait autant fasciné que cette reine troubadour ! Cette liberté, cette indépendance, cette agressive fierté, finalement, étaient même ce qu'il chérissait le plus en elle. Et son intelligence. Sa finesse d'esprit, pour l'art comme pour la politique...

Dans la solitude morbide de ce village désert, il se rendit compte soudain à quel point sa femme lui manquait.

Il s'apprêta à partir pour rejoindre le campement, mais au moment de faire demi-tour, il aperçut du coin de l'œil la silhouette d'un homme, assis près d'un petit puits de pierre, là-haut, sur le bord du grand chemin. Aussitôt, il se dirigea vers lui, soulevant péniblement sa jambe droite au-dessus de la neige. Quand il ne fut plus qu'à quelques pas, il appela.

Mais l'homme, de dos, ne bougea pas. Emmer appela encore. Mais l'homme resta immobile. Le roi comprit qu'il devait être mort. Oui. Bien sûr. Comment pouvait-il en être autrement ? Cette ville n'était plus qu'un grand cimetière. Mais malgré tout, il voulait en avoir le cœur net.

Il s'approcha, fit le tour et vint se mettre en face de l'homme immobile. Il vit alors le regard vitreux du vieillard, sa peau d'un bleu livide, ses lèvres hâves, figées dans une grimace de douleur.

Emmer ferma les yeux et poussa un soupir écœuré.

Au même instant, il entendit un froissement derrière lui. Le roi sursauta, comme si la Mort elle-même avait surgi dans son dos.

— C'est bon-papa.

Emmer se retourna lentement, le front piqué de gouttes de sueur, et il aperçut une petite fille, de trois ou quatre ans à peine, qui se tenait contre le puits, les mains derrière le dos, le regard froid et triste.

Le roi écarquilla les yeux. Bouche bée, il avança lentement vers l'enfant en ouvrant les mains devant lui. La petite fille fit un pas en arrière. Emmer s'arrêta. Il ne voulait pas lui faire peur. Elle avait de grands yeux bleus, les joues bien pleines et des cheveux châtains qui dépassaient d'un bonnet de laine.

— Il ne bouge plus depuis ce matin. J'ai faim.

Emmer avala sa salive.

— Tes... Tes parents, où sont-ils ? demanda-t-il d'une voix troublée.

La petite fille tendit timidement la main vers une maison derrière elle.

— Bon-papa a creusé un trou dans le champ. Ils dorment pour toujours.

Emmer hocha délicatement la tête, comme pour lui dire qu'il comprenait. Que ce n'était pas grave. Mais si. Si. C'était grave. C'était plus grave que tout. Il sentit une boule lui tordre l'estomac.

— Comment t'appelles-tu ?

— Je m'appelle Sandrine. Et toi ?

Le roi sourit.

— Emmer.

— C'est bizarre comme nom.

— C'est un nom étranger...

— Et qu'est-ce que tu as à ta jambe ?

Le roi baissa les yeux vers ses attelles.

— Oh ! Ce n'est rien. Je me suis blessé dans une bataille...

La petite fille haussa les sourcils.

— Tu es un guerrier ?

— Oui... On peut dire ça.

— J'ai faim, répéta la petite fille d'un air désemparé.

— Si tu veux, tu peux venir avec moi, là-bas, dans notre campement. Nous te donnerons à manger.

— Un campement ? Tu es avec d'autres guerriers ?

— Oui. Ça ne te fait pas peur, j'espère ?

La petite fille haussa les épaules.

— Non. Mais on peut pas laisser bon-papa ici tout seul.

Le roi se redressa et regarda le corps du vieil homme derrière lui.

— Non. Tu as raison. Nous demanderons à mes soldats de venir... le coucher, près de tes parents.

— Tes soldats ? Tu es leur chef ?

— Oui. Je suis... Je suis leur roi, Sandrine.

La petite fille pouffa.

— Menteur ! Tu n'es pas un roi !

Emmer recula la tête, d'un air étonné.

— Pourquoi ?

— Les rois, ils ne sont pas blessés. Et ils ne parlent pas avec les gens dans les villages.

Emmer acquiesça lentement.

— Je vois... Mais tu sais, les rois ne sont pas tous pareils...

Il lui tendit la main.

— Allez, viens, Sandrine, suis-moi. J'ai faim, moi aussi.

La petite fille hésita. Elle fronça les sourcils et pencha la tête.

— Tu es vraiment un roi ?

— Oui. Je suis vraiment un roi. Ce qu'on dit sur les rois, ce n'est pas toujours vrai. Tu vois, je suis blessé. Et je suis comme toi, j'ai faim.

— Bon-papa m'a menti, n'est-ce pas ?

— Pourquoi ?

— Ils ne dorment pas. Ils sont morts.

Emmer serra les poings. Il y avait tant de détresse dans le regard de cette enfant ! Elle semblait si perdue ! Et lui, lui... se sentait tellement responsable !

— Oui. Ils sont morts, Sandrine. Tu as raison.

— Alors je ne les reverrai jamais ?

Les yeux d'Emmer s'embuèrent de larmes.

— Un jour, tu les verras. Là-haut, dans le ciel.

— C'est des histoires, ça, Emmer. J'ai bien regardé, dans le ciel. Il n'y a jamais personne.

— Allons, viens. Je vais te trouver à manger.

— Et bon-papa aussi, il est mort, dit-elle.

Ce n'était pas une question.

— Allez, viens, répéta Emmer. Il va faire nuit.

La petite fille attrapa la main que lui tendait le roi. Ils descendirent ensemble le chemin enneigé. Main dans la main, ils abandonnèrent en silence ce village qui, comme tant d'autres, s'était éteint au cœur de l'hiver.

Le ciel, lentement, engloutit leurs deux silhouettes dans son voile ténébreux.

⁂

Pieter le Vénérable posa péniblement un genou à terre et, tremblant, embrassa la bague de Nicolas IV où étaient gravées les clefs de saint Pierre.

— Allons, levez-vous. Pieter, levez-vous.

Le pape, assis sur une haute chaise finement sculptée, avait lui aussi l'air épuisé. Il avait laissé sa tiare sur une table derrière lui, et l'on voyait son crâne dégarni, couvert de taches brunes.

— Je vous en prie, prenez place, mon cher abbé.

Pieter se redressa en grimaçant. Son dos le faisait de plus en plus souffrir. Il marcha lentement jusqu'au fauteuil que lui avait indiqué Nicolas et se laissa tomber entre ses bras capitonnés.

— Saint-Père, j'ai appris le décès du légat en arrivant... Je suis bouleversé...

— Pieter, nous le sommes tous. Mais vous êtes venu, me dit-on, pour me porter un message de la plus grande importance... Je suis disposé à vous entendre, abbé, mais faisons vite. Vous devinez que j'ai beaucoup à faire.

L'abbé posa ses deux mains sur les accoudoirs du fauteuil.

— Je vous remercie, Votre Sainteté, de m'accorder cet entretien. Je ne me serais pas permis de vous déranger en des temps si troublés si l'affaire n'était pas, en effet, de la plus haute importance.

— Je vous écoute...

— Eh bien... Ce que j'ai à vous dire est terrible. J'ai peine à trouver les mots, tant la chose me terrifie moi-même. Je crois, Votre Sainteté, que j'ai découvert la vérité au sujet de ce fameux Bohem, ce jeune homme dont le légat a dû souvent vous parler...

— Vraiment ? La vérité ? demanda le pape en haussant les sourcils.

— Oui, Saint-Père. Et elle n'est pas aisée à entendre. Pourtant, je ne peux la taire. Et nous devons agir. Car, voyez-vous, j'ai acquis la certitude que Bohem n'est pas le simple hérétique que nous pensions... Je crois savoir qu'il est... Qu'il est bien plus que cela.

— Et quoi donc, mon cher abbé ?

— Eh bien... J'ai du mal à dire les choses aussi crûment qu'elles sont... Et pourtant, je ne vois aucun autre moyen de le dire. Les signes, à présent, sont trop nombreux pour refuser de regarder la vérité en face. Le monde, vous le savez, est en train de mourir. Partout, des hommes et des femmes s'éteignent, un à un, plus nombreux encore que lors des plus terribles pestes. Partout, la guerre fait rage. Les trahisons se succèdent.

Et l'hiver est si rude qu'il n'a plus rien de naturel. Saint-Père, c'est comme si les portes de l'enfer s'étaient soudainement ouvertes ! Et ce Bohem... Ce Bohem, qui marche dans les flammes, qui parle avec les créatures du démon, qui rassemble derrière lui des armées d'infidèles... Je crois, Saint-Père, oui, je crois que Bohem est l'Antéchrist.

Le pape pencha la tête d'un air étonné. Simplement étonné. Il laissa passer un long moment de silence. Pieter attendit, blafard. Le pape, trouvait-il, ne semblait pas aussi surpris qu'il aurait dû l'être. Sans doute ne le croyait-il pas. Comme Emmer avait refusé de le croire. Et pourtant, il était si sûr à présent ! Tout concordait ! Comment pouvait-on nier la réalité ? Même ici, en ce lieu saint, les effets de l'Apocalypse prochaine se faisaient déjà sentir.

— Eh bien, mon cher Pieter... Cela va peut-être vous surprendre, mais, en quelque sorte, vous n'êtes pas très loin de la vérité...

L'abbé écarquilla les yeux.

— Que... Que voulez-vous dire ?

Le pape poussa un long soupir et se recula sur sa haute chaise.

— Pieter, vous pensez bien que je suis le cas de Bohem de très près, et ce depuis fort longtemps. Vous ne croyez tout de même pas que tout ce qui se passe dans le monde nous est étranger ?

— Alors vous savez qui il est ?

— Oui, bien sûr. Et en effet, on peut dire que

Bohem a quelque chose de l'Antéchrist... En réalité, ce n'est pas tout à fait cela, mais c'est une interprétation canonique qui n'est finalement pas très éloignée de la vérité.

— Très Saint-Père, je... J'ai peur de ne pas comprendre... S'il n'est pas tout à fait l'Antéchrist, qu'est-il au juste ?

Le pape ouvrit un sourire entendu.

— Cela, Pieter, je ne peux vous le dire... Mais je peux vous confirmer que, en effet, le monde tel que nous le connaissons va bientôt prendre fin...

— Mais alors, Votre Sainteté, alors, nous devons nous battre ! s'exclama Pieter, incrédule. Nous devons faire quelque chose ! Lever des armées de chrétiens et remporter cette bataille avant qu'il ne soit trop tard !

— Allons, abbé, mon cher abbé, répondit le pape en souriant, ne vous emportez pas !

— Mais, Saint-Père, nous ne pouvons assister, indifférents, à la fin du monde !

— Je n'ai pas dit que c'était la fin du monde, Pieter. J'ai dit que c'était la fin du monde tel que nous le connaissons...

— Je ne comprends pas.

— Il n'est pas vraiment utile que vous compreniez, Pieter. Mais puisque vous êtes venu de si loin et que vous semblez si inquiet, je veux bien vous en dire un peu plus. La venue de Bohem, certes, va bouleverser le monde. Mais nous n'avons aucune raison de nous en plaindre. En vérité, il est en train de détruire à notre place ce que nous rêvions de détruire depuis des siècles.

— Mais, Saint-Père, il détruit le monde !

— Non, Pieter, non. Il ne détruit pas le monde. Ce qu'il détruit, c'est le Saîman. La magie. Et pas seulement elle, mais aussi la foi que les gens ont encore en cette force magique. Réfléchissez ! Nous avons tout lieu de nous réjouir, Pieter. Ce n'est pas la fin du monde, c'est la fin du paganisme qui se joue en ces heures étranges ! La fin de notre plus grand ennemi ! Loin de vouloir arrêter Bohem, nous devons l'aider, au contraire.

Le pape s'avança sur son fauteuil et tendit les bras vers Pieter, l'air comblé.

— Ce jeune homme est ce qui pouvait arriver de mieux à notre sainte Église ! s'exclama-t-il, réjoui.

— Je... Je ne comprends pas... Toutes ces morts... Cet hiver terrible...

— Vous comprendrez bientôt, Pieter, faites-moi confiance. Quand le Saîman aura vraiment disparu, quand ces anciennes croyances ne seront plus que de lointaines légendes, le monde entier se tournera vers l'Église. Et nous pourrons asseoir mieux que jamais notre pouvoir aux quatre coins de la terre, Pieter. L'ère de la magie prend fin. Certes, en mourant, elle emmène avec elle de nombreux vivants. Mais ce n'est pas bien grave, Pieter. Ce qui compte, aujourd'hui, c'est que Bohem réussisse. Car alors commencera une ère nouvelle où notre Église sera renforcée.

Pieter le Vénérable se laissa tomber contre le dossier de son fauteuil, abasourdi.

— Allons, reprit le pape, rentrez dans votre abbaye, Pieter. Priez comme moi pour que cette transition vous épargne, vous, et si vous survivez, vous verrez. L'Église sortira grandie de cette grande mutation.

Le pape se leva et marcha vers l'abbé de Cerly.

— Levez-vous, abbé, et retournez en Gallica. Je ne peux pas vous accorder plus de temps. Nous avons beaucoup à faire, ici.

Pieter secoua la tête. Il arrivait à peine à croire ce qu'il venait d'entendre. Consterné, il se leva et fit une timide révérence. Il embrassa à nouveau la bague de Nicolas IV et sortit de la pièce sans être capable de formuler la moindre parole.

Quand la porte se fut fermée derrière lui, il resta un long moment immobile, le regard perdu dans le vague. Il se sentait tellement idiot, tellement stupide. Et tellement impuissant !

L'abbé de Cerly quitta le palais du Latran, mais il ne partit pas pour Gallica, comme le lui avait conseillé le pape, et comme lui-même avait prévu de le faire.

Nul ne sait où Pieter le Vénérable décida finalement d'aller, ni ce qu'il choisit de faire. Il disparut, tout simplement, derrière le voile opaque de la neige, abandonnant derrière lui une vie entière de manœuvres politiques qui ne l'avait pas mené où il avait rêvé d'arriver.

⁂

Emmer Capigesne arriva à la fin de la matinée aux portes du palais des Ducs de Pierre-Levée, à la tête de son armée de chevaliers. Il tenait devant lui la petite fille qu'il avait trouvée la veille dans le village désert.

Les gardes qui protégeaient l'entrée du palais eurent un moment d'hésitation, puis, voyant la bannière aux lions dorés, ils se décidèrent enfin à ouvrir les portes au roi de Brittia.

Emmer découvrit alors, hébété, les centaines de personnes qui circulaient dans la grande cour. Jamais il n'avait vu une telle activité dans le palais, mais surtout, il constata qu'on ne lui avait pas menti : on voyait là se croiser Bons Hommes, Compagnons, paysans, anciens louvetiers, enfants... Pis encore : il crut reconnaître sur un soldat les couleurs du comte de Tolsanne.

Le chambellan vint à sa rencontre, traversant la cour d'un air embarrassé. Emmer, qui s'était promis de garder son calme, sentit la colère monter en lui. Mais au même instant, la petite fille, à l'avant du cheval, déclara d'une voix émerveillée :

— C'est beau ! C'est si beau !

Emmer poussa un soupir et descendit de cheval avec difficulté, puis il attrapa la fillette par la taille et la posa sur le sol enneigé de la cour.

— Je peux aller voir ce qu'ils font ? demanda Sandrine en désignant des Compagnons du Devoir qui étaient en train de restaurer les remparts, un peu plus loin.

— Oui, vas-y, répondit le roi en essayant de se composer un visage souriant.

La petite fille s'en alla en sautillant au milieu des flocons. Emmer la regarda s'éloigner, attendri, puis il se tourna vers le chambellan qui arrivait.

— Majesté ! dit celui-ci en faisant une révérence.

Le visage d'Emmer se durcit à nouveau.

— Bonjour, chambellan. Où est mon épouse ? Et qui sont tous ces gens ?

— La duchesse est dans ses appartements. Quant à ces gens... Eh bien, tous ces gens sont ses invités, Majesté.

Le roi enleva sa cape d'un geste agacé et la posa sur sa selle.

— Occupez-vous de mes hommes, dit-il d'un ton sec.

Il s'apprêta à partir, mais il se retourna et ajouta :

— Et veillez à ce que cette petite fille ne manque de rien !

Le chambellan opina du chef et se dirigea vers les soldats sans dire un mot.

Emmer partit en boitant vers le bâtiment principal du palais.

Depuis la veille, le roi était plongé dans un état de confusion qu'il avait peine à s'expliquer lui-même. Ou plutôt, qu'il refusait d'admettre. Car évidemment, au fond, il savait très bien ce qui le troublait ainsi.

C'était cette petite fille, Sandrine. En quelques phrases, en quelques mots, elle lui avait fait prendre soudain conscience du drame que vivaient les habitants de Gallica. Un drame qu'il avait nié jusqu'alors, ou qu'il avait fait semblant de ne pas voir, peut-être parce qu'il lui faisait plus peur encore que la guerre ou la mort. La jeune enfant l'avait tellement perturbé qu'il ne savait plus réellement ce qu'il allait dire à la duchesse. Tout ce qu'il avait préparé, toutes les phrases qu'il avait imaginées dans sa tête, il n'y croyait plus vraiment. Il se demandait même s'il savait en quoi croire, aujourd'hui.

Il entra dans le palais et, sans prendre le temps de saluer les hommes qu'il croisait, il monta le grand escalier, le visage fermé. Il arriva bientôt à la porte des appartements d'Hélène de Quienne.

Il inspira profondément, essuya son front brillant, lissa ses vêtements, puis il frappa à la porte.

— Entrez ! répondit aussitôt la voix de la duchesse.

Le roi tourna la poignée, poussa la porte, et entra dans la grande pièce.

Assise devant un miroir, dos à l'entrée, la duchesse était en train de se coiffer. Il vit alors le reflet du visage splendide de sa femme. Sa chevelure rousse, son regard pénétrant, son élégance infinie, jusque dans le moindre de ses gestes.

— Hélène ! souffla le roi, le visage illuminé.

La reine poussa un soupir. Elle ne se retourna pas et continua de se coiffer.

— Votre guerre est finie, Emmer ? lança-t-elle finalement d'une voix distante.

Emmer ferma la porte derrière lui et avança vers la duchesse.

— Oui. Livain est mort.

— Bravo.

Le roi secoua la tête.

— Allons, Hélène ! Qu'attendiez-vous de moi ? Vous avez épousé un roi, pas un troubadour !

La duchesse arrêta de se coiffer, gardant la brosse dans sa main, comme paralysée.

— Vous lisez donc dans mes pensées, Emmer ? J'étais justement en train de le regretter.

— Ne dites pas de bêtises, Hélène !

La reine posa sa brosse sur la petite table devant elle. Elle se leva et marcha vers le roi.

— Pourquoi êtes-vous revenu ici, Emmer ?

— Mais, parce que vous êtes ma femme, Hélène.

— Non. Je ne suis pas votre femme. Je suis tout juste votre épouse.

Le roi avança vers la duchesse et lui tendit les mains. Hélène fit un pas en arrière.

— Ne cherchez pas la moindre tendresse de ma part, Emmer. À compter de ce jour, je ne vous accorderai plus jamais le droit de me toucher. Je vous demande de quitter mon palais sur l'instant. Je ne veux pas vous voir, Emmer.

Le roi avança d'un pas rapide et saisit fermement la duchesse par les épaules.

— Faites attention à ce que vous dites, Hélène ! Vous avez beau être ma femme, je n'en suis pas moins roi de Brittia, et bientôt de Gallica !

— De Gallica, jamais ! intervint alors une voix masculine dans le dos d'Emmer.

Le roi sursauta. Il se retourna brusquement et découvrit Bohem, sur le seuil de la porte. Le louvetier, vêtu comme un Compagnon du Devoir, le défiait de ses grands yeux bleus.

— Que... Que faites-vous là ? Qui vous a donné le droit d'entrer ici ?

Bohem fit un pas à l'intérieur de la pièce.

— Je pourrais vous retourner la question, Emmer. Mais votre épouse vous a demandé de partir... Alors, je vous en prie, vous connaissez le chemin.

Le roi éclata de rire.

— Vous me menacez, jeune homme ? Mais vous plaisantez, j'espère ! Je suis ici chez moi, et si quelqu'un doit quitter ce palais au plus vite, c'est bien vous ! Vous et toute votre bande d'illuminés !

Emmer se tourna vers la reine.

— Hélène ? Comment avez-vous pu vous laisser abuser par ces hérétiques, ces infatués stupides et arrogants ?

La reine ne répondit pas, mais Bohem, lui, fit un pas de plus.

— Emmer, dit-il d'une voix calme et froide, la seule personne qui ne soit pas à sa place dans ce palais, c'est toi.

Le roi écarquilla les yeux.

— Comment osez-vous me tutoyer ? s'emporta-t-il en portant la main sur le pommeau de son épée.

— Je te tutoie pour les mêmes raisons que la petite fille que tu as croisée hier, Emmer. Parce que je ne sais pas ce que c'est qu'un roi, que je m'en moque, et que tu ne me fais pas peur.

Emmer resta interdit. Son regard fit un aller-retour entre Hélène et Bohem. Il semblait de plus en plus troublé.

— Comment... Comment savez-vous, pour cette petite fille ? balbutia-t-il, à la fois furieux et stupéfait.

Bohem sourit et baissa la tête. Il posa son index au milieu de son front.

— Je lis dans tes pensées, Emmer. Je lis tout : tes peurs, tes regrets, tes mensonges, tes espoirs, mais aussi cette incroyable soif de pouvoir, cet orgueil, cette ambition qui t'étouffent ! Je vois tout, Emmer. Je te vois même un jour trahir Pierre de Pierreville et le général Chroce. Tu les trahiras tous, Emmer, parce que ton ambition est si forte qu'elle finit, malgré toi, par effacer tous tes autres sentiments... Tu es misérable, Emmer, et j'ai pitié de toi.

— Vous... Vous êtes le diable en personne ! bafouilla le roi, presque convaincu que Bohem l'était vraiment.

Bohem releva la tête, le regard brillant.

— Cela t'arrangerait bien, n'est-ce pas ? Que je sois le diable en personne ? Mais non, Emmer. Je ne suis pas le diable ou le démon. D'ailleurs, je ne crois pas qu'il existe, en réalité. Je crois qu'il n'y a que nous, Capigesne. Nous, les hommes, dans notre belle et triste condition. À quoi bon chercher ailleurs l'origine du mal quand il est si évidemment niché dans le cœur de tous les hommes, tout autant que le bien ?

Emmer se retourna, perplexe, et regarda son épouse. Elle le dévisageait, impassible, comme si elle attendait qu'il se résigne et qu'il s'en aille. Il commençait à trembler. Il s'était attendu à tout, sauf à cela. Il s'était préparé à se battre, ou à ordonner à ses hommes de reprendre le contrôle du palais, certes. Mais une telle confrontation, aussi extravagante, non, ça, il ne l'avait pas prévu ! Il avait l'impression de rêver.

Il essaya de retrouver son calme, sa dignité, et s'adressa à nouveau au louvetier :

— Vous ne me chasserez pas de ce palais, Bohem. Je suis ici chez moi !

— Non, répliqua alors Hélène en faisant un pas vers lui. Vous n'êtes pas ici chez vous, Emmer, mais chez moi. Bohem a raison. Il y a plus de mille personnes dans ce palais à ce jour, et vous êtes le seul qui n'y soit pas le bienvenu.

— Mais que croyez-vous, Hélène ? Qu'espérez-vous ? Que je vais partir ? Abandonner ? Êtes-vous devenue complètement folle, ou stupide ? Est-ce Bohem qui vous fait perdre ainsi la raison ? Qui vous rend si naïve ? Je suis roi de Brittia et de Gallica, Hélène ! Vous n'êtes pas seulement ma femme, mais aussi ma vassale ! Je pourrais vous écraser tous les deux en moins de temps qu'il n'en faut pour le dire !

— Tu te trompes, Emmer, répliqua Bohem, d'une voix toujours aussi posée. Tu ne pourrais jamais réunir en un an une armée qui fasse le millième de celle qu'Hélène et moi pourrions lever en un jour.

Le roi eut un rire sarcastique.

— Vous ? Une armée ? Vous plaisantez ? Vous appelez ces misérables Bons Hommes et ces quelques Compagnons une armée ? Un seul de mes soldats tuerait cent de vos pitoyables saltimbanques !

— Nous avons avec nous la plus grande armée du monde, Emmer. Celle des hommes qui veulent vivre libres. Crois-moi, dit Bohem en souriant, nous sommes nombreux. Mais rassure-toi, ni eux ni moi n'avons l'intention de nous battre contre toi, Emmer. Ce serait trop facile. En outre, je ne suis pas sûr que tu sois tout à fait au courant de la réalité.

— Que racontez-vous ?

— Tu n'as aucune armée, Emmer. Pas un seul homme.

— Vraiment ? Et que faites-vous, pour commencer, des cent cinquante hommes qui m'ont accompagné ici ?

— Depuis le temps que nous parlons dans cette pièce, Emmer, je crois qu'ils sont déjà bien loin.

— Ne dites pas n'importe quoi, Bohem ! Vous êtes grotesque !

Le louvetier haussa les épaules.

— Tu peux regarder par la fenêtre, Emmer. Crois-moi, tu n'as plus un seul soldat dans ce palais. Les Tuathanns, je pense, ont dû leur faire comprendre aimablement qu'il était plus sage de déposer les armes et de retourner d'où ils venaient...

— Les Tuathanns ?

— Oui, Emmer, mon peuple, les Tuathanns. Gaelia aussi s'est rangée de notre côté.

Le roi resta immobile un moment, l'air incertain, puis il marcha vers la fenêtre sans quitter Bohem du regard. Il jeta un coup d'œil dans la cour. Il vit alors qu'il n'y avait en effet plus un seul de ses soldats. Il scruta longuement les écuries, les bâtiments annexes, incrédule... Mais non. Aucun homme, aucun cheval de son armée. Ils étaient tous partis. Et alors qu'il allait se tourner à nouveau vers Bohem, il vit soudain un attroupement aux pieds des remparts. Des hommes arrivaient en courant des quatre coins de la cour.

Le roi fronça les sourcils, pencha la tête et, alors, le cœur battant, il comprit ce qu'il se passait.

Il fit un pas en arrière, et ses yeux s'emplirent aussitôt de larmes.

— Sandrine ! hurla-t-il d'une voix déchirante.

Il fit volte-face et, sans adresser un regard à Bohem ou à Hélène, tenant sa jambe blessée entre ses mains, il sortit de la pièce aussi vite qu'il put.

*
**

Bohem arriva quelques instants après le roi dans la cour du palais des Ducs. Le sol était encombré de gros tas de neige. Il se hissa sur la pointe des pieds et aperçut alors Emmer, près des grandes portes, un genou à terre, qui portait le corps sans vie d'une petite fille dans ses bras.

Bohem le rejoignit en courant, l'air grave. La foule, hébétée, s'était écartée autour du roi. Le louvetier se faufila au milieu de l'attroupement et arriva derrière Emmer. Il posa une main sur l'épaule du roi.

Emmer se tourna vers le louvetier. Dans ses bras, la petite fille avait les yeux grands ouverts, et ses membres pendaient dans le vide comme ceux d'un pantin. Son visage était aussi blanc que la surface de la neige. Ses cheveux trempés collaient sur son front.

— Bohem ! Vous... Vous pouvez faire quelque chose, n'est-ce pas ? Vos pouvoirs... Vous pouvez... Vous pouvez la ramener à la vie ?

Le jeune homme s'agenouilla près du roi. Il passa ses mains sous la tête de l'enfant.

— Non, Emmer. Non. Je ne peux rien. Je suis désolé. Si je pouvais faire quoi que ce soit, Emmer, j'aurais sauvé tous ces gens depuis longtemps...

Le roi ferma les yeux. Des larmes coulèrent sur ses joues rougies par le froid.

— Je suis désolé, répéta Bohem.

— Mais qu'ai-je fait ? Qu'ai-je donc fait ? murmura le roi dans un sanglot.

— Tu t'es perdu, Emmer.

Un silence terrible pesait sur la grande cour. C'était comme si tout le palais s'était arrêté de vivre.

Le roi tourna la tête et regarda Bohem, à côté de lui.

— Qu'allez-vous faire, Bohem ?

— Tutoie-moi, Emmer.

Le roi haussa les sourcils. Il se demandait sans doute si Bohem n'était pas fou.

— Comment ? demanda-t-il.

— Tutoie-moi.

Emmer resta silencieux un moment. Puis l'esquisse d'un sourire effaça pendant un court instant son air accablé.

— Que vas-tu faire ? dit-il finalement.

Bohem hocha la tête. Il hésita. Il cherchait ses mots.

— Je vais... Je vais demander à la Terre de nous reprendre sous son aile, Emmer.

— Je... Je ne suis pas sûr de comprendre, balbutia le roi. Mais, si je le peux, je t'aiderai.

— Commence par demander pardon à ton épouse, Emmer.

Alors Bohem se pencha et prit le corps de la petite fille dans ses bras. Il embrassa son front trempé de neige et il l'emporta vers l'arrière du palais.

Emmer le regarda s'éloigner, la gorge nouée, puis il se remit lentement debout. Il leva la tête vers le bâtiment principal. À l'étage, Hélène le regardait par la fenêtre.

Il fit quelques pas en avant et alors il vit qu'elle aussi avait les joues striées de larmes.

⁂

*Je ne veux plus les voir mourir. Je ne veux plus voir ces vies gâchées, volées. Nous ne pouvons plus attendre. Nous avons déjà perdu tant de temps !*

*Je dois le trouver. Et ensemble, nous devons en finir. Lailoken, l'heure est venue.*

*J'irai dans les confins du monde de Djar, dans les oubliettes du pays des rêves. Je m'aventurerai jusqu'au bout de mon esprit. Je chercherai sur toutes ses rives, sous tous ses cieux, et je le trouverai. Je détruirai l'hiver qui ne veut pas mourir, j'affronterai l'ombre et porterai la lumière. Je reconstruirai ce qui a été détruit, retrouverai ce qui a été perdu. Je tisserai ce lien qui nous unit à la terre. Nous marcherons ensemble, Sauvage, toi qui vois le passé et l'avenir, toi qui es la porte des saisons. Nous marcherons ensemble, à nouveau, comme tu marchais autrefois dans nos forêts, dans nos campagnes.*

*Lailoken. Réponds-moi.*

*J'avance seul dans un décor que je ne contrôle même plus. Le monde de Djar n'est plus qu'un vaste désert blanc, sans fin, sans horizon. Il est l'infini de mes peurs, le miroir de mes doutes.*

*Je flotte dans cet océan de lumière, à la recherche de celui qui se cache. Mais il n'y a personne. Seulement le vide et l'angoisse.*

*Puis soudain, la lumière vacille. Le monde tremble. Des formes immenses se dessinent à côté de moi, comme des arbres qui se hissent vers les cieux. Je les regarde, impuissant. Ce sont des contours transparents, des fantômes géants. Des maisons, des églises. Une ville. Oui. Une ville que je connais. Perchée au-dessus des rivières, fière comme une mère qui regarde ses enfants. Je reconnais la silhouette ronde de Pierre-Levée.*

*Puis, soudain, une voix s'élève de la terre.*

*— Je suis là, Bohem. Tout près de toi. Pourquoi cherches-tu si loin, quand tu sais que je veille sur toi ? Je suis là, sous la ville, à quelques pas à peine.*

*Est-ce bien lui ? Le Sauvage ? Je ne reconnais plus sa voix. Lailoken ? A-t-il déjà changé ? N'est-il déjà plus l'homme que je connaissais ?*

*— Approche. Tu verras.*

*Oui. Je verrai. Car je dois en finir. Je l'ai promis depuis trop longtemps à tous ces gens.*

*Je marche vers ce mirage immense, je me glisse dans les rues étroites, dans le cœur de la cité des ducs de Quienne. Mon regard se pose sur une bâtisse ronde. Je reconnais la vieille abbaye, le baptistère Saint-Jean. Ses murs brillent plus que les autres, comme s'ils étaient les seuls à exister vraiment. Ce sont eux qui m'appellent.*

*Puis les murs lentement s'effacent. De l'autre côté, je vois alors un escalier qui plonge dans le cœur de la terre.*

*Un piège ? Qu'importe ! Je n'ai plus le temps de le craindre. Je n'ai plus le droit d'hésiter. Je descends les marches, je m'engouffre dans l'obscurité et l'inconnu. L'escalier tourne, tourne comme s'il ne devait jamais finir. Je perds la notion du temps. Djar s'enfuit sous mes doigts. J'oublie l'espace. Ma tête tourne.*

*Enfin, une porte apparaît devant moi.*

*— Entre, Bohem.*

*J'ouvre. Je me laisse porter par mon désir d'en finir. Je flotte vers cette voix qui m'appelle. J'arrive bientôt dans une grande cave obscure.*

*Je lève les yeux. La lumière revient lentement, elle envahit l'espace. Je vois deux silhouettes qui se dessinent devant moi, qui se détachent progressivement des ombres.*

*— Je ne suis pas celui que tu cherches ? dit la voix d'une femme, moqueuse.*

*Le visage de Camille de Chastel apparaît alors dans un rayon étincelant.*

*Camille. Ma sœur. Le Samildanach. Sa voix, encore, a su me tromper. Mais je n'ai plus peur. Je dois l'affronter, elle aussi. Je ne pourrai pas l'éviter. Elle sera sur mon chemin. Elle sera le chemin.*

*Je ne détourne pas mon regard. Derrière elle, je devine alors la silhouette d'une autre femme. Je n'ai pas besoin de la voir. Je sais qui elle est, maintenant. La prêtresse de l'ordre de l'Athnuachan. Celle qui a survécu. Fidélité m'a parlé d'elle.*

*— C'est Lailoken que tu cherches, n'est-ce pas ?*

*Je ne réponds pas.*

*— Mais nous n'avons pas besoin de lui, Bohem. Si tu l'acceptes, nous pouvons régler notre histoire tous les deux.*

*Chaque parole porte mille années de mensonge. L'Athnuachan a reconstruit le monde à son image. Camille est la victime d'une propagande ancestrale. Je dois essayer de lui ouvrir les yeux.*

*— Tous les deux ? Mais alors que fait cette sœur de l'Athnuachan derrière toi, Camille ?*

*Ma sœur sourit.*

*— Tu as donc découvert le nom de notre ordre ?*

*— Oui, Camille. Et j'ai découvert bien d'autres choses encore... Des choses que les sœurs de l'Athnuachan ne t'ont peut-être jamais dites.*

*La femme au visage voilé s'avance à son tour. Son corps est drapé dans une longue robe noire. Je sens son hostilité, sa haine, plus forte encore que celle de Lailoken. Plus forte encore que toutes les haines de tous nos ennemis.*

*— Les sœurs t'ont-elles dit, Camille, qui étaient tes véritables parents ?*

*— Oui, Bohem. Ma mère était le Samildanach.*

*— En effet.*

*— Pour qui me prends-tu, Bohem ? Tu crois que j'ignore qui nous sommes et ce que nous pouvons faire ? Tu crois que j'avance dans le noir ?*

*— Non. Je crois que les sœurs t'y ont enfermée. Je crois que tu ne sais pas qui est ta véritable mère.*

*— Et comment pourrais-je l'ignorer ? Ma mère*

*était l'une des sœurs de l'Athnuachan. C'est elle, en mourant, qui m'a transmis son pouvoir, comme la tienne t'a remis celui qu'elle n'aurait jamais dû avoir. Nous sommes là pour réparer cette erreur, Bohem.*

*— Non. C'est un mensonge, Camille. La sœur de l'Athnuachan, celle qui était le Samildanach et qui t'a en effet transmis son pouvoir, n'était pas ta mère.*

*La prêtresse intervient. Elle avance. Son ombre s'étend sur le visage de Camille.*

*— Allons, Bohem, ne jouons plus. Vos mensonges ne vous mèneront nulle part. Ce n'est pas pour entendre pareilles choses que nous vous avons guidé ici.*

*— Mais qu'espérez-vous ? Vous croyez vraiment pouvoir me convaincre ?*

*— Moi aussi, Bohem, je lis dans les consciences. Je sais que vous avez compris le sens de notre recherche. Vous savez à présent en quoi consiste le rituel que nous voulons accomplir. Vous savez comment nous pourrions, ensemble, faire renaître le cycle du Saîman.*

*— Oui, je connais vos intentions, et je connais vos rituels...*

*— Alors pourquoi refusez-vous de vous unir à nous ? Vous savez que cela mettrait fin à toutes ces morts inutiles, Bohem. N'est-ce pas ce que vous voulez ? N'est-ce pas ce que vous désirez le plus ?*

*— Non. Ce n'est pas ce que je désire le plus. La mort me fait moins peur que la servitude.*

*Camille me sourit. Je lis le désir dans ses yeux.*

*— Si le cycle du Saîman et de l'Arhiman renaissait, Bohem, tu ne serais plus jamais esclave de personne ! Nous serions libres, tous les deux. Maîtres d'un nouveau monde. Maîtres d'un pouvoir dont tu ne soupçonnes même pas l'étendue.*

*— Au contraire. Nous en serions tous esclaves, Camille ! Nous n'avons pas besoin de ces chaînes, pas besoin de cette dépendance. Camille, écoute-moi. Ces femmes t'ont menti. Ce pouvoir ne t'apporterait rien. Rien qu'aigreur et solitude. Nos ancêtres l'ont vécu avant nous...*

*— Ne parle pas de ce que tu ne connais pas, Bohem !*

*— Ce que je sais, Camille, c'est que les sœurs de l'Athnuachan t'ont menti. Ta mère n'était pas l'une d'entre elles. Ta mère était une femme et elle s'appelait Aléa...*

*La prêtresse me coupe la parole. Je devine presque son regard furieux derrière son voile obscur.*

*— Taisez-vous, Bohem !*

*Non. Je ne me tairai pas. Je sais que mes paroles lui font peur. Car la vérité est lumière. Et je le sais maintenant, les sœurs de l'Athnuachan craignent la lumière plus que tout.*

*— Ces femmes t'ont enlevée quelques semaines après ta naissance, Camille. Elles t'ont menti depuis le premier jour. Tu ne sais pas la vérité. La vérité qui nous lie, Camille.*

*— Taisez-vous !*

*— Nous... Nous avons la même mère, Camille. Tu es... Tu es ma sœur.*

*Camille secoue la tête et sourit.*

*— Bohem, tu es ridicule ! Tu es beau, mais tu es ridicule ! Tu me déçois. Allons, trouve une meilleure histoire ! Je suis sûre que tu peux trouver mieux...*

*— Ce n'est pas une histoire, Camille, c'est la vérité. La simple vérité. Tu es ma sœur. Si tu en as le courage, regarde au fond de toi-même. Tu verras.*

*Le sourire s'efface du visage de Camille. Elle me fixe d'un regard intense.*

*— L'heure n'est plus aux manipulations, Bohem, aux jeux de l'esprit. Tu sais que le temps presse. Nous avons tous intérêt à ce que le Saîman renaisse. Finissons-en !*

*— Et si je refuse ? Comment ferez-vous ?*

*— Nous te tuerons, Bohem, sans hésitation. Mais ce serait dommage, car j'aurais aimé que ce soit avec toi. Toutefois, crois-moi, s'il le faut, nous te tuerons. Et nous inviterons Lailoken à venir hériter de ton pouvoir. Il ne demande que ça, tu le sais bien. Il sait, lui, que nous avons intérêt à ce qu'un nouveau cycle démarre. La terre entière le réclame.*

*— Vous croyez qu'il est si facile de me tuer ?*

*La sœur répond avant Camille :*

*— Non, certes. C'est aussi pour cela que nous préférerions que vous acceptiez de vous unir à nous. Mais si vraiment vous refusez, nous n'aurons plus le choix.*

*Et nous nous battrons jusqu'au bout, jusqu'à ce que l'un de vous deux meure, Bohem. Ce sera elle, ou vous.*

*Comment Camille peut-elle encore croire une femme aussi perfide ? Une femme si pleine de rancœur ?*

*— Camille, écoute-moi. Je suis ton frère. Je suis né quelques années après toi. Notre mère s'appelait Aléa. Notre père, Erwan. Regarde nos visages, nos cheveux, nos yeux. Nous sommes du même sang. La femme qui nous a mis au monde s'est battue toute sa vie pour que le pouvoir de ces druides et de ces prêtresses disparaisse. Pour que personne n'ait plus jamais à subir leur autorité. Les sœurs te manipulent depuis que tu es toute petite, Camille. Je sais que tu l'as toujours ressenti. Je sais que tu t'es toujours sentie prisonnière de l'Athnuachan. Pourquoi ne m'écoutes-tu pas ? Pourquoi n'essaies-tu pas, une fois, de ne faire confiance qu'à toi-même et de ne plus écouter la voix sournoise que ces femmes ont glissée en toi ?*

*— Je n'ai rien à craindre des sœurs de l'Athnuachan, Bohem. Et toi, tu n'as rien à craindre de la renaissance du Saîman. Je suis prête à te donner la main. Je ne vois pas pourquoi tu refuses.*

*— Camille, nous devons renoncer à nos pouvoirs.*

*Elle éclate de rire.*

*— Allons, Bohem ! Tu sais bien que je n'y renoncerai jamais.*

*— Tu le dois, Camille. Je suis ton frère. Regarde-moi ! Ai-je l'air de te mentir ?*

*— Bohem, c'est toi qui dois nous écouter. C'est toi qui t'entêtes. Lamastu a raison...*

*Ainsi, c'est son nom. Lamastu. Cette femme qui m'a volé ma sœur.*

*— Si tu refuses, tu l'as compris maintenant, nous n'aurons d'autre issue que de te tuer. Si vraiment tu es mon frère, ne m'oblige pas à le faire !*

*— Te rends-tu compte de ce que tu dis, Camille ? Tu serais prête à accomplir ce rituel, à faire un enfant avec ton propre frère, simplement pour contenter ces femmes qui t'ont manipulée depuis ta naissance ?*

*— Mais, vois-tu, je ne crois pas que tu sois mon frère, Bohem.*

*— Pourtant, Camille, je le suis. Et je viendrai vers toi, ma sœur. Tu verras. Tu pourras boire dans mes yeux la saveur de la vérité. Et j'espère que cela te suffira. Que tu comprendras alors ce que notre mère avait compris avant nous : que les hommes ne doivent plus être les esclaves d'un pouvoir qui leur échappe.*

***

Le soir venu, Bohem fit savoir à ses amis, aux membres du conseil des Baintreach Clanns, ainsi qu'au capitaine des soldats de Tolsanne et à trois représentants des habitants de Gallica qui avaient marché à ses côtés, qu'il désirait les voir dans la grande salle de réception du palais des Ducs. Tout le monde comprit que ce serait sans doute la dernière grande rencontre. La dernière assemblée avant la confrontation finale. Tous attendaient ce moment depuis tellement longtemps ! Toutes les routes qu'ils avaient parcourues, tous les combats qu'ils avaient menés, tous les choix, les renoncements, tout les amenait là, vers ce jour ultime, qui leur apporterait enfin la délivrance... ou la mort.

Hélène de Quienne, qui avait passé une partie de la journée à s'expliquer avec Emmer Capigesne, arriva la dernière à la grande table.

— Je suis désolée, dit-elle en prenant place.

La pièce était plongée dans une ambiance grave. On devinait l'angoisse et l'impatience dans tous les regards, dans tous les gestes. Certains, comme Bernard de Laroche ou les représentants du peuple de Gallica, semblaient plus inquiets encore que les autres. Ils n'étaient pas habitués à ce genre d'assemblée, et encore moins à devoir donner leur avis sur des choses aussi graves.

— Emmer ne se joint pas à nous ? demanda Bohem.

— Non, répondit vivement Hélène. Je ne préfère pas. Je n'ai pas votre capacité à pardonner aussi vite, Bohem.

Le louvetier acquiesça.

— Entendu. Mais il faudra le mettre au courant de ce dont nous parlerons ce soir.

La duchesse fit une grimace résignée.

— Fidélité, où en sont les travaux ? reprit Bohem en se tournant vers le Compagnon.

— Eh bien, ils ont été quelque peu retardés par l'attaque des sept prêtresses de l'Athnuachan, mais ils avancent. Nous avons paré au plus urgent : il n'y a plus personne dans Pierre-Levée qui n'ait pas de toit.

— Parfait, c'est le principal.

Bohem adressa alors un regard complice à la Dame de la Fontaine.

— Lucine, comment vous portez-vous ?

— Je vais bien, Bohem, répondit-elle d'un air gêné. Mais mes forces s'amenuisent. Je ne pourrai pas rester beaucoup plus longtemps si loin de chez moi.

— Si tout se passe comme je l'espère, Lucine, demain, vous pourrez rentrer chez vous. Ou bien, nous serons tous morts.

Le louvetier marqua une pause. Il aurait aimé ne pas avoir l'air si tragique. Mais il n'aurait servi à rien de mentir. Chacun ici savait quels étaient les enjeux.

— Mes amis, si je vous ai demandé de venir ici ce soir, c'est que l'heure est venue, maintenant, de faire ce que nous avons à faire. Tout le monde, à cette table, est au courant de ce que les membres du conseil des Baintreach Clanns nous ont appris ?

Il posa un regard circulaire sur les participants. Les gens acquiescèrent les uns après les autres. Finghin, Tagor et Kaitlin avaient donc rempli leur mission. En peu de temps, ils avaient transmis l'essentiel de ce que chacun devait savoir, comme le leur avait demandé Bohem.

— Vous savez donc que je vais d'abord devoir affronter Camille de Chastel... et que Camille est ma sœur. Je vais devoir la convaincre de renoncer au pouvoir qu'elle cherche à faire renaître et de détruire, comme moi, sa bague de Samildanach. Bien. La bonne nouvelle, mes amis, c'est que Camille n'est pas loin. Elle est à Pierre-Levée.

Il y eut un murmure de surprise autour de la table.

— Oui. Ma sœur se cache dans les sous-sols de notre ville, mes amis. Cela vous étonne ? Et pourtant... Réfléchissez ! Où d'autre aurait-elle pu être ? Elle était dans le palais le soir de l'attaque des sœurs de l'Athnuachan, et c'est moi qu'elle était venue chercher. Elle est donc restée ici, à m'attendre dans l'ombre, car c'est bien moi qu'elle veut voir, et personne d'autre. La mauvaise nouvelle, en revanche, c'est qu'elle n'est pas seule. Il reste l'une des sept prêtresses de l'Athnuachan avec elle. Une femme qu'elle appelle Lamastu.

— C'est la plus ancienne sœur de l'ordre, intervint Finghin. Et la plus dangereuse.

Bohem hocha la tête. Cela ne le surprenait pas vraiment.

— Cela ne change rien à ce que je dois faire. Ma décision est prise : j'irai cette nuit rencontrer Camille dans les sous-sols de la ville. Et j'irai seul.

— Seul ? s'exclama Vivienne à côté de lui.

— Oui. Seul. Et cette fois-ci, Mjolln, Loeva, je

n'accepterai pas d'être suivi. Je *dois* y aller seul, vraiment.

Le nain fronça les sourcils. Bohem posa sur lui un œil sombre.

— Si vous me suivez, vous mettrez ma vie en danger, dit-il d'une voix sévère. Que ce soit bien clair. Mjolln ?

Le barde acquiesça, à contrecœur.

— Loeva ?

La jeune fille fit signe qu'elle avait bien compris, elle aussi. Mais elle ne se priva pas de montrer que cela ne l'enchantait guère plus.

— Bien. Si j'échoue, reprit Bohem en poussant un soupir, si j'échoue, mes amis, je crois bien que... je crois bien que tout sera perdu.

— Tout ne sera pas perdu, corrigea Finghin. La Terre, simplement, verra renaître un cycle du Saîman...

— Cela, pour moi, revient au même. Y a-t-il quelqu'un, à cette table, qui ne pense pas ainsi ? Quelqu'un qui ne pense pas qu'il vaudrait mieux mourir que sombrer à nouveau dans un monde régi par la seule magie, réservée à une élite ? Quelqu'un qui ne désire pas plus que tout la fin totale du Saîman ?

Face à Bohem, l'un des trois représentants du peuple de Gallica fit un signe de tête.

— La plupart des gens, Bohem, ne savent même pas ce qu'est le Saîman... Tout ce qu'ils veulent, c'est vivre, et vivre libres, comme ils l'ont dit le soir où vous nous avez parlé, quand nous marchions vers l'Armensul.

— Les hommes ne seront pas libres tant qu'il restera sur terre un pouvoir magique...

— Alors le peuple de Gallica, Bohem, désire comme vous la fin du Saîman.

— Bien. Il me reste donc à convaincre Camille, d'une façon ou d'une autre. Mais attention, si je parviens à la convaincre, notre travail ne sera pas encore fini, vous le savez. Nous devrons alors nous occuper de Lailoken. Et cela, mes amis, cela en revanche, je ne pourrai pas le faire seul. Je le sais à présent. Je ne pourrai pas affronter Lailoken sans aide. J'ai essayé, déjà, par le passé, et j'ai échoué. J'aurai besoin de certains d'entre vous. Vivienne, Hélène, Mjolln, Fidélité, Loeva, et vous, membres du conseil des Baintreach Clanns, vous qui me connaissez si bien et qui n'êtes pas tout à fait étrangers à la chose, vous m'accompagnerez dans le monde de Djar.

Tous manifestèrent leur approbation. Bohem ayant décidé de partir seul affronter Camille, ils avaient craint de ne pouvoir prendre part à la deuxième partie de sa mission...

— Encore une fois, nous n'aurons pas droit à l'échec. Vous le savez. Et cette confrontation sera même, en quelque sorte, beaucoup plus importante. Car il ne s'agira pas de mettre fin au Saîman, mais à ce long hiver qui emporte avec lui, chaque jour, des milliers de vies.

Les participants se jetèrent à nouveau des regards anxieux. Sans doute prenaient-ils de plus en plus conscience que l'heure fatidique approchait. Et qu'il n'y avait plus moyen de revenir en arrière.

— Avez-vous des questions ?

Nul ne répondit.

— Parfait. Je savais pouvoir compter sur vous. Mais ce n'est pas tout, reprit Bohem. Car si nous réussissons, mes amis, si nous parvenons à mettre fin au Saîman et à ce long hiver, si nous renouons le lien des hommes avec leur terre, il faudra ensuite reconstruire. Le pays tout entier a été meurtri, dans sa chair et dans son âme. Nous allons devoir le soigner, et surtout, surtout, nous allons devoir lui donner une chance de repartir sur de nouvelles bases. Des bases plus justes que celles qui nous ont amenés là où nous en sommes aujourd'hui.

— Vous parlez comme un politicien, intervint Hélène de Quienne, non sans une légère ironie.

— C'est sans doute votre mauvais exemple, répliqua Bohem en souriant. Mais c'est aussi parce que nous devons donner un sens à tout cela. Tout ce que nous avons fait, tout ce que nous faisons, il faut que cela soit pour un monde où nous serons heureux de vivre. C'est le rêve que je fais depuis le premier jour. Et, pour cela, je veux aussi pouvoir compter sur chacun d'entre vous. Vous, Compagnons du Devoir, vous, Bernard de Laroche et vous, Bons Hommes de Tolsanne, vous, Hélène de Quienne, duchesse et reine d'un royaume blessé, vous, Tagor, mon oncle, et vous, peuple tuathann, vous, les Baintreach Clanns, et vous enfin, vous surtout, habitants de Gallica. Tous ensemble, nous allons devoir offrir à ce pays une nouvelle chance. Renouer le lien avec la nature qui a jadis été rompu sera certes essentiel, mais cela ne suffira pas. Nous allons devoir œuvrer à la construction d'un monde meilleur. Plus juste. Sinon, tous nos efforts auront été inutiles.

Bohem s'arrêta de parler et regarda ses amis d'un air décidé. Sa voix résonnait dans la grande pièce. Jamais il n'avait paru aussi sûr de lui. Comme possédé par ses propres paroles.

— Et qu'attends-tu que nous fassions, exactement ? demanda Fidélité à côté de lui. Comment nous y prendrons-nous ? Quel est le monde que nous devons construire ?

— Ce n'est pas à moi d'en décider seul, mon frère. Nous pourrions toutefois nous inspirer de ce que ma mère avait tenté de mettre en place en Gaelia, et qui, je crois, était un premier pas vers un monde meilleur. Le système qui a gouverné notre pays est un système injuste, où le plus grand nombre est soumis à une élite dédaigneuse. Si nous l'emportons, l'occasion nous sera donnée de changer ce système. Mais je le répète : ce n'est pas à moi d'en décider. Ni même à nous seuls, ici présents. Nous représentons peut-être une grande partie de ce pays, mais nous ne le représentons pas tout entier. De nombreuses communautés manquent encore à notre assemblée. Nous allons devoir organiser des assemblées plus grandes encore, en nous inspirant de ce que fait par exemple l'université de Carnute. Des débats, des disputes... Demander à chaque ville de nommer pour ce faire des représentants. Il faut que toutes les castes de notre société soient représentées, et qu'ensuite, tous ensemble, nous décidions du chemin que nous voudrons prendre.

Bohem parlait de plus en plus vite, comme si ce chantier l'enthousiasmait plus que tout le reste, comme si cela devait être la récompense ultime de tous leurs efforts.

— Et Lutès ? Que ferons-nous de Lutès, à présent que Livain est mort ? demanda Hélène.

— Lutès ne sera pas traitée différemment, duchesse. Votre époux a promis de nous aider. Je crois qu'il le fera. Nous ne laisserons pas la ville aux mains de la Milice du Christ. Mais à celles de ses habitants.

— Tout cela sera très compliqué à organiser, intervint Fidélité.

— C'est justement pour cela que je vous ai dit à tous, depuis longtemps, qu'un jour j'aurais besoin de vous. Ce jour est arrivé, mes amis. Ce soir, pendant que je serai parti affronter Camille, j'aimerais que vous restiez ensemble, ici, et que vous parliez de tout cela. Que vous trouviez des solutions. Contrairement à ma mère, je n'ai aucune intention, moi, de devenir roi. Je n'ai aucun amour de la politique ni aucune envie d'endosser cette responsabilité.

— Vous venez pourtant de faire preuve de talents d'orateur inattendus, insista la duchesse.

— Allons ! Vous savez très bien que ce n'est pas mon domaine. Je dois même vous avouer, mes amis, que demain, sans doute, je vous abandonnerai. Quand ma tâche sera accomplie, quand j'aurais terminé mon Devoir, je me retirerai de cette assemblée. Je me retirerai de ce monde politique, auquel je n'ai jamais appartenu et auquel je ne veux pas appartenir.

— Tu nous laisseras seuls assumer le rôle de la reconstruction ? s'étonna Fidélité.

— J'ai déjà endossé beaucoup de responsabilités, se défendit Bohem. Je crois que vous saurez me pardonner. Oui, tout sera entre vos mains. Du moins entre celles de ceux qui voudront bien participer à tout cela. Hélène, je suis certain que vous saurez mener à bien ce grand projet, que vous saurez diriger les débats et que vous trouverez le moyen de mettre en place un système plus juste...

— Ce n'est pas une mince affaire, Bohem ! Tu parles du travail de toute une vie, de plusieurs générations, même !

— Hélène, je sais que vous rêvez comme moi d'un monde plus juste...

— Nous ferons de notre mieux, Bohem.

— Je n'en doute pas. Je sais que vous avez tous des idées, des rêves. Nous devons les explorer, les partager. Il y a tant à faire ! Mais pour l'heure, je n'ai, moi, qu'un seul dessein. Je dois trouver Camille.

Bohem se tourna vers Vivienne, dont les yeux ne mentaient pas. Elle était terrifiée à l'idée de le voir partir. Il s'en voulait de devoir dire ce qu'il avait à dire. Mais il n'avait pas le choix.

— Si demain, à midi, je ne suis pas revenu..., c'est que j'aurai échoué. Et alors... Alors... Ma mère, je crois, vous aurait dit : « Que la Moïra vous protège. » Bernard de Laroche, vous diriez sans doute « Que Dieu vous garde », n'est-ce pas ? Moi, je vous dirai seulement que je préfère mourir libre que vivre dans la servitude.

Bohem se tut enfin, et son visage semblait apaisé. C'était comme s'il s'était débarrassé d'un fardeau immense. Tous les gens assemblés autour de la table le regardaient en silence. Aucun n'ignorait que cet homme, cette nuit, allait jouer leur sort à tous, et que ses chances de réussite étaient faibles. Et pourtant, tous lui faisaient confiance. En cet instant, ils croyaient en lui plus qu'en toute chose. Car il y avait dans son regard la couleur authentique de la volonté pure. Du devenir.

Bohem, après un long moment de silence, se leva. Il salua tous les participants, puis il tendit la main à Vivienne, et ils sortirent tous deux de la grande salle.

⁂

La nuit était tombée sur la haute cité du comté de Pierevain. Les Compagnons du Devoir, depuis longtemps, avaient rangé leurs outils. Les habitants de la ville, comme chaque soir, s'étaient terrés chez eux, prêts à trouver, au petit matin, encore de nouveaux morts, victimes innocentes du monde qui s'éteignait. Tous ignoraient sans doute que leur destin, et celui du pays tout entier, allait se jouer cette nuit, dans les sous-sols de leur propre ville.

Vivienne et Bohem traversèrent ensemble la cour du palais des Ducs, main dans la main. Ils marchèrent sans rien dire jusqu'aux grandes portes de bois, silhouettes discrètes dans la nuit noire et silencieuse. Quand ils s'arrêtèrent et se firent face pour se dire au revoir, la jeune femme ne parvint pas à masquer les larmes qui lui piquaient les yeux.

Le louvetier la serra dans ses bras.

— Allons, Vivienne. Donne-moi du courage plutôt que des pleurs...

— J'ai déjà cru une fois que nous ne nous reverrions jamais... Je ne veux pas revivre ça.

— Moi non plus, Vivienne, moi non plus. Mais je te promets que nous allons nous revoir. Quoi qu'il arrive. Même si j'échoue. Plus rien ne peut nous séparer, Vivienne.

Il l'embrassa longuement, puis il fit un pas en arrière. Il porta la main à son cou et attrapa la bague du Samildanach dans le petit sac.

— Tiens, Vivienne. Prends ma bague. Si demain je ne suis pas revenu, détruis-la.

— Oh non ! Bohem ! Tu... Tu ne dois pas la quitter ! Et si tu en avais besoin ?

— Non, au contraire. J'ai bien réfléchi. Il vaut mieux que je ne l'aie pas sur moi. Si j'échoue, qu'au moins elles ne puissent pas me prendre ma bague.

Il lui prit la main et y déposa l'anneau. Vivienne referma son poing par-dessus.

— Tu m'as promis de revenir. C'est toi qui détruiras cette bague.

— Oui. Je te le promets. Ne la perds pas. Nous irons la détruire ensemble.

Elle acquiesça. Il l'embrassa encore, longuement, comme si c'était la dernière fois, puis, tout doucement, il recula. Il plongea ses yeux au fond des siens. Il resta un moment sans bouger, à profiter encore un peu de ce regard mouillé, de ce sourire tendre, puis il lui caressa la joue.

— À tout à l'heure, murmura-t-il.

Il vit les larmes qui coulaient, de plus en plus nombreuses, sur les joues de Vivienne. Il soupira. Il s'en voulait tant de l'abandonner ainsi ! Il devinait les heures terribles qu'elle allait passer à l'attendre. Mais il n'avait pas le choix. Ce qu'il avait à faire comptait plus que tout. Plus, même, que son amour pour Vivienne.

Il eut une grimace désolée, laissa sa main retomber le long de son corps, puis il fit demi-tour et s'éloigna vers les grandes portes. Le cœur déchiré, il sortit du palais des Ducs. Il marcha tout droit, sans se retourner, puis quand il entendit le bruit des portes qui se refermaient derrière lui, il s'arrêta et ferma les yeux un court instant, comme pour chasser le souvenir de Vivienne.

Il serra les mâchoires et se remit en route dans le vent glacial. Il partit tout droit en direction du baptistère Saint-Jean, tel un Compagnon sur les traces du Devoir, avec son sac sur les épaules.

Il pensa alors à tout ce temps passé sur les routes de Gallica, à tout le chemin parcouru. Il pensa au bûcher de la Saint-Jean, au grand et vieux loup gris, à Catriona, à Trinité et Gautier, aux mères des cayennes qu'ils avaient visitées, il pensa à Courage de Carnute, aux Brumes, à la forêt de Roazhon, aux portes du Sid, à l'Armensul... Comment pouvait-il échouer, à présent ? Après tout ce qu'il avait accompli ! Après tout ce que ces gens avaient fait avec lui ! Comment ce monde pourrait-il disparaître ? Il aurait voulu croire que ce n'était pas possible. Que tout cela ne pouvait pas s'éteindre. Et pourtant... Pourtant les Brumes, elles, avaient quitté ce monde. Il savait bien, au fond, que tout finit un jour.

Et ce jour était peut-être venu.

Bohem frissonna. Lorsqu'il arriva en vue de la vieille abbaye, ronde comme la tour d'une forteresse, il s'arrêta et vérifia que personne ne l'observait. Il ne voulait pas être suivi, et préférait qu'on ne le voie pas entrer dans le bâtiment.

Quand il fut certain qu'il était seul et que nul ne

l'épiait, il poussa la porte du baptistère. Elle était fermée, évidemment. Il fit le tour du bâtiment. Il n'y avait aucune lumière et pas la moindre trace d'une quelconque présence à l'intérieur. Il retourna alors devant la porte, hésita un moment, puis, d'un violent coup de pied, il fit sauter la serrure.

Il entra à l'intérieur et referma tant bien que mal la porte derrière lui. Le baptistère était désert. À en juger par la poussière, il était même abandonné depuis plusieurs semaines. C'était une grande pièce froide où étaient disposées des chaises, des tables et quelques bibliothèques. Il n'y avait que peu d'ornements, une tapisserie, quelques tableaux et des bibelots divers. Le mur derrière lui épousait la forme arrondie du bâtiment, mais les trois autres étaient droits, et deux portes se faisaient face, sur les murs est et ouest. Il alla ouvrir la première, puis la seconde, mais il ne trouva dans les petites salles sur lesquelles elles donnaient aucun escalier qui pût mener sous terre. Il devait sûrement y avoir une trappe quelque part, sans doute dans la salle principale.

Après avoir soulevé plusieurs tapis sans succès, il se laissa tomber sur une chaise. Les bras croisés, il inspecta la pièce du regard. Était-ce bien là qu'il avait vu, dans le monde de Djar, l'entrée vers le sous-sol de Pierre-Levée ? Oui. Il en était certain ! Il poussa un soupir et se releva. Puis il fronça les sourcils. Comment se faisait-il que le mur nord ne fût pas arrondi, comme celui derrière lui ? Il ne correspondait pas à la forme extérieure du baptistère ! Il retourna dans les pièces attenantes pour voir s'il n'avait pas raté une porte qui aurait mené derrière ce mur. Mais non. Il y avait là un mystère, une anomalie. Il revint dans la grande salle. Il devait y avoir un passage caché quelque part. Il hésita un instant, puis il se dirigea vers la tapisserie qui couvrait le côté droit du mur, et il en souleva le bord. Il découvrit alors, sans surprise, une porte dissimulée.

Il poussa la tapisserie et ouvrit la poignée. Il entra dans une petite pièce qui était encore plus sale que le reste du bâtiment. Sur le côté, un escalier descendait dans l'ombre. C'était bien celui qu'il avait vu dans le monde de Djar.

Il resta un instant devant la première marche. Camille était-elle bien là ? Quelle surprise l'attendait encore ? Il savait combien cette rencontre était importante. Était-il prêt ? Saurait-il trouver les mots justes pour convaincre Camille ? De toute façon, il n'avait plus le choix. Cette fois, il devait en finir. L'affronter pour la dernière fois. Il s'engouffra alors dans le couloir obscur qui plongeait sous la ville.

Rapidement, il n'y eut plus assez de lumière pour distinguer le sol et Bohem alluma l'une des torches qu'il avait pris soin d'emmener.

À la lumière de la flamme, il reprit sa marche. L'escalier lui parut plus étroit et la descente plus longue que dans le monde de Djar. L'air s'emplissait d'une odeur humide et désagréable. La tête commençait à lui tourner. Lentement, sans cesser d'avancer, il laissa son esprit flotter dans un état de semi-conscience.

***

*— Je t'entends qui approche, Bohem.*

*Sa voix est encore lointaine, perdue dans les profondeurs.*

*— C'est toi que je viens voir, ma sœur. Et toi seule.*

*— Je ne suis pas ta sœur, Bohem. Et si c'est pour me dire cela que tu viens, alors tu marches vers la mort.*

*— Tu la regretterais ?*

*Le silence trahit son doute.*

*— Camille ? Tu ne réponds pas. Tu regretterais ma mort ?*

*— Non. Lailoken prendrait ta place. Et nous ferions renaître ensemble le Saîman et l'Arhiman.*

*— Tu mens, Camille. Tu regretterais ma mort, je le sais. Je le sens. Et tu sais pourquoi ? Parce que tu m'aimes, Camille.*

*— Si cela peut te motiver pour nous rejoindre...*

*L'ironie la rassure. Mais je sais qu'elle n'a pas vraiment envie de rire.*

*— Non. Tu ne peux pas nier tes sentiments, Camille. Je vois clair, ici, dans le monde de Djar. Je sais que tu m'aimes. Mais toi, en revanche, tu sembles ignorer que si tu m'aimes, ce n'est pas de l'amour des*

*amants. Si tu m'aimes, Camille, c'est parce que tu es ma sœur.*

*— Je ne t'écoute plus, Bohem. Tes histoires me fatiguent. J'ai cru un temps que nous pourrions nous unir, vivre ensemble ce nouveau cycle. Il y a tant de promesses dans le monde que nous pouvons faire naître ! Oui, je dois t'avouer que cela m'aurait plu de faire revivre le Saîman avec toi. Mais à présent... À présent, ton obstination m'agace.*

*Ce n'est pas seulement de l'agacement. Je reconnais la saveur de la peur. Je l'ai si longtemps côtoyée !*

*— Tu peux me mentir à moi, mais tu ne peux pas te mentir à toi-même, Camille. Écoute ce que ton cœur te dit. Écoute-le, rien qu'un instant. J'ai eu de la peine à croire, moi aussi, que tu pouvais être ma sœur, tu sais.*

*Elle prétend ne pas entendre. Mais je sais qu'elle écoute.*

*— Comme toi, j'ai commencé par refuser. Comme toi, je n'ai pas voulu voir cette vérité. Mais je sais, maintenant, que ton sang coule dans mes veines. Il me suffit d'entendre ta voix pour y reconnaître celle de notre mère. Nous ne l'avons pas connue, Camille, ni toi ni moi. Mais elle vit à travers nous. Je sais que tu pourrais entendre sa voix, toi aussi, au fond de toi, comme je l'entends parfois au fond de moi. Si seulement tu voulais écouter... Ensemble, nous pouvons finir ce que notre mère avait commencé.*

⁂

Bohem arriva enfin en bas de l'escalier. Il s'arrêta un instant pour souffler et reprendre son équilibre. Dans la pénombre, il ne reconnaissait pas vraiment les lieux. La réalité était toujours un peu différente de ce qu'il voyait dans ses rêves. À la lumière du monde de Djar, tout était tellement plus clair, tellement plus simple !

Il leva sa torche un peu plus haut pour mieux regarder le couloir devant lui. Celui-ci disparaissait au loin, s'enfonçait dans les ténèbres. Bohem eût été incapable de dire dans quelle direction. Il avait perdu, depuis longtemps, la notion du nord et du sud. Et même celle du temps. Son esprit tout entier ne pensait plus qu'à une seule chose. Rencontrer Camille, et abandonner à tout jamais le pouvoir du Samildanach. Il se demanda quel effet aurait sur lui ce qu'il s'apprêtait à faire ? Et s'il n'y survivait pas ?

Le jeune homme se remit en marche. Il avait l'impression que les battements de son cœur étaient plus forts encore que le bruit de ses pas. Était-ce la peur ou l'impatience ?

Il se laissa bercer par le rythme hypnotique de sa marche au milieu des ombres.

⁂

*— Les sœurs de l'Athnuachan t'ont menti, Camille.*

*— Tais-toi.*

*— Essaie au moins d'envisager cette possibilité. Crois-tu vraiment que c'est dans ton intérêt seul qu'elles veulent faire renaître le Saîman ? Pourquoi penses-tu qu'elles vivent ainsi cachées depuis tant d'années ? Et que crois-tu qu'elles feront le jour où tu leur auras redonné leur pouvoir ?*

*— Je t'ai dit, Bohem, qu'il était inutile d'essayer de me convaincre. Les sœurs m'ont depuis longtemps préparée à tous tes mensonges. Tu es tellement prévisible !*

*— Je n'ai aucune raison de te mentir, Camille. Si je voulais simplement empêcher la renaissance du Saîman, je me contenterais de te tuer, ou au moins de ne pas venir à toi. Tu sais que je pourrais le faire. Que je pourrais te tuer. Mais je ne le ferai pas, Camille. Jamais. Je préférerais me tuer moi-même, ma sœur, et c'est ce que je ferai si tu refuses de me croire. J'irai me tuer, loin d'ici, loin du regard du monde, pour que jamais personne ne puisse à nouveau hériter du Samildanach masculin.*

*— C'est ridicule, Bohem ! Tu préférerais te tuer plutôt que de voir renaître le Saîman ? C'est absolument ridicule ! Mais pourquoi refuses-tu ce pouvoir ? Pourquoi te fait-il si peur ? Ta mère en jouissait bien, elle ! Tout ce qu'elle a fait, toutes ces choses dont tu sembles si fier, elle les a faites grâce à ce pouvoir magique !*

*— Notre mère, tu veux dire.*

*— Aléa n'est pas ma mère, Bohem. Je te l'ai déjà dit, ma mère était l'une des sœurs de l'Athnuachan.*

*— Dans ce cas, comment expliques-tu que tu puisses, toi, sortir à la lumière du jour ? Comment expliques-tu que tu ne sois pas comme elles ?*

*— Je... Je ne sais pas. Sans doute parce que je suis le Samildanach, Bohem... Mais... Mais comment sais-tu que les sœurs ne peuvent pas voir la lumière du jour ?*

*Sa voix se fit plus tremblante. Commencerait-elle à douter ? Ou bien a-t-elle peur de moi, au fond ? Pourtant, ce n'est pas la peur que je veux lui inspirer. C'est la confiance.*

*— Je sais tout, Camille, tout ce qu'il y a dans ton cœur. Comme tu pourrais savoir, toi, ce qu'il y a dans le mien, si tu acceptais seulement d'y regarder. Je suis ton frère, je ne peux pas te mentir. Quel risque prendrais-tu à seulement regarder ? Regarder dans mon âme pour voir si je mens.*

*— Et même si tu ne mens pas, Bohem ? Qui me dit que ce que tu crois est la vérité ? Qui me dit que ce n'est pas toi qui te trompes ? Toi, à qui on a menti ?*

*— Si tu regardais, Camille, tu saurais.*

⁂

Mjolln fut réveillé en sursaut au milieu de la nuit par des bruits de pas dans le couloir devant sa porte.

Le barde se redressa et se frotta les yeux. Il était

épuisé. Après le départ de Bohem, ils avaient parlé très tard dans la soirée. Les conversations s'étaient éternisées, les débats s'étaient épanouis sous la direction sage d'Hélène de Quienne, et l'on avait seulement pris la mesure des chantiers qu'il y aurait à mener, si Bohem parvenait à faire ce qu'il avait à faire. Tout le monde avait participé. Les Tuathanns tout autant que les Bons Hommes de Bernard de Laroche... Les Compagnons, comme les Baintreach Clanns ou les habitants de Gallica... Chacun avait apporté son idée, sa suggestion. Chacun avait livré ses craintes. Bohem avait raison : il fallait saisir l'opportunité de faire changer les choses. Mais il y avait tant à faire !

D'une certaine façon, envisager ainsi l'avenir était aussi un moyen pour eux d'espérer. De croire que tout était encore possible. De se convaincre que Bohem allait réussir.

Mjolln, au fond de lui, savait pourtant que leurs chances étaient minces. Car tout reposait, en fin de compte, sur le bon vouloir de Lailoken... Un seul homme qui détenait au creux de ses mains le sort du monde tout entier...

Le barde se leva et enfila ses vêtements pour aller voir ce qu'il se passait dans le couloir. Il ouvrit la porte et vit, deux chambres plus loin, Finghin, Kaitlin et Hélène, réunis devant la porte.

Mjolln fronça les sourcils. Cela ne lui inspirait rien de bon. Il se demanda qui dormait dans la chambre devant laquelle ils s'étaient rassemblés.

Il s'engagea dans le couloir.

— Que se passe-t-il ? chuchota-t-il en marchant vers eux.

Il croisa alors le regard de Kaitlin et vit qu'elle avait les yeux pleins de larmes. La cheminante ferma les paupières et cacha son visage contre la poitrine de Finghin.

Mjolln accéléra le pas et répéta sa question quand il fut auprès de ses amis :

— Ahum ! Ça, que se passe-t-il ?

Hélène de Quienne se tourna vers le nain et posa une main sur son bras.

— C'est Tagor, votre ami. Il... Il est mort, Mjolln.

Le barde écarquilla les yeux. Tout son corps se crispa. Il pencha la tête vers Finghin, comme pour trouver une confirmation dans le regard du druide. Mais celui-ci pleurait aussi. Et alors Mjolln, prit vraiment conscience de la réalité. Tagor, l'oncle de Bohem, était mort.

Le nain, les lèvres tremblantes, repoussa lentement la main de la duchesse encore sur son épaule et se glissa à l'intérieur de la chambre. Il vit alors dans la pénombre les trois Tuathanns du conseil des Baintreach Clanns, réunis autour du lit de Tagor. Il avança encore un peu et il aperçut enfin le visage de son ami. Son vieil ami. Son visage aux traits si fins, ses yeux aux couleurs si singulières, la crête de ses cheveux...

Mjolln sentit les larmes couler sur ses joues. Il se rapprocha du lit, entre deux Tuathanns, et attrapa la main de Tagor. Il pensa aussitôt à Aléa, puis à Phelim, le père de celle-ci. Et enfin, il pensa à Bohem. Cette famille devrait-elle donc être sacrifiée entièrement ? Ne trouverait-elle jamais la paix, le répit ? Comment le sort pouvait-il s'acharner ainsi ?

Le nain pleurait si fort qu'il en oubliait le monde autour de lui. Tout se mélangeait dans sa tête. Ses souvenirs, le corps blafard de Tagor, les voix dans sa mémoire... Celles qu'il entendait par vagues, dans la pièce, celles des Tuathanns, qui invoquaient la Terre dans leur rite funèbre.

« Que les forces de notre Terre accueillent l'hommage que nous leur adressons, et nous accordent leurs Bienfaits. »

Il avait l'impression que ces voix venaient d'un autre monde. Il serra la main gelée de Tagor entre ses paumes et il laissa sa tête tomber dessus.

La litanie des Tuathanns continua longtemps, accompagnant ses pleurs comme sa cornemuse eût joué sur le mode du deuil, puis lentement, leurs voix se firent plus douces, et enfin ils se turent.

Le corps de Mjolln fut secoué encore de quelques sanglots. Puis il entendit l'un des guerriers à côté de lui :

— Y a-t-il la paix ?

La phrase résonna entre les quatre murs de la petite chambre. Mjolln releva la tête et essuya ses joues d'un revers de manche.

— Y a-t-il la paix ? répéta le Tuathann.

Le nain reposa la main de Tagor le long de son corps immobile.

— Y a-t-il la paix, monsieur Abbac ?

Mjolln ferma les yeux. Il se laissa transporter par son esprit. Il vit alors Bohem, comme dans un rêve, qui marchait dans les ténèbres, une torche à la main. Qui marchait vers les dernières heures de leur ultime combat.

— Oui, répondit le nain d'une voix déchirée. Oui. Il y a la paix.

⁂

*— J'ai vu... J'ai vu dans ton cœur, Bohem.*

*— Alors tu sais.*

*Elle ne répond pas. Est-ce mon cœur que j'entends ou le sien ? Nos deux battements se mélangent. Si rapides ! Si forts !*

*J'insiste.*

*— Tu sais, Camille ?*

*Elle ne doit plus être loin. Le rythme de son pouls s'accélère. Je l'entends comme s'il était près de moi. Comme si c'était le mien.*

*— Oui, Bohem. Je sais. J'ai vu... Mais ce n'est pas possible !*

*— Qu'as-tu vu, Camille ?*

*— J'ai vu la vérité au fond de ton âme. J'ai vu... Mais non ! Je ne veux pas y croire !*

*— Allons, dis-le, Camille.*

*— Non.*

*— Dis-le.*

*J'entends des sanglots, là, à quelques pas seulement. Ce sont les sanglots d'une enfant. Oui. Elle pleure à présent. Elle pleure parce que le passé et l'avenir ont été détruits autour d'elle. Le monde s'est écroulé sous ses yeux, comme il s'était écroulé sous les miens. Ses rêves, ses espoirs, toute une vie de mensonges. Combien je comprends sa douleur ! J'ai vécu ce vertige terrifiant. Comme je voudrais la tenir dans mes bras ! Partager avec elle ce qu'on ne nous a jamais laissé partager...*

*— Dis-le, Camille, dis-le et tu seras libérée.*

*— Tu es... Tu es mon frère.*

*Elle pleure, elle tremble. Et cette fois, je sais que ce n'est pas un mensonge. Qu'elle ne me trompe pas. Je sens le froid qui parcourt son échine, le nœud qui tord son ventre, la douleur, la souffrance profonde. La trahison qu'elle ressent. Et surtout, je sens cet amour soudain ; cette confiance sororale, si entière, si franche ! Si nouvelle ! Et si désespérée.*

*Oui, elle a vu. Comme moi, elle a vu, et elle a compris. Et c'est pour elle une tragédie plus terrible encore que la mienne. Un impitoyable abandon. Car elle est seule. Moi, j'ai Vivienne.*

*— Les sœurs de l'Athnuachan t'ont menti, Camille, depuis le début. Mais tu sais la vérité maintenant, et je ne les laisserai plus te mentir. Et je ne te laisserai plus jamais seule.*

*— Je... Je ne comprends pas. Comment ont-elles pu ? Pourquoi ? Et... Que vais-je devenir ? Oh ! Bohem ! Ne me laisse pas ! Dépêche-toi, Bohem... Je ne sais plus... Je suis perdue. Je voulais tant que le Saîman renaisse ! J'y croyais tellement ! Et maintenant ?*

*Je sens son cœur qui se déchire. Je vois son esprit qui s'abîme, qui chute, dans un gouffre sans fin. Sa jeunesse qui s'envole. Elle est si seule ! Et depuis si longtemps ! Il n'y avait aucun amour dans le regard des prêtresses de l'Athnuachan, aucune douceur dans les années qu'elle a vécues parmi elles. Camille a toujours été seule.*

*Ma pauvre petite sœur.*

*— Je viens, Camille.*

*— Dépêche-toi...*

*— Je ne suis pas loin, ma sœur. J'arrive. Nous allons sortir d'ici. Nous allons en finir, Camille, terminer ce que notre mère avait commencé. Ensemble. Réunis enfin. Je ne te laisserai plus, ma sœur. Plus jamais. Nous réparerons ce qui a été détruit.*

*Elle se tait. Ses sanglots, soudain, s'effacent. Je sens comme un éclair, un coup de fouet. Glacial. Une douleur immense que son esprit pousse jusqu'à moi. Un dernier appel au secours.*

*— Je crois... Je crois qu'il est trop tard, mon frère.*

⁂

Bohem se mit aussitôt à courir. Il aperçut devant lui la faible lumière de la crypte. Il lâcha sa torche et courut de toutes ses forces. La voix de Camille s'était soudain éteinte dans sa tête. Elle résonnait comme un cri dans une vaste clairière obscure.

Il franchit les derniers pas en hurlant le nom de sa sœur et il plongea dans la lumière tamisée de la petite pièce. Quand il fut à l'intérieur, il comprit aussitôt que Camille avait eu raison.

Il était trop tard. Déjà trop tard.

Lamastu se tenait debout face à lui et, dans la main droite, elle tenait un poignard ensanglanté. Derrière elle, Bohem vit le corps sans vie de Camille, étendu par terre dans une mare écarlate.

Le louvetier sentit son cœur défaillir. Non. Pas Camille ! Pas sa sœur ! Sa véritable sœur, son sang, sa chair, qui lui avait tendu la main. Qui avait appelé au secours...

Non ! La souffrance était trop grande. L'injustice trop rude. Il avait déjà tant souffert ! Tant perdu ! Bohem, les yeux emplis de larmes, le cœur détruit, entra dans une colère folle.

Sans réfléchir, il poussa un cri de haine et se jeta sur la prêtresse avec la force d'un fauve. Il essaya de la saisir à la gorge, mais Lamastu esquiva et pivota sur le côté tout en envoyant un coup de poignard qui effleura le buste de Bohem. Le jeune homme se retourna, le visage tordu par une rage que plus rien ne pourrait éteindre que la mort.

Il sentit le picotement de l'éraflure à sa poitrine. Il reprit son souffle. Puis, la tête basse, le regard menaçant, il dit d'une voix grave et fulminante :

— Je suis venu sans arme, Lamastu. Regarde. Je m'étais juré de ne plus jamais tuer. Plus jamais. Mais pour toi, traîtresse, pour toi seulement, je ferai une exception. Je vengerai ma sœur, non pas seulement parce que tu me l'as volée, mais parce que tu lui as volé, à elle, toute sa vie. Depuis le premier jour. Et il n'y a rien en moi qui puisse te pardonner.

La sœur de l'Athnuachan éclata de rire.

— Je suis la nouvelle Samildanach, Bohem. Pourquoi ne cèdes-tu pas enfin ? Allons, rends-toi à l'évidence. Camille est morte, et c'est de ta faute, après tout. C'est toi qui as tout gâché. Je misais beaucoup sur elle. Mais tu l'as pervertie, n'est-ce pas ? Tu es responsable de sa mort, Bohem. De la mort de ta propre sœur. Combien de temps encore laisseras-tu les tiens mourir autour de toi par ton entêtement ? Il te suffirait de nous rejoindre, Bohem. Ensemble nous pourrions...

Le louvetier ne la laissa pas finir, il se jeta une nouvelle fois sur la prêtresse, en essayant de la saisir au poignet pour lui enlever son arme. Mais la femme repoussa sans peine son attaque et lui assena un nouveau coup de poignard, à l'épaule cette fois.

Bohem poussa un cri de douleur. Le sang coulait déjà sur son bras.

— Hier encore, tu aurais peut-être eu une chance de me battre, Bohem. Une infime petite chance. Mais à présent, je sens l'Arhiman qui coule à nouveau dans mes veines. Il est discret, timide, presque invisible, mais il est bien là. J'ai retrouvé sa saveur d'autrefois. Tu ne peux rien contre moi.

Le louvetier avait le souffle court. Il se demandait comment il pourrait battre cette femme, lui qui n'avait ni épée ni poignard.

*Nous ne sommes pas à armes égales. Mais je te tuerai, Lamastu. Je tuerai ce regard qui fut le dernier à se poser sur le visage de ma sœur en vie.*

Bohem fit un pas de côté. Il essaya de deviner les traits de la prêtresse à travers son voile diaphane. Mais il n'y avait pas assez de lumière.

— Montre-moi tes yeux ! lança-t-il soudain. Je ne veux pas tuer un ennemi sans visage. Montre-moi la figure de ta haine, avant que tu ne meures.

Lamastu émit un sifflement.

— Si quelqu'un doit mourir, ici, Bohem, ce sera toi, dit-elle d'une voix stridente. Mais si tu veux voir le visage de ton bourreau, alors soit : regarde.

Délicatement, elle enleva le voile qui couvrait son visage.

Bohem vit alors la figure d'une vieille femme, pleine de rides, comme figée dans une grimace de douleur éternelle, de rancœur et d'aigreur. Ses yeux n'avaient pas de pupilles, ils étaient entièrement noirs, comme deux charbons brillants. Et sa peau était d'une blancheur morbide.

*Une vieille femme ! Elle me fait pitié, à présent !*

*Suis-je donc capable de tuer une vieille femme ? Non ! Je ne dois pas culpabiliser. Ce n'est pas une femme. C'est un assassin, sans cœur, sans regret. Un pur assassin.*

*Mais en suis-je capable ?*

*Elle a tué ma sœur. Et si je ne la tue pas, moi, alors elle plongera le monde dans de nouvelles injustices pour les siècles à venir. Des milliers de gens mourront et souffriront par sa faute. Par la mienne. Je ne dois pas fuir mes responsabilités. Elle est le Samildanach. Elle doit disparaître. Même si je dois la tuer.*

*Oui, je dois briser ma promesse. Cette fois, je dois tuer. Tuer une dernière fois.*

*Car la prêtresse vient de fermer la troisième voie.*

*Mais je ne peux pas la battre au corps à corps. Non. Nos chances ne sont pas équilibrées. Je ne suis pas armé, moi. Je dois la battre autrement. Trouver une autre solution. Une faille.*

Lamastu dut sentir que Bohem préparait quelque chose, car elle se jeta précipitamment sur lui et envoya un coup de poignard vers la gorge du jeune homme. Bohem se pencha sur le côté et évita la lame de justesse.

Il s'écarta, mais il vit alors qu'il avait le mur derrière lui qui l'empêchait de se mettre hors de portée.

*Je dois me battre autrement. Le Saîman. Il doit me rester encore un peu de Saîman. Après tout, je suis, moi aussi, le Samildanach.*

La prêtresse se remit en position de combat. Sa longue robe noire frémissait-en traînant sur le sol.

— L'heure de ta fin est venue, Bohem. Tu aurais dû accepter notre offre. Nous étions prêtes à traiter avec toi. Mais tant pis pour toi. Il est trop tard maintenant. Tu vas rejoindre ta sœur. Lailoken, j'en suis certaine, sera plus conciliant.

Lamastu avança sur le côté de façon à coincer Bohem dans l'angle de la petite crypte. Le louvetier, pas à pas, n'eut d'autre solution que de reculer jusqu'à ce qu'il soit acculé.

Il vit alors le sourire sur le visage de la vieille femme. Et le battement de cils qui précédait l'attaque. Comme un signe funeste. Un dernier signe avant la mort.

Et aussitôt, Lamastu lança son ultime assaut.

Bohem ferma les yeux. Et l'instant devint éternité.

*Un tout petit peu de Saîman.*

Le louvetier plongea à l'intérieur de lui-même, dans les ténèbres de son esprit troublé. Son âme se mit à flotter dans l'obscurité infinie, dans la douleur, la tristesse, à la recherche de l'étincelle. Une dernière petite étincelle. Mais il ne trouva que le vide et le noir.

*Il n'y a plus rien. Plus la moindre petite flamme.*

Le monde vacilla. Et les deux forces se rencontrèrent. Samildanach contre Samildanach. Saîman contre Arhiman. Les deux dernières gouttes de puissances millénaires.

*J'ai perdu le contact. Il ne me reste plus assez de*

*force pour rallumer la flamme. Je vais mourir. Comme Camille. Vivienne, j'ai perdu. J'ai manqué à ma promesse. Nous ne nous reverrons plus.*

Bohem sentit la pointe de métal froid s'enfoncer dans son ventre. La douleur pénétra son âme. Et soudain, dans l'opacité de son esprit, il vit une lumière. Une toute petite lumière. Il avança vers elle, aussi vite qu'il put. La lame pénétrait sous sa peau. Il aperçut alors le visage d'une femme, aux cheveux bruns, aux grands yeux bleus bridés, qui tenait une bougie. Qui la tendait vers lui. La flamme vacillait. Elle dessinait sur le sourire de cette femme des motifs harmonieux.

Bohem tendit les mains vers la lueur frémissante et, dans un élan désespéré, il embrassa le Saîman pour la dernière fois.

*Je suis ce que tu crains le plus, Lamastu. Regarde. Je suis le visage de ta mort. La couleur de la liberté. Ton pire ennemi. Lamastu ; je suis la lumière du jour.*

La crypte explosa soudain sous les rayons aveuglants d'une intense lumière. Ce fut comme une détonation de feu, un incendie immense, comme si la salle tout entière avait été frappée d'un coup par un éclair gigantesque.

Bohem, plaqué contre le mur, fut écartelé par la douleur. Des rayons phosphorescents sortirent de ses mains, de ses yeux, de sa bouche, comme des cascades brûlantes.

Il entendit alors le hurlement strident de Lamastu, tout près de lui. Un hurlement de stupeur et d'effroi.

Puis un cri d'agonie, horrible. Bohem regarda. Il vit le corps en feu de la prêtresse. Puis la lamentation déchirante s'éteignit lentement dans le crépitement des flammes.

La prêtresse s'écroula alors aux pieds du louvetier, dévorée par le feu.

Et aussitôt, le Saîman s'éteignit.

Bohem se laissa tomber à genoux. Le visage crispé par la brûlure, il enleva lentement le poignard enfoncé dans son ventre. Il n'était entré que jusqu'à mi-lame. Mais tout son corps le faisait souffrir. Le Saîman lui avait dévoré les veines. Sa bouche était sèche. Ses yeux le piquaient et sa vue était brouillée de mille lueurs. Le louvetier, éreinté, releva lentement les yeux.

Il regarda un instant le corps carbonisé de Lamastu, juste devant lui, qui était encore parcouru par quelques flammes vacillantes.

Il se leva délicatement. Sa peau lui tirait. Il attendit quelques instants, anéanti et hypnotisé par le spectacle terrible de ce corps qui se réduisait déjà en cendres.

Puis, quand il eut repris ses esprits, d'un pas chancelant, il traversa la pièce et s'approcha du corps de Camille. Il s'agenouilla auprès d'elle.

Il caressa lentement les cheveux de sa sœur, posa une main sur son buste ensanglanté. Camille ! Ainsi, il ne connaîtrait jamais cette sœur. Il n'arrivait même plus à pleurer. Tout était tellement irréel ! D'une cruauté qui dépassait la raison.

Avec des gestes lents et délicats, il enleva la bague

du Samildanach du doigt de celle qui fut sa reine et sa sœur, et il la rangea dans le petit sac autour de son cou.

Puis il attrapa le corps de Camille, le prit dans ses bras, se releva et partit vers l'escalier qui menait à la ville.

Il remonta vers la lumière, abandonnant à jamais dans les ténèbres une partie de lui-même, quelques bribes anciennes de ses rêves innocents.

⁂

C'était comme si le jour, ce matin-là, avait refusé de se lever. Vivienne, le front appuyé contre la fenêtre, regardait dehors les hommes qui s'affairaient dans la cour à la lumière de leurs torches. Le ciel était noir, opaque. On ne savait si c'étaient les nuages qui empêchaient la lumière du soleil de tomber sur la Terre, ou si c'était l'astre, tout simplement, qui avait disparu. À jamais peut-être.

Des soldats, en bas, dégageaient la neige pour permettre le passage d'un bâtiment à l'autre, mais les flocons continuaient de tomber avec une persistance décourageante.

À son réveil, sa tante était venue lui apprendre, bouleversée, la mort de Tagor. Vivienne avait écouté. Mais elle n'était pas parvenue à mesurer vraiment l'importance de la nouvelle. C'était comme si elle avait réservé sa peine pour plus tard. Car elle ne pensait qu'à une chose. Ou plutôt, à une seule personne. Bohem.

Le louvetier n'était toujours pas revenu. La nuit était passée, pourtant. Elle posa la main sur la sacoche qu'elle portait à sa ceinture et se rappela la phrase que Bohem avait dite la veille : « Prends la bague. Si demain je ne suis pas revenu, détruis-la. » Mais il lui avait promis de revenir ! Il ne pouvait pas avoir menti !

Vivienne poussa un long soupir. Comment avait-elle pu le laisser partir seul ? Comme elle était idiote ! Et s'il ne revenait pas ? S'il était mort, dans les ténèbres que cachait la ville ? Elle ne se le pardonnerait jamais !

Soudain la jeune femme vit des gardes dans la cour qui allaient ouvrir les portes du palais. Son cœur se mit à battre. Toute la nuit, elle s'était réveillée en sursaut, en nage, et avait couru à la fenêtre pour voir si Bohem ne revenait pas. Mais chaque fois, elle avait vu les portes fermées. Comme deux yeux froids et pleins d'indifférence. Et si cette fois-ci, c'était la bonne ? Elle serra les poings. Son souffle faisait des ronds de buée sur la vitre. Comme des voiles pudiques entre elle et le monde assombri.

Les immenses portes de bois s'ouvrirent lentement. Vivienne se hissa sur la pointe des pieds. Elle sentit son estomac se nouer. Puis, enfin, elle le vit, à la lueur des grandes torches qui brûlaient près des remparts.

Bohem. C'était bien lui. Avec ses longs cheveux noirs et ses yeux si clairs ! Beau comme au premier jour. Lumineux comme dans les mille rêves qu'elle avait faits de lui. Il portait dans ses bras le corps de Camille de Chastel. Et son visage était maculé de sang.

La jeune femme se retourna et se précipita vers la porte. Elle traversa le couloir en courant et descendit quatre à quatre les marches de l'escalier de marbre.

Quand elle arriva dans la cour, il y avait déjà beaucoup de monde autour de Bohem. Un soldat avait pris dans ses bras le corps de Camille de Chastel pour soulager le louvetier qui tenait à peine debout.

Vivienne se précipita vers lui et passa un bras dans son dos pour l'empêcher de tomber. Il semblait à bout de forces. Mais il sourit.

Au même moment, Hélène, Fidélité et Mjolln apparurent dans la cour du palais.

— Écartez-vous ! demanda la duchesse d'une voix autoritaire. Laissez respirer Bohem !

Les gens reculèrent en silence.

— Venez, dit la duchesse. Venez à l'intérieur.

— J'ai... Je suis arrivé trop tard, Hélène... Regardez... Je... Je n'ai pas pu sauver ma sœur... Camille est morte. Oh ! Je m'en veux tellement !

— Vous avez fait ce que vous avez pu, Bohem. Allons, nous parlerons de tout ça plus tard. Venez avec nous.

— Mais Lamastu... Je... Je l'ai tuée. Je n'ai pas eu le choix. Elle avait hérité du Samildanach... Je l'ai tuée !

— Tu as bien fait, Bohem, affirma Vivienne en le serrant dans ses bras.

— Je ne sais pas. Je m'en veux tellement ! Mais je ne pouvais pas la laisser... Elle était devenue le Samildanach...

La duchesse de Quienne adressa un sourire à Bohem.

— Vivienne a raison, balbutia-t-elle, vous avez bien fait, Bohem. Nous vous devons tous beaucoup. Maintenant, rentrons. Vous devez vous reposer.

— Non, répliqua le louvetier en se dégageant de l'étreinte de Vivienne. Non. Il reste Lailoken...

— Plus tard, Bohem. Nous verrons cela ce soir. Pour le moment, vous devez reprendre des forces. Vous avez une mine épouvantable.

— Non, insista Bohem en poussant un soupir. Cela ne peut plus attendre, duchesse... Nous devons faire cela tout de suite.

Il y avait dans ses yeux une détermination qui semblait inébranlable.

— Bohem ! intervint Vivienne. Tu n'as plus de forces. Tu es blessé. Tu as du sang partout ! Ce serait ridicule ! Cela peut attendre ce soir.

— Non, s'exclama le jeune homme d'une voix sèche et courroucée. Non ! Nous devons finir... Finir ce que nous avons à faire une bonne fois pour toutes. Hélène, rassemblez les autres dans la salle où nous nous sommes réunis hier... Nous devons aller chercher le Sauvage. Nous devons en finir.

Mjolln s'approcha à son tour du louvetier.

— Ahum... Bohem... Il faut que tu saches, oui... Ahum. Tagor... Il est mort, cette nuit.

Le jeune homme ferma les yeux. Comme il l'avait fait avant, il retint ses larmes.

Alors, voilà ! C'était donc arrivé ! Ce qu'il avait craint si longtemps était donc arrivé ! La mort avait fini par emporter l'un des leurs ! Son oncle. Le frère de sa mère. Il avait envie de hurler à nouveau. De crier contre l'injustice de ces morts soudaines. Mais il savait que cela ne servirait à rien. Après tout, Tagor n'était qu'une victime de plus. Une injustice de plus, comme toutes celles dont ils avaient été les témoins depuis des semaines maintenant.

Il rouvrit les yeux et se tourna vers le corps de Camille, dans les bras du soldat qui attendait près d'eux.

— Ainsi, tous les membres de ma famille sont morts, maintenant.

Il poussa un long soupir et regarda Hélène.

— Voilà une raison supplémentaire de nous dépêcher, duchesse... Allons. Nous ne pouvons plus attendre.

Hélène acquiesça lentement. Elle savait qu'il avait raison.

— Entendu. Je vais aller chercher les autres. Nous vous attendrons dans la salle de réception.

Bohem fit un signe satisfait de la tête.

— Nous enterrerons Tagor et Camille ensemble,

ajouta la duchesse en posant une main sur le bras du louvetier. Et dignement.

— Merci. Mais le temps de pleurer tous ceux que l'hiver a emportés n'est pas encore venu, Hélène. Vous savez ce qu'il nous reste à faire. Dépêchons-nous.

La duchesse le regarda, pleine d'admiration pour ce jeune homme déjà si mûr et si solide, puis elle s'éloigna en silence.

— Vivienne, demanda Bohem d'une voix soudain plus douce. As-tu ici la bague que je t'ai donnée ?

— Oui, répondit la jeune femme le regard grave.

Elle fouilla dans la petite sacoche à sa ceinture et tendit le bijou au louvetier.

— Merci, dit-il.

Il prit la bague de Camille qu'il avait autour du cou et tendit les deux à Fidélité.

— Mon frère, j'ai un immense service à te demander.

Le Compagnon opina.

— Va dans l'atelier du maître forgeron et détruis sur-le-champ ces deux anneaux.

Fidélité prit les deux bagues dans sa main et les regarda un instant. Il pensa que personne, sans doute, n'avais jamais tenu ces deux anneaux en même temps dans le creux de sa paume.

— Va les détruire, insista Bohem. Ils ne signifient plus rien. Pour personne.

— Avec plaisir, mon frère.

Le Compagnon s'en alla aussitôt vers la forge du palais des ducs de Quienne.

⁂

Depuis la cour du palais des Ducs, on pouvait voir vaciller, à travers les flocons de neige, la lumière orangée qui emplissait tout l'atelier du maître forgeron. Le feu qui brûlait dans le foyer de la forge dessinait sur les outils et les pierres maculées de suie de grandes langues colorées. Le fer et l'acier scintillaient sur les établis, le long des murs. Le métal noir des enclumes semblait avaler les éclats dorés du grand feu.

Fidélité La Rochelle avait revêtu un tablier de cuir. Debout au milieu de la forge, les manches retroussées, il tirait sur la lourde chaîne d'un grand soufflet. À chaque expiration, les charbons s'allumaient de rouge et crachaient des flammèches dans le cœur du foyer.

Le Compagnon coinça les deux bagues du Samildanach au bout d'une longue pince, puis, le front trempé de sueur, il les tendit vers le milieu des flammes. Lentement, le métal rougeoya, devint phosphorescent, puis il se mit à fondre, tombant en gouttes dans un petit chaudron placé juste au-dessous.

Fidélité regarda les perles dorées pleuvoir une à une. Soudain, il fut certain d'y voir des reflets rouge et bleu. Comme des petits éclairs furtifs qui entouraient chaque goutte, puis se dispersaient dans l'air. Il n'était pas sûr de comprendre ce qu'il se passait, mais il se doutait que la magie était en train de quitter le métal fondu. De s'évanouir, à jamais.

Il se demanda qui avait fabriqué ces deux bagues, et quand ? Avaient-elles traversé les âges ? Avaient-ils raison de les détruire ainsi ? Bohem, sans doute, savait ce qu'il faisait. Mais quelle responsabilité !

Quand les anneaux furent entièrement détruits, il coula le métal dans un moule sphérique et le plongea dans l'eau. Un nuage de vapeur s'éleva au-dessus du baquet. L'eau bouillonna en sifflant.

Il dégagea la petite boule dorée et la posa sur une enclume pour la laisser refroidir.

Il poussa un soupir soulagé. Puis il sourit. Il était là, son chef-d'œuvre. Dans cette simple petite sphère d'or lisse. Dans cet objet anodin, ridicule, dont seuls quelques initiés pourraient comprendre la valeur intrinsèque. Une si petite chose, dont la portée symbolique, en réalité, pouvait changer le monde.

Quand elle fut froide, il glissa la boule dans sa poche, ôta son tablier et quitta l'atelier du maître forgeron.

***

Pendant qu'Hélène de Quienne préparait leur réunion, Bohem monta soigner ses blessures dans la chambre de Vivienne. La jeune femme l'aida à nettoyer les plaies sur son épaule et son ventre. Bohem sursauta au contact de l'eau chaude sur sa peau.

— Ça va ?

Le louvetier hocha la tête, en essayant de prendre un air paisible.

— Oui. Mais ça ira mieux quand tout sera fini, dit-il.

Vivienne reposa les linges avec lesquels elle avait soigné ses blessures et l'embrassa. Puis elle posa sa main sur la joue du louvetier.

— Plus rien ne peut nous séparer, Bohem.

Le jeune homme acquiesça.

— Non, plus rien. À partir de maintenant, nous resterons toujours ensemble, dit-il. Je me suis senti tellement seul, quand Camille est morte...

La jeune femme l'embrassa à nouveau, passionnément.

— Tu te sens prêt ? demanda-t-elle.

— Je veux en finir. De toute façon, nous n'avons pas le choix. La Samildanach n'est plus. Je suis seul à présent. Dans quelques heures, je le sens, le Saîman aura complètement disparu. Si Lailoken ne revient pas, s'il ne répare pas ce qui a été rompu, nous mourrons tous, comme les Brumes. Dans quelques heures seulement.

— Tu as peur ?

— Je ne sais pas. Oui. Sans doute. Pas toi ?

— Si. Mais tant mieux, déclara Vivienne. Les gens qui n'ont pas peur ne sont pas assez prudents !

Le louvetier sourit. Il serra dans ses mains les doigts de son amante.

— Quoi qu'il arrive, maintenant, nous aurons été heureux, Bohem. Ces quelques instants seulement méritaient que l'on vive.

— Oui. Mais nous n'en avons pas fini, Vivienne. Nous avons encore beaucoup à vivre. Allons-y ! chuchota-il.

— Je t'aime, dit la jeune fille en posant son front contre le sien.

— Moi aussi.

Ils se levèrent tous deux, quittèrent la chambre et descendirent vers la grande salle de réception.

Bohem ouvrit la porte et laissa passer Vivienne devant lui. La pièce était plongée dans un clair-obscur inquiétant. Dehors, les nuages étaient de plus en plus sombres. À travers les fenêtres, on voyait de grands éclairs gris-bleu qui déchiraient le ciel épais. Le monde semblait être sur le point de s'éteindre complètement.

Tous ceux à qui Bohem avait dit la veille qu'il comptait sur leur aide étaient là. Il ne manquait, bien sûr, que Tagor.

Le louvetier prit place et les regarda les uns après les autres. Vivienne à sa droite, Loeva, à sa gauche, puis Hélène, Mjolln, Fidélité, Lucine, Finghin, Kaitlin et les trois Tuathanns. Ils étaient douze rassemblés autour de la grande table, leurs visages découpés par la lueur de quelques bougies discrètes.

— Mes amis, commença Bohem d'une voix moins

assurée que la veille, le moment est venu de mettre fin à l'hiver.

*Mettre fin à l'hiver.* Oui, il s'agissait bien de cela. Mettre fin à l'hiver et laisser place au printemps. À un nouveau printemps. Dehors, le ciel était devenu trop noir. Ils ne pouvaient plus attendre.

— Fidélité, as-tu détruit les deux anneaux ?

Le Compagnon acquiesça, prit dans sa poche la petite boule de métal doré et la tendit à son ami.

— Non, dit Bohem. Garde-la. Elle ne pourrait trouver meilleur gardien.

Le Compagnon fronça les sourcils, puis enfonça la sphère dorée dans sa poche. Il n'était pas sûr d'être vraiment heureux de garder cet artefact. Mais c'était peut-être son rôle, son Devoir. Bohem, après tout, en avait bien d'autres !

Le louvetier lui adressa un sourire reconnaissant. Des cernes de fatigue creusaient son visage. Mais ses yeux brillaient comme deux étoiles solitaires.

— Bien. Alors nous y voilà. L'heure est venue.

Il regarda tous ses amis, d'un air complice et tendre.

— Nous y voilà, répéta-t-il, comme s'il voulait s'en convaincre lui-même. J'espère que vous êtes prêts.

— Nous sommes prêts, répondit Hélène de Quienne.

Ils l'étaient tous depuis longtemps.

— Bohem, reprit la duchesse d'un air grave, les morts sont de plus en plus nombreuses, dans le palais tout entier. Les gens s'éteignent par dizaines.

— Alors nous ne devons pas attendre un instant de plus. Je vais vous emmener avec moi dans le monde de Djar, expliqua-t-il. Finghin, Lucine, Mjolln, et même vous, Hélène et Vivienne, vous savez déjà plus ou moins ce qu'est Djar. Les autres, n'ayez pas peur. Considérez qu'il s'agit d'une sorte de passerelle entre notre monde et celui des rêves. C'est... C'est un jeu de l'esprit. Cela ressemble, au fond, à ce que les alchimistes appellent l'égrégore. C'est une force, un univers invisible qui peut réunir nos esprits. Si nous restons unis, dans le monde de Djar, nous nous renforcerons les uns les autres. Alors laissez-vous guider, accordez-moi d'emmener vos âmes dans ces terres singulières, et ne nous séparons plus.

Le louvetier tendit les mains vers ses deux voisines.

— Formons une chaîne autour de cette table, dit-il d'une voix solennelle. Quoi qu'il arrive, ne lâchez jamais la main de vos voisins. Souvenez-vous, nous devons toujours rester unis. Tant que nous resterons unis, Lailoken ne pourra rien contre nous.

Les douze convives échangèrent quelques regards, puis, lentement, ils se donnèrent la main.

— À présent, murmura Bohem, fermez les yeux. Et plongez à l'intérieur de vous-mêmes. N'oubliez pas. C'est notre seule et dernière chance. Ensemble, nous pouvons y arriver. Ensemble. Alors quoi qu'il arrive, ne rompez pas la chaîne.

Bohem regarda ses compagnons fermer les yeux les uns après les autres, puis il fit de même. Ses paupières closes, il sentit la poigne tendre mais ferme de Vivienne, à sa droite. Il se demanda s'il parviendrait à les emmener tous.

Les emmener dans le monde de Djar. Pour la dernière fois. Il était le seul à pouvoir le faire. Oui. C'était ce qu'Aléa avait voulu, sans doute. Ce que les Baintreach Clanns attendaient de lui. Il était le passeur, le médiateur. Celui qui pourrait guider les hommes vers un monde nouveau, ou bien vers la mort, s'il échouait. Tout se résumait à cela. À ce dernier voyage.

Bohem frissonna, puis il laissa son esprit vagabonder, se détacher doucement du monde réel. Il s'abandonna. Il sentit son âme flotter, quitter son corps, ses os. Il la fit circuler lentement au cœur de la chaîne qu'ils formaient de leurs mains. De corps en corps, il voyagea autour de la table, emmenant avec lui les âmes de ses amis.

Et enfin, comme un seul, ils s'élevèrent vers le monde de Djar.

***

*Les murs des maisons de Villiers-Passant se dessinent lentement autour de nous, un à un. Tout autour de nous. Nous voici isolés, loin du monde, de tous les mondes. Protégés dans mon petit village, ma source, derrière les remparts de nos consciences.*

*Il fallait donc que je revienne. Que nous venions ensemble.*

*Oui. C'est la première fois que je parle au pluriel dans le monde de Djar. Je ne suis plus seul, à présent. Nous sommes unis. C'est bon d'être plusieurs. Djar semble avoir changé de saveur, comme s'il était porté par le nombre. Jamais le soleil n'a brillé aussi fort. Jamais les cieux ne m'ont paru aussi vastes. Oui. Ils sont là, tous. Nous sommes douze orphelins solidaires.*

*Nous sommes les Enfants de la Veuve.*

*Je tourne les yeux sur ma gauche. Je vois celle qui est devenue ma petite sœur. Loeva est si belle ! Son visage resplendit. Ses yeux sont grands ouverts, elle semble boire du regard toute l'étendue du monde de Djar.*

*À droite je découvre le profil délicat de Vivienne. Son nez de chat, sa chevelure de boucles dorées. Elle est la beauté même. Je lui serre la main plus fort. Elle tourne la tête vers moi. Elle sourit.*

*On dirait qu'ils n'ont pas peur. Non. Je sais. Vous n'avez pas peur. Parce que nous sommes ensemble. Vous entendez mes pensées comme j'entends les vôtres. Le monde de Djar nous appartient.*

*Les ruelles, doucement, s'allongent autour de nous. Elles courent jusqu'aux remparts qui s'élèvent à présent vers le ciel. Nous sommes assis au cœur du village, dans la terre rouge de Tolsanne.*

*Je regarde nos mains. Je regarde cette chaîne si fragile et si solide à la fois. Nous sommes forts. Parce que nous ne souhaitons rien d'autre que la réussite de tous. Nous croyons aux lendemains. Il n'y a pas d'autre route que celles que suivront nos enfants. Pas d'autre chemin que le progrès. Nous irons ensemble dans un monde meilleur, ou nous mourrons.*

*Alors nous attendons ensemble.*

*Il ne manque plus que lui. Le Sauvage. Il ne peut pas détourner son regard, cette fois. Il sait que nous sommes là. À ce carrefour que lui aussi doit emprunter.*

*Nous devons l'appeler. Où qu'il soit. Car nous ne pourrons pas attendre plus longtemps. Il est peut-être même déjà trop tard.*

*Oui. Nous devons appeler Lailoken.*

*Lucine, Finghin! Il nous écoute. Invoquons le Sauvage au cœur de notre chaîne.*

*Je ferme les yeux. Je sais que le druide et la Dame de la Fontaine m'imitent. Ils l'appellent avec moi.*

*Le temps passe. Le silence pesant souffle dans les ruelles de ma ville.*

*J'entends la voix de Lucine qui appelle son père. Elle s'élève comme des pleurs dans le ciel clair du monde de Djar.*

*J'entends les paroles de Finghin. Le dernier druide supplie le Sauvage. Lui donne un dernier rendez-vous.*

*— Écoute-nous, Lailoken. Nos routes doivent se croiser à nouveau. Pour la dernière fois. Tu ne peux plus rester enfermé dans le monde de Djar. L'heure est venue de faire ton choix, Lailoken.*

*Soudain, je vois sa silhouette. Là. Au sommet de la*

*colline de Prade. À l'endroit même où il m'apparut la première fois.*

*Merlin. Il vient vers nous.*

*Le ciel, lentement, se couvre. Une nuée de corbeaux suit le passage du Sauvage. Il franchit les grandes portes du castrum. Il marche tout droit vers le centre du village.*

*Tous les Enfants de la Veuve tournent les yeux vers lui. Ils regardent venir celui qui n'a pas d'âge. Son corps courbé sous ses grandes peaux de bête, ses yeux d'un rouge menaçant, son visage brun. La gueule du loup qui recouvre son crâne...*

*N'ayez pas peur. Ne rompez pas la chaîne.*

*Lailoken s'arrête à quelques pas de nous. Les corbeaux, un à un, se posent autour de lui dans un vacarme immense.*

*C'est moi qu'il regarde. Et ses yeux sont toujours emplis de haine. Djar n'a soigné aucune de ses plaies. Mon plan, sans doute, a échoué.*

*— Tu as donc besoin de tant de gens, Bohem, pour venir m'affronter ?*

*— Je ne suis pas venu me battre, Lailoken. Tu le sais.*

*— Moi, si.*

*— Cela ne sert plus à rien, Merlin. J'ai tué le deuxième Samildanach. Même si tu me tuais, moi, il manquerait la moitié du pouvoir pour faire renaître un cycle...*

*Il rit.*

*— Tu as tué la femme qui portait ce pouvoir, Bohem, certes. Mais tu n'as pas tué le pouvoir lui-même. Le monde de Djar aurait disparu, si tu y étais parvenu... Et les bagues du Samildanach ! Vous croyez qu'il suffit de faire fondre le métal pour que disparaisse à jamais l'héritage du Samildanach ?*

*Il approche. Il passe dans mon dos à présent. Je ne me retourne pas. Je garde dans mes mains celles de Vivienne et de Loeva. Il regarde notre cercle.*

*— Tu n'as pas d'armes, ici, Lailoken. Tu ne peux pas te battre.*

*Il s'arrête derrière moi. Je vois son ombre qui s'étend au centre de notre chaîne.*

*— Je pourrais t'étrangler, Bohem !*

*Il rit encore.*

*— Essaie.*

*Il hésite. Il approche ses mains. Je vois Vivienne qui lève les yeux. Elle a peur. Je lui adresse un sourire pour la rassurer.*

*Lailoken arrête ses mains derrière ma nuque. Il hésite.*

*— Étrangle-moi, Lailoken.*

*Le Sauvage approche encore ses mains, mais aussitôt il se heurte à un mur invisible.*

*L'égrégore. La force invisible de nos esprits réunis. Il ne peut rien contre moi. Pas comme ça.*

*Cette fois, c'est moi qui souris.*

*— Tu ne peux pas nous toucher, Lailoken.*

*Le Sauvage pousse un cri de rage. Quelques corbeaux s'envolent derrière lui.*

*— Regarde-nous, Merlin. Vois qui nous sommes. Nous ne sommes pas tes ennemis. Nous sommes tes enfants. Regarde Lucine... Tu tuerais ta propre fille ?*

*— Je me moque de ma propre fille, Bohem ! Cela fait bien longtemps que ces choses n'ont plus pour moi la moindre importance.*

*Lucine frissonne. Ces mots, pour elle, sont comme des lames qui lui déchirent le cœur.*

*— Tu n'as donc rien appris, en errant dans le monde de Djar ?*

*— J'ai appris à te haïr encore davantage, Bohem.*

*— Je ne comprends pas pourquoi. Nous n'avons pas le choix, Lailoken. Nous ne pouvons pas vivre l'un sans l'autre.*

*— Je te hais, comme je hais tous les hommes. Notre lien est rompu depuis longtemps, Enfant de la Veuve. Pourquoi accepterais-je de vous tendre la main maintenant, à vous qui m'avez si longtemps rejeté ? Non. Votre monde ne m'intéresse plus, Bohem.*

*— Ce n'est pas notre monde, Merlin. C'est le tien.*

*— *C'était* le mien. Épouser la Terre à nouveau ? Pourquoi ? Pour assister, muet, à sa lente destruction ? Non. Je préfère le Saîman, Bohem. Ou je préfère mourir.*

*— Les hommes sont prêts à changer, Lailoken. Nous avons commencé à en parler, hier. Regarde-*

*nous. Tous, ici, nous pleurons d'avoir perdu notre lien avec la Terre. De t'avoir perdu, toi, le Sauvage...*

*Lailoken fait quelques pas en arrière. Il ne nous regarde plus.*

*— Vous, peut-être... Mais vos enfants ? Et les enfants de vos enfants ? Je connais trop bien les hommes, Bohem. Ils n'ont rien à m'offrir. Le Saîman, lui, ne m'a jamais trahi.*

*— Les hommes n'ont rien à t'offrir ? Mais que crois-tu ? C'est toi qui peux nous donner la vie, pas le contraire ! Tu as cette chance immense de pouvoir faire vivre, Lailoken.*

*— À quoi bon ?*

*— Nous voir grandir. Changer. Avancer, toujours. Te surprendre.*

*— Me détruire.*

*— Nous ne te détruirons pas, Lailoken. Nous sommes nombreux à vouloir sauver ce lien unique qui nous liait à la Terre. Nous savons que nous sommes ses enfants. Que nous ne sommes rien d'autre que des enfants de la Terre. Nos vies sont courtes, Lailoken. Quelques dizaines d'années seulement. Nous n'avons aucune emprise sur le monde.*

*— Vous êtes pourtant capables de le détruire.*

*— Nous apprendrons à le sauver.*

*— Je ne te crois pas, Bohem. Et cela ne m'intéresse plus.*

*— Donne-nous cette chance. Tu as oublié, Lailoken... Tu as oublié la joie de donner la vie. De voir*

*grandir, évoluer. De voir naître de nouvelles libertés, de nouvelles volontés. Le Saîman n'est qu'un mensonge. Il ne te donne rien. Seulement quelques artifices. Un peu de pouvoir, peut-être. Mais que vaut ce pouvoir face à celui de donner la vie ?*

*— Cela ne sert à rien de vouloir me convaincre, Bohem. Mon choix est déjà fait. Puisque nous ne pouvons pas nous battre, puisque tu te caches dans cette chaîne, je me résigne à renoncer au combat. Je suis trop fatigué, de toute façon. Mais je te laisse une dernière chance, Bohem. Une dernière chance de me rejoindre. Si tu refuses, alors je me donnerai la mort, et tout sera fini. Pour vous, comme pour moi.*

*Il ne ment pas. Il préférerait se tuer que redevenir le Sauvage.*

*Il préfère mourir que voir renaître un monde nouveau.*

*Je dois l'en empêcher. Mais comment ?*

*— Aucune de ces deux solutions n'est acceptable, Lailoken.*

*— Ce sont pourtant les seules que je te propose. Le Saîman, ou la fin des temps.*

*Je lève les yeux vers Finghin. Son visage a changé. Il a peur, maintenant. Lucine aussi. Hélène, Mjolln... Tous sont terrifiés. Ils ne croient plus en moi. Ils voient le bout du chemin. Ils envisagent l'échec. Et ils pensent aux conséquences.*

*Ils voient le monde, sous l'emprise du Saîman... Ou*

*bien ils le voient qui se meurt. Les hommes qui disparaissent, à jamais. Comme un essai raté.*

*Un immense gâchis.*

*— C'est ta dernière chance, Bohem. Allons, lève-toi. Romps cette chaîne ridicule et rejoins-moi.*

*Je serre les mains de Vivienne et de Loeva, à côté de moi. Cette chaîne n'est pas ridicule. Elle est le sens de ma vie.*

*Je sens mon cœur battre. Je commence moi aussi à douter. Car je sais que je dois refuser. Et je sais qu'il va alors se tuer. Briser à jamais nos chances de voir un jour revenir le printemps.*

*Que faire ? Je ne trouve plus les mots pour convaincre Lailoken.*

*Je suis en train de perdre. Nous ne sommes pas assez forts. Pas assez forts pour convaincre cet homme désespéré. Cet homme qui ne croit plus.*

*Je le sais maintenant.*

*Notre chaîne est incomplète. Peut-être si Tagor était là... Non. Même lui ne suffirait pas.*

*— Bohem...*

*Ce n'est pas la voix du Sauvage. Je lève les yeux. C'est Finghin. Il me regarde, le visage blafard.*

*— Bohem, aide-moi.*

*L'aider ? L'aider à faire quoi ?*

*Je ne comprends pas.*

*Il ferme les yeux.*

*Je l'imite. J'entends Lailoken qui s'approche.*

*Nous sommes dans le noir. Finghin et moi. Seuls.*

*Nos esprits flottent, comme deux brises légères dans le grand néant.*

*Je sens l'esprit du druide qui s'échappe devant moi. Je le suis. Je me projette vers l'inconnu. Où veut-il m'emmener ? Nous ne pouvons pas laisser les autres. Je tiens toujours leurs mains. Mon image dans le monde de Djar ne quitte pas la chaîne.*

*Mais alors... Je ne suis pas sûr de comprendre où nous sommes. Un monde de Djar à l'intérieur du monde de Djar ? Non. C'est autre chose. C'est cette grande obscurité, ce grand vide au cœur du Saîman. Où brillait jadis cette flamme éternelle. Mais même l'éternité a une fin.*

*J'ai peur. Je repense à tout le chemin que nous avons parcouru. À toutes les mains tendues. À tous les regards croisés. Et pourtant, nous sommes seuls.*

*Toujours seuls.*

*J'ai l'impression de chuter. De me laisser avaler par le néant.*

*Et soudain, je la vois. Comme surgie de nulle part. Discrète, fragile. Mais c'est bien elle. À nouveau, cette femme, qui tient une bougie. Cette femme aux yeux clairs. La dernière porteuse du Saîman. Mais la flamme, maintenant, est sur le point de s'éteindre.*

*Elle chuchote.*

*— Doucement, Bohem.*

*Sa voix est plus douce encore que celle de Vivienne. Elle est amour pur. Pardon.*

*Nous approchons d'elle, de son image fluette. Elle*

*lève les yeux. Elle sourit. Ce sourire me fait peur. Il me glace le sang. Car je sais qui elle est.*

*Je pousse un cri. J'ouvre soudain les yeux dans le monde de Djar. Je suis toujours dans la chaîne. Je relève la tête. Je vois Finghin. Il ouvre les yeux à son tour.*

*Il sourit. Je ne comprends pas. Je sens mon cœur qui bat. La panique qui m'habite, me submerge. Je regarde Vivienne. Ses paupières sont closes. Puis, je me tourne vers Loeva. Elle a les yeux écarquillés. Elle semble subjuguée. Je regarde dans la même direction qu'elle. Et alors je comprends.*

*Nous ne sommes plus douze dans notre chaîne.*

*Une treizième personne est entrée dans le cercle. Là. Entre Finghin et Kaitlin.*

*Je la vois.*

*La femme qui tenait la bougie, celle aux yeux bridés, aux cheveux sombres. Elle sourit.*

*— Je... Je... Je vous reconnais, madame...*

*Loeva balbutie. Que dit-elle ?*

*— Je vous ai vue...*

*Je sens le souffle de Lailoken derrière moi.*

*— Vous êtes... Vous êtes la femme sur ce tableau, reprend Loeva, le tableau du Peintre borgne, celui que j'ai vu en cachette dans le palais de Quienne... Je vous reconnais, madame.*

*Je ne comprends pas. Je regarde la femme qui est entrée dans notre chaîne. Je regarde Loeva.*

*— ... Vous êtes celle qui portait ce bébé dans ses bras...*

*La voix de Loeva se fait de plus en plus faible.*

*Elle me regarde.*

*— Bohem...*

*Elle est blanche. Si blanche !*

*— Bohem, je me sens mal... Je me sens partir...*

*Ses paupières se ferment lentement. J'entends son cœur qui ralentit.*

*— Bohem... Je... C'est... Bohem, cette femme... C'est la Dame à la forêt !*

*Et lentement, l'esprit de Loeva s'éteint. Il part dans un souffle.*

*Son corps meurt dans l'au-delà.*

*Je hurle. Je hurle si fort que le monde de Djar se met à vaciller.*

*Mes mains tremblent. Tout mon corps frémit.*

*— Ne lâche pas la chaîne, Bohem !*

*J'entends la voix terrifiée de Finghin. Mais je n'y arrive pas. Loeva est morte ! Je le sais.*

*Je le sens.*

*Et cela me détruit.*

*C'était le dernier maillon.*

*Mes mains lâchent celles de mes voisines et tombent sur le sol, dans la terre. Je m'effondre.*

*La chaîne est rompue. Djar tremble. Je lève mes yeux emplis de larmes. Un à un, les Enfants de la Veuve disparaissent. Je vois leurs regards terrifiés. Puis plus rien.*

*Il ne reste que cette femme. Cette femme aux yeux si bleus.*

*Et le corps sans vie de Loeva, là, étendu par terre. Loeva, ma douce Loeva.*

*J'ai échoué. Tout est fini.*

*J'entends le souffle de Lailoken derrière moi.*

*Il peut me tuer maintenant. La chaîne est rompue. Je suis vulnérable.*

*— Tue-moi, Lailoken. Tue-moi.*

*Je ferme les yeux. J'attends. Je veux rejoindre Loeva. Rejoindre Camille, Catriona. Mes trois sœurs. Je veux mourir, maintenant.*

*Lailoken, soudain, avance. Il passe devant moi. Je n'ouvre pas les yeux. Je ne veux même pas voir ma mort en face.*

*Un bruit sourd.*

*Je ne sens rien. La mort est-elle douce ? Indolore ?*

*Non. Je respire encore. Je suis vivant. Mes larmes coulent encore. Mon cœur souffre. J'ouvre les yeux. Et je vois alors le Sauvage, à genoux devant le corps de Loeva.*

*Il la regarde, incrédule. Ses yeux ont changé de couleur. Ses rides ont disparu. Sa peau a la couleur d'une jeunesse nouvelle. Lailoken a son visage d'enfant.*

*Il soupire. Puis il regarde la femme aux yeux outremer.*

*— Vous êtes... Vous êtes la Dame à la forêt ? demande-t-il d'une voix tremblante.*

*— Oui, Merlin. C'est moi.*

*Elle se lève. Elle porte de grands vêtements bleus et dorés. Une broche à la poitrine.*

*— Tu m'as vue mourir mille fois dans cette vallée, Lailoken. Mille fois tu m'as vue tomber, et tu n'as rien fait.*

*Je vois les yeux du Sauvage qui s'emplissent de larmes.*

*— Tu sais qui je suis, Merlin. Tu connais mon nom, et tu connais mon visage. Je suis Aléa, la fille de la Terre. Tu aurais pu me sauver. Le bébé que je portais dans mes bras est derrière toi. C'est Bohem. Mon fils.*

*Aléa. C'est elle. Je le sais. Depuis le début, je le sais. C'est cela qui me fait peur. Le visage de ma mère. Venu du monde des morts.*

*Elle est si belle. Elle est tant de promesses, et tant d'espoir.*

*J'aurais voulu que Camille la voie. Qu'elle sache. Qu'elle lise comme moi dans ce regard tout l'amour de cette femme pour le monde de demain. L'amour que nous devons faire vivre.*

*Tous ensemble.*

*Je vois les mains de Lailoken qui tremblent.*

*— Tu aurais pu me sauver ce jour-là, répète Aléa. Tu aurais pu me sauver, comme tu peux encore aujourd'hui sauver cette enfant-là.*

*Elle tend les mains vers le corps immobile de Loeva.*

*Lailoken sanglote. Il pleure comme un homme. Comme un enfant de la Terre.*

*— Je...*

*Il se tourne vers moi.*

*— Je... Je suis désolé, Bohem.*

*— Il faut que cela s'arrête, Merlin. Il baisse les yeux vers Loeva.*

*Il passe ses mains dans son dos. Il la prend dans ses bras. Il se relève. Les larmes coulent sur ses joues comme elles coulent sur les miennes.*

*Il me dévisage.*

*— Je suis désolé...*

*Je me lève. Mes jambes tremblent sous mon poids.*

*— Reviens, Sauvage. Laissons partir à jamais le Saîman. Reviens avec nous. Donne-nous une dernière chance. Nous sommes les enfants de la Terre. Tes enfants. Nous avons besoin de toi.*

*Lailoken ferme les yeux.*

*Il acquiesce. Il pose une main sur le front de Loeva. Le monde tout entier se met à brûler. Le soleil de Djar nous enlève. Lailoken embrasse Loeva. Il la ramène à la vie.*

*Et lentement, le monde de Djar s'éteint.*

*À tout jamais.*

# Épilogue

La louve fut réveillée au petit matin par un rayon de soleil qui s'était glissé dans sa tanière. La douce chaleur caressa sa fourrure épaisse. Les poils qu'elle perdait sous son ventre depuis quelques jours formaient sur le sol un duvet confortable. Elle se leva, lentement, et s'étira de tout son long, les pattes avant tendues devant elle. Le loup gris, juste à côté, bougea nerveusement la tête, mais il n'ouvrit pas les yeux.

Sans bruit, la louve se dirigea vers la petite ouverture où brillait la lumière, au bout de la tanière. Elle s'arrêta sur le seuil. Elle était éblouie par l'intensité du soleil. Ses yeux s'habituèrent progressivement et, enfin, elle sortit dans le grand jour.

Elle s'arrêta dans ce bain de lumière et poussa un petit gémissement aigu. Puis elle fit quelques pas dans l'herbe fraîche et verte. La vallée de Roazhon resplendissait dans les couleurs du printemps. Les arbres retrouvaient leurs premières feuilles. Les branches se dressaient vers le ciel et les bourgeons se gorgeaient de lumière. On entendait le chant des oiseaux, le murmure des insectes. Le ciel bleu s'allongeait autour d'un soleil encore bas. Il y avait dans l'air une odeur, fraîche et vive, de sève et de pin vert.

La louve trotta vers le nord. Elle connaissait bien à présent les alentours de la forêt de Roazhon, cette terre riche et giboyeuse où ils avaient passé ce rude hiver. Elle avança prudemment, la queue et les oreilles dressées, la tête en avant. Puis elle ramassa dans sa gueule quelques touffes d'herbe verte pour les ramener dans sa tanière. Elle se préparait déjà. Son ventre était lourd. Elle resta un moment devant l'orée du bois, puis elle retourna se reposer sur le liteau où elle pourrait bientôt s'étendre et mettre bas.

Les loups, enfin, allaient retrouver un asile dans la terre des verticaux.

⁂

La mémoire de la Terre est étrangère à celle des hommes. On croit tout connaître de l'Histoire et du monde, mais il est des âges anciens où vivaient encore mille merveilles aujourd'hui disparues. Seuls les arbres se souviennent, et le ciel et le vent...

Ainsi peut-on lire encore aujourd'hui, gravée dans la pierre, l'histoire des Enfants de la Veuve.

On raconte que Bohem, après l'année 1155, devint tailleur de pierre, qu'il épousa Vivienne, et que celle-ci continua d'exercer son métier de troubadour. Petit à petit, ils redevinrent des Galliciens comme les autres, en apparence du moins. On voyait la belle Vivienne chanter le trobar à travers le pays, et Bohem, qui la suivait, travaillant de ville en ville sur des chantiers de renom. Il continua de côtoyer ces gens qui donnèrent au pays une nouvelle chance, Loeva, Fidélité, Hélène, et même Emmer, transformé. En secret, souvent, il leur confia ses idées, ses nouveaux rêves, il leur rappela leurs promesses, mais plus jamais il ne fut en première ligne. Ce temps était passé. Il avait fait son Devoir, était rentré dans l'ombre.

Quant à Mjolln Abbac, il retourna au pays de Gaelia où, dit-on, il reprit son métier de barde. Mais tous les ans, à la Saint-Jean, il revenait en Gallica pour revoir ses amis. Bohem, ce jour-là, organisait une grande fête dans le castrum de Villiers-Passant, où se retrouvaient tous les Enfants de la Veuve...

On ne saura jamais tout de cette histoire, car il reste toujours des mystères dans les plus belles légendes. Et aujourd'hui, en outre, tout le monde a oublié l'histoire de Bohem, le louvetier. Le fils d'Aléa a depuis longtemps disparu des mémoires tout comme s'est évanoui le souvenir de sa mère. Mais les loups, les loups, eux, sont encore parmi nous. Éternels martyrs de la folie des hommes, ils survivent malgré tout, à travers les siècles. Ils sont les dernières Brumes, le cadeau précieux que nous a laissé Liberté Outremer. Son héritage.

On raconte aussi qu'un jour, le nom de Bohem refit surface sur la Terre des hommes. C'était au cœur de l'année 1871, à quelques pas d'ici.

Mais cela, mes amis, c'est une tout autre histoire...

## FIGURES POLITIQUES DE GALLICA

**Livain VII le Jeune :** roi de Gallica depuis l'âge de onze ans. Après avoir répudié sa femme, Hélène de Quienne, il épouse Camille de Chastel en second mariage.

**Hélène de Quienne :** duchesse de Quienne, répudiée par Livain VII, elle épouse Emmer Capigesne et lui apporte ses nombreux domaines (Quienne, Pierevain, Arvert). Fille du duc troubadour Willem IX, Hélène entretient à Pierre-Levée une cour de poètes.

**Emmer Capigesne :** duc de Northia, comte d'Andesie et de Turan, il épouse Hélène de Quienne en 1152 et est couronné roi de Brittia en 1154. Il devient aussitôt le pire ennemi du roi de Gallica.

**Camille de Chastel :** fille du roi de Chastel, elle deviendra la seconde épouse de Livain VII en 1154.

**Grégoire de Berva :** Nouveau Grand-Maître de la Milice du Christ.

**Nicolas IV :** élu en 1154, il est le premier pape originaire de Brittia.

**Pieter le Vénérable :** abbé de Cerly, il est l'un des principaux conseillers du roi Livain VII.

**Principaux vassaux de Livain VII :**
– Redhan V, comte de Tolsanne
– Théodore II, comte de Flandrie
– Théobald V, comte de Bleizis
– Emmerich I^er^ le Libéral, comte de Vasteplaine

**Principaux vassaux d'Emmer Capigesne :**
– Euzon II, duc de Breizh
– Willem VII le Vieux, comte d'Arvert

# REMERCIEMENTS

**Merci à :** Stéphane Marsan et Alain Névant, fondateurs fous des éditions Bragelonne... et amis si fidèles.
**Merci à :** Jack et Marie-Stéphane Chaboud, qui m'ont offert l'asile douillet de leur bureau... et de leur amitié.
**Merci à :** Thierry Conesa des éditions Livrior (www.livrior.com) qui a publié une version audio de *La Dame à la forêt,* et à Emmanuel Michalon, la véritable voix des Brumes du Vercors !
**Amitiés à :** Emmanuel Reynaud, Stéphanie Chevrier & Co, Anne Gay et Stan Nicholls, au club des loups-garous (aka Bernard Werber, Stéphane Krausz, Marc Jolivet, Marie-Sophie L. et les Charabouska), à Patrick Jean-Baptiste, Erik Wietzel, tous les mousquetaires des éditions Bragelonne, aux familles Lœvenbruck, Wharmby, Pichon, Saint-Hilaire, Allegret et Duprez ainsi qu'à tous les artisans du bonheur...
**Coup de chapeau à :** Hubert Reeves et Nelly Boutinot, avec la *Ligue Roc pour la préservation de la faune sauvage.*
**Reconnaissance à :** vous, lecteurs et libraires, qui me suivez avec fidélité depuis presque huit ans. Spéciale dédicace à Virginie Guiraud de la librairie Doucet au Mans.
**Hommage à :** la région de Saint-Chinian et des Terres d'Orb, grande inspiratrice de cette trilogie. Si mes

pieds et ma tête sont à Paris, mon cœur, lui, est dans un petit castrum, perché au-dessus du Minervois !

**Révérence à :** tous les musiciens qui m'ont bercé pendant l'écriture des *Enfants de la Veuve,* Erik Satie, György Ligeti, Philip Glass, Jocelyn Pook, Steve Reich et le *Kronos Quartet,* Basil Poledouris, Danny Elfman et les *Flower Kings* !

**Les plus grands mercis** vont à mes trois lumières, Delphine la fée, Zoé la princesse et Elliott le dragon...

Achevé d'imprimer par GGP Media GmbH, Pößneck
en Octobre 2005
pour le compte de France Loisirs,
Paris

N° d'éditeur: 43797
Dépôt légal: Novembre 2005
Imprimé en Allemagne